LE CHEVEU DE VÉNUS

ŒUVRES DU MÊME AUTEUR
PARUES EN FRANÇAIS

La Prise d'Izmail *(Vziatié Izmaïla)*, roman traduit du russe par Marc Weinstein, Fayard, 2003. Prix de traduction Pierre-François Caillé 2004.

Dans les pas de Byron et de Tolstoï, essai traduit de l'allemand et du russe par Colette Kowalski, Noir sur Blanc, 2005. Prix du Meilleur Livre étranger 2005.

La Suisse russe *(Rousskaïa Chveïtsariïa)*, essai traduit du russe par Marilyne Fellous, Fayard, 2007.

Mikhaïl Chichkine

LE CHEVEU DE VÉNUS

roman

traduit du russe et annoté par
Laure Troubetzkoy

Ouvrage traduit avec le concours
du Centre national du livre

Fayard

Cet ouvrage a été publié sur la recommandation
et avec la collaboration éditoriale de Georges Nivat.

Cet ouvrage est la traduction intégrale, publiée
pour la première fois en France, du livre de langue russe :

Венерин волос

édité par les éditions Vagrius, Moscou.

© M. Chichkine, 2005, pour les langues russe, allemande et italienne.
© Librairie Arthème Fayard, 2007, pour toutes les autres langues.
ISBN : 978-2-213-62743-4

Et la poussière sera appelée et il lui sera dit :
« Rends ce qui ne t'appartient pas ;
Montre ce que tu as gardé jusqu'à ce temps. »
Car le Verbe a créé le monde et par le Verbe nous ressusciterons.

Apocalypse de Baruch,
fils de Nérias, 4, XLII.

Darius et Parysatis avaient deux fils. L'aîné s'appelait Artaxerxès et le cadet Cyrus.

Les entretiens commencent à huit heures du matin. Tout le monde est encore à moitié endormi, renfrogné, le visage chiffonné – les employés, les interprètes, les policiers et les réfugiés. Ou plutôt ceux qui cherchent à obtenir le statut de réfugié et qui ne sont pour l'instant que des GS. C'est comme ça qu'on les appelle ici. *Gesuchsteller*[1].

On fait entrer le premier. Prénom. Nom de famille. Date de naissance. Lèvres épaisses. Boutonneux. A manifestement plus de seize ans.

Question : Exposez brièvement les raisons pour lesquelles vous demandez l'asile en Suisse.
Réponse : J'étais dans un orphelinat depuis l'âge de dix ans. J'ai été violé par le directeur. J'ai fugué. À l'arrêt des cars, j'ai fait connaissance avec des chauffeurs qui conduisent des camions à l'étranger. Et il y en a un qui m'a fait passer la frontière.
Question : Pourquoi n'avez-vous pas porté plainte contre votre directeur à la police ?
Réponse : Ils m'auraient tué.
Question : Qui « ils » ?
Réponse : Mais ils sont tous de mèche, là-bas. Notre directeur me faisait monter dans sa voiture avec un autre gars et deux filles et il nous emmenait dans une datcha. Pas la sienne, chez quelqu'un d'autre, je ne sais pas qui. Ils étaient tous là, les supérieurs et le

---

[1]. « Demandeur d'asile », en allemand.

chef de la milice aussi. Ils se soûlaient et nous forçaient à boire. Et après, chacun allait avec un des gamins dans une chambre. C'était une grande datcha.

Question : Vous avez indiqué toutes les raisons pour lesquelles vous demandez l'asile ?

Réponse : Oui.

Question : Décrivez votre itinéraire. À partir de quel pays et à quel endroit avez-vous franchi la frontière suisse ?

Réponse : Je ne sais pas. J'étais dans le camion, caché derrière des cartons. On m'avait donné deux bouteilles en plastique : une avec de l'eau, l'autre pour l'urine, et je ne pouvais sortir que la nuit. Ils m'ont fait descendre ici, au coin de la rue, je ne sais même pas comment s'appelle cette ville, et ils m'ont dit où aller pour me rendre.

Question : Avez-vous eu des activités politiques ou religieuses ?

Réponse : Non.

Question : Avez-vous déjà été inculpé ou mis en examen ?

Réponse : Non.

Question : Acceptez-vous de vous soumettre à une expertise pour déterminer votre âge à partir de votre tissu osseux ?

Réponse : Comment ?

Pendant la pause, on peut boire un café dans la pièce réservée aux interprètes. Elle donne de l'autre côté, sur un chantier : on construit un nouveau bâtiment pour y installer le centre d'accueil des réfugiés.

À chaque instant, le gobelet en plastique blanc s'embrase entre les doigts et la pièce entière est illuminée par les gerbes d'étincelles d'un chalumeau : un soudeur travaille juste sous la fenêtre.

Il n'y a personne. Cela donne dix minutes de répit pour lire tranquillement.

Donc, Darius et Parysatis avaient deux fils. L'aîné s'appelait Artaxerxès et le cadet Cyrus. Quand Darius tomba malade et sentit que sa fin était proche, il les fit tous deux venir. L'aîné se trouvait auprès de lui, quant à Cyrus, Darius l'envoya chercher dans la province où il l'avait nommé satrape[1].

Les pages du livre s'embrasent aussi à la lumière du chalumeau.

---

1. Extrait de *l'Anabase* de Xénophon, plus loin mêlé à des fragments des *Vies parallèles* de Plutarque.

Cela fait mal aux yeux : après chaque éclair, la page devient toute noire.

On a beau fermer les paupières, l'éclat de la lumière les traverse.

La porte s'entrouvre et Peter passe la tête dans l'entrebâillement. *Herr Fischer*[1]. Le maître des destinées. Il fait un clin d'œil pour prévenir qu'il faut y aller. Lui aussi est illuminé par un éclair, comme s'il était photographié au flash. Et le voici à jamais figé dans cette attitude, un œil à demi fermé.

Question : Vous comprenez l'interprète ?
Réponse : Oui.
Question : Votre nom de famille ?
Réponse : ***
Question : Prénom ?
Réponse : ***
Question : Quel âge avez-vous ?
Réponse : Seize ans.
Question : Vous avez un passeport ou une autre pièce d'identité ?
Réponse : Non
Question : Vous devez avoir un extrait de naissance. Où est-il ?
Réponse : Il a brûlé. Tout a brûlé. On a mis le feu à notre maison.
Question : Comment s'appelle votre père ?
Réponse : *** ***. Il est mort depuis longtemps, je ne me souviens pas du tout de lui.
Question : De quoi est-il mort ?
Réponse : Je ne sais pas. Il était très malade. Il buvait.
Question : Veuillez préciser le prénom, le nom de famille et le nom de jeune fille de votre mère.
Réponse : ***. Je ne connais pas son nom de jeune fille. Elle a été tuée.
Question : Qui a tué votre mère, quand et dans quelles circonstances ?
Réponse : Les Tchétchènes.
Question : Quand ?
Réponse : Cet été, au mois d'août.
Question : À quelle date ?
Réponse : Je ne me souviens plus de la date exacte. Le dix-neuf, je crois, ou peut-être le vingt. Je ne sais plus.

---

1. La traduction des passages en langues étrangères est donnée en fin de volume.

Question : Comment a-t-elle été tuée ?

Réponse : Ils lui ont tiré dessus.

Question : Quel est le nom de votre dernier lieu de résidence avant votre départ ?

Réponse : ***. C'est un petit village à côté de Chali.

Question : Donnez l'adresse exacte : le nom de la rue, le numéro de la maison.

Réponse : Il n'y a pas d'adresse, là-bas, juste une rue et notre maison. Mais elle n'existe plus. Elle a brûlé. Et il ne reste rien non plus du village.

Question : Vous avez des parents en Russie ? Des frères ? Des sœurs ?

Réponse : J'avais un frère. C'était l'aîné. Il a été tué.

Question : Qui a tué votre frère, quand et dans quelles circonstances ?

Réponse : Les Tchétchènes. En même temps que ma mère. Ils ont été tués ensemble.

Question : Vous avez d'autres parents en Russie ?

Réponse : Non, je n'ai personne d'autre.

Question : Vous avez des parents dans des pays tiers ?

Réponse : Non.

Question : En Suisse ?

Réponse : Non.

Question : Votre appartenance nationale ?

Réponse : Russe.

Question : Votre confession ?

Réponse : Comment ?

Question : Votre religion ?

Réponse : Croyant.

Question : Orthodoxe ?

Réponse : Oui. Je n'avais pas compris la question.

Question : Indiquez brièvement les raisons pour lesquelles vous demandez le statut de réfugié en Suisse.

Réponse : Les Tchétchènes venaient tout le temps chez nous pour dire à mon frère d'aller avec eux dans la montagne se battre contre les Russes. Sinon, ils menaçaient de le tuer. Ma mère le cachait. Ce jour-là, en arrivant à la maison, j'ai entendu des cris par la fenêtre ouverte. J'ai couru me mettre dans des buissons près de la grange et j'ai vu les Tchétchènes à l'intérieur qui frappaient mon frère à coups de crosse. Ils étaient plusieurs, et ils avaient tous des mitraillettes. Je ne voyais pas mon frère, il était déjà par terre. Alors ma mère s'est jetée sur eux avec un couteau. Un couteau de cuisine, celui qui servait à éplucher les pommes de terre. L'un d'eux l'a repoussée contre le mur, lui a pointé sa kalachnikov sur la tête et a tiré à bout portant. Après cela ils ont bu, ils ont arrosé la maison d'essence avec un bidon et ils ont mis le feu. Ils sont restés autour à la regarder brûler. Mon frère était encore vivant, je l'entendais crier. J'avais peur qu'ils me voient et qu'ils me tuent aussi.

Question : Ne vous arrêtez pas, racontez ce qui s'est passé ensuite.

Réponse : Ensuite ils sont partis. Et moi je suis resté là jusqu'à la nuit. Je ne savais pas quoi faire ni où aller. Finalement j'ai marché jusqu'à un poste russe sur la route de Chali. Je pensais que les soldats pourraient m'aider. Mais eux-mêmes ont peur de tout le monde et ils m'ont chassé. Je voulais leur expliquer ce qui s'était passé, mais ils ont tiré en l'air pour me faire partir. Alors j'ai passé la nuit dehors dans une maison en ruine. Et après je suis passé en Russie. Et de là je suis venu ici. Je ne veux pas vivre là-bas.

Question : Vous avez indiqué toutes les raisons pour lesquelles vous demandez le statut de réfugié?

Réponse : Oui.

Question : Décrivez votre itinéraire. Par quels pays êtes-vous passé et quels moyens de transport avez-vous utilisés?

Réponse : Ça dépend. Des trains de banlieue, des trains. J'ai traversé la Biélorussie, la Pologne, l'Allemagne.

Question : Vous aviez de quoi acheter des billets?

Réponse : Bien sûr que non. Je circulais en douce. J'évitais les contrôleurs. En Biélorussie je me suis fait prendre et jeter du train en marche. Heureusement qu'il allait lentement et qu'il y avait un remblai. J'ai eu de la chance en tombant, je ne me suis rien cassé. Je me suis juste fendu la peau de la jambe sur du verre brisé. Ici, vous voyez. J'ai passé la nuit à la gare et une femme m'a donné un pansement.

Question : Quels papiers avez-vous montrés pour franchir les frontières?

Réponse : Aucun. Je suis passé à pied, de nuit.

Question : Où et de quelle façon avez-vous franchi la frontière de la Suisse?

Réponse : Ici, à… comment ça s'appelle, déjà?

Question : Kreutzlingen.

Réponse : Oui, c'est ça. Je suis passé tout simplement devant la police. Ils ne vérifient que les voitures.
Question : Quels étaient vos moyens d'existence ?
Réponse : Aucun.
Question : Qu'est-ce que cela signifie ? Vous voliez ?
Réponse : Ça dépend. Parfois oui. Qu'est-ce que je pouvais faire d'autre ? Il faut bien manger.
Question : Aviez-vous des activités politiques ou religieuses ?
Réponse : Non.
Question : Avez-vous déjà été placé en garde à vue ou mis en examen ?
Réponse : Non.
Question : Avez-vous demandé le statut de réfugié dans d'autres pays ?
Réponse : Non.
Question : Avez-vous un représentant juridique en Suisse ?
Réponse : Non.

Tout le monde se tait pendant que l'imprimante sort le procès-verbal.

Le garçon tripote ses ongles noirs et rongés. Son blouson et son jean sale sentent le tabac et l'urine.

Le buste rejeté en arrière, Peter se balance sur sa chaise en regardant par la fenêtre. Dehors, des oiseaux font la course avec un avion.

Je dessine dans mon bloc-notes des croix et des carrés que je recoupe en diagonale et que je passe au crayon pour faire un motif en relief.

Les murs sont couverts de photos : le maître des destinées est un passionné de pêche. Le voici en Alaska, tenant par les ouïes un énorme poisson ; plus loin, une vue des Caraïbes avec un gros hameçon dépassant d'un énorme gosier.

Au-dessus de ma tête est accrochée une carte du monde. Toute piquetée d'épingles à têtes multicolores. Celles à tête noire sont plantées dans l'Afrique, celles à tête jaune dans l'Asie. Les têtes blanches sont au-dessus des Balkans, de la Biélorussie, de l'Ukraine, de la Moldavie, de la Russie, du Caucase. À la fin de cet entretien, cela en fera une de plus.

Acupuncture.

L'imprimante s'arrête et cligne de son œil rouge. Il n'y a plus de papier.

Cher Nabuchodonosaure,

Vous avez déjà reçu ma diligente carte postale dans laquelle je vous promettais des détails. Les voici.

Après une journée passée en des lieux pas si éloignés[1], je suis rentré chez moi. J'ai mangé des macaroni. J'ai relu votre missive qui m'a fait un si grand plaisir. J'ai regardé par la fenêtre. Le vent poussait devant lui le crépuscule. La pluie s'est mise à tomber. Un parapluie rouge oublié sur le gazon faisait comme une entaille sur la peau de l'herbe.

Mais reprenons dans l'ordre.

Non, vraiment, ce n'est pas tous les jours que le facteur nous gâte ainsi en nous apportant du courrier de l'étranger. Et quel courrier ! Parmi les factures et les publicités, ô joie, il y avait votre lettre, dans laquelle vous décrivez par le menu votre État nabuchodonosaurien, son glorieux passé géographique, le flux et le reflux de son histoire, les us de sa flore, les coutumes de sa faune, les volcans, les lois, les catapultes et les penchants anthropophages de sa population. Ainsi, vous avez même des vampires et des draculas ! Et vous êtes l'empereur de ce pays ! Je suis flatté.

Votre texte, il est vrai, est truffé de fautes de grammaire, mais en fin de compte, quelle importance ! On peut apprendre à corriger ses fautes, tandis qu'une lettre comme celle-ci, vous ne m'en enverrez peut-être plus jamais. Car les empereurs grandissent vite et oublient leurs empires.

Je ne me lasse pas de contempler la carte de votre patrie insulaire jointe à votre envoi, fruit de l'inspiration minutieuse des cartographes impériaux. Je vais l'accrocher au mur, tenez, ici. Je la regarderai de temps en temps, en essayant de deviner où vous êtes, parmi ces montagnes, ces déserts, ces lacs, ces fourrés et ces capitales dessinés au feutre. Que faites-vous en ce moment ? Avez-vous déjà quitté votre résidence d'été pour votre Palais d'Automne ? Ou bien êtes-vous en train de dormir ? Pendant que votre flotte insubmersible veille sur votre sommeil – vos trirèmes et vos sous-marins tournant en ligne de file autour de votre île.

Et quel superbe nom pour un souverain magnanime que celui-ci, en lettres de toutes les couleurs ! Je crois même deviner comment

---

1. Expression courante qui fait allusion aux zones de relégation en Sibérie. *(Toutes les notes sont de la traductrice.)*

vous en est venue l'idée, mais je garderai mes suppositions pour moi.

Vous me demandez dans votre missive de vous fournir des renseignements sur notre lointain pays encore inconnu de vos géographes et de vos explorateurs. Comment pourrais-je laisser votre demande sans réponse !

Que vous dire de notre empire ? C'est une terre promise, hospitalière, gratte-ciellère. Pour ce qui est de la superficie, on pourrait galoper pendant trois ans droit devant soi sans arriver nulle part. Pour le nombre de moustiques par corps d'habitant aux heures d'insomnie, il est sans égal. Pour l'instant, des écureuils courent sur la palissade.

Notre carte abonde en taches blanches les jours de neige. Les frontières sont si lointaines qu'on ne sait pas au juste ce qu'il y a de l'autre côté. Les uns disent que c'est l'horizon ; selon d'autres sources, c'est la cadence finale de la trompette des anges. La seule chose certaine, c'est que notre empire est situé quelque part au nord des Hellènes, le long du rivage de l'océan céleste où vogue en ligne de file notre flotte insubmersible de nuages.

Pour l'instant, la flore est encore en place ; quant à la faune, il ne reste plus que les frondaisons de ces arbres, qui ressemblent à des bancs de petits poissons effarouchés par la bourrasque.

Notre drapeau est un caméléon, nos lois se tournent au gré des vents, quant aux volcans, je ne dispose personnellement d'aucune information sur eux.

La principale question qui occupe les esprits impériaux depuis des générations est : qui sommes-nous et que faisons-nous là ? Bien qu'elle semble aller de soi, la réponse n'est pas claire. De profil, nous sommes des Hyperboréens, de face, des Sarmates, bref, nous tenons à la fois des Orotches et des Toungouses[1]. Et chacun de nous est un ministère. Je voulais dire un mystère.

Les croyances sont primitives, mais non dépourvues d'une certaine poésie. Certains considèrent que le monde est un énorme élan femelle et que ses poils sont les forêts, que les parasites qui y vivent sont les animaux de la taïga et que les insectes qui volettent tout autour sont les oiseaux. C'est ainsi qu'ils se représentent la maîtresse de l'univers. Quand elle commence à se frotter contre un arbre, tous les êtres vivants périssent.

Bref, cet empire est unanimement considéré par quelqu'un

---

1. Peuples de Sibérie orientale.

comme le meilleur des mondes, où votre humble serviteur exerce les fonctions – de dirigeant ? me demandez-vous. Non, je ne suis pas un dirigeant. Comment vous expliquer, cher Nabuchodonosaure, en quoi consiste notre métier ?

Je vais essayer en prenant un exemple : tous ces petits poissons, dehors, qui s'agglutinent, sans se douter qu'ils sont le jouet du vent, croient dur comme fer que chacun d'eux a quelqu'un qui l'attend, qui se souvient de lui, qui connaît son apparence – jusqu'à la moindre nervure, jusqu'à la plus petite moucheture. Rien ne pourra les détromper. Et voici que déboule des quatre coins du monde une paire de chaque créature : les empotés et les renfrognés, les véridiques et les empiriques, les gauchers et les droitiers, les fumistes et les taxidermistes. Et personne ne comprend personne. Alors c'est cela, mon métier. Drogman du bureau des réfugiés du ministère de la Défense du Paradis.

Chacun d'eux a quelque chose à expliquer. Et chacun espère être écouté. Alors nous sommes là, Pierre et moi. Je traduis les questions et les réponses et il les note en hochant la tête avec l'air de quelqu'un qui ne s'en laisse pas conter. Il ne croit personne. Par exemple, arrive une femme qui déclare : « Je suis une simple bergère, une enfant trouvée, je ne connais pas mes parents, j'ai été élevée par un humble chevrier nommé Dryas. » Et c'est parti de mal en pis. Les arbres couverts de fruits, les blés mûrs dans la plaine, les troupeaux dans les prés, et partout la tendre stridulation des cigales et le doux parfum des fruits. Mais les pirates attaquent, les ennemis débarquent. Ses ongles manucurés rougeoient dans la flamme du briquet. « C'est que j'ai grandi à la campagne et jamais je n'ai même entendu prononcer le mot "amour". Et pour moi une spirale, c'était quelque chose comme un ressort de divan[1]. Ah, mon Daphnis ! On nous a séparés, pauvres de nous ! C'était règlement de comptes sur règlement de comptes. Tantôt la mafia de Tyr nous tombait dessus, tantôt les marchands de Méthymne venaient réclamer leur dû. Daphnis m'escortait comme garde du corps chez les clients. La façon dont on est coiffé influe sur le déroulement de la journée, et en fin de compte, de la vie. Regardez comment ils m'ont arrangé les dents. Déjà qu'elles étaient toutes gâtées. Je tiens ça de ma mère. Elle m'a raconté que quand elle était petite, elle grattait le crépi du poêle avec son ongle pour en décoller des morceaux et les manger. Manque de calcium. Et moi, quand j'attendais Iannotchka, je piquais de la craie

---

1. En russe une spirale signifie aussi un stérilet.

aux profs de mon institut et je la grignotais. L'amour, c'est comme la lune : quand il n'augmente pas, il diminue, mais finalement, il se retrouve comme la fois d'avant et c'est toujours le même.» Pierre : «C'est tout ?» Elle : «Oui.» «Tenez, petite madame – et il lui tend une fiche – voici vos empreintes digitales.» «Et alors ?» s'étonne-t-elle. «Et alors, cela veut dire que vous avez déjà laissé des traces dans notre cartothèque impériale.» Et il l'envoie promener. Et elle de lui crier depuis l'ascenseur : «Vous n'êtes même pas des hommes, vous n'êtes que de l'argile froide, vous avez juste une forme, mais aucun souffle à l'intérieur !»

Certains sont incapables d'aligner deux mots qui se tiennent. Mais leur débit est comme celui d'un robinet. Je m'évertue à comprendre ce qu'ils baragouinent, pendant que Pierre aligne soigneusement tous les objets qui sont sur son bureau comme pour une parade, comme s'il était le chef de la table et qu'il passait en revue les crayons et les cure-dents. Normal, ce sont les heures de service. Personne ne se presse. Pierre aime l'ordre. Mais voilà ce GS qui marmonne une histoire de sésame et qui crie qu'on lui ouvre la porte. Il bredouille qu'il y avait des ronds blancs dessinés sur les vantaux, puis des ronds rouges. Il assure qu'il était tranquillement caché dans son outre sans gêner personne ni faire de mal à une mouche et voilà qu'on l'arrose d'huile bouillante. «Regardez donc, crie-t-il, comment peut-on faire ça ? Verser de l'huile bouillante sur un homme vivant ?» Pour débusquer le voleur, il suffit de trouver des incohérences dans sa déposition, alors Pierre prend sur l'étagère le Livre des Tortures et c'est parti. Dis-moi, mon brave, combien il y a de kilomètres entre ta Bagdadovka et les capitales ? Quel est le cours du piastre par rapport au dollar ? À part l'immaculée conception et le premier bonhomme de neige, qu'y a-t-il encore comme fêtes nationales dans ton pays ? De quelle couleur sont les tramways et les outres ? Et combien coûte la miche de pain de Borodino ?

Ou bien, par exemple, ce sont des juifs qui reviennent après la captivité de Babylone, ils entonnent le chœur du troisième acte de *Nabucco*. Et notre chef de service les bombarde de questions : «Quelle langue parle-t-on dans le royaume de Chaldée ?» Eux : «L'acadien.» Lui : «Comment s'appelle le temple du dieu Mardouk à Babylone ?» Eux : «L'Esagila.» Lui : «Et la tour de Babel ?» Eux : «Etemenanki.» Lui : «Et à quelle déesse sont consacrées les portes du Nord ?» Eux : «À Ichtar, qui est l'équivalent de Vénus. Chamach incarne le Soleil, Sin la Lune. Mars, c'est Nergal. Saturne est pour ces scélérats de Babyloniens représenté par Ninourt, Mercure par

Narbou et Mardouk lui-même est assimilé à Jupiter. D'ailleurs, c'est de ces sept dieux astraux que vient la semaine de sept jours. Vous savez cela ? » Lui : « Ici, c'est moi qui pose les questions. Fille naturelle de Nabuchodonosor en huit lettres, la deuxième est *b*. » Eux : « Vous nous prenez pour des idiots, ou quoi ? Abigaïl ! »

Avant Pierre, c'était Sabine la chef de service. Elle, au contraire, les croyait tous. Elle ne posait pas de questions tirées du Livre omniscient. Et elle ne mettait jamais le tampon « Prioritätsfall ». C'est pour cela qu'elle a été licenciée. Tandis que Pierre le met à presque tous. Sur la première page du dossier. Cela veut dire un examen sommaire en vue d'un refus assuré. Plein d'espoir, le GS signe le procès-verbal, dit au revoir avec force sourires obséquieux au maître des destinées, au drogman et au garde armé d'une hallebarde venu le raccompagner, et dès que la porte s'est refermée sur lui, pan, Pierre lui colle un coup de tampon.

Ce n'était pas un métier pour Sabine. Quand le drogman allait avec elle au café d'en face pendant les pauses, elle se plaignait que le soir à la maison, au moment de se mettre à table, elle voyait devant elle la femme qui, dans la journée, pleurait pendant son entretien en racontant comment on avait arraché les ongles de son fils – ce même garçon qui attendait son tour dans la pièce voisine. Les enfants sont interrogés à part.

– Ici, il ne faut plaindre personne, avait dit un jour Sabine. Mais moi, je les plains tous. Il faudrait pouvoir se déconnecter, devenir un robot, question-réponse, question-réponse, formulaire rempli, procès-verbal signé, dossier envoyé à Berne. À eux de décider. Non, il faut que je cherche un autre travail.

Sabine était une toute jeune chef de service. Après son licenciement, elle était partie à l'autre bout de l'empire, d'où elle avait envoyé au drogman une carte postale étrange. Mais tout cela est sans importance. Peut-être qu'un jour je l'expliquerai. Ou peut-être pas.

Mais nous nous sommes éloignés de notre sujet, cher Nabuchodonosaure.

Qu'y a-t-il encore de remarquable dans notre empire ? Figurez-vous que nous aussi, nous avons des sous-marins, des déserts et même un dracula, pas un vampire, non, un vrai dracula. D'ailleurs ici tout est vrai.

Quoi d'autre ? L'entaille sur l'herbe s'est cicatrisée – il fait noir, maintenant.

Ah oui, j'ai oublié de dire qu'ici aussi, l'anthropophagie existe encore et que celui qui dévore tout le monde n'est autre que le souverain autocrate en personne, ou la souveraine, cela fait longtemps que je n'ai pas regardé dans le Bottin mondain, or le genre dépend de la langue, bref, un Hérode le Grand, mais si on n'y pense pas tout le temps, on vit ici comme des coqs en pâte et tout finit par des chansons, comme cet air que fredonnait un passager descendu devant la gare et qui est resté dans le tramway.

Cela fait drôle de penser qu'un jour, dans bien des années, vous recevrez cette lettre et vous ne vous souviendrez sans doute même pas d'avoir régné sur ce merveilleux empire punaisé au mur.

Bloc-notes, stylo, verre d'eau. Le soleil brille derrière la vitre. L'eau du verre envoie au plafond un rayon de soleil, non, pas un rayon, mais toute une roue lumineuse, qui prend un instant la forme d'une oreille. Ou d'un fœtus. La porte s'ouvre. On fait entrer le suivant.

Question : Exposez brièvement les raisons pour lesquelles vous demandez l'asile.
Réponse : Je travaillais à la douane à la frontière du Kazakhstan. Les militaires faisaient passer de la drogue dans leurs véhicules et mon chef était de mèche avec eux, nous devions fermer les yeux et faire tous les papiers comme si de rien n'était. J'ai écrit une lettre au FSB. Quelques jours plus tard, ma fille a été renversée par une voiture et on m'a téléphoné pour me dire que c'était un premier avertissement.
Question : Exposez brièvement les raisons pour lesquelles vous demandez l'asile.
Réponse : Lors des élections du gouverneur, j'ai soutenu activement le candidat de l'opposition, j'ai participé à des meetings de protestation et rassemblé des signatures. On m'a convoqué à la milice pour exiger que je cesse de diffuser des informations compromettantes sur les dirigeants de la région. J'ai été rossé à plusieurs reprises par des miliciens en civil. J'ai joint à ma demande d'asile le résultat d'expertises médicales faisant état d'une fracture de la mâchoire et du bras et d'autres lésions causées par des coups À présent, je suis invalide, comme vous voyez, et je ne peux plus travailler. Ma femme qui est venue avec moi a un cancer de l'estomac.

Question : Exposez brièvement les raisons pour lesquelles vous demandez l'asile.

Réponse : J'ai le sida. Dans ma ville, tout le monde s'est détourné de moi. Même ma femme et mes enfants. J'ai été contaminé à l'hôpital quand on m'a fait une transfusion. Maintenant je n'ai plus rien : ni travail, ni amis, ni maison. Je n'en ai plus pour longtemps à vivre. Alors je me suis dit que, crever pour crever, autant que ce soit ici, chez vous, où je serai traité humainement. Car vous n'allez tout de même pas m'expulser.

Question : Exposez brièvement les raisons pour lesquelles vous demandez l'asile.
Réponse : Il était une fois au pays orthodoxe de Muntenia un voïévode qui avait pour nom Dracula. Un jour, le pacha turc lui envoya des ambassadeurs pour exiger qu'il abjure la foi orthodoxe et se soumette à lui. Les ambassadeurs ne se découvrirent pas devant le voïévode et quand celui-ci leur demanda pourquoi ils outrageaient ainsi un grand souverain, ils répondirent : « Sire, telle est la coutume dans notre pays. » Alors Dracula ordonna à ses serviteurs de clouer les turbans des ambassadeurs sur leurs têtes et de renvoyer leurs corps au pacha en lui faisant dire qu'il y avait un seul Dieu pour tous, mais différentes coutumes. Courroucé, le pacha leva une immense armée et envahit la terre orthodoxe, pillant et tuant tout sur son passage. Le voïévode Dracula rassembla ses maigres troupes, attaqua les musulmans pendant la nuit, en tua un grand nombre et mit le reste en déroute. Le lendemain matin, il passa en revue ses soldats survivants. Quiconque était blessé par-devant, il l'honora et le fit chevalier. Mais ceux qui étaient blessés dans le dos, il les fit empaler en leur disant : « Tu n'es pas un homme, mais une femme. » Apprenant cela, le pacha s'en retourna chez lui avec les restes de son armée et n'osa plus jamais attaquer cette contrée. Le voïévode Dracula continua donc à régner sur ses terres et il y avait en ce temps-là dans le royaume de Muntenia beaucoup de pauvres, de miséreux, de malades et d'infirmes. Voyant qu'il y avait sur son territoire tant de malheureux qui souffraient, il les fit tous venir. Arriva une foule immense de misérables, d'infirmes et de déshérités et, espérant de lui de grands bienfaits, chacun se mit à lui raconter ses malheurs et ses souffrances, qui sa jambe amputée, qui son œil crevé, qui son fils mort, qui son frère innocent jeté en prison à la suite d'un jugement inique. Et ce furent de grands pleurs, une grande clameur sur toute la terre de Muntenia. Alors Dracula ordonna de les rassembler dans un vaste édifice

construit à cet effet et il leur fit servir à profusion les plats et les boissons les plus exquis. Ils mangèrent, burent et leurs cœurs se réjouirent. Alors il vint les trouver et leur demanda : « Que voulez-vous de plus ? » Tous répondirent : « Dieu le sait et toi aussi, grand Souverain ! Fais de nous ce que Dieu te conseillera ! » Alors il leur dit : « Voulez-vous être délivrés de tous vos malheurs sur cette terre, ne plus jamais manquer de rien, ne plus pleurer votre jambe amputée et votre œil crevé, votre fils mort et le jugement inique ? » Attendant de lui un miracle, ils répondirent tous : « Oui, Seigneur ! » Alors il ordonna de fermer les portes de l'édifice, de l'entourer de paille et d'y mettre le feu. Et ce fut un grand brasier, où tous périrent.

Cher Nabuchodonosaure,
J'ai regardé dans ma boîte aux lettres – rien de vous.
Mais vous avez sans doute bien autre chose à faire. Nous ne murmurons pas, sachant combien vous êtes occupé par des affaires de la plus haute importance. Des affaires d'État, comme, ce qu'à Dieu ne plaise, déclarer la guerre à des voisins ou repousser une attaque d'extraterrestres. Il faut sans cesse être sur la brèche. Cela ne laisse pas le temps d'écrire des lettres.
Ici, tout est comme d'habitude.
L'univers est toujours en expansion. Le drogman continue à traduire.
En arrivant à la maison, impossible d'oublier tout ce qui s'est passé pendant la journée. Je ramène tout avec moi.
Pas moyen de se débarrasser de ces hommes et de ces paroles.
Là-bas, c'est toujours la même chose. Et comment voulez-vous qu'il y ait du nouveau dans ce métier de drogman ? Tout suit son cours normalement. Tout se déroule selon les règles fixées dans les sphères supérieures. Chaque question est conforme au modèle prévu, chaque réponse aussi. Pierre ne se fatigue même pas à prononcer la formule d'accueil. Il laisse le drogman lire le texte réglementaire au GS intimidé. Et le drogman lit : « Bonjour ! Comme vous avez bien fait de venir ! Entrez, je vous en prie, nous allons passer ensemble cette interminable journée ! Asseyez-vous, vous devez être fatigué après ce long voyage. On ne gagne rien à rester sur ses jambes. Nous allons tout de suite faire chauffer le samovar. Et mettez donc vos bottes de feutre à sécher là-bas, près du poêle. Alors, comment trouvez-vous notre tache blanche, la meilleure de toutes celles de la carte, où l'homme est ce qu'il est et dit ce qu'il tait ? Vous n'avez pas encore pu

vous faire une idée ? Vous aurez bien le temps ! Vous ne voulez pas plutôt vous asseoir ici, mieux vaut vous éloigner de la fenêtre, on ne sait jamais, il pourrait y avoir un vent coulis. Surtout dites-moi si vous sentez un courant d'air. À la bonne heure ! Donc, où en étions-nous ? Oui, voilà, il nous arrive ici toutes sortes de gens éclopés, rustauds, les dents gâtées, et ils mentent. Ils prétendent qu'ils ont perdu leurs papiers, mais c'est pour qu'on ne les renvoie pas aussi sec dans leur pays. Ils racontent sur eux-mêmes des histoires atroces. Ici on n'en raconte pas d'autres. Et avec force détails. Ils vous mettent sous le nez leurs mains d'éléphant où on leur a soi-disant injecté de la vaseline fondue. Des horreurs à la pelle. Et ils en rajoutent tellement qu'il y aurait de quoi écrire des polars en série. Comme si leur maman ne leur avait pas appris qu'il faut toujours dire la vérité. Ils cherchent à vous attendrir ! Ils veulent entrer au paradis ! Ils jouent les martyrs ! Seulement il ne s'agit pas de s'attendrir, mais d'élucider les circonstances réelles. Pour refuser l'entrée du paradis, il est très important de savoir ce qui s'est vraiment passé. Mais comment y voir clair si les gens, ici, deviennent les histoires qu'ils racontent ? Il n'y a pas moyen. Donc, c'est bien simple : puisqu'on ne peut pas établir la vérité, il faut au moins repérer le mensonge. Le règlement prévoit que toute incohérence dans les dépositions justifie le fameux tampon. Alors, fourbissez bien votre légende et n'oubliez pas que l'essentiel, ce sont les détails, les petites touches qui font vrai. Qui irait croire à cette fameuse résurrection sans le détail du doigt enfoncé dans la plaie ou sans l'histoire des poissons cuits sur la braise et mangés ensemble ? D'ailleurs, au fond, mis à part ce tampon, dites-moi en toute franchise : le paysage est-il vraiment si noir qu'on le dépeint ? Regardez donc un peu autour de vous. Voyez ces nuages qui flottent sur le ventre. Ce banc où quelqu'un s'est arrêté pour manger et a laissé un journal dont un moineau picore à présent les lettres. Et là-bas, sur la digue, le goulot d'une bouteille cassée qui brille et l'ombre noire de l'aile du moulin. Le lilas sent le parfum bon marché et croit que tout ira bien. Les pierres aussi sont vivantes et se multiplient par morcellement. Mais vous n'écoutez pas. Autant parler à des sourds. Ils n'en démordent pas : on m'a attaqué, ligoté, emmené dans la forêt, rossé et abandonné. Mais après tout, vous l'avez peut-être mérité ! Il faut bien payer ses dettes, non ? Vous voyez ! C'est comme ces deux gars arrivés le même jour et qui se sont rendus ensemble : l'un venait soi-disant d'un orphelinat de la région de Moscou et l'autre de Tchétchénie. Mais au bout d'une semaine sont arrivés leurs passeports expédiés par la police : ils les avaient cachés dans une buse au bord de la voie ferrée et des ouvriers les ont trouvés par hasard. Les gars débarquaient tous les deux de Lituanie. Ils étaient venus en vacances, mais l'hôtel revenait cher, alors que là, ils avaient le gîte et le couvert assurés. Et le résultat de l'analyse des tissus osseux a montré qu'ils avaient bien plus de seize ans. Tampon. Tampon. Ou bien prenez le cas de cette petite famille : le papa, la maman et la fille de Jérusalem. Ils affirment avoir fui leur patelin de Judaïno parce qu'ils n'en pouvaient plus de subir les persécutions des Drevlianes[1]. Ce ne sont pas des Drevlianes, disent-ils, mais de véritables fascistes ! Que Dieu sauve les juifs et s'Il ne peut pas, qu'Il sauve au moins les goys ! Et les voilà qui racontent comment les orthodoxes les ont roués de coups, le mari et la femme ont eu les dents de devant cassées et la fille, qui n'avait pas encore douze ans, a été violée. Pierre les a interrogés séparément, comme il se doit. Le papa et la maman disent à peu près la même chose, comme s'ils récitaient un texte appris par cœur : lettres de menaces, coups de téléphone nocturnes, agressions dans la rue devant leur immeuble, etc. Puis arrive le tour de la fille. On la voyait par la porte ouverte qui se serrait contre sa mère, elle ne voulait pas y aller, mais l'autre lui a dit : "Va, n'aie pas peur !" Elle est entrée et s'est assise au bord de la chaise. Pour la mettre en confiance, Pierre lui a tendu un chocolat, il en a toujours dans le tiroir de droite de son bureau pour ce genre d'occasions. Ce n'est pas prévu par le règlement, mais qui irait interdire cela ? Puis il lui a demandé si leur famille était pratiquante et voilà la fille qui répond : "Oh oui, Dieu en est témoin ! Nous allons tout le temps à l'église." Et elle se signe, par-dessus le marché. La peur lui avait fait tout mélanger. Son père était sans doute un négociant malchanceux et il ne faisait pas bon plaisanter avec les partenaires drevlianes. Pour se rendre, ils ont pris le récit standard, une histoire en béton. Car qui oserait ne pas plaindre des juifs ? Ils croyaient s'en tirer comme ça : c'est vrai qu'on ne peut pas simuler l'absence des dents de devant et que d'après l'expertise médicale, la fille avait effectivement été violée. Coup de tampon. Et vous verriez la tête qu'ils font quand ils signent le procès-verbal ! L'un acquiesce docilement, l'air de dire nous on n'y connaît rien, on est prêt à signer tout ce que vous voudrez ; un autre va vérifier jusqu'à l'orthographe des noms de lieux. Un troisième, venu bardé d'attestations de tous les cabanons, salles d'arrêt et cachots possibles et clamant qu'il ne faisait plus confiance à personne en ce bas monde, exige une tra-

---

1. Nom d'une des tribus slaves de l'est dont descendent les Russes.

duction écrite du procès-verbal, car, figurez-vous, une traduction orale ne lui suffit pas et il refuse par principe de signer n'importe quoi. Pierre lui a mis illico un coup de tampon, et l'autre de faire du scandale, pour un peu il organisait toute une manif. Il a fallu siffler la garde, qui lui a fait voir ses hallebardes. Même dans notre miséricordieux pays, ce genre d'individu aura tôt fait de se retrouver en salle d'arrêt. Et en voilà un quatrième, qui demande tout bonnement d'inscrire dans le procès-verbal que chez nous, il fait bon, ni trop froid ni trop chaud, alors que chez eux il y a quatre saisons : l'hiver, l'hiver, l'hiver et l'hiver. On connaît la musique ! Vous débarquez comme martyrs de l'hiver, et une fois ici, vous vous lancez dans le vol à l'étalage. Cela arrive à tout bout de champ : d'abord, on fait connaissance à l'entretien – bonjour-bonjour – et puis on se retrouve comme par hasard à la police (où le drogman arrondit ses fins de mois) une fois que le type s'est fait pincer pour vol : oh, mais nous sommes de vieilles connaissances ! Cela en fait un bail ! Et voilà les histoires à dormir debout qui recommencent, non, je n'ai absolument pas mordu le directeur du magasin Migros à la caisse, ou alors, si je l'ai mordu, c'est parce qu'il essayait de m'étrangler. Mais revenons à nos moutons. Regardez-vous un peu ! Vos cheveux grisonnent déjà et vous êtes toujours en cavale. Où est votre passeport ? Vous ne savez pas ? Eh bien nous, nous savons : il est à la consigne de la gare. Ou dans une piaule de réfugiés chez un pote qui s'est déjà rendu. On va vous régulariser, vous délivrer un laissez-passer sous un faux nom et en sortant d'ici, vous n'aurez plus qu'à aller récupérer vos papiers. Pas vrai ? Et après, à vous la belle vie ! Vous pouvez voler tranquillement et racheter à bas prix de la marchandise volée. On pleurniche et on triche. Ni gredin ni aigrefin, mais détrousseur de grand chemin. Évêque affamé ira lui aussi voler. Et arrêtez de nous bourrer le mou avec vos histoires de travail. Comme si on avait besoin de vous. Ce n'est pas les demandeurs d'emploi qui manquent. Il y a beaucoup d'appelés, moricaud, et peu d'élus. Vous chapardez ici dans les magasins et vous revendez la marchandise chez vous dans les kiosques. C'est ça, votre boulot. Les dispositifs antivol ? Comme si vous ne saviez pas comment on se débrouille avec les sacs. C'est très simple : on prend du papier aluminium et on le colle à l'intérieur, cela fait comme une poche isolante, qui n'est détectée par aucune alarme. Avec ça, on emporte tout ce qu'on veut. Après, il ne reste plus qu'à l'expédier chez soi. Comment ? Mais tout simplement par la poste. Il suffit d'écrire que c'est un cadeau, des affaires usagées et autres babioles.

L'important, c'est l'adresse de l'expéditeur. Il faut choisir dans l'annuaire un nom bien respectable, ou encore mieux, une association caritative. Alors personne ne trouvera rien à redire. Compris? Qu'est-ce que ça veut dire "ça ne marchera pas"? Les yeux appréhendent, mais les mains se tendent! Vous n'êtes ni les premiers ni les derniers! Alors, dites la vérité et rien que la vérité! Et n'oubliez pas que personne ne croit un traître mot de toutes vos histoires à faire dresser les cheveux sur la tête, car dans la vie, il y a aussi l'amour et la beauté, parce que je dors, mais mon cœur veille; j'entends la voix de mon bien-aimé qui frappe : ouvre-moi, ma sœur, ma chérie, ma colombe, ma parfaite! Parce que ma tête est couverte de rosée et mes boucles de l'humidité de la nuit. Vous avez compris vos droits et vos obligations et que de toute façon, personne ne vous laissera entrer au paradis?» Le GS : «Oui.» Pierre, prenant des mains du drogman le texte des formules d'accueil : «Vous avez des questions?» Le GS : «Ceux qui parlent sont peut-être fictifs, mais ce qu'ils disent n'en est pas moins réel. La vérité ne se trouve que là où on la cache. Oui, bien sûr, les gens ne sont pas ce qu'ils disent, mais leurs histoires, leurs histoires, elles, sont vraies! D'accord, le garçon aux grosses lèvres n'a pas été violé dans son orphelinat, mais un autre l'a été. Et l'histoire du frère brûlé vif et de la mère fusillée, le gars de Lituanie l'a entendue raconter par quelqu'un d'autre. Quelle importance, après tout, à qui c'est arrivé? Du moment que c'est vrai. Peu importent les personnes, ce qui compte, c'est si les histoires sont vraies ou pas. L'essentiel, c'est de raconter une histoire vraie. Juste ce qui a réellement eu lieu. Sans rien inventer. Nous sommes ce que nous disons. Le destin fraîchement raboté est, comme l'arche, bourré de gens parfaitement inutiles, mais tout le reste n'est qu'un gouffre insondable. Nous deviendrons ce qui est consigné dans le procès-verbal. Des mots. Comprenez-moi bien, l'idée que Dieu se fait de la rivière est la rivière même. Pierre : «Alors, allons-y.» Et c'est parti, question-réponse, question-réponse. Par le vasistas entrent des flocons de neige. Comment cela? Tout à l'heure, c'était l'été et voici qu'il neige déjà. La fenêtre donne sur la cour, où sous la surveillance d'un policier, un Noir déblaie la neige de la route à l'aide d'une grande bêche en fer. Le métal mince gratte l'asphalte exactement comme à Moscou. Passe un deuxième groupe de GS transis que l'on conduit à l'entretien, emmitouflés dans leurs vestes et leurs écharpes, pour la plupart des Noirs et des Asiatiques; ils tapent des pieds sur la neige fraîche tandis qu'un gamin de cinq ans, arabe ou kurde, allez donc les reconnaître à cet âge-là, essaie d'en ramasser dans sa main pour faire une boule de neige, mais sa mère le réprimande en le tirant par le bras. Question-réponse, question-réponse. Ensuite, c'est la pause, avec un café dans un gobelet en plastique. Par cette fenêtre-ci, on voit une autre cour, elle aussi enneigée, où des négrillons font une bataille de boules de neige. Mais, voyons, ce sont bien eux qui s'en lançaient déjà tout à l'heure ou bien c'était il y a un an ? Et à nouveau question-réponse, question-réponse. C'est comme un soliloque. On se pose la question à soi-même. Et on y répond soi-même.

Pour se changer les idées, le drogman essaie de lire avant de s'endormir. Avant d'éteindre la lumière et de mettre son oreiller sur son oreille, il a envie de se transporter à l'autre bout de l'empire et de parcourir avec Cyrus trente-cinq parasangs en cinq étapes dans le désert, avec l'Euphrate à main droite. Là-bas, la terre a l'aspect d'une vaste plaine couverte d'armoise. Les autres plantes qu'on y rencontre – buissons et roseaux – embaument comme des substances aromatiques. Il n'y a pas un seul arbre, mais on peut voir toutes sortes d'animaux : des ânes sauvages et de grandes autruches, ainsi que des outardes et des gazelles. Souvent, les cavaliers se lancent à leurs trousses. Lorsqu'ils sont poursuivis, les ânes prennent de l'avance, puis s'arrêtent, car ils courent beaucoup plus vite que les chevaux. Au moment où les chevaux vont les rattraper, ils repartent, si bien qu'on ne peut jamais les atteindre, sauf si les cavaliers se postent à différents endroits et les poursuivent à tour de rôle. Leur viande ressemble à celle du cerf, mais en plus tendre. Personne n'a jamais réussi à attraper d'autruche et les cavaliers qui essaient y renoncent vite : l'autruche a tôt fait de les distancer, car elle court en s'aidant de ses ailes, qu'elle lève au-dessus d'elle comme des voiles.
Tu refermes le livre, tu essaies de t'endormir et dans ta tête, cela recommence : question-réponse, question-réponse. À nouveau des histoires de miliciens en civil qui forcent la porte, font irruption dans l'appartement, mettent tout sens dessus dessous, vous éclatent les reins, vous cassent une côte ou un bras. Et Pierre leur demande : quand vous étiez petit, vous avez fait une croisière sur la mer Noire à bord du *Russie* et dans les endroits les plus inattendus, par exemple sur les ventilateurs au plafond, vous avez tout à coup remarqué qu'il y avait écrit «Adolf Hitler» en lettres gothiques saillantes ? Réponse : oui, c'est vrai. Question : un jour où vous aviez des invités, votre fils, qui s'ennuyait, s'est glissé sous la table et a ôté les pantoufles de tous les convives, dont les pieds se sont mis à tâtonner sur le par-

quet[1] ? Réponse : oui. Question : quand on a enterré votre maman, on lui a posé sur le front une bande de papier où était écrite une prière, et vous vous êtes soudain demandé qui lirait cela et quand ? Réponse : oui. Question : il y a bien à Perm une rivière qui s'appelle le Styx ? qui a gelé pendant la nuit ? Et quand vous y avez lancé un bâton, il a rebondi sur la glace avec un bruit sonore, creux et léger ? Réponse : oui. Question : et où allait cette jeune fille qui, la nuit, semblait nager, une main devant elle sous l'oreiller, l'autre derrière elle, la paume tournée vers le haut, et vous aviez tellement envie d'embrasser cette paume, mais craigniez de la réveiller ?

Au petit matin, le drogman s'est réveillé en nage, le cœur battant : il a rêvé de Galpetra et tout est comme avant – la salle de classe, le tableau noir, comme s'il n'y avait pas eu, depuis, toutes ces décennies. Il est resté couché à regarder le plafond gagné par la clarté, reprenant ses esprits et se tenant le cœur.

Pourquoi lui fait-elle si peur jusqu'à maintenant ?

Le contenu du rêve s'est effacé tout de suite, seule reste une impression de terreur enfantine.

Et ce qui est pénible aussi, c'est de ne jamais savoir dans quel empire on va se réveiller et sous quelle identité.

Le drogman avait éteint son ordinateur, mais il l'a rallumé pour noter comment il se tournait et se retournait sans trouver le sommeil et tout à coup il s'est souvenu comment Galina Petrovna nous avait emmenés à Ostankino visiter le musée d'Art des serfs. On était encore en septembre, mais la première neige était déjà tombée et l'Apollon du Belvédère se dressait au milieu d'une pelouse ronde toute blanche. Nous nous sommes mis à le bombarder de boules de neige. Tout le monde visait l'endroit couvert d'une feuille, mais personne n'arrivait à l'atteindre. Finalement Galpetra s'est fâchée et nous sommes entrés dans le musée. Je me souviens de l'écho dans les salles sombres et froides aux murs couverts de tableaux noircis par le temps. Les reflets des fenêtres flottaient sur le parquet ciré comme des glaçons. Avec nos énormes patins de feutre enfilés par-dessus nos chaussures, nous faisions des glissades comme à la patinoire et essayions de nous marcher sur les talons pour nous faire tomber. Galpetra nous réprimandait et distribuait des taloches. Je la vois comme si elle était

---

1. Traditionnellement, les invités se déchaussent en entrant et mettent les pantoufles que leur donnent les maîtres de maison.

devant moi, avec ses moustaches sombres des deux côtés de la bouche, son petit ensemble en laine violet, son bonnet blanc en mohair, ses bottes d'hiver à la fermeture éclair à moitié baissée pour aérer ses pieds, et enfilés par-dessus, les patins du musée qui ressemblaient à des raquettes lapones. La seule chose que j'ai retenue des explications du guide est que si les ballerines serves dansaient mal, on les emmenait à l'écurie et on les fouettait on leur relevant la jupe – si je m'en souviens, c'est sans doute à cause de cette jupe relevée. Et je me souviens aussi qu'on nous avait montré comment on faisait le tonnerre : si dans le spectacle il y avait un orage, on lançait des pois secs dans un énorme tuyau de bois. Cette attraction faisait partie de la visite guidée et quelqu'un d'invisible, là-haut, lançait un paquet de pois dans le tuyau. Mais je me souviens surtout de cette visite parce quelqu'un m'avait dit tout bas que notre Galpetra était enceinte. Cela m'avait paru tellement impossible, inconcevable, que notre prof principale moustachue et sans âge tombe enceinte, car, tout de même, il fallait pour cela qu'il se passe ce qui se passe entre un homme et une femme – une femme, et pas notre Galpetra ! Je scrutais le ventre de cette vieille fille qui, à l'école, luttait farouchement contre le mascara et le fard à paupières et je ne remarquais rien : Galpetra était aussi grosse que d'habitude. Je ne voulais pas, je ne pouvais absolument pas y croire, car enfin, l'immaculée conception n'existe pas, mais j'ai été convaincu par l'argument : « Toute l'école sait déjà qu'elle va partir en congé. » Et donc nous étions là à écouter les pois se transformer en lointains grondements du tonnerre tandis que quelque chose croissait inexplicablement à l'intérieur de Galpetra et par la fenêtre, on voyait à travers les flocons la tour de télévision d'Ostankino, vers laquelle se dirigeait l'Apollon du Belvédère, marchant dans la neige sans laisser de traces.

Par ce matin toungouse, le drogman se réveille dans la peau d'un drogman habitant un studio en face d'un cimetière. C'est peut-être pour cela que le loyer n'est pas cher. La verdure est comme n'importe où. Détaillée, bruissante, emplumée. Partout, et pas seulement dans l'appartement d'à-côté, la radio annonce depuis le matin d'une voix alerte les meurtres et les cambriolages qui ont eu lieu pendant la nuit. On ne remarque pas tout de suite le crématorium, qui ressemble à une villa à flanc de coteau. Jamais il n'en sort de fumée, bien qu'il fonctionne à plein régime, comme c'est partout de règle ici. C'est grâce aux filtres. La cheminée en est équipée pour ne pas salir la pluie.

Quant à l'écureuil qui court le long de la clôture, j'en ai déjà parlé.

Longtemps, les voisins sont restés invisibles. On ne voyait que leur linge. La lessive se fait au sous-sol, où il y a plusieurs machines. Elles sont presque toujours occupées et sur les cordes des séchoirs attendent de retrouver leurs corps des chaussettes délavées, des bas de vieux tout reprisés, des caleçons d'avant-guerre.

D'avant quelle guerre ?

Quand le drogman avait emménagé ici il y a un an, non, un an et demi, l'immeuble lui avait fait une impression bizarre. Au début, il n'arrivait pas à comprendre ce qu'il y avait de particulier dans cette immense bâtisse toujours silencieuse. Puis il avait remarqué qu'on n'y entendait jamais de voix d'enfants. Et il s'était rendu compte qu'il n'y avait que des studios occupés par des personnes âgées. On aurait dit des chaussettes délavées et des vieux bas ambulants.

Le studio qu'il avait loué se trouvait au rez-de-chaussée et donnait sur une pelouse où il y avait toujours quelque chose qui traînait. En ce moment, par exemple, l'herbe frémissait sous la pluie et, juste sous la fenêtre, il y avait un tube de dentifrice Colgate.

Les voisins de gauche et de droite étaient invisibles, mais on les entendait. Celui de gauche dialoguait en sifflant avec son porte-clefs. Celui de droite, lui, était bavard. Il se faisait la conversation à lui-même en poussant des cris d'échassier. Hiver comme été, il était toujours en caleçon et en maillot de corps. Une fois, le drogman était rentré très tard, vers deux heures du matin, et il l'avait trouvé en train de balayer l'allée.

Le dentifrice vient du sixième étage. Les premiers jours qui avaient suivi son emménagement, toutes sortes d'objets étaient tombés du ciel sur le gazon devant la fenêtre du drogman, et pas du tout des détritus. Un jour, cela avait été un téléphone, puis des paquets de draps et de taies d'oreiller, puis un poste radio, des provisions, des ustensiles de cuisine, des ouvre-boîtes, de la papeterie, des blocs-notes, des boîtes de trombones, des enveloppes. Parfois il ne tombait plus rien pendant une semaine, puis tout à coup arrivaient des ciseaux. Le drogman mettait tout cela dans des sacs poubelles en plastique noir et, il faut bien le dire, gardait pour lui ce qui pouvait lui servir : ce qui tombe du ciel n'est pas perdu pour tout le monde. Il avait dans le tiroir de son bureau des crayons célestes, de la colle, les fameux ciseaux. Et le drogman n'arrivait pas à comprendre qui jetait tout cela et pourquoi. Mais un jour de grand vent, le gazon s'était couvert de feuilles blanches, comme si un arbre en papier avait été saisi par l'automne. Il s'avéra que c'étaient des bulletins de vote. C'est vrai qu'ici, cela n'arrête pas, quand ce n'est pas la fête des Lanternes, c'est un référendum. Sur ces papiers, il y avait un nom et une adresse. *Frau* Eggli, au Meilleur des Mondes. Le drogman était allé vérifier les noms des locataires. C'était bien cela, frau Eggli habitait au sixième, juste au-dessus de lui. Il était monté sonner à sa porte. Après tout, on ne sait jamais, il y avait peut-être eu un courant d'air et tous ses papiers s'étaient envolés du rebord de sa fenêtre. Il voulait juste les lui rapporter. Mais personne ne venait et il allait repartir quand il avait entendu des pas traînants derrière la porte. Celle-ci s'était enfin ouverte. Il avait d'abord été saisi à la gorge par l'odeur, puis il avait distingué dans la pénombre une vieille qui devait bien avoir huit cents ans. Il s'était même demandé comment un être aussi racorni pouvait dégager une odeur aussi puissante. Il s'était excusé et lui avait expliqué que, voilà, ses bulletins étaient tombés et qu'il était venu les lui rapporter. Elle ne répondait rien. Il lui avait demandé, en vérifiant encore une fois le nom à côté de la sonnette : «*Sie sind ja Frau Eggli, oder?*» Elle avait marmonné : «*Nein, das bin i nöd!*», et elle avait claqué la porte. Non, eh bien tant pis, après tout, elle avait peut-être été échangée quand elle était bébé. Et depuis, des objets avaient recommencé à tomber de temps à autre.

Auparavant, le drogman habitait un autre immeuble, où il n'était pas seul, mais avec sa femme et son fils. Mais voilà, son épouse était devenue la femme de quelqu'un d'autre. Ce sont des choses qui arrivent, dans notre empire comme dans tous les autres. Rien d'extraordinaire.

À chaque fois qu'il a son fils au téléphone, le drogman lui demande :

– Comment ça va ?

Et l'autre lui répond toujours :

– Ça va bien.

À Noël, quand le drogman avait téléphoné pour savoir si la panoplie de magicien qu'il avait offerte lui avait plu, son fils lui avait répondu :

– Les autres n'ont qu'un seul papa pour leur faire des cadeaux, tandis que moi, j'en ai deux ! C'est chouette, hein ?

– Oui, avait répondu le drogman.

De temps en temps, son fils lui envoie des lettres amusantes auxquelles il joint des dessins. Un jour, il a inventé son pays à lui et en a dessiné la carte.

Le drogman l'a punaisée au mur.

Question : Ainsi, vous affirmez que vous cherchez l'asile pour votre âme fourbue, estropiée, lasse des humiliations et des tourments, de la muflerie et de la misère, des salauds et des idiots, et que partout vous guette le danger de devenir le jouet et la victime du mal, comme si pesait sur votre lignée, ainsi que sur toutes les autres, d'ailleurs, une implacable malédiction vouant la génération actuelle aux mêmes souffrances qu'ont endurées vos grands-mères et vos grands-pères et qu'endureront tous ceux qui vont naître jusqu'à la septième génération et le cas échéant au-delà. En guise de pièce à conviction, vous avez présenté un billet Romanshorn-Kreuzlingen poinçonné par un contrôleur somnolent, une page de cahier d'écolier couverte de gribouillis et un corps usé jusqu'à la corde. Mais procédons par ordre. Vous gagniez votre pain quotidien (car vous avez une famille à nourrir, avec en plus une vieille mère et une sœur qui ne s'est jamais mariée) en travaillant comme garde du corps d'un journaliste à succès, malin et teigneux, qui animait un show télévisé débile, mais dont raffolaient les simples mortels parce qu'il apportait dans les palais et les chaumières un peu d'espoir et des parcelles de lumière. Le journaliste en question a eu accès Dieu sait comment à des matériaux sur l'origine du mal. Tout était dans l'aiguille. L'aiguille était cachée dans un œuf, l'œuf dans un canard sauvage, le canard sauvage dans un lièvre, le lièvre dans quelqu'un d'autre encore et tout cela était fourré dans un attaché-case[1]. Et voici notre journaliste intrépide prêt à en déballer le contenu en direct et à briser le bout de l'aiguille pour anéantir le mal. Mais, bien entendu, les puissants de ce monde veillaient (le mal croit toujours qu'il est le bien et que c'est au contraire le bien qui est le mal). L'audacieux s'est mis à recevoir des menaces anonymes qu'il lisait en public avant de les déchirer en petits morceaux, signifiant ainsi son mépris à ses ennemis invisibles, mais omniprésents. Et un jour qu'il tombait une neige molle, vous lui avez dit au revoir jusqu'au lendemain, il est monté dans sa voiture recouverte d'une housse immaculée en compagnie de sa nouvelle épouse – il avait divorcé de l'ancienne un an et demi avant cette bouillie liquide sur le pare-brise repoussée par les essuie-glaces – et vous vous êtes dit que vous le voyiez pour la dernière fois. Mais personne dans cette vie ne s'est jamais inté-

---

1. Motifs du conte populaire sur le méchant magicien Kochtcheï l'Immortel.

ressé à ce que vous pensiez. Les voilà donc assis, le chauffage allumé, attendant que l'intérieur de la voiture se réchauffe, ils voulaient vivre longtemps, être heureux et mourir le même jour, au même instant. Elle disait : «Au diable la vérité, on n'en a rien à faire, Slavik, mon chéri, j'ai peur pour toi et pour moi. S'il te plaît, je t'en prie, arrête tout cela!» Il allait lui répondre quand la voiture a explosé. L'enquête s'est orientée vers l'hypothèse d'une erreur : ceux qui avaient déposé l'explosif s'étaient trompés de voiture. Les enquêteurs ont recueilli des renseignements sur les propriétaires de toutes les BMW blanches de neige stationnées ce soir-là dans la bouillasse près du centre de télévision d'Ostankino, où sous chaque réverbère avaient poussé des pyramides vivantes de flocons. Ils ont aussi cherché l'attaché-case contenant la vérité, mais ils ne l'ont pas trouvé. Du temps où il était encore en vie, l'ex-épouse du défunt, bafouée et outragée dans sa féminité, s'efforçait de bannir de son inconscient celui qui avait trahi leur amour; elle lui téléphonait de temps en temps et restait silencieuse au bout du fil – oh, comme elles se ressemblent, toutes ces femmes délaissées, solitaires, qui étouffent leur fureur en soufflant dans le combiné! Craignant de perdre la raison, elle était allée voir un psychothérapeute, chez qui elle avait sangloté pendant deux heures, vous comprenez, ils avaient vécu tant d'années ensemble. Après avoir observé une pause, le psychothérapeute, qui avait un œil de verre – il le recouvrait sans cesse de sa main –, lui avait suggéré de considérer sa vie heureuse de naguère comme un film vidéo déjà visionné et lui avait dit qu'à présent elle devait se détendre, fermer les yeux et se le repasser en accéléré, pour voir les gens trottiner avec une précipitation comique, s'embrasser comme s'ils se donnaient des coups de bec, faire l'amour comme des lapins, et maintenant elle n'avait plus qu'à retirer la cassette du magnétoscope et à la jeter dans le vide-ordures. «Il n'y a pas de vide-ordures dans notre immeuble», avait répondu la femme. Finalement, en apprenant ce qui s'était passé, elle s'était remise à sangloter, mais cette fois, c'était tout différent – elle pouvait s'autoriser à se dire qu'elle l'aimait, à évoquer les bons souvenirs et à y prendre plaisir. Les larmes qu'elle versait lui faisaient du bien, lui purifiaient le cœur et la soulageaient. Car tant qu'il était vivant, elle ne pouvait penser à lui qu'au passé, en faisant comme s'il était mort, tandis que maintenant qu'il était mort pour de bon, elle n'avait plus besoin de faire semblant. Un jour, en rentrant dans son appartement vide, elle avait senti que quelqu'un était venu en son absence. Toutes les choses étaient à leur place, mais elle éprouvait une sensation bizarre, comme une sorte de fièvre. Fatiguée, elle s'était allongée pour soulager ses jambes lourdes et soudain, elle avait senti sur l'oreiller l'odeur de son eau de Cologne. C'était donc lui qui était venu. Rien d'étonnant à cela : l'âme d'un homme assassiné se refuse à quitter ce monde s'il y demeure une femme qui l'aime et qui a besoin de sa protection. Nous voudrions tellement croire que les êtres chers disparus de cette vie ne sont pas complètement perdus pour nous, qu'ils demeurent quelque part dans les parages, prêts à nous porter secours en cas de besoin. On a écrit des volumes sur le fait que la mort n'est qu'une notion abstraite et que quelqu'un qu'on croyait tué peut très bien s'avérer vivant et tous les autres tués et tous les autres morts aussi. Car les racines de l'herbe continuent à vivre, sans savoir qu'elle a été broutée. Une autre fois, en rentrant chez elle, elle avait vu, dans le miroir à demi-aveugle et piqueté de taches de vieillesse qui lui venait de sa grand-mère, une inscription tracée à la hâte au rouge à lèvres et elle avait reconnu son écriture. Le défunt déclarait que c'était vous son assassin. Au fond, cela n'avait rien d'étonnant : on n'est jamais si bien servi que par soi-même. C'était logique que le tueur à gages soit précisément son garde du corps. Il était clair pour tout le monde que c'était la solution la plus simple et la plus sûre. Vous vous étiez donc retrouvé entre le marteau et l'enclume. Difficile d'accepter, pas facile de refuser. Vous étiez fait comme un rat. Évidemment, les morts aussi peuvent se tromper, mais vous comprenez bien ce qu'il en est. Voici donc l'enquête qui rebondit, et vous êtes accusé d'être l'assassin du journaliste. Vous êtes obligé de vous cacher. Selon la logique de l'intrigue, pour vous justifier, il ne vous reste plus qu'à trouver le vrai coupable, ou mieux encore, cette fameuse vérité disparue. Un vrai polar. Pendant ce temps, l'ex-épouse de la victime est allée voir une voyante, que venait juste de consulter une femme qui voulait conjurer un sort jeté à sa famille : en l'espace d'une année, son mari était mort subitement, sa fille, son gendre et sa petite-fille avaient péri dans un accident de voiture, son petit-fils orphelin était atteint d'une grave maladie congénitale et par-dessus le marché il y avait eu le feu dans leur appartement. Le cabinet de la voyante sentait l'encens et derrière la fenêtre, il y avait un vieil arbre sous l'écorce duquel un xylophage avait, pour raconter sa vie d'insecte, tracé des caractères que personne ne déchiffrerait jamais. Après avoir reçu la somme convenue et recompté les billets, la voyante avait donné à la femme qui cherchait à entrer en contact avec son mari disparu, mais toujours présent, l'adresse d'un site de chat sur Internet où il viendrait la trouver *on line* dès que brillerait la première étoile. À l'heure dite, il n'y avait qu'un seul visiteur sur le site. C'était lui. Inlassablement, elle tapait et retapait avec son index la seule question qui l'intéressait : « Mon chéri, pourquoi m'as-tu quittée ? » En guise de réponse, il lui racontait une histoire de code d'une consigne automatique de la gare de Biélorussie, alors qu'elle lui répétait : « Je voudrais savoir pourquoi. » Mais laissons-les en tête à tête et voyons ce qui vous arrivait pendant ce temps. Vous ne pouviez plus rentrer chez vous, où on vous avait sûrement préparé une souricière. Vous aviez peur qu'ils s'en prennent à votre femme et à votre fils, qui du reste n'était pas de vous et qui était déjà grand, mais l'amour et le développement de l'intrigue n'ont que faire de ces détails, donc vous étiez allé trouver un ancien camarade de régiment qui, n'ayant pas joué tout son comptant aux petits soldats quand il était enfant, reconstituait la bataille de Waterloo avec des figurines de plomb. Une amitié nouée à l'armée, vous étiez-vous dit, c'est sacré. Quand des personnes qui ont été proches autrefois se retrouvent des années après, elles cherchent à retrouver l'intimité perdue, alors qu'elles ne sont plus les mêmes, comme l'eau d'un vase qui s'est transformée en vapeur ou en pluie. Pendant que vous lui racontiez votre histoire, il tirait sur sa cigarette et les jets de fumée sortant de ses narines allaient donner dans son assiette de macaronis. Il avait compris que c'était perdu d'avance, qu'il risquait d'y laisser sa peau en vous prêtant main-forte, mais c'était justement cela qui l'avait stimulé. Ce doit être Dostoïevski qui a dit que la vie était ce qu'il y avait de plus facile à sacrifier. Le lendemain votre ami, revêtu de son maillot rayé, était allé trouver l'ex-épouse du journaliste pour entrer en contact par son intermédiaire avec l'esprit du défunt et élucider le mystère de l'attaché-case disparu. Entendant des coups de feu, les employés de la blanchisserie d'en face avaient appelé la milice, et les miliciens de service, restés coincés dans un embouteillage de sorte qu'ils n'étaient arrivés sur les lieux qu'après la fin de l'heure de pointe, avaient arrêté le risque-tout au grand cœur, non sans lui avoir glissé dans la poche à la faveur de la mêlée des petites cuillers en argent, bien qu'il jurât ses grands dieux qu'en entrant dans la pièce, il avait trouvé le cadavre de la femme sur le lit, le nez dans l'oreiller et une balle en plein cœur. Il s'était précipité pour essayer de la ranimer, c'est pourquoi il avait sur lui des traces de son sang. Puis il avait pris le pistolet qu'on avait glissé dans la main de la victime pour faire croire à un suicide et le tir de contrôle dans le pied s'était déclenché tout seul parce que le cran de sûreté avait été ôté et que votre ami ne savait pas se servir d'une arme. Ce qui expliquait qu'on ait retrouvé sur lui du sang de la victime et des particules de poudre ainsi que ses empreintes digitales sur le pistolet. Mais tout cela n'était pas grave, l'essentiel était que votre fidèle camarade avait eu le temps de lire sur l'écran de l'ordinateur resté allumé et de vous communiquer par téléphone avant d'être arrêté le code et le numéro du casier de la consigne de la gare, où vous étiez allé récupérer l'attaché-case fatidique. L'arrestation d'un innocent entraîné dans le malheur à cause de vous a au moins le mérite d'apporter à l'action une certaine dose de tension dramatique. À présent, vous marchiez dans la rue, portant le mal dans l'attaché-case, et vous vous demandiez quoi faire. Tout le monde se retournait, alerté par un raclement et un bruit de verre tintinnabulant : c'était une vieille qui tirait à même l'asphalte une luge surmontée d'une baignoire d'enfant bourrée de bouteilles vides. Dans un square, de jeunes mamans avec leurs landaus discutaient de la meilleure manière de sevrer les bébés ; l'une d'elles racontait que quand elle nourrissait son dernier, elle s'était enduit le bout du sein de moutarde et son fils, qui commençait déjà à parler, avait dit : «Téter-caca!» Si l'enfant tétait longtemps, il parlerait tard et s'exprimerait mal. Le retraité qui les regardait par la fenêtre alla dans la cuisine, arracha une feuille de l'éphéméride et soupira : demain, Pouchkine serait tué. En fin de matinée, la neige était devenue friable, spongieuse, on aurait dit qu'un vol de sauterelles s'était abattu sur les congères, et sous un sureau, la croûte blanche, ramollie en surface, était toute bosselée. À l'entrée du restaurant, un Noir en livrée, sans doute venu autrefois pour faire ses études, se trémoussait légèrement sur place, tout content de revoir le soleil qui faisait étinceler ses boutons dorés. Au jardin d'enfants la nounou, une fois les petits installés sur le pot, ouvrait la fenêtre pour augmenter le nombre de rhumes et diminuer les effectifs. Dans la vitrine d'une confiserie, une publicité accrochée de guingois proclamait : «Hier tu étais glaire, demain tu seras cendre.» Au zoo les lionceaux gambadaient, nourris de viande de chien. Dans son salon une coiffeuse, prise de hoquet après le déjeuner, pensait que le soir, elle allait se remettre à ses exercices de guitare en glissant de la mousse de polystyrène sous les cordes pour travailler ses accords sans bruit. En face, dans l'école des beaux-arts, un modèle posait avec une chaussette enfilée sur le phallus, car il n'avait pas de petit sachet spécial attaché par des cordons. Sur la coupole de l'église, la croix était retenue par des chaînes pour l'empêcher de s'envoler. L'office était déjà terminé et des femmes en fichu, après avoir tendu une corde pour barrer l'accès à l'autel, lavaient en ronchonnant le plancher sali par les fidèles. Le mendiant installé sur le parvis, sachant que les chauves ne faisaient pas recette, était toujours coiffé d'un bonnet. Dans l'internat pour enfants handicapés, la surveillante retournait les matelas du dortoir des filles, fouillait les lits et inspectait les tables de chevet en quête du rimmel interdit dans l'établissement, sans voir que la précieuse boîte était accrochée à une ficelle derrière la fenêtre. Au marché, on vendait des concombres marinés dans des aquariums. Un Caucasien mal rasé frottait ses pommes avec un chiffon sale. En classe, on étudiait Gogol. Le jeune professeur expliquait que la fugue du nez était une tentative de fuir la mort et que sa réapparition signifiait le retour à l'ordre naturel de la vie et à la condition mortelle. Un couple d'amoureux prenait le bus pour aller faire un enfant, ils se serreraient l'un contre l'autre dans la cohue et étaient ballottés avec tous les autres sur la plate-forme arrière – un peu plus tard, elle s'arrêterait soudain, le moulin à café odorant à la main, en pensant : « Mon Dieu, que c'est simple d'être heureuse ! », et pendant ce temps, il ouvrirait une boîte de sardines en enroulant le couvercle autour de la clé, avec le même geste que s'il remontait le monde comme une horloge. Il fallait aussi que quelqu'un décharge ces carcasses de bœufs scintillantes de givre, pendues à des crochets dans le wagon réfrigéré où flottait un brouillard glacé et où luisait autour de la lampe un nimbe de lumière brumeuse. Et il n'y avait plus personne dans toute la ville pour se souvenir du secret des culottes moulantes de chamois blanc des Chevaliers-Gardes, qu'il fallait enfiler mouillées et laisser sécher à même la peau. Désespéré, vous êtes allé consulter un célèbre philanthrope et défenseur des droits de l'homme, appelons-le M. Vent[1]. Vous avez pris rendez-vous et vous êtes resté dans la salle d'attente à tambouriner sur le skaï de l'attaché-case. Vent était la seule personne au monde qui pouvait vous aider à révéler la vérité et à châtier le mal qui

---

1. Nom d'un personnage de Chesterton.

triomphait à l'extérieur. Car enfin, il fallait bien que quelqu'un brise publiquement en direct le bout du mal ! Bien des gens étaient sans doute du même avis, car la salle d'attente était pleine de réfugiés d'Asie centrale vêtus de caftans déchirés aux couleurs passées. C'était un vieil hôtel particulier convoité depuis longtemps par une banque pétrolière. Les plafonds étaient ornés de moulures à l'antique et personne ne s'étonnait plus de voir Apollon, le dieu des arts, tuer l'un après l'autre tous les enfants de Niobé avant de la transformer elle-même en pierre, mettant ainsi fin aux souffrances maternelles. Mais vous attendiez en vain : Vent avait mystérieusement disparu de son cabinet, et l'on devait retrouver son corps pendu à une branche dans le jardin d'à-côté – la voilà, la fameuse énigme de la chambre close. Mais en dépit des vaines conjectures de la presse sur des phénomènes occultes et de secrètes forces de l'au-delà, l'explication s'était avérée tout simple : trois SDF, trois anciens tankistes, ulcérés de voir bafoué leur grand pays, avaient décidé de se venger des libéraux. Plusieurs indices avaient permis de les identifier : leurs dents cariées brillaient dans le noir. Ils aimaient aussi raconter comment au début de l'année 38, des flots de bananes avaient inondé Leningrad. Et l'un d'eux avait dit : si on savait que la mort n'existait pas, qu'au lieu de mourir, on ne fait que « passer » dans une autre vie, bref, qu'on ne meurt pas pour de vrai, ça ne ressemblerait à rien, ce qu'il faut, c'est mourir honorablement, en homme digne de ce nom, pour de bon, sachant que la mort existe bel et bien. Et donc, voici ce qui était arrivé. L'un d'eux, en passant dans la rue, avait tiré un coup de feu avec un vieux pistolet de duel, ayant remarqué que Vent était justement à sa fenêtre et songeait, allez savoir pourquoi, aux bottes de Tourgueniev qu'il avait vues des années auparavant dans un musée. Elles étaient exposées dans une vitrine, toutes desséchées, mortes, et on avait peine à croire qu'elles avaient été vivantes, qu'elles avaient senti les pieds et le cuir et qu'après la chasse, on y versait de l'avoine pour absorber l'humidité, on les mettait dehors pour les aérer, puis on les enduisait de goudron. Entendant le coup de feu, Vent s'était penché à l'extérieur, et le deuxième SDF, posté à la fenêtre de l'étage du dessus, l'avait attrapé avec un nœud coulant, l'avait soulevé et lancé par une autre fenêtre donnant sur le jardin baigné d'une chaude lumière de fin d'après-midi et bordé de haies taillées net comme la signature d'un arrêt de mort. Là, le troisième complice avait pendu le corps de Vent à une branche. Le soir tombait vite. Vous avez pris le train de banlieue pour Podlipki, où habitaient votre vieille mère et votre sœur, qui enseignait la littérature au collège. À la gare, on annonçait sans arrêt au haut-parleur que la vie était un arc bandé et la mort, le vol de la flèche. Dans l'air lourd du wagon surchauffé qui sentait la sueur, vous serriez l'attaché-case contre vous en songeant que votre mère et votre sœur étaient en ce moment à table en train de manger des crêpes au fromage blanc et de boire leur thé du soir tout en regardant le journal télévisé – justement on montrait l'explosion d'un autobus plein d'otages à Nazran et des morceaux de corps humains qui planaient, mis en valeur par un habile travelling qui les faisait ressembler à des boules de neige rouge. Tout le train lisait des romans policiers. Cela se comprend. C'est un genre qui repose sur l'idée qu'avant le crime, avant l'apparition du premier cadavre, règne dans le monde une harmonie primordiale. Celle-ci est ensuite perturbée, et le détective doit non seulement trouver l'assassin, mais restaurer l'ordre du monde. C'est l'antique fonction du héros culturel. Le crépuscule lui arrive à la cheville. En outre on voit clairement où est le bien et où est le mal, parce que le bien l'emporte toujours, donc on ne peut pas se tromper : ce qui triomphe, c'est forcément le bien. Et puis, on les lit parce c'est terrible de passer sa vie à bourdonner dans le noir comme un moustique, sans être vu ni entendu. On trouve dans les polars les mêmes horreurs que dans les journaux, avec cette différence que cela finit bien. Parce que cela ne peut pas finir autrement. Cela commence par des inquiétudes, des frayeurs, des émotions, des larmes, des pertes et à la fin, tout cela, c'est du passé. Comme dans un conte de fées : la bête féroce sortie des enfers s'est emparée de l'île et règne sur des hommes tout juste ébauchés et sans papiers. Elle leur croque la tête. Ils ont peur, mais ils continuent à vivre. Car il faut bien vivre tant bien que mal. Et voici qu'apparaît le héros débordant de vaillance et de sagesse orientale, qui donne à la bête un coup de botte dans les testicules. Les journaux, en revanche, mieux vaut ne pas les ouvrir, car ce qu'il y a dedans, ce ne sont pas des nouvelles, mais un inventaire des crimes les plus macabres qui vous glacent le sang et soufflent sur la girouette de l'opinion publique : d'après les derniers sondages, tout le monde réclame à nouveau, premièrement que l'on rétablisse les exécutions publiques pour les violeurs de leurs filles et de leurs fils, deuxièmement que l'on instaure la charia pour que les voleurs aient la main coupée, comme ça la prochaine fois qu'ils voudront faucher quelque chose, ils tendront le bas, mais tintin, pas moyen de l'attraper. À côté de vous était assise une jeune fille au physique ingrat envahi de poils disgracieux, qui passait ses nuits à se languir en mal d'amour. Elle lisait un livre sur la secte juive des Sadducéens. Mine de rien, vous avez parcouru les lignes où il était dit : les Sadducéens affirmaient qu'il n'y aurait dans l'avenir ni béatitude éternelle pour les justes ni tourments éternels pour les méchants, ils niaient l'existence des anges et des esprits malins, ainsi que la résurrection des morts. « Mais alors, c'est nous les Sadducéens », avez-vous soupiré. Le train arrivait en gare de Podlipki. Par la vitre, vous avez aperçu sur le remblai la moitié d'un chien que des gamins avaient attaché aux rails. Vous pouviez prendre un autobus près de la gare, mais vous avez préféré faire le trajet à pied pour prendre l'air. En arrivant devant l'immeuble de quatre étages, vous avez salué les mémés assises sur le banc et vous vous êtes dit : on va me tuer, et elles, comme il se doit, elles vont commenter les détails de l'enterrement, comment était le cercueil et si la veuve pleurait fort. Vous êtes entré dans le hall et au lieu de grimper l'escalier quatre à quatre comme vous le faisiez toujours pour éviter de respirer les odeurs venant des coins, vous avez commencé à monter à pas de loup, tendant l'oreille et scrutant l'obscurité tandis que des seringues usagées craquaient sous vos pieds. Soudain, vous vous êtes immobilisé. En haut, sur le palier du dessus, il y avait quelqu'un qui parlait à mi-voix et qui s'est tu quand vous vous êtes arrêté. Vous avez entendu un claquement de culasse. Vous avez compris que c'était vous qu'ils attendaient et alors a commencé une description de la nature. C'était un paisible matin d'été. Le soleil était déjà assez haut dans le ciel pur, mais les champs étincelaient encore de rosée, une fraîcheur odorante montait des vallées tout juste éveillées et dans la forêt encore humide et calme, les oiseaux matinaux gazouillaient joyeusement[1]. À la surface de l'étang, des araignées de ciel couraient sur les reflets des nuages. Un tremble frappé par la foudre est couleur d'ardoise. Une libellule plaquée contre un rayon de soleil est nimbée d'une auréole cristalline. Des tiques se nichent dans la frondaison d'un chêne. Un orme est tout de bronze vêtu. Le vent a peigné le sapin en lui dessinant une raie. Selon Dante, la forêt est faite de pécheurs transformés

---

1. Début du roman de Tourguéniev, *Roudine*.

en arbres. L'herbe sèche du pré crisse sous les pieds. La stridulation des criquets vous bouche les oreilles. La rivière se faufile en tapinois et tire les plantes aquatiques par les cheveux. Personne n'a l'idée de donner des noms au ciel et pourtant on y voit, comme dans les océans, des détroits et des mers, des golfes et des bas-fonds. Le claquement de la culasse était en fait le bruit d'une cannette de bière vide jetée par terre. La conversation a repris dans la cage d'escalier et quelqu'un a continué l'histoire de sa chienne aux yeux humains qui comprenait son maître à demi-mot. On aurait dit un être humain, mais couvert de poils et à quatre pattes. Seulement, quand elle a eu des chiots, il lui est arrivé quelque chose. Un jour en rentrant chez lui, il s'est aperçu qu'elle avait arraché avec ses dents la tête de ses petits. La nature s'était détraquée, pareille chose était impensable, cela n'aurait pas dû se produire. Il avait été obligé de l'abattre. « Fausse alerte », vous êtes-vous dit avec un soupir de soulagement et vous avez continué à gravir les marches. Vous avez ouvert la porte avec votre clé et avez reculé, saisi d'épouvante et de stupeur, devant le spectacle qui s'offrait à vous. Comme devait l'établir l'enquête, les habitants du quartier avaient été réveillés vers trois heures du matin par des cris déchirants, mais, traumatisés par l'âpreté de ces temps de brigandage, les voisins s'étaient terrés chez eux. L'appartement était dans le plus grand désordre, les meubles brisés étaient éparpillés dans tous les sens. Sur une chaise était posé un rasoir ensanglanté. Deux ou trois grosses mèches de longs cheveux gris mêlés de sang, qui semblaient avoir été arrachés avec leurs racines, étaient collées contre la grille de la cheminée. Sur le parquet, on avait trouvé quatre napoléons, une boucle d'oreille ornée d'une topaze et deux sacs pleins d'anciens roubles commémoratifs, qu'ici tous les distributeurs automatiques prennent pour des pièces de cinq francs à l'effigie de Guillaume Tell. Près de la fenêtre gisaient les débris d'un bocal de trois litres avec son champignon déjà tout sec et racorni. Et aucune trace de votre sœur et de votre mère! Quelqu'un avait remarqué un amoncellement de suie dans le foyer. On avait inspecté le conduit de la cheminée et, ô horreur, on en avait tiré par la tête le corps de votre sœur, qui avait été fourré, la tête en bas, par l'étroite ouverture jusqu'à une distance assez considérable. Le corps était encore tiède. En l'examinant, on avait découvert que la peau était arrachée en de nombreux endroits, sans doute à cause de la violence avec laquelle le cadavre avait été poussé et qu'il avait fallu employer pour le dégager. Le visage était horriblement écorché, le cou était marqué de meurtrissures pourpres et de profondes traces d'ongles, comme si la victime avait été étranglée. Mais le plus étrange est que votre sœur avait été retrouvée dans une pièce fermée de l'intérieur, dont les fenêtres étaient solidement assujetties. Encore le mystère de la chambre close ! Voyons comment vous allez vous en tirer cette fois-ci. Après avoir fouillé la maison de fond en comble sans rien trouver de nouveau, tout le monde s'était précipité en bas, dans la cour, où, avec le redoux, le bac à ordures dégageait une odeur nauséabonde. C'est là qu'on avait découvert le cadavre de la vieille femme, avec la gorge tranchée si net que quand on avait essayé de le relever, la tête s'était détachée. Le visage était défiguré et le corps, atrocement mutilé, gardait à peine une apparence humaine. Les malfaiteurs avaient laissé des traces dans toutes les pièces : des restes de crêpes au fromage blanc qu'ils avaient goûtées, en laissant donc des échantillons de salive, des mégots maculés de rouge à lèvre, une allumette consumée dans un cendrier, des verres avec des empreintes digitales, les traces d'une chaussure droite de pointure quarante-cinq, ce qui laissait penser qu'il s'agissait de bandits unijambistes, mais la commission d'enquête n'avait trouvé ni pièces à conviction ni indices et le communiqué lu lors du breafing affirmait que l'assassin était un grand orang-outang furieux qui s'était échappé par une fenêtre, laquelle s'était refermée toute seule quand l'animal avait pris la fuite. Pour abréger, je saute, car cela va être l'heure du déjeuner, j'ai déjà le ventre qui gargouille et nous n'en sommes qu'au début, d'ailleurs la description des assassins de gens dont nous ne savons pratiquement rien ne suscite ni chagrin particulier, ni colère, ni indignation, chacun de nous en son temps descendra le toboggan, je saute, disais-je, les autres aventures de la mallette, la lettre chiffrée, les jumeaux qui se ressemblaient comme deux gouttes d'eau, les passages secrets, la fenêtre brisée depuis l'extérieur si les éclats de verre sont dedans et depuis l'intérieur s'ils sont dehors et bien que le chien n'ait pas aboyé, ce qui laisse à penser qu'il connaissait l'assassin, je passe directement à la fin de votre déposition, à la poursuite finale, où l'intrigue mal ficelée atteint son apogée. Vous courez à travers champs, tenant votre attaché-case qui a mis le feu aux poudres, le sarrasin fleurit rose et le lin bleu, mais ici, vous vous êtes embrouillé et avez introduit des rectifications dans le procès-verbal, parce que vous vous êtes soi-disant souvenu que vous suiviez un chemin poussiéreux à travers un champ de fraises : à la fin de cette chaude journée, les fruits embaumaient. Vous avez la mort aux trousses : d'un côté vous êtes poursuivi par les forces de l'ordre, de l'autre par la mafia, mais vous comprenez bien que cela revient au même. Vous arrivez devant une rivière couverte de reflets et pleine à ras bords de temps. Une vieille souche entrée dans l'eau jusqu'à la ceinture, attrape, le coude en l'air, des piérides du chou. Derrière des buissons, un gamin pêche. Il lance son hameçon, fouettant l'air de l'extrémité souple de sa longue ligne. L'appât fait ploc en touchant la rivière et des cercles concentriques courent à la surface du temps, faisant danser une balle de ping-pong arrivée là tranquillement, sans se presser. On entend en aval hurler un loup, bêler une chèvre et grincer les tolets d'une barque. Des touffes de moustiques poussent le long de la berge. Une araignée attrapait un souffle d'air frais dans ses filets, faisant ses provisions pour l'hiver. Elle l'a touché du doigt, et le voilà qui grimpe au ciel le long de la toile. De majestueux nuages sont immobiles au-dessus de la rivière et dans le champ d'à côté, des vacanciers emportent les choux par sacs entiers, vu qu'ils ont sucé avec le lait maternel le principe : pas vu, pas pris. Quelqu'un a colmaté la brèche d'une clôture avec le couvercle d'un piano à queue, à l'ombre duquel repose lourdement un tuyau d'arrosage enroulé encore plein d'eau. De l'autre côté de la rivière, il y a un couple sur le sable – de loin, on n'arrive pas à distinguer s'ils s'embrassent ou si c'est de la respiration artificielle, mais ce n'est pas le moment de se poser des questions, les forces spéciales gagnent du terrain, on les entend déjà crier : « Le Seigneur sait où Il nous conduit, mais nous, nous le saurons au bout du chemin ! » Et ils scandent aussi à gorge déployée : « Le pire n'est pas que la vie s'achève, c'est qu'elle puisse ne pas recommencer ! » Vous avez ôté vos chaussures pour nager plus facilement, vous avez fait un pas dans l'eau noire et aussitôt votre pied s'est enfoncé jusqu'au genou. Des tiges glissantes vous ont chatouillé la plante, des bulles sont venues éclater à la surface dans une odeur de pourriture. Vous avez avancé l'autre pied et juste à ce moment-là est arrivée vers vous la petite balle blanche, sautant et dansant sur les ronds. Vous vous êtes lancé à la nage, mais la rive opposée, qui semblait à deux brasses de vous, s'est mise tout à coup à jouer à chat. Vous avez nagé longtemps, mais elle restait toujours à la même distance. Vous étiez au bord de l'épuisement, d'autant plus que vous ne pouviez vous servir que d'un bras et que l'attaché-case vous entraînait vers le fond. Finalement, vous avez bu la tasse, et le plafond aquatique s'est refermé au-dessus de votre tête. Quand vous avez ouvert les yeux, vous avez vu un mur jaune avec une branche d'algues et le disque du soleil à travers la paroi trouble et scintillante. Vous vous êtes encore débattu, puis avez été envahi par une incroyable sensation de légèreté. Plus rien n'avait d'importance et tout allait pour le mieux. Soudain vous vous êtes dit : «Pourquoi m'être tant escrimé, alors que tout est si facile et merveilleux!» Vous avez été sauvé par le capitaine Nemo qui vous a recueilli à bord de son Nautilus et vous a mené jusqu'à Romanshorn. C'est là que vous avez acheté ce billet et vous avez pris le train pour Kroizlingen. Assis du côté de la fenêtre pour avoir vue sur le lac de Boden, vous avez sorti votre portefeuille pour compter votre argent et êtes tombé sur le dessin de votre fils, ce gribouillis qu'il vous avait donné pour votre anniversaire et que vous gardez toujours sur vous. Par la fenêtre, vous voyiez défiler les arbres nus penchés vers la droite comme les lettres d'une écriture féminine et vous avez compris que c'était votre femme qui vous avait écrit une lettre pour vous dire qu'elle vous aimait et qu'elle vous attendait. Vous vous êtes endormi et ensuite, vous étiez arrivé, vous êtes descendu sur le quai et là, vous vous êtes rendu compte que vous aviez oublié l'attaché-case ainsi que tous vos papiers d'identité, mais c'était trop tard, car le train était reparti. C'est bien cela?

Réponse : Oui, peut-être bien. Je ne sais plus. Peut-être que j'ai confondu. Excusez-moi, je suis stressé.

Question : Ne vous inquiétez pas. Tout cela est du passé. Voulez-vous de l'eau? Je comprends combien c'est difficile pour vous.

Réponse : Merci! Je vous jure que je me suis efforcé de raconter tout le plus fidèlement possible, mais vous voyez ce que cela a donné.

Question : Ce n'est pas grave. Chacun raconte comme il peut.

Réponse : Je n'ai rien inventé, tout s'est vraiment passé comme cela. Vous me croyez?

Question : Qu'est-ce que cela peut faire, que je vous croie ou non?

Réponse : Peut-être trouvez-vous que c'est exagéré, que c'est – comment dire? – des affabulations, tout ce que j'ai dit sur la cheminée ou sur les nuages et les choux volés, mais cela s'est vraiment passé comme cela, d'ailleurs pourquoi irais-je inventer des histoires?

Question : Mais ne vous faites donc pas de souci ! Ici, on en entend bien d'autres. Tout va bien. Bon, c'est vrai que cela ressemble à un roman policier, mais vous avez dit vous-même que vous aviez envie que tout finisse bien. Voilà ce qui compte.
Réponse : Oui, c'est cela. Exactement. Je voudrais tellement que tout finisse bien. Dites-moi, tout ira bien ?
Question : Écoutez, vous êtes un homme adulte. Vous avez même les tempes qui grisonnent. Vous connaissez la vie. Comment pouvez-vous ne pas comprendre que ce que vous avez raconté est finalement sans incidence sur la décision qui sera prise à votre sujet.
Réponse : Comment cela ? Mais pourquoi ? Qu'est-ce qui compte, alors ?
Question : Cela ne compte pas, un point c'est tout. Peu importe qui volait les choux dans le champ et où est passé l'attaché-case. Il a disparu, et voilà. Vous ne croyez tout de même pas au canard, au lièvre et à Dieu sait quelle épingle rouillée ?
Réponse : Bien sûr que non.
Question : Vous voyez bien.
Réponse : Mais qu'est-ce qui compte, alors ?
Question : Dites-moi, et le gribouillis et les arbres sur la rive qui ressemblaient à une écriture penchée, c'est vrai, cela ?
Réponse : Oui.
Question : Vous l'aimez ?
Réponse : Cela doit absolument figurer dans le procès-verbal ?
Question : Les gens sont naïfs, tout de même ! Ils arrivent persuadés qu'on a besoin d'eux. Ils affluent, ils se bousculent, si bien qu'on n'a pas le temps d'interroger tout le monde. Mais qu'est-ce qu'on a à faire de vous ? Et le pire, c'est qu'ils croient à toutes sortes de balivernes. Tenez, il y en a un dans votre genre, il vous ressemble même un peu, grisonnant, tout avachi, avec des yeux comme les vôtres, décolorés, délavés, eh bien il jurait ses grands dieux qu'il avait lu quelque part, dans un journal gratuit, qu'en fait, nous avions tous déjà eu une vie auparavant, puis nous étions morts et à présent on nous ressuscitait pour ce fameux jugement et nous devions raconter comment nous avions vécu. Autrement dit, notre vie, c'était notre récit, parce qu'il fallait non seulement tout raconter en détail, mais le montrer pour que ce soit compréhensible, car le moindre détail compte ; chaque babiole qui tinte dans notre poche, chaque mot avalé par le vent, chaque silence. C'est comme une reconstitution où on essaie de reproduire l'en-

chaînement des événements : j'étais debout ici, dans la cuisine, près de la fenêtre couverte de givre fondu à un endroit et, par ce trou, je regardais dans la cour, où quelqu'un déblayait avec une pelle à ordures en plastique jaune sa voiture enfouie sous la neige durant la nuit, quand elle est sortie de la salle de bains, emmitouflée dans son peignoir, une serviette enroulée en turban autour de ses cheveux mouillés, elle a allumé son séchoir, a déroulé la serviette et s'est mise à se sécher les cheveux en écartant les mèches avec ses doigts, alors je lui ai demandé : «Est-ce que tu veux un enfant de moi?» Et elle a répondu : «Comment? Je n'entends rien.» Et il faut montrer comment j'étais debout contre la fenêtre, sentir le contact du verre, entendre le bruit du séchoir, voir ses cheveux mouillés et emmêlés dans lesquels elle passait ses doigts, s'imaginer la pelle jaune dans la neige. À ce tribunal-là, personne ne se hâte, car il faut tout établir dans les moindres détails, c'est pourquoi évoquer un soir prend toute une soirée et raconter sa vie prend toute une vie. C'est ainsi qu'on reconstitue tout sans se presser : aujourd'hui les cirrus, demain les cumulus. Les odeurs, les sons, absolument tels quels. Il faut montrer comment il y avait un caillou dans la kacha et on s'est cassé une dent – tiens voilà le chicot jaune. Ou comment devant du vomi par terre dans un wagon de métro on pouvait dire que la personne avait mangé du vermicelle, à l'odeur. Comment on est tombé amoureux en dormant et on s'est réveillé tout heureux en pleine nuit – tenez, vous entendez la bêche du concierge gratter l'asphalte?

Réponse : Mais c'est ici dans la cour, regardez, un Noir transi déblaie la neige avec une bêche en fer! Et là-bas les négrillons font une bataille de boules de neige!

Question : Et voilà, il n'en démord pas : d'après lui tout est réel, même les bruits. Bref, tout ce qui est autour de nous appartient à ce récit. Et il est impossible de dissimuler quoi que ce soit. Voilà comment je suis né, voilà comment j'ai vécu toutes ces années, voilà comment je suis mort. Mais tout cela, ce sont des balivernes, en réalité rien ne s'est passé ainsi. Il ne faut pas être naïf au point de croire que quelqu'un est prêt à vous écouter toute une vie! Mais, excusez-moi, je me suis laissé entraîner, il ne s'agit pas de cela.

Réponse : Alors, cela ne donnera rien?

Question : Vous savez bien qu'il est plus facile à un chameau de passer par le chas d'une aiguille.

Réponse : C'est tout ? Je dois m'en aller ?

Question : Mais attendez donc ! Asseyez-vous.

Réponse : Au fond, à ce que je vois, vous avez un travail intéressant. Vous êtes comme un juge d'instruction. Quoi, où, comment, pourquoi. Déballez-moi ça. Et il faut à tout prix ficeler un acte d'accusation.

Question : Il faudrait avoir de quoi. Le juge d'instruction a un cadavre, une hache, des pièces à conviction, des confrontations, des identifications. Jusqu'au dernier moment on ignore qui a mis des poissons empoisonnés dans le bassin. C'est un mystère ! Une énigme ! Mais, ici, où est le mystère ?

Réponse : Comment, où est le mystère ? Et nous, alors ? Nous qui avant vivions tant bien que mal et qui maintenant sommes venus ici ? Est-ce que nous ne sommes pas un mystère ?

Question : Le mystère, c'est que nous soyons venus au monde. On s'étonne toujours de l'immaculée conception, mais la maculée ne surprend personne. Pourtant c'est cela le mystère : tout était déjà là, sauf vous et vous voici. Et ensuite vous ne serez plus là. Tout le reste, on le connaît.

Réponse : Qu'est-ce qu'on connaît ?

Question : Tout. Ce qui a été et ce qui sera.

Réponse : Mais qui sait cela ?

Question : Comment vous expliquer... Tenez, imaginez-vous que vous êtes invité sur l'île du Nègre. Vous vous attendez à un séjour agréable, sinon, pourquoi vous aurait-on invité. Vous êtes tout guilleret. Le train roule et vous rêvez à une histoire d'amour. En face de vous dans l'autre coin-fenêtre est assise une inconnue dont la peau est de la couleur des baies de sorbier en juillet, quand elles ne sont pas encore tout à fait mûres, mais c'est gênant de la dévisager ainsi, alors vous détournez les yeux et regardez sans cesse par la vitre le ciel vespéral qui est lui aussi couleur de sorbes pas encore mûres : le coucher de soleil est assorti à la peau de votre compagne de voyage. Ensuite, vous arrivez sur le rivage, la mer moutonne et le vent est encombré de cris de mouettes. Au bord de l'eau trottinent des hochequeues. Cela sent la vase apportée par la marée. Les vagues viennent se briser au pied du petit embarcadère, vous lançant des éclaboussures comme des grains de raisin. Des mouettes sont posées sur la rambarde de fer. Poussées par le vent, elles décollent tour à tour pour se reposer aussitôt en poussant des cris plaintifs. La mer et le ciel se confondent comme derrière une vitre embuée, puis l'horizon se remet en place, comme un trait tracé à la règle avec un crayon fin. Vous voici arrivés. Vous trouvez dans votre chambre le texte d'une comptine accroché au mur. Tout est dedans : les négrillons que l'on voit par la fenêtre se lancer des boules de neige et vous aussi vous y êtes. Parce que vous êtes vous-même un petit-nègre, vous irez vous baigner en mer, vous vous noierez et vous serez sauvé par le capitaine Nemo. Il vous emmènera sur la passerelle du commandant, il vous laissera tourner toutes les poignées et les volants, appuyer sur les leviers, les verrous, les soupapes et les boutons, vous expliquera comment tout cela fonctionne, posera sur votre tête aux cheveux crépus sa casquette de commandant graisseuse et imprégnée de sueur. Vous comprenez de quoi je parle ?

Réponse : Évidemment. Je ne suis pas un bébé. Tout tient à la comptine. Mais je ne l'ai compris que par la suite. Pas au début.

Question : Et puis, toutes les histoires ont déjà été racontées cent fois. Mais là, c'est votre histoire à vous.

Réponse : Et comment est-elle, mon histoire ?

Question : Peu importe. Ce qui passe toujours bien, c'est une histoire toute simple, banalement sentimentale, comme celle de la princesse devenue Cendrillon.

Réponse : Moi je suis Cendrillon ?

Question : Mais non, c'est juste une image ! Une métaphore.

Réponse : Vous auriez pu le dire tout de suite, au lieu de me ramener votre Cendrillon.

Question : Bon, d'accord, vous ne voulez pas de Cendrillon, alors prenons autre chose. Un petit procédé bien simple pour faire monter la tension et donner du piquant à la situation, par exemple : un contre tous, un seul bon au milieu des méchants. Une sorte de chevalier errant dans le métro, luttant pour la justice, défenseur des opprimés, consolateur des orphelins et plus encore des veuves, lui-même injustement persécuté et expiant la faute de quelqu'un d'autre. C'est cousu de fil blanc, mais ça marche à tous les coups : un homme de bonne volonté prêt à faire le coup de poing attire toujours la sympathie et tout le monde souhaite ardemment sa victoire.

Réponse : Quelle idée, vraiment, vous parlez d'un chevalier...

Question : Et pourquoi pas ? Depuis votre plus tendre enfance, vous rêviez bien d'être un intrépide chercheur de vérité ? Vous vouliez devenir grand pour être un fin limier, faire la chasse aux criminels et stigmatiser le mal. Ou bien partir dans la taïga et, comme Robin des Bois, délester les touristes de leurs biens mal acquis, d'ailleurs personne n'en a encore jamais acquis autrement, pour tout donner à un orphelinat. Ou bien conduire un sous-marin comme le capitaine Nemo, éperonner des navires, couler les mauvais et sauver les bons !

Réponse : Je ne m'en souviens plus. Oui, peut-être bien que j'en rêvais.

Question : Mais vous vous souvenez bien comment vous étiez assis à côté d'une fosse ou d'une carrière ou d'un ravin et soudain, vous avez entendu un bébé crier au fond. Vous vous êtes précipité, et c'était un chat qui criait.

Réponse : Oui, nous étions plusieurs gamins assis autour d'un feu. À côté, il y avait une grande décharge. Les gens y apportaient des objets depuis toute la ville. On ramassait des disques cassés et on les lançait en l'air. Ou des bouillottes en caoutchouc déchirées qui faisaient d'excellents lance-pierres. Les ampoules grillées éclataient comme des grenades. Donc, nous étions assis autour du feu et les plus âgés parlaient de la maison de redressement. On avait peur de s'y retrouver, alors on les écoutait expliquer comment se débrouiller là-bas. Par exemple comment faire quand on était au mitard sans tabac et qu'on avait envie de fumer. Il fallait gratter l'écorce des brindilles du balai de bouleau et les faire sécher. Et pour remplacer les allumettes, on se servait du rembourrage des matelas et des oreillers, il suffisait d'en déposer un peu sur l'ampoule allumée et d'attendre qu'il se mette à rougeoyer. Mais cela encore, ce n'était rien, ce qui faisait peur, je me souviens, c'étaient les histoires de bizutage. On vous frappait avec des serviettes mouillées nouées avec des dominos à l'intérieur. Et pas question de crier. Ensuite l'épreuve principale se présentait comme un jeu : il fallait dire ce qu'on voulait faire plus tard. On avait le choix entre aviateur ou tankiste. Si on disait aviateur, il fallait grimper tout en haut et sauter la tête la première, puisqu'on avait dit qu'on voulait être aviateur. On n'avait pas le choix. Puisqu'on avait dit qu'on voulait être aviateur, il fallait assumer. Car personne ne disait rien à la légère. On voulait être tankiste ? Dans ce cas, il fallait prendre son élan et foncer la tête la première contre une porte en fer pour l'éperonner. Et impossible de se dédire. Sinon tu serais tout de suite devenu un paria. Alors que si tu prenais ton élan et te mettais à courir, alors tu étais un type bien et ils pouvaient glisser un oreiller à la dernière minute. Il fallait en passer par là sans avoir peur et courir se fracasser la tête contre la porte en fer.

Question : Et en Afghanistan, vous y avez été ?

Réponse : D'où avez-vous sorti cela ?

Question : Par déduction. Comme Sherlock Holmes. Le docteur Watson vient le voir, et l'autre pige tout de suite qu'il revient d'Afghanistan. Pour quelqu'un qui sait raisonner logiquement, il suffit d'une seule goutte d'eau pour conclure à l'existence de l'océan Atlantique ou des chutes du Niagara, même s'il ne les a jamais vus et n'en a jamais entendu parler. Donc rien qu'en voyant les ongles du docteur, ses manches, ses chaussures, les poches de son pantalon aux genoux, les durillons sur son index et son majeur, l'expression de son visage et les poignets de sa chemise, il a tout de suite compris. Il y avait aussi cette blessure au bras gauche, faite par un fusil antédiluvien. On voyait bien que c'était le petit-fils qui l'avait chargé et le grand-père qui avait tiré. Élémentaire. Ici, il suffit de suivre les lois du genre. D'abord l'Afghanistan, puis les dures réalités quotidiennes de la vie civile : lutte contre le mal, l'injustice, la corruption. Injustement condamné. Puis la galère, la dégringolade, et c'est comme ça qu'on devient un tueur. Génération perdue, des gars de plomb. Héros et victimes d'une guerre étrangère. Vous avez beau leur dire : mais comment cela, je suis un ancien combattant, j'ai versé mon sang ! Ils répondent : ce n'est pas nous qui t'avons envoyé là-bas.

Réponse : Mais qu'est-ce que cela vient faire ici ?

Question : Vous avez dit vous-même que tout compte, chaque mot. La moindre broutille, comme ce fameux chameau. Vous vous souvenez du voyage en train, le convoi militaire se traînait sous un soleil de plomb et quand vous avez vu le premier chameau, cela vous a fait penser à votre père. Il était mécano et racontait qu'un matin de bonne heure, alors qu'il conduisait un convoi à travers les steppes d'Asie centrale, il avait vu devant lui des chameaux qui léchaient la rosée sur les rails. Votre père donne un coup de sifflet, ils se dispersent, sauf un, qui se met à courir le long des rails devant la locomotive. Il était trop près pour que le train puisse s'arrêter et votre père l'a écrasé.

Réponse : C'est vrai, mais comment le savez-vous ?

Question : C'est le chameau qui me l'a dit à l'oreille. Celui qui ne pouvait passer par le chas d'une aiguille et qui courait sur les rails devant votre père.

Réponse : Mais cela ne vous regarde pas. Et mon père non plus. Et ce chameau non plus.

Question : Alors, tant pis. À votre guise. C'est comme vous voulez. Mais vous ne comprenez donc pas qu'à part moi, il n'y a personne au monde qui puisse s'intéresser à votre père et à ce chameau. Bon, continuez, maintenant vous allez raconter l'histoire du troisième toast.

Réponse : Qu'est-ce que le troisième toast vient faire ici ?

Question : Mais si, celui en l'honneur des morts. Ce que vous vouliez raconter, c'est qu'au moment où vous alliez porter le troisième toast aux morts, vous avez entendu des coups de feu. Vous avez regardé dans votre appareil à vision nocturne pour voir qui tirait et vous vous êtes aperçu que c'était le grand père et son petit-fils qui le matin même vous avaient apporté un melon et à qui vous aviez donné tout un lot de boîtes de conserves : le grand-père tirait et le gamin rechargeait le fusil, celui-là même qui avait blessé le docteur Watson. Seulement, c'était là-bas, chez vous, que vous étiez des héros et des victimes alors qu'ici, vous étiez des envahisseurs et des assassins. Et ce n'était pas une guerre étrangère, mais la vôtre.

Réponse : Ce n'est pas vrai. Je n'ai rien à voir là-dedans. Tout au moins au début. Quand nous sommes arrivés, c'était l'hiver, pas un poil de neige, un vent qui vous glaçait les os, même en veste molletonnée nous étions transis, et eux, ils marchaient nu-pieds. J'ai vu pour la première fois vendre un arbre au poids. Ils le pesaient en maugréant. Dans les villages, les maisons étaient quasiment en sable. Les paysans étaient en guenilles, on ne voyait pas une seule femme, devant les tavernes étaient accroupis des gens dont on ne savait pas si c'étaient des mendiants ou les tenanciers. Mais sur les rayons, il y avait tout ce que vous vouliez : des magnétophones et des téléviseurs japonais, des montres de toutes les marques possibles, des parfums français. Au début, on ne sentait pas d'hostilité particulière. Simplement tout était différent. Je me souviens du choc que nous avons eu en voyant un fellah labourer son champ avec, entre les cornes d'un des bœufs, un magnétophone qui se balançait et chantait une espèce de mélopée. Ensuite, nous nous sommes rendu compte qu'il ne fallait pas se fier aux apparences : les gamins n'étaient pas de vrais gamins et les paysans n'étaient pas de vrais paysans. Les enfants couraient nu-pieds derrière les blindés en criant : « *Chouravi*[1], donne bakchich ! » Au début, on leur lançait une boîte de

---

1. Mot désignant les Soviétiques en Afghanistan.

corned-beef ou de lait concentré. Ensuite nous avons vu notre premier mort : un gamin d'une douzaine d'années qui avait neuf entailles sur sa mitraillette : cela voulait dire qu'il avait descendu neuf des nôtres. Et quand nous avons commencé à perdre des gars qui étaient devenus mes potes, alors, ça m'a pris. Je voulais à tout prix les venger. Surtout ceux qui avaient été capturés, à cause de ce qu'ils leur avaient fait. Et j'avais peur d'être moi-même fait prisonnier. Mais eux, quand ils nous tombaient entre les mains, ils avaient l'air carrément contents de crever bientôt. Je me souviens bien du premier : il était assis, crasseux, blessé, les mains attachées derrière le dos avec un bout de fil de fer, et il n'avait absolument peur de rien. Totalement résigné à son sort. Avec un détachement tranquille. C'était complètement démoralisant. Alors, on ne se contrôlait plus. L'un de nous lui donnait un coup de botte, l'autre lui flanquait un coup de crosse et c'était contagieux, finalement, tout le monde s'y mettait. Ensuite, nous avons compris qu'ils acceptaient tranquillement la mort par balle, mais qu'ils avaient une peur panique de mourir sans verser leur sang : d'être noyés, étouffés ou pendus. Alors on les mettait sous les roues des camions ou on leur enfonçait la tête sous l'eau, tout ce qu'ils redoutaient le plus. Ils commençaient à glapir, à crier et à se débattre et cela ne faisait que nous exciter davantage. Nous leur tordions les bras derrière le dos et les attachions « en hirondelle », c'est-à-dire qu'on les ligotait avec leur turban de façon à ce qu'ils ne puissent plus bouger ni les bras ni les jambes. On était en permanence sous pression, alors on avait besoin de se détendre. Quand nous n'étions pas en mission, nous vivions dans des modules provisoires et il fallait tous les jours faire une farce aux gars du module voisin. Une fois, nous avons enduit leur plafond de lait concentré, avec toutes les mouches qu'il y a là-bas... Eux, ils nous ont posé le réservoir d'eau pour la toilette en équilibre sur le dessus de la porte, si bien que le premier qui l'a ouvert a tout reçu sur la tête. Ou bien on faisait un test : on lançait dans une chambrée une grenade d'exercice peinte en vert, pour voir la réaction des types. C'était à mourir de rire. Les uns se cachaient sous leur drap, les autres derrière un journal. Là-bas on ne pouvait pas se passer de blagues. Parce qu'on devait se lever en pleine nuit pour aller on ne sait où. Une nuit, nous étions en embuscade dans un défilé et attendions quelque chose. Arrive une caravane d'ânes chargés de ballots. Nous ouvrons le feu. C'étaient des villageois qui apportaient des pommes au marché. On les avait pourtant prévenus qu'il y avait le couvre-feu, mais ils s'étaient mis en route quand même. Ils voulaient arriver de bonne heure. Quand nous nous sommes approchés et que nous avons vu ces belles pommes mûres, nous nous sommes sentis tout bêtes d'avoir descendu par erreur des civils pacifiques. Et aucun d'entre nous n'en a ramassé. Personne n'y a touché. Elles sont restées là par terre.

Questions : Mais elles sont pourries depuis longtemps et il n'en reste plus rien!

Réponse : Je sais. Mais c'est là-bas qu'elles ont pourri. Ici, je les vois encore sur les cailloux, éclairées de l'intérieur.

Question : Où cela, ici?

Réponse : Mais vous avez dit vous-même que nous nous trouvions sur l'île du Nègre. C'est là où nous ne sommes pas, que les choses ont une forme, tandis qu'ici elles ont une essence. Je vous ai bien compris? Là-bas, dans cette vallée de montagne, les pommes ont pourri, mais ici, sur cette île, c'est impossible. Il ne peut rien leur arriver. Elles resteront toujours éparpillées par terre.

Question : Alors vous avez compris que le bien et le mal étaient les deux profils du même visage? C'est bien cela?

Réponse : Non. Pas encore. Sur le moment, je n'ai rien compris. J'ai seulement senti qu'il y avait quelqu'un qui vous conduisait et qui pouvait vous sauver, comme des signes ou comme un talisman. Autrefois dans l'armée on avait coutume de mettre du linge propre avant la bataille et maintenant, c'est l'inverse : avant le combat, il ne faut pas se laver ni se raser ni changer de linge, sinon on sera tué. Il y a des tabous, des choses qu'il ne faut pas faire, pour tromper la mort. Comme si on concluait un pacte avec elle : je ne fais pas ceci ou cela, et toi, en contrepartie, tu ne me touches pas aujourd'hui. Si un blessé à demi-conscient se touche ici entre les jambes, cela veut dire qu'il mourra. Il ne faut surtout pas qu'il fasse cela. Il faut lui tenir les mains pour qu'il ne se touche pas là. Il ne faut pas transporter les affaires d'un mort ni occuper sa place. Il ne faut pas montrer sur soi où quelqu'un d'autre a été blessé. Et en plus, chacun avait son talisman à lui ou sa règle personnelle qu'il fallait garder secrets. Moi, par exemple, je n'ai jamais rien pris à un mort, même pas une montre. Et j'ai remarqué que dès que quelqu'un d'autre enfreignait ma règle, il était tué. Mais ensuite, j'ai compris que tout cela, c'était des bêtises. Chacun a le sort qui est prévu pour lui dans la comptine.

Question : Et le petit nègre a survécu jusqu'à la quille et s'en est retourné à l'autre bout de l'île, là où le ciel est pâle, où les trains s'efforcent d'arriver le matin et où le souffle des fidèles emplit les églises ?

Réponse : C'est à peu près cela. Les premiers jours, tout faisait une impression bizarre. On marche dans la rue, perdu dans ses pensées, en regardant les toits, et si tout à coup un pot d'échappement se met à pétarader, c'est tout juste si on ne se jette pas à plat ventre sur le gazon. Puis on reprend les habitudes de la vie civile. Mais tout me paraissait aller de travers et j'avais très envie de corriger tout cela. Les autres se sont casés comme ils ont pu, ils se sont mis à gagner de l'argent. Moi, on m'a proposé différents trucs, mais j'étais fier, pur et naïf. J'ai d'abord travaillé comme vigile dans un marché. Mais ensuite, j'ai compris que ce n'était pas pour moi. Il y avait trop de racaille tout autour. J'ai compris qu'il fallait faire le ménage.

Question : Alors vous avez pris les habitudes d'une vie civile transformée en champ de bataille entre les ténèbres et la lumière, comme on vous a expliqué en vous recrutant. Au début, vous pensiez que vous n'étiez pas seul, que vous étiez nombreux, que vous formiez tout un ordre de chevaliers porte-lumière, luttant, la lanterne à la main, contre la bête immonde des ténèbres. Mais allez donc en venir à bout quand elles sont si épaisses qu'on n'y voit goutte. Et que le monstre, on le retrouve partout. Vous aviez même sur votre manche un emblème représentant un petit nègre qui transperçait du rayon de sa lanterne comme d'un coup de lance la gueule d'un dragon en lui éclairant les amygdales. Bref, le petit nègre est entré dans la milice et est devenu flic, c'est cela ?

Réponse : Pourquoi me le demander si vous savez tout.

Question : Moi, je connais la comptine et vous, vous racontez votre histoire. D'après la comptine, il y avait des petits nègres qui achetaient les appartements de petits vieux solitaires et qui les tuaient. Et cela a été votre première affaire. Vous vous en souvenez ?

Réponse : Évidemment. Après tout ce que j'avais vu en Afghanistan, je croyais trouver un meurtre banal dans un appartement ordinaire, mais quand nous sommes entrés, c'était une telle puanteur qu'il aurait fallu des années pour la dissiper. Il y avait dans une assiette des pommes de terre moisies couvertes de mousse grise. Un verre avec sur les parois du kéfir séché tout craquelé. Et dans la chambre, sur le parquet ensanglanté, une vieille en robe de chambre de finette, culotte rose et bas déchirés, une jambe bizarrement tordue, une grimace de douleur sur visage vert tout ridé. J'ai senti une boule me remonter dans la gorge et il a fallu que je sorte fumer une cigarette sur le palier pour reprendre mes esprits.

Question : Et au retour, alors que les phares de la voiture fouillaient les touffes hirsutes de brouillard qui étaient en réalité le pelage de la fameuse bête, les porte-lumière commentaient un article de journal sur la question de savoir s'il fallait aider les cas désespérés à mourir et ils décidaient qu'en fin de compte, c'était sans doute mieux comme ça, car la vieille poivrote qui avait vendu son appartement pour une feuille de cassis se serait de toute façon retrouvée à la rue et serait morte de froid sur un tas d'ordures, et d'ailleurs tous ces SDF n'étaient bons qu'à propager des épidémies.

Réponse : Et en plus, elle habitait dans le bloc d'immeubles à côté du mien. Deux jours après, c'était mon jour de congé. En allant à la boulangerie, je suis passé devant les bacs à ordures et j'ai vu son lit et un ballot de linge qu'on avait déposés là. Quand je suis repassé cinq minutes après, quelqu'un était déjà en train de dévisser les pieds du lit, avec à côté de lui sa femme en bigoudis qui dirigeait les opérations et le ballot de linge avait disparu.

Question : Bref, en entrant dans la milice, vous avec fait de votre vie une sorte de roman policier dont chaque jour se lisait comme une page qui venait d'être écrite. Le matin au petit déjeuner, vous jetiez un coup d'œil à la comptine pour voir ce qui était programmé pour ce jour-là et l'après-midi, cela se produisait comme prévu.

Réponse : Vous parlez d'un roman policier ! Dans la comptine, il n'y avait que des ivrognes vautrés dans la rue ou des scènes de ménage, ou encore des jeunes qui faisaient les quatre cents coups. C'était ça, le polar. Un jour, on est tombé sur des gamins qui avaient imaginé de faire dérailler un train pour s'emparer des biens des voyageurs. Ils avaient choisi un endroit en forêt et avaient commencé à dévisser les boulons. Ils avaient même pensé à désactiver le système de signalisation en cisaillant les fils sous les rails. Mais ils n'arrivaient pas à desserrer les plus gros écrous. Alors ils sont allés chercher une énorme clé spéciale à l'atelier du père d'un d'entre eux. Finalement, ils ont été repérés par un garde-voie. Il leur demande : mais enfin, vous n'aviez pas pitié de ces gens ? Et eux, en guise de réponse, ils ricanent. Alors, vous parlez d'un polar.

Question : Mais vous avez tout de même arrêté des coupables ?

Réponse : Oui. Je me souviens de ma première arrestation : nous avons fait irruption en pleine nuit dans un appartement, nous avons réveillé les enfants qui se sont mis à hurler, la femme affolée avalait des calmants pendant que le criminel stressé allait en pyjama prendre dans l'armoire de quoi s'habiller et ôtait ses pantoufles avant de marcher sur le tapis pour les remettre en revenant sur le parquet.

Question : Et la bête ? Où était la bête ? Celle que vous vouliez combattre ?

Réponse : Où elle était ? Vous avez dit vous-même que la bête, c'était le brouillard. Il venait se coller contre les vitres et frotter sa fourrure contre la grille du balcon. Nous sortions faire une ronde pour essayer de l'attraper. On nous demandait des comptes rendus bidon. Après chaque ronde, il fallait faire un beau petit procès-verbal en bonne et due forme pour bien montrer que nous n'étions pas sortis pour rien. Mais en fait, il n'y avait que du brouillard. Mon coéquipier m'a appris à rédiger pendant les temps morts des procès-verbaux portant sur toutes sortes d'infractions, mais sans les dater. Quand on faisait une ronde, il suffisait de les sortir du coffre-fort et de leur ajouter la date du jour. Mais ça, c'était au début. Ensuite, je me suis retrouvé dans un groupe spécial. Sous les ordres du Paternel. C'était comme cela qu'on l'appelait tous.

Question : C'était un groupe qui s'occupait de classer les affaires criminelles les plus graves ?

Réponse : Oui. Mais je ne l'ai pas compris tout de suite.

Question : Parlez-moi du Paternel.

Réponse : Que voulez-vous que vous dise ? Nous étions sous ses ordres, un point, c'est tout.

Question : Dites pourquoi il vous aimait. Il n'avait que des filles et il rêvait d'un fils. Et vous êtes arrivé avec votre esprit de contradiction

Réponse : Non, c'était juste son surnom. Nous avions tous l'âge d'être ses fils. C'était une légende vivante dans la section : on disait qu'il avait participé à la rédaction de la lettre au sultan de Turquie et à la traque de Grichka l'Imposteur, le brigand de Touchino[1]. On racontait qu'il avait un jour sauvé une vieille en la tirant d'un trou d'eau dans la glace. Mais la voilà qui replonge

---

1. Allusion au tableau de Répine *Les cosaques Zaporogues écrivent une lettre au sultan de Turquie* et au second imposteur qui revendiqua le trône après la mort de Boris Godounov.

dans son trou. Elle appartenait à une secte qui croyait que si on était à nouveau baptisé et qu'on suivait la rivière sous la glace en passant le long d'une corde d'un trou à l'autre, on renaissait comme un nouveau-né à une vie nouvelle en laissant tous ses péchés dans l'ancienne vie. Donc, quand j'ai compris de quoi il retournait, je suis allé dans les archives consulter les affaires classées par le Paternel. Je n'en croyais pas mes yeux. Je prenais un dossier, je le feuilletais – mais c'était un crime téléguidé, c'était clair comme de l'eau de roche ! Jugez-en plutôt : la victime avait les menottes aux mains, quelqu'un lui avait arraché la tête à coups de dents et on avait conclu à un suicide. Et qui plus est, sur les photos jointes au dossier on voyait partout des traces de grosses pattes. Pas de doute, c'était la bête ! Je me suis précipité sur le lieu du crime, et j'ai vu une traînée de sang sur la neige fraîche. Je suis les traces, elles traversent les rails du tramway et me conduisent tout droit à la Maison sur la place ! C'est là que sont regroupés tous les pouvoirs publics : la milice, le tribunal, la mairie, la caisse d'épargne, la poste. On l'appelle comme cela, la Maison sur la place, où l'on boit du café soluble et d'où l'on voit par la fenêtre la route qui se dissout. Les traces montent l'escalier. Et tout le monde les voyait, ces traces. Tous les témoins. Je leur demande : vous les voyez ? Ils hochent la tête, l'air de dire : pour sûr, c'est la bête ! J'ai rédigé un rapport pour demander que l'affaire soit réexaminée.

Question : Vous vous sentiez un héros ?

Réponse : Non. Enfin, peut-être un peu. C'est seulement après que j'ai réalisé ce que je faisais. Sur le moment, je m'étais piqué au jeu, comme si je me retrouvais dans la peau d'un héros de roman policier. Du jour au lendemain, j'étais plein d'entrain en me réveillant chaque matin. C'était tout de même autre chose que de faire la tournée des kiosques de vendeurs de bière ! À l'époque, je m'imaginais encore que la vie devait être pleine d'aventures.

Question : Et vous avez obtenu gain de cause ?

Réponse : Oui, mais pas tout de suite. J'ai été convoqué par le Paternel. Je ne l'avais jamais vu aussi paniqué. D'après la comptine, il devait se retrouver entre les pattes d'un nounours blanc. Alors il croyait que son heure était venue.

Question : Que vous a-t-il dit ?

Réponse : Il m'a dit : « Nous mangeons du bœuf, le bœuf mange de l'herbe et l'herbe nous mange. »

Question : C'est tout ?

Réponse : Non. Il m'a dit aussi que si la pierre était dotée de conscience, elle serait persuadée qu'elle tombe de son plein gré et que même si elle ne le pensait pas, elle tomberait tout de même.
Question : Mais il n'a pas crié ? Il ne vous a pas menacé ?
Réponse : Non. Il était assis près de la fenêtre, il regardait la place et semblait se parler à lui-même. Il a dit : «Tiens, hier, j'ai aidé ma femme à hacher du chou. Et la nuit, je n'arrivais pas à dormir. J'étais allongé, les yeux ouverts et je voyais par la fenêtre les branches qui hachaient la lune. Et je pensais tout le temps à toi : tu cours à ta perte, tu sais.» Il a soupiré, puis il a ajouté : «Moi non plus, Anatoli Batkovitch, je ne tiens peut-être pas tout entier entre ma casquette et mes chaussures. Mais puisqu'on vit ici et maintenant, il faut vivre comme une rivière qui coule sans savoir que l'hiver venu, elle gèlera. Ensuite l'hiver arrive, et la rivière gèle. Il faut vivre avec son siècle, Tolia, et ne pas sortir de ses rives.»
Question : Et vous, qu'avez-vous dit ?
Réponse : J'ai dit : «Non, Pavel Efimytch, il faut vivre en accord avec soi-même !»
Question : Pourquoi parler comme ça au vieux. Il vous voulait du bien.
Réponse : Oui, je sais. Je sais. C'est tout juste s'il ne s'est pas mis à pleurer : «Tu es comme un fils pour moi, tu crois que je ne te comprends pas ? Moi aussi, j'ai été jeune, et mû par un sentiment de colère et par une soif de justice, je voulais élucider des crimes atroces et inhumains. Moi aussi, j'avais peut-être envie de scruter des lambeaux de papier aux bords calcinés, de vérifier qui se trouvait à quel endroit au moment où, sous la pluie, la postière est passée devant la fenêtre sur son vélo, un sac en plastique sur la tête, et de découvrir qui avait cassé les branches du vieil arbousier qui fleurissait sous les fenêtres de la bibliothèque ! Tu crois que je n'avais pas envie de nettoyer, sinon toute l'île, tout au moins notre Tsariovokokchaïsk de toute la vermine, d'attraper les canailles, d'écraser les dégénérés ? Mais ensuite on m'a expliqué que c'était du zèle superflu. À quoi cela servait-il de savoir qui était l'assassin ? Qui cela pouvait-il intéresser, puisque de toute façon, tout le monde savait que c'était un homme médiocre, mesquin et insignifiant ! Si ce n'était pas Pétrov, c'était Sidorov. Écoute, Anatole, quand j'étais à l'armée, dans le désert, pour tuer le temps, on attrapait des scorpions. On les capturait et on les jetait dans un cercle de feu. On voulait les voir se suicider

en se piquant la nuque avec leur dard. Mais en fait, aucun d'eux n'en avait la moindre envie, ils voulaient tous vivre jusqu'au dernier instant avant de cramer. Tu as compris ? » Mais je n'avais toujours rien compris. Je lui réponds : « J'ai vu du sang, j'ai vu la douleur et la mort. J'ai tué des hommes, des innocents et des coupables. Ce n'est pas la peine d'essayer de me faire peur. Tant pis si je suis tué. Au moins, je n'aurai pas honte d'être en vie. » Alors il se met à crier : « Tu es encore un chiot, mais moi j'ai une femme et trois filles ! Pour moi, il n'y a personne de plus cher au monde ! Et toi tu viens me faire la leçon ! Commence donc par tenir la main de ton enfant dans la tienne et tu reviendras me parler de la peur ! » Et le voilà qui se tient la poitrine. Je me précipite vers lui, mais il dit dans un râle : « Fiche le camp, morveux ! » On a téléphoné à sa femme, elle est arrivée et nous l'avons transporté chez lui. En arrivant, nous l'avons allongé sur le canapé. Elle me dit : « Attendez, ne partez pas, je vais vous faire du thé. » Leurs enfants n'étaient pas là, l'aînée était à l'université, elle faisait des études d'informatique, les plus jeunes n'étaient pas encore rentrées de l'école. Sur le rebord des fenêtres, ils faisaient pousser des tomates dans des packs à lait, il y avait des photos accrochées aux murs. Elle s'est mise à me raconter l'histoire de toute leur famille. Son père à lui était prêtre, puis il est tombé malade et est devenu aveugle et son fils a été obligé de cacher ses origines, il écrivait dans tous les questionnaires que son père était un invalide et avait toujours peur qu'on découvre la vérité. Sa grand-mère maternelle avait survécu à ses quatre enfants – quatre fils – et elle lui disait : tu comptes pour les quatre. Pendant la guerre, pendant l'évacuation, il avait été sauvé par sa mère : elle s'était fait embaucher comme trayeuse et volait du lait qu'elle emportait dans une bouillotte cachée sur son ventre. Et avant de mourir, alors qu'elle était déjà vieille, elle lui disait : « Surtout, ne va pas m'enterrer avec mes bagues, elles seront volées, vends-les plutôt ! » Elle-même, la femme du Paternel, quand elle nourrissait sa cadette, avait tellement de lait qu'elle se le tirait et le faisait couler en jets fins et bleuâtres dans un verre qu'elle couvrait d'une mousseline et elle appelait les aînées par la fenêtre ouverte, mais celles-ci n'en voulaient pas, elles le trouvaient trop tiède, écœurant et sucré, si bien que la mère le buvait elle-même, pour ne pas le laisser perdre.

Question : Et qu'est devenue cette affaire qui a été réexaminée ?
Réponse : On a écarté l'hypothèse du suicide. Mais on a accusé la

femme de la victime, sous prétexte qu'ils étaient en instance de divorce et qu'il ne voulait rien lui laisser. Habituellement, la procédure durait des mois, pendant lesquels on laissait les prévenus mariner en détention préventive, alors que là, cela a été réglé en un clin d'œil. Elle a été jugée et envoyée en colonie pénitentiaire.

Question : Et les témoins ? Il y avait bien des témoins ?

Réponse : Oui, mais impossible de remettre la main dessus. Vous n'auriez pas eu peur de témoigner, vous, avec toutes les circonstances que cela impliquait ?

Question : Je ne sais pas.

Réponse : Vous voyez bien.

Question : Et ensuite, que s'est-il passé ?

Réponse : Je suis rentré chez moi.

Question : Vous étiez attendu par une petite femme fragile et vous aviez besoin qu'elle vous réconforte, vous qui étiez si grand et si fort ?

Réponse : Oui, sans doute. Elle m'avait dit un jour que j'étais un vrai homme : extérieurement, un bunker et à l'intérieur, une chambre d'enfant.

Question : Comment cela se fait-il que pour cette femme qui était encore une gamine, vous, un homme adulte, vous ayez été comme un chaton ?

Réponse : Ce n'est qu'extérieurement qu'elle ressemblait à la petite Poucette. Je l'avais trouvée au violon au commissariat de la gare. Elle avait été ramassée ivre. Nos gars voulaient s'amuser avec elle et la relâcher sans rédiger de procès-verbal, mais j'ai eu pitié d'elle. Je leur ai dit : « N'y touchez pas, elle est pour moi. » Je l'ai ramenée chez moi. Je l'ai fait entrer et l'ai mise sous la douche. Je regardais les traînées noires de mascara couler sur sa poitrine, sur son ventre, sur ses jambes. Elle avait de petits seins, pas plus gros qu'une joue gonflée, mais avec des tétons drus, dressés, fermes comme des groseilles à maquereau. Et elle embrassait si avidement que nos dents s'entrechoquaient. C'est comme ça qu'elle est restée chez moi.

Question : Mais vous l'aimiez ?

Réponse : Oui. Enfin, je ne sais pas. Je croyais sans doute l'aimer. C'est qu'avant elle, je n'avais pratiquement rien eu. Elle m'a tout appris. À chaque fois, elle criait si fort que les voisins tapaient sur le tuyau. Un jour, après cela, j'étais allé me laver les mains dans la salle de bains – j'avais mis les doigts en elle, dans tous les orifices – et en regardant ses flacons devant la glace, je me suis dit qu'elle n'était tout de même pas comme les autres. Je croyais avoir compris quelque chose aux femmes quand j'étais en Afghanistan. Il y en avait beaucoup qui étaient contentes d'aller là-bas : c'était l'étranger, on était payé par chèques, on pouvait économiser pour s'acheter un appartement, rapporter des vêtements, un téléviseur, alors que chez nous, elles n'avaient rien. C'est qu'à l'époque, tout était réservé aux privilégiés, à ceux qui avaient accès aux magasins spéciaux. Mais le tout-venant, le menu fretin, que pouvait-il faire ? C'est comme cela qu'elles allaient toucher des chèques à la guerre, travailler dans les hôpitaux, dans les entrepôts, les blanchisseries. Elles se mettaient avec un colonel. Ou avec un sous-lieutenant Cela revenait au même, parce que le sous-lieutenant avait accès à l'entrepôt et le colonel pouvait ordonner au sous-lieutenant d'aller y chercher quelque chose. Elles habitaient dans un foyer, à «la maison des chattes». Mais nous les simples soldats, nous ne les intéressions pas, évidemment. Qu'est-ce qu'on représentait pour elles ? Qu'est-ce qu'on pouvait apporter à une femme ? Une bande molletière déchirée ? Tandis qu'avec Lenka, j'avais l'impression que c'était différent. Qui étais-je, moi ? Rien du tout, un simple flic avec un salaire de misère. Mais elle s'était attachée à moi. Elle s'était peu à peu installée dans ma vie. Et elle était gaie. Elle me faisait rire en me racontant comment elle avait quitté la maison de ses parents qui étaient vieux-croyants. Elle était allée travailler dans une fabrique de fil. C'était un travail nuisible à cause de la poussière, mais on été logé en foyer. Ensuite elle était partie et avait trouvé une place de serveuse dans un café. Elle racontait en riant aux éclats comment elle se récurait les ongles et mettait la saleté dans les glaces. J'aimais bien sa manière d'avancer la lèvre inférieure pour souffler sur sa frange qui lui tombait sur les yeux. Elle avait trouvé du travail dans un salon de coiffure et me coupait tout le temps les cheveux. Dès qu'ils commençaient à repousser, elle les coupait. J'aimais bien cela. Et j'aimais aussi la regarder se faire une teinture. Je lui demandais à tout bout de champ : «Et ça, c'est pour quoi faire ? Et ça ?» Elle me répondait en riant : «Regarde, pour que les cils maquillés paraissent encore plus longs, il faut leur mettre de la poudre et du savon.» Elle avait le bout des cils qui se collaient et cela faisait comme des petits rayons. Une nuit où j'étais de garde, je suis rentré tard et je l'ai trouvée endormie, la tête sous la couverture, avec juste les cheveux qui dépassaient sur l'oreiller. Les gars du commissariat m'avaient prévenu que les femmes miniatures de cette espèce avaient les pensées prestes comme des lézards, mais quand elles entraient dans la vie de quelqu'un, c'était comme un couteau, jusqu'au manche. Mais je ne voulais pas les écouter. Je croyais qu'ils disaient ça par jalousie. Et c'est vrai qu'ils m'enviaient. Un jour, nous sommes allés à la campagne faire de la barque. Le sentier qui menait au lac était bordé de ronces. Léna avait une longue jupe large à fleurs, en tissu mince, et voilà cette jupe qui s'accroche à une branche de ronces et qui se déchire légèrement. Léna avait du chagrin comme une enfant. Alors je lui ai dit : «Lenka, pourquoi te désoler comme cela ? Je t'aime, tu sais.» Je ne le lui avais jamais dit avant.

Question : Vous vouliez vous marier ?

Réponse : Oui. Mais cela ne s'est pas fait. Les papiers étaient déjà prêts. Elle s'était choisi une robe de mariée et me demandait toujours de venir la voir chez la couturière, mais je n'avais jamais le temps.

Question : La comptine avait prévu que Poucette devait épouser une taupe.

Réponse : C'est ce qui arrivé. Mais je ne l'ai appris que plus tard.

Question : Donc vous êtes arrivé chez vous.

Réponse : Je suis arrivé chez moi. Elle s'est pendue à mon cou et soudain elle a murmuré d'un air étrangement grave : «Comme je t'ai attendu longtemps !» Nous nous sommes mis à table. Elle avait ôté sa mule et me caressait le genou avec son pied sous la table. Ensuite elle m'a demandé : «Tolik, il s'est passé quelque chose ?» J'ai répondu en souriant : «Mais non, tout va bien. Mange !» Elle s'est levée, a fait le tour de la table et s'est assise sur mes genoux. Elle a pris mes oreilles dans ses mains – elle aimait bien les tenir et les tourner comme un volant – et m'a dit en me regardant dans les yeux : «Je sens bien qu'il s'est passé quelque chose. Dis-moi quoi.» Alors je lui ai tout raconté, la bête, les traces et tout.

Question : Et elle ?

Réponse : Elle a eu peur. Je lui ai dit qu'il fallait faire quelque chose. Sinon, personne ne pourrait y échapper. Tout le monde aurait la tête dévorée par la bête. Je l'ai prise dans mes bras : «Lenka, dis-moi ce que je dois faire !» Elle s'est serrée très fort contre moi et m'a dit : «Mon chéri, tu es fort, tu pourras le faire ! Va sur la place, mets-toi à genoux, signe-toi en direction des cloches et dis que tu n'es qu'un poil dans sa toison. Et tout ira bien.»

Question : Et vous ?

Réponse : Je me suis soudain senti très seul. Jamais je n'avais eu à ce point l'impression d'être complètement seul. Même dans ses bras. Tout seul.

Question : Vous attendiez d'elle une autre réaction ?

Réponse : Oui. J'avais sans doute tort, c'était bête, mais j'attendais autre chose. Elle s'est réfugiée dans la chambre et m'a crié : « Je n'ai peut-être pas de cervelle, mais j'ai un utérus et je veux avoir un enfant d'un homme qui soit là et qui m'aime ! » Et puis elle s'est mise à pleurer. Je suis parti et j'ai passé la nuit dans mon commissariat. Je me tournais et me retournais sur la banquette en bois en me demandant quoi faire. Le lendemain matin, le Paternel m'a convoqué et m'a envoyé en mission dans une autre ville. Sans aucune nécessité. Va là-bas je ne sais où, apporte-moi ça je ne sais quoi.

Question : Mais c'était tout simplement pour vous sauver. Pour vous faire disparaître le temps que tout se tasse, se calme, soit oublié.

Réponse : Sans doute. C'est aussi ce que je pense, maintenant. Quand je suis revenu à la maison, Léna n'était pas là. C'était aussi bien, car je n'avais pas envie de la voir. J'ai commencé à rassembler mes affaires, il fallait bien me préparer à partir, quand on sonne à la porte. Je vais ouvrir et vois une femme d'un certain âge, l'air très convenable, en chapeau, avec un sac à main. C'était la mère de celle qui avait été condamnée après que l'affaire avait été réexaminée. Je lui ai demandé : « Que désirez-vous ? » Elle m'a répondu : « Rien. Je voulais simplement vous regarder dans les yeux. » Et elle a claqué la porte.

Question : Et vous avez enfreint les ordres et au lieu d'aller en mission, vous avez mené votre enquête tout seul, parce que vous aviez toujours cette femme devant vous et vouliez faire sortir sa fille de prison ? Un bon seul contre les méchants ? Un héros solitaire contre le brouillard ? Mais la bête était en vous ?

Réponse : Non. Ou plutôt, si. Enfin, cela s'est passé tout autrement. Je suis allé là-bas, je ne sais où, et je voyais toujours cette femme devant moi, je voyais ses yeux. Donc je suis parti en hiver et je suis arrivé le lendemain matin au printemps. J'étais allongé sur la couchette du haut et je regardais par la fenêtre les arbres qui faisaient l'amour. Et mes pensées s'accrochaient toujours à cette branche de ronces. Et le matin suivant, ce n'était plus le printemps, mais l'été, ou plutôt, ce n'était plus rien du tout. Un désert. Mais pas un désert de sable, un désert de pierres. Je marchais sur les pierres, cherchant le je-ne-sais-quoi. La nuit j'ai aperçu des feux dans le lointain et je suis allé voir ce que cela pouvait être. D'abord j'ai cru que c'était un campement de Tsiganes. Ensuite, je me suis dit qu'il ne pouvait pas y avoir de Tsiganes ici, ce devait être des réfugiés. Il y avait des chariots, des chevaux. C'était un grand camp. Il était tard, tout le monde devait déjà dormir. Mais quelqu'un était encore assis auprès du feu. Je me suis approché. Quand la flamme s'élevait, la silhouette noire de l'homme rapetissait. De plus près, j'ai découvert avec stupéfaction qu'ils étaient habillés comme des Grecs de l'Antiquité. Et ils parlaient une langue étrangère. Ils étaient sans doute en train de tourner un film. Cela arrive souvent, à présent : chez eux, tout est cher, alors ils viennent ici, parce que c'est bon marché.

Question : Mais le temps et l'espace sont vieux, usés, fragiles. Il suffit de s'accrocher à quelque chose, par exemple à votre branche de ronces, pour qu'ils se déchirent. Et par cette fente, n'importe quoi peut se déverser, même des anciens Grecs.

Réponse : Peut-être. Je ne sais pas.

Question : Ils vous ont vu ?

Réponse : L'un d'eux a sursauté en entendant des pas, il a regardé attentivement dans ma direction, mais il n'a rien pu distinguer dans le noir. J'ai continué ma route. Cette nuit-là, j'ai compris ce que je devais faire. Tout cela était à cause de la comptine. Il fallait que je l'arrête. Comment dire... Que je me mette en travers.

Question : Pour que les petits nègres n'aillent plus se baigner dans la mer ?

Réponse : Oui, je devais retenir les petits nègres. Pour que tout s'arrête. Pour que tout devienne différent. Pour que je puisse regarder cette femme dans les yeux. Pour que sa fille revienne. Pour que la vie soit claire et bonne.

Question : Pourtant vous saviez que dans la comptine, un des petits nègres qui voulait arrêter la comptine avait été jugé, envoyé au camp et que là-bas, il avait été violé parce qu'il avait été flic ?

Réponse : Oui. Mais c'est pour ça que je voulais arrêter la comptine.

Question : Comment vouliez-vous faire ?

Réponse : C'est très simple. Je voulais aller sur la place et dire : «Je ne suis pas un poil de la toison !»

Question : Oui, mais...

Réponse : Ne m'interrompez pas ! Je revenais en train. Mes voisins de compartiment n'arrêtaient pas de manger. Sur un journal, il y avait des œufs durs cabossés à la coquille éclatée, une tomate fendue couverte de miettes de pain, du sel dans une boîte d'allumettes. Quelqu'un lisait à haute voix un article du journal mouillé et maculé de graisse qui était étalé sur la tablette. On y disait que notre île occupait la première place pour le nombre d'avortements par habitant, mais qu'en prison, aucune détenue ne cherchait à faire passer une grossesse, au contraire, elles essayaient de se faire engrosser par un gardien ou par n'importe qui. Une sorte d'immaculée conception. Et un des hommes assis en face de moi disait en trempant sa pomme de terre dans un petit tas de sel humide sur ce journal, sur ces femmes, qu'un enfant, c'était pour elles un moyen d'obtenir un supplément de nourriture et puis, elles n'étaient plus obligées de travailler et surtout, elles pouvaient bénéficier d'une amnistie après l'accouchement. Elles étaient libérées en premier. Et quand elles sortaient de la zone, d'après les statistiques, la majorité d'entre elles abandonnaient leur enfant. Ensuite, il s'est mis à raconter l'histoire de son camarade, un prêtre qui avait une chienne aux yeux humains. Elle était comme un être humain, mais avec une fourrure. Mais elle avait arraché la tête de ses petits. Alors, ce pope l'avait tuée. L'homme avait bu une gorgée de thé, et avait dit en regardant par la fenêtre : « Que peut-on attendre d'un pays où les mères tuent leurs enfants ? » Juste à ce moment-là, le train passait au ralenti sur un pont au-dessus d'une rivière et en bas, il y avait deux personnes – un homme et une femme – qui traçaient avec leurs pieds de grandes lettres dans la neige sur la surface gelée, des lettres énormes, pour qu'on les voie depuis les trains, par notre fenêtre, justement.

Question : Et que disaient ces lettres ?

Réponse : Je ne sais pas. Ils ne faisaient que commencer et le train était déjà passé.

Question : Mais c'est important !

Réponse : Mais je ne pouvais tout de même pas arrêter le train !

Question : Bon, d'accord. Donc vous êtes revenu, vous avez pris le tramway et vous êtes allé jusqu'à la Maison sur la place.

Réponse : Je suis revenu, j'ai pris le tramway et je suis allé jusqu'à la Maison sur la place. Je m'éloigne de l'arrêt et je vois le Paternel qui me fait signe par la fenêtre. Il me crie quelque chose que je n'entends pas, il frappe la vitre avec ses phalanges et me montre quelque chose avec ses mains. Il avait vu que j'étais revenu sans autorisation et avait tout compris. Je m'avance vers le milieu de la place et je le vois qui sort en courant : «Anatole! Qu'est-ce que tu fais? Tais-toi! Ne dis rien! Tu ne changeras rien et tu courras à ta perte.» Il avait descendu l'escalier quatre à quatre et la porte d'entrée se trouvait juste en dessous des fenêtres du tribunal. Et à cet instant, voilà que par la fenêtre tombe sur lui une énorme pendule. Un ours en marbre blanc avec un cadran sur le ventre.

Question : C'était cela, l'étreinte du nounours blanc.

Réponse : Oui. J'ai couru vers lui. Le vieux respirait encore, ou plutôt il sifflait, il râlait presque. Il m'a regardé dans les yeux. Comme s'il comprenait tout, mais que cela ne valait plus la peine de rien dire. L'enterrement n'a eu lieu que le mardi suivant, à cause de l'autopsie, parce que samedi et dimanche étaient fériés. Il y avait beaucoup de monde, tous les nôtres, les chefs, des anciens. La veuve et ses trois filles étaient toutes en foulards noirs. Il gelait, alors elles avaient mis des bonnets, avec leurs foulards par-dessus. Et les hommes étaient tous en chapkas et ils dansaient d'un pied sur l'autre pour essayer de se réchauffer. Le cercueil a glissé le long des cordes et s'est posé verticalement, il a fallu le ressortir et le redescendre. La tombe avait été creusée à l'avance, mais la veille de l'enterrement, il avait gelé et la terre était si dure qu'on n'arrivait pas à l'ensevelir. Il avait fallu l'ameublir à la barre à mine et à la bêche, car on ne pouvait tout de même pas laisser la tombe ouverte. Dans son cercueil, le Paternel était tout droit, comme à la parade. Une femme à côté de moi – je ne sais pas qui c'était – a soupiré : «Même dans ton cercueil, Pacha, tu es un bel homme. On ne dirait pas un défunt, mais un fiancé.» Moi, je le regardais et je me souvenais avoir vu à la télévision qu'autrefois on enterrait les morts assis, en position fœtale, les jambes repliées contre la poitrine, comme pour que la personne puisse naître une deuxième fois. Si bien que la tombe était comme un utérus. C'est-à-dire que la mise au tombeau était comme un accouplement avec la terre, une sorte de fécondation de la terre par l'homme. Donc le Paternel était le fiancé de la terre. D'un côté, pour nous, c'était des funérailles, de l'autre, pour lui, c'étaient des noces. C'est pour cela qu'on lavait et qu'on habillait les morts comme pour un mariage. Même la petite couronne sur la tête du Paternel était comme celle que l'on tient au-dessus des mariés. Et les Grecs d'autrefois croyaient qu'après ce mariage, les morts continuaient à vivre dans leur tombe, se nourrissant de ce qu'on leur apportait et buvant le vin des libations faites à leur mémoire. D'ailleurs chez nous, c'était la même chose : j'ai regardé les tombes voisines et j'ai vu qu'on déposait toutes sortes de choses sur les croix : des pommes, des bananes. Et puis je me suis ressaisi : «Mon Dieu, me suis-je dit, à quoi est-ce que je suis en train de penser, alors que ces trois filles se retrouvent orphelines à cause de moi…»

Question : Et alors ?

Réponse : Alors je suis allé au repas funéraire, j'ai bu au repos de son âme et mangé une crêpe et puis j'ai pris le tramway. Pour aller là-bas. Je suis descendu sur la place et j'ai dit ce que j'avais à dire. J'étais debout à l'arrêt de tram et j'ai dit : «Je ne suis pas un poil de la toison !»

Question : Et ?

Réponse : Ensuite, tout s'est déroulé selon la comptine. J'ai été jugé. Envoyé au camp.

Question : Et le juge avait une traînée d'argile rouge sur le front, une robe écarlate faite avec un rideau de douche et une perruque en laine grise ?

Réponse : Oui. Mais comment le savez-vous ?

Question : Je l'ai deviné. Et le procès s'est déroulé comme il se doit ? Sans entorses au règlement ?

Réponse : Tout était parfait.

Question : Qu'a-t-il dit, l'autre, dans son rideau ?

Réponse : Que voulez-vous que dise un juge ? Il a dit que les épreuves purifient l'âme et que la douleur surmontée la fortifie, que nos yeux ne peuvent discerner la vérité, mais peuvent parfaitement être frappés de cécité, que les hommes veulent faire le bien mais ne savent pas comment s'y prendre. Et puis il s'est mis à crier : «Comment pouvez-vous ne pas comprendre cela, c'est le b a-ba, l'a b c, la force de la vie. ! Vous voulez vous mettre en travers de la vie, ou quoi ?» Et moi je lui réponds : «Ne me parlez pas sur ce ton. Je ne suis plus un poil de la toison. Et je ne reconnais plus ni votre jugement, ni la vie selon votre comptine. Faites de moi ce que vous voulez.» Il est devenu furieux : «Seuls quelques petits malins s'imaginent que l'univers est simple comme une botte de feutre : voici la laine, voici la peau, voici la traînée de sang qui traverse les rails du tramway, voici la queue qui dépasse de la cheminée et se détache sur le ciel rougeoyant du couchant hivernal. Seulement il n'y a pas de héros positif ! D'où veux-tu qu'il vienne, celui-là ? C'est dans les romans qu'il donne à la bête un grand coup sur les roubignoles, mais nous ne sommes pas dans un roman ! Et qu'est-ce que tu peux faire, seul contre la comptine ? C'est sur elle que repose le monde ! Et il y est écrit noir sur blanc : le petit nègre s'est entêté, a dit à la comptine qu'il n'irait pas dans la mer, alors elle l'a saisi par la peau du cou. Qu'on le veuille ou non, tout le monde ira dans la mer ! Et si tu ne veux pas y aller de toi-même, tu y seras expédié dare-dare et devras en prime embrasser les roubignoles de la bête. Tu as compris, charogne ? » Et il a donné lecture de la sentence, qui ne comportait qu'une seule phrase : « Seuls les sauvages croient à la lutte du bien contre le mal. » Il a ajouté que discuter avec un sauvage pour essayer de lui prouver qu'une poupée de bois n'était pas un dieu, mais un morceau de bois, n'avait pas de sens. Et en partant, il a dit : « Excuse-moi, vieux frère, pour cette mascarade, mais tu comprends bien que ce n'est pas la perruque qui compte. »

Question : C'est tout ?

Réponse : Pourquoi, ce n'est pas assez ?

Question : Donc, justice a été rendue.

Réponse : On m'a accordé une dernière entrevue avec ma mère et avec ma sœur et on m'a expédié au camp. Et Lenka n'est pas venue.

Question : Vous n'avez pas pu lui pardonner cela ?

Réponse : Au début je n'ai pas pu, mais ensuite, je lui ai pardonné. Après, c'est une tout autre vie qui a commencé. Tu débarques là tout frais, sentant encore la liberté, tu n'y comprends rien, et pourtant il faut tout savoir. Car personne ne te dira rien, tu ne trouveras personne pour t'expliquer. Si tu mets ta cuiller dans la poche de poitrine de ta veste, tu enfreins la règle : c'est le signe des coqs[1]. Ou bien tu arrives au réfectoire, tu t'assieds sur un banc, eh bien non, c'est la table où mangent les coqs.

Question : Mais que voulez-vous ? Qu'il n'y ait pas d'intouchables ? Au camp, on dégrade ceux qui ont été condamnés pour avoir participé à un viol collectif de mineurs : c'est aussi de la violence, mais au nom de la justice. Œil pour œil. Car tout le monde ne croit pas au Jugement dernier. Donc il faut expier ici. Et vous, vous étiez flic. Si bien que tout cela est plus ou moins dans l'ordre des choses. Et puis les coqs sont aussi des hommes et ils arri-

---

1. Dans l'argot des camps, un « coq » est un intouchable, appartenant à la catégorie inférieure dans la hiérarchie des détenus, soit par ce qu'il est un homosexuel passif, soit parce qu'il a été violé, « contaminé » ou ostracisé par mesure de représailles.

vent quand même à vivre. Il faut qu'il y ait partout un ordre et ils font tout simplement partie de cet ordre. Ce n'était pas comme cela chez vous ?

Réponse : Si. Nous étions environ mille dans la zone, et il y avait quinze ou vingt coqs. Ils avaient leurs tables à part, mais dormaient dans la baraque commune. Quand on est au régime sévère, tout le monde est forcément dans la même baraque, intouchable ou pas. Mais ils dormaient dans un coin à part. Bien sûr qu'ils sont utiles. Ils nettoient la cour et les latrines. Ils sont sales et ils puent. Et comme tous ceux qui passent à côté doivent leur donner un coup de pied, ils essaient d'éviter les autres. Ce n'est pas étonnant qu'ils soient sales. Même se laver est un problème pour un coq. Il ne peut pas aller au sauna avec un détenu ordinaire. Ce n'est même pas évident pour lui de se déplacer dans la zone. Par exemple, vous êtes un coq, vous montez l'escalier pour aller au premier étage de la baraque et voilà quelqu'un qui descend. Dès que vous le voyez, vous devez vous plaquer le dos contre le mur pour le laisser passer et éviter à tout prix d'effleurer même par hasard un détenu de plein droit. S'il a l'impression que vous n'avez pas respecté assez scrupuleusement la règle, il vous donnera un coup de pied. Les coups de pied ne sont pas infamants. Toucher un coq avec les poings est dégradant, mais les coups de pieds sont admis. Et il ne faut rien ramasser dans la cour. Si on laisse tomber quelque chose, c'est fichu. On ne peut pas le ramasser parce que ce sont les coqs qui balaient. Si en allant au réfectoire, on laisse tomber sa cuiller, elle est perdue. Et surtout, il faut faire attention à ne pas se laisser contaminer. Si ton écuelle tombe par terre dans la cellule, c'est fini, elle est contaminée. Ou bien si en mangeant tu fais tomber un morceau par terre, il faut tout de suite dire : « C'est tombé sur le journal », alors qu'évidemment, il n'y a pas l'ombre d'un journal.

Question : Mais vous n'êtes pas un enfant, vous voyez bien que tout cela a un sens profond, une fonction hygiénique ! La vie exige une hygiène. Et sur l'île, la vie est partout. Tout cela est tellement naturel.

Réponse : C'est bien ce que je dis. C'est pour cela qu'ils occupent les châlits les plus proches de la porte, pour contaminer les autres le moins possible. Mais on est toujours exposé à la souillure. Par exemple, des coqs dorment sur leurs châlits. Et ensuite, ils quittent la brigade parce qu'ils sont libérés ou transférés quelque part. Leurs châlits restent vides et cela dure longtemps. D'après les règles du camp, les châlits vides sont démontés et emportés à l'entrepôt. Dans ce cas, est-ce qu'ils restent souillés après être passés par l'entrepôt ? Voilà la question ! Car ils peuvent ensuite être attribués à n'importe quel autre détenu. Alors on discute à n'en plus finir : est-ce que le fer peut transmettre la souillure ou non ? Un jour, j'ai vomi. J'ai trouvé un coq pour nettoyer. Ensuite, j'ai décidé de l'aider par pure humanité, je lui ai donné du pain, du tabac. Mais, bien sûr, en respectant les règles : jamais je ne lui aurais rien donné de la main à la main. Ce que je lui donnais, je le posais par terre en lui disant : tiens, prends. Et soudain j'ai vu une telle reconnaissance dans ses yeux. Il me regardait comme un chien, il n'y a pas d'autre mot. Comme un chien battu regarde quelqu'un qui est gentil avec lui. Les autres me disent : quelle idée d'avoir pitié de ce type. Les chiens, c'est autre chose. Mais lui, il suffit qu'on lui dise de cracher sur toi au réfectoire et c'est fini. Oui, évidemment. C'est tout à fait possible. Parce que les coqs aussi ont leur hiérarchie, ils craignent tous le coq en chef : s'il te prend en grippe, dès le lendemain, tu seras dégradé. Il demandera à un des siens de t'embrasser devant tout le monde et c'est fini pour toi. Ensuite, ce coq sera rossé, piétiné, on lui rompra les os, mais, toi, tu seras devenu un intouchable.

Question : Mais dites-moi, qu'est-ce qui compte là-bas ?
Réponse : Ce qui compte ? La même chose qu'ici, la famille. Là-bas, les gens vivent tout simplement comme vous et moi. Ce qui compte, c'est le petit morceau de monde où on t'attend, où on pense à toi. Et là-bas aussi, on vit en famille, en communauté. On se serre les coudes, on soigne ceux qui tombent malades, on accueille ceux qui reviennent du cachot. La famille doit lui préparer un cadeau, lui mettre du thé de côté. Car l'homme a besoin de chaleur. Et il a besoin que quelqu'un lui sourie. Mais dans la zone, il ne faut pas sourire. Le sourire est considéré comme un signe de servilité du faible devant le fort. Si quelqu'un s'approche de vous en souriant, votre première réaction est la répugnance, parce que c'est perçu comme une ruse, une entourloupe. Et pourtant, on a tellement besoin de sourire à quelqu'un ! La nuit, sur mon châlit, je me souvenais du jeu auquel je jouais, enfant, quand je n'arrivais pas à m'endormir : je me réchauffais une main sous la couverture et posais l'autre sur quelque chose de froid. Ensuite, cela faisait comme deux petits bonshommes que je faisais marcher en avançant les doigts sur les montagnes-genoux, sur les plis de la couverture, sur l'oreiller. L'un avait

disparu et l'autre le cherchait partout. Et la main chaude finissait toujours par retrouver la froide et les petits bonshommes, tout heureux, tombaient dans les bras l'un de l'autre. La main chaude réchauffait la froide, la sauvait, la prenait avec elle sous la couverture : tiens, viens, réchauffe-toi ! Et je pensais aussi sans arrêt à Lenka. À sa manière d'avancer la lèvre inférieure pour souffler sur sa frange qui lui tombait sur les yeux. Et je me revoyais l'installant dans la baignoire, la lavant avec une éponge comme une petite fille, l'enveloppant dans une serviette éponge, la coiffant, la portant sur le lit. J'ai même rêvé plusieurs fois que j'étais libéré et que je revenais à la maison, il était déjà tard, j'ouvrais la porte avec ma clé, j'entrais dans la chambre sur la pointe des pieds et je la regardais dormir, la tête enfouie sous la couverture, avec juste les cheveux qui dépassaient sur l'oreiller. Mais après, c'était terrible de se réveiller dans la baraque.

Question : Et comment était la nourriture ?

Réponse : Mais ce n'est pas la bouffe qui compte ! Vous savez ce qui était important aussi là-bas ? la parole.

Question : Quelle parole ?

Réponse : Eh bien les mots, tout simplement. Ce que vous dites. Il fallait répondre de chaque mot que l'on prononçait. Parce qu'il n'y a pas d'autre loi que tes paroles, dont tu es responsable. Par exemple, tu es nouveau dans la cellule. Le guichet est petit et il y a beaucoup de monde, c'est toujours la cohue à l'heure des repas. Et voilà que tu heurtes un de tes voisins et il renverse sa soupe. Tu l'as heurté sans le faire exprès, évidemment. Mais « sans le faire exprès », là-bas, ça n'existe pas. À cause de toi, il n'a plus rien à manger. Alors tu lui proposes ta part en lui disant : « C'est de ma faute, mange. » Mais lui répond : « Tu crois peut-être que je vais manger ta soupe souillée ? » On t'a traité de souillé, d'intouchable. Si tu ne répliques pas, c'est que tu acceptes d'être déclassé. On t'a lancé une accusation et si tu ne ripostes pas, si tu n'y mets pas toute ton énergie, cela veut dire qu'elle est justifiée. Personne n'ira te prêter main-forte. Tu dois te défendre tout seul. Il faut te battre et aller jusqu'au bout. Tandis que si tu acceptes ce mot, il va te coller à la peau et les autres vont te dégrader. Ta vie va devenir un enfer. Allez donc dire après cela que ce ne sont que des mots.

Question : Mais quelqu'un doit tout de même vous expliquer, au début, ce qu'on peut faire et ce qui est interdit ?

Réponse : Personne ne vous expliquera rien. C'est impossible à expliquer. C'est comme l'air ambiant. Tu le respires et tu t'en imprègnes. Mais si tu demandes : « Je peux ? », ce n'est pas la peine de continuer, on te répondra forcément non. L'homme ne peut faire que ce qu'il croit possible pour lui. En fait, tu as le droit de faire tout ce que tu veux, mais tu dois répondre de tout ce que tu fais, de chaque pas et de chaque mot. Là-bas, j'ai compris ce que c'était que la liberté. Ce n'est pas du tout l'absence de barbelés. Non. C'est l'absence de peur. C'est quand on ne peut rien te faire. Quand tu n'as rien et qu'on ne peut rien te prendre. Quand tu as dit ton mot et que tu l'assumes jusqu'au bout.

Question : Vous vous êtes senti libre, là-bas ?

Réponse : Une fois. Pour de bon. Les chefs savaient tout sur moi, qui j'étais, d'où je venais. Un jour ils m'ont convoqué et ils m'ont dit que j'allais être mouchard et que si je refusais, ils allaient me balancer. À ce moment-là j'ai éprouvé un sentiment de liberté que je n'avais jamais connu auparavant. Je leur ai répondu : « Je ne suis pas un poil de la toison. »

Question : Pourquoi ne dites-vous plus rien ?

Réponse : Que voulez-vous que je dise ?

Question : Que s'est-il passé ensuite ?

Réponse : Vous le savez bien. À quoi bon poser des questions inutiles ?

Question : Je comprends, vous ne voulez pas raconter la suite.

Réponse : Non.

Question : Bon, ne dites rien si c'est trop difficile. Je me contenterai de recopier dans le procès-verbal les paroles de la comptine.

Réponse : Vous pouvez écrire ce que vous voulez.

Question : Bon, je vais écrire ceci : dégrader un homme robuste et en bonne santé n'est pas si simple. On vous a envoyé au mitard. La nuit, pendant que vous dormiez, on vous a plaqué sur la figure une serviette maculée de sperme. Vous avez bondi sur vos pieds, mais avant que vous ayez eu le temps de sortir votre lame de sa planque, ils se sont mis à vous cogner la tête avec quelque chose de lourd. Dans la cellule, les sanitaires sont séparés par une petite cloison métallique qui fait comme un pont. Ils vous ont plié en deux par-dessus et vous ont violé à tour de rôle. Et pour finir, ils vous ont fourré dans l'anus le manche du balai. Vous êtes resté plusieurs jours à l'hôpital de la prison, le temps que s'arrête l'hémorragie du rectum. C'est bien cela ?

Réponse : Quelle importance ?

Question : Ensuite, avant d'être renvoyé à la zone, vous vous êtes ouvert les veines. C'est cela ?

Réponse : Oui, c'est vrai, mais qu'est-ce que cela peut faire ? Je ne voulais pas retourner là-bas. Je voulais qu'on m'envoie à l'hôpital du chef-lieu. Deux semaines avant moi, un gars s'était ouvert les veines et on l'avait envoyé là-bas. Mais le directeur adjoint responsable du régime des peines, le numéro deux de la colonie après le grand patron, est venu, il m'a regardé et il a dit : « Pas question d'hôpital. » On a fait venir le médecin, on m'a recousu, comme ça, dans le couloir. J'ai recommencé. On trouve toujours de quoi, dans une cellule. J'ai cassé l'ampoule électrique et je me suis ouvert le ventre. Il faut trancher à fond, pour faire sortir les boyaux, dans ce cas-là les médecins locaux n'osent pas vous recoudre eux-mêmes. Le directeur adjoint est revenu et m'a dit : « Tu peux toujours crever ici, nous ne t'enverrons nulle part. » On m'a mis les menottes, on m'a recousu le ventre tant bien que mal et on m'a laissé seul en m'attachant les menottes à un tuyau.

Question : Vous vouliez mourir ?

Réponse : Pourquoi ? Non, je voulais vivre. J'étais allongé à demi-inconscient et en pleine nuit, je sens à côté de moi une présence. C'était à nouveau le directeur adjoint. Il s'est assis sur un tabouret et m'a dit : « Tu crois que je suis une bête féroce ? Mais mets-toi à ma place. Bien sûr que tu me fais pitié ! C'est tout de même malheureux qu'un homme en arrive à se répandre les boyaux dans la main. Seulement imagine un peu qu'on t'envoie à l'hôpital, après cela j'aurai vingt autres types qui vont se tailladder ! Ce n'est pas à moi que je pense, c'est aux gars comme toi ! Il faut bien que je montre à tout le monde que ce numéro-là ne prend pas. Pour les empêcher de s'éventrer et de se mutiler. Et toi tu me traites de bête féroce ! Au contraire, espèce d'idiots, je vous sauve la vie ! »

Question : Et il vous a sauvé ?

Réponse : Oui.

Question : Il vous a envoyé à l'hôpital ?

Réponse : Non. La question n'est pas là. Là-bas, la nuit, sans doute dans mon délire, je revoyais comment Romka et moi nous décorions le sapin pour le Nouvel An : je l'asseyais sur mes épaules et il accrochait les jouets aux plus hautes branches. Ou bien comment après l'avoir baigné, je l'enveloppais dans un drap et le jetais sur les coussins du divan ; je lui coupais ses petits ongles tout mous après le bain et il avait le bout des doigts tout gonflé et plissé. Et après, quand il respirait bien régulièrement, je le déposais dans son petit lit et dans notre lit à nous, ma bien-aimée m'attendait, mon unique, toute chaude, et elle me disait dans un murmure : «Viens vite!»

Question : Attendez, mais à l'époque, vous n'aviez pas encore cette femme ni ce fils?

Réponse : Justement, ils n'étaient pas encore là. Comment vous expliquer? Ces êtres chers n'étaient pas encore entrés dans ma vie, mais j'étais déjà prêt à tout pour eux. Pour vivre avec elle tout simplement, en mêlant nos existences. Pour que ce fils me dessine des gribouillis le jour de mon anniversaire et écrive dessous en grosses lettres maladroites : «POUR PAPA», parce que ces barbouillages sont peut-être ce qu'il y a de plus important dans la vie.

Question : C'est pour cela qu'ils vous ont eu, à cause de ces barbouillages?

Réponse : Oui.

Question : Vous n'aviez plus besoin de liberté?

Réponse : Non.

Question : Et c'est pour cela qu'ils vous ont libéré?

Réponse : Oui. J'ai écrit un recours en grâce. «Je suis un poil de la toison. J'accepte la comptine. Je vole vers la mer. Bons baisers.» Et c'est tout.

Question : Et que s'est-il passé ensuite?

Réponse : Comme prévu dans la comptine. Le petit nègre a trouvé une place de poil dans la toison. Il gagnait bien sa vie, il s'est marié.

Question : En quoi consistait votre travail?

Réponse : Vous savez, il y avait autrefois une coutume : quand on enterrait un roi, on égorgeait devant sa tombe sa favorite, son échanson, son écuyer, son fauconnier, son intendant, son cuisinier. Bref, tous ceux qui avaient pris soin de sa vie. On explique aux enfants des écoles que c'était pour que le roi ne manque de rien dans l'autre monde. En réalité, il n'y a pas d'autre monde. Et tous les écoliers le savent. C'était pour lui-même, et pas pour le défunt, que le nouveau roi tuait les proches de l'ancien devant sa tombe. Pour que son personnel sache de quoi il retournait. C'était une façon d'assurer sa sécurité et la qualité de leurs services.

Question : Vos proches connaissaient la nature de votre travail?

Réponse : Quand j'ai commencé à bien gagner ma vie, j'ai voulu faire un cadeau à ma mère. C'est que sa vie n'avait pas été rose. Elle avait grandi en orphelinat et avait travaillé toute sa vie dans une fabrique de caoutchouc. Quand j'étais petit, si je commençais à pleurnicher pour avoir un jouet, elle me parlait à chaque fois de son orphelinat. Ils n'avaient pas de cahiers, alors ils utilisaient le moindre bout de papier pour écrire, même les marges des vieux journaux. Ils n'avaient pas non plus d'encre, ils délayaient la suie du poêle avec de l'eau. Et les enfants se volaient les uns aux autres tout ce qu'ils pouvaient : les plus forts prenaient aux petits leurs plumes, leurs crayons et leur pain. Quand je ne voulais pas manger ma soupe, elle me racontait comment le premier soir où on l'avait amenée à l'orphelinat, on lui avait donné un bol de soupe dans lequel nageaient une douzaine de mouches. Elle n'en avait pas voulu, mais ensuite, elle mangeait tout ce qu'on lui donnait, même si son voisin avait craché dans son assiette. Pendant la guerre, l'orphelinat n'avait pas été évacué, toute la direction avait pris la fuite en abandonnant les monitrices et les enfants. Les Allemands avaient exigé les listes des pensionnaires, les monitrices les avaient données et c'est seulement après qu'elles s'étaient avisées que la nationalité des enfants figurait dessus. Les Allemands étaient venus et avaient embarqué tous les petits juifs. D'abord on pensait que c'était pour les mettre dans un ghetto, mais ensuite, on avait su qu'ils avaient tous été fusillés. Pour moi, tout cela remontait au temps du tsar Gorokh, tandis que pour elle, c'était hier. Elle me parlait aussi de son travail à la fabrique : elle trempait des formes dans du caoutchouc pour faire des chaussures. Quand mon père est mort, c'était plus fort qu'elle, elle se mettait à pleurer à son poste de travail et ses larmes tombaient sur la forme. Elle savait que cela allait faire du rebut, mais elle ne pouvait pas s'en empêcher. À l'endroit où une larme était tombée, le caoutchouc ne tenait pas. La ventilation était mauvaise et cela causait des intoxications, surtout chez celles qui manipulaient de la colle. L'une d'elles éclatait de rire, puis toutes les autres s'y mettaient. Il fallait vite arrêter la chaîne, calmer les ouvrières et rétablir l'ordre. Donc j'arrive chez elle – elle vivait encore seule à cette époque, c'est plus tard qu'elle a déménagé chez sa fille aînée à Podlipki. Ma sœur était institutrice et on ne pouvait parler de rien avec elle, aussitôt, elle se mettait à raconter ce qui se passait dans son école et à se lamenter à cause de la drogue. Elle disait : «Il y a de quoi vous dégoûter d'avoir un enfant : on l'élève, tout cela pour qu'une ordure lui donne de quoi se défoncer sous un porche. Ceux qui droguent nos enfants devraient être pendus en public! En public! Sur la place publique!» Bref, j'arrive chez ma mère vêtu d'un beau costume, avec une montre de marque et des chaussures qui valaient sans doute plus cher que toute la production de leur chaîne durant toute une vie, et je lui dis: «Maman, je t'ai acheté un voyage en Égypte. Tu vas enfin voir du pays!» Et la voilà qui se met à pleurer. Je la prends dans mes bras, je lui caresse les cheveux, avec l'âge, elle était devenue toute petite, sa tête m'arrivait au ventre. Je lui demande: «Mais qu'est-ce que tu as?» Elle me répond: «Tolitchka, mon fiston, je n'ai besoin de rien, j'ai déjà tout ce qu'il me faut. Du moment que cela va bien pour toi, il ne me faut rien de plus!» Je lui dis: «Mais, maman! C'est l'Égypte! Le berceau de la civilisation! Les pharaons! Les pyramides! Les momies!» Jamais elle n'a voulu y aller. Elle avait sur le rebord de sa fenêtre un champignon dans un bocal de trois litres. Elle voulait toujours que j'en aie un aussi, mais je n'avais pas envie de trimballer de bocal. Je passais la voir en coup de vent, je restais cinq minutes et repartais aussitôt. Je lui disais toujours: «La prochaine fois!» et je m'en allais bien vite. Et elle restait sur le seuil avec son bocal dans les mains.

Question: Vous avez épousé une femme qui avait déjà un enfant. Vous connaissiez son histoire?

Réponse: Non. Je ne voulais connaître aucune histoire. J'avais tellement attendu cette femme, ma Tania, que toutes les histoires étaient sans importance. Et elle aussi m'avait attendu si longtemps que tout le reste n'avait pas d'intérêt. C'est si important de s'endormir en sachant qu'elle est là, accoudée sur son oreiller et qu'elle me regarde. Ou de prendre sa main et de la poser sur mes yeux. Ou de me réveiller le matin en sentant l'odeur du repassage: elle repassait du linge, d'où montait une vapeur odorante. Je lui téléphonais de mon travail et lui demandais: «Il y a du nouveau?» Et elle me répondait: «Oui. Je t'aime encore plus fort.» Quand je partais quelque part, elle me préparait mes bagages et y glissait des petits billets. Juste deux ou trois mots tout simples, comme: «Je t'embrasse.» Ou: «Tu me manques, reviens vite.» Ou bien: «Redresse-toi. Ne te voûte pas.» Ou encore: «Je vais t'apparaître cette nuit en rêve.» Elle savait vous apparaître en rêve.

Question: Et avec l'enfant, cela ne posait pas de problèmes? Car tout de même, il n'était pas de vous...

Réponse: Romka? Je l'ai aimé tout de suite. Au début, évidemment, il me faisait la tête. Il restait dans son coin sans desserrer les dents. Ma femme m'avait raconté que quand il avait cinq ans, il lui avait déclaré que plus tard, il l'épouserait. Il ne supportait pas qu'elle parle avec un homme : aussitôt, c'était un esclandre, des larmes, une scène. Il était son chevalier servant, toujours prêt à prendre sa défense. Un jour, à un arrêt d'autobus, il s'était précipité les poings en avant sur un ivrogne. Mais moi je lui ai dit : «Tu veux faire avec moi des bateaux en savon?» Et nous nous sommes mis à construire notre flotte : des cuirassés, des contre-torpilleurs, des sous-marins. On prend un morceau de savon, on le débite en tronçons de la largeur d'un doigt et avec une lame de rasoir, on y découpe soigneusement la coque, les passerelles, les tourelles, les canots de sauvetage. Les mâts et les canons étaient en fil de fer, les cordages, en fil à coudre. Quand le savon était bien sec, on peignait le navire à l'encre de Chine. Et cela faisait toute une escadre de sous-marins qui voguait sur notre table! Il ne pouvait pas s'en arracher. Il soupirait : «Ah, si on pouvait être à l'intérieur, dans le carré des officiers! Il avait les cheveux roux, parfois, je l'appelais Poil-de-Carotte et il boudait. Quand nous nous sommes mariés, je l'ai adopté. Il venait d'apprendre les lettres et il lisait tout ce qui lui tombait sous les yeux, toutes les enseignes. Il a pris le jugement d'adoption et l'a déchiffré tout haut syllabe par syllabe. Et il a dit : «Mais alors, Tolia, tu es mon papa, maintenant?» Je lui ai répondu : «Pourquoi maintenant? Avant aussi, j'étais ton papa, ça, ce n'est qu'un papier.»

Question : Vous pensez que c'était important pour elle de vous raconter ce qui s'était passé alors?

Réponse : Sans doute. Je crois que oui. Et elle souffrait de ne pas y arriver. C'est pourquoi je ne lui posais jamais de questions.

Question : Vous auriez voulu savoir?

Réponse : Oui. Parce qu'elle voulait que je le sache. Et personne, à part elle, ne pouvait raconter cela. Vous savez, vous, ce qui s'est passé?

Question : Non. Je ne sais rien sur elle. Je ne connais que l'histoire des petits nègres. Les petits nègres sont allés se baigner dans la mer. À côté il y avait un village où habitaient d'autres petits nègres. On avait averti les petits nègres venus là qu'il fallait faire attention. Si bien qu'elle était au courant et savait de quoi il retournait. Mais là-bas, dans ce village, il y avait un petit nègre nommé Rouslan, qui n'était pas comme les autres. Quand il la rencontrait, il lui demandait : «Tania, personne de chez nous ne t'embête? Sinon, dis-le-moi, on ne sait jamais!» Il lui apportait des fruits de son jardin. Il disait aussi qu'on racontait toutes sortes de choses sur les petits nègres de son village et que cela lui était pénible et lui faisait honte, mais qu'ils n'étaient pas tous comme cela. Le dernier jour, il l'a invitée à un pique-nique au bord de la mer : il avait la visite de son copain de régiment et pour les petits nègres, l'hospitalité et l'amitié entre hommes étaient des choses sacrées. Et Tania a soudain compris qu'elle ne pouvait absolument pas refuser. Et elle y est allée avec son amie Lioussia. Rouslan plaisait beaucoup à cette amie. Et à votre Tania aussi. Elle se disait : il ne faut surtout pas que j'en tombe amoureuse, mais c'était trop tard. Mais le copain de régiment lui a tout de suite déplu. Il était roux, avec des yeux cruels et une voix désagréable. Et tout de suite, elle a senti comme des signaux d'alarme : Rouslan et son copain parlaient entre eux petit-nègre, et elles ne comprenaient pas ce qu'ils disaient. Ils sont arrivés à la rivière, ont allumé un feu, mangé des brochettes, bu du vin. Rouslan prononçait des toasts après lesquels il fallait absolument vider son verre – à l'amour maternel, à la santé de leurs futurs enfants. Elle sentait le danger, mais ce n'était pas possible de se lever et de s'en aller. Elles étaient là, comme des brebis attendant le sacrifice. Lioussia était complètement partie, elle riait aux éclats et criait : «Allez, Tanka, détends-toi!» Enfin ils ont pris le chemin du retour. Il était déjà tard et il faisait sombre. Elle était soulagée que ce soit bientôt fini. Mais tout à coup, ils ont obliqué : au lieu d'aller tout droit, ils se sont dirigés vers la mer. Et ils ont insisté pour prolonger la soirée : «Restons encore un peu, il fait si bon!» Les voilà arrivés sur le rivage. Et soudain, Rouslan et Lioussia sont partis dans la forêt, au début on entendait encore ses éclats de rire, et puis plus rien. Votre Tania est restée seule avec ce rouquin. Le petit nègre a essayé de l'embrasser et de lui ôter son tee-shirt. Elle l'a repoussé. Il a recommencé, en lui passant les mains partout. Elle lui a dit : «Non!» Alors le petit nègre roux l'a frappée au visage, en lui donnant carrément un coup de poing sur le nez. Personne ne l'avait jamais frappée comme cela. Elle saignait, mais elle ne sentait pas la douleur, elle ne sentait plus rien, elle était comme paralysée. Et lui ne faisait plus rien pour la violer, il se contentait de la frapper pour qu'elle dise oui, moi aussi je veux. Mais Tania lui a dit : «Non!» Alors il lui a donné un coup de pied dans le ventre. Elle s'est recroquevillée et s'est dit en un éclair : «Comment est-ce possible? Pendant toute la soirée ils se sont conduits comme des gens normaux et maintenant, le voilà qui me donne un coup de pied dans le ventre. Et ça fait un mal de chien ! » Il lui a de nouveau demandé : « Tu ne veux pas ? » Elle a secoué la tête. Alors il a pris une bouteille par le goulot, il l'a cassée contre une pierre et lui a dit en s'approchant d'elle : « Je vais te taillader le visage. » Alors Tania a vraiment eu peur et cela a brisé sa résistance. Elle n'était plus une personne humaine, elle n'existait plus, à sa place, il n'y avait plus qu'un animal épouvanté, hurlant de douleur et de terreur à l'idée qu'on lui fasse encore plus mal. Et cet animal a dit : « Oui ! Je veux ! » L'autre a pris votre Tania par tous les trous. Ensuite elle a rampé jusqu'au ruisseau pour se laver. C'est alors que Rouslan et Lioussia sont revenus, tout contents, l'air heureux. Tania était sale, avec le visage couvert de bleus. « Qu'est-ce qui s'est passé ? – Rien, a-t-elle répondu. Tout va bien. »

Réponse : Pourquoi m'avez-vous raconté tout cela ?

Question : Pour que vous sachiez ce qu'il y a eu.

Réponse : Elle voulait se faire avorter ?

Question : Non. Elle a seulement dit à sa mère qu'elle avait été dans le midi, qu'elle était tombée enceinte et qu'elle voulait garder l'enfant. Cela se passait dans la cuisine. Sa mère fumait en silence. Elle n'aurait pas dû, car elle était déjà malade, mais elle ne le disait à personne. Ensuite elle a éteint sa cigarette sous le robinet et lui a dit : « Bon, c'est bien. Tu vas avoir un bébé et nous l'aimerons très fort. Dieu ne nous envoie pas d'épreuves au-dessus de nos forces. » Et elle a encore eu le temps de s'occuper de son petit-fils. Qu'avez-vous ?

Réponse : Excusez-moi, c'est juste mes yeux qui sont collés. Tout de suite, je regardais le téléphone et je me disais : si Tania appelle ici maintenant, car il se produit parfois des miracles, n'est-ce pas, et si elle me demande : « Il y a du nouveau ? », je sais ce que je vais lui répondre. Je vais lui dire : « Oui. Je t'aime encore plus fort. »

Question : Vous vouliez un enfant d'elle ?

Réponse : Bien sûr. Et elle aussi. D'abord, cela ne marchait pas, rien ne venait, et j'avais peur que ce soit à cause de moi, que j'aie un problème, car elle avait déjà eu un enfant. Puis elle s'est retrouvée enceinte. C'est arrivé un jour où elle serrait contre elle le moulin à café odorant pendant que j'étais en train d'ouvrir une boîte de sardines. Nous avons acheté un test dans une pharmacie, elle s'est arrêtée aux toilettes – nous nous promenions sur le boulevard Gogol. C'était l'hiver et il y avait partout des sentiers gelés entre les tas de neige. Elle a pris son élan et a glissé vers moi comme une gamine. Elle riait aux éclats en écartant les bras. Elle est arrivée tout droit contre moi. Elle n'a rien dit, mais j'ai compris tout de suite.

Question : Vous saviez qu'elle avait des problèmes de reins ?

Réponse : Comment l'aurais-je su ? Au début, tout allait bien. Je me souviens que nous sommes allés ensemble à la consultation. Je voulais absolument y aller avec elle, je ne sais pas pourquoi. Tout d'un coup j'ai eu peur pour elle. Et là-bas, cela m'a tout de suite déplu. On lui a ouvert un dossier médical, comme si une grossesse était une maladie. Et il fallait venir chez le médecin avec sa serviette de toilette et ses pantoufles, ou bien s'enrouler des sacs de plastique autour des pieds. Un jour, nous avons vu à la télévision une émission sur les accouchements en mer. Ils montraient des femmes enceintes qui allaient accoucher là-bas. Ils proposaient d'y aller, donnaient le numéro de téléphone, les coordonnées. Tania a soudain demandé : « Peut-être que moi aussi je devrais aller accoucher en mer ? » Mais c'était une sorte de secte, les femmes devaient ensuite manger le placenta comme des chiennes. Je lui ai dit : « Ne t'inquiète pas, je paierai ce qu'il faudra et tout se passera bien. » Tania a attrapé froid, elle avait mal aux reins et devait rester allongée ; elle a gardé le lit pendant des semaines en buvant beaucoup de liquide et elle a gonflé comme si elle attendait des jumeaux. Elle s'imaginait qu'elle avait enlaidi, alors elle se mettait toujours sur les yeux des sachets de thé utilisés, car elle était persuadée que cela décongestionnait les paupières. Ou bien elle mettait des rondelles de concombre. Mais seulement en mon absence : elle avait peur que je la voie ainsi, avec ses yeux au concombre.

Question : Et son fils ? Il était jaloux ?

Réponse : Au contraire. Romka était tout content d'avoir un petit frère ou une petite sœur. Je me souviens d'un soir où nous étions allongés tous les trois, nous lui caressions le ventre, moi d'un côté, Romka de l'autre. Je disais : « Grandis bien, petite sœur ! » Et lui, il disait : « Grandis bien, petit frère ! » Je voulais une fille et lui, un garçon. À l'échographie on nous a dit que ce serait un garçon. Romka était ravi : « Hourrah ! J'ai gagné ! » On a affiché le cliché sur la vitre de la bibliothèque. Je me réveillais le matin quelques minutes avant la sonnerie du réveil et je le regardais comme à travers des perturbations atmosphériques : voilà la tête, voilà les mains. Comme s'il nous faisait signe depuis un vaisseau spatial, comme s'il volait vers nous depuis une autre planète où il avait vécu tous ces milliers et ces millions d'années en nous attendant. Ensuite elle a été hospitalisée. Elle ne pouvait pas vivre sans livres et en avait emporté plusieurs avec elle. Elle essayait de lire, mais les autres patientes n'arrêtaient pas de jacasser. J'allais la voir tous les jours et nous marchions dans le couloir de l'hôpital, puis je courais chercher Romka au jardin d'enfants. Elle ouvrait le livre qu'elle était en train de lire et me disait : « Regarde, c'est écrit que le corps humain est étiré dans le temps et occupe ainsi tout l'espace. Qu'est-ce que cela veut dire ? » Je haussais les épaules : je n'en savais rien, mais puisque c'était écrit, cela devait être vrai ; ils savaient mieux que nous. Je lui demandais : « Et toi, tu comprends ? » Elle secouait la tête : « Pas encore. Mais un jour, je comprendrai. » Je riais : « Alors moi aussi, je comprendrai un jour. » Il y avait une aide-soignante qui lavait par terre et qui bougonnait tout le temps : « C'est comme ça qu'on passe toute sa vie à avoir peur : d'abord on a peur d'être enceinte, ensuite d'accoucher et ensuite on a peur jusqu'à la fin pour ses enfants. »

Question : Elle est revenue à la maison sans son bébé ?

Réponse : Oui. Elle ne le sentait plus bouger. Le bébé était mort dans son ventre.

Question : On vous a expliqué ce qui s'était passé ?

Réponse : Oui. Mais je n'ai pas bien compris. Et surtout je ne savais pas quoi lui dire. Je voulais la consoler, la réconforter, mais dans cette situation, c'était impossible. Je lui répétais seulement : « Nous sommes ensemble, c'est l'essentiel. Et nous avons Romka. Et nous aurons encore un autre enfant. J'en suis certain ! Tu verras ! »

Question : Et qu'avez-vous dit au petit ?

Réponse : Que pouvions-nous lui dire ? Nous avons dit la vérité, que son petit frère n'était pas né. Qu'il était mort. Le dimanche, Tania conduisait Romka au catéchisme et il en revenait avec des sentences du genre : « Dire que Dieu n'existe pas, c'est comme affirmer aux enfants qu'ils n'ont pas de parents et qu'ils n'en ont jamais eu. » Là, il est revenu en disant : « Ce n'est pas vrai qu'il est mort ! Il nous attend tout simplement quelque part. » J'avais peur qu'il ait la vie difficile, qu'il se fasse rosser par les autres gamins. C'est avec sa mère qu'il était bagarreur à en perdre la tête, mais avec les autres enfants, il était plus doux qu'un mouton. Il ne voulait pas nager dans l'étang parce qu'il avait peur d'avaler des têtards ou d'être sucé par des ventouses. Et il avait pitié de tout le monde. Un jour en plein hiver il avait rapporté à la maison un oiseau qu'il avait ramassé sur la route. L'oiseau avait gelé, il était déjà tout raide, mais Romka pensait qu'on allait pouvoir le réchauffer et le ranimer. Et quelle imagination il avait! Il jouait avec deux théières au bec retroussé comme si c'étaient des éléphants qui discutaient entre eux, un grand et un petit. Un jour que nous étions allés tous les deux au sauna, il faisait chaud, il y avait du bruit, et le voilà qui me dit : «Papa, fais comme ça!» Il se bouchait les oreilles avec les mains, puis les lâchait et les bouchait à nouveau, et cela faisait «ploc-ploc» dans les oreilles. Alors nous sommes restés debout un bon moment à faire ploc-ploc. Le soir, je le mettais au lit et lui lisais un livre. J'ai tout relu avec lui, Robinson Crusoë, Gulliver, le baron de Munchausen, Jules Verne. Il avait fait lui-même avec du savon le sous-marin du capitaine Nemo. Et nous avions un rituel avant de dormir : chacun de nous imaginait où il aurait aimé se réveiller. Sur une île déserte ou que sais-je encore. Un jour, il a dit qu'il voudrait se réveiller dans le sous-marin du capitaine Nemo et que son petit frère l'attendait là-bas. La plupart du temps, je m'endormais avant lui. En rentrant, Tania me trouvait endormi pendant que Romka jouait aux Lego ou regardait un livre. J'avais peur de perdre tout cela. J'ai peur qu'il leur arrive quelque chose. Il peut leur arriver n'importe quoi. J'ai peur pour eux.

Question : Tout ira bien.

Réponse : C'est vrai?

Question : Croyez-moi, tout se passera bien.

Réponse : Vous pensez?

Question : Je le sais.

Réponse : Comment le savez-vous?

Question : Tout se termine toujours bien. C'est comme cela à chaque fois : cela commence par des inquiétudes, des peurs, des émotions, des larmes, des pertes, et finalement on s'aperçoit que c'est déjà passé. Et on a même du mal à croire que tout cela a eu lieu. C'est comme un mauvais rêve. C'est fini, il n'y a plus rien à craindre.

Réponse : Cette fois-là je me suis endormi et j'ai rêvé que nous étions à nouveau couchés dans notre lit. Romka s'était faufilé entre nous deux, nous caressions chacun d'un côté le ventre de Tania et je lui demandais : «Comment, il n'est donc pas mort?» Elle me répondait : «Mais non, tiens, écoute!» Je lui caressais le ventre et je voulais y poser mon oreille pour écouter, mais tout à coup j'avais tellement peur que ce soit un rêve, peur de trouver la mort en elle et de me réveiller soudain dans une cellule glaciale, les menottes aux mains et d'être réexpédié, recousu à la va-vite, dans la baraque.

Question : Mais non ! Il n'y a rien à craindre, tout est bien, tout cela est fini. Vous n'avez plus rien à redouter ! Tout ce qu'il pouvait y avoir de mauvais n'était qu'un cauchemar et vous allez vous réveiller là où votre fils et vous l'aviez souhaité. Dans le carré des officiers en savon, c'est bien cela que vous aviez imaginé ? Là-bas, vous retrouverez Tania, Romka. Et son petit frère qui vous attendait là. Et votre maman. Et votre sœur. Et tous vos proches, tous ceux qui vous sont chers. Et cette histoire de corps humain étiré dans le temps et qui occupe ainsi avec son amour tout l'espace vous paraîtra soudain toute simple et évidente. Et quel terrain de jeux magnifique pour Romka – un sous-marin entier ! On peut toucher à tout, tourner les volants, les molettes, manœuvrer les manettes, les verrous, appuyer sur les leviers, les boutons, les pistons. Et le capitaine Nemo en personne lui posera sur la tête sa casquette graisseuse et imprégnée de sueur, encore toute chaude à l'intérieur.

Le lendemain matin, l'armée reprit sa route vers Babylone. C'était déjà l'heure où la foule se pressait au marché et l'endroit où l'on devait faire halte n'était plus loin, quand soudain Patégyas, seigneur perse, un des fidèles de Cyrus, arriva à bride abattue sur son cheval écumant, criant en langue barbare et en grec à tous ceux qu'il rencontrait que le roi s'avançait à la tête d'une nombreuse armée, prêt à engager le combat. À cette nouvelle, Cyrus déclara : « Guerriers, le royaume de mon père est si vaste qu'il s'étend au sud jusque-là où les hommes ne peuvent vivre à cause de la chaleur et au nord, jusqu'aux contrées que le froid rend inhabitables. Si nous sommes vainqueurs, je devrai distribuer à mes amis des provinces à gouverner. Et dans ce cas, je crains, non pas de manquer de présents pour les combler tous, mais de n'avoir pas assez d'amis à récompenser. »

Cyrus descendit de son char et revêtit sa cuirasse, monta sur son cheval, empoigna sa lance et ordonna à chacun de s'armer et de prendre sa place dans les rangs. Lui-même alla au combat la tête nue.

Cependant on était déjà au milieu du jour et les ennemis ne se montraient toujours pas. Mais peu après midi, on aperçut une colonne de fumée qui ressemblait à un nuage clair. Puis celui-ci devint noir et recouvrit toute la plaine. Quand ils furent plus près, on vit briller l'airain des armes et le fer des lances et se dessiner les rangs. En avant étaient disposés des chars armés de faux. Celles-ci étaient attachées aux essieux et tournées vers la terre, de façon à tailler tout en pièces sur leur passage. Cyrus longeait les rangs de ses soldats et regardait des deux côtés, examinant ses troupes et celles de l'ennemi. Cléarque galopa vers lui et voulut le persuader de rester derrière ses soldats et de ne pas exposer sa vie. « Que dis-tu là, Cléarque ! s'exclama Cyrus. Je revendique un royaume et tu me conseilles de me montrer indigne d'être roi ! » L'armée ennemie approchait lentement, calmement, sans un cri, dans le plus profond silence.

    Cher Nabuchodonosaure,
    Ici c'est la nuit du courrier, je vous écris donc quelques mots en hâte.
    Je ne sais pas ce qu'il en est chez vous, mais chez nous, les mots prennent corps la nuit, par condensation de la nébuleuse verbale. En vertu d'un phénomène qu'on nous a expliqué autrefois à l'école, mais j'ai tout oublié – cela a quelque chose à voir avec le condensateur de Liebig, à moins que ce ne soit dû aux variations climatiques –, cette poussière de mots se transforme sur la langue en graines de tournesol.
    Ou peut-être est-ce tout simplement la loi de l'insomnie.
    Au fait, avez-vous reçu ma dernière missive, dans laquelle je vous parlais de la chasse à la bécasse des bois, de la noce sans marié, de la lettre déchirée sur le piano à queue verni par la lune, de la guerre, d'un bal, d'un duel et d'un portier de l'université qui jouait aux dames en virtuose avec les bouchons des fioles du laboratoire de chimie ? C'est lassant, à la fin, de récriminer contre la poste ! On envoie sa lettre par courrier spécial, on chatouille du bout du doigt la paume géante que ce grand escogriffe de maître de poste vous tend, pour lui rappeler que vous êtes de vieilles connaissances et qu'il n'aura pas affaire à un ingrat, mais lui, au lieu d'atteler à son traîneau ses meilleurs huskies, envoie des chiens moribonds. Pourtant après la toundra, il reste à traverser la taïga, où on ne circule que sur la glace de la Tougouska gelée. Encore faut-il qu'il se trouve quelqu'un pour aller là-bas.
    Ce n'est donc pas étonnant si ma missive ne vous parvient que dans bien des années. Chez nous, il est minuit et demi. Vous recevrez aussi cette heure par la poste. D'ailleurs, je crois vous avoir

déjà dit que dans notre espace sans frontières, le temps se comporte bizarrement.

Mon minuit et demi est encombré de cartons à bananes que je n'ai pas déballés depuis mon déménagement. Ils sont posés le long du mur. Je les avais mis là provisoirement, juste pour les premiers jours, avant de les vider, mais ces premiers jours se sont dilatés jusqu'à absorber les saisons, le cycle de la neige et le bourdonnement des moustiques.

C'est très pratique quand on déménage. Je suis allé en prendre plusieurs chez Denner et ils m'ont bien rendu service. L'autre jour, je cherchais quelque chose et je n'arrivais plus à me souvenir où cela pouvait être, si bien qu'il a fallu tout sortir. Tout un fatras, des vieux carnets, des journaux, des revues, des brouillons, des articles, des notes, l'Égypte antésaharienne, un plombage, les débuts de quatre chevaux sur un pont, des marques de talons aiguilles sur le parquet.

J'ai aussi retrouvé des papiers datant de cette même Égypte antésaharienne, de l'époque où le drogman était un jeune professeur qui enseignait aux Orotches et aux Toungouses, gagnait des clopinettes et après ses cours à l'école, courait encore donner des leçons particulières à domicile. Le jeune professeur venait tout juste de publier dans un magazine un récit qui devait mettre le monde sens dessus dessous, mais contre toute attente, il ne s'était rien produit. Fort heureusement, le monde restera toujours à l'endroit. Mais à titre de consolation, par un jour d'hiver pluvieux – la moitié de l'hiver était déjà passée, mais il n'avait toujours pas neigé ni gelé et les sapins du Nouvel An jetés dehors gisaient dans la cour sur l'herbe flétrie – il avait reçu un coup de téléphone d'une de ces maisons d'édition qui poussaient alors comme des champignons dans les sous-sols. On lui proposait d'écrire pour une collection de biographies un livre sur une chanteuse autrefois célèbre qui interprétait des romances.

Quand il avait entendu son nom, il s'était aussitôt souvenu du demi-sous-sol de la rue des Vieilles-Écuries et du tourne-disques électrique antédiluvien au bras cassé que son père, un ancien sous-marinier, avait réparé avec du chatterton bleu. Le futur jeune professeur s'en servait pour écouter à n'en plus finir ses histoires de Chippolino et de tonton Stiopa[1] et son père, ses vieux disques noirs

---

1. *Chippolono* est un conte pour enfants de l'écrivain italien Gianni Rodari dont les personnages principaux sont des fruits et des légumes ; traduit en russe, il était célèbre en Union soviétique. Tonton Stioppa est un milicien, héros d'un cycle de poèmes pour enfants de Sergueï Mikhalkov.

et lourds, pour lesquels il fallait faire basculer la manette de 33 à 78 tours. Naturellement le chenapan indocile adorait faire le contraire, et alors Signor Tomator gazouillait comme un Lilliputien tandis que sur les disques de son père, les femmes avaient la voix de tonton Vitia, un des locataires de l'immeuble qui avait eu la mâchoire fracassée à la guerre et dont on disait qu'il avait un tuyau d'argent dans la gorge.

L'ancien sous-marinier avait justement un disque de cette chanteuse. C'était toujours celui-là qu'il écoutait quand il rentrait ivre. Ces soirs-là, maman s'en allait chez les voisins ou dans la cuisine et le père du futur jeune écrivain le prenait dans ses bras, s'asseyait sur le divan où ils dormaient tous les trois – l'enfant avait son lit à lui, mais sa mère l'installait entre elle et son mari, sans doute en guise de bouclier – et il lui parlait d'une certaine Zossia qui lui avait donné ce disque après la guerre, quand leur sous-marin était basé à Libava. Les histoires de Zossia n'intéressaient pas le futur jeune écrivain, qui demandait à son père de lui parler des pastèques. Alors celui-ci racontait comment avec d'autres gamins, il volait des pastèques et des melons sur la voie ferrée. Le futur professeur voyait toute la scène comme au cinéma : le train ralentissait, son père héroïque prenait son élan, sautait sur le marchepied du wagon de pastèques et grimpait, plaqué contre la paroi tressautante, jusqu'aux prometteuses fenêtres situées juste au-dessous le toit, attrapait des pastèques ou des melons dans le wagon plein et les lançait du train en marche. Quelquefois les pastèques éclataient comme des bombes. Ensuite, il sautait du wagon en évitant adroitement les poteaux et se laissait rouler le long du remblai. Le futur jeune professeur était très fier de son père et de cette histoire de pastèques.

Même à présent, en écrivant tout cela, j'ai tout à coup terriblement envie d'une pastèque, comme si ce n'était pas mon père, mais moi-même qui me hissais, plaqué contre la paroi du wagon bringuebalant, vers la fenêtre ouverte ; il fait noir à l'intérieur, mais je sais déjà, à l'odeur d'écorce qui se dégage de cette obscurité chaude et étouffante, que ce ne sont pas des pastèques qu'il y a là-dedans, mais des melons.

C'est donc sur cette chanteuse du disque où on entendait la voix de tonton Vitia au tuyau d'argent dans la gorge que le jeune professeur devait écrire un livre. Elle était encore vivante, bien que tout le monde fût persuadé qu'elle était morte depuis longtemps. Ses souvenirs et ses journaux intimes avaient été transmis à la maison d'édition. Restait à la rencontrer, à l'interviewer et à l'enregistrer au magnétophone.

Bien entendu, le jeune professeur famélique avait accepté tout de suite, d'autant plus qu'on lui promettait une avance de trois cents dollars – une somme fabuleuse, qui représentait plus d'un an de son salaire d'enseignant. Je me souviens même que tout en parlant au téléphone, je voyais par la fenêtre deux petites filles qui jouaient au Nouvel An : elles avaient planté dans un tas de boue à côté des poubelles un sapin qui avait perdu la moitié de ses aiguilles, mais où il restait des lambeaux de guirlandes argentées, et se faisaient des cadeaux, tendant dans leurs mains vides quelque chose qu'elles étaient seules à voir.

Le jour de la signature du contrat, il y avait eu un coup de froid – la rue, le tramway, tout était gelé et comme verni. Les passants avaient du duvet blanc près des tempes, la moustache et la barbe argentées et chacun portait son souffle devant lui comme une barbe à papa. On voyait de loin un énorme nuage de vapeur épaisse devant l'entrée du métro. Le dessus des portes, le nom de la station, le fronton et les colonnes étaient bordés d'une bonne cinquantaine de centimètres de glace duveteuse.

Dans le sous-sol où était installée la maison d'édition, des courants d'air se glissaient par les interstices de toutes les fenêtres couvertes d'une épaisse couche de givre et les employés étaient assis en manteau à leurs bureaux. La responsable d'édition qui devait suivre le livre était debout sur une chaise en train de colmater avec du scotch large les fentes entre les battants des fenêtres. Elle avait un fil blanc à l'arrière de sa jupe et le jeune professeur s'était surpris à avoir envie de l'ôter délicatement pour l'enrouler autour de son doigt comme font les filles pour savoir le nom de leur promis : Alexeï, Boris, Konstantin... Emmitouflée dans un châle, elle toussait et se mouchait dans un mouchoir qu'elle tenait pressé contre son nez en demandant de ne pas la regarder.

– Je suis à faire peur. Regardez plutôt le Sinaï !

Sur le calendrier accroché au mur, une photo représentait des montagnes brûlées par le soleil. La responsable d'édition avait effectivement les yeux chassieux et le jeune professeur, tout confus, regardait docilement le Sinaï. Là-bas, la journée était torride, l'air brûlant vibrait et palpitait.

Tandis que le futur auteur de la biographie remplissait son contrat, la dame lui expliquait entre deux reniflements combien c'était difficile de travailler avec des personnes âgées. Elle citait l'exemple d'un cinéaste sur lequel on écrivait aussi un livre pour la même collection – oubliant que son fils était mort depuis longtemps, il demandait à tout bout de champ : « Où est Vassia ? » On lui répondait à chaque fois qu'il était sorti faire des courses et le vieux, rassuré, reprenait le récit détaillé de sa jeunesse.

Le jeune professeur n'avait le droit d'emporter chez lui que des photocopies des journaux intimes, qu'il avait feuilletés ce jour-là, assis sur un canapé glacé dans le couloir polaire de la rédaction, à côté d'une plante verte chétive qui sans doute ne gelait pas uniquement parce qu'on l'enfumait et que son pot servait de cendrier. Ses doigts étaient gourds, il avait mis ses gants, mais cela le gênait pour tourner les pages récalcitrantes qui glissaient, si bien qu'à deux ou trois reprises, les précieux cahiers lui avaient échappé des mains et étaient tombés sur le sol maculé ; fort heureusement, il n'y avait personne dans le couloir à ce moment-là.

Les cahiers avaient des couvertures antédiluviennes de couleurs différentes et sentaient les vieux mégots écrasés dans le pot de la plante, mais à travers ces relents nauséabonds perçait l'odeur du temps déposé dans ces pages couvertes d'écriture. Et aussi un effluve féminin, suranné, un parfum très ancien et indéfinissable. L'encre avait pâli et certains passages étaient écrits au crayon. Certaines pages étaient datées, d'autres non. L'écriture était plutôt négligée et changeait sans cesse : perlée sur des pages entières, puis tout à coup, des pattes de mouche. Il y avait des phrases caviardées à l'encre noire épaisse, avec de place en place des pages blanches, comme si on avait voulu les remplir plus tard. Puis à nouveau des notes désordonnées. Quelques pages avaient été arrachées et d'après la numérotation des cahiers, trois d'entre eux manquaient.

Frigorifié, le jeune professeur était retourné dans le bureau et ses yeux s'étaient à nouveau posés sur le Sinaï écrasé de chaleur. Heureusement, s'était-il dit, que c'est là-bas que le ciel bleu ardent s'est ouvert pour donner au peuple élu les tables de la loi, et non pas ici à Moscou, dans un nuage de vapeur devant une station de métro couverte de glace. Pendant ce temps, la dame lui expliquait en se mouchant qu'il fallait aller voir l'héroïne sans tarder parce qu'elle avait plus de quatre-vingt-dix ans et qu'elle commençait aussi à tout mélanger, elle avait des moments d'absence, mais retrouvait parfois toute sa lucidité, le tout était de tomber sur un de ces moments fastes et de la faire parler. Quant à ses souvenirs, elle avait commencé à les rédiger il y a longtemps, mais sans jamais arriver à dépasser ses années d'enfance, et elle avait fini par y renoncer.

– Cela pourra vous servir de matériau d'appoint, mais ne comptez pas trop là-dessus, j'ai essayé de les lire – il n'y a pas grand-chose à en tirer. L'essentiel, c'est d'essayer de la faire parler. Vous pourriez au moins hocher la tête en signe d'approbation.

Le jeune professeur avait docilement hoché la tête, tout en fourrant négligemment dans sa poche les billets de cent dollars qu'il tenait dans ses mains pour la première fois de sa vie.

– Comment vous expliquer ce que je voudrais, continuait-elle. En fait, ce livre doit être comme une résurrection : on la croyait morte, tout le monde l'avait oubliée, et vous, vous arrivez et vous lui dites : montre-toi ! Vous comprenez ?

Il hocha la tête :

– Oui, oui, bien sûr, cela va de soi.

Dans le métro, en rentrant chez lui, il ne pouvait s'empêcher de tâter à tout bout de champ les trois précieux billets pour vérifier qu'ils étaient toujours là. Il avait l'impression que tout le monde voyait ce qu'il avait en poche et il craignait de se les faire voler sous terre dans la cohue moite.

La nuit suivante, l'auteur de la future biographie lut d'une traite les photocopies des journaux intimes et des souvenirs. La vieille femme y parlait en effet avec force détails de toutes sortes de personnes sans importance qui n'avaient d'intérêt que pour elle et évoquait par le menu des souvenirs insignifiants. Tout cela était inutilisable pour le livre qu'on lui avait commandé.

Le lendemain, le jeune professeur téléphona pendant la récréation au numéro que la dame de la maison d'édition lui avait donné. On lui dit que Bella Dmitrievna ne se sentait pas bien et qu'elle ne pouvait pas donner d'interview pour le moment et on lui conseilla de rappeler la semaine suivante. La semaine suivante, il reçut la même réponse. Finalement, il obtint un rendez-vous et se rendit rue des Trois-Étangs.

C'était au début du printemps. Dans la cour encombrée de Jigouli rouillées et de voitures étrangères couvertes de boue moscovite, les détritus accumulés durant l'hiver commençaient à apparaître sous la neige ramollie. Le code de l'entrée était hors d'usage, l'ascenseur en panne, si bien qu'il dut monter par l'escalier jonché de têtes de harengs, de journaux et de morceaux de brique provenant d'interminables travaux et imprégné, comme tous les escaliers de Moscou, d'une odeur d'urine, de chats et de chaux humide. La sonnette ne fonctionnait pas. Le jeune professeur frappa. À l'intérieur, quelqu'un l'examina longuement par l'œilleton, puis la porte s'entrouvrit à peine. On lui dit que la vieille femme avait été hospitalisée dans la nuit. Il ne put distinguer dans la pénombre du couloir que des mains couvertes de farine. À cet instant, alors qu'il parlait avec les mains enfarinées d'où tombait une poussière blanche, le jeune professeur comprit que ce livre sur la chanteuse ne verrait jamais le jour.

Il rappela ensuite plusieurs fois. Son héroïne était revenue de l'hôpital, mais cela ne valait plus la peine de la rencontrer, car elle n'avait plus jamais de moments de lucidité. Il demanda à la voir tout de même juste une fois, au cas où il parviendrait tout de même à en tirer quelque chose.

– Mais elle ne reconnaît plus personne, lui répondit-on. Un peu de tact, jeune homme, laissez donc en paix une personne âgée et malade, on n'insiste pas comme ça !

Le temps passa. Le jeune professeur apprit que la collection de biographies pour laquelle il devait écrire ce livre avait été arrêtée avant même d'avoir démarré. Ensuite il y eut la faillite d'une grande banque, qui entraîna celle de la maison d'édition. Ensuite il se passa encore bien d'autres choses, et la liasse de photocopies inutiles enveloppée dans un sac en plastique de boulangerie fut oubliée parmi d'autres papiers et livres.

Quand Bella Dmitrievna mourut, il était déjà drogman dans un pays lointain. Il apprit son décès par hasard lors d'une de ses visites à Moscou. L'enterrement avait déjà eu lieu, il y avait eu des articles dans les journaux et des émissions à la télévision. Un jour que le drogman passait dans le quartier, il se retrouva rue des Trois-Étangs. La cour et l'immeuble étaient méconnaissables, tout était impeccable, des malabars aux cheveux ras vêtus de costumes coûteux se morfondaient à côté de limousines soigneusement astiquées qui brillaient sous le soleil de juin. Deux jeunes mamans avaient laissé leurs poussettes pour couper des branches de lilas en fleurs. Le drogman fit une pause auprès de ces craquements odorants. Puis il se décida à entrer. Le code était hors d'usage. Dans l'entrée, cela sentait la peinture après les travaux qui venaient juste de se terminer, mais à travers cette nouvelle odeur, on devinait encore les anciens relents de chats, d'urine et de chaux humide.

Il sonna à la porte. La femme qui lui ouvrit était celle à laquelle le jeune professeur avait parlé plusieurs années auparavant. Mais à présent elle tenait un téléphone portable dans ses mains couvertes de farine. Quelqu'un avait sans doute acheté l'appartement, car il y avait des cartons de déménagement empilés dans le couloir. L'hôte inattendu se mit à lui expliquer qu'il lui avait téléphoné à plusieurs reprises et qu'il était même venu une fois parce qu'il devait écrire un livre sur Bella Dmitrevna. La femme l'interrompit :

– Que voulez-vous ?

Il ne savait pas lui-même ce qu'il voulait et pourquoi il était venu. Il ne pouvait tout de même pas lui parler du tourne-disques rafistolé de la rue des Vieilles-Écuries, de Signor Tomator, de la voix de tonton Vitia et de l'odeur des écorces de melons. Il demanda au hasard :

– Vous avez assisté à ses derniers instants ? Comment est-elle morte ?

La femme ricana :

– C'est pour les journaux ou pour savoir comment ça s'est vraiment passé ?

Il haussa les épaules :

– Pour savoir comment ça s'est vraiment passé.

– Eh bien voilà : les derniers temps, la défunte n'arrivait plus à déféquer : que voulez-vous, à cent ans ! Et voilà qu'une nuit, j'entends comme un coup de tonnerre. Je me précipite et je trouve sa lampe de chevet cassée par terre et Bella Dmitrievna tombée de son lit et, que Dieu me pardonne, toute couverte de merde. Elle avait déjà rendu le dernier soupir. Paix à son âme.

Un porcelet avec une drôle de petite queue en tire-bouchon court à travers la cuisine. Je joue avec lui, nous sommes amis. Il pousse des grognements communicatifs. Je l'imite, et nous glapissons de joie à qui mieux mieux. Ensuite, je le vois sur un plat dans la salle à manger, avec sa drôle de petite queue qui paraît encore vivante. Je sanglote et veux quitter la table. Je me souviens que le plus horrible, c'était qu'on lui a coupé la queue et qu'on essaie de la mettre dans mon assiette pour me consoler. Cela a sans doute été mon premier contact avec la mort.

Quel âge pouvais-je bien avoir ? Trois ans ? Quatre ans ? Quel âge avait, non pas la vieille bécasse ramollie que je suis devenue, mais cette petite fille si lointaine ?

J'étais la cinquième, une enfant tardive, qu'on n'attendait plus.

Je me souviens de la scarlatine de mon frère Sacha, l'aîné de nous tous. On l'a isolé des autres, et je lui parle à travers la porte fermée. Il m'assure que sa peau s'en va par petits bouts et comme je ne veux pas le croire, il m'en passe des morceaux par le trou de la serrure.

Ma sœur Ania, ma préférée, qu'on appelle Nioussia, apprend sa leçon d'arithmétique et fait ses exercices, le nez dans son manuel. Je l'interromps sans cesse, elle m'installe sur ses genoux et je reste interdite en voyant sa plume tracer des signes étonnants et incompréhensibles. Nioussia m'explique l'addition et la soustraction. Puis nous allons au cimetière pour Pâques et je découvre soudain que les défunts ont des signes plus sur leurs tombes.

Maman emmène les plus jeunes, Macha, Katia et moi, à la confiserie française de la Grande Avenue. J'aime bien le nom des petits gâteaux qui fondent dans la bouche : des petits fours. Nous appelons l'eau de Seltz petite eau bouillante parce qu'elle fait des bulles et pique la langue.

Quand nous nous disputons et nous battons, maman nous oblige à faire la paix avant d'aller nous coucher pour que nous ne restions pas fâchés jusqu'au lendemain.

Le parfum de maman s'appelle *Muguet de mai* [1].

À table, on n'a pas le droit de gigoter ni de se retourner, il ne faut pas poser les mains sur ses genoux, mais sur la table et les deux index doivent toucher les bords de l'assiette. Il paraît que c'est comme ça que l'empereur se tient à table.

Maman dit que tout le monde doit planter des arbres et creuser des puits. Chacun de nous a sa plate-bande dans le jardin, où il cultive quelque chose et l'arrose régulièrement. Tous les jours, je vais voir si mes petits pois sortent de terre et si les pousses vertes grandissent. Mais une nuit, des gamins de Témernik s'introduisent dans notre jardin et piétinent toutes nos plantations. Maman nous dit qu'il faut recommencer, mais je refuse.

Le matin, maman porte une robe de chambre avec des manches très larges où j'aime fourrer ma tête. À la fin du petit déjeuner, elle nous donne dans sa cuiller un morceau de sucre trempé dans le café noir de sa tasse. J'essaie toujours de lui lécher la main et elle m'appelle léchotte. Je la prends au mot et dis un léchou au lieu d'un bisou.

J'aime bien quand elle écrit des lettres parce qu'elle me permet d'ajouter des points d'exclamation à la fin des lignes.

Maman nous joue des morceaux de l'*Album pour la jeunesse* de Tchaïkovski. « L'enterrement de la poupée » me touche particulièrement. Je me souviens que je prends ma poupée Lisa, celle qui savait ouvrir et fermer les yeux, et la mets dans une boîte. Je pleure parce qu'elle est morte. Mais bientôt je m'ennuie sans elle. Je veux ouvrir la boîte, mais je me dis : non, c'est impossible, tu sais bien que Lisa

---

1. En français dans le texte.

est morte, elle n'existe plus. Mais tout en moi se révolte contre cette idée : pourquoi serait-ce impossible ? Là voici, ma Lisa chérie, avec ses magnifiques boucles blondes, ses joues roses, elle ouvre les yeux et sort de sa boîte comme si de rien n'était ! N'aie pas peur, Lisa ! La mort n'existe pas !

Un jour, je laisserai une petite fille jouer avec Lisa, nous nous disputerons et, de rage, elle enfoncera les yeux de ma poupée. Dans sa tête de porcelaine vide aux orbites noires et creuses, on entendra les deux boules de verre rouler en tintant.

La cuisine est le royaume de notre nounou qui remplit aussi les fonctions de cuisinière. C'est là qu'elle reçoit ses soupirants. Le soir viennent des agents de police et des matelots avec leur accordéon. Je ne connais pas encore le mot «exploitation», mais c'est exactement la manière dont nounou les traite, les obligeant tantôt à battre les tapis dans la cour, tantôt à cirer les parquets. Mais pour ces derniers, elle préfère les cireurs professionnels. Ils viennent une fois par mois, elle flirte avec eux à la cuisine et les régale de bon cœur. Pour maman, c'est un jour de cauchemar, elle s'arrange pour ne pas rester à la maison. Moi, au contraire, j'aime bien quand tout est sens dessus dessous et que cela sent l'encaustique.

Quand l'un de nous a son anniversaire, nounou attend dès le matin derrière la porte pour lui faire un cadeau dès son réveil.

Le 9 mars, jour des Quarante, elle fait cuire des alouettes aux ailes déployées comme si elles volaient, avec des yeux en raisins secs. Nous ne mangeons pas tout, les têtes sont pour nos parents, mais nous en extrayons les yeux pour sucer les raisins sucrés. Nous crions : «Alouettes, venez vite, emportez loin la froidure, ramenez-nous la verdure : l'hiver est vilain, il a mangé tout notre pain.» Nous avons chaque jour sur la table du pain frais et odorant venu tout droit de la boulangerie, mais à cet instant, nous croyons pour de bon qu'après le long hiver, il ne nous en reste plus une miette et que seules les alouettes peuvent nous apporter le salut. Avant de les mettre au four, nounou glisse toujours dans certaines une petite pièce ou un anneau. C'est toujours moi qui ai l'alouette porte-bonheur, sans doute parce que nounou se souvient dans laquelle elle a mis la pièce d'un kopeck et s'arrange pour me la donner. Je suis persuadée que cette fête a quelque chose à voir avec la pie noire et blanche et suis très étonnée d'apprendre qu'elle est en l'honneur des quarante martyrs de Sébaste[1]. Je me souviens qu'à l'église, nounou me mon-

---

1. Les mots «pie» et «quarante» sont en russe presque homonymes.

tre du doigt une icône toute sombre où je n'arrive à distinguer que les têtes des saints avec leurs auréoles serrées les unes contre les autres comme les grains d'une grappe de raisin et elle me raconte à l'oreille comment on a laissé les pauvres malheureux tout nus sur la glace pour les faire mourir de froid.

J'aime l'odeur de la résine aromatique dans la veilleuse et celle de l'encens à l'église, surtout l'hiver, quand il gèle et que la tempête souffle. Nounou explique qu'on fait brûler de la résine pour que l'odeur soit agréable à Dieu. Je suis persuadée que Dieu habite dans l'église et nounou m'entretient dans cette conviction : il fait froid en hiver, tout le monde a sa maison et l'église est celle où Il se réchauffe.

Entre Noël et l'Épiphanie, elle trace à la craie une croix blanche sur toutes les portes et sur tous les objets pour éloigner les mauvais esprits. Ensuite, il faut tout purifier avec de l'eau bénite puisée à la rivière et après cela, aucun démon n'est plus à craindre. C'est parce qu'après Noël, Dieu est si heureux de la naissance de son Fils qu'il ouvre toutes les portes et laisse les diables se promener librement.

Pour nounou, les diables et les anges sont aussi réels que les bas ou les caoutchoucs. Je suis comme elle persuadée que chaque homme est doté à sa naissance d'un diable et d'un ange qui ne le quittent pas d'une semelle. L'ange se tient à droite et le démon à gauche, c'est pour cela qu'il ne faut pas cracher à droite, mais qu'il faut s'endormir sur le côté droit pour avoir le visage tourné vers son ange et ne pas faire de mauvais rêves. L'ange note toutes les bonnes actions et le diable toutes les mauvaises et quand l'homme meurt, ils se disputent son âme pécheresse. Si on a l'oreille gauche qui siffle, cela veut dire que le démon est allé voir Satan pour lui rendre compte des péchés commis durant la journée et qu'il revient se remettre aux aguets pour saisir toutes les occasions et les prétextes pour vous induire en tentation. Pendant les orages, le diable, poursuivi par les flèches de la foudre, se cache derrière l'homme. En frappant un démon, le prophète Élie peut ainsi tuer un innocent. C'est pourquoi il faut se signer quand il y a un orage.

Avant de m'endormir j'essaie de me représenter mon Ange gardien, ses ailes blanches comme neige, douces et parfumées comme la houppette avec laquelle maman se poudre.

Nous marchons dans la rue avec nounou et voyons des gamins qui lancent des pierres dans les buissons. Nounou se désole et ronchonne qu'il ne faut pas faire cela parce que des anges volent partout dans les airs et qu'on peut en heurter un. Quelque chose bouge dans les buissons que nous longeons. Des pierres à la main, les gamins attendent que nous soyons passées. Je vois un oiseau, un pigeon à l'aile cassée. Nous le prenons avec nous et l'installons dans la cuisine, mais le lendemain, il a disparu. Nounou me dit qu'il a guéri et s'est envolé. Je ne la crois pas, mais je ne dis rien. Avant de m'endormir je m'imagine que mon Ange gardien a une aile brisée et que je le soigne.

Sous le plancher habite l'esprit de la maison, qui est le gardien invisible de tous les membres du foyer. On ne peut pas le voir, c'est impossible, mais on peut l'entendre et même le toucher, ou plutôt le sentir : il parle comme s'il remuait des feuilles et la nuit, il caresse les dormeurs avec sa patte de velours.

Nounou m'apprend à prier, elle a beaucoup d'icônes dans le coin de sa chambre, mais ma préférée est celle de Notre-Dame aux trois bras. J'aime bien entendre nounou raconter son histoire. Quand Hérode voulait faire périr le petit Jésus, Marie s'enfuit avec Lui en Égypte. Un jour, ils furent poursuivis par des brigands. Elle courut, courut en tenant l'Enfant dans ses bras et soudain elle arriva devant une rivière. Elle se jeta à l'eau pour gagner l'autre rive à la nage et échapper à ses poursuivants, mais comment faire avec un enfant dans les bras ? Comment nager avec un seul bras ? Alors Elle pria Son Fils : mon fils chéri, donne-moi un troisième bras pour que je puisse nager. L'enfant entendit la prière, un troisième bras poussa à sa mère, celle-ci put nager facilement et gagner sans encombre l'autre rive.

J'ai peur du Jugement dernier et sais même qu'il aura lieu avant les jours gras, le dimanche du Jugement dernier. Je vois par la fenêtre le ciel s'embraser du côté du couchant et pense que c'est déjà commencé. Je cours à la cuisine et donne à nounou les bonbons et les pains d'épices que j'avais cachés.

Elle considère que le meilleur remède pour arrêter le sang quand on se coupe est la toile d'araignée. Un jour, je prends sans sa permission le canif de papa et le sang jaillit de mon doigt. Nounou court dans la grange chercher de la toile d'araignée, l'applique sur mon doigt et entoure le tout d'un chiffon. Pour papa, ce sont des pratiques de sauvages. Apprenant ce qui s'est passé, il crie sans ménagements sur ma salvatrice. Il veut passer de l'iode sur la plaie, je refuse et sanglote jusqu'à ce qu'il demande pardon à nounou. Elle reste assise, l'air maussade, puis verse une larme, fait sur lui le signe de croix et ils se réconcilient, mais pas pour longtemps.

En revenant de l'église après la messe de Pâques, papa s'indigne que tous reçoivent la communion avec la même cuiller : il y a de quoi attraper des maladies ! Nounou rétorque qu'un enfant baptisé ne risque rien.

Je me souviens l'avoir entendue raconter qu'il avait joué de la flûte quand il était enfant, mais qu'il avait cessé parce qu'un jour, son professeur avait pris son instrument pour lui montrer comment faire et que papa avait été obligé de mettre après lui l'embouchure dans sa bouche. Après cela, il n'avait pas pu continuer.

C'est le jour de la bénédiction des eaux[1]. Nounou est persuadée que l'eau bénite guérit les maladies et que plus tôt on la puise, plus elle est sainte. Paysannes, ouvriers, vieux et vieilles se bousculent pour arriver jusqu'au trou dans la glace où l'on rince les yeux d'un malade, où une femme verse de l'eau avec des morceaux de glace dans la bouche de son enfant fiévreux. Effrayée par la cohue et par la foule surexcitée, je me mets à pleurer. Rouge, échevelée, nounou m'oblige à boire une gorgée d'eau glacée au goulot de la bouteille. J'ai les mâchoires qui se crispent. Nous rentrons à la maison. Nounou boit plusieurs gorgées et asperge toute la maison, persuadée que cela nous protégera des malheurs et du mauvais œil. Elle me raconte avant que je m'endorme que la nuit qui précède le jour de Son Baptême, le Christ Lui-même se baigne, c'est pour cela que l'eau bouge. Si on va à minuit au bord de la rivière et qu'on attend au bord du trou, on voit une vague passer à la surface, c'est Jésus qui s'est plongé dans l'eau. Papa, qui était sur le seuil et a tout entendu, se met à rire. Il demande quelles vertus curatives peut bien avoir une eau dans laquelle on a plongé un porcelet galeux.

Quand j'évoque le souvenir de papa, je sens dans ma bouche un goût acide : il buvait et obligeait ses enfants à boire du jus de citron fraîchement pressé. Je revois la salle à manger ensoleillée. Nous nous approchons de lui à tour de rôle et il donne à chacun un petit verre dont les facettes font danser les rayons dans toute la pièce, sur les murs et sur le plafond.

Je sais que je suis la préférée de papa. Parfois il m'emmène avec lui sans mes sœurs. Chez un de ses amis à qui nous rendons visite, il y a une barque à roulettes, mais avec de vraies rames. Je vogue dans cette barque le long des larges couloirs.

Papa est un spécialiste réputé des maladies de la peau, il travaille à l'hôpital municipal, mais reçoit aussi chez lui, surtout les personnes de la bonne société qui recherchent la discrétion dans ces ques-

---

1. Le 6 janvier, en souvenir du baptême du Christ.

tions délicates. Un jour où je suis sans surveillance, je commence à fouiller dans son armoire à la recherche de livres illustrés et bientôt on me retrouve assise en train d'examiner des dessins en couleurs représentant des organes sexuels masculins richement ornés de toutes les lésions les plus affreuses. Ensuite, je considère longtemps avec répugnance les hommes qui passent à proximité : j'ai l'impression qu'ils ont tous à cet endroit ce genre de plaie. Et je regarde avec encore plus d'épouvante, presque avec désespoir, mon père et mon frère Sacha. Je n'arrive pas à croire qu'ils aient eux aussi entre les jambes cette horrible tumeur.

Depuis cet épisode, papa a toujours une réserve d'albums inoffensifs. Il fait venir tous les livres édités à Moscou par Knebel, ce qui fait que quand je visite pour la première fois la galerie Trétiakov, j'ai l'impression de retrouver mon enfance.

Papa s'intéresse à l'histoire, il est abonné à des revues spécialisées et un été, il emmène ses enfants voir les fouilles d'une cité grecque antique. La Grèce de l'Antiquité est juste à côté : la ville de Tanaïs, fondée par des colons grecs venus de Kertch, est tout près du Don, à l'emplacement du village cosaque d'Élizavétovskaïa. Tout ce dont je me souviens est la fournaise de midi, les fosses et les lointains kourganes dans la steppe. Mon père nous parle de philosophes et de viticulteurs, des chitons et de peplos, pendant que je me plains de la chaleur et de la soif. J'attends avec impatience le moment où nous partirons enfin de cette Tanaïs faite de trous et de pierres éparses. Je ne crois pas le moins du monde à ces Grecs anciens. Quand j'entends que cette ville était située à la frontière du monde civilisé, entre la culture et la sauvagerie, entre la lumière et les ténèbres et a été détruite par les barbares, je m'étonne qu'elle ait été détruite par les gamins de Témernik qui ont piétiné nos plantations et que maman a aussi appelés des barbares. Dans mon cerveau germe une idée lumineuse : peut-être qu'un jour on considérera que nous aussi étions des Grecs anciens qui vivaient parmi les barbares ?

Ensuite nous faisons un long trajet dans un cabriolet dont le siège resté en plein soleil me brûle le séant, pour aller voir un tumulus scythe où des archéologues ont trouvé de l'or. J'ai mal au cœur et la chaleur me fait tourner la tête. Je veux voir l'or mais là aussi une déception m'attend. Tout ce dont je me souviens est que des gens tendent à papa de drôles de coupes. Il s'avère que ce sont des moitiés de crânes dont on a fait des cendriers. Et ils trouvent encore le moyen de plaisanter en disant que c'est pour venger le prince Sviatoslav dont les Petchénègues avaient transformé le crâne en hanap.

Mon père ne fume pas, mais il gardera par la suite ce cendrier sur son bureau.

La nuit, j'adore sortir tout doucement de ma chambre et me faufiler dans le lit de mes parents. C'est un jeu : maman me cache sous la couverture, papa me trouve et me met à la porte en évoquant des mystères où les enfants ne sont pas admis. Je mélange tout et parle de ministères. Ils rient, maman secoue la tête et m'emporte dans ma chambre pour me recoucher.

J'ai appris bien des années plus tard qu'à cette époque, papa avait déjà une autre famille.

Il allait rarement à l'église et presque jamais au cimetière. Cela l'exaspérait de voir les gens souhaiter joyeuses Pâques aux défunts, embrasser les croix, enterrer des œufs pour les morts, déposer des crêpes sur les tombes et y verser de la vodka. Il admirait les Allemands qui avaient inventé les crématoriums. Il avait lu dans la revue *Niva* un article où on expliquait le fonctionnement des fours et le montrait à tout le monde en disant : «Je voudrais bien vivre jusqu'à l'ouverture du crématorium de Rostov!»

Pourtant il me semble qu'il était profondément croyant, je ne sais pas comment il conciliait tout cela. Un jour, à l'époque où je venais d'apprendre à lire et déchiffrais allégrement à voix haute tout ce qui me tombait sous les yeux, je lus à papa : «Je reviendrai chez toi à cette même époque et voici que Sarah aura un fils. Or Sarah avait cessé d'avoir ce qu'ont les femmes. Sarah se mit à rire et le Seigneur dit à Abraham : Y a-t-il qui soit impossible à l'Éternel?» Cela me fit rire comme Sarah, mais papa dit : «Je ne vois pas ce qu'il y a de drôle là-dedans.»

Je n'ai pas connu mes grands-parents : ils sont morts avant ma naissance.

Tous les printemps, nous allons à la foire de Nakhitchévan. C'est une énorme foire qui dure une semaine et se tient rue Saint-Georges, là où il y a l'église arménienne Saint-Georges, sur un terrain vague situé entre Nakhitchévan et Rostov. Je me souviens des balançoires et des manèges dont les nacelles représentent des animaux fantastiques qui tournent au son de l'orgue. Des baraques de forains devant lesquelles les acteurs et les clowns racolent les passants. Nous achetons de la halva et des oranges, du kvas et toutes sortes de friandises.

Bien des années plus tard, j'apprends que sur ordre de Catherine II, les Arméniens et les Grecs ont été chassés de Crimée et abandonnés dans les steppes sauvages. Des milliers d'entre eux ont péri, mais sur le monument à l'impératrice érigé à Nakhitchévan on pouvait lire : « De la part des Arméniens reconnaissants. » Les enfants russes, quand ils attrapent une coccinelle, chantent : « Coccinelle, envole-toi dans le ciel, apporte-moi du pain, du blanc et du noir, et ne le fais pas choir » et les enfants arméniens : « Coccinelle, montre-nous la route qui mène en Crimée. » Mais tout cela sera pour bien plus tard ; pour l'instant je mange une halva délicieuse qui ressemble à du mastic blanc : quand on mord dedans, le morceau qu'on garde dans la main ne se détache pas tout de suite des dents, mais s'étire jusqu'à ressembler à une trompe d'éléphant.

Pendant la procession viennent en sens inverse une vieille femme et un petit garçon. Nounou et moi avançons dans la rue en chantant une hymne au Christ. Je vois la vieille femme couvrir précipitamment le visage de l'enfant avec son fichu pour qu'il ne nous voie pas. « Si c'est pas malheureux, ils ont peur d'être souillés ! » C'est ainsi que j'apprends l'existence des juifs.

Nounou me raconte que le jour du Jugement, les juifs font un sacrifice rituel : les hommes tournent au-dessus de leur tête un coq, les femmes une poule, en demandant à Dieu d'envoyer sur les volatiles les châtiments destinés aux fidèles pour leurs péchés. « Comme si c'était un coq et des poules qui avaient crucifié le Christ ! » J'apprends aussi ce que c'est que la circoncision et qu'au moment où on la pratique, le sang qui jaillit est aspiré par le mohel. Cela me fait peur. Et je n'arrive pas à comprendre ce qu'on enlève au juste à ces pauvres garçons !

Il y a de plus en plus d'endroits où je refuse d'aller. Un jour au marché, on attrape devant moi une voleuse et on commence à la rouer de coups. Je suis avec maman et Nioussia. Maman nous entraîne vite à l'écart pour que nous ne voyions pas la suite. Au bout d'un certain temps, nous revenons pour terminer nos achats et je vois le concierge recouvrir le sang de sable.

Si je n'aime pas le marché, c'est aussi à cause des guitsels, comme on dit ici : ce sont des équarrisseurs qui font la chasse aux chiens errants et leur jettent des pilules empoisonnées à la strychnine. Nous voyons à plusieurs reprises un chien mourir dans de terribles souffrances. Mais la quantité d'animaux errants ne diminue par pour autant : le terrain libéré est aussitôt occupé par des chiens de Nakhitchévan qui arrivent au petit trot, la langue pendante et la queue en trompette. Et quand on supprime les chiens de là-bas, ceux de Rostov vont prendre leur place.

J'ai six ans. J'apprends les mots « grève », « révolution », « pogrome ».

Nioussia et Macha, qui vont déjà au lycée, reviennent un matin en courant et racontent qu'en plein milieu d'un cours, elles ont entendu des cris et des coups de feu dans la rue. Quelqu'un a tiré par la fenêtre de la grande salle, où sont accrochés les portraits de l'empereur et de la famille impériale, visibles de la rue. Les cours sont souvent supprimés : à cause de la grève, les professeurs ne peuvent pas arriver à temps.

Il y a des troubles en ville. Tout le monde a l'air inquiet. Personne ne veut rien m'expliquer. J'entends dire que des juifs ont tiré sur une procession et tué un garçon qui portait une icône. J'ai terriblement pitié de lui et pleure, inconsolable.

Le nouveau marché est en flammes. Une colonne de fumée noire s'élève au-dessus de la ville et comme il n'y a pas de vent, elle est toute droite comme une énorme botte.

J'entends sans cesse prononcer le mot « pogrome ». Nounou tient des conciliabules inquiets avec les voisines : une croix blanche dessinée sur le portail, cela veut dire qu'il faut saccager la maison ou au contraire qu'il ne faut pas ? Elle place des icônes et des croix derrière les fenêtres et sort elle-même devant la maison, une icône dans les mains. Je suis reléguée dans ma chambre sous la surveillance de Katia et Macha. On cherche Sacha, mais il est parti en ville, tout le monde se fait du souci pour lui et maman prend des gouttes. Papa est tout le temps à l'hôpital. Nioussia se met au piano comme si de rien n'était, elle veut entrer au conservatoire et devenir une grande pianiste. Nous la harcelons pour qu'elle cesse de jouer, mais elle crie : « Je ne vais tout de même pas manquer ma leçon à cause de ces canailles ! »

Maman nous amène une fillette inconnue aux cheveux noirs. Elle s'appelle Lialia. Terrorisée, elle tremble de tout son corps. Maman nous explique que Lialia est juive. C'est un mot qui fait peur, mais Lialia n'a rien d'effrayant, au contraire, elle nous fait terriblement pitié. La pauvre, on la trompe en lui racontant que le Christ n'existe pas. Nous tâchons de l'aider de notre mieux en essayant de la persuader qu'Il a vraiment existé. Elle se met à pleurer. Maman passe la tête par la porte, croyant que nous lui faisons des misères et nous nous faisons disputer.

Ensuite Lialia deviendra ma meilleure amie. Son frère, Efrem Tsimbalist, qui a dix ans de plus qu'elle et qui est violoniste, partira pour l'Amérique et deviendra un musicien célèbre.

Le pogrome dure plusieurs jours. Sacha revient et disparaît de nouveau, bien que maman le supplie de ne pas retourner là-bas, car on tire dans toute la ville. Dans notre chambre, il nous raconte ce qu'il a vu. Le corps du garçon qui a été tué en premier a été transporté dans les rues. Quelqu'un a lancé par la fenêtre d'une pharmacie une bouteille d'acide sulfurique. Notre frère dit qu'il a trouvé deux doigts coupés et qu'il les a mis dans son étui à lunettes. Il veut l'ouvrir pour nous les montrer, mais nous nous sauvons en poussant des cris. Cela le fait rire.

On nous a interdit de nous approcher de la fenêtre, mais l'une de mes sœurs y monte la garde en permanence et nous y jetons un coup d'œil de temps et temps en nous cachant : par moments, des gens passent en courant, les bras chargés d'affaires. Je me souviens avoir vu des moujiks en chapeau melon, des artisans coiffés de toutes sortes de couvre-chefs et un homme portant une brassée de casquettes. Un garçon en haillons a sur la tête une casquette de lycéen toute neuve. Il y a une boutique de chapelier près de chez nous.

Le soir, nous écoutons en catimini papa raconter à son retour de l'hôpital combien on a apporté de cadavres durant la journée : ce sont des gens qui ont été tués à coups de gourdin, de pierres ou de bêche.

On nous laisse enfin sortir. Des foules circulent dans les rues pour voir les magasins pillés. Nous nous arrêtons devant la synagogue incendiée. À côté se trouve la maison de l'avocat Wolkenstein, qui a été elle aussi pillée et incendiée. Je me rends compte que c'est là que j'étais venue en visite avec papa et que j'avais fait de la barque à roulettes. Je me demande avec horreur si la barque aussi a brûlé ! Je me retourne, effrayée : peut-être que l'une des personnes qui sont là et marchent à côté de moi dans la rue a cassé et brûlé cette étonnante, cette merveilleuse barque…

La vie continue. Un jour je demande pourquoi on m'a appelée Isabelle. Papa répond que c'est en l'honneur d'une reine d'Espagne. Cela me plaît bien. Je joue à la reine d'Espagne. Ou plutôt, je sais que je suis une reine. Pas à cause de la longue robe que je me fais avec un châle de maman ou de la couronne que je me fabrique avec du papier doré, mais parce que c'est un secret que je suis seule à connaître : je suis une reine. Le matin quand je me lave, je me fais de longs gants de bal jusqu'au coude avec du savon.

Mes sœurs révisent leur histoire, je saisis au vol un nom familier et tends l'oreille. Et soudain, ô horreur, j'apprends qu'Isabelle d'Espagne a chassé les juifs. Comment cela ? C'est absolument impossible ! Ce serait à cause de ma reine qu'il y aurait des pogromes ! Je revois les doigts coupés dans l'étui à lunettes de Sacha, car c'était vrai. Papa les lui avait pris sans rien dire et les avait emportés à l'hôpital.

Je cours trouver papa, fais irruption dans son cabinet et l'interroge d'une voix tremblante et pleine d'espoir sur mon Isabelle. Lui seul peut me sauver à présent, mais il n'est pas seul, il reçoit ses malades, un homme inconnu est assis en face de lui. J'ai peur que papa se fâche et me chasse, mais il me prend dans ses bras et m'explique tranquillement que, oui, c'est vrai, Isabelle a bien décrété cela, mais il ne faut pas oublier que la même année, Christophe Colomb a découvert l'Amérique. Or si la reine ne l'avait pas envoyé là-bas, par qui, quand et où cette Amérique aurait-elle été découverte ? Peut-être qu'elle n'existerait toujours pas. Peut-être que nous n'en saurions rien. Colomb et l'absence de cette Amérique qu'il a découverte me réconfortent.

L'essentiel n'est pas le sort des juifs d'Espagne ou Christophe Colomb, c'est que j'aime mon merveilleux papa, si intelligent et si extraordinaire, et que je sais qu'il m'aime. C'est mon amour pour lui et son amour pour moi qui comptent et rien d'autre.

Cette année terrible me laisse aussi le souvenir de la canonnade. On est en décembre. Il fait sombre et il gèle. Tout le monde prononce avec épouvante le mot «Témernik». C'est dangereux de s'aventurer dans la rue à cause de Témernik. Sacha et ses sœurs ne peuvent pas aller à l'école à cause de Témernik. Une véritable bataille a lieu en ville : une batterie cosaque fait feu sur le Témernik depuis le vieux cimetière juif. À l'aube, une terrible explosion ébranle toute la ville. Un obus est tombé sur la cantine de l'usine Aksaï où étaient entreposées des munitions. Il y a de nombreuses victimes – quelqu'un dit avoir vu dans les arbres des morceaux de corps humains et de vêtements.

Quand je rencontre dans la rue des gens mal habillés aux visages moroses, je sais que c'est le Témernik. Les jours de fête, ils sont ivres et font encore plus peur. Pour le Mardi-Gras, mes sœurs et moi allons à une kermesse qui dégénère en bataille rangée : plusieurs quartiers de Témernik se battent entre eux. Nous nous sauvons précipitamment.

Au printemps, des Tsiganes font leur apparition dans la ville. Sacha et ses amis vont voir leur campement. Ils racontent que les Tsiganes introduisent de l'air à l'intérieur des hérissons à l'aide d'un tube pour décoller la peau avec les aiguilles et font cuire sa chair dans de l'argile. Nous ne voulons pas les croire, mais les grandes personnes confirment que la viande de hérisson est un plat tsigane très recherché. Je déclare que je n'aime pas les Tsiganes. Maman réplique : toi, tu manges du poulet et eux des hérissons. Après cela, je ne peux plus avaler la délicieuse cuisse de poulet que nounou me sert en enroulant le bout de l'os dans une serviette.

Nounou et papa ont tout un débat sur l'origine des Tsiganes. Nounou a entendu dire que ce sont des juifs qui sont sortis d'Égypte avec Moïse, mais qui s'en sont séparés et sont devenus une branche maudite parce qu'ils n'ont pas voulu écouter le prophète et ont continué à adorer le veau d'or ; depuis, ils ont toujours travaillé pour les juifs en faisant le métier le plus sale, celui de forgeron. Ce sont eux qui ont forgé les clous avec lesquels le Christ a été crucifié et c'est pourquoi le Seigneur les a condamnés à errer éternellement.

Papa rétorque que tout cela est un tissu d'inepties, qu'ils sont venus d'Inde, qu'en réalité personne ne sait rien de précis sur eux parce qu'ils n'ont pas d'écriture. Si l'on n'écrit pas ce qui s'est passé, dit papa, tout disparaît sans laisser de trace, comme s'il n'y avait rien eu du tout. «Toi, par exemple, tu te souviens de ce que tu as fait il y a un an?» me demande-t-il. J'ai oublié, non seulement ce que je faisais il y a un an, mais ce que j'ai fait hier. » Tu vois, continue papa, c'est cela qu'il faut tenir un journal et tout noter.»

Papa offre à chacun de nous un joli cahier pour tenir notre journal, même à moi qui apprends tout juste à écrire.

Un jour que je vais avec Nioussia à la confiserie, elle est accostée rue Nikolskaïa par une Tsigane qui lui dit : «Je vais te dire qui sera ton fiancé.» Elle porte des jupes à fleurs poussiéreuses. Nioussia essaie de s'en débarrasser et répond en riant : «J'ai déjà un fiancé.» C'est comme cela que j'apprends l'existence de Kolia, son futur mari. La Tsigane insiste. Nioussia finit par lui dire : «Bon, eh bien dis l'avenir à ma sœur!» Je tiens dans mes mains une poire juteuse que nous venons d'acheter à une marchande des quatre saisons. La Tsigane me lit les lignes de la main. J'apprends que je vivrai longtemps, que je serai reine, que j'aurai mon chevalier servant, que je connaîtrai le grand amour jusqu'au tombeau et que j'enfanterai une merveille. Puis elle me prend la poire dans laquelle j'ai déjà mordu, crache dessus de tous les côtés et me la tend : je n'ai qu'à la prendre pour que tout cela se réalise. Je cache mes mains derrière mon dos. La Tsigane s'en va avec ma poire en soulevant avec ses jupes des nuages de poussière.

Désormais, avant de m'endormir, je pense au chevalier et à la merveille à laquelle je donnerai un jour naissance. Je sais déjà d'où viennent les enfants mais je n'arrive pas à m'imaginer comment un enfant peut sortir par un si petit trou.

Sacha dévore des romans de chevalerie. Pour le bal costumé du lycée, il revêt une armure et un casque en carton recouverts de papier argenté.

Pendant le thé du soir, nous parlons du duel de Pouchkine. Maman déteste Nathalie. Moi aussi : c'est à cause d'elle que Pouchkine a été tué. Quelqu'un dit que Pouchkine était chevaleresque. Cela me fait rire, parce je n'arrive pas à me l'imaginer en armure et en heaume. Papa dit : « Pour être un chevalier, il n'est pas nécessaire de porter une cuirasse en fer, être un chevalier, c'est un état d'esprit. Je demande : « Et toi, papa, tu es un chevalier ? » Il sourit d'un air confus. Maman se lève brusquement de table et s'enfuit, c'est la première fois que je la vois dans un tel état, elle qui est toujours si calme et affectueuse. Peu après, on me confie sous le sceau du secret que nous avons un nouveau petit frère, qui n'est pas de maman.

Je n'aime pas dessiner et je déteste surtout le crayon blanc qui me paraît une incroyable absurdité. En revanche j'adore jouer au théâtre. On nous achète un théâtre miniature : une boîte avec un fronton et un rideau qui se lève. Sur les côtés sont dessinées des loges où sont assis des enfants vêtus presque comme à l'époque de Pouchkine. À l'intérieur sont disposés des décors : une toile de fond et des panneaux latéraux pour les cinq actes d'une pièce sur le petit poisson d'or. Le poisson sentencieux nous lasse vite et nous inventons nos décors et nos personnages. Katia et Macha les découpent et les colorient et moi je dispose les petites silhouettes, parle et chante quasiment pour tous. Nous organisons des spectacles pour les petits enfants de notre entourage (moi, je suis déjà grande). Dehors, c'est l'hiver, le soir tombe, il gèle, mais ici, nous sommes dans une forêt enchantée où les fleurs embaument. Les petits écoutent en retenant leur souffle.

L'été, nous ne nous contentons plus de poupées en carton, mais organisons un vrai théâtre pour de bon. Nous tendons une corde entre deux bouleaux et y accrochons un drap qui sert de rideau. Nous apportons des chaises, des tabourets et invitons des amis et des enfants du voisinage. Nous fouillons les commodes et les cartons. Tout ce qui peut servir à la représentation disparaît de la maison : chapeaux, gants, ombrelles, couvertures.

Mais ce que j'aime le plus, c'est chanter. Et pas seulement chanter, mais représenter tout ce que je chante. Mon plus grand succès est *Sur la vieille route de Kalouga*. Je montre comment à la quarante-neuvième verste s'en venait un gaillard, masse d'armes au côté, puis je me transforme en personnage féminin et montre comment

> *Par la forêt obscure allait*
> *Une brave femme en prières,*
> *Tenant par la main un enfant*
> *Et dans ses bras un nourrisson.*

Ma poupée jouait le rôle du nourrisson. Les passions se déchaînent et moi aussi : je montre comment le féroce brigand saisit la femme par les nattes et la tue ! Quand il finit par tuer ma poupée et qu'un éclair frappe le scélérat, je me jette par terre et finis de chanter, couchée sur le sol :

> *Comme touché par une flèche*
> *Le brigand fut tué tout net ;*
> *Et sous le vieux pin foudroyé*
> *Le voilà qui gît, terrassé !*

Maman n'aime pas mes chefs-d'œuvre, je n'arrive pas à comprendre pourquoi, mais papa est enthousiasmé par toutes mes trouvailles. Il me soulève, m'embrasse et m'appelle la reine de Rostov et de tout Nakhitchévan. Ses baisers piquent à cause de sa barbe. Quand nous avons des invités, il me demande toujours d'interpréter un morceau. Je ne suis pas du tout intimidée par le public. Au contraire, chanter pour moi toute seule ne m'intéresse pas, j'ai besoin de partager mes émotions. Tout le monde dit que je suis née avec une voix naturellement posée et admire la puissance du son de poitrine émis par les cordes vocales d'une si petite fille.

Je ne me lasse pas de feuilleter les albums de papa contenant des reproductions de tableaux de peintres russes et m'aperçois tout à coup que je me mets à la place des personnages qui y sont représentés. Par exemple la princesse Sophie. Je me tiens debout au milieu de la pièce, les cheveux étalés sur les épaules, les bras croisés sur la poitrine, l'air courroucé. Elle est enfermée comme moi dans ma chambre quand j'ai fait une bêtise. Mais ce qui fait peur, ici, c'est le strélets pendu qu'on voit par la fenêtre[1]. Je demande à Sacha de m'expliquer l'histoire des streltsy. Il me raconte tout sur

---

1. Il s'agit du tableau de Répine représentant la princesse Sophie enfermée dans un monastère après avoir disputé le trône à son demi-frère, le futur Pierre le Grand. Les streltsy étaient un corps d'arquebusiers qui avait pris le parti de Sophie.

leur insurrection et sur la fenêtre sur l'Europe[1]. « Tu comprends ?
– Oui. »

C'est étonnant comme je comprenais tout à l'époque, alors que maintenant je suis vieille, ma vie est derrière moi et je ne comprends plus rien. Comme si la vie était un passage de la compréhension à l'incompréhension.

Mon frère me rassure en me disant qu'il ne faut pas avoir peur : il n'y a plus de streltsy depuis longtemps, on ne coupera plus jamais la tête à personne, les temps ont changé.

Je raconterai plus tard comment Sacha a été tué.

Réponse : Quelle moufle ?
Question : L'histoire est une main et vous une moufle. L'histoire vous change comme elle change de moufles. Vous devez comprendre que les histoires sont des êtres vivants.
Réponse : Et moi ?
Question : Vous n'êtes pas encore là. Vous voyez : il n'y a que des feuilles blanches.
Réponse : Mais pourtant je suis là, je suis venu ici. Je suis assis. Je regarde par cette fenêtre enneigée. La tempête s'est calmée. Tout est blanc. Je vois les photos sur le mur : quelqu'un est saisi par les ouïes. Quelle curieuse carte. Je n'arrive pas à reconnaître les contours des continents. Ce n'est pas une carte, mais un hérisson qui est passé dans les buissons et en est ressorti avec des fraises de bois et des myrtilles au bout de ses piquants.
Question : Mais non, il n'y a personne pour l'instant.
Réponse : Comment il n'y a personne ? Alors à qui appartient cette ombre ? Ici, sur le mur ? Tenez, voici cinq doigts écartés. Et maintenant voici une tête de chien. Ouah, ouah ! Et avec les deux mains, regardez, cela fait un aigle qui vole. Et un loup qui claque des dents.
Question : Non. Le chien, le loup, tout cela n'est pas réel. Votre histoire est le fiancé et vous la fiancée. Les histoires choisissent la personne et commencent à vagabonder.
Réponse : J'ai compris. Donc, voilà. Vous pouvez noter. Je ne voulais rien dire à ma femme, mais elle a senti que quelque chose n'allait pas. J'essayais de faire comme si tout allait bien, comme s'il ne s'était rien passé, mais en fait, elle avait tout appris par une amie.

---

1. Saint-Pétersbourg, la nouvelle capitale fondée par Pierre le Grand, fut appelée une « fenêtre sur l'Europe ».

Ma femme lui racontait au téléphone que depuis un certain temps, je rentrais à la maison sombre et irritable, et l'autre avait répondu : « Comment, mais tu n'es pas au courant ? Ton mari est endetté, très lourdement endetté et le compteur est déjà en train de tourner ! » Sans m'en souffler mot, elle s'est précipitée là où elle n'aurait pas dû aller et là, on lui a dit de ne pas se mêler de ce qui ne la regardait pas. J'ai tenu bon tant que j'ai pu, je répondais à toutes ses questions par des plaisanteries et avais même plus ou moins réussi à lui faire croire que tout allait s'arranger, mais j'ai fini par craquer, j'ai bu pour oublier et ça a été plus fort que moi, je lui ai tout déballé : comment j'avais pris de l'argent dans une banque pour le donner à une autre, mais elle a été attaquée par des Tchétchènes, il a fallu retrouver de l'argent ailleurs, mais j'ai été roulé. Tout ce qu'elle a compris, c'est que l'argent était perdu, que les intérêts couraient et qu'on voulait me tuer. Elle s'est mise à sangloter : « Mais pourquoi veulent-ils te tuer ? Un mort ne peut rien rembourser ! » J'ai crié : « Tu ne comprends rien, ou quoi ? » Jamais je n'avais élevé la voix sur elle. Vendre l'appartement, la datcha, la voiture, tout cela serait une goutte d'eau dans la mer, et le délai expirait vendredi.

Question : Ce n'est pas ça.

Réponse : Non, je sais bien.

Question : D'où venez-vous ? D'un pays où on gémit dans son lit, où on se tait parce que les mots sont sales et qu'il n'y en pas de propres ?

Réponse : J'ai tout simplement envie d'être libre et de ne dépendre ni du destin ni d'aucune patrie.

Question : Nous sommes déjà vendredi ?

Réponse : Oui.

Question : À qui appartenait la banque : aux Toungouses ou aux Orotches ?

Réponse : Aux Orotches.

Question : Que saviez-vous de ces gens-là ?

Réponse : Pas grand-chose. Ils croient que la première femme est tombée dans une tanière et a donné le jour à deux enfants : un ourson et un petit d'homme. Les deux frères ont grandi, l'un a tué l'autre et cela a été le commencement du monde. Quand le garçon a grandi, il est devenu chasseur.

Question : Et ensuite ?

Réponse : Ensuite un énorme élan a dérobé le soleil et le chasseur l'a poursuivi pour le lui reprendre.

Question : Il a réussi ?

Réponse : Oui. Ou plutôt non. Ils sont partis très loin. L'élan courait dans le ciel, le soleil entre ses dents. Mais il revenait sans cesse au même point. Moebius a collé le ciel aussi à sa façon. Et la Voie lactée, ce sont les traces des skis du chasseur. Le ciel en est plein. Le chasseur fait des cercles, mais tantôt sur la face visible du ciel de Moebius, tantôt sur la face invisible. Il y a trois mondes : celui du haut, l'hiver et celui du bas, qui est le plus important et qui s'appelle le *mlyvo*. Quand les hommes d'en haut découpent des peaux de bêtes pour fabriquer des chaussures et des vêtements, des morceaux tombent sur la terre et se transforment en renards, en lièvres, en écureuils. Les hommes d'en haut tiennent par des fils les âmes des hommes, les arbres d'en haut, les âmes des arbres, les herbes d'en haut, celles des herbes. Il suffit que le fil se rompe pour que l'homme tombe malade et meure, que l'arbre se dessèche, que l'herbe se fane. Pour accéder au monde d'en haut, il faut passer par une ouverture dans le ciel qui s'appelle *niangnia sangarin*, c'est l'Étoile polaire. Et dans le monde d'en bas, dans le *mlyvo*, la vie est exactement comme sur la terre et ils ont le même hiver, mais le soleil brille quand il fait nuit sur terre et la lune apparaît quand il y fait jour. L'hiver s'en va dans le *mlyvo*, ou plutôt, c'est l'homme qui l'emporte avec lui quand il s'en va là-bas. La vie en hiver est la même qu'ici, on chasse, on pêche, on fabrique des traîneaux, on répare les harnais, on coud des vêtements. On se marie quand l'époux resté sur terre prend femme, on fait des enfants, on tombe malade et on meurt, c'est-à-dire qu'on renaît ici en se réveillant au milieu de l'hiver dans la peau d'un homme ou d'une femme. Dans le *mlyvo*, tout est pareil, mais tout est différent. Un homme vivant est invisible pour les habitants et ils prennent ses paroles pour le crépitement du feu.

Question : Donc, il y a aussi dans le *mlyvo* une pièce comme celle-ci, où on pêche des poissons sur les murs et des hommes sur les chaises, où les trombones sont alignés comme à la parade, où la carte est piquée d'épingles, où les histoires sont restées alors que les hommes se sont évaporés et où un paysage de neige est accoudé à l'appui de fenêtre ?

Réponse : Je ne sais pas. Nous ne sommes pas des Orotches. Nous ne croyons à rien, sauf à l'hiver.

Question : Comment le monde a-t-il commencé chez vous ?

Réponse : Il y avait aussi deux frères. Mais au début il y avait de l'eau partout. Il n'y avait rien d'autre, et on ne pouvait vivre nulle part. Puis est venu l'hiver, l'eau a gelé et le sol est devenu ferme.

Question : Et les frères ?

Réponse : L'un était bon, l'autre mauvais. L'un a façonné avec de la neige les Toungouses, l'autre les Orotches.

Question : Et le *mlyvo* ?

Réponse : Le *mlyvo*, c'est le *mlyvo*.

Question : Et les deux qui se sont réveillés au milieu de l'hiver, qui sont-ils devenus ? Daphnis et Chloé ?

Réponse : Oui. Daphnis est orotche et Chloé toungouse.

Question : Les chèvres, les moutons, la flûte de Pan ? Et les hivers doux, ils vont aussi deux par deux ?

Réponse : Personne n'a jamais évité l'amour et ne pourra jamais l'éviter tant qu'existeront la beauté et des yeux pour la voir.

Question : Mais qui peut bien accepter de devenir la femme d'un berger pour quelques pommes ?

Réponse : Comment, vous ne savez pas ? C'est comme une maladie. L'homme se sent mal et les virus se portent bien. Leur civilisation est florissante. Pour l'amour, c'est la même chose. Chloé ne mangeait plus, ne dormait plus, ne s'occupait plus de son troupeau, passait du rire aux larmes, s'assoupissait et se réveillait en sursaut. Son visage blêmissait et s'empourprait tour à tour. Le veau piqué par un taon souffre moins. Elle avait le regard fixe et voyait danser les dessins du papier peint. Je suis malade, mais je ne sais pas ce que j'ai, je souffre, mais je n'ai de blessure nulle part, j'ai le cœur lourd, mais je n'ai perdu aucune brebis. Elle ferme les yeux et ses doigts de pieds trouvent à tâtons les raccords entre les lés du papier.

Question : Mais c'est l'hiver. Le froid s'insinue jusqu'à l'agrafe de son soutien-gorge. Et personne ne veut se marier à un bonhomme de neige.

Réponse : Il y a dans le *mlyvo* quelque chose de plus fort que l'hiver. Ils ne se sont pas vus depuis des milliers d'années. Et ils se languissent tellement l'un de l'autre. Soudain ils ont eu envie l'un de l'autre. C'est alors que la débâcle a commencé. Une nuit, toute la bourgade a été réveillée par des coups de tonnerre prolongés et retentissants : c'était la glace de la rivière qui s'était rompue. Le matin, tout le monde est sorti voir se mettre en branle la route sur laquelle ils se promenaient encore la veille. Pendant trois jours les blocs de glace ont éclaté et tonné, épais, transparents. Ils se fendaient en lançant des gerbes d'éclaboussures, se cabraient, montant les uns sur les autres. Ils escaladaient les rives, manquant raser les maisons construites au bord de l'eau. Les blocs se dressaient comme des rochers, les badauds les plus hardis y grimpaient, se hissaient jusqu'au sommet et les autres les voyaient passer comme s'ils étaient à bord d'immenses navires étincelants. Parmi ces risque-tout il y avait Chloé. Elle avait ôté son bonnet de fourrure et ses cheveux flottaient au vent.

Question : En voguant sur un bloc de glace, le bonnet de Chloé s'est envolé[1]. Chloé se précipite pour rattraper son bonnet, Daphnis pour rattraper Chloé[2].

Réponse : Oui, je vois bien que ce n'est pas ça.

Question : Simplement il ne faut rien inventer. Tout est déjà là. L'hiver et le *mlyvo*.

Réponse : Mais comment faire si tout s'est vraiment passé comme cela ? Elle est tombée à l'eau, il l'a rattrapée par le col et l'a sauvée. En fait ils avaient été échangés à leur naissance. Tout était prévu dans un rêve prémonitoire, de la première à la dernière neige. Une dame inconnue attendrait Chloé devant l'école à la fin de l'étude du soir, elle lui fourrerait sans mot dire un anneau dans la main et s'en irait dans une voiture de luxe, quant à Daphnis, quelqu'un déposerait un tas d'argent sur son livret de caisse d'épargne alors qu'il faisait encore des pâtés de sable, puis il y aurait les réformes et tout serait réduit en poussière. Les enfants grandiraient, les hormones se déchaîneraient. Amour-velours-toujours. Elle jurerait sur la tête de ses brebis de se garder pour lui et lui dirait : « Jure par ce troupeau et sur la tête de cette chèvre qui t'a nourri que tu ne quitteras pas Chloé tant qu'elle te sera fidèle. Mais si elle pèche contre toi, alors, fuis-la, hais-la et tue-la comme un loup ! » Il jurerait, tenant d'une main la chèvre et de l'autre un bouc, qu'il aimerait Chloé tant qu'elle l'aimerait et que si elle lui en préférait un autre, il se tuerait, mais ne la tuerait pas. Toute heureuse, elle le croirait, car, étant née bergère, elle serait convaincue que les chèvres et les brebis étaient de véritables dieux. Ensuite ils seraient séparés par des brigands et elle épouserait leur chef qui aurait une papule sur la lèvre supérieure. L'hiver, elle donnerait à manger aux pigeons : par ce

---

1. Allusion au célèbre pataquès du « Cahier de réclamations » de Tchekhov : « En regardant la nature par la fenêtre, mon chapeau s'est envolé. »
2. Allusion à l'histoire du navet géant : pour l'arracher la grand-mère tire derrière le grand-père, la petite-fille derrière la grand-mère, etc.

froid, ils avaient les pattes fines comme des brindilles. Persuadé que Chloé était morte – car il avait entendu lui-même la sonnette frénétique du tramway, le grincement des freins, les cris des passants et avait vu dans une mare de sang le corps immobile dont seule une main bougeait encore –, Daphnis partirait errer de par le monde et arriverait dans la capitale, où il partagerait une chambre avec un étudiant en médecine qui potasserait ses manuels du matin au soir, ausculterait et palperait le chaste corps du berger. Le nom de *musculus cremaster* lui resterait en mémoire. Un jour, allongé sur son lit pliant, les mains derrière la nuque, il contemplerait les vitres gelées ornées de fougères et de hiéroglyphes étincelant au soleil, songeant que son peuple était ce bélier pris dans le fourré qu'Abraham avait sacrifié à la place d'Isaac, quand son colocataire reviendrait furieux de son examen – il n'aurait pas pu trouver le muscle sur lequel il était interrogé et le professeur se serait moqué de lui en disant : c'est curieux qu'un muscle aussi gros ne se trouve pas sur votre cadavre, je vous félicite, jeune homme, jamais encore je n'avais vu cela! Ensuite Daphnis serait convoité par Lycenion, l'infirmière qui volerait de l'alcool dans la salle d'opération pour l'échanger au marché aux puces. Elle a une longue natte.

Question : Attendez!

Réponse : Qu'y a-t-il?

Question : Alors il y a eu substitution pour les deux?

Réponse : Oui, et alors?

Question : C'est tout de même incroyable!

Réponse : Vous savez, tout arrive, dans la vie! Pour elle, cela s'est passé au palais et pour lui à la maternité.

Question : Dans quel palais?

Réponse : Et pourquoi est-ce que vous ne me demandez pas dans quelle maternité? Tous les mêmes! Tout le monde veut savoir comment on substitue les bébés dans les palais où les parquets cirés font glisser les invalides de guerre qui s'accrochent les uns aux autres, surtout les unijambistes, et où le roi de Prusse mangeait à toute vitesse et dès qu'il avait fini un plat, on ôtait les assiettes de tous les convives. Mais personne ne s'intéresse à l'hôpital de quartier où le médecin de garde était absent et l'aide-soignante ivre morte. Pour qu'on accepte de l'accueillir, il avait fallu promettre de prendre en charge la réparation du toit du pavillon d'obstétrique. Il n'y avait plus de médicaments depuis longtemps et quand elle en recevait, le médecin-chef les revendait à l'extérieur ou à ses propres malades par l'intermédiaire de leurs proches. Il fallait apporter tout soi-même, les draps, les robes de chambre, et pour calmer la toux, on donnait de la graisse de chien, faite à partir des chiens errants attrapés dans la rue. Vous m'entendez ?

Question : Excusez-moi, j'étais distrait. Regardez par la fenêtre : vous voyez là-bas l'antenne qui se détache sur le ciel au couchant comme un insecte dans un bloc d'ambre ? Ne faites pas attention, c'est juste parce que mon regard s'est arrêté dessus. Mais, tout de même, pourquoi l'avoir échangée ?

Réponse : Comment cela, pourquoi ? Le père avait beau être roi, c'était tout de même un Éthiopien, alors que la petite était blanche. Quand il demanderait des explications à la maman, que pourrait-elle lui dire ? Qu'au moment de la conception, elle avait regardé l'image immaculée d'Andromède ? Tu parles d'une éthioperie.

Question : Bon, et à la maternité ?

Réponse : Eh bien, c'était le contraire : au lieu d'un Orotche, ils se retrouvaient avec un négrillon. Que faire ? Sur ces entrefaites, voilà qu'éclate un incendie ! Le feu avait pris à Tsariovo Zaïmichtché[1] et la moitié de la ville avait brûlé. Pas étonnant, avec cette sécheresse ! Dans la panique, elle avait saisi le bébé d'une femme morte dans les flammes et l'avait jeté par la fenêtre. Et son bébé à elle, elle l'avait laissé tomber. Tous les papiers avaient brûlé. L'enquête avait établi que l'incendie était dû à une négligence : une dinde qui pondait un œuf tous les mois se faisait une permanente, elle se dépêchait et dans sa hâte, elle avait oublié d'éteindre le réchaud à alcool sur lequel elle faisait chauffer ses bigoudis, les rideaux de mousseline soulevés par un courant d'air avaient touché la flamme et avaient pris feu. Mais chez nous, le peuple est ignare, il lui faut toujours un bouc émissaire, alors il a accusé les acteurs qui, hagards, à moitié réveillés, s'étaient précipités en petite tenue hors de leur hôtel situé à côté de la taverne. Tous ces Léonidov et ces Moskine ratés avaient rassemblé tant bien que mal leurs affaires, les avaient chargées dans leur chariot et avaient essayé de se frayer un chemin vers la rivière à travers l'incendie. Cela flambait si fort qu'on y voyait comme en plein jour. Tout autour, les gens pleuraient, criaient, beaucoup étaient

---

1. Village où Koutouzov a commencé les préparatifs de la bataille de Borodino.

ivres. Les pompiers s'étaient précipités pour essayer de sauver en priorité les débits de boisson et les entrepôts de spiritueux, ils se moquaient pas mal de la population. Alors les gens s'en étaient pris aux acteurs : leurs baluchons, ce n'étaient pas des affaires volées ? Des femmes en colère qui se retrouvaient à la rue avec des enfants en bas âge, avaient entouré le chariot, saisi le cheval par la bride et appelé les hommes : «Venez, les voilà, ce sont eux qui ont mis le feu ! Ils sont là ! Tapez-leur dessus !» En fin de compte, on peut comprendre ces pauvres femmes qui avaient tout perdu dans l'incendie. Bref, des ivrognes ont accouru, ils ont pris les acteurs à la gorge, les ont fait tomber dans la boue. Des femmes qui couraient chercher de l'eau les ont frappés avec leurs seaux. Ils ont été battus à mort. Les corps mutilés ont été jetés dans la rivière. Une femme s'est approchée d'un mort et lui a craché dans la bouche.

Question : Mais ensuite on a établi que ce n'étaient pas eux ?

Réponse : Bien sûr, que ce n'étaient pas eux. Mais une fois que cela avait commencé, on ne pouvait plus rien arrêter. Les paysans ont mis le feu aux récoltes des grands propriétaires. D'énormes meules ont brûlé pendant deux ou trois jours, cela faisait une telle clarté qu'on pouvait lire en pleine nuit.

Question : Mais vous avez vous-même parlé de bigoudis et d'un réchaud à alcool ?

Réponse : Ça, c'est la commission d'enquête qui l'a inventé pour couvrir les siens. En fait, ce sont les Orotches qui ont fait le coup, ils se serrent les coudes. Une des leurs voulait vendre sa maison, des acheteurs se sont présentés, mais la nuit, la maison a brûlé dans l'incendie, ce sont les gens de sa famille qui ont mis le feu parce qu'ils ne voulaient pas qu'elle se retrouve plus riche qu'eux, ils voulaient qu'elle reste misérable comme eux. Ce n'est pas difficile à comprendre.

Question : Mais qu'est-ce qui s'est passé en réalité ?

Réponse : Personne ne le saura jamais. Un capitaine en retraite était tombé amoureux d'une petite grue du genre de cette Chloé, qui jouait les pures agnelles. Il avait quitté sa femme qui, toute sa vie, l'avait suivi de garnison en garnison au fin fond de la taïga et il avait maudit son fils, qui n'appréciait pas de voir sa mère traitée ainsi et son héritage, si modeste fût-il, lui passer sous le nez parce que son père dilapidait ses économies avec cette acrobate en chambre. Ensuite, elle lui avait glissé en guise de signet dans *la Guerre des juifs*, juste à l'endroit où il est dit qu'à la mort d'Antiochus, son trône et sa haine des juifs échurent à son fils Antiochus, un petit mot plein de fautes d'orthographe dans lequel elle assurait qu'elle l'avait aimé pour de bon, qu'il était vraiment le premier et que ce n'était pas vrai que je m'étais enfoncé une épingle dans le doigt pour faire des taches de sang sur le drap comme tu l'avais pensé alors. Ce n'est pas mon genre. Mais maintenant, j'en aime un autre. Tu sais bien comment ça se passe, mon chéri, mon trésor, mon petit ronfleur. Tout à coup, c'est comme un ouragan qui te saisit par la peau du cou et t'envoie dans le ciel sans te demander ton avis. Il avait trouvé le mot, l'avait lu et avait compris qu'avec son cœur malade, il n'en avait plus pour longtemps. Sa bicoque avait été mise en vente. Mais elle était assurée pour une coquette somme. Le capitaine était allé prier saint Nicolas, il s'était agenouillé devant l'icône : «Viens-moi en aide, avait-il dit, toi qui es mon saint patron, indique-moi une solution!» En relevant la tête, il avait vu vaciller la flamme d'un cierge. De ce pas, il était allé acheter une bougie de deux bonnes livres et de retour chez lui, il avait calculé qu'elle brûlerait à raison d'un pouce par heure. Il avait mesuré la bougie : cela faisait dans les dix-huit heures. Il l'avait posée sous l'escalier, l'avait entourée de toutes sortes d'objets inflammables, avait versé de l'essence. Il avait allumé la mèche, s'était signé et était parti pour Moscou : à présent, l'affaire était entre Tes mains ! Il avait calculé que la bougie se consumerait jusqu'à deux heures du matin. À Moscou, il était allé au cabaret Le Ravin, avait bu du champagne et vers une heure du matin, s'était rendu aux toilettes. En passant dans le couloir, il avait cassé la figure à un inconnu qui se trouvait là. Scandale, police. On avait dressé un procès-verbal comme quoi cette nuit-là, le pécheur un tel, coupable d'amour, s'était livré à des actes offensants et ferait l'objet de poursuites judiciaires. Pendant ce temps, sa baraque était déjà en flammes. Contre trois roubles glissés au commissaire de quartier, il avait empoché sur le champ une copie du procès-verbal. Il avait touché sans problème la prime d'assurance et envoyé tout l'argent à son fils, sans rien garder pour lui. Pas un rouble, pas un kopeck.

Question : Finalement, qu'est-ce que cela peut faire, qu'ils aient été échangés ? Peut-être que nous l'avons tous été.

Réponse : Tout s'est passé après, mais neuf mois plus tôt, il y avait eu immaculée conception.

Question : C'est impossible.

Réponse : Pourtant il en a même été question dans les journaux.

Question : Vous voulez parler de cette histoire dans le tuyau ?

Réponse : Oui. La mère de Daphnis travaillait sur un chantier de réparations navales. Elle devait enlever la rouille des tuyaux. À l'extérieur, cela allait encore, mais à l'intérieur, ce n'était pas évident. Le diamètre des tuyaux permettait tout juste de se glisser à l'intérieur. Elle était entrée dedans à quatre pattes et commençait à ressortir à reculons. Elle n'avait encore que le derrière dehors quand c'est arrivé. Elle s'est débattue, mais impossible d'échapper à cette étreinte de fer, elle a crié, mais sa voix allait se perdre à l'autre bout du tuyau. Quand elle est sortie, elle a remis sa culotte, son collant, son caleçon chaud, son pantalon ouatiné. Personne alentour, rien que la neige qui tombait. On ne voyait aucune trace, tout était recouvert. Les flocons étaient gros comme une main d'enfant. C'est chez eux, là-bas, qu'il y a des rayons, des pluies d'or, des cygnes, des colombes, mais chez nous, c'est l'hiver et il n'y a que de la neige.

Question : Attendez, nous n'allons pas dans le bon sens. Si cela continue, vous allez remonter jusqu'aux grands-pères et aux grands-mères, jusqu'au moment où un de leurs aïeux venu faire une cure de raisin sur les bords du lac Léman rencontra Paganini, déjà atteint de ramollissement général et d'un début de paralysie du système respiratoire qui l'obligeait à se pincer le nez entre deux doigts en parlant, ce qui lui donnait l'air plutôt comique, tandis que leurs ancêtres d'une autre ligne attrapaient des écrevisses avec un chat mort dont ils coupaient les pattes pour les fourrer dans les trous des crustacés.

Réponse : Vous avez raison. En hiver, le temps est glissant. Le pied dérape et on ne sait pas où et quand on va atterrir. On peut très bien se retrouver en pleine guerre russo-turque. Et encore heureux si c'est dans un tas de neige au col de Chipka. Cela pourrait être aussi bien dans un trou perdu, où les journaux n'arrivent que de loin en loin et par paquets. Tu te précipites sur le dernier numéro et tu cries à ta vieille : « Macha ! Macha ! Le général Ganetski a pris Plevna ! Osman Pacha s'est rendu sans conditions ! » Mais elle qui lit toujours tout dans l'ordre bougonne : « Toujours à brûler les étapes ! Pour moi, c'est encore loin, je n'en suis qu'à Dolny Doubniak, le siège de la forteresse vient tout juste de commencer. »

Question : Attendez, à ce train-là, nous allons remonter jusqu'aux anciens Grecs ! Cela va bientôt être le tour de Xénophon. Mais il faut d'abord que la bataille soit livrée, il faut que les Hellènes entonnent le péan. Est-ce qu'au moins vous comprenez cela ? Nous devons aller de l'autre côté du temps ! Reprenons dans l'ordre. Nous étions dans le *mlyvo*. C'est bien cela ?

Réponse : Nous y sommes toujours. Ici, le temps n'a pas d'autres côtés et d'ailleurs ce n'est pas clair. Tout ce qu'on peut dire, c'est que dehors, c'est l'hiver.

Question : Que s'est-il passé ensuite ?

Réponse : Des brigands les ont attaqués. Je veux dire nous ont attaqués. Chloé et moi. Quelle importance, que ce soit nous ou vous. De toute façon nous avons tous été échangés. Tu n'es pas toi. Je ne suis pas moi. Nous ne sommes pas nous. Vous avez dit vous-même que nous n'étions que des moufles que les histoires enfilent en hiver pour se réchauffer quand il gèle.

Question : Nous devrions faire une pause.

Réponse : Que voulez-vous dire ? Vous ne croyez pas que nous avons été attaqués par des brigands ?

Question : Je ne sais pas. De toute façon, il n'y a pas moyen de savoir qui vous êtes vraiment. Vous entrez dans ce cabinet aux poissons, vous racontez des choses qui n'ont jamais eu lieu, vous bégayez, vous étouffez, vous vous mouchez, vous pleurez, vous présentez des attestations d'hôpitaux, vous remontez les manches de votre pull et de votre chemise pour montrer des cicatrices, comme si quelqu'un pouvait croire qu'on vous a suspendu par un crochet, vous demandez un verre d'eau, vous essuyez vos larmes et votre morve avec des serviettes en papier, dont il y a toujours un paquet posé sur la table devant vous, vous ne savez pas quoi faire de vos mains, vous vous rongez les ongles, vous triturez les envies au bout de vos doigts, vous vous grattez une piqûre de moustique sur la cheville, mais tout cela, ce n'est pas vraiment vous. Tandis que les Grecs ! Même d'ici, depuis le deuxième étage, on voit que l'armée des Barbares est comme une croûte sombre sur la terre. Voici les rangs des Hellènes : immobiles, tendus, les guerriers sont debout, ils attendent, le bouclier au pied. Sur le flanc droit, au bord de l'Euphrate se tient le Lacédémonien Cléarque, à côté sont disposées les troupes du Béotien Proxène et sur le flanc gauche de l'armée hellène est posté Ménon avec ses Thessaliens. Un léger bruit court dans les rangs de la phalange comme un souffle de vent, c'est le mot d'ordre qui passe pour la seconde fois : « Zeus-sauveur ou la victoire ! » Les derniers instants, les plus pénibles, avant le début de la bataille sont interminables. Les Perses qui avancent en silence sont maintenant à moins de trois stades. Enfin les Hellènes, entonnant le péan, marchent sur l'ennemi. Le flanc gauche s'avance en premier, le reste suit au pas de course pour s'aligner. Puis tous font retentir leur cri en l'honneur du dieu Enalyus. Les armées s'affrontent, s'entremêlent, s'imbriquent l'une dans l'autre comme deux peignes.

Réponse : Vous croyez que du moment que je suis une moufle, je n'y comprends rien ? Rien à rien ? D'accord, je suis une moufle, mais une moufle pensante ! Et vous croyez peut-être que je ne comprends pas que l'hiver est une chose et le *mlyvo* en est une autre ? L'hiver, la vie est comme le blizzard, qui traverse vite la rue au feu rouge et disparaît, tandis que dans le *mlyvo*, la voici, la neige de l'an dernier, humide, malléable, de quoi faire une belle boule friable, odorante, avec des graines de frêne dedans et un peu de terre sur le côté, il n'y a plus qu'à construire une forteresse. Inexpugnable. Personne ne pourra la prendre et c'est là que tout se conserve, avec un stock de boules de neige pour chasser les gamins venus de la rue où habitent les Orotches. Tout ce qui était dans l'hiver a disparu. Tout disparaît dans l'hiver. L'été. L'enfance. Tenez, on emmenait vos Daphnis et Chloé au même zoo. Dans le bassin, des croûtes de pain et des papiers de bonbons flottaient à la surface de l'eau couverte de lentilles. La glace vous coulait sur les coudes. Des singes s'accouplaient dans leur cage. La sciure était imprégnée d'urine. La puanteur animale vous prenait à la gorge. Derrière les barreaux rouillés les bêtes accablées de tristesse et de chaleur n'en pouvaient plus. Et la caissière, dans sa guérite, tout aussi accablée par l'exiguïté de son réduit, devenait enragée derrière son guichet. Mais dans l'hiver, quand le dégel est venu, tout ce zoo avec ses animaux, ses cages, ses odeurs et cette caissière dans sa guérite, tout cela a fondu. Ils sont tous morts – les animaux, les odeurs, la caissière. Tandis que dans le *mlyvo*, tout est resté intact, le zoo entier, et rien n'arrivera ni aux animaux, ni aux croûtes de pain détrempées dans l'eau noire, ni à la glace qui coule sur vos genoux, et la caissière continuera à enrager dans sa guérite et ne mourra jamais. Dans l'hiver, il n'y a peut-être plus trace de Chloé, mais dans le *mlyvo*, elle continue à donner à manger des bouts de papier à sa poupée. Des fraises des bois poussent dans le cimetière, mais sa grand-mère dit qu'il ne faut rien cueillir ni manger, parce que cela fâche les défunts, qui peuvent vous punir, et là-bas, dans ce cimetière, au milieu des tombes et des morts, elle se sent infiniment vivante. Le premier jour des vacances, elle saute pieds nus du perron et atterrit sur un râteau qui traînait dans l'herbe. Elle fabrique une maison avec une boîte à chaussures, y découpe une porte, cache une de ses mains et frappe avec l'autre en demandant : je peux entrer ? Mais la première main laisse l'autre dehors. Elle tend à sa maman un morceau de beignet au bout de sa fourchette et, par jeu, lui enfonce dans la bouche, les dents de la fourchette se plantent dans le palais et le sang coule. Elle rêve que son père vient la border au lit et lui raconte que si on range ses souliers bien droit l'un contre l'autre, ils s'en vont la nuit dans des pays fabuleux et en rapportent des rêves qu'ils déposent sous l'oreiller des enfants. Elle apprend à plonger dans l'eau, sa grand-mère est contre, mais son grand-père dit que c'est bon pour la santé et qu'une fille doit être aussi forte et intrépide qu'un garçon, cela lui sera utile dans la vie. Elle laissait toujours la clé sous une brique à gauche du perron, près du massif de phlox et un jour, en la soulevant, elle a trouvé un mille-pattes. La nuit, un églantier essaie obstinément d'entrer par la fenêtre ouverte. Son sein gauche pousse, mais pas le droit. Elle s'examine dans la glace – tout cela est dégoûtant, et son doigt sent comme au zoo. Elle se demande : qu'est-ce qui est moi et qu'est-ce qui ne l'est pas ? Est-ce que la peau est une frontière ? Ou mon double ? Ou un sac dans lequel on m'a fourrée pour me traîner quelque part ? Et qu'est-ce qui restera de moi, à part le corps ? À la datcha il suffit de siffler pour voir apparaître par-dessus la palissade le berger boutonneux qui se trouble, lisant dans ses yeux qu'elle l'a vu, caché derrière les lilas, l'épier à la nuit tombée par la fenêtre alors qu'elle se préparait à se mettre au lit. Il y a des raquettes de badminton, mais pas de volant. On essaie avec des pommes de pin, mais elles s'envolent bruyamment pour ne plus revenir. On trouve une balle de ping-pong que le vent envoie tout de suite dans les orties. Va la chercher, au lieu de rester planté là ! Il y va, sifflant entre ses dents, car ça brûle. Il fouette cette verdure diabolique avec sa raquette, ramasse la balle et la met dans sa poche. Les voilà partis à la rivière. Du haut du pont grinçant et à moitié pourri, penchés par-dessus la balustrade, encore tout mouillés après la pluie, ils crachent dans la Kliazma envasée. Dans un rayon de soleil qui danse au-dessus de l'eau on voit une pelote de moustiques. Si on crache en même temps, cela fait des huit à la surface. Des noms gravés sur la rambarde pourrissent en même temps que le bois. En voulant sortir son couteau, il fait tomber de sa poche la balle de ping-pong qui donne une chiquenaude au rondin et va faire une grosse bise en plein sur le reflet de Chloé, là où l'on aperçoit sa culotte. Mais ce n'est pas Daphnis. Daphnis, lui, n'arrive pas à dormir. Il voit sa mère se déshabiller dans le noir, retirer sa combinaison qui fait des étincelles bleues. Ses copains et lui ont inventé une arme : ils prennent un poussah, lui plantent un clou dans le fond lesté, scient la tête du clou et l'aiguisent avec une lime, puis ils font une entaille en forme de croix dans la tête de plastique vide et y glissent des bouts de carton qui servent d'empenne. Quand on le lance comme une pierre, à dix pas, le clou va se ficher dans une planche et le poussah reste planté dedans. Sa grand-mère lui reprise en ronchonnant les trous de son pantalon : de nos jours, tout le monde se la coule douce, ce n'est pas comme à l'époque où elle travaillait comme aide-médecin dans une colonie d'anciens détenus en résidence surveillée, il y avait là-bas un orphelinat dont les pensionnaires venaient à tout bout de champ depuis l'autre côté de la zone pour quémander de la nourriture et des vêtements ; elle avait pitié d'eux et prenait les vestes matelassées des morts pour les donner aux enfants. On conduisait sa classe au musée et là-bas, sur le tableau *le Dernier Jour de Pompéi*[1], les gens étaient sur le point de mourir, ils allaient être anéantis dans quelques instants. Mais l'année suivante, on les y emmenait à nouveau et sur le tableau, les derniers instants étaient toujours là. Le premier septembre de chaque année se déroulaient des joutes rituelles entre les écoles : c'étaient tantôt les Orotches, tantôt les Toungouses qui gagnaient. Ce jour-là, tout le monde assistait à une séance solennelle de transe chamanique, le chaman était à la tribune dans le square central, près du monument de granit qui représentait un héros, le commandant qu'il avait sauvé et son cheval : un jour, quelqu'un avait on ne sait trop pourquoi sauvé un commandant, il l'avait ramassé sur le champ de bataille et emporté sur son dos, ils avaient cheminé sans eau pendant deux jours pour rejoindre les nôtres, le héros avait réussi à s'en procurer quelques gorgées pour le commandant, se contentant lui-même de boire de l'urine de cheval. Après la séance, le chaman, encore tout essoufflé, disait au micro en s'éventant avec son tambourin : «Vous cherchez toujours quelque chose, mais ensuite vous vous apercevrez que pour être heureux, il suffit d'un peu d'hiver.» C'était sa voisine qui lui avait parlé du *mlyvo*. Elle avait

---

1. Célèbre tableau de Karl Brioullov.

des verres de lunettes si épais que ses yeux avaient l'air sertis à l'intérieur. On avait l'impression que si elle retirait ses lunettes, ils allaient rester pris dedans. Daphnis lui avait dit : « Le *mlyvo* n'existe pas ! Il n'y a que l'hiver. » Elle avait répondu : « Il existe, mais on ne le voit pas d'ici. Quand une chose est loin, c'est comme si elle n'existait pas, par exemple Dieu ou la poule dont les plumes sont conservées dans ton oreiller jusqu'à la résurrection aviaire, ou encore les habitants de la Terre de Feu. Ils sont tout simplement très loin. Pour arriver jusqu'à eux, il n'y a guère que le "Beagle". Tiens, lis ça ! » Sa mère était rentrée fatiguée du travail, elle se lavait les mains qui étaient toutes bleues à force d'avoir ouvert des boîtes de conserve, elle arrondissait les fins de mois en travaillant comme femme de ménage dans une école du dimanche paroissiale et quand ils recevaient des colis d'aide humanitaire, ils ouvraient les boîtes avant de les distribuer, sinon les gens les revendaient pour acheter de quoi boire. Son fils grandissait et ils vivaient toujours dans une seule pièce, impossible d'avoir la moindre intimité. Juste à côté, il y avait des immeubles en construction qui dépendaient de l'administration locale. Elle avait déposé une demande, mais son dossier était resté au point mort. Alors elle avait envoyé son fils en colonie de vacances et s'était jetée à l'eau. Elle s'était pomponnée, maquillée, parfumée et avait demandé à être reçue par le directeur adjoint. Il lui avait juste dit : « Laissez-moi votre requête » et avait ajouté qu'il devait passer voir dans quelles conditions ils étaient logés. Le jour dit, il était arrivé, un attaché-case à la main. « Tout est déjà sur la table, Dmitri Dmitriévitch, vous devez avoir faim et vous êtes sûrement fatigué après votre journée de travail. Asseyez-vous donc, je vous ai préparé en vitesse des choux farcis, je fais bien la cuisine, mais je n'ai personne pour la goûter ! » Il a ouvert son attaché-case et en a sorti une bouteille de cognac. Elle a posé des verres à pied sur la table, il les a remplis. « Vous savez à quoi nous allons boire, Tatiana Kirillovna ? Pas à votre appartement, il ne s'agit pas de cela. Voilà à quoi nous allons boire : quelqu'un a dit que chacun de nous avait dans l'âme un trou grand comme Dieu, mais ce sont des balivernes. La vérité, c'est que chacun de nous a un trou grand comme l'amour ! » Une fois sur elle, il a juré comme un charretier et après, il s'est affalé comme un sac sur le côté ; il était essoufflé et n'arrêtait pas de déglutir : un long cheveu lui était entré dans la gorge et il n'arrivait ni à l'avaler, ni à le recracher, finalement il a été le chercher avec son doigt et a failli se faire vomir. Ensuite ils sont restés allongés côte à côte, tout gluants. « Excusez-moi, Dmitri Dmitriévitch, je transpire beaucoup. » Puis il a remis ça. Et elle a obtenu un deux-pièces.

Question : Les chars des Perses refluent en plein milieu de l'armée ennemie, semant le désordre dans les rangs et mettant en sang ceux qui sont heurtés par les faux. Pris de peur, les Barbares s'enfuient. Les Hellènes les poursuivent de toutes leurs forces en se criant les uns aux autres de ne pas courir en désordre, mais de rester en rangs. Voyant que Cléarque avait mis en déroute ceux qui étaient devant lui et était lancé à leur poursuite, Cyrus pousse un cri de joie et ses compagnons le saluent déjà jusqu'à terre comme un roi. Avec sa suite, il se jette en plein cœur de l'armée ennemie, là où brille dans les rayons du soleil déjà bas sur l'horizon l'aigle d'or du souverain au bout de sa longue hampe. Quand Cyrus aperçoit le roi et le groupe qui l'entoure, il s'écrie « Je le vois ! » et fonce sur Artaxerxès, impatient d'affronter son frère. Sa lance atteint le roi à la poitrine, traverse sa cuirasse et la pointe s'enfonce de deux doigts dans sa poitrine. Sous le choc, Artaxerxès tombe de son cheval et aussitôt, sa suite commence à fuir en désordre, mais le roi se relève, monte avec quelques compagnons sur une colline voisine et de là, suit en sûreté le déroulement de la bataille. Pendant ce temps, le cheval fougueux de Cyrus l'entraîne toujours plus loin au cœur de l'armée ennemie. Il fait déjà sombre, les ennemis ne le reconnaissant pas, ses amis le cherchent partout et lui, fier de sa victoire et plein d'une ardeur téméraire, fonce en criant : « Place, manants ! » Mais soudain un jeune Perse nommé Mithridate s'approche sur le côté et lance son javelot qui atteint Cyrus à la tempe. Le sang jaillit de la blessure. Assommé, Cyrus tombe à terre. Son cheval fait un écart et disparaît dans l'obscurité et le tapis de selle ensanglanté qui a glissé du dos du coursier est ramassé par le valet de Mithridate.

Réponse : Mais non, ce n'est pas ça du tout ! Ce n'est pas par là qu'il faut commencer ! Vous savez quoi ? Rayez tout ce qui précède. Il faut dès le début raconter quelque chose d'intéressant. Comment Daphnis a été avec Lycenion et Chloé avec Pan. Oui, c'est par là qu'il faut commencer ! Donc, Daphnis arrondissait les fins de mois en travaillant la nuit dans une boucherie industrielle, il déchargeait des carcasses de viande de wagons frigorifiques. Un jour, alors que l'aurore aux doigts de rose commençait tout juste à poindre, le voilà qui revient dans la chambre qu'il partageait avec un étudiant en médecine. Celui-ci n'était pas là, mais il y avait Lycenion. L'infirmière était langoureusement étendue sur la couche, les yeux embués d'amour. Ses cheveux défaits occupaient la moitié du lit. J'ai oublié de dire que jusque-là, cela n'avait rien donné avec Chloé : elle disait que les cheveux de Daphnis étaient de la couleur des baies du myrte, il lui apprenait à jouer de la flûte de Pan et quand elle commençait, lui prenait l'instrument et passait lui-même ses lèvres sur tous les tuyaux, comme pour lui montrer et corriger ses erreurs, mais en réalité, il embrassait Chloé par l'entremise de cette modeste flûte. Puis ils s'étaient étendus, étaient restés enlacés, mais sans aboutir à rien, s'étaient relevés, avaient eu faim et s'étaient rassasiés de vin coupé de lait. Lycenion avait allumé une cigarette en disant : «Tu aimes Chloé, Daphnis, les nymphes me l'ont dit cette nuit. Elles me sont apparues en rêve, m'ont raconté ses larmes et les tiennes et m'ont ordonné de te sauver en t'enseignant les choses de l'amour. Car il ne s'agit pas seulement de baisers et d'étreintes et ce n'est pas non plus ce que font les chèvres et les moutons. Tu aimes les mots, qui sont pour toi plus doux que les baisers. Mais les mots ne font que tout gâter. Viens ici !» Il voulait lui répondre, mais elle lui a posé la main sur la bouche : « Oui, je sais ! » Quand elle s'est dégagée de lui, des gouttes de sperme se sont échappées d'elle et ont coulé sur le ventre de Daphnis. Elle les a recueillies dans ses mains et se les est passées sur la poitrine. «C'est la meilleure des crèmes ! » a-t-elle dit en souriant. Elle s'est levée, s'est enveloppée dans ses cheveux et est allée à la fenêtre. Ses pas faisaient un drôle de bruit sur le parquet. Elle a écarté les rideaux et ce n'est qu'alors qu'il a remarqué qu'elle avait des petits sabots fourchus de chèvre. Elle est revenue s'asseoir sur le lit, rejetant ses cheveux en arrière et croisant les jambes. Elle allumé une nouvelle cigarette en balançant son petit sabot et elle a dit en soufflant la fumée : «Je ne suis pas du tout ce que tu crois. Je ne suis pas seulement une jeune fille avec une natte. Je suis une sœur de charité. L'altruisme est mon frère et moi je suis sa sœur. Qu'est-ce que cela peut faire, que je sois une artiodactyle ? Tous les sentiments ne sont pas encore à ta taille, tu flottes encore dedans. Tu aimeras beaucoup de femmes, plus qu'il n'y a de tuyaux dans ta flûte. Crois-moi, car je suis plus vieille que Chronos et que tous ses siècles. » Et Daphnis va repartir à la recherche de sa Chloé parce qu'une moufle pensante est toujours perdue. C'est dans l'hiver qu'une moufle perdue va toujours là-bas-je-ne-sais-où, chercher cela-je-ne-sais-quoi. Mais dans le *mlyvo*, tout doit être clair. Ici le début, là la fin. Tout est prédéterminé par un rêve prophétique. Parce que ce n'est pas la prophétie qui est la cause de l'événement, mais, par exemple, la fuite en Égypte qui entraîne la prophétie. Si à la fin on nous prédit qu'il faut revenir dans l'hiver, on y reviendra. Oui, c'est bien cela, il faut tout changer, absolument tout! La moufle et l'histoire! Donc, commençons par les héros. C'est dans l'hiver, au dégel, qu'une moufle tombée dans une flaque peut se permettre de se laisser ramollir jusqu'à ce que les gelées nocturnes la transforment en acier. Dans le *mlyvo*, pas question de se ramollir! Là-bas les moufles se donnent des objectifs inaccessibles et font preuve pour les atteindre d'une obstination dont les humains seraient incapables, comme ce chasseur lancé à la poursuite de l'élan qui avait dérobé le soleil. C'est la seule façon de laisser après soi une trace de ski semée d'étoiles! Daphnis doit essayer de faire l'impossible, de lutter seul contre l'empire du bienmal et d'en sortir victorieux! C'est dans l'hiver que les moufles essayent simplement de se retrouver pour se serrer l'une contre l'autre, pour qu'on les fourre dans une même poche, mais ici, il faut mettre absolument tout en jeu! Il ne doit pas se contenter d'aider à accoucher en pleine nuit dans un wagon de métro bloqué entre deux stations une SDF ivre, de couper le cordon avec son canif après l'avoir désinfecté avec la vodka qui restait au fond de la bouteille de la parturiente, d'envelopper le nouveau citoyen du métro dans son veston, car cela, c'est à la portée de tout le monde, non, de son comportement, de son coup d'œil, de sa rapidité, de son énergie, de son bagage de connaissances, mais avant tout de son aptitude à se sacrifier, non pas pour une Chloé, mais pour quelque chose d'essentiel, par exemple l'immortalité ou ce commandant sur la place, qui finalement est mort de soif, mais a refusé de boire de l'urine de cheval – de tout cela dépendra quelque chose d'infiniment plus important! Par exemple, ce fameux Constantinople et les détroits : faut-il ou non les restituer aux Orotches? Ou l'Alaska? Bien entendu, l'action doit se passer avant la guerre, pour que les péripéties finissent par toucher tout le monde. Donc Daphnis se sacrifie, il se retrouve en sortant de l'ascenseur pris dans l'épicentre d'événements mondiaux, il arrive à empêcher l'assassinat d'un ambassadeur anglais et sauve des milliers de vies sur les champs de bataille d'une guerre inutile! Un cœur aimant est plus fort que l'empire bienmalesque.

Ou, au pire, il peut simplement essayer de sauver sa peau, ce qui n'est pas moins humain. Là-bas, dans l'hiver, Daphnis peut bien abandonner sa Chloé et fuir à l'autre bout du monde, caché dans un camion au milieu d'un tas de cartons, bourré de somnifères, serrant contre lui deux bouteilles en plastique – l'une pour boire, l'autre pour pisser, mais ici, dans le *mlyvo*, il doit aller là-bas-je-ne sais-où chercher cela-je-ne sais-quoi et vaincre la mort et tout cela avant vendredi. Et il y arrivera, vous verrez ! Et encore un détail qui a son importance : comment les héros peuvent-ils exister si on ne décrit pas leur physique ? Car on peut très bien confondre ce berger et sa bergère avec d'autres couples de bergers. Il faut introduire ses personnages de façon à ce qu'on se souvienne d'eux, au lieu de faire comme dans ces cocktails là-bas dans l'hiver, où on vous présente quinze personnes à la fois, dont on ne se rappellera jamais ni les noms ni les lèvres ! Pour savoir comment est Daphnis, ce n'est pas compliqué, vous n'avez qu'à me regarder. Mais Chloé, comment la décrire ? Le mieux est de s'y prendre comme ça : imaginez-vous le portrait d'une jeune femme par Lorenzo di Credi, Florence, 1459/60-1537, huile sur bois, en entrant au Metropolitan Museum, il faut prendre, non pas l'escalier principal, mais le suivant, traverser tout le Moyen Âge, et au lieu de continuer vers le Titien, tourner tout de suite à gauche et juste avant la porte qui mène au premier étage, faire bien attention, car on peut parfaitement passer devant sans le remarquer. Voilà, c'est exactement son portrait à mi-corps. Elle est représentée vêtue de noir, tenant entre ses doigts un anneau qui va sans doute jouer un rôle important par la suite, puisqu'il est apparu déjà deux fois dans cette histoire. Encore autre chose : vu le grand nombre de personnages, il faut prendre bien soin de faire comprendre tout de suite qui est le principal pour éviter toute confusion, pour que personne ne pense que ce ne sont que des mots. Donc, voilà Chloé. Ce n'est pas simplement une vague comparse qui dit qu'il ne faut pas garder le mal pour soi parce que ça donne le cancer et qu'on doit s'en débarrasser en le passant aux autres ; ce n'est pas non plus juste celle qui cueillait des tiges d'asphodèle dans le marais et en faisait des cages pour les cigales, si absorbée par sa tâche qu'elle en oubliait bien souvent ses moutons. Non ! C'est celle qui avait les mamelons drus comme deux groseilles à maquereaux et qui, dans le café où elle travaillait, se curait les ongles et faisait tomber la saleté dans les glaces. C'est elle qui criait qu'elle n'avait pas de cervelle, mais un utérus et qu'elle voulait avoir un enfant par amour. Ou plutôt c'est ce qu'elle devait crier par la suite, mais pour le moment, Chloé disait ceci : « Seuls croient en Dieu ceux qui vivent en pensant au lendemain, mais moi je ne vis que dans l'instant. Je ne regrette absolument pas d'avoir choisi cette voie, c'est ce qui m'a rendue indépendante et forte. » Et le *mlyvo* a sur Chloé un effet miraculeux ! Si dans l'hiver elle n'est pas jolie, ici elle est encore plus laide, sa haine est plus violente, son amour plus passionné. Si là-bas elle est sans intérêt, ici elle est encore plus insignifiante, a encore plus besoin d'être aimée et la solitude lui est encore plus insupportable dans le *mlyvo* que dans l'hiver. Et personne ne lui demande d'être idéale, car les moufles irréprochables sont ennuyeuses. Dans le salon de coiffure où elle coupe les cheveux des riches rombières, elle peut bien se sentir lésée et trouver que c'est elle, si jeune et si précaire, qui devrait tout avoir et pas ces vieilles dondons idiotes. Mais si l'objet de sa haine est une personne jeune et belle, ses tourments n'en sont que plus forts. Au fond, comment ne pas comprendre la pauvre Chloé ? Elle a laissé un instant sa cliente et en passant près du luxueux manteau de fourrure suspendu à un cintre, elle y donne un coup de rasoir ni vu ni connu. Personne n'ira jamais la soupçonner. Et toutes ces histoires à la gare ! Elle se délectait des rôles qu'elle inventait et qu'elle jouait avec passion : une candide orpheline tombée dans le ruisseau. Elle racontait qu'elle était venue pour passer des concours et qu'on l'avait dévalisée et violée. Elle se grimait par-dessus son maquillage soigné – ce n'était pas pour rien qu'elle avait un diplôme de visagiste. Un peu de bleu sous les yeux pour donner un léger effet d'épuisement sans atténuer son charme ni sa beauté. Un peu de deuil sous des ongles au vernis impeccable. Une touche de fond de teint pour pâlir ses lèvres charnues. Un subtil désordre dans ses vêtements, mais rien de repoussant. À l'endroit le plus visible, sur sa frêle épaule, une emmanchure arrachée qui laisse voir une éraflure. C'est dans l'hiver que Chloé épouse à chaque fois une valeur sûre, alors que dans le *mlyvo*, elle cherche l'impossible. Daphnis doit trouver d'ici vendredi le secret de la vie éternelle et elle doit trouver Daphnis. À chaque fois qu'elle croit tenir dans ses bras le bien-aimé, l'unique, la perle rare, mon petit ronfleur d'amour, en fait de Daphnis, elle se retrouve avec Pan, qui aime Pythie et aussi Syrinx, qui poursuit les dryades et pourchasse les nymphes. Un jour que Chloé jouait et chantait en faisant paître son troupeau, Pan surgit devant elle sous l'apparence de Daphnis. Il entreprit de la séduire et d'obtenir ce qu'il voulait, lui promettant que toutes ses chèvres auraient chacune deux chevreaux d'un coup. Elle lui céda et quand il fut arrivé à ses fins, il se mit à sautiller sur place et à bondir à travers toute la pièce comme sur un ring en boxant un adversaire imaginaire. Ses épaules et sa poitrine ruisselantes de sueur brillaient comme une cuirasse. Il y avait des gants de boxe accrochés à un clou au-dessus du canapé et des trophées rangés dans une vitrine. «Daphnis, s'est-elle écriée, mon bien-aimé! – Idiote, lui a répondu Pan, pourquoi ne m'as-tu pas dit que c'était la première fois?» Quand Chloé a compris qu'elle avait été dupée, elle lui a lancé sèchement : «Donne tes gants!» Riant de sa crânerie, il l'a aidée à enfiler ces énormes moufles lourdes comme les accoudoirs du canapé de cuir. Il a levé la main, la paume tournée vers elle pour dire : «Allez, frappe!» Chloé l'a aussitôt frappé, pas sur la main, mais en plein visage, elle l'a bourré de coups, de toutes ses forces, rageusement, avec hargne. Pris au dépourvu, Pan a fait un bond en arrière en se tâtant le nez et il a dit : «Eh bien, tu y vas fort!» Il s'est mis à esquiver ses coups, à sautiller tout autour de la pièce transformée en ring en décochant des crochets gauches et droits, et à lui donner des claques sur le derrière. Il lui criait : «Allez, Lenka, mets toute la gomme!» Elle était furieuse de ne plus arriver à l'atteindre au visage. Dans le feu de l'action, elle a fauché un verre qui était sur la table. Après cela, elle a fait tomber exprès un vase posé sur le téléviseur, puis elle a brisé les vitres de la vitrine et renversé les trophées. Alors il l'a envoyée au tapis d'un direct à la mâchoire. Elle s'est traînée jusque chez elle, barbouillée de larmes, en se tenant la joue et en s'appliquant de la neige sur la pommette. Des particules claires et légères tombaient du ciel gris. Elle s'est arrêtée en cours de route pour acheter du lait à son chat. Elle avait un chat qui aimait les invités et passait volontiers de main en main. En ce moment, pendant qu'il n'y avait personne à la maison, il avait sauté en haut de la fenêtre, s'était installé sur le vasistas ouvert et essayait d'attraper des flocons avec sa patte. Puis il avait bâillé et personne n'avait vu comme son palais était vaste et strié. Car le plus passionnant est ce qui ne se voit pas. Ainsi, pour raconter l'histoire d'une moufle, il faut connaître ce qui se voit et aussi ce qui est invisible. C'est de ce qu'on ne voit pas qu'il faut parler. Il faut savoir tout sur Chloé sans la voir, jusqu'au moindre détail, par exemple comment elle va chercher de l'eau dans la

Toungouska avec une hache pour casser la glace qui s'est reformée à la surface du trou. Et pour ne pas y aller à chaque fois, sa mère et elle conservent au froid dans le vestibule des morceaux de glace découpés à la rivière et stockés dans un grand sac qui a contenu du sucre en poudre de Cuba, comme cela il suffit d'aller y remplir le tonneau qui est dans un coin de la cuisine et de la laisser fondre. Dès que la débâcle a eu lieu, on ne peut plus sortir sans se protéger des moustiques. Il faut mettre une veste matelassée, s'enduire le visage et les mains de répulsif. Si on va dans la forêt, on entend de loin leur vrombissement monotone. Les jours de vent, des nuées de moustiques sont rabattues sur le bourg. Ils tapissent les murs comme si les isbas étaient velues. Deux ou trois fois au cours de l'été il faut les enfumer : dans une bassine trouée on allume de l'écorce sèche et du petit bois, on laisse bien prendre le feu et on met par-dessus de la mousse et des branches de sapin humides imprégnées de résine. Cela fait une fumée lourde et âcre. Mais malgré cela on avale des moustiques avec la soupe jusqu'aux gelées suivantes. Seulement qui a envie d'entendre parler des chaumières, je vous le demande un peu ? Laissons ces calamités et ces conflits à l'hiver. Non, il faut transporter l'action quelque part dans le midi, qui, comme chacun sait, émousse les pensées, mais aiguise les sensations. Tenez, vous voyez comme le coucher de soleil miroite sur les vitres de la porte à tambour d'un palace au bord du Pont-Euxin, ce qui veut dire (précisons-le pour les incultes) la mer hospitalière ? C'est tout de même plus agréable de s'identifier aux héros quand ils se trouvent dans une ville qui fut la deuxième après Athènes, ce n'est pas pour rien que Strabon écrit que dans le Dioscure on commerçait avec l'aide de trois cents interprètes. Et comment se passer du photographe de plage en short et en sombrero, avec un petit singe sur l'épaule et un crocodile gonflable jaune sous le bras ? Ou bien allons au marché de Damas, où l'on vend des jeunes garçons pour presque rien et on leur apprend tout, on peut même vous les châtrer à la demande. En Crète, à la morte-saison, les mandarines et les oranges jonchent le dessous des arbres dans les parcs, mais elles ne sont pas bonnes. Et cela semble bizarre que les enfants des cyclopes et des daurades soient des îles. Là-bas les pluies ne tombent pas dans le panneau. Et si le délai expire vraiment vendredi, il n'y a pas de temps à perdre ! Il faut partir ! S'en aller droit devant soi ! Il faut trouver quelque chose contre la mort, ne serait-ce qu'une amulette ou une incantation. Des mots magiques que l'on prononce et plus aucune mort n'est à craindre. Daphnis sortira de sa maison, dehors tout sera blanc parce qu'il aura neigé toute la nuit. Les tramways sont arrêtés, les trains ont du retard. Il tombe une neige épaisse et lente, une neige d'antan. Un énorme immeuble neuf semble s'envoler au milieu des flocons comme un zeppelin. Quand il longera le gynécée, quelqu'un frappera à la vitre. Daphnis s'arrêtera pour regarder. C'est Lycenion qui lui fait signe, elle l'appelle par le vasistas, l'air de dire : «J'ai quelque chose de très important à te dire.» Daphnis secoue la tête : «Je n'ai pas le temps!» Lycenion ouvrira tout grands les battants de la fenêtre en arrachant les bandes de calfeutrage collées pour l'hiver. Elle lui criera : «On ne peut pas remettre un œil dans chaque orbite, un homme dans chaque crâne! Mais j'ai un secret! Viens ici!» Elle se penchera, laissera pendre sa natte comme un câble par la fenêtre en disant : «Alors, qu'est-ce que tu attends?» Elle s'appuiera au rebord de la fenêtre. «Allez, accroche-toi, grimpe, mon amour, mon unique, mon petit ronfleur d'amour.» Daphnis s'enfuira de la ville sans se retourner et courra jusqu'à ce que l'herbe verte pointe sous la neige, car ce qui est caché finit toujours par apparaître au grand jour. Et Daphnis continuera à marcher. L'ombre des feuilles transforme le ruban de la route en guipure. Un martinet passe en un éclair. Un escargot fait la course avec son ombre. De l'eau croupit dans un trou. Un gravier entre dans le soulier. Le chêne est chenu, le couchant rougeoyant. Tiens, une hutte. On peut dormir dans le foin. Daphnis se couchera la tête du côté par où il est venu et les pieds vers la trace de ski étoilée. Durant la nuit il sera dévoré par les moustiques. Son sommeil sera fiévreux et agité. Il se tournera et se retournera sans cesse et se réveillera le lendemain matin les pieds du côté par où il était venu et la tête du côté du soleil qui tire toujours derrière lui l'élan arc-bouté. Daphnis se lèvera et reprendra sa route, surpris de voir le même paysage à l'envers. Plus il approchera de sa ville natale, plus son étonnement ira croissant. Déjà se profileront à l'horizon les flèches, les coupoles, les bulbes, quand il verra passer en courant un homme venant de la ville, la tête en sang, serrant quelque chose dans son poing. «C'est prodigieux, comme cette ville ressemble à la mienne!» pensera Daphnis en accélérant le pas. Or là-bas pendant son absence se sont produits les événements suivants. L'été était arrivé. Deux maçons orotches travaillaient chez un Toungouse. Alors que celui-ci était au temple, la pluie se mit à tomber. Quand il pleut, on se met à voir tous les fils qui relient les arbres du haut à ceux d'ici, l'herbe du haut à la nôtre, les gens du haut aux parapluies. C'est ainsi qu'en l'absence du propriétaire, les Orotches virent qu'il y avait dans une resserre au sous-sol une quantité de vaisselle d'or et d'argent et décidèrent de s'en emparer. Aussitôt dit aussitôt fait. Ils se glissèrent en bas, prirent tout ce qui était en or et en argent. Celui qui était remonté le premier se dit alors : « Au fond, pourquoi est-ce que je partagerais le butin ? Je peux tout garder pour moi ! » À cette idée, il se retourna vers son camarade qui était en train de s'extraire de la trappe étroite et il lui donna un coup de marteau sur la tête qui le tua net. L'Orotche s'empara de tout le butin et prit ses jambes à son cou. Dès que la pluie eut cessé et qu'une vapeur s'éleva au-dessus du sable au bord de la rivière, le patron revint chez lui et vit qu'il y avait un cadavre dans son sous-sol. Le pauvre Toungouse se mit à trembler de peur. Que faire ? Il voulait faire disparaître le cadavre sans que personne ne s'en aperçoive, car il redoutait la vengeance des Orotches. Mais l'assassin, après avoir mis l'or et l'argent en lieu sûr, courait déjà à travers la ville en criant : « Les Toungouses ont égorgé un Orotche ! Venez vite ! Les Toungouses ont égorgé un Orotche ! » Aussitôt une foule en colère accourut de toutes parts sur la rive de la Toungouska où dans de misérables bicoques se blottissaient la rancœur et l'espoir, bien décidée à faire un massacre. Alors les Toungouses amenèrent leur chaman sur un brancard. À la vue du vieillard, la foule se tut. « Que vous apprêtez-vous à faire, malheureux ? – demanda-t-il d'une voix faible, mais on entendait distinctement chaque mot, car même la rivière s'était arrêtée de couler. – À cause d'un mort, vous voulez exterminer des vivants ? Il est mort, oui, et alors ? Cela n'a rien de terrible. Comment la mort de quiconque pourrait-elle être une surprise ? La vie est une corde et la mort est l'air. Sans air, la corde ne peut pas résonner. Et puis il n'est pas parti tout à fait, il s'est seulement absenté. Quant à l'assassin, il est clair que ce n'est pas un Toungouse. Mais je vois qu'il vous faut des preuves. Vous allez les avoir ! Donc, deux maçons orotches travaillaient dans la maison. Pendant qu'il pleuvait, ils se sont introduits au sous-sol. Quand la pluie a cessé, le fil qui reliait l'un d'entre eux au ciel s'est rompu. Voilà tout. Et maintenant, la victime va vous montrer elle-même son assassin. Qu'on apporte le mort ! » Sans plus tarder, on apporta l'Orotche à la tête fracassée et on le déposa aux pieds du chaman. La foule recula. Le vieillard regarda tout autour et aperçut Chloé qui se tenait dans les derniers rangs des Orotches. Il lui fit signe d'approcher. La foule s'écarta. Chloé s'avança en jetant des regards apeurés de tous côtés. Elle était anxieuse et avançait sans cesse la lèvre inférieure pour soulever ses cheveux qui lui tombaient dans les yeux. Le vieillard tendit la main, la paume vers le haut, comme s'il attendait qu'elle y dépose quelque chose. Chloé, qui n'y comprenait rien, regardait autour d'elle et haussait les épaules avec un sourire confus. Le vieillard lui dit : «L'anneau! – Quel anneau? fit-elle. – Celui dont il a déjà été question, sinon que venait-il faire dans cette histoire? Car c'est bien lui, la fameuse amulette qu'on recherche!» Chloé essaya de retirer son anneau, mais il s'accrochait à son doigt et ne voulait pas venir. Elle se lécha le doigt pour le faire glisser et réussit finalement à l'ôter. Le chaman le déposa dans la main du mort et lui referma les doigts. La foule retint son souffle. Et le mort revint à la vie. La foule poussa un gémissement. Le mort se leva et se mit à chercher des yeux son assassin. Il l'aperçut tout de suite qui essayait de se cacher derrière le dos des autres et s'écria : «C'est toi mon assassin!» Bouleversée, la foule se jeta à grands cris sur le scélérat pour le mettre en pièces pendant que le mort prenait la poudre d'escampette à la faveur de la confusion générale. Donc voilà Daphnis qui marche dans les rues et tout lui paraît familier, seuls les ponts ont l'air plus bas, parce qu'après les pluies le niveau de l'eau a monté. Soudain il voit devant lui un gynécée. Exactement comme l'autre. Et la sosie de Lycenion se penche à la fenêtre. Quelqu'un grimpe en s'accrochant à sa natte. Tout est pareil, mais tout est différent. Comme si on avait échangé tout le monde. Daphnis pense soudain qu'il s'est peut-être retourné en dormant et est revenu dans sa ville. Il va chez Chloé. Cela a bien l'air d'être son immeuble. Et il y a les mêmes odeurs dans le hall. C'est la même sonnette. Chloé ouvre : c'est bien elle, mais en même temps, elle a l'air étrangère. «Qui demandez-vous?» dit-elle et Daphnis remarque sur le portemanteau un pardessus de milicien avec des épaulettes. Une voix d'homme vient de la cuisine : «Qui est-ce? C'est pour quoi?» Chloé lui répond par-dessus son épaule : «Je ne sais pas, c'est encore un démarcheur! – Envoie-le promener, ça va refroidir!» fait la voix. Les lèvres sèches, Daphnis dit enfin dans un murmure : «Tu ne me reconnais pas?» Chloé : «Non.» Daphnis : «Mais je suis ton Daphnis!» Chloé : «Vous êtes fou? Daphnis, mon promis, est là-bas, dans la cuisine, c'est lui qui m'appelle pour dîner. Je l'ai cherché longtemps, toute ma vie, et je l'ai enfin trouvé. Nous allons bientôt nous marier – cela avait été prédit par un songe prophétique, mais dans une tout autre histoire, en fait.» Daphnis : «Mais justement c'est nous deux qui sommes dans cette histoire! Et d'ici vendredi je dois trouver le remède contre la mort. Alors j'ai pensé que c'était peut-être cet anneau? Tu te souviens, celui dont tu m'avais parlé, il était question aussi d'étude du soir.» Chloé cache sa main derrière son dos et dit : «Tout cela, c'est des bêtises, l'éternité commence entre les jambes des femmes.» Et elle ferme la porte. Au fait, on se demande pourquoi il y a tant de personnages épisodiques parfaitement superflus. L'histoire n'est pas grande, il n'y en aura pas pour tout le monde. Certes, les moufles principales ne peuvent pas se passer de tous ces serveurs, vendeurs de journaux, portiers, grooms, photographes de plage, voix venant de la cuisine et pardessus de miliciens. Il faut donc leur laisser leur «Madame est servie»! Mais à quoi bon tout le reste? Par exemple, ce photographe à la bouche rutilante d'or niellé? Qu'avons-nous besoin de savoir que depuis des années, il redoute d'entendre sonner à sa porte et de voir sur le seuil sa fille déjà adulte, qu'il n'a jamais vue, mais il n'a cessé de calculer pendant tout ce temps-là quel âge elle pouvait bien avoir. Qu'avons-nous besoin de savoir qu'il voulait autrefois photographier des pommes comme Man Ray, mais que cela n'a rien donné? En honorant sa femme, il imagine la femme qui louait une pièce dans leur datcha l'été dernier, il la revoit les yeux fermés ôtant son slip descendu sur ses talons en s'aidant d'un pied, rentrant et serrant si fort ses fesses rebondies dès qu'on les touchait qu'on n'aurait pas pu passer même le bout de la langue, pissant devant lui – le jet coulait par à-coups et trempait le sable qui durcissait aussitôt. La femme du photographe sait depuis longtemps que son mari la trompe, parfois, la nuit, appuyée sur un coude, elle le renifle et sent le parfum d'une autre, mais elle s'est résignée au rôle de l'épouse bafouée, mais pleine de sagesse. Elle a accroché au mur la photo de son frère cadet, un militaire, un héros tombé en service commandé, qui en réalité est mort étouffé par ses vomissures dans un fossé. À côté il y a la photo des triplés de sa sœur. De l'autre côté de la palissade, on entend la voisine azérie parler avec le facteur. Elle parle mal le russe, elle voulait dire «plus d'un mois» et cela a donné «une lune et encore un peu». L'été ils louent toujours des chambres à des estivants, l'un d'eux, un maître de conférences de Koursk qui travaillait à un dictionnaire, s'était coupé avec un éclat de verre au bord de l'eau, il était allé en bus à l'hôpital, le bus avait eu un accident, il était resté coincé à un passage à niveau et ensuite, ses papiers couverts de colonnes de mots s'étaient retrouvés sur les pots de confiture – sa femme n'utilisait pas de couvercles, mais, à l'ancienne, du papier avec une ficelle enroulée autour. Une fois un sculpteur avait loué toutes les pièces du bas, il travaillait dans le jardin et voilà qu'il se met à pleuvoir. Il crie : « Le buste, aidez-moi à porter le buste sur la terrasse ! » Ils l'avaient transporté à deux, mais il avait glissé et tout s'était cassé. Leur fils a la bosse des maths : il voit un nombre par hasard, un numéro de voiture par exemple, et peut tout de suite dire que c'est le cube de dix-neuf. Il y avait aussi cet oncle qui était venu chez eux quand il était gamin, le frère de sa mère, qui ne se baignait jamais et n'ôtait même pas son maillot de corps, mais un jour il avait réussi à le voir par une fente sous la douche – il avait deux rangées de tétons. Il était gros, en haut, ça lui faisait comme des seins de femme et dessous, il avait encore deux autres ronds minuscules. Depuis la terrasse on voyait toujours le coucher de soleil. Un jour était sorti d'un nuage un rayon en forme de rame. Le photographe avait acheté la maison à la veuve d'un vétérinaire de Moscou qui, une fois à la retraite, s'était installé au bord de la mer. Il louait les pièces du bas et aimait raconter le soir aux estivants de quels animaux il s'était occupé : avant la guerre, ce n'était tout d'abord que des chevaux, puis des cochons et des lapins d'élevage pour les cantines. Pendant la guerre, il y avait eu à nouveau des chevaux et après, des cochons, des vaches, des chèvres et des poules. On élevait des animaux dans le quartier de l'Arbat et même rue Gorki, dans les cours, les greniers, les salles de bains. Au moment de l'épidémie de rage de 52-53, cela avait été le tour des chiens et en 57, pour le festival de la jeunesse et des étudiants, des pigeons, des cygnes et des canards sur les étangs. Ensuite, cela avait surtout été des chiens et des chats. Quand il lisait les journaux, le vieux vétérinaire se réjouissait des catastrophes comme Blok du naufrage du *Titanic*, parce que l'océan existait toujours. Mais personne n'avait que faire de tout cela, ni du vétérinaire mort l'année des Jeux olympiques, ni de lui-même, qui marchait sur la plage avec son crocodile jaune sous le bras, faisant crisser et ébouler les galets sous ses pieds, ni de son fils mathématicien tombé amoureux d'une jeune fille de bonne famille, étudiante à la faculté de physique, mais sourde. Il lui murmurait à l'oreille des mots d'amour et elle répondait : «Comment ?» Quand elle avait eu son premier appareil acoustique, le docteur avait dit que si elle portait les cheveux longs, cela ne se verrait pas. Tout cela ne rime à rien. D'autant plus qu'ensuite, la guerre a éclaté, la maison a brûlé, le photographe et tous les autres sont morts ou mourront un jour. Alors, pourquoi en parler ? Il aurait fallu supprimer dès le début ce photographe avec sa plage qui, le matin était tout engourdie et si calme qu'on entendait au loin dans les montagnes des cris confus du genre : «Thalassa ! Thalassa !» À cause de gens comme lui qui surgissent le temps de faire deux points à l'endroit et continuent à l'envers comme dans le ciel de Moebius, le monde ne fait que se ramifier à l'infini, s'agglomérer en boule de neige d'antan. C'est pourquoi il ne figure pas dans le songe prophétique. D'ailleurs les songes prophétiques ne valent pas non plus la peine qu'on les regarde jusqu'au bout. Car quand un rêve vous annonce l'avenir, il faut absolument se réveiller à temps. Pour qu'il n'y ait plus rien d'autre après. Se réveiller au mariage des moufles. Chloé cassera le talon de sa chaussure – mauvais présage – et pleurera sans arrêt pendant que le prêtre lui enjoindra devant l'Évangile de se réjouir, telle Rebecca. Le chœur entonnera le psaume de David *Tu verras les fils de tes fils ! Paix sur Israël !* Et Daphnis, transpirant et mal à l'aise dans son costume neuf, le cierge à la main, les doigts couverts de gouttes de cire refroidie qui tiraillent la peau, se demandera : «Qu'est-ce qu'Israël vient faire là-dedans ?» C'est juste après cela qu'ils seront attaqués par les brigands.

Question : Quand Cyrus revient enfin à lui, des eunuques qui se trouvaient là essaient de le hisser sur un autre cheval et de le conduire dans un lieu sûr. Mais comme il n'a plus la force de se tenir sur sa monture, les eunuques le conduisent à pied en le soutenant des deux côtés. Ses jambes se dérobent, sa tête tombe sur sa poitrine, mais il est persuadé d'avoir remporté la victoire, car il entend les fuyards lui donner le titre de roi et implorer sa clémence. Cependant un groupe d'habitants de Caune – de ces miséreux qui suivent l'armée du roi en accomplissant les travaux les plus sales et les plus pénibles – se joignent par hasard aux compagnons de Cyrus, qu'ils prennent pour les leurs. Mais voyant les capes rouges sur leurs cuirasses, ils comprennent que ce sont des ennemis, car tous les guerriers du roi portaient des capes blanches. Alors, par-derrière, l'un d'eux lance sur Cyrus son javelot, qui vient se planter dans la veine derrière le genou. Cyrus s'effondre, sa tempe blessée vient heurter un rocher et il rend l'âme. Apprenant la mort de son frère, Artaxerxès, entouré de sa suite et de guerriers portant des flambeaux, descend de la colline et s'approche du corps de Cyrus. Selon la coutume perse, on coupe la main et la tête du cadavre. Le roi ordonne qu'on lui donne la tête de son frère. Il la saisit par ses cheveux longs et épais et, dans la lumière vive des nombreuses torches, il la montre à tous les présents.

Réponse : Il ne restait presque plus de temps avant vendredi. Il fallait vite faire quelque chose. Nous étions assis à la cuisine, nous tenant les mains en silence. Soudain elle dit : «On est déjà en décembre, mais il n'y a toujours pas de neige.» Et ensuite… Mais vous ne m'écoutez pas.

Question : Après la bataille, le roi, souhaitant que tous disent et pensent qu'il avait tué son frère de sa propre main, envoya des présents à Mithridate, qui avait atteint Cyrus à la tempe avec son javelot, et lui fit dire : «Le roi t'envoie ces dons pour te récompenser d'avoir trouvé et apporté le tapis de selle de Cyrus.» Mithridate se tut, ravalant son offense, car c'était à lui que revenait l'honneur de la victoire au lieu d'être remercié pour un tapis de selle ! Invité à un banquet, il s'y rendit revêtu des habits précieux et des bijoux en or que le roi lui avait offerts. Après le repas, alors que les convives devisaient en buvant du vin, le chef des eunuques de la reine Parysatis lui dit : «Quels superbes vêtements t'a offerts le roi, Mithridate, quels magnifiques colliers et bracelets et quel sabre admirable ! Explique-moi, mon ami, pourquoi c'est un exploit si extraordinaire de ramasser et d'apporter un tapis de selle tombé du dos d'un cheval ?» Poussé à bout, Mithridate, dont le vin avait de surcroît délié la langue, répondit : «Vous pouvez raconter toutes les histoires de tapis de selle que vous voudrez, mais moi je vous dis que Cyrus a été tué par cette main que voici ! J'ai visé l'œil, mais je l'ai manqué de peu et mon javelot l'a touché à la tempe. C'est de cette blessure qu'il est mort.» Tous les convives, comprenant que Mithridate venait de signer son arrêt de mort, gardèrent les yeux fixés au sol et seul le maître de maison trouva quoi dire : «Mon ami Mithridate, répondit-il, buvons et mangeons plutôt en célébrant le génie du roi et laissons les discours qui dépassent notre entendement.» L'eunuque rapporta cette conversation à Parysatis, qui en fit part à Artaxerxès. Le roi entra dans une grande colère et ordonna de soumettre Mithridate au supplice des baquets. On prit deux baquets de taille exactement identique, on coucha sur le dos dans le premier le malheureux brave à la langue trop bien pendue et l'on posa le second par-dessus de façon à ne laisser dépasser que la tête et les jambes en emprisonnant tout le tronc. Ensuite on fit manger Mithridate et comme il refusait, on lui piqua les yeux avec une aiguille pour l'obliger à avaler. Quand il eut mangé, on lui versa dans la bouche un mélange de lait et de miel dont on lui enduisit aussi tout le visage. Les baquets étaient toujours tournés de façon à ce que le supplicié ait le soleil en permanence dans les yeux. Une nuée de mouches s'agglutina sur son visage et comme il faisait ce que ne peut manquer de faire un homme qui mange et qui boit, ses immondices en putréfaction furent bientôt infestées de vers qui s'introduisirent dans ses intestins et lui rongèrent le corps de l'intérieur. Mithridate subit cette torture pendant dix-sept jours, parce qu'il existe et qu'on ne peut plus le renvoyer au néant. Comme on ne pourra jamais arrêter le javelot en plein vol.

Réponse : Durant cette dernière nuit, nous nous sommes aimés comme jamais auparavant. Je me suis assoupi juste une heure ou deux et quand j'ai ouvert les yeux, il faisait déjà jour et dehors tout était couvert de neige. Je me suis levé tout doucement pour ne pas la réveiller. Je me suis habillé, ai enfilé mon manteau, mis mon bonnet de fourrure. J'ai jeté un coup d'œil dans la chambre. Son pied sortait de sous la couverture. Elle avait une cicatrice sur le talon – étant petite, elle avait sauté d'un rebord de fenêtre sur un râteau. J'ai refermé sans bruit la porte d'entrée et ai descendu l'escalier. Par habitude, j'ai passé un doigt dans la fente de la boîte aux lettres. La porte du hall a claqué derrière moi. La cour était toute blanche et la neige continuait à tomber. Une neige matinale, intacte. Quelqu'un dégageait avec une bêche jaune sa voiture transformée en monticule blanc. À cause des congères, les tramways ne circulaient pas. Les gens se dirigeaient vers le métro, traversant à la queue leu leu le terrain vague où leurs pas avaient déjà tracé un sentier. Tout était enfoui sous la neige, le terrain de jeux, les poubelles. Et cela s'est mis à tomber de plus belle, si bien qu'en un instant, la rue a complètement disparu. Il n'y avait plus que du blanc. Le silence. L'hiver.

J'entre au lycée Bilinskaïa, avenue de Taganrog, dans la maison Khakhladjev. L'immeuble existe toujours : c'est maintenant La Maison de la chaussure, un magasin connu de tous les Rostoviens.

À l'examen d'entrée, j'ai un tel trac qu'après avoir débité à toute vitesse le Notre Père au prêtre, je lui fais une révérence au lieu de me prosterner.

En fait, le lycée commence à la papeterie de Iossif Pokorny, avenue Sadovaïa. Il suffit de dire «Bilinskaïa, dixième» pour qu'on me prépare un paquet contenant tous les manuels, les cahiers, les couleurs, les pinceaux de toutes les tailles nécessaires, les plumes, les gommes, le plumier. Pour me montrer la douceur des poils d'écureuil, le commis me passe un pinceau sur la pommette.

Le matin, maman me coiffe, elle me fait des nattes si serrées que cela me tire la peau, je ne peux plus fermer la bouche et mes yeux deviennent bridés comme ceux d'un Chinois. Je pars pour le lycée avec mes sœurs, elle m'embrasse, arrange les volants de mon tablier et donne à chacune de nous quinze kopecks pour le déjeuner. Nous les dépensons en cours de route en achetant des bonbons ou un morceau de halva aux vendeurs ambulants qui se postent exprès à proximité des écoles.

À l'entrée se tient le vieux concierge en uniforme à galons. Il prend et donne leurs manteaux aux professeurs, sonne la cloche au début et à la fin de chaque cours en regardant la grosse horloge du vestibule. Quand il n'a rien à faire, il reste assis dans son coin, un livre à la main – on dit qu'il est tolstoïen, qu'il ne mange pas de viande et qu'après avoir lu *Kholstomer*, il a légué son squelette au cabinet d'anatomie du lycée.

On n'a pas le droit d'arriver en retard : à huit heures et demie, le vestiaire ferme et pas question d'entrer dans la classe en manteau. Je me souviens même de mon numéro de vestiaire : le 134. Le même numéro était cousu à l'intérieur de mes caoutchoucs, sur la doublure framboise douce comme du velours.

Pourquoi est-ce que je me rappelle tout cela ? Qui peut s'intéresser à un numéro qui n'existe plus, dans un vestiaire qui n'existe plus ? Jamais plus je n'accrocherai à cette patère le manteau que je finissais d'user après ma sœur. Et jamais plus je ne descendrai au vestiaire à la fin des cours pour enfiler cet horrible pantalon épais sous ma robe d'uniforme, nouer les rubans de mon capuchon et rentrer à la maison. Une maison qui n'existe plus. Comme tout le reste. Il n'y a plus rien de tout cela, plus personne.

Mais au fond, peut-être que si. La voici devant mes yeux, la salle des fêtes du premier étage, où le reflet des vitres miroite si joliment sur le parquet. Tous les matins, nous y faisons la prière en commun. Iouli Pavlovitch Ferrari, le professeur de chant, donne le *sol* et le *si* au piano pour nous faire chanter à deux voix *Au Roi des Cieux, Seigneur, sauve Ton peuple* et *Sainte Vierge Mère de Dieu*. Cher, très cher Iouli Pavlovitch ! Dès le premier cours, il remarque ma voix et me demande de rester après la classe. Je chanterai à toutes les fêtes et à tous les concerts du lycée.

Les fournitures qu'on m'a achetées pour les cours se révèlent totalement insuffisantes. Heureusement, j'ai des sœurs pleines d'expérience qui m'apprennent qu'outre les manuels et les cahiers, une lycéenne qui se respecte doit avoir un album pour les poèmes et les images, que les buvards roses glissés dans les cahiers sont un signe de mauvais goût, pour ne pas dire d'indigence, et qu'il faut acheter du papier buvard d'autres couleurs, que l'on accroche aux cahiers avec de jolis rubans. C'est donc de plein droit que je regarde de haut mes camarades de classe qui utilisent les misérables buvards roses. C'est le cas de ma voisine, une fillette au nez de canard et aux boucles dorées. Un jour, elle récite avec tant de conviction la fable de Krylov *les Deux Chiens* : « Joujou, le caniche frisé… » que derrière son dos on l'appelle Joujou à cause de ses boucles. Je me souviens qu'une fois, je lui donne magnanimement du papier buvard « convenable » et elle fond en larmes amères.

À présent, après tout ce que j'ai vécu, je trouve merveilleux et tout simplement féerique que ces bouts de papier de rien du tout aient pu nous empoisonner la vie !

Joujou est dispensée des frais de scolarité parce qu'elle est pauvre. Nous savons toutes que sa maman l'élève seule parce que depuis sa jeunesse, elle a travaillé comme gouvernante dans différentes familles.

Je suis amie avec Mila, que tout le monde appelle Michka. Ce qui me plaît en elle, c'est son intrépidité. Michka veut être capitaine de navire ou explorateur en Afrique et à l'église, elle ne se signe que quand on prie pour ceux qui sont en mer et en voyage. J'aime tout en elle, même sa règle couverte de taches d'encre. Dans les toilettes, l'essuie-mains à côté des lavabos est une longue serviette cousue aux deux bouts et suspendue à une barre fixée très haut, il faut tirer sur le tissu pour se sécher les mains : Michka s'y suspend et se balance comme si c'était des pas-de-géant. Elle devait être légère comme une plume pour que la barre ne casse pas.

Pendant la récréation je poursuis Michka dans la salle des actes, le parquet glisse comme une patinoire. Je me cogne contre le piano à queue poussé dans un coin, perds connaissance et reviens à moi dans le bureau de la directrice, Zinaïda Guéorguievna Chiriaïéva. Elle me tamponne les tempes avec quelque chose de si nauséabond que c'est impossible de ne pas reprendre ses esprits. Tout le monde la craint. Ses lèvres sèches me donnent un baiser. Elle mourra du choléra en 1920.

Les relations entre les élèves sont compliquées. J'écris un billet à Natacha Martianova que tout le monde aime et appelle Tala : « Chère Talotchka, veux-tu être mon amie ? » Elle me fait une réponse étonnée : je ne sais donc pas qu'elle est amie avec Toussia ? Je déteste Toussia. C'est une froussarde et en plus elle est affreuse. Elle est tellement myope que même au premier rang, elle ne voit rien. Les lunettes sont encore une rareté à l'époque et elle a peur qu'on se moque d'elle. Ce n'est qu'à la demande instante des autorités du lycée qu'elle finit par venir en classe avec des lunettes qui la rendent encore plus horrible.

Je suis aussi amie avec Lialia. Elle a d'immenses yeux bruns qui grandissent avec elle. C'est la plus jolie élève de la classe et tout le monde l'envie. De plus, elle est dispensée de la prière du matin et du catéchisme.

Chaque classe a sa place attitrée dans l'église, les plus petites devant, les plus grandes derrière. Quand on change de classe, on change aussi de place à l'église. À côté de chaque classe, il y a des chaises où pendant l'office, les surveillantes font asseoir pour quelques minutes les élèves qui ont du mal à rester debout. Il paraît qu'à un certain moment de l'office, quand le prêtre a prononcé tels mots, on peut faire un vœu et il sera exaucé. Nous attendons toutes, craignant de laisser passer le moment où l'on peut faire un vœu en secret.

Il faudrait rassembler tous ces vœux et les exaucer.

Le catéchisme est enseigné par le père Konstantin Moltchanov. Comme c'est un passionné d'apiculture, les petites malignes lui posent candidement des questions sur les abeilles, les rayons de miel, les larves, le lançant sur son sujet favori. Il nous raconte pendant toute l'heure les merveilles de l'apiculture jusqu'à ce que la cloche le rappelle à la réalité, mais il se console en disant qu'après tout, les abeilles aussi sont des créatures de Dieu.

Un jour qu'il nous parle de la résurrection des morts, Michka lui pose une question qui stupéfie toute la classe : « Comment pourrons-nous renaître de la poussière si nos corps sont mangés par des vers, les vers par des oiseaux et si les oiseaux volent dans le monde entier et seront mangés à leur tour ? »

Le père Konstantin reste quelques instants silencieux, puis il dit : « Si un savetier fabrique une botte, puis la découd et jette un morceau en Afrique, un autre en Amérique, un troisième en Asie ou au pôle Nord, et ensuite les rassemble tous, il lui sera facile de les recoudre et de reconstituer la botte. C'est ainsi qu'après notre mort, quand notre corps sera devenu ciel, terre, arbres et eau, Dieu rassemblera toutes les parties éparses. »

Les vers ont mangé depuis longtemps le père Konstantin, les oiseaux ont depuis longtemps dévoré ces vers et se sont envolés aux quatre coins du monde. Le ciel, la terre, les arbres et l'eau ont absorbé ces oiseaux. Paix à ton âme, ami des abeilles !

Notre surveillante s'appelle Natalia Pavlovna. Nous l'avons surnommée Natalechka. Personne ne l'aime, car elle est méchante et rancunière et de plus, elle a une énorme tache lie-de-vin sur toute la joue. Elle est forte, de petite taille et pour paraître plus grande, elle arbore une coiffure volumineuse et porte des talons hauts. Elle parle toujours d'un ton sec, sonore, faisant éclater ses mots comme si elle cassait des noisettes. Même quand elle vous fait des compliments, on dirait qu'elle vous réprimande. Un jour qu'elle remplace un professeur malade, Natalechka nous donne un devoir et pendant ce temps là, écrit sans arrêt quelque chose. Mme Chiriaïev, la directrice, passe la tête et lui demande de sortir un instant dans le couloir. Pendant qu'elles parlent derrière la porte entrouverte, Michka, qui est assise au premier rang devant le bureau du professeur, tend le cou et lit à haute voix les dernières lignes de la lettre d'amour que Natalechka est en train d'écrire : « Volodetchka, mon chéri ! Je voudrais te baiser les pieds, oui, les pieds ! » Quand Natalechka revient, il règne dans la classe un tel silence qu'elle se doute qu'il y a quelque chose d'anormal. Elle voit sa lettre inachevée sur la table, la saisit, la froisse et regarde la classe d'un air épouvanté. Alors une élève pouffe et tout le monde s'étrangle de rire. Moi aussi, car c'est impossible de s'imaginer notre Natalechka avec sa tache écarlate en train d'embrasser les pieds d'un certain Volodetchka. Soudain elle se précipite vers la porte, mais s'arrête, se souvenant sans doute qu'elle risque de tomber sur la directrice dans le couloir, se réfugie dans un coin et se met à pleurer. Notre terrible et détestée Natalechka sanglote tout bas, inconsolable. Le rire se bloque en travers de notre gorge, nous n'avons plus envie de nous moquer, mais de pleurer aussi. Sur ces entrefaites la cloche retentit. Natalechka se retourne, le visage barbouillé de larmes, sa joue intacte aussi écarlate que l'autre. Elle se mouche et dit, pour une fois sans casser de noisettes, doucement, dans un murmure : «Allez.»

Les élèves sont persuadées que Volodetchka, c'est Vladimir Guéorguiévitch Steinbuch, le professeur de dessin. Avant son cours, le concierge vient accrocher devant le tableau un grand morceau de drap vert. On entend Vladimir Guéorguiévitch arriver dans le couloir : il est toujours en train de marmonner et de bougonner. Il entre, nous fait un signe de tête sans nous regarder, rajuste les plis du tissu, pose sur le bureau des figures géométriques en plâtre. Il n'est ni jeune, ni beau, avec son nez flasque et humide et sa lèvre proéminente. C'est impossible d'imaginer qu'on puisse avoir envie d'embrasser ces pieds chaussés de vieilles bottines. Il paraît que dans sa jeunesse, il a étudié en Italie et était même devenu un artiste prospère, mais il s'est mis à boire à cause d'une princesse qui l'a fait souffrir et l'a quitté. Les plus petites répètent les histoires qu'elles entendent raconter par les grandes. Parfois le professeur de dessin, oubliant où il se trouve, commence à menacer du poing en plein cours une personne invisible derrière la fenêtre en grondant sourdement : «Tu n'as qu'à leur peindre des paysans en train de se faire fouetter sur la place du village, tu verras comme ils applaudiront ! En attendant, voilà pour toi !» et il fait la nique à la vitre en retournant sa lèvre plus proéminente que jamais.

L'allemand nous est enseigné par Evguénia Karlovna Voltchanetskaïa, que nous appelons Evguéchka. Elle n'admet pas qu'on fasse le moindre bruit pendant la classe, même pour tailler un crayon, et parle d'une voix tranchante à couper du verre. Nous la craignons et ne l'aimons pas. On raconte que les parents lui ont offert une boîte de chocolats avec vingt roubles glissés dedans. Notre antipathie pour Evguéchka s'étend à ses articles et à ses participes. Cela me contrarie d'autant plus qu'à la maison, quand nous mangeons des flocons d'avoine Hercules, papa plaisante toujours en demandant pourquoi *Herr* Kules et pas *Frau* Kules. C'est peut-être pour cela qu'avant d'aller au lycée, j'avais l'impression que l'allemand devait être quelque chose d'amusant.

En revanche nous sommes toutes amoureuses de notre prof de français que les autres professeurs et les surveillantes ne peuvent pas souffrir. Maria Iossifovna Martin n'est pas comme les autres, toujours habillées en bleu marine et en noir. Elle porte des chemisiers de couleurs vives, un renard roux sur les épaules et une perruque rousse sur la tête. Pendant les cours, nous chantons *Sur le pont d'Avignon* et dansons avec elle en nous tenant par les mains. Elle gambade dans le passage entre les pupitres comme si nous étions sur le fameux pont dans cet Avignon chimérique et irréel. Un jour, Maria Iossifovna nous apporte une photographie et nous découvrons avec stupeur que le seul pont au monde où l'on ne fait que chanter et danser s'interrompt au beau milieu de la rivière. Après les cours, un officier attend notre Française devant le lycée.

Je suis brouillée avec l'arithmétique et avec toutes les sciences exactes. Pendant le dîner papa essaie de m'expliquer le problème du paysan, de la barque, du loup, de la chèvre et du chou et leurs tribulations d'une rive à l'autre, mais je ne vois que les yeux de la chèvre et j'imagine très bien le loup, le chou et la rivière et le paysan fâché contre moi parce que sa femme et ses bambins doivent l'attendre depuis longtemps à la maison.

Nous entrons dans une période d'adorations. La maladie des petits billets et des soupirs nous gagne l'une après l'autre. Moi aussi, j'ai mon béguin. L'objet de ma passion est Nina Rokotova de terminale, qui a une natte épaisse et longue jusqu'au bas du dos. Nina me semble un être supérieur. Pendant la récréation, quand les élèves déambulent bras dessus bras dessous dans le couloir, je m'efforce de marcher juste derrière elle. Sa natte attachée par un ruban de soie blanche se balance devant mes yeux. Nina et son amie commentent une bagarre qui a eu lieu à la patinoire et dont parle tout le lycée : à cause d'elle, de ma Nina, deux élèves de seconde du lycée de garçons se sont battus en duel avec leurs patins ! Michka, qui se trouvait sur place et qui a tout vu, a raconté qu'avant qu'on ait pu les séparer, l'un d'eux a fendu la joue de l'autre d'un coup de lame, le sang a coulé, la victime a perdu connaissance et il a fallu l'emmener à l'hôpital. Et tout cela par amour ! Pour elle, pour ma Nina ! Je m'approche d'elle par-derrière, attrape le bout de sa natte et l'embrasse. Nina ne laisse personne d'autre toucher à sa natte, je suis seule à en avoir le droit !

J'ai l'impression que le monde entier est amoureux. Toutes les lycéennes le sont et mes sœurs aussi. Ma sœur Katia tombe amoureuse en photo de l'aviateur Kouznetsov, qui plane dans les airs dans son Blériot léger comme un papillon – c'est ce qui est écrit dans les journaux. Mon frère Sacha est contre Kouznetsov et pour Haber-Volynskij et son Farman. Chacun défend son point de vue avec acharnement, jusqu'aux larmes. Quand Kouznetsov vient faire une démonstration à Rostov, c'est une véritable frénésie. Toute la ville se rend sur le terrain près du bosquet Balabanov. Les avenues Skobélev et du Lycée sont noires de monde. Toutes les places payantes à l'intérieur du polygone sont bondées, des foules de curieux sont agglutinés le long de la palissade, il y a des gens perchés sur les portails, assis sur les toits, entassés sur les balcons. Le public est prévenu que conformément aux règles de l'aéro-club de Russie, le vol sera homologué si l'appareil reste en l'air plus de trois minutes. Accueilli par une formidable ovation, Kouznetsov s'installe aux commandes de son Blériot, qui ressemble effectivement à un papillon. L'avion prend son élan, ses roues s'arrachent un instant du sol, mais il retombe aussitôt sur l'aile droite. Pour consoler le public, on annonce que les billets sont valables pour la nouvelle démonstration qui aura lieu dans quelques jours, quand l'hélice et l'aile seront réparées. Mais une semaine plus tard, le vol échoue à nouveau, l'aviateur retombe tout de suite après avoir décollé et quitte la ville sans gloire, emportant son Blériot brisé. La passion de Katia pour Kouznetsov s'éteint. En revanche, Sacha triomphe : peu après, Haber-Volynski vient à Rostov et son Farman vole au-dessus du public et du bosquet pendant bien plus de trois minutes.

Macha aussi a une histoire d'amour. Elle est courtisée par Boris Muller, le fils du professeur d'allemand du lycée de garçons. Je prends une part active à leur histoire : j'aide ma sœur à transmettre les « messages secrets ». J'éprouve une émotion nouvelle et merveilleuse à l'idée que je ne transmets pas seulement des billets, mais suis au service de l'amour ! Macha me presse de questions pour savoir comment il a pris la lettre, ce qu'il a dit quand il l'a lue et sur quel ton et quelle était l'expression de son visage. Quand Boris vient chez nous, Macha s'enferme parfois avec lui dans sa chambre et je suis chargée de les avertir par un signal convenu si maman arrive. J'entends derrière la porte des éclats de voix assourdis, on dirait même qu'ils se disputent, puis plus rien. Comment peut-on rester si longtemps sans rien dire ?

Boris veut être officier de marine. Ses billets sont pleins de déclarations d'amour tracées d'une écriture régulière comme des rayons de miel.

Boris et Macha vont au cinématographe et m'emmènent avec eux. Je suis émerveillée par un film en couleurs sur les papillons. Boris explique qu'il est fait à la main : des femmes colorient les images dans les ateliers de cinéma, elles s'abîment les yeux et finissent par devenir aveugles... Je suis choquée par ce raccourci abrupt : il y a des personnes qui doivent devenir aveugles pour que nous puissions voir de jolis papillons.

Boris est luthérien. Un jour, au cours d'une promenade, Macha et moi entrons dans un temple protestant. Je suis surprise de voir les gens prier assis à des pupitres.

Macha se regarde sans cesse dans la glace en se tournant de façon à mettre en valeur sa poitrine. Elle se désole que rien ne pousse. En revanche, la mienne commence à pousser, bien que ce soit encore tôt.

Je remarque que ma sœur marque certains jours d'un petit rond dans son calendrier secret et je l'interroge tout à trac devant Boris alors qu'ils sont en train de choisir des partitions pour aller faire de la musique chez lui. Avant même d'avoir fini ma question, je me rends compte que j'ai fait une gaffe. Macha devient écarlate, Boris aussi. Ma sœur me frappe de toutes ses forces sur la tête avec ses partitions et se réfugie dans sa chambre. Boris frappe à sa porte, mais elle ne lui ouvre pas. «Idiote!» dit-il entre ses dents en s'en allant. Je n'ai jamais su si cela s'adressait à moi ou à Macha.

Le même jour funeste, Macha trébuche en mettant le couvert et se fend la lèvre contre le bord de la table. On a du mal à arrêter le sang et après cela, ma sœur doit porter pendant plusieurs jours un sparadrap sous le nez. Elle refuse de quitter sa chambre, craignant d'être vue dans cet état. À plusieurs reprises, elle se met à hurler qu'elle est défigurée et que plus jamais personne ne l'aimera. Nous essayons de la calmer, mais elle ne veut écouter personne et elle me crie : «Va-t-en!» J'ai l'impression que tout cela est de ma faute. Je sais que je n'y suis pour rien, mais en même temps, je comprends que c'est entièrement à cause de moi. En larmes, je raconte à maman ce qui s'est passé, je cherche à me faire consoler. Elle me répond : «Une fois par mois la nature rappelle à la femme qu'elle peut devenir mère.» Pour la première fois maman ne me comprend pas. Mais il n'y a rien à faire. Macha gardera toute la vie une vilaine cicatrice.

Mon frère Sacha se moque de nos «amours», mais lui aussi a une histoire sentimentale et c'est une histoire malheureuse. Il écrit des lettres à quelqu'un. Parfois il se met à parler des femmes sur un ton condescendant, avec mépris. Je sens qu'il sait quelque chose que nous ignorons. Je n'ose pas lui poser de questions, mais je vois de temps en temps papa lui donner trois roubles en cachette de maman.

Nioussia aussi est amoureuse, elle a déjà un fiancé, mais elle ne voit presque jamais son Kolia parce qu'elle passe des heures à jouer du piano. Nioussia est l'espoir et l'orgueil de la famille, elle va aller à Saint-Pétersbourg étudier au conservatoire et deviendra certainement une pianiste mondialement célèbre. Elle a l'air d'être la seule à en douter.

J'apprends la musique à la maison. Maman et Nioussia me font travailler à tour de rôle, sans aucune méthode. Ma sœur ouvre la *Méthode Günter* et commence à m'expliquer le système des notes, mais elle en a vite assez de jouer au professeur. Après avoir décrété que je ne serais jamais concertiste parce que j'ai les mains trop petites – je réussis tout juste à couvrir une octave –, elle me remet, mortifiée jusqu'aux larmes, à maman. Personne ne songe à m'inculquer la bonne position des mains. Je me contorsionne pour produire avec mes faibles doigts un son audible et maman me complimente pour mon «attaque». Ces leçons ne font que me gâter la main, mais j'apprends avec plaisir et dès que j'ai assimilé la clé de *fa*, je commence à déchiffrer toute seule des petites chansons.

Rostov reçoit la visite d'une reine. Pas la reine d'Espagne, non, une vraie reine : Vialtséva. On ne parle plus que d'elle. Au lycée on prétend que les boutons de ses hautes bottines à la dernière mode sont en diamants. Mon frère Sacha, qui l'a guettée avec ses camarades à la sortie de son hôtel avenue de Taganrog, dit qu'il a failli ne pas sortir vivant de la mêlée quand elle a lancé dans la foule sa photo portant un autographe. Au dîner, papa raconte qu'à chaque fois qu'elle arrive dans une ville où il y a une université ou d'autres établissements d'enseignement supérieur, elle va trouver le recteur pour lui demander quels étudiants n'ont pas payé leurs droits d'inscription et fait aussitôt un chèque. À la réception organisée en son honneur par les notables de la ville, elle a demandé ce qu'il y avait à voir à Rostov. «Il n'y a rien à voir ! – dit mon père qui s'emporte au point de jeter sa fourchette sur la table. – Rien ! C'est un trou !»

«C'est une boniche !» lance maman avec dédain à l'adresse de l'«incomparable».

Nous sommes tous indignés, moi la première. À la maison, mes sœurs et moi écoutons sans fin sur le gramophone les enregistrements de Vialtséva. Je chante tout son répertoire.

Papa va à son concert au théâtre Asmolov et ne peut emmener qu'une seule personne avec lui. Il n'a que deux billets. Nous tirons au sort dans la casquette de Sacha. C'est moi qui ai le bon papier ! Je ne dors pas de la nuit et ne tiens pas en place de toute la journée tant il me tarde d'être déjà au soir. Nous voici enfin dans le théâtre bondé. Vialtséva chante à guichets fermés. La salle tantôt croule sous les ovations, tantôt retient son souffle en écoutant la voix divine. Le public est en adoration. Nous avons de bonnes places, mais je n'arrive pas à distinguer son visage car j'ai la vue brouillée par les larmes. Je m'imprègne avidement de chaque instant, de chaque geste de sa main, de la manière dont elle salue, dont elle attend que reflue la houle des applaudissements. L'air est, comme une éponge, saturé d'amour pour l'incomparable reine. Celle-ci en accepte magnanimement l'offrande. Elle se laisse aimer. Je regarde papa, qui a les yeux brillants. Désormais, mon avenir est décidé. En m'endormant, je m'imagine le jour où je verrai mon nom imprimé en gros sur une affiche et je m'endors heureuse.

Nous habitons rue Nikitskaïa, où donne l'entrée de service du Palerme, c'est une salle de concert d'été installée dans le jardin public et dont l'entrée principale est après le coin de la rue. Ici se produisent des reines de passage d'un rang inférieur. Nous faisons un trou dans la palissade et écoutons Nina Tarassova, Maria Ioudina, Ékatérina Iourovskaïa. Je regarde attentivement en essayant de me souvenir de ce qui me paraît alors l'essentiel, c'est-à-dire la manière de saluer et de recevoir les ovations enthousiastes. À la maison je m'entraîne à saluer devant la glace. Un jour que je traverse la place de la cathédrale, je prends peur en entendant éclater des applaudissements : c'est un cabriolet qui a fait envoler une bande de pigeons. Je suis envahie par un incroyable bonheur à l'idée que je connaîtrai sûrement tout cela : la scène couverte de fleurs, les ovations, les rappels. Et je salue avec gratitude les pigeons.

Papa achète des disques. Mes sœurs et moi, comme prises de fièvre, oubliant tout, tournons à tour de rôle la manivelle du gramophone et écoutons inlassablement nos voix favorites jusqu'à ce que maman se plaigne d'avoir mal à la tête. Quand le gramophone ne joue pas, c'est moi qui me mets à chanter. Je ne peux tout simplement pas me taire quand tout chante en moi et veut s'exprimer !

Nous tâchons de ne manquer aucun concert. Dans la journée, le Palerme est envahi de mouches et le soir de moustiques, le public fait de grands gestes pour les chasser et on dirait que le chef d'orchestre agite lui aussi sa baguette pour écarter les sanguinaires importuns. Pendant l'entracte, les hommes sortent du pavillon pour fumer tandis que les dames et les enfants escortés par leurs nounous et leurs gouvernantes vont faire la queue devant la porte des toilettes. Je les regarde en pensant : ils ne savent encore rien de moi, mais je les aime déjà tous. Et pas seulement à cause de l'amour qu'ils éprouveront pour moi, mais juste comme ça. Je les aime, un point c'est tout.

Le passé a disparu, mais si on le raconte, on peut allonger les mots pour former des jours entiers ou au contraire faire tenir des années entières en quelques lettres.

Je reviens à la maison heureuse et fière, avec mon attestation de passage dans la classe supérieure.

Je suis à nouveau autorisée à passer dans la classe supérieure.

Et encore une fois.

Les souvenirs n'ont ni date, ni époque, ni âge. Je me souviens que mon amie la belle Lialia m'apprend à embrasser. Au lieu de réviser nos leçons et de résoudre le problème du marchand qui, sans nous, n'arrivait pas à savoir combien de drap il devait couper, nous nous embrassons jusqu'à en avoir les lèvres gonflées. J'essaie de savoir qui a appris à Lialia à embrasser comme cela, mais elle ne veut pas le dire. Ensuite elle avoue que c'est sa cousine pendant les vacances de Noël. Mais à quoi bon savoir quand cela se passait, quel âge j'avais, dans quelle classe j'étais, dans quel siècle, sur quelle planète ! L'important, c'est que je revois la scène comme si j'y étais : Lilia est devant moi sur le canapé, toute changée, toute orange dans les rayons obliques du soleil couchant, elle essuie avec son mouchoir une tache d'encre sur sa main, le mouchoir aussi est orange comme le couchant et à présent il est également violet à cause de l'encre. Lialia le mouille de salive, se remet à essuyer la tache, le remouille et essuie à nouveau et maintenant elle a les lèvres et la langue de la couleur de l'encre. Jamais personne ne pourra effacer cette encre de ses lèvres, ni le temps, ni la mort.

Enfin je tombe amoureuse « pour de vrai » d'un homme adulte. Ou plutôt de sa photographie que j'ai vue dans la revue *Ogoniok* avec son nom dessous : « Le prince Ioussoupov, comte Soumarokov-Elston », en pantalon blanc, une raquette de tennis à la main et un sourire éblouissant aux lèvres. Au premier regard, je sens que c'est lui l'élu de mon cœur, mon chevalier servant. Je suis persuadée que le destin s'arrangera pour que nous nous rencontrions un jour. Comment et quand n'a aucune importance. Le destin arrangera tout cela, nous poussera, nous jettera dans les bras l'un de l'autre. Dans mon manuel il y a un dessin représentant deux attelages de huit chevaux tirant dans des directions opposées des hémisphères de Magdeburg qui ne sont pas attachés, mais dans lesquels on a fait le vide. Le cocher fouette les chevaux tant qu'il peut, mais les hémisphères sont serrés si fort l'un contre l'autre que rien ne peut les séparer. Je sais que notre amour sera ainsi – aucune force au monde ne pourra nous séparer.

On tombe aussi amoureux de moi, mais comme mes cavaliers de Rostov sont différents du prince Ioussoupov, comte Soumarokov-Elston! Je suis courtisée par les jumeaux Nazarov du lycée Stépanov, tous deux obtus, brutaux, avec des oreilles décollées. Ils ne laissent personne m'approcher. Un de leurs camarades de lycée qui m'avait escortée à la patinoire en a fait l'expérience : ils l'ont rossé dans le vestiaire sous les manteaux.

Papa dit qu'ils sont une erreur de la nature – pas grave, mais une erreur tout de même. Si on les laisse faire, il y aura inévitablement un dominant et un dominé et le premier aura la peau de l'autre. Je remarque qu'ils sont toujours en concurrence. Un jour d'hiver dans la combe du parc du Nouveau Faubourg, où tout le monde fait de la luge sur les deux pentes, les Nazarov inventent une épreuve qui consiste à se lancer l'un en face de l'autre pour voir lequel craquera le premier et se déroutera pour éviter la collision. Tout le monde s'arrête pour les regarder foncer l'un sur l'autre, les yeux dans les yeux, chacun essayant d'intimider l'autre et de le faire dévier de sa trajectoire. Au dernier moment, l'un d'eux se retourne sur une bosse verglacée et est projeté sur le côté. S'il n'y avait pas eu cette bosse, ils étaient capables de se tuer.

Au début, je n'arrive pas à les distinguer, puis au bout d'un certain temps, j'ai l'impression qu'ils ne se ressemblent pas du tout, tant ils sont différents. Mais il est impensable d'aimer aucun des deux. Quand nous sommes invités à un anniversaire chez des amis communs, l'un d'eux, Sémione, s'arrange pour rester seul avec moi dans la pièce. Il faut soutenir la conversation, mais il reste planté là, rouge et transpirant.

Un jour de mai, les deux frères passent sous les fenêtres de notre lycée, identiques dans leurs vareuses de lin blanc boutonnées jusqu'au menton, les yeux braqués sur les lycéennes qui les regardent. Le deuxième, Pétia, est si absorbé dans sa contemplation qu'il heurte de plein fouet un poteau télégraphique.

Pendant les vacances d'été, leurs parents les emmènent en Allemagne. Quand on demande ensuite aux jumeaux ce qu'ils ont vu en Europe, ils n'ont retenu de tout le voyage que la forteresse de Nuremberg et sa *Folterkammer*, sa chambre de tortures, la Vierge de fer dans laquelle on suppliciait les malheureux et les instruments pour les différentes sortes de tortures et de supplices – ciseaux en fer pour couper la langue, aiguille pour crever les yeux, pointes de bois que l'on enfonçait sous les ongles et auxquelles on mettait le feu et ainsi de suite. Ce qui les a le plus frappés – là ils baissent la voix et ne le disent qu'aux garçons à l'oreille, mais on entend tout –, ce sont les pinces pour écraser les parties les plus sensibles du corps des hommes.

Les Nazarov n'en deviennent pas moins nos sauveurs le jour où Michka, Toussia et moi allons avec d'autres lycéennes à la fête de Nakhitchévan. Nous sommes importunées par des artisans ivres de Témernik et les Nazarov, qui ne me quittent pas d'une semelle, les affrontent courageusement. Désormais, nous allons nous promener au parc du Nouveau Faubourg, où l'on ne pouvait faire un pas sans être abordées par des voyous, sous la protection des jumeaux armés de couteaux et de casse-tête.

Le monde est bizarrement fait : Sioma et Pétia sont prêts à étrangler un homme pour moi, et pourtant ce n'est pas eux que j'aime, mais une photographie, un papier, un mélange de taches noires et blanches et tout cela est si simple que c'est impossible à expliquer.

En relisant ces notes, je m'aperçois que je n'ai pas encore parlé de tante Olia, la sœur cadette de maman, qui vient parfois de Saint-Pétersbourg séjourner chez nous.

On entend ses talons fins sur le plancher et la voici qui fait irruption, vive, parfumée, apportant avec elle l'air de la capitale, dans nos chambres qui aussitôt rapetissent et deviennent mornes et poussiéreuses. Nous l'entourons de tous côtés sur le canapé, la couvrons de baisers. Elle a des cadeaux pour tout le monde – des choses parfaitement inutiles, comme dit maman en hochant la tête d'un air réprobateur. Mais il se trouve que ces choses inutiles sont justement les plus extraordinaires – toutes ces plumes, ces barrettes, ces cartons, ces éventails. Tante Olia dit qu'il fait vivre *zefiroso*. Elle-même respire, marche, mange et rit ainsi, *zefiroso*, avec une légèreté aérienne. Elle aime parfois vous poser des questions déconcertantes du genre : « Qu'est-ce que tu préfères : bien manger dans de la vilaine vaisselle ou manger mal dans de la jolie vaisselle ? »

Un soir après le dîner je récite en mimant les personnages *la Cigale et la Fourmi* que j'ai apprise pour le lycée, persuadée que mes talents d'actrice vont me valoir des applaudissements enthousiastes dès que je lèverais le doigt d'un air édifiant en disant : « Eh bien, dansez maintenant ! ». Mais tante Olia, sans attendre la fin, bondit et m'interrompt en s'écriant : « Mais non, Bellotchka ! Ce n'est pas cela du tout ! » et elle se met à m'expliquer comment il faut comprendre la fable. « La cigale est gaie et gentille, elle a vécu comme il faut vivre, en s'amusant, en chantant, en se réjouissant à la vue du soleil et du ciel, en étant bonne et en comptant sur la bonté des autres !

Elle a servi la beauté, tu comprends ? Tandis que la fourmi est avare et méchante comme tous les riches, c'est une petite-bourgeoise et une nullité prétentieuse ! »

Tante Olia nous apporte le journal de Marie Bashkirtseff, qui est son idole, et nous en lit tous les soirs des passages à haute voix : « Les gens ont honte de leur nudité parce qu'ils ne se trouvent pas parfaits. Si nous étions sûrs que notre corps est sans la moindre tache, sans le moindre muscle mal formé, que nos jambes ne sont pas disgracieuses, nous ne porterions pas de vêtements et n'en éprouverions pas de honte… Est-ce qu'on peut s'abstenir de montrer quelque chose de vraiment beau et dont on a tout lieu d'être fier ? » Tante Olia raconte qu'elle a été en Suisse sur les bords du lac de Lugano et qu'elle a passé là-bas plusieurs semaines dans une communauté où tout le monde était nu, les hommes comme les femmes. Elle s'indigne aussi de ce que même les œuvres d'art cachent les parties génitales des hommes comme si c'était inconvenant, alors que c'est le saint des saints, le mystère de l'être et le sens de la création ! Le Christ, dit-elle, a été crucifié nu comme c'était le cas des esclaves, mais ensuite, les popes ont détruit toutes les vraies crucifixions et se sont mis à habiller le Christ !

Notre vieille nounou l'écoute par la porte ouverte et maugrée bruyamment : « Quelle abomination ! » Elle n'aime pas tante Olia et encore moins ces conversations qui, d'après elle, ne font que nous dévergonder.

Maman non plus ne les aime pas et comme elle ne peut pas s'en aller ni se taire, elle essaie de polémiquer avec sa sœur : « Mais qu'est-ce que tu dis, Olia ! Il existe tout de même une pudeur naturelle, il y a en l'homme des frontières innées qui séparent le bas du haut, il y a des barrières morales, à la fin, sanctifiées par une expérience millénaire, par les lois, par la religion, à la fin ! »

Tante Olia s'enflamme, bondit, commence à arpenter la pièce et à démontrer que depuis la nuit des temps dans toutes les religions du monde, cela a toujours été considéré comme absolument naturel et cela été le principal objet de culte, que les Anciens vénéraient Priape, que c'était une divinité et que seul le christianisme a tout perverti parce qu'il abhorre tout ce qui est vivant, que d'ailleurs c'est une religion de mort, qui pour cette raison n'est pas viable, est condamnée à disparaître et est déjà quasiment morte, en fait. « Il suffit de regarder dans la Bible, continue-t-elle, pour voir que là aussi on jurait sur cela comme sur ce qu'il avait de plus sacré, en mettant la main à cet endroit. Quand Abraham envoie son serviteur chercher une femme pour Isaac, il lui dit : mets ta main sous ma cuisse et jure-le-moi par le Seigneur, le Dieu du ciel et de la terre. Et le serviteur met sa main et jure ! Voilà ! »

Tante Olia s'adresse à mes sœurs aînées, mais je suis là, pelotonnée dans un fauteuil, j'écoute et je retiens tout. Je l'admire, mais en même temps elle me fait pitié, car, comme le disent mes sœurs, elle est seule, malgré toutes ses aventures amoureuses. Elle a été mariée, a eu un enfant qui est mort. Puis elle a quitté son mari et n'a plus eu de famille.

« D'ailleurs, nous ne sommes pas nés à la bonne époque, continue tante Olia en allumant une cigarette et en ouvrant le vasistas sur la nuit glacée d'où montent des cris d'ivrognes et des aboiements de chiens. Il aurait fallu naître non pas ici, mais au bord d'une mer chaude et dans un autre millénaire, dans cette Grèce antique où on aimait l'amour et où la vie était grossière et naturelle, au lieu d'être grossière et artificielle comme maintenant. Car la vie en Hellade n'était sûrement pas plus grossière que dans votre Témernik ! »

J'aime bien tante Olia parce qu'elle tient toujours des propos étranges. Je sais que le Christ nous a ordonné d'aimer tous les hommes, mais elle s'en prend au christianisme : « Comme si l'on pouvait séparer l'un de l'autre, dit-elle, dissocier le corps de Dieu. Cela revient à affirmer que les racines et la fleur sont deux êtres différents ! »

Papa écoute tante Olia en silence, se contentant de faire une remarque de temps à autre. Un jour que la conversation touche à l'origine de la religion, il dit que cela a commencé, non par l'amour, mais par la chasse, car il fallait tuer des animaux pour survivre. Alors les chasseurs ont pris pour compagnon un chasseur grand et fort qui les aiderait à tuer. « Non, rétorque tante Olia, cela a commencé par une femme dont l'enfant est tombé malade et personne ne pouvait plus rien pour lui. Alors il ne lui restait plus qu'à tendre les mains vers le ciel et à prier. »

J'écoute tante Olia et je revois les faubourgs de Rostov, le quartier des ateliers de la voie ferrée de Vladicaucase : la puanteur qui sort des estaminets, avec partout des « cadavres vivants » étalés dans leur sang et dans leur vomi. Les cris des femmes et les sinistres bagarres d'ivrognes devant les débits de boissons. L'impression d'accablement, de misère, de désespérance qui se dégage de tout cela – des obscénités, de la crasse, des gens. Et pourtant tante Olia affirme qu'il faut vivre avec le monde comme des jeunes mariés pleins d'amour et tout voir comme si c'était la première fois. « Il faut vivre toute sa vie une lune de miel et tout épouser – les arbres, le ciel, les livres, tous les humains, une belle fleur et même cet air glacé qui entre par le vasistas ! »

Cher futur ex-Nabuchodonosaure,
Hourra ! J'ai reçu votre carte ! C'est bien agréable, quand on réside au bout du monde, dans la capitale des capitales, de regarder votre écriture et de savoir que vous allez bien. Évidemment, le drogman a été très peiné d'apprendre que vous n'aimiez pas l'école. Mais, jugez-en vous-même, qui aime cela ? En revanche, cela vous fera des souvenirs pour plus tard.

Vous n'aurez pas envie de vous en souvenir, mais cela vous reviendra tout seul. Vous pouvez m'en croire. Il en va toujours ainsi avec le passé.

Si l'on prend, par exemple, cette Galpétra que j'ai mentionnée dans une de mes précédentes missives. Tant d'années ont passé depuis et je ne sais même pas si elle est encore en vie ou si elle est morte, mais la voici à nouveau devant moi.

Je ne sais comment est la discipline dans votre école. Dans la nôtre, les cours de Galpétra se passaient toujours dans un silence idéal. Ce qui ne nous empêchait pas de la dessiner dans les toilettes, toute nue avec des moustaches et d'énormes nichons. Mais ce n'était qu'une innocente vengeance enfantine. Personne n'osait aller plus loin. Pourtant personne ne l'aimait. Ni les élèves, ni les autres professeurs.

Son héros favori était Janusz Korczak. Dès que nous nous conduisions mal, elle nous criait dessus et finissait toujours par en arriver à Korczak. Quand elle nous parlait de lui, elle se transformait. Même sa voix n'était plus la même : « Mais comment, comment laisser ces enfants seuls dans le wagon plombé et dans la chambre à gaz ? » Elle en parlait toujours de la même façon, dans les mêmes termes. Nous savions par cœur ce qu'elle allait dire. Et à chaque fois, les larmes lui montaient aux yeux quand elle en arrivait à la phrase : « C'est ainsi que le cinq août quarante-deux, Janusz Korczak a fait sortir ses orphelins dans la rue, les a fait mettre en rang et, déployant l'étendard vert du roi Mathias, ils sont partis pour leur dernier voyage, Korczak en tête, tenant deux enfants par la main. » Et cela se terminait toujours par : « Vous comprenez pour qui il a souffert ? Pour qui il a donné sa vie ? Pour vous ! Et vous… » Et le jour où un petit malin bien informé avait dit qu'en réalité, Korczak ne s'appelait pas Korczak, mais Goldschmidt, elle s'était récriée qu'il n'était pas du tout juif! Outrée, elle s'était mise à le justifier, protestant que pour une fois qu'il naissait un homme de bien, on s'empressait d'insinuer qu'il avait un nom juif.

Ce ne n'était pas du tout ce que voulait dire le petit malin, mais il ne pouvait plus se justifier.

Galpétra enseignait la botanique et la zoologie, elle faisait pousser toutes sortes de plantes en pots sur les rebords de fenêtres de la classe. Elle connaissait le nom latin de chacune d'elles et répétait sans cesse : «Les plantes sont vivantes et on leur donne des noms dans une langue morte. Vous voyez, sous un climat méridional ce sont des mauvaises herbes qui poussent n'importe où, mais chez nous, ce sont des plantes d'intérieur. Sans l'amour et la chaleur des humains elles ne supporteraient pas notre hiver.»

Tout ce que j'ai retenu de ses cours, c'est qu'il y a des plantes à fleurs et des plantes cryptogames.

Voilà, cela m'est revenu, mais qu'est-ce qu'un drogman en a à faire?

Un jour, Galpétra est passée dans le couloir avec un bout de papier scotché dans le dos. C'était le fameux pictogramme. Avec les énormes nichons. Quelqu'un avait trouvé le moyen de l'accrocher, profitant du remue-ménage à la sortie du cours. L'espace d'un instant, le futur drogman a eu l'idée de se précipiter pour l'enlever ou de lui dire qu'elle regarde dans son dos. Mais seulement l'espace d'un instant.

Donc vous aussi, cher futur ex-Nabuchodonosaure, vous devez aller à l'école pour qu'ensuite vous reviennent en mémoire toutes sortes de détails inutiles comme les cryptogames ou des bouts de papiers avec le dessin des toilettes, parce que c'est de ce genre de choses que tout est fait.

Je vous écris du haut d'un toit. À droite, au-dessus de la Villa Borghese, s'élève à nouveau un ballon bleu décoré à la manière d'une montgolfière d'autrefois. À gauche, au-dessus de la piazza Venezia, vrombit un hélicoptère collé au ciel comme une mouche à du papier collant, il bourdonne en faisant du sur place. Et tout droit, au-dessus de Saint-Pierre, tournoie une tache sombre et vivante. C'est un énorme vol d'oiseaux qui tantôt se rassemble et noircit en se concentrant, tantôt s'étend, gonfle, pivote et chatoie. On a l'impression de voir voler dans le ciel un énorme bas noir que l'on retourne sans arrêt à l'envers. Pourquoi y a-t-il autant d'oiseaux ici?

C'est sur ce toit que le drogman passe la moitié de la journée. Ensuite il redescend. Tout est calme dans l'immense bâtiment, les statues regardent les tableaux en silence. Tout est en marbre blanc : les murs, les escaliers, les colonnes semblent en sucre raffiné. La villa a été construite par un magnat suisse du sucre qui voulait voir Rome comme sur la paume de la main. Elle abrite à présent l'Institut helvétique. Derrière chaque porte, des boursiers passent leurs journées à faire quelque chose. Dès le premier soir, le drogman a été invité dans l'atelier d'un artiste qui lui a longuement parlé de son projet – un énorme estomac en train de digérer Berne – et lui a même montré une animation sur son ordinateur. Un autre artiste l'a aussi invité dans son atelier et lui a montré comment il fabriquait des *Lampenbrote* : il prend de grandes baguettes de pain, en retire la mie par un trou, met une ampoule à l'intérieur et les suspend au plafond. L'artiste a éteint la lumière et ils sont restés dans la pénombre avec le pain qui brillait au-dessus de leurs têtes. Dans un troisième atelier avec vue sur tout Rome, une artiste s'est arraché un cheveu et l'a collé sur une savonnette de façon à ce que cela donne une carte du monde. Elle a même offert au drogman une de ses savonnettes mondiales.

Il dépose son ordinateur portable dans sa chambre et sort dans la via Ludovisi. Il retrouve les odeurs de la rue romaine : odeurs d'essence, de café s'échappant par les portes grandes ouvertes des bars, d'encens et de cierges des églises, de parfum émanant des boutiques, d'urine et de chaux devant les porches. Tout cela dans un perpétuel charivari : les passants essaient d'expliquer quelque chose à leur *telefonino*. Un chien enragé a mordu une vespa et l'épidémie s'est propagée dans toute la ville, contaminant les voitures et les autobus qui foncent comme des malades. Même les bouches d'égout ont perdu la tête et se prennent pour Dieu sait qui : où qu'on pose les pieds, on marche sur les lettres « S.P.Q.R. » *(Senatus Populus Que Romanus)*. Il s'en échappe une vapeur dense, lourde qui masque la rue encombrée de vespas. Cela fait un blanc dans le paysage urbain. Une brèche. À moins que ce ne soient les touristes qui aient fait des trous dans Rome à force de la regarder.

Au-dessus des têtes vogue la baguette d'un guide avec un foulard rose attaché au bout. Le drogman la suit. Elle le conduit devant le palais Barberini. Sur la place, le triton souffle de toutes ses forces dans sa conque, une orange dans chaque joue. Le jet lui dessine une raie au milieu du crâne. C'était là qu'on exposait autrefois les cadavres des inconnus pour qu'ils puissent être identifiés. L'eau retombe en clapotant sur les pavés.

Les odeurs et les bruits sont romains, mais la couleur des maisons est tout à fait moscovite, c'était celle du crépi écaillé et à moitié effrité des vieux hôtels particuliers du quartier Sivtsev Vrajek, une couleur chaude et intime.

La via Sistina mène chez Gogol. Les numéros des immeubles ont eux aussi perdu le nord. Ils se suivent dans un ordre saugrenu qui n'est possible qu'à Rome. Voici le 125. Il y a des noms sur la plaque à côté de la porte. C'est maintenant un certain De Leone qui habite ici. Voilà les fenêtres du dernier étage. Quelqu'un regarde derrière le rideau. En bas, il y a une auge pour les ânes. Si vous saviez avec quelle joie j'ai quitté la Suisse pour voler vers ma chère, vers ma magnifique Italie. Elle est à moi! Personne ne pourra me la prendre! Je suis né ici. La Russie, Pétersbourg, les neiges, les scélérats, les bureaux, l'enseignement, le théâtre, tout cela n'était qu'un songe[1]!...

Faut-il sonner? Un petit vieux va ouvrir la porte et, apprenant à qui l'étranger est venu rendre visite, il va débiter d'une traite que Gogol n'est pas là, que personne ne sait quand il sera de retour et que, d'ailleurs, quand il reviendra, il se mettra sans doute au lit sans recevoir personne.

Un guide avec une canne de bambou au-dessus de la tête conduit la rue vers la Trinità dei Monti. Le petit chiffon blanc attaché par un ruban volette comme un papillon au-dessus de la cohue.

L'escalier espagnol est tissé de corps, de bras, de jambes, comme une tapisserie vivante échappée des musées du Vatican. Un Noir aborde les couples, leur proposant un bouquet de roses. Par terre s'agitent des soldats mécaniques en plastique qui crient quelque chose dans leur langue de plastique, visent et tirent sur des serviettes froissées et des gobelets écrasés. Une vieille toute courbée appuyée sur une canne se tient sur une dalle de marbre, la main tendue, marmonnant des paroles parmi lesquelles on ne distingue que *prego* et *mangiare*. Ses doigts sales sont agités de tremblements. On jurerait qu'elle sort du passage souterrain du métro Élektrozavodskaïa en ayant juste appris deux mots d'italien.

Le drogman s'assied sur les marches, regarde en contrebas la foule qui se presse autour de la fontaine Barcaccio et dans la via Condotti, emplie à ras bord de têtes comme d'une bouillie. On dirait qu'un chaudron cuit et recuit ces têtes, sans personne pour lui dire : «Arrête, chaudron!» et voici toutes les rues inondées.

Le drogman regarde les maisons assombries par l'hiver, les nuages ternes de décembre.

1. Extrait d'une lettre de Gogol à Joukovski (30 octobre 1837).

Il y a quelques années, il était assis sur ces marches, mais il n'était pas seul.

Leucippe et Clitophonte. Pirame et Thisbé. Le drogman et Iseult.

Le drogman était ici avec son Iseult. Leur enfant venait d'avoir un an. Ils l'avaient laissé à sa grand-mère et étaient venus passer quelques jours ici. Il fallait s'arracher au petit appartement imprégné de l'odeur du bébé, emmener Iseult loin de cette routine domestique qui l'usait insidieusement et la plongeait peu à peu dans l'hébétude, de tous ces biberons et ces bouillies à heures fixes, ces Pampers, ces lessives, ces bains, ces nuits sans sommeil. Il fallait absolument que les parents épuisés et hagards qu'ils étaient devenus puissent se retrouver ne fût-ce que quelques jours tels qu'ils étaient auparavant : un homme et une femme qui s'aiment.

Ils étaient arrivés tard le soir sur l'escalier de la place d'Espagne, où ils avaient retrouvé le mariage aperçu dans la journée au Latran. La mariée nocturne avait encore sa robe blanche diurne. Assise sur les marches, elle jouait de la guitare et chantait *Yesterday*, le marié aussi chantait, et tous les invités avec eux. Et tout l'escalier d'Espagne reprenait en chœur *I believe in yesterday*...

Quelques années seulement avaient passé depuis, mais Rome n'était plus la même, bien que tout soit toujours en place et que les statues n'aient pas bougé. C'étaient toujours les mêmes palazzi aux façades lépreuses, au crépi écaillé, dont les statues ressemblaient de loin à d'énormes insectes cabrés. Les mêmes chats réfugiés sous les voitures. La même saleté dans les rues, les mêmes armoiries en marbre couvert de mousse verte au-dessus de la porte et les mêmes barreaux rouillés dans les rectangles sombres des fenêtres depuis longtemps aveugles. Le même murmure de l'eau dans la conque baroque moussue et envahie par le lierre. Et pourtant tout était différent.

De la première Rome restait une impression de pluie mêlée de soleil. Le chemisier trempé d'Iseult plaqué contre sa peau et qu'elle essayait de décoller en tirant sur le tissu. Le bruit des pneus passant avec un chuintement particulier, une sorte de sifflement humide sur les pavés encore mouillés, mais brillant déjà au soleil. Sur les feuilles, les pierres, les murs trempés ruisselait un soleil liquide et aveuglant. Une vapeur s'élevait ici et là des dalles du trottoir, du linge accroché au-dessus des têtes, du dos des statues. Après la pluie, l'air devenait vif, odorant, frais, mais pour quelques instants, puis l'on suffoquait à nouveau dans la fournaise et les gaz d'échappement.

Du matin au soir, c'étaient des musées, des galeries, des églises. Des toiles sombres, des autels dorés, des corps de marbre.

Rome des corps. Des corps partout – en pierre, mais charnels – corps d'hommes, de femmes, d'animaux à demi humains. Muscles, seins, tétons, nombrils, fesses – des dioscures, des empereurs, des tritons, des dieux, des faunes, des saints. Hanches, genoux, mollets, talons, orteils écartés.

Cette Rome-là était faite de mille fragments.

À toute vitesse, un lézard passe en diagonale sur un mur, il s'est caché sous une feuille et l'on voit dépasser sa queue qui ressemble à un minuscule croissant de lune. Où était-ce? Dans des bâtiments en ruines dont les briques n'étaient pas plus épaisses que deux doigts.

La pluie tombe à nouveau, envoyant des éclaboussures par la porte ouverte de la trattoria. C'est une violente averse, des trombes d'eau tambourinent sur les trottoirs et sur la chaussée. Un chat roux passe la tête de sous la voiture où il s'est abrité de la pluie. Le drogman commande des lasagnes et *due bicchiri*. Iseult lui apprend à trinquer à l'italienne. Il faut dire : *Cento giorni come questo!*

Ils boivent pour que ces gouttes qui viennent éclabousser leurs pieds nus, la bruit de l'averse, le chat roux, l'Italien qui a calé son *telefonino* entre son oreille et son épaule pour pouvoir mieux s'expliquer avec ses mains, pour que tout cela se répète encore cent fois. Ce restaurant-là est tout près d'ici, via della Croce. Ils y sont restés longtemps, fatigués, les pieds endoloris. Le menu était seulement en italien, ils pointaient le doigt au hasard sur la carte crasseuse et le serveur expliquait en montrant sur lui : c'est du foie. Et ça? Il se donnait une claque sur la cuisse pour indiquer que c'était du filet. Et ça? Il collait ses coudes contre son corps et agitait les mains comme s'il battait des ailes : *piccione, piccione!*

Durant ce séjour à Rome, le drogman avait vu pour la première fois, après une année encombrée de soucis – il fallait trouver du travail, un appartement, organiser sa vie avec le bébé – combien Iseult avait embelli depuis son accouchement. Il l'avait remarqué tandis qu'ils avançaient dans le couloir de l'hôtel : ils étaient venus se changer et ressortaient dîner quelque part, elle marchait la première en lui parlant et il avait l'impression de voir pour la première fois ses cheveux, son décolleté, le balancement de ses hanches, sa démarche sur ses talons hauts. Elle disait quelque chose en se retournant dans la pénombre du couloir étroit et les lampes au plafond lui faisaient à chaque fois un visage différent : un profil tantôt familier, tout à fait habituel, tantôt inconnu, étranger qui donnait envie de le toucher et de l'embrasser.

Ce soir-là ils avaient dîné à l'Ulpia, sur une terrasse en plein air surplombant le forum de Trajan. Il faisait déjà nuit, sur les tables étaient allumées des bougies pansues dans des godets de verre. En contrebas, à huit ou dix mètres en dessous d'eux, s'étendait la Rome antique ou plutôt ses morceaux. Chaque ruine était éclairée. Les colonnes gisaient comme des os à moelle rongés. En attendant leur *carré di agnello*, ils buvaient du vin et lisaient tout haut le guide touristique à tour de rôle, essayant de comprendre comment était disposé tout ce qui était là deux mille ans avant eux, mais c'était impossible de s'y retrouver dans tous ces forums de Vespasien, d'Auguste, de César, de Nerva imbriqués les uns dans les autres, d'autant plus qu'une bonne partie d'entre eux, était-il expliqué, avait été ensevelie à nouveau sous Mussolini. Le drogman regardait Iseult et, à la lumière de la bougie, il remarqua pour la première fois qu'elle avait le bout du nez qui bougeait quand elle parlait ou qu'elle mangeait. Bizarrement, il ne s'en était jamais aperçu auparavant.

Ils avaient cherché dans le guide l'explication du nom du restaurant : qui était cette Ulpia, une déesse, une femme, une ville ? Mais le livre ne donnait aucune indication. D'en bas montaient les cris des chats célébrant d'invisibles noces félines dans cet immense entonnoir peu à peu comblé par la végétation. Et l'on avait peine à croire que c'était ici qu'avaient été exposées, clouées à la tribune, les mains coupées de Cicéron. Il y avait une sorte d'incompatibilité entre ces mains exhibées et cette énorme fosse vide, envahie par les chats et les herbes folles.

Iseult avait ôté ses sandales et posé sous la table ses pieds sur les genoux du drogman. Il lui caressait les orteils sous la nappe et l'écoutait lire les explications sur la colonne de Trajan, où, bizarrement, était juché Pierre, éclairé par un projecteur. On aurait dit qu'il neigeait, à cause des hordes de papillons de nuit qui, le soir venu, voletaient dans les rues de Rome comme les plumes d'un oreiller déchiré et scintillaient dans la lumière des réverbères, des fenêtres, des phares, des projecteurs. Iseult les écartait de la flamme avec son livre.

Ils étaient revenus à l'hôtel, un peu gris après le vin et la grappa. Ils s'étaient arrêtés pour regarder les bas-reliefs de la plus célèbre colonne du monde : les éclaireurs romains reviennent avec les têtes coupées des Daces, ceux-ci se rendent, les femmes et les enfants quittent leurs maisons et les Romains s'y installent avec leur bétail, ici un Dace se plante son épée dans la poitrine pour ne pas se rendre aux envahisseurs, là un soldat baise la main de Trajan, plus haut des femmes daces brûlent avec des torches les corps nus des soldats romains tués, au-dessus d'elles des têtes de Romains sont exposées au bout de lances sur les murailles des fortifications daces, encore plus haut des Romains coupent des arbres et il y a à nouveau des têtes sur des pieux, la spirale se déroule sans fin vers le haut, symbole du mouvement, du progrès, tandis que tout en haut, un vieil homme se tient immobile, craignant de bouger, de perdre l'équilibre, et n'arrive pas à comprendre comment il s'est retrouvé là, à une telle hauteur – surtout, ne pas regarder en bas, sinon il aura le vertige.

La ville était pleine de papillons de nuit qui tournoyaient autour des réverbères et, encore frémissants, jonchaient la chaussée. Les gamins y mettaient le feu avec un briquet. Au même âge, le drogman s'amusait lui aussi à mettre le feu aux tas de duvet des peupliers en fleurs. Le duvet flottait dans tout Moscou comme de la neige. Ici, ils faisaient brûler la neige de papillons.

Il faisait chaud même la nuit. Quand ils étaient revenus à leur hôtel, la chambre était étouffante. Iseult avait ouvert tout grand le robinet d'eau froide du lavabo et avait laissé couler le jet sur ses mains, ses poignets, ses coudes. Le drogman l'avait prise dans ses bras, l'avait portée sur le lit à travers toute la chambre, elle l'avait serré contre elle de ses mains glacées. L'eau continuait à couler bruyamment du robinet oublié. Iseult avait murmuré :

– Va le fermer !

Il avait répondu :

– C'est la pluie qui tombe dehors.

Ce premier jour à Rome, le drogman regardait sans cesse cette femme si familière, quotidienne et en même temps inconnue, en se disant que cela devait être cela, le bonheur : entendre ses dents heurter le bord du verre quand elle buvait, voir la tache mouillée s'étendre sur sa poitrine quand elle avait renversé de l'eau sur elle. Respirer ses odeurs. Ce jour-là elle sentait les sandales neuves – un mélange de magasin, de cuir, de colle, de sueur et de parfum. Être allongé sur le lit de l'hôtel et la voir dans la glace par la porte ouverte circuler dans la salle de bains tantôt sans jupe, tantôt sans chemisier. La regarder rajuster son soutien-gorge étroit. Sentir de minuscules piqûres sur sa joue et sur ses paumes : elle s'était rasé les jambes quelques jours avant et les poils commençaient à repousser.

Et quand Iseult était entrée dans la baignoire et avait fait couler la douche, elle semblait vêtue d'eau.

Cette nuit-là, avant de s'endormir, ils s'étaient massé mutuellement leurs pieds endoloris par la journée de marche. Ils étaient allongés tête bêche, appuyés sur un coude. Le drogman lui passait une crème à la lavande sur les talons, sur les cicatrices qu'elle avait aux pieds à la suite d'un accident de voiture et Iseult lui racontait que, quand elle était petite, un jour qu'elle traversait en voiture avec ses parents un désert torride en Iran, elle demandait : « Maman, apporte-moi du froid ! » et sa mère sortait la main par la vitre, la laissait dehors un instant, puis ramenait une poignée d'air à l'intérieur et lui essuyait le cou.

Pendant son sommeil Iseult avait rejeté la couverture, découvrant sa peau moite qui brillait au clair de lune. Le drogman s'était dit à nouveau qu'il ne fallait pas grand-chose pour se sentir heureux : être un peu ivre de grappa, de Rome, d'amour, de cette lune claire dans le ciel qui ressemblait à la queue d'un lézard caché derrière un nuage en guise de feuille, s'endormir aux côtés de cette femme en sachant que le lendemain, ce serait le matin, et pas n'importe lequel, mais un matin à Rome, avec cette sensation aiguë d'avoir très peu de temps devant soi, qu'il n'y avait pas une minute à perdre et qu'il fallait au plus vite aller se plonger dans cette ville.

Cette nuit-là le drogman s'était réveillé parce qu'il était dévoré par les moustiques. Leur bourdonnement l'empêchait de dormir et il grattait sans cesse ses piqûres. Il avait éteint la lumière, s'était mis à taper sur les murs avec le guide, laissant des traces sanglantes sur le papier peint. Impossible de trouver le sommeil. Il avait ramassé la couverture, s'était enveloppé dedans, s'était penché sur le rebord de la fenêtre et avait regardé l'aube gagner la rue romaine refroidie, encore vide et somnolente. Au petit matin, la pluie avait repris, faisant tout briller, les réverbères, les publicités, l'enseigne du bar, les vitrines avaient projeté leurs reflets lumineux sur le pavé mouillé. Des odeurs montaient de la rue, ces odeurs typiquement romaines qui semblaient aussi émaner de l'appui de fenêtre et du mur de la maison.

Le drogman pensait à Tristan. Avant lui, Iseult avait eu Tristan. Ils s'aimaient et étaient eux aussi allés en vacances en Italie.

Un jour, ils étaient partis en voiture et avaient eu un accident. Quelque part entre Orvieto et Todi. Ils roulaient sur une route sinueuse au-dessus du Tibre. Dans un tournant, un camion avait surgi en sens inverse.

C'était Tristan qui conduisait. Il avait été tué sur le coup, le thorax enfoncé par le volant.

Iseult avait survécu. Avec seize fractures.

Plusieurs années avaient passé. Elle avait épousé le drogman et maintenant ils s'aimaient et allaient en vacances en Italie.

Mais un jour, le drogman s'était installé devant l'ordinateur pour faire une traduction. À l'époque, ils avaient encore un ordinateur commun. En regardant la liste des derniers dossiers ouverts, il avait tout à coup aperçu un nom bizarre. C'était un dossier sur lequel Iseult avait travaillé la veille. Le drogman savait qu'il ne fallait pas lire les lettres et les dossiers des autres. Mais il l'avait ouvert. C'était un journal qu'elle tenait.

Il avait d'abord voulu refermer le dossier sans le lire.

Puis il avait commencé à lire.

C'était un journal terrible. Iseult n'écrivait pas tous les jours ni tous les mois, mais seulement quand elle allait mal.

Le drogman s'était mis à lire ces notes pour savoir ce qu'écrivait en cachette de lui la femme qui partageait sa vie.

Quand tout allait bien entre eux, elle ne notait rien, comme si ces jours-là n'existaient pas. Mais quand elle n'en pouvait plus, quand elle étouffait soudain dans la vie qu'elle partageait avec le drogman, elle se mettait devant l'ordinateur, ouvrait ce dossier et écrivait tout ce qu'elle avait sur le cœur. Leurs disputes, que le drogman avait depuis longtemps oubliées, continuaient à vivre, consignées à chaud, dans la douleur et le ressentiment.

Et ce qu'il y avait aussi d'étrange, c'est que ce journal était adressé à Tristan.

Dans ces pages, l'amour allait au défunt tandis que le drogman n'avait que les griefs, l'amertume et la rancœur.

Elle notait les paroles qu'ils se lançaient à la figure pour se faire mal, mais ne notait pas ce qu'ils se murmuraient ensuite tout bas.

Le drogman avait décidé de ne rien dire à Iseult et de ne plus jamais lire ce qui ne lui était pas destiné.

Curieusement, quand ils avaient pris leurs billets pour Rome et réservé la chambre, Iseult avait absolument voulu descendre dans cet hôtel, bien qu'il n'eût rien d'extraordinaire. C'est ainsi que penché à la fenêtre au-dessus de la rue nocturne ruisselante de pluie, le drogman s'était soudain dit qu'elle avait dû y séjourner avec Tristan. Et aussitôt il s'était demandé comment une telle absurdité avait pu lui venir en tête.

Le drogman s'était recouché, mais il n'avait pas pu se rendormir parce qu'il pensait sans cesse à Tristan, qui était avec Iseult à Rome. Il se remémorait tout ce qui s'était passé dans la journée et avait songé que ce devait être avec lui qu'elle trinquait en disant : « *Centi giorni come questo!* » Et peut-être que c'était comme aujourd'hui, peut-être dans la même trattoria – pourquoi l'avait-elle emmené précisément là-bas ? – pendant que dehors la pluie tombait et qu'ils attendaient aussi leurs lasagnes en buvant à petites gorgées du chianti peut-être servi dans ces mêmes pichets.

Il lui revenait des détails, des petites choses dont le sens ne lui apparaissait que maintenant. Ils avaient atterri à Fiumicino et devaient acheter des billets de train pour Rome. Il y avait des distributeurs automatiques qui prenaient la carte bleue, mais Iseult avait dit :

– Non, ils risquent d'avaler la carte ! Cela m'est déjà arrivé une fois.

Voyant la longue file d'attente devant le guichet, le drogman avait quand même introduit sa carte de crédit dans un appareil et s'était retrouvé exactement comme elle l'avait dit, sans billet ni carte. *Benvenuto all'Italia!* Le drogman était resté devant l'appareil pendant qu'Iseult allait cherchait de l'aide. Elle parlait un peu italien. Les employés des guichets ne pouvaient rien faire. Ceux qui pouvaient faire quelque chose n'étaient pas là. Alors ils avaient attendu tous les deux à côté de la machine. Iseult était hors d'elle, le drogman essayait de la calmer en lui disant que ce n'était rien, que cela allait s'arranger, mais il était déjà prêt à téléphoner pour bloquer sa carte. Iseult répétait à tout bout de champ : « *Gottverderdälli!* » Ensuite, des Italiens étaient arrivés, avaient ouvert l'appareil avec une clé et le drogman avait récupéré sa carte. Ils avaient pris leurs billets à la caisse et étaient montés dans l'express pour Termini.

Cette nuit-là, il s'était dit que c'était sans doute à Tristan que cette histoire de carte était déjà arrivée.

Autrefois, Rome accueillait les visiteurs solennellement, à la Porta del Popolo, mais à présent, elle les faisait passer par l'entrée de service. Le train se traînait à travers des banlieues sales. À l'approche de la gare de Termini, le drogman guettait par la vitre, se demandant où était Rome, mais on ne lui offrait que des arrière-cours mornes et sordides. La première chose qu'il avait vue en sortant de la gare était un Macdonalds. *Ecco Roma?* Iseult l'avait réconforté en lui disant que pour que Rome commence, il fallait entrer dans un bar et boire debout son premier espresso. Ils étaient entrés dans un bar long et étroit où était installé comme au fond d'une caverne un percolateur fumant et crachant. Ils avaient bu leur premier espresso comme si c'était un philtre magique et en effet, Rome avait commencé. À présent, le drogman s'avisait que c'était sans doute Tristan qui lui avait dit autrefois : « Pour que Rome commence, il faut entrer dans un bar et boire debout son premier espresso. »

C'est ainsi qu'à Rome, après cette première nuit, le drogman avait commencé à remarquer des choses toutes simples auxquelles il n'avait jamais prêté attention jusque-là. Par exemple Iseult aimait qu'on lui masse le cuir chevelu en y enfonçant les ongles, cela la soulageait quand elle avait mal à la tête et l'aidait à se réveiller quand elle devait se lever tôt. Sans doute parce que cela activait la circulation sanguine, en tout cas après cela, on se sentait effectivement l'esprit plus clair et la tête plus légère. Le drogman aussi aimait bien que le matin Iseult lui enfonce les ongles dans le cuir chevelu, d'abord tout doucement, puis de plus en plus fort. Et donc, à Rome, alors qu'ils attendaient interminablement le métro dans une station moite et étouffante, Iseult avait eu mal à la tête. Elle s'était assise sur un banc et le drogman s'était mis à lui faire ce massage avec les ongles. Elle avait fermé les yeux et poussait de petits grognements de satisfaction. Le drogman avait demandé :

– C'est lui qui a inventé cela ?

Elle avait cessé de grogner, avait ouvert les yeux.

– De quoi parles-tu ?

Sur ces entrefaites était arrivé un métro couvert de graffiti. Elle n'avait pas compris, ou pas voulu comprendre sa question et il ne lui avait plus rien demandé.

En flânant dans les musées du Vatican, ils étaient tombés sur une longue galerie déserte avec des sculptures blanches alignées le long des murs. Des corps sans vie. Des mains, des pieds, des têtes, des poitrines, des ventres, tout cela avait été trouvé sous la terre et exposé ici pour être identifié. Des vases, des sarcophages, des bas-reliefs. Et à nouveau des corps – sans yeux, sans bras, sans jambes, castrés. Avec des feuilles à la place des organes génitaux. Ce qu'on n'avait pas pu cacher avait été enlevé au marteau. Iseult s'était arrêtée devant un aveugle musclé et, après avoir jeté un coup d'œil autour d'elle pour s'assurer que personne ne la voyait, avait touché l'endroit où il n'y avait plus rien.

– Quels idiots ! Pourquoi est-ce qu'ils haïssaient à ce point la vie ?

Toutes ses sculptures avaient été autrefois des dieux ou des hommes, à présent transformés en statues de sel qu'on avait rassemblées ici. Des cadavres de marbre, alignés comme une garde d'honneur à l'entrée du royaume des morts. Iseult avait imaginé de les ranimer en leur attribuant à chacun une histoire. «Regarde, celui-ci était superstitieux et enfilait d'abord sa sandale gauche et ensuite la droite. Le médecin lui avait prescrit du lait d'ânesse contre sa maladie des poumons et il en buvait un grand verre tous les matins à six heures. Et il avait les fesses couvertes de poils.» C'est ainsi qu'ils inventaient tous les deux quelque chose pour chacun. Celui-ci, une copie romaine d'un original grec, aimait chanter et quand il chantait, il avait les narines qui se dilataient. Un jour qu'il revenait chez lui tout content en chantant, il rencontra quelqu'un qui lui dit : tu vas ton chemin sans savoir que ta maison a brûlé, que ta femme a péri et que tu as tout perdu. Quand il était petit, sa maman lui avait appris à cueillir au passage des bardanes et des feuilles quand il allait aux latrines. Celle-ci, elle aussi une copie romaine d'un original grec perdu, était tombée amoureuse d'un homme marié et avait peur d'être heureuse avec lui, au point qu'elle n'arrivait pas à savourer son bonheur parce qu'elle savait qu'elle devrait en payer le prix et quand son enfant était tombé malade, elle avait tout de suite compris pourquoi. Ce guerrier – encore une copie romaine – était revenu indemne de la guerre, sa femme était tout heureuse de le revoir vivant et ses enfants des cadeaux qu'il avait apportés. Il avait des dents si solides qu'il pouvait casser un clou avec. Un jour, il avait eu un ongle arraché. Au fur et à mesure que son ongle repoussait, la tache noire se décalait vers l'extrémité et il s'était dit que quand elle atteindrait le bout, il lui arriverait quelque chose d'heureux. Mais la tache n'avait pas eu le temps d'arriver jusque-là.

Ils avançaient ainsi en ressuscitant les morts. Et maintenant le drogman ne pouvait s'empêcher de penser qu'Iseult avait déjà fait tout cela avec Tristan, que c'était lui qui avait inventé ce jeu et qu'eux aussi avaient parcouru, enlacés, cette interminable galerie garnie de sculptures mortes en distribuant à des fragments de marbre des morceaux de vie.

Il y avait aussi un sarcophage – le mari et la femme étaient allongés tête bêche, appuyés sur le coude. Elle avait la chevelure toute frisée et lui une barbe taillée court. Ils se regardaient en souriant. Ils venaient de se masser mutuellement leurs pieds endoloris par toute une vie et allaient s'endormir et se réveiller ensemble.

Presque toutes les statues étaient des copies d'originaux grecs disparus. Même le fameux Apollon du Belvédère. Mais pour le drogman, il était la copie de celui qui était sous la neige à Ostankino et qu'il bombardait autrefois de boules de neige.

Le drogman avait parlé à Iseult de Galpétra, de l'Apollon d'Ostankino et cela l'avait fait rire.

Tous les mois, Galpétra emmenait sa classe visiter un musée, le plus souvent c'était le musée Pouchkine rue Volkhonka. Quand ils passaient devant David, les filles lorgnaient son pubis en chuchotant et en ricanant et cela avait quelque chose de désagréable de voir la tige de fer enfoncée dans le dos du héros pour l'empêcher de tomber, comme s'il y avait eu tromperie, d'autant plus que la guide répétait sans cesse que tout ce qu'ils voyaient dans le musée était des copies.

Devant celle du Laocoon elle avait dit :

– Regardez avec quel art magnifique le sculpteur antique a représenté la souffrance sur le visage de ce père qui voit périr ses deux fils sous ses yeux !

Elle avait ajouté que l'original se trouvait en Italie au musée du Vatican et le drogman se souvenait que Galpétra avait alors soupiré :

– Ah, si on pouvait y jeter au moins un tout petit coup d'œil.

Au moment des questions, le futur drogman en uniforme d'écolier élimé aux genoux et aux coudes avait demandé :

– Et pourquoi est-ce qu'on ne montre ici que des copies ? Dans un musée, tout doit être vrai.

La guide avait alors expliqué que tous les originaux étaient en Italie, mais que ces sculptures étaient des copies exactes, c'est-à-dire presque la même chose que les vraies et le groupe avait poursuivi la visite.

Mais maintenant que le drogman était à Rome, il s'avérait qu'ici aussi, il n'y avait que des copies – les sculptures des musées du Vatican, les statues des anges du Bernin sur le Ponte San Angelo, celle de Marc Aurèle sur le Capitole, l'obélisque devant la Trinité des Monts, et il fallait à nouveau chercher les vraies quelque part ailleurs.

Même le Tibre semblait une pâle copie d'un original disparu. Le drogman et Iseult contemplaient du haut du pont l'eau morte de couleur brunâtre, les rives basses couvertes d'une couche de limon desséché et tout craquelé, se demandant comment ce cours d'eau dérisoire qui charriait une mousse sale pouvait être le fameux Tibre où par un jour ensoleillé d'octobre, la croix avait aidé Constantin à noyer le païen Maxence, à la suite de quoi le monde était devenu chrétien. Tout cela dans ce cloaque ?

Et même le drogman n'était finalement que la copie d'un original perdu.

Ils avaient lu dans le guide, dans le chapitre sur le Latran, l'histoire de l'escalier saint rapporté du palais de Ponce Pilate et celle des têtes de Pierre et de Paul conservées dans la basilique papale. Ils y étaient allés. Ils étaient descendus dans le métro où l'air était irrespirable et Iseult avait dit qu'elle était fatiguée et qu'elle préférait retourner se promener dans un parc – la veille, ils étaient allés à la Villa Borghèse, avaient trouvé un banc vide dans une allée derrière le stade, le drogman s'était allongé sur les planches et avait posé sa tête sur ses cuisses, la tête contre son ventre moelleux. Iseult lui caressait les cheveux. Le vent faisait danser les ombres des branches sur son visage, sur ses épaules nues, sur l'herbe, sur l'allée sablée, sur le marbre des statues. Étendu sur le banc, le drogman lisait tout haut les explications du guide sur un arc de triomphe : pour le décorer, un empereur avait volé les statues et les bas-reliefs de l'arc d'un autre empereur.

Iseult avait dit :

– Regarde, le voici, l'arc de triomphe !

Deux pins parasols se dressaient épaule contre épaule, avec le ciel sous les bras.

C'était la veille, mais à présent, dans le métro, Iseult avait demandé :

– Tu tiens absolument à aller voir l'escalier et ces têtes ?

– Oui.

– Tu crois qu'elles sont authentiques ?

– C'est ce que je veux vérifier.

Ils étaient montés dans le wagon étouffant, bondé et couvert de graffiti.

En cours de route, Iseult lui avait raconté qu'à l'école, ils avaient des cours de religion et qu'ils détestaient cela. Le drogman racontait à Iseult que dans leur école, il y avait des cours de propagande antireligieuse, qui étaient faits par la même Galpétra. Le drogman savait depuis son plus jeune âge que Dieu n'existait pas, c'est pourquoi l'adolescent qu'il était, tourmenté par l'acné, une toison précoce, le manque d'amour et la peur de la mort, avait particulièrement besoin de Le trouver. Lui ou un équivalent. Toute la classe périssait d'ennui pendant que Galpétra leur assénait que Dieu était une invention des bigots pour mieux berner le bon peuple ignorant, qu'ils avaient imaginé le Jugement dernier pour pouvoir pécher à leur aise en l'interdisant aux autres et tout ce qu'il convenait de dire à ce genre de cours. «Il n'y a que les petites vieilles pour croire en Dieu, disait Galpétra. Le christianisme est la religion des esclaves et des suicidaires. Il n'y a pas de vie éternelle et il ne peut pas y en avoir, tout ce qui est vivant doit mourir et aucune résurrection n'est possible. C'est une question de logique : si Dieu existe, la mort n'existe pas et si la mort existe, alors Dieu n'existe pas.» Iseult avait ri et lui avait dit qu'à leurs cours de religion, on leur expliquait au contraire que Dieu existait et ils mouraient tout autant d'ennui.

Donc le drogman et Iseult étaient arrivés devant le bâtiment où étaient écrits les mots *Sancta sanctorum*. Ils étaient entrés. En bas, à gauche de l'entrée, était exposée dans une vitrine une maquette du palais de Ponce Pilate et l'on pouvait voir où se trouvait le fameux escalier. Il avait été transporté de Jérusalem à Rome, les marches avaient été recouvertes de planches et de verre là où étaient tombées les gouttes de sang du Christ. Le drogman et Iseult avaient regardé les gens monter l'escalier à genoux, chacun à sa manière. Certains à toute allure en doublant tous les autres, d'autres en s'arrêtant à chaque marche pour toucher du front et embrasser le bois poli et usé. Une femme se retournait sans cesse en rajustant sa jupe. Ils avaient remarqué une jeune invalide qu'on avait amenée en fauteuil roulant et aidée à se mettre à genoux sur la première marche. Elle se hissait vers le haut, les jambes écartées et l'on voyait combien chaque mouvement lui coûtait d'efforts. Ensuite était arrivé un groupe d'écoliers qui s'étaient mis à grimper gaiement et bruyamment en se poussant et en se salissant les uns les autres avec leurs baskets et leurs sandales, ce qui semblait beaucoup les amuser. Tout à coup, devant cet escalier, alors qu'Iseult et lui regardaient les écoliers doubler l'invalide, le drogman avait senti quelqu'un lui toucher l'épaule. Il n'y avait tout d'abord pas prêté attention – partout, des hordes de touristes vous bousculaient au passage. Mais on lui avait à nouveau touché l'épaule. Il s'était retourné et avait vu Galpétra. Elle portait toujours le même bonnet de mohair et le même tailleur de laine violet. Elle avait même ses bottes à moitié dégrafées et, enfilés par-dessus, les chaussons de toile du musée. La même moustache, le même ventre. Elle lui avait montré l'escalier d'un geste du menton en disant :

– Eh bien, grimpe donc !

Et elle avait ajouté en hochant la tête d'un air de reproche :

– Dire que tu ne voulais pas me croire...

Le drogman avait éprouvé le besoin de raconter cela à Iseult, mais elle n'avait pas compris. Elle lui avait dit :
– Tu as rencontré quelqu'un de connaissance ?
Galpétra avait disparu.
Ils étaient allés regarder les têtes.

Pendant qu'ils traversaient la place, on entendait une musique italienne tonitruante venue d'on ne sait où, avec les mots *amore, amore, amore* qui revenaient tout le temps. Le drogman avait une drôle d'impression à l'idée qu'ils allaient voir la tête ou tout au moins un petit morceau d'os, ce qui revenait au même, de l'homme qui, à la quatrième veille de la nuit, avait marché à Sa suite sur la mer, qui avait enjambé le bord de la barque et posé le pied sur l'eau.

Dans la cathédrale, les touristes se bousculaient comme partout ailleurs tandis que des haut-parleurs marmonnaient en latin. Ils erraient dans la foule et le drogman n'arrivait pas à comprendre où était la tête. La marée humaine les avait entraînés vers le kiosque près de l'entrée et Iseult avait interrogé en italien la vendeuse. Celle-ci lui avait montré du doigt une des cartes postales. On y voyait un autel tout en marbre et en dorures surmonté d'une tourelle comme sur une illustration du conte du Coq d'or. La vendeuse avait tapoté la carte de son ongle vert orné de petites étoiles scintillantes et avait désigné le haut du bâtiment, indiquant qu'il fallait aller vers l'autel et regarder en haut.

Le drogman avait compris pourquoi ils n'avaient pas vu tout de suite ce qu'ils cherchaient : ils étaient entrés dans la cathédrale non par le portail central, mais par une entrée latérale. À présent ils avaient réussi à se frayer un chemin vers l'autel du bon côté. Au premier étage de la tourelle de conte, derrière une grille dorée, il y avait en effet deux bustes. Le drogman avait beau écarquiller les yeux, il ne voyait que de vagues physionomies pommadées, aux joues roses et à la crinière noire. Les haut-parleurs étaient passés à l'italien, avaient pris un ton allègre et animé et un mot sur deux était *amore*. Au-dessus des confessionnaux, de petites lampes rouges s'éteignaient et s'allumaient. Un groupe de Japonais fendait la foule, suivant un bâton de ski au bout duquel pendait un foulard vert.

Iseult avait dit :
– Tu es satisfait ? Alors allons-y !

Avant de ressortir, ils s'étaient arrêtés devant une chapelle à gauche de l'entrée où il y avait justement un mariage. Ils avaient regardé à travers la grille le marié et la mariée assis sur des chaises et le prêtre en soutane blanche qui, debout devant eux, leur parlait en faisant des moulinets avec les bras. Visiblement, les mots lui manquaient et, en bon Italien, il gesticulait frénétiquement pour expliquer aux jeunes mariés qu'ils devaient s'aimer jusqu'à la mort et au-delà.

Le drogman et Iseult étaient sortis et avaient pris le plan qui leur servait à s'orienter dans Rome. Il était vieux, avait les plis usés, à moitié déchirés et tombait en lambeaux à force de se retrouver avec eux sous la pluie. Mais Iseult ne voulait pas en acheter un neuf, sous prétexte qu'elle était habituée à celui-ci. Le drogman s'était dit qu'elle avait sans doute déjà ce plan quand elle visitait Rome avec Tristan.

Tout près de là se trouvait l'église Saint-Clément, où était enterré Cyrille, celui qui avait donné son nom à l'alphabet sans lequel il ne se serait rien passé dans la vie du drogman.

– Allons y jeter un coup d'œil! avait-il proposé, mais Iseult avait déclaré qu'elle avait mal aux pieds et qu'elle ne voulait plus aller nulle part.

Ils s'étaient assis à la table d'une terrasse de café.

– Tu y es déjà allée la dernière fois ?

– Non.

Le drogman avait essayé de la convaincre que c'était tout près, à dix minutes du Colisée, où ils pourraient ensuite prendre le métro et rentrer à l'hôtel, mais Iseult avait dit que ses nouvelles sandales lui faisaient mal aux pieds et elle avait ajouté :

– Et puis je ne comprends pas pourquoi il faut absolument aller voir ces chaînes rouillées, ces bouts de bois ramassés on ne sait où et ces ossements d'inconnus !

Le drogman, lui, savait pourquoi il tenait absolument à y aller.

Il devait enlever Iseult à Tristan, l'arracher à leur Rome pour lui en faire connaître une autre.

Il s'était mis à lui raconter l'histoire de Cyrille. Ou plus exactement, il voulait lui raconter quelque chose que Tristan ne savait sûrement pas. Il avait soudain l'impression que ce n'était pas à elle, mais à lui qu'il s'adressait. Tu vois, Tristan, tu ne savais pas cela, mais moi, je le sais. Écoute ! La Chersonèse des Anciens, c'est maintenant Sébastopol et c'est là, Tristan, que commence le monde sans toi. Là où fut noyé le saint martyr Clément, troisième pape de Rome et disciple de Pierre, on a noyé des officiers pendant la guerre civile. On leur attachait au cou ou aux pieds de vieilles ancres, des morceaux de fer, des pierres, et on les jetait à l'eau. Le drogman avait lu dans des livres de souvenirs que les plongeurs descendus jusqu'au fond à cet endroit se retrouvaient comme dans une forêt, entourés de cadavres qui essayaient de remonter à la surface, mais restaient attachés dans les profondeurs, les uns les pieds en haut, les autres la tête en haut, penchant tous du même côté sous la poussée des courants marins comme des arbres courbés par le vent, et l'un d'eux avait les lambeaux de sa chemise déployés comme des ailes. C'est sur ce rivage qu'était venu Cyrille, qui avait reçu du ciel l'alphabet du drogman. Le destinataire des lettres célestes racontait le martyre de Clément aux habitants de Chersonèse qui en ignoraient tout et ne le crurent pas. Alors Cyrille se rendit sur les lieux et entama des recherches pour les convaincre. Durant les siècles qui s'étaient écoulés depuis l'époque de Clément, le niveau de la mer avait baissé. L'eau s'était retirée, laissant derrière elle un banc de sable. C'est pourquoi les recherches de Cyrille restaient vaines. Les habitants se moquaient de lui. Mais lui continuait à retourner le sable, parce que ce qu'il cherchait, bien sûr, ce n'était pas des os – à quoi auraient-ils bien pu servir? Ce n'était pas des côtes ou un crâne qu'il voulait trouver, mais une preuve. Que l'on voie briller au soleil une côte blanchie par la mer et le sable. Parce que quelque chose devait bien prouver que Dieu existe et, par conséquent, que la mort n'existe pas. Seul un miracle pouvait prouver cela. Et tout à coup quelque chose avait brillé, étincelé dans le sable – une côte. Un os d'une blancheur aveuglante. Ils continuèrent à creuser et trouvèrent la tête et tout le reste. Il s'en échappait une odeur merveilleuse qui frappa tout le monde de stupeur. Or les odeurs sont la langue de Dieu. Ce sont ces restes odorants que Cyrille apporta à Rome. Et lui-même fut enterré dans cette église avec Clément. Sans doute parce que ses os aussi sentaient bon.

Encore des os! avait soupiré Iseult. Bon, allons-y!

Ils étaient restés encore un moment à la terrasse, avaient bu un espresso dans des tasses minuscules qui avaient l'air d'être en coquille d'œuf et s'étaient dirigés vers San Clemente.

Iseult avait dit qu'il fallait absolument s'arrêter dans une pharmacie pour acheter des pansements, mais ils n'en avaient pas trouvé sur leur chemin.

Iseult commençait à boiter. Elle était fâchée et ne desserrait pas les dents. Une fois arrivés dans l'église, elle s'était assise sur un banc et avait décrété que pour rien au monde elle ne descendrait dans la crypte.

Le drogman était descendu tout seul.

Il avait erré sous les voûtes mal éclairées, fâché à son tour contre Iseult et s'en voulant surtout à lui-même de l'avoir amenée là alors qu'elle avait un pied écorché, car ils auraient pu aussi bien venir le lendemain ou le surlendemain.

De vagues vestiges gisaient tout autour. Il faisait humide. Le drogman était dépassé par des groupes de touristes que l'on conduisait à l'étage en dessous, où, dans des salles aussi sombres et humides que celle-ci, se trouvait un ancien sanctuaire de Mithra. Il y était descendu à son tour, pour y trouver la même chose : des vestiges, de l'humidité.

À l'écart, près d'un passage obscur, il avait enfin trouvé le tombeau de Cyrille. Sur la dalle de pierre étaient posées des fleurs en papier recouvertes d'une épaisse couche de poussière. Tout autour, des plaques avaient été fixées sur les murs pour immortaliser des dirigeants oubliés qui avaient édicté des lois en alphabet cyrillique.

C'est alors que le drogman avait vu Iseult. Elle était finalement descendue et tenait à la main le guide de Rome.

– Ah, te voilà ! avait-elle dit. Écoute ce que j'ai lu en t'attendant : il paraît qu'il n'y a plus aucune relique de Cyrille ici. Elles ont été jetées en 1798 : il y a eu une insurrection et ils ont tout balancé à la rue. Et il n'y a jamais eu de pape martyr prénommé Clément, ou plutôt il y avait deux Clément, l'un était un consul qui a bien été martyrisé et l'autre était pape, mais pas martyr. Ensuite la légende les a réunis en un seul homme. Ils écrivent aussi que d'après les dernières recherches, Pierre n'a jamais été à Rome !

Un groupe de Japonais était passé sans s'arrêter. On les conduisait au mithreum. Ils levaient haut les pieds en marchant dans la pénombre pour ne pas trébucher sur le sol de terre irrégulier. Un par un ils avaient disparu dans le passage étroit qui menait à l'étage inférieur. Le drogman et Iseult étaient remontés, ils étaient sortis dans la rue, où même le vent saturé de vapeurs d'essence leur avait fait l'effet d'une brise fraîche après la crypte, et ils s'étaient lentement dirigés vers le Colisée en s'arrêtant souvent. Iseult boitait et se tenait à son bras.

Il y avait là aussi des vendeurs de souvenirs. Ils s'étaient arrêtés devant un éventaire où étaient exposés des guides de Rome dans toutes les langues. Le drogman en avait pris un en russe pour le feuilleter. Il l'avait montré à Iseult pour lui dire que c'était stupide d'éditer ce genre de guides où il n'y avait que des photos et des légendes. Aussitôt un vendeur italien avait surgi et s'était lancé dans un flot de paroles, sans doute pour vanter la qualité du livre et le lui faire acheter, lui fourrant presque de force dans les mains et montrant du doigt les illustrations, l'air de dire : regardez les belles images! Le drogman avait voulu le lui rendre, mais le livre lui avait échappé des mains et était tombé par terre. Iseult s'était précipitée pour le ramasser et avait souri au vendeur. Elle avait dit au drogman à voix basse qu'il devait sourire et s'excuser.

– Il veut me refiler de la camelote et en plus je dois lui sourire poliment?

– Oui, avait dit Iseult, de toute façon cela ne fait jamais de mal de sourire poliment.

– Et pourquoi est-ce que je dois lui sourire poliment?
– Parce que.
– Je ne suis pas obligé de sourire poliment à qui que ce soit.
– Si.

Une fois qu'ils s'étaient éloignés de l'éventaire, elle lui avait lancé :

– Tu es grossier.
– Ce n'est pas comme Tristan, avait-il rétorqué tout à trac.

Iseult s'était arrêtée et l'avait regardé dans les yeux. Dans son regard, il y avait de l'étonnement, du ressentiment et de la douleur. Elle avait fait brusquement demi-tour et s'en était allée d'un pas rapide, en boitant. Ils devaient prendre le métro, mais elle était partie dans la direction opposée, vers le Latran.

Le drogman voulait la rattraper, la prendre par le bras, l'arrêter, mais au lieu de cela il s'était dirigé vers le Colisée. Tout en marchant, il essayait de se persuader que ce n'était pas grave, que de toute façon ni elle ni lui ne pouvaient aller bien loin et qu'ils se retrouveraient le soir à l'hôtel.

Le trottoir était jonché de papiers d'emballage et de bouteilles en plastique écrasées. Le drogman tenait encore à la main les lambeaux du plan. Il les avait jetés.

29 septembre 1914. Lundi

Cette nuit j'ai fait un cauchemar épouvantable! J'ai honte de l'écrire. Je volais dans le couloir de notre lycée et j'étais complètement nue.

Ce matin Tala et moi sommes allées chez les Ignatiev. Nous avons continué à découper des bandes de mousseline et à les enrouler, mais nous ne le faisons plus à la main. On nous a apporté des machines pour tailler les bandes et aussi un appareil spécial pour les enrouler, si bien qu'il ne reste plus qu'à les empaqueter. C'est très pratique et on peut en faire beaucoup plus!

Il fait beau, avec du soleil et des averses.

J'ai relu ce que j'avais écrit l'an dernier à la même date. Quelle enfant j'étais encore !

30 septembre 1914. Mardi

Macha a reçu une lettre de Boris et nous l'a lue à haute voix. Pas en entier, elle a visiblement sauté le plus intéressant, car nous n'avons eu droit qu'à la description détaillée des cours à l'école militaire, au déroulement de sa journée, à la nourriture et au temps qu'il fait. Son père et lui ont décidé de changer de nom. Désormais ils ne s'appellent plus Müller, mais Melnikov[1]. Dès qu'il sera passé enseigne de vaisseau, il viendra chercher Macha et ils se marieront. Quand elle a lu ce passage, elle est devenue toute rouge ! C'était une très bonne soirée, nous sommes restés tard à bavarder, mais en pleine nuit, Macha est venue en larmes dans mon lit : elle avait vu en rêve Boris dans un navire en train de couler. Je voulais la consoler mais je me suis mise moi-même à pleurer.

Comment Dieu peut-il tout reprendre sans avoir encore rien donné ? Non, c'est impossible.

J'envie beaucoup Macha – elle aime tant son Boris !

1ᵉʳ octobre 1914. Fête de l'Intercession de la Vierge

« L'amour est un je-ne-sais-quoi, qui vient je ne sais où et qui finit je ne sais quand. » Madeleine de Scudéry.

Demain, les cours reprennent enfin. Il me tarde de retrouver Michka, Toussia, toutes mes camarades et même nos professeurs ! Comme le bâtiment du lycée Bilinskaïa est occupé par un hôpital militaire, nous irons au lycée de garçons Pétrovskoïé, rue Bolchaïa Sadovaïa, en face du Grand Hôtel de Moscou. Les cours auront lieu en alternance, les filles le matin et les garçons l'après-midi.

Ce matin il faisait encore soleil, mais ensuite il s'est mis à pleuvoir.

3 octobre 1914. Vendredi

J'ai découvert mes initiales gravées au canif sur mon pupitre. Quelle sottise !

Les filles de ma classe correspondent avec les lycéens en laissant des billets dans les pupitres. Mais Talia et moi trouvons cela stupide ! Toutes les conversations tournent autour des élèves de l'après-midi et de la question de savoir qui est amoureux de qui. Elles sont toutes

---

1. Comme Müller en allemand, Melnikov signifie en russe « meunier ».

folles de Térékhine. Pavline! Un parfait imbécile! Je n'ai même pas envie d'en parler.

Macha est devenue membre de la communauté des Sœurs de miséricorde et va suivre des cours pendant deux mois. Elle veut absolument aller au front, dans l'armée active, et a peur que la guerre se termine avant qu'elle n'ait fini sa formation. Elle apprend à faire des bandages et essaie de réquisitionner tout le monde à la maison pour s'entraîner, et comme personne n'a envie de lui servir de cobaye, elle martyrise notre pauvre nounou. En ce moment nounou est docilement assise sur un tabouret à la cuisine, la tête bandée, attendant que ma sœur ait fini de consulter son manuel.

Hier Macha a passé sa première journée à l'hôpital. Quand elle est rentrée à la maison, elle s'est lavée interminablement et s'est aspergée d'eau de Cologne. Elle voulait se débarrasser de l'odeur de l'hôpital. À table, elle n'a rien mangé. Elle a promis qu'elle nous emmènerait là-bas, Talia et moi, et que nous pourrions faire la lecture aux blessés et leur chanter des chansons.

6 octobre 1914. Lundi

Aujourd'hui, nous avons reçu une lettre de Nioussia de Petrograd. Elle parle de ses études au conservatoire et raconte que dans la capitale, on sent partout la guerre. Au théâtre Marie on chante avant chaque spectacle les hymnes des puissances alliées. D'abord l'hymne russe, puis *la Marseillaise*, puis *God Save the King!* Et il faut rester debout pendant tout ce temps-là! Wagner et les autres compositeurs allemands sont exclus du répertoire. Dans les grands magasins sont placardées des affiches «Prière de ne pas parler allemand» et même au département d'allemand de la Bibliothèque publique, il y a un panneau «*Bitte, kein Deutsch!*» Dans le tramway que Nioussia prend pour aller au conservatoire, un petit vieux portant beau avait cédé sa place à une dame en lui disant par habitude: «*Bitte, nehmen Sie Platz!*» Il a été éjecté du wagon! Quelle horreur!

8 octobre 1914. Mercredi

Le monde est devenu fou! La semaine dernière on pouvait lire dans le journal qu'à Petrograd une lycéenne s'est jetée par la fenêtre en tenant une icône dans ses mains. Aujourd'hui, sous une pluie battante, abrités sous des parapluies, nous avons enterré Dmitri Porochine du lycée de garçons Biélovolski, le fils d'un juge d'instruction. Il s'est tiré une balle avec le revolver de son père! Lialia a dit qu'il était amoureux de la maîtresse de son père. Quelles inepties n'entend-on pas raconter dans notre classe !

10 octobre 1914. Vendredi

« L'amour est traître. Il vous griffe jusqu'au sang comme un chat, même si vous vouliez juste jouer avec lui. » Ninon de Lenclos. Où Tala va-t-elle chercher tout cela ?

Les jumeaux Nazarov sont partis en cachette sur le front. Ils ont laissé une lettre. Et à qui ! À Toussia ! Elle l'a trouvée dans son pupitre, elle en était toute fière et avant de la remettre à la directrice, l'a lue à tout le monde pendant la récréation. Les Nazarov y écrivaient qu'ils reposeront sous une croix de chêne ou bien reviendront avec l'ordre de Saint-Georges.

Toussia était gonflée d'orgueil !

14 octobre 1914. Mardi

À la récréation j'ai regardé avec des camarades Génia Martianov, le frère de Talia, faire des barres parallèles dans la cour. Ce ne serait pas lui, par hasard, qui grave partout mes initiales ? Sottise ! Mais quand j'étais à la fenêtre, j'avais des fourmis dans les pieds et dans les mains.

Génia a sauté au sol avec l'adresse d'un athlète de cirque, a très joliment levé les bras et a regardé fièrement dans notre direction. Les filles ont applaudi. Je me suis écartée de la fenêtre parce que je me suis demandé tout d'un coup si ce n'était pas moi qu'il cherchait du regard. J'ai ouvert mon manuel et me suis plongée dedans. Il y était question de Cicéron.

J'ai passé la moitié de la soirée à me regarder dans la glace. Tout le monde à la maison prétend que je suis une beauté, mais je ne voyais qu'un nez en pomme de terre, de grosses joues, un menton affreux, un front épouvantable ! Et les yeux ! Et les cils ! Les sourcils ! Tout a l'air inachevé, pitoyable ! Comment quelqu'un pourrait-il m'aimer avec un physique pareil ? Et par-dessus le marché, il y a ces leçons idiotes à apprendre ! Seigneur, qu'est-ce que leur Cicéron vient faire ici ? Qu'ai-je à faire du Forum ? Qu'ai-je à voir avec Rome ? Qu'ai-je besoin d'un certain Numa Pompilius ?

19 octobre 1914. Dimanche

Nous sommes allées à la messe. À l'église j'ai vu la mère des Nazarov. Elle s'était agenouillée sur le sol et n'arrivait plus à se relever, il a fallu que quelqu'un l'aide. Comme elle me fait pitié! On est sans nouvelles des jumeaux.

22 octobre 1914. Mercredi

Au lycée il y a eu un office d'action de grâces pour la fête de Notre-Dame de Kazan. Nous avons prié pour que la Russie soit libérée des Allemands, comme autrefois pour qu'elle soit libérée des Polonais. J'étais agacée d'entendre les filles de la classe chuchoter sans arrêt. Dieu sait ce qu'elles racontaient! Elles tombent toutes amoureuses pour un oui pour un non et se montrent sous le sceau du secret leurs journaux intimes où il est écrit : «Aujourd'hui j'ai cessé d'aimer N et suis tombée amoureuse de X», avec non seulement la date, mais l'heure! Quelles gamines elles sont encore!

Moi je ne montre rien à personne. Je tiens ce journal pour moi seule et pour personne d'autre. Peut-être que je le montrerai juste à l'homme que j'aimerai vraiment. Parce que les histoires de Tala, Lialia et autres, ce n'est pas pour de vrai! Ce n'est pas cela, le véritable amour.

Je viens de reprendre Marie Bashkirtseff sur l'étagère, j'ai ouvert le livre au milieu et j'ai vu qu'une de mes sœurs avait souligné au crayon : «Je suis comme un chimiste patient et infatigable qui passe ses nuits au-dessus de ses cornues pour ne pas manquer le moment tant attendu. Il me semble que cela peut arriver chaque jour, je médite et j'attends... Je me demande avec anxiété : n'est-ce pas cela?»

Moi aussi je m'observe en permanence en me demandant si ce n'est pas cela.

Il me semble que non... Non. Non!

Dans la marge quelqu'un a écrit : «L'amour est le plus grand des bonheurs, même si c'est un amour malheureux.» C'est l'écriture de Macha. Alors son histoire avec Boris est un amour malheureux? Un petit morceau comme cela me suffirait! Comme je l'envie!

29 octobre 1914. Mercredi

Au lycée toutes mes camarades se font maintenant des soins de manucure : elles coupent les envies avec des petits ciseaux spéciaux, elles se laissent pousser les ongles, les liment pour leur donner une jolie forme.

Moi j'ai de si vilaines mains!

Hier il n'y avait plus de lumière dans la classe. Un électricien est arrivé avec un grand escabeau. Il est monté dessus, s'est affairé là-haut et j'ai soudain remarqué que les filles minaudaient devant lui, faisaient les coquettes. Je les méprise ! Tout cela parce qu'un homme jeune est venu dans la classe !

31 octobre 1914. Vendredi

Evguécha est tombée malade et cela doit être grave parce que c'est maintenant le père de Boris qui nous enseigne l'allemand à sa place. Je l'avais vu quand Macha et moi étions allées en visite chez eux. Nikolaï Viktorovitch était alors un homme très sympathique et gai, qui nous offrait sans cesse des bonbons. Mais devant la classe, il n'est plus le même, il devient sombre et inaccessible. Déjà avant nous détestions toutes l'allemand à cause d'Evguécha et de la guerre et en plus, personne ne lui pardonne d'avoir changé de nom : il s'appelait Müller et le voilà devenu Melnikov. Tout le monde n'y voit qu'un signe de lâcheté et de carriérisme. Après les cours, les filles se sont mises à raconter des horreurs sur lui au vestiaire, en imitant sa manière de nous montrer la prononciation. C'est vrai qu'il a les dents gâtées et de travers, mais pourquoi se moquer de lui à cause de cela ? J'ai soudain été prise d'une rage terrible. Et ça s'appelle des amies ? Une bande de harpies, oui ! J'ai dit à voix haute et distincte : « Ce n'est pas par lâcheté qu'il a changé de nom, mais parce qu'il avait honte pour sa nation ! » Tout le monde s'est tu. Elles m'ont toutes regardée. J'ai tourné les talons et je suis partie. En cours de route je me suis sentie très très mal. J'ai eu peur qu'elles me boycottent. Une fois à la maison, j'ai été prise d'une autre peur : la peur d'avoir peur. Je manque donc de courage au point de craindre de rester seule ? J'ai terriblement honte. Je ne suis pas mieux qu'elles. Pas du tout. Je suis même pire. Parce qu'elles riaient sincèrement de Nikolaï Viktorovitch alors que moi, après avoir pris sa défense, j'ai eu peur de ma propre intervention.

Je viens de relire ce que j'ai noté mercredi. Comment puis-je écrire cela des autres et les mépriser alors que je ne vaux pas mieux ? Elles ont minaudé devant l'électricien, la belle affaire ! Ce n'est pas la question ! Tout simplement elles veulent plaire à tout le monde sans exception, elles veulent que le monde entier les aime, jusqu'au moindre électricien ! Et moi je suis pareille.

Quelle horreur !

11 novembre 1914. Mardi

Je n'ai rien noté de toute la semaine parce qu'il ne s'est rien passé.

Mais aujourd'hui notre Joujou en a fait de belles !

Après les cours elle a avalé un gros cristal de phénol au labo de chimie ! Qui aurait pu s'attendre à cela de la part de notre petite souris grise ? Un suicide romantique n'a en fait rien de romantique du tout. La pauvre Joujou a été prise de spasmes et de vomissements, elle en avait partout, sur sa robe, sur ses chaussures, sur ses bas et même sur les rubans dans ses cheveux. On voyait qu'elle avait mangé du vermicelle. C'était répugnant ! On l'a transportée à l'hôpital de papa pour lui faire un lavage d'estomac.

Tout le monde se demandait à cause de qui elle avait fait ça. Joujou est si secrète !

« Il y a trois sortes de femmes : les cuisinières, les gouvernantes et les princesses. »

12 novembre 1914. Mercredi

Bien qu'on ait aéré toute la nuit, la classe sent encore l'odeur de Joujou. Elle va bien. Tout le monde va drôlement se moquer d'elle quand elle reviendra ! La pauvre. Il paraît qu'elle est amoureuse de Génia Martianov ! Mon Génia ! Je ne sais pas s'il faut y croire ou pas. C'est Lialia qui le dit, mais peut-être que c'est juste pour me faire marcher ? On peut s'attendre à tout avec elle. Et on appelle ça une meilleure amie !

Mon Génia ? Pourquoi « mon » ?

Pendant le cours je regardais dans les vitrines les animaux empaillés, les bocaux contenant des grenouilles dans du formol, les stupides bustes en papier mâché représentant les différentes races : le Chinois, l'Indien, le Nègre, et je me suis dit : c'est bien simple, je dois être un monstre. Je dois être incapable d'aimer. Parfaitement incapable. Tout le monde en est capable, sauf moi. Il faut m'empailler et m'exposer dans une vitrine. Est-il possible d'aimer quelqu'un comme moi ? Sûrement pas.

17 novembre 1914. Lundi. Jeûne de Noël

La première neige est tombée. Et quelle neige ! Tout Rostov est enseveli.

J'ai dû mettre mon manteau d'hiver, mais depuis l'an dernier, il est devenu un peu juste.

Aujourd'hui je suis sortie de classe la dernière, les autres étaient déjà parties, j'arrive dans la cour du lycée et il y avait les garçons qui jouaient aux boules de neige, il fallait passer au milieu. Toute seule, je n'étais pas rassurée, mais j'y suis tout de même allée. Et voilà que je reçois une boule de neige sur l'épaule ! J'entends derrière moi un éclat de rire grossier. Je me dis : non, je ne me retournerai pas ! Je serre les dents et continue mon chemin. Et puis j'entends courir derrière moi et je suis rattrapée par Kozlianinov, un élève de terminale. Il s'arrête devant moi et me dit d'une voix bourrue : « Excusez-nous ! » J'étais tellement surprise que je n'ai pas su quoi répondre. Ensuite, je me suis sentie toute joyeuse ! Je suis arrivée en trombe à la maison et j'ai couru devant la glace sans même retirer mon manteau. J'avais les joues écarlates, les yeux brillants. Et quels yeux splendides ! Finalement, je suis jolie !

Nounou s'est mise à bougonner parce que j'avais ramené de la neige à l'intérieur, mais je l'ai couverte de baisers !

22 novembre 1914. Samedi

Tout le monde dit que les gelées n'ont jamais été aussi précoces.

Je suis allée avec Génia à la patinoire. Il portait mes patins et m'a aidée à les lacer. Comme c'était agréable ! Nous avons patiné en nous tenant par la main. Tout le monde nous regardait. Nous sommes passés plusieurs fois devant Joujou. À chaque fois, elle faisait semblant de ne pas nous voir ! Ensuite nous nous sommes assis sur un banc et Génia m'a raconté des histoires très drôles sur ses camarades de classe. Il m'a fait rire aux larmes !

Qu'est-ce c'est ? Qu'est-ce que cela signifie ? J'aime ?

J'ai écrit ces deux mots et ils me font peur : j'aime.

23 novembre 1914. Dimanche

Je crois que ça y est. J'aime. J'ai tellement attendu ce moment que maintenant j'ai peur d'y croire. Est-ce que c'est vrai ? Non, il vaut mieux ne pas s'illusionner. Ce n'est pas encore pour de bon. Non !

Aujourd'hui je n'ai vu Génia que de loin. Il m'a regardée et a souri. Bien sûr que je l'aime. Je l'aime ! Il a quelque chose de particulier. Il n'est pas du tout comme les autres !

Le soir Viktor est passé nous voir. Lui aussi partage l'enthousiasme général ! Comme il est fils unique, il n'a pas été pris, mais, débordant de patriotisme, il s'est engagé dans la milice comme réserviste de première catégorie. C'est impossible de l'imaginer allant à l'attaque, lui qui est si gauche et complètement myope. Il est arrivé en uniforme : vareuse, culotte de cheval, bottes, képi, capote. Dans cette tenue, il ressemble aux hommes des unités de réserve qu'on envoie au front. Il nous a dit que sa mère était au désespoir parce qu'il n'avait pas le grade d'officier et serait en caserne avec les soldats.

25 novembre 1914. Mardi

J'entends parler à voix basse derrière la porte : maman dit à mon père que je ne vais pas bien, car cela fait trois jours de suite que je lis la Bible. Mon père lui répond, agacé : «Mais enfin, si quelqu'un lit la Bible, cela ne veut tout de même pas dire qu'il est malade!» Maman a fait «chut!», est entrée dans ma chambre, s'est assise au bord de mon lit, a posé ses lèvres sur mon front et a dit qu'il ne fallait pas rester tout le temps enfermée, que je devais sortir prendre l'air. Et moi, j'ai secoué la tête, attendant qu'elle s'en aille pour relire pour la centième fois le même passage. Comment peut-on s'en arracher? «Je dors, mais mon cœur veille; j'entends la voix de mon bien-aimé qui frappe à la porte : "Ouvre-moi, ma sœur, mon aimée, ma colombe, ma toute pure! Car ma tête est encore couverte de rosée et mes boucles de l'humidité de la nuit."»

27 novembre 1914. Jeudi

Aujourd'hui j'ai chanté pour les blessés. Après les cours Lialia, Talia et moi sommes allées à l'hôpital militaire qui est dans notre ancien lycée. Nous sommes passées dans les classes transformées en dortoirs en demandant qui avait besoin qu'on lui écrive une lettre. Certains soldats étaient contents, ils nous demandaient de leur tenir compagnie et ne voulaient pas nous laisser partir. D'autres, au contraire, étaient gênés et nous évitaient. L'un d'eux est blessé à la vessie et clopine en portant sur lui un flacon. J'ai vu qu'il était plein et j'ai voulu le prendre pour aller le vider aux cabinets, mais il a rougi et a refusé. Je me suis sentie moi-même horriblement gênée. C'est stupide, car il n'y a là rien de honteux.

Dans chaque salle on m'a demandé de chanter. Ils ont dit que ma voix guérissait les blessures mieux que tous les médicaments!

Un gars aux cheveux roux a perdu les deux mains. C'est un sympathique boute-en-train qui passe son temps à faire rire les autres. Il a raconté avec fierté la déroute de l'armée autrichienne, où les soldats slaves refusent de combattre et se rendent par compagnies entières. Il ne pouvait pas manger tout seul et nous l'avons nourri à la petite cuillère.

Il a aussi raconté que chez lui, il pêchait d'énormes silures et tout en parlant, il écartait ses moignons enveloppés dans des pansements. Sur le moment, je me suis contenue, mais maintenant, je ne peux plus, je pleure en écrivant.

Je n'ai pas vu Génia aujourd'hui. Et s'il ne m'aimait plus ? Si c'était moi qui avais inventé tout cela ?

2 décembre 1914. Mardi

Aujourd'hui ! Cela s'est passé aujourd'hui !
Il m'a embrassée !

Je suis passée prendre Talia comme d'habitude pour aller à l'hôpital. Je suis arrivée un peu en avance. Je ne l'avais pas du tout fait exprès, cela s'est trouvé comme cela ! Génia était seul à la maison. Il m'a demandé si je voulais voir ses cristaux. Je suis allée à la fenêtre, il était derrière moi et il m'a prise dans ses bras. Il m'a embrassée dans le cou, sur l'oreille et sur la joue !

Comme je m'en veux ! Je regardais bêtement devant moi et n'ai pas pu dire un mot. J'étais comme pétrifiée. Impossible de bouger ni la main, ni le pied. Et mes yeux fixaient ce stupide sulfate de cuivre ! Je me disais seulement : mon Dieu, il est en train de m'embrasser et moi je suis là comme un épouvantail ! J'avais tellement envie de me retourner, de lui passer les bras autour du cou et de l'embrasser aussi ! Sur les lèvres ! Je ne sais pas pourquoi, mais j'avais tellement envie d'embrasser la cicatrice sur son cou, et je ne pouvais pas !

Et puis j'ai entendu s'ouvrir la porte d'entrée ! C'était Talia ! Je me suis dégagée d'un bond et suis vite sortie de la chambre avant qu'elle ait eu le temps de remarquer quoi que ce soit.

Nous sommes allées à l'hôpital, Talia bavardait sans arrêt, mais je n'entendais rien, je ne voyais rien ! Tout chantait en moi, explosait de bonheur ! Et en même temps, je sentais que j'avais aux lèvres un sourire parfaitement stupide.

Mais maintenant, je me sens affreusement abattue. Que va-t-il penser de moi ?

À l'hôpital on venait d'apporter un garçon qui avait ramassé un pétard dans la rue et l'avait allumé ; il lui avait explosé dans les mains et lui avait brûlé le visage. Pendant que le médecin enlevait la peau brûlée et mettait un bandage, le père de l'enfant a soudain éclaté en sanglots et n'arrivait pas à trouver son mouchoir. Je lui ai tendu une serviette et ai étreint cet inconnu, l'ai embrassé sur la joue, sur la tempe en lui murmurant des paroles apaisantes.

Cela aussi, c'était un baiser et une étreinte, mais pourquoi était-ce si simple là-bas avec un étranger et si compliqué ici avec celui que j'aime ?

Celui que j'aime ? Mon Dieu, comme c'est bien : celui que j'aime...

3 décembre 1914. Mercredi

Mon Dieu, que je l'aime !

Oui, je suis sûre que c'est cela que j'attendais. C'est pour de vrai. Comme je suis heureuse !

Je pense sans cesse à lui, à mon Génia si extraordinaire. Il deviendra un grand chimiste. À la patinoire, j'étais fatiguée et me suis assise dans la neige pendant qu'il faisait des pirouettes sur la glace devant moi. Il patine si bien ! Et comme je déteste ce voyou de Témernik : s'il l'avait frappé juste un peu plus haut, il aurait touché la tempe !

Joujou ne me parle plus. Tant pis. C'est mon amour ! C'est mon bonheur, pas le sien ! Tout le monde ne peut pas être heureux.

Toutes mes amies ont un amoureux, il n'y a que Michka qui est toute seule. Mais elle n'en souffre absolument pas ou elle fait semblant de ne pas en souffrir. Elle écoute avec condescendance les histoires des autres et dévale sur ses patins la pente glacée, debout, comme tous les garçons n'osent pas le faire. Cela fait peur ! Il y a de quoi s'écrabouiller le nez !

Les cochers sous la neige sont comme des pères Noël. Tout le monde dit que pour Noël, il va encore en tomber et il y aura des tempêtes de neige.

6 décembre 1914. Samedi

Que Dieu accorde santé et bonheur à tous les Nikolaï et surtout à celui dont dépend la victoire !

Viktor est revenu. Son engouement n'a pas duré longtemps. Il s'est présenté devant la commission, a déclaré qu'il ne voyait rien et on l'a réformé. Il est arrivé plein de hargne, disant qu'il ne supportait pas la discipline, la sauvagerie des mœurs et la puanteur. Il a dit très sérieusement : « Je voulais défendre la patrie et je n'ai appris qu'à saluer les généraux ! » Cela faisait un effet si drôle que nous avons tous éclaté de rire. Viktor s'est d'abord vexé, puis il nous a montré de manière désopilante comment il faut se dresser et se mettre au garde-à-vous pour saluer un général. Il écarquillait tellement les yeux que nous nous tordions de rire !

Katia est heureuse. Toute la soirée elle a tenu Viktor par la main comme si elle craignait qu'il ne se sauve à nouveau. Qu'est-ce qu'elle peut bien lui trouver ? C'est un vrai clown !

Génia n'est pas du tout comme cela ! Pas du tout ! Il est intelligent, profond, authentique ! Comme il a bien parlé aujourd'hui du chimiste Lavoisier ! Quand on l'a guillotiné, Robespierre a dit : la révolution n'a pas besoin de chimistes.

Quel imbécile, ce Robespierre !

11 décembre 1914. Jeudi

Mais pourquoi, pourquoi ce Zabougski me déteste-t-il tellement ? parce que je ne comprends rien à sa géométrie ? Mais personne n'y comprend rien ! Ni Lialia, ni Tala. Ni même Michka ! Pourtant elles ne sont pas plus bêtes que moi ! Quand Zabougski se met en colère, il dit que nous nous divisons sans donner de reste. Mais c'est lui qui est incapable d'expliquer clairement !

Aujourd'hui il a cassé le grand compas et a pris le chiffon pour tracer un cercle, en appuyant une extrémité contre le tableau noir et en fixant un morceau de craie à l'autre bout. Nous nous sommes toutes mises à rire. Il s'est fâché tout rouge et à la fin d'une formule, a mis un point avec une telle force que la craie a volé en éclats. Les rires ont redoublé. Alors il m'a fait venir au tableau et a fini par me faire pleurer. Cela, il sait le faire ! Il vous fait venir et il vous regarde en silence d'un air méprisant, si bien qu'on a envie de rentrer sous terre !

Pour tout arranger, il a une vilaine verrue qui lui pousse sur le côté du nez. Cela doit être une verrue magnétique, car elle attire sans cesse le regard. On voudrait regarder ailleurs, mais on ne peut pas s'empêcher de la fixer.

À présent papa travaille aussi à la municipalité, il s'occupe des populations évacuées et sillonne la ville du matin au soir. Aujourd'hui je suis allée avec lui à l'asile d'aliénés. Il réprimandait quelqu'un et pendant ce temps-là, je regardais la femme de salle laver le plancher, cela sentait l'eau de Javel et à côté d'elle il y avait un malade qui avait le visage tout à fait normal et l'air d'avoir de l'éducation. Tout d'un coup il a pris ses mains sales et trempées par la serpillière et les a embrassées. Cela m'a sidérée.

Je viens de revoir ce baiser et cela m'a terrifiée. Cela doit être terrible de perdre la tête à ce point. De se perdre. Dieu me garde de commencer un jour une page de ce journal par «le dixtorze de martobre[1]».

---

1. Allusion au *Journal d'un fou* de Gogol.

12 décembre 1914. Vendredi

Aujourd'hui à l'hôpital il s'est passé quelque chose de terrible. J'écrivais pour Évroujikhine, un soldat qui a perdu la vue et porte un gros bandage sur les yeux, une lettre à ses parents et à sa fiancée qui sont à la campagne. Nous étions assis dans le couloir près de la fenêtre. Il a demandé la permission de toucher ma main et s'est mis à la caresser de ses doigts rêches couleur de terre. Ensuite, ses doigts ont remonté et il m'a saisi la poitrine. J'ai eu peur, je ne savais plus quoi faire et pendant ce temps-là, lui essayait de m'étreindre et de se serrer contre moi. Je voulais crier, mais je me suis contenue. J'ai enlevé sa main, ai bondi et me suis sauvée. Dans la rue, j'ai eu honte tout à coup. Je voulais tout raconter à Génia, mais je n'ai pas pu. J'ai compris soudain qu'il y avait des choses qu'on ne pouvait raconter à personne.

13 décembre 1914. Samedi

J'ai reçu un billet de Génia disant qu'à quatre heures, il serait seul chez lui. Jusqu'à trois heures et demie, je ne tenais plus en place ! Je me suis précipitée chez eux. En approchant de la maison, j'étais morte de peur à l'idée de tomber sur Tala et ses parents.

Nous nous sommes assis sur le canapé du salon sans allumer la lumière et nous sommes embrassés !

Nous nous sommes embrassés !

Quelle sensation étonnante ! Non, c'est absolument impossible à décrire ! Je suis heureuse ! Comme il embrasse bien !

Après avoir écrit cela, je suis restée la moitié de la nuit éveillée à me demander qui donc lui a appris à embrasser ?

16 décembre 1914. Mardi

Au lycée nous avons préparé des cadeaux pour envoyer au front, des blagues à tabac, des mouchoirs. Je me suis dit tout à coup que celui qui allait recevoir mon mouchoir était peut-être le voyou de Témernik avec lequel s'était battu Génia.

À l'hôpital, un malade qu'on a amputé d'une jambe a perdu la raison. Quand Macha lui a apporté une béquille, il l'a lancée de toutes ses forces sur elle. Maintenant Macha a un gros bleu à la jambe.

27 décembre 1914

Jamais je n'ai passé de fêtes de fin d'année aussi tristes. Je me sens si mal ! Les Martianov sont partis en vacances. Je vais rester deux semaines sans voir Génia !

Je suis allée avec les filles au jardin Alexandre à Nakhitchévan, où il y avait une fête populaire avec de la musique. Nous avons fait de la luge sur des montagnes de glace. Il y avait un monde fou.

Mais à quoi bon tout cela s'il n'est pas ici avec moi ?

Le soir nous avons prédit l'avenir : avec de la mie de pain mâchée nous avons collé sur les bords d'une cuvette remplie d'eau des petits papiers où étaient inscrits nos souhaits. Nous avons déposé sur l'eau dans une coque de noix qui faisait comme une barque un petit bout de cierge fin allumé. Il fallait souffler pour que le cierge atteigne les papiers et les brûle : si votre papier était brûlé, cela voulait dire que votre vœu serait exaucé. On devait souffler avec précaution pour ne pas éteindre la flamme : cela porte malheur. J'ai écrit juste un mot – je ne peux dire à personne lequel, sinon, le vœu ne serait pas exaucé. Je me suis demandé si je pouvais l'écrire dans mon journal mais j'ai décidé de pas le faire pour ne pas prendre de risques. Nous avions décidé de souffler tout doucement, mais nous y sommes allées de toutes nos forces et la coquille de noix s'est renversée. Notre petit bateau a coulé ! Nous nous sommes mises à rire et à nous éclabousser avec l'eau de la cuvette. Mais tout à coup je vois Macha assise à l'écart, les yeux pleins de larmes. Évidemment, elle a tout de suite pensé que c'était un mauvais présage pour son Boris qui doit bientôt partir en mer. Elle m'a fait tellement pitié ! Je me suis assise à côté d'elle, l'ai prise par la main et me suis mise à la caresser en lui disant : « Macha, ma chérie, ma petite sœur, ne pleure pas. Tout ira bien ! »

Mais qu'est-ce que j'en sais, que tout ira bien ? Comment puis-je savoir ce qui va se passer, alors que je ne sais rien sur moi-même ?

Génia, où es-tu ? Que fais-tu ? Est-ce que tu penses à moi ?

1er janvier 1915

C'est le Nouvel An. Nous l'avons d'abord fêté à la maison, puis chacun est allé de son côté. Papa et maman sont allés se coucher, Sacha a rejoint ses amis et mes sœurs, leurs amies. J'étais invitée, mais je n'ai pas voulu y aller. Me voici seule pour la nuit du Nouvel An et toute triste. J'ai bu pour la première fois de ma vie une coupe de champagne. J'avais tellement envie de trinquer avec Génia et Tala, mais ils sont loin. Leur oncle a une propriété dans la province d'Ékatérinbourg. Ils passent toujours les vacances là-bas, dans cet endroit qui s'appelle Sokolovka.

Je m'étais préparée longuement, j'avais mis ma robe bleue, une broche, un joli ruban, tout en me demandant pourquoi je faisais tout cela puisqu'il n'était pas là pour me voir. Nous avons fait des vœux : aux premiers coups de minuit, chacun a brûlé le papier où il avait écrit un souhait et a avalé la cendre, sinon, il ne serait pas exaucé. Nous avons obligé papa et maman à en faire autant. Mais le cœur n'y était pas. J'ai à nouveau écrit le même mot unique. Nous avons chanté, les lèvres encore noires de cendre. Et à nouveau, j'ai été prise d'une tristesse insupportable. Sans Génia, tout me paraissait ennuyeux. Je suis retournée dans ma chambre et tous les autres se sont bientôt dispersés. J'ai l'impression que quelque chose ne va pas dans notre famille. Papa a beaucoup changé ces derniers temps. Et maman et lui ne se parlent presque plus.

Je l'aime ! Je l'aime ! Je l'aime !

Comme j'aimerais me retrouver tout de suite dans cette merveilleuse Sokolovka !

2 janvier 1915

Nounou a reçu la visite de son filleul. Il est jeune, beau garçon et il lui manque une main. Il était copiste et il a eu la main droite arrachée au front. Maintenant il apprend à écrire de la main gauche.

Je relis Marie Bashkirtseff. Mon Dieu, quand je lisais cela il y a un an, je n'y comprenais rien ! « Il me semble que je suis faite pour le bonheur – mon Dieu, rends-moi heureuse ! » C'est de moi qu'il s'agit ! « Je suis faite pour les triomphes et les sensations fortes, c'est pourquoi le mieux que je puisse faire est de devenir cantatrice. » Je commence à avoir l'impression qu'elle est moi, que nous ne faisons qu'une seule personne, qu'elle n'est jamais morte. Car moi je suis vivante. Car ce n'est pas elle, mais moi qui aime « l'art, la musique, la peinture, les livres, la lumière, les robes, le luxe, le bruit, le silence, le rire, la tristesse, les plaisanteries, l'amour, le froid, le soleil, toutes les saisons, tous les temps, les vastes plaines de Russie et les montagnes autour de Naples, la neige en hiver, la pluie en automne, le printemps et ses émois, les paisibles journées et les belles nuits étoilées d'été ». Et aussi Génia. Mais elle ne connaissait pas mon Génia.

3 janvier 1915

À la fin de chaque numéro de la revue *Niva* on publie des listes d'officiers tués sur le front avec devant chaque nom une petite croix en forme d'as de trèfle.

Une terrible guerre se poursuit, mais nous recopions un questionnaire sur l'amour. C'est affreux comme le monde est fait – voici la question qui soudain nous préoccupe plus que toutes les guerres du monde : « Un roi avait une fille qui tomba amoureuse d'un homme simple. Apprenant cela, le roi se mit en colère et voulut le mettre à mort. Mais la princesse pleura et supplia si fort son père qu'il prit le parti suivant : dans l'arène d'un cirque on devait aménager deux portes. Derrière l'une d'elles il y aurait un tigre féroce, derrière l'autre, une belle jeune femme. Le bien-aimé de la princesse serait amené dans l'arène et devrait ouvrir l'une des portes. S'il ouvrait celle avec le tigre, c'était la mort assurée. S'il ouvrait l'autre, il recevrait la belle pour épouse, beaucoup d'argent et s'embarquerait pour un pays lointain et magnifique. La princesse savait où était le tigre et où était la femme. Le public prit place dans le cirque tandis que le condamné implorait la princesse du regard pour qu'elle lui vienne en aide. Plus morte que vive, la jeune amoureuse pâlissait, blêmissait et finit par lui montrer une des portes. Laquelle était-ce ? »

J'ai répondu sincèrement que, bien entendu, c'était la porte derrière laquelle il y avait la femme, car l'amour ne pouvait être intéressé ni souhaiter le malheur de l'être aimé. Mais pendant une insomnie, je me suis souvenue d'une fois où Lialia et moi étions chez Tala. Lialia avait demandé à Génia de lui expliquer un problème et ils s'étaient enfermés dans sa chambre. Alors j'ai compris : le tigre…

Cher Nabuchodonosaure,
Aucune nouvelle de vous. À part la dernière carte. Je vous envoie tous les deux jours des cartes de Rome. Ce n'est rien, ne faites pas attention, tout va bien.

À propos, votre carte est arrivée ici en un éclair. C'est un vrai miracle !

Je me demande quand vous recevrez cette missive.

Ce genre de lettre met du temps, surtout si on ne l'envoie pas.

Mais les lettres non expédiées arrivent plus sûrement à destination.

Elles ont la capacité de percer le temps. Sans aucun timbre ni cachet, hop, les voilà déjà entre vos mains. Après maints étés et hivers, nous pouvons parler du temps qu'il fait, moi ici et maintenant et vous aussi ici et maintenant. Que se passe-t-il chez vous ? L'univers continue son expansion ? Quel jour est-ce là-bas ? Quel hémisphère dehors ?

Peut-être avez-vous à votre tour une famille, un enfant. Un fils ?
Je suis sûr que vous lui montrerez un jour ce tour de magie que

je vous ai montré et que m'avait montré mon ancien sous-marinier. Je le revois comme si j'y étais : nous allons un dimanche nous faire couper les cheveux, je pleurniche parce que j'ai peur de la tondeuse et que j'ai horreur d'aller chez le coiffeur, il me tire pas la main et soudain il me dit : regarde le tour que je vais faire ! Et il se produit un miracle. En un clin d'œil, mon père grandit, devient un géant. Il prend un tramway arrêté à la station et me le tend sur sa paume.

Évidemment, cela n'a rien d'extraordinaire, mais je pense que votre fils aussi le montrera un jour à son enfant. Il deviendra un géant et lui tendra sur sa paume un tramway ou une maison ou une montagne.

C'est peut-être là le secret de toute magie.

Les semaines, les mois avaient passé et le drogman allumait de temps en temps l'ordinateur d'Iseult en son absence – ils avaient désormais chacun leur portable – pour lire ce qu'elle écrivait dans son journal.

En faisant cela, il avait l'impression d'être un voleur.

Et en effet, il l'était.

Parfois elle notait des bribes de son autre vie, avant le drogman. De leurs vacances en Italie.

«Tu te souviens aussi comment nous nous étions disputés à Pise ? J'avais bondi hors de la voiture et claqué la portière. Je l'avais claquée fort exprès, pour la casser. Tu avais démarré, furieux, exaspéré, tu m'avais abandonnée. On tondait le gazon, cela sentait l'herbe coupée et l'essence. Sur la place, il y avait partout des touristes en train de se faire photographier les bras tendus, les paumes en avant comme s'ils poussaient l'air – ils faisaient semblant de soutenir la tour en train de s'écrouler. J'étais entrée dans la cathédrale, m'étais assise sur un banc, je n'avais nulle part où aller. Il faisait frais alors que dehors, c'était la fournaise. J'avais fermé les yeux – le vrombissement de la tondeuse entrait par le portail grand ouvert et l'odeur pénétrante et fraîche de l'herbe coupée parvenait jusque dans la cathédrale. J'étais assise là, je pensais à toi, à tout l'amour que j'avais pour toi. Et je me disais que j'allais rester là à t'attendre, car je savais que tu reviendrais et que tu me trouverais.»

Le drogman ne lisait son journal que quand ils se disputaient. Et leurs disputes devenaient de plus en plus fréquentes.

Le drogman savait qu'Iseult pouvait vérifier quand le dossier avait été ouvert pour la dernière fois, mais il avait peur de demander à un informaticien de ses connaissances comment faire pour que cela ne puisse plus se voir.

Cela lui faisait une drôle d'impression de lire qu'Iseult était la nuit avec le drogman, mais s'imaginait que c'était Tristan qui l'étreignait dans l'obscurité.

Un jour Iseult était rentrée alors que le voleur était assis devant son ordinateur, mais il avait eu le temps de tout éteindre parce qu'elle était allée tout de suite aux toilettes.

Un jour il avait lu un nouveau passage où elle écrivait que leur fils ressemblait à Tristan sur ses photographies d'enfant.

Le drogman s'était mis à fouiller dans les dossiers, les albums, les boîtes sur les étagères d'Iseult, cherchant des photos de Tristan. Autrefois elle lui en avait montré, mais il n'avait pas fait attention et ne s'en souvenait pas. Maintenant il examinait chaque photo en se demandant si c'était vrai, s'il y avait vraiment une ressemblance.

Chaque année, ils réunissaient chez eux des amis d'Iseult et de Tristan le jour de sa mort.

La veille de la réunion annuelle, le drogman et Iseult s'étaient une fois de plus disputés pour une vétille. Ils avaient cassé de la vaisselle. Quand Iseult était partie à son travail, le drogman avait allumé son ordinateur, ouvert le fameux dossier et avait lu :

« Aujourd'hui je suis allée dormir dans la chambre d'enfant. J'écoutais la respiration de mon fils endormi et j'avais envie qu'il soit de toi. D'ailleurs c'est ton enfant. C'est le tien, pas le sien. »

Quand Iseult était revenue du travail, le drogman s'était approché d'elle et l'avait prise dans ses bras comme il le faisait pour se réconcilier après leurs disputes. Il lui avait dit comme ils le faisaient toujours :

– Alors, on fait la paix ?

Elle avait souri et avait posé la tête contre sa poitrine en disant :

– Merci ! J'avais si peur que ce soir, cela aille à nouveau mal.

Le drogman avait souri à son tour :

– Tout ira bien !

Les invités étaient arrivés. Iseult avait préparé une raclette. Il faisait chaud et la conversation allait bon train.

Le drogman était allé coucher son fils et lui lire au lit l'histoire d'Ourfine Djouis et de ses soldats de bois[1]. L'enfant aurait dû dor-

---

1. Histoire pour enfants d'Alexandre Volkov publiée pour la première fois en Union soviétique dans les années 1950.

mir depuis longtemps, mais il réclamait sans cesse la suite et le drogman continuait de lire.

Il n'avait pas envie de retourner auprès des invités.

Son fils avait fini pas s'endormir, le drogman avait éteint la lumière et était resté allongé dans le noir à écouter la respiration de l'enfant.

Quand il était ressorti, on en était déjà au dessert. La conversation portait sur la Russie et la Tchétchénie. Un prothésiste dentaire, tout en égrenant une grappe de raisin, avait demandé au drogman ce que ressentait un homme qui appartenait, non à un petit peuple comme les Suisses ou les Tchétchènes, mais à une grande nation – là il avait eu une hésitation – non pas d'envahisseurs, ni d'oppresseurs, mais, comment dire – il tournait entre ses doigts un grain de raisin sans pouvoir trouver le mot juste et regardait le drogman en souriant comme s'il attendait de l'aide.

Le drogman lui avait soufflé :

– S'il fait partie des Russes.

Le prothésiste s'était mis à rire, avait envoyé le grain dans sa bouche, l'avait mâché et en avait pris un autre :

– Tu as compris ce que je voulais dire !

– Bien sûr que j'ai compris.

Le drogman avait versé dans les verres le reste de la bouteille, était allé à la cuisine en chercher une autre et, une fois de retour auprès de ses invités, s'était mis à parler d'une vidéo tournée par des Tchétchènes. Quelqu'un en avait vu de courts extraits à la télévision. Le drogman avait dit que des amis journalistes lui avaient envoyé la cassette de Moscou. Iseult l'avait interrompu :

– Non, il ne faut pas la montrer !

Le drogman l'avait attirée contre lui et embrassée dans le cou.

– Bien sûr que je ne vais pas la montrer, avait-il répondu.

Les invités avaient insisté :

– Si, si, montrez-la !

Le drogman avait commencé par dire qu'effectivement, il valait mieux ne pas la regarder, car certains passages n'étaient diffusés nulle part, pas même en Russie.

– Raison de plus pour nous la montrer !

Le prothésiste dentaire était celui qui insistait le plus pour voir ce qu'il ne fallait pas voir.

Le drogman avait porté les assiettes à la cuisine. Iseult l'avait suivi et lui avait dit tout bas, pour que personne ne l'entende :

– Pourquoi cherches-tu à me gâcher cette soirée ?

Le drogman avait répondu :
– D'où sors-tu cela ?

Finalement, la cassette s'était retrouvée dans le magnétoscope, tout le monde s'était installé et le drogman avait mis le film en route.

D'abord quelqu'un demandait qu'on paie pour lui une rançon. C'était encore un gamin, épuisé, sale, sans doute un soldat fait prisonnier. On lui coupait un doigt et il se mettait à pousser de petits gémissements. On faisait tourner le doigt devant l'objectif.

Ensuite un étranger – il parlait anglais – tendait vers la caméra un bocal plein d'un liquide trouble, c'était son urine mêlée de sang, il se plaignait qu'on lui avait éclaté les reins, puis on le frappait par derrière avec une tige de fer et il vacillait en poussant des cris.

Iseult n'avait pas voulu regarder et était sortie dès le début sur le balcon pour fumer une cigarette.

Après les premières séquences, l'un des invités s'était levé et était allé la rejoindre.

On voulait trancher la gorge d'un soldat captif. Il se débattait en criant : «Non : Non !» Il s'effondrait et on ne le voyait plus, mais quelqu'un le relevait de force, une main noire aux ongles tordus était plaquée sur son visage rouge.

Un deuxième invité s'était levé et était sorti de la pièce.

Un vieillard se signait calmement devant la caméra et disait : on va me tuer et je veux vous dire que je vous aime très fort, toi, ma petite Génia, et toi, Aliocha, et toi, mon petit Vitia ! On lui tranchait la tête. L'espace d'une seconde, la caméra montrait non pas sa tête, mais son cou en gros plan, un cou large, qui faisait bien du 45 et qui soudain se resserrait, laissant dépasser le gosier d'où s'échappait un sang noir.

Ils n'étaient plus que deux devant l'écran – le drogman et le prothésiste dentaire. Ils restaient là, regardant violer une femme qui n'arrêtait pas de crier : «Je vous en prie, ne touchez pas à mon enfant !» On mettait le feu à ses poils entre les jambes, puis on introduisait à l'intérieur une ampoule électrique et on l'écrasait. La femme hurlait, haletait, se débattait sur le sol. Le sang coulait. Un barbu à lunettes noires lui fourrait en ricanant dans l'anus le canon de son pistolet et appuyait sur la gâchette.

– Ça suffit, avait dit le prothésiste. Éteins ça !

Le drogman avait éteint le téléviseur et était allé à la cuisine faire du thé. Les invités n'avaient pas tardé à prendre congé.

Cette nuit-là, Iseult était retournée dormir dans la chambre d'enfant. Et en guise de « bonne nuit », elle lui avait dit :
– Je te hais.

26 août 1915. Mercredi
Aujourd'hui au skating, mon frère m'a fait faire connaissance avec son nouvel ami Alexeï Kolobov, un étudiant de Varsovie replié ici avec son université. Je patinais avec Lialia quand j'ai vu de loin quelqu'un me faire signe depuis l'une des tables disposées autour de la piste. J'ai rejoint la barrière et Sacha nous a présentés. L'orchestre jouait si fort qu'il fallait crier pour s'entendre. Il a d'extraordinaires yeux bleus, de belles mains étroites et il a rougi de façon très drôle en me saluant. Je lui ai proposé de venir patiner mais il a refusé. Il ne sait pas. Je me suis sentie mal à l'aise et ai commencé à éprouver comme de l'ennui. Je ne savais pas de quoi parler. Ou plutôt ce n'était pas de l'ennui, mais une sorte d'inquiétude. J'avais envie de m'enfuir, de me cacher. Je suis repartie bien vite vers le milieu de la piste, dans le tourbillon général.

Et maintenant, tout en écrivant, je me demande ce qui m'a perturbée ainsi. Peut-être, peut-être…

27 août 1915. Jeudi
Les Martianov sont rentrés. Aujourd'hui j'ai revu Génia. Je n'arrive pas à comprendre ce que j'avais bien pu lui trouver.

Papa a apporté une carte et nous nous sommes tous penchés dessus. Les nouvelles du front sont de plus en plus mauvaises : nous avons cédé la Pologne, toute la Lituanie et la Biélorussie. Sacha et papa suivent tous les jours la retraite sur la carte. Les réfugiés affluent de toutes parts à Rostov.

Cette nuit j'ai pensé à Génia et je me suis souvenue du jour où il me montrait une expérience avec de la limaille de fer qui formait un dessin symétrique quand on mettait un aimant sous le papier et où je lui ai dit que je ne l'aimais plus. Je le revoyais debout devant moi, pitoyable, abattu, désemparé, avec son aimant et sa feuille de papier dans les mains.

C'est certainement très mal de ma part, mais je n'ai pas du tout pitié de lui. Ou plutôt si, bien sûr, j'ai pitié de lui, mais cela le rend encore plus pitoyable à mes yeux.

Je ne suis pas amoureuse d'Alexeï. Non, je le sens. Je le sais.

29 août 1915. Samedi

Après les vacances, tout le monde se retrouve et se raconte ses amours d'été, mais je suis sûre que presque tout est inventé.

Michka nous a toutes surprises. Durant l'été elle a fait la connaissance d'un étudiant en droit dont la mère louait la datcha d'à-côté. Il lui a dit qu'il l'aimait, que dans un an il aurait terminé l'université et qu'il l'épouserait. Mais le lendemain, la mère du garçon, une femme fière et imposante, est venue chez eux et s'est mise à genoux devant elle – devant Michka! – en la suppliant de refuser la demande de son fils. Elle a commencé à lui expliquer qu'ils étaient tous les deux trop jeunes et mal assortis, que Michka ne serait pas à l'aise dans leur milieu, qu'il aurait honte d'elle et serait malheureux. Finalement, elle lui a révélé qu'ils étaient couverts de dettes et qu'il avait déjà une fiancée, une jeune fille belle et riche, une demoiselle de la bonne société et que si Michka aimait vraiment son fils, elle devait renoncer à lui pour faire son bonheur. Michka a envoyé à l'étudiant une lettre d'adieu, lui disant qu'ils ne se reverraient plus jamais et qu'il était libre, mais qu'elle l'aimerait toujours.

Je ne sais pas s'il faut la croire ou non. Mais Michka n'a encore jamais menti.

Je suis allée à l'hôpital.

Les nuages sont gris comme les robes de chambre des malades.

Je me sens très triste. Je pense sans cesse à Alexeï. Il est ami avec Sacha et passe parfois nous voir, mais il ne fait pas du tout attention à moi. Ni moi à lui. Ou bien il est timide, ou il est ennuyeux. C'est sans doute la seconde supposition qui est la bonne.

31 août 1915. Lundi

Pétia Nazarov est de retour. Il a beaucoup changé et mûri. Quant à Sioma, on croyait qu'il avait été tué, mais une carte de lui est arrivée par la Croix-Rouge. Il est prisonnier en Allemagne.

4 septembre 1915. Vendredi

Aujourd'hui Alexeï nous a encore rendu visite. Il aurait mieux valu qu'il ne vienne pas. Quand il est arrivé, je rentrais tout juste du lycée, je ne m'étais pas encore changée et portais mon horrible robe marron d'uniforme et mon tablier noir et en plus, j'avais une tache d'encre sur la main! Nous nous sommes retrouvés nez à nez dans l'entrée, je sortais des toilettes et suis restée pétrifiée, horrifiée qu'il me voie ainsi et qu'il entende le bruit de la chasse d'eau, j'avais les mains moites, les yeux qui clignotaient et je n'arrivais pas à prononcer un mot. Mon frère et lui se sont mis à discuter devant moi et de quoi ? Voilà que dans leur université, on a accroché dans l'escalier une boîte aux lettres portant l'inscription « Enquête sur le sexe », où il faut déposer des renseignements anonymes sur sa vie sexuelle. J'étais plantée là, rouge comme une idiote. J'avais les larmes aux yeux. Je me suis enfuie en courant.

Je me déteste !

8 septembre 1915. Naissance de la Sainte Vierge

Mon frère est tout à fait adulte : il se rase la barbe.

D'ailleurs ils sont tous adultes, Katia et Macha aussi.

Et moi ? Je suis maintenant en terminale ! Et qu'est-ce que j'ai découvert ? Voilà que je suis à mon tour un objet d'adoration ! J'ai une admiratrice en dixième, Moussia Svetlitskaïa, qui brûle d'amour pour moi et me prodigue mille marques d'admiration. Elle trottine derrière moi comme un petit chien pendant la récréation, se presse contre moi, m'embrasse les mains ! Au début, cela me faisait plaisir, mais je commence à trouver cela pesant. Mais impossible de m'en débarrasser ! Ce matin en allant au lycée je lui achète un chocolat fourré à la crème, mon préféré depuis l'enfance, enveloppé dans un papier de couleur avec deux languettes. À présent, quand on tire sur l'une, on voit apparaître un dessin représentant la face hargneuse de Guillaume II et quand on saisit l'autre, on découvre la tête du sempiternel cosaque Kozma Kriouchkov avec son toupet de cheveux[1]. Je l'ai donné à Mioussia, qui a failli sangloter de bonheur.

Mon Dieu, comme je voudrais aimer quelqu'un de cette façon-là !

10 septembre 1915. Jeudi

Il fait un temps affreux.

Alexeï est encore venu. Il ne me remarque absolument pas. Et moi non plus. Il me déplaît de plus en plus. Est-ce de l'arrogance ? De l'orgueil ? Il me trouve trop jeune pour leurs conversations hautement intellectuelles ?

Ça m'est bien égal.

12 septembre 1915. Samedi

Ça y est, je suis amoureuse. Complètement. D'ailleurs je l'ai aimé au premier regard, l'autre fois, au skating, mais je ne voulais pas me

---

1. Kozma Kriouchkov : héros quasi légendaire de la Première Guerre mondiale.

l'avouer par peur de souffrir, de me faire du mal. Ce qu'il y a eu avec Génia, c'était des niaiseries. Des enfantillages. Génia est un enfant, un gamin. Je ne savais tout simplement pas encore ce que c'est que l'amour!

Alexeï! Aliocha! Quel nom merveilleux!

Et quelle journée magnifique!

13 septembre 1915. Dimanche

Aujourd'hui je suis allée avec Aliocha voir *Stenka Razine* au théâtre électrique. Je ne voyais rien, je ne sentais que lui, que sa main sur la mienne.

Comme il sait bien m'embrasser! C'est seulement avec lui, avec mon Aliocha, que j'ai découvert ce que c'était qu'un baiser d'homme! Ça ne peut se comparer à rien! Depuis hier, j'ai l'impression d'avoir en permanence de la fièvre.

Et il y a encore autre chose de très important : au retour, Aliocha m'a raconté que les étudiants avaient fondé un cercle d'art dramatique et préparaient un spectacle de bienfaisance. Lui-même ne joue pas, mais il s'occupe des éclairages. Il m'a demandé si je voulais jouer. Mon Dieu! Moi? Jouer? Et préparer un spectacle avec Aliocha? Mais je vais mourir de bonheur! J'ai demandé quelle pièce ils voulaient monter. Ils n'ont pas encore décidé. C'est Kostrov qui s'occupera de la mise en scène, il a étudié au studio du Théâtre artistique!

Me voici donc quasiment actrice! Je n'arrive pas à y croire!

Je devrais sans doute avoir honte, mais je veux monter sur scène, je veux être au centre de l'attention, je veux qu'on m'applaudisse, je veux que la salle pousse des cris d'enthousiasme et d'amour! C'est sûrement mal, mais je n'y peux rien.

En même temps que les Cours supérieurs féminins a été évacué ici l'Institut médical pour jeunes filles de Varsovie. Tala et Lialia veulent s'y inscrire. Elles me proposent d'en faire autant.

Non, je sais quelle est ma voie. Je serai cantatrice. Je veux chanter et rien ne pourra m'en empêcher, ni la guerre, ni un tremblement de terre, ni le déluge! Cela fait des années que j'attends le moment où je pourrai enfin monter sur scène! Alors quoi? Il faudrait que je me renie moi-même? Non, je chanterai dans cette vie et n'en attends pas d'autre!

Ou bien je ferai du théâtre.

Comme je suis heureuse! Aliocha, mon chéri!

17 septembre 1915. Jeudi

Aujourd'hui au cours de zoologie R. R. a apporté un squelette. Les filles ont eu peur, elles ont poussé des cris perçants, et lui n'a rien trouvé de mieux pour les rassurer que de dire que c'était le squelette de notre vieux portier du lycée Bilinskaïa, le tolstoïen, qui avait légué son corps à la science. Je ne savais même pas qu'il était mort. Il avait disparu après notre transfert ici. On disait qu'il était parti à Novotcherkask chez sa sœur.

Paix à son âme! On ne peut pas en dire autant de son corps.

De profil, R. R. fait penser à un rongeur. Il est déplaisant, encore plus que Zabougski. Lui aussi nous considère a priori comme des petites sottes. Au premier cours, il nous a montré une expérience censée prouver que ce n'est pas Dieu qui a créé le système solaire : il a versé une goutte d'huile dans un verre, l'a fait tourner à la petite cuiller et sous l'effet de la rotation rapide, la grosse goutte a éclaté en plusieurs gouttelettes, ce qui illustrait la formation du système solaire avec ses planètes. «Vous avez compris? – Oui. – Il n'y a pas de questions? – Non.» Il s'est fâché : «Il fallait demander qui tournait la cuiller! Grosses malignes!»

Il nous appelle comme cela pour ne pas nous traiter d'idiotes.

On dit que la directrice est amoureuse de lui.

Génia est encore un vrai enfant. Nous nous sommes rencontrés dans la rue, il s'est approché, a voulu dire quelque chose, mais est resté muet à tourner dans ses mains sa casquette de lycéen, l'air désemparé.

Alexeï, lui, est un adulte, il est intelligent, authentique. Comme c'est intéressant de l'écouter! Il est si cultivé, il sait tellement de choses! Il m'a expliqué que le théâtre comme jeu est une invention des Français, alors que chez les Grecs, le théâtre, c'est *ago*, c'est-à-dire, j'agis, je vis. C'est aussi de là que vient le mot agonie.

C'est exactement cela : pour moi, le théâtre n'est pas un jeu, c'est la vie et la mort.

Je n'arrive pas à dormir. La tête dans mon oreiller, je le revois me sourire et m'embrasser. Aujourd'hui un de mes cils lui est entré dans l'œil et je l'ai retiré avec ma langue.

19 septembre 1915. Samedi

Donc, c'est décidé, nous montons le *Revizor*! Je joue Maria Antonovna.

Ce Kostrov a tout de même la grosse tête. Il se prend quasiment pour Stanislavski et exige que tout le monde l'écoute comme un dieu, comme si nous étions pour de bon au studio du Théâtre artistique. Mais d'un autre côté, il est intelligent et c'est vrai qu'il a du talent. Et j'aime bien que tout cela soit du sérieux.

C'est un véritable artiste. Il sait tout sur le théâtre. Une fois, il a laissé tomber une feuille de son rôle et aussitôt, il s'est assis dessus. Il a expliqué que c'était une tradition chez les acteurs pour conjurer le mauvais sort : si on laissait tomber son texte et qu'on ne s'asseyait pas dessus, le spectacle serait un four.

Tala est vexée que je n'aie plus le temps d'aller avec elle à l'hôpital. Ou bien est-ce à cause de Génia ? Elle aime tellement son frère !

C'est sans doute très mal, mais entre l'aide aux blessés et le théâtre, j'ai choisi le théâtre. D'ailleurs est-ce que l'art n'est pas aussi une manière d'aider les gens ? Je ne sais pas. Il faudra que j'y réfléchisse. Mais là-bas, aux répétitions, c'est tellement intéressant ! Tandis qu'à l'hôpital, c'est toujours la même chose !

Je relis ce que je viens d'écrire et je me dis que je suis une terrible égoïste. J'ai honte devant Tala.

Aujourd'hui, après la répétition, quand tout le monde commençait à se disperser, Kostrov nous a fait rire en nous racontant comment, lors du tournage du *Siège de Sébastopol*, les habitants du coin sont venus leur présenter des suppliques et des doléances. Ils ont vu tout un cortège en uniformes chamarrés et ont pensé que c'était de hauts dignitaires. Kostrov lui-même, qui était habillé en général, a été assailli par une petite vieille qui pleurait et le suppliait. Elle ne voulait pas croire qu'il n'était pas général. Pour ne pas compromettre le tournage, il a fallu faire disperser les paysans par la police.

Pendant le dîner, alors que je racontais la répétition, papa a demandé : «Vous savez ce qu'il y a de plus important dans le *Revizor* ? – La satire sociale ? – Non – La scène muette ? – Non – Alors quoi ? – Le plus important, c'est que Bobtchinski demande de dire au tsar qu'il existe un certain Piotr Ivanovitch Bobtchinski. – Pourquoi ? – C'est impossible à expliquer. Ça ne peut que se comprendre.»

C'est incroyable comme papa arrive à être exaspérant, parfois !

Je t'embrasse, Aliocha ! Bonne nuit !

3 octobre 1915. Samedi

Cela fait si longtemps que je n'ai rien noté ! Je n'ai plus une minute à moi. Je passe mon temps au théâtre avec Aliocha. Je ne fais presque plus rien pour le lycée. Il faut absolument que je me ressaisisse, sinon j'aurai honte d'avoir de mauvaises notes !

J'entre dans mon rôle. À la maison, je me costume et je me maquille. Nounou s'est mise à rire en me voyant. Je me suis fâchée et ai claqué la porte. C'est une vieille idiote !

J'essaie de me pénétrer de mon rôle, de sonder le caractère de mon personnage : je suis amoureuse de Khlestakov. Mais comment est-ce possible ? Pourquoi ? Car enfin, c'est une nullité, un bouffon, un ivrogne ! Un imbécile, en fin de compte ! C'est invraisemblable ! Moi, par exemple, j'aime Aliocha. Je comprends bien pourquoi. Il n'est pas comme les autres. Il est intelligent, séduisant, tendre, plein de tact. Beau, courageux. Il a une si belle bouche, un beau nez, un beau front. Et ses mains ! On peut tomber amoureuse rien que de ses mains !

Mais tout cela ne m'avance pas dans l'étude de mon rôle. Il faut trouver des points de contact, quelque chose qui me soit proche et accessible, quelque chose dont je puisse tomber amoureuse.

J'imagine à nouveau la figure niaise et les grandes oreilles de Petrov, notre Khlestakov, non, cela ne donne rien.

Et cela ne donnera rien parce que je pense tout le temps à Aliocha. Il vient dîner chez nous ce soir. Je suis assise à la fenêtre et regarde dehors. C'est l'automne, il fait froid, il pleut, il y a des flaques partout.

Soudain il me vient l'idée absurde que je vais mourir et que cette chaussée, cet arbre à moitié dégarni, ce chien mouillé qui passe en courant, ce ciel pluvieux au-dessus de Rostov, c'est tout. C'est cela, ma vie, et rien d'autre. Quel cauchemar !

Le voilà !

Je reprends ce soir.

Aliocha a raconté de façon très intéressante comment au début de la guerre, quand il était en Allemagne avec ses parents et son petit frère, tous les Russes ont été expédiés en Suisse. Des gens qui vivaient là depuis des années ont eu vingt-quatre heures pour faire leurs bagages. ! Ils ont traversé le lac de Constance et sur le même bateau, il y avait Katchalov[1] ! Ils sont rentrés par mer par l'Italie et la Grèce.

Il connaît déjà des quantités de pays alors que moi, je n'ai rien vu, à part ce maudit Rostov ! Il paraît que la Cène de Léonard de Vinci qui est peinte sur le mur du réfectoire d'un monastère de

---

1. Célèbre acteur russe.

Milan risque de disparaître! Elle a été peinte à l'huile et la couche de peinture se craquelle, se fractionne en minces copeaux aux bords retroussés et se détache du mur. Je n'ai pas pu m'empêcher de m'écrier : «Quelle horreur!» Et cet idiot de Sacha a dit : «Des milliers d'hommes meurent dans les tranchées et toi tu pleures sur de la peinture!» Je lui ai répliqué que c'était lui l'idiot. Nous avons commencé à nous disputer et Aliocha – mon Aliocha si adroit – nous a réconciliés avec beaucoup de tact!

Depuis Salonique, ils ont gagné la Serbie par le train. Ils ont voyagé gratuitement parce que les Russes versent leur sang pour la Serbie : en guise de billets, le contrôleur a vérifié leurs passeports avec nos armoiries sur la couverture. Aliocha a dit que le Serbe les regardait avec compassion, et qu'ils se sentaient gênés de cette reconnaissance imméritée : «Comme si nous avions versé notre sang! Alors que nous ne faisions que fuir, pester contre l'inconfort et le manque d'argent et nous chamailler pour une place supplémentaire!»

Ensuite ils sont arrivés en Bulgarie, puis en Roumanie et de là ont descendu le Danube jusqu'à la mer Noire. Aliocha a dit que cela ressemblait à la basse Volga. Papa a demandé : «Et Izmail[1]?» Vous êtes bien passés à côté!» Aliocha a répondu en riant qu'il avait vu Izmail tout à fait par hasard, parce qu'il était sorti fumer sur le pont. «On dirait un de ces pontons comme il y en a ici sur le Don. – C'est tout? – Oui.»

Je suis fatiguée, je n'ai ni le temps ni la force d'écrire.

Liochenka! Je t'aime et je t'embrasse! À demain!

5 octobre 1915. Lundi

Encore ce Zabougski! Il me rendra folle! Aujourd'hui, pendant le contrôle, il circulait dans la classe pour vérifier que personne ne copiait. Chaque fois qu'il arrivait à ma hauteur, il s'arrêtait dans mon dos, regardait mon cahier vide par-dessus mon épaule et disait : «C'est chic! C'est chic!» J'ai failli éclater en sanglots. Il se penchait si près que je sentais son souffle, c'était répugnant. À un moment j'ai même eu l'impression qu'il me touchait les cheveux : il devait faire un effort pour ne pas saisir ma natte et l'arracher. Et tout cela en grattant sa verrue!

Je continue après le dîner. J'ai parlé de mon tortionnaire et papa

---

1. Forteresse turque prise par Souvorov à la fin du XVIIIe siècle, puis accordée à la Moldavie et reprise par la Russie en 1878.

m'a dit que l'année dernière, Zabougski a perdu sa femme qui est morte en couches avec l'enfant. Je ne le savais pas. Pourquoi les gens sont-ils si méchants ? Et pourquoi suis-je si méchante ?

9 octobre 1915. Vendredi

Aujourd'hui, j'étais chez Aliocha, qui voulait me présenter à ses parents. J'avais un peu peur, mais il m'a dit ensuite que je leur avais beaucoup plu ! Ils sont très sympathiques. Ils ont voyagé dans le monde entier, vu toutes sortes de pays. Son père a raconté qu'il était à Istanbul en 1984 quand il y a eu un terrible tremblement de terre qui a fait deux mille morts en deux minutes. Il a dit aussi qu'il avait vu en haut d'un mur de Sainte-Sophie une trace de main sanglante que le sultan avait laissée quand il était entré à cheval dans la cathédrale après le siège de la ville en piétinant des monceaux de cadavres.

Mais pourquoi ne suis-je allée nulle part ? Mon Dieu, comme j'ai envie de voir le monde !

Les parents d'Aliocha ont beaucoup parlé de Varsovie, où ils ont passé de nombreuses années. Ils ont raconté que les Polonais n'ont jamais aimé les Russes : dans les magasins, dès que les commis entendaient parler russe, ils disaient qu'ils ne comprenaient pas et si on demandait son chemin dans la rue, les passants envoyaient les « Moskals[1] » dans la direction opposée. Au début, je ne disais rien, puis j'ai soudain déclaré que nous, les Russes, nous n'étions pas rancuniers et pardonnions toujours tout à tout le monde, et j'ai raconté ce que m'avait écrit Nioussia, que par solidarité pour la Pologne, le héros d'*Une vie pour le tsar* ne mourait plus sous les glaives des Polonais[2], mais à cause du froid. Tout le monde s'est mis à rire et je me suis sentie toute confuse, mais Aliocha m'a regardée d'un air si gentil que je me suis sentie soulagée et ai ri avec les autres.

Le petit frère d'Alexeï est un garçon très sympathique mais un terrible pot de colle : il est venu dans la chambre de son frère et ne voulait plus s'en aller. Il a fallu qu'Aliocha lui promette de lui montrer un tour de magie pour que Timochka accepte de retourner dans sa chambre : il a pris un seau d'enfant, l'a rempli d'eau et, dans la cour, l'a fait tourner jusqu'à ce que l'eau se vide entièrement.

---

1. Terme péjoratif désignant les Russes.
2. Dans l'opéra de Glinka *Une vie pour le tsar*, dont l'action se passe au début du XVIIe siècle alors que Moscou est occupée par les Polonais, l'héroïque Ivan Soussanine, pour sauver la nouvelle dynastie des Romanov, égare délibérément un groupe de Polonais qui finissent par le mettre à mort.

Nous nous sommes embrassés, puis nous avons parlé du théâtre et il m'a posé des questions sur l'hôpital où je fais des visites. J'avais honte, parce que cela fait longtemps que je n'y suis plus allée. Il m'a dit qu'il avait des remords parce que les autres allaient combattre pendant que lui restait tranquillement à l'abri. Il n'est pas mobilisable. Il m'a dit aussi que son grand-père maternel était allemand.

Jamais je n'avais connu de sentiment aussi vrai et aussi fort. Maintenant, j'aime. Maintenant, je sais que c'est pour de bon.

12 octobre 1915. Lundi

Génia fait ostensiblement la cour à Lialia, pour me faire enrager. Mais cela ne me fait rien. Je trouve même cela drôle.

13 octobre 1915. Mardi

Aujourd'hui Aliocha m'a dit qu'il voulait aller au front. Cela m'a fait peur. Il veut s'engager comme volontaire. « Je n'ai pas le droit, dit-il, de rester bien au chaud pendant que les autres sont dans la boue. »

J'ai peur.

15 octobre 1915. Jeudi

Aujourd'hui, j'ai fini par dire à maman que je voulais devenir actrice et après la fin du lycée, aller à Moscou pour suivre des cours d'art dramatique. D'abord elle n'a rien dit, puis elle a éclaté. Elle s'est mise à crier qu'elle ne me laisserait pas partir, parce que je serais entraînée, selon son expression, dans « le tourbillon de la vie de bohème ». Je lui ai répliqué que je trouvais bien pire le train-train d'une vie bourgeoise pleine de mensonges et d'ennui. Elle s'est précipitée pour prendre des gouttes dans le buffet en disant : « Mais qu'est-ce que tu connais du théâtre ? Toutes les filles rêvent d'être une Ermolova ou une Savina, et elles se retrouvent entretenues par de riches gredins, à jouer les pauvres paysannes avec des boucles d'oreilles à mille roubles, ou bien elles deviennent des tâcherons de la scène pour un salaire de quarante roubles ! » Je savais qu'elle serait contre et étais prête à entendre quelque chose de ce genre. Mais ensuite elle a fait quelque chose que je ne pourrai jamais lui pardonner ! Alors que je sortais de la pièce, elle s'est écriée dans mon dos : « Mais regarde-toi donc dans la glace ! Tu crois vraiment qu'on peut devenir actrice avec un physique pareil ? »

Je suis horrible, ignoble. Je hais ma mère.

Aliochenka, comme tu me manques !

17 octobre 1915. Samedi

Papa est un cœur d'or ! Mon bon, mon cher papa qui comprend tout ! Nous avons parlé la moitié de la soirée et il a dit qu'il allait me payer des cours chez Koltsova-Sélianskaïa ! Seulement je ne dois rien dire à ma mère. Mon merveilleux petit papa, comme je t'aime !

Je prends mon premier cours mardi.

18 octobre 1915. Dimanche

Aujourd'hui je courais à perdre haleine à la répétition car j'étais en retard, j'ai trébuché et le cahier où est écrit mon rôle m'a échappé des mains et est tombé par terre ! Horreur ! Aussitôt, je me suis assise dessus, à même le trottoir sale. Les gens me regardaient comme une folle. Je suis restée assise le temps de reprendre mon souffle et suis repartie en sautillant. Finalement, je n'étais presque pas en retard !

Aliocha avait très mauvaise mine aujourd'hui. Je voulais l'emmener chez moi, mais il est resté jusqu'à la fin de la répétition.

Le Viktor de Katia joue Bobtchinski et Dobtchinski : c'est une trouvaille de notre metteur en scène, de faire jouer les deux par le même acteur. Mais Viktor n'a même pas besoin de jouer, il est à lui seul Bobtchinski et Dobchinski.

Ogloblina est folle amoureuse de Kostrov, elle rougissait à nouveau à tout propos et s'embrouillait dans son rôle. À la fin Kostrov, exaspéré, a perdu patience, il s'est mis à arpenter la scène en criant : « Mais d'où viens-tu quand tu entres en scène ? De quelle vie ? Qu'y avait-il dans les coulisses ? Qu'est-ce que tu faisais ? Tu dormais ? Eh bien, arrive en baillant et en traînant les pieds, la jupe de travers ! Tu vivais avant d'entrer en scène, alors apporte cette vie-là ! » Bien entendu elle a fondu en larmes, si bien qu'il a été obligé de lui demander pardon. Il s'est même mis à genoux quand elle a fait mine de partir. Une vraie maison de fous !

19 octobre 1915. Lundi

Je suis allée avec Aliocha au Renaissance. Sur le moment, le film était intéressant à regarder, mais quand on le raconte, c'est complètement inepte. Le sculpteur Mario est fiancé, mais il rencontre Stella, son ancienne bien-aimée. Le mariage est rompu et Mario, désespéré, se retire dans un monastère. Là il sculpte une statue. Arrive une joyeuse compagnie parmi laquelle se trouve Stella. Elle reconnaît Mario et essaie de le séduire : « Tu ne peux pas m'oublier !

La statue me ressemble ! » Alors il saisit un marteau, brise la sculpture, puis tue Stella et se jette du haut d'un rocher.

Nous sommes sortis et avons marché sous la pluie. Tout Rostov était en caoutchoucs et sous des parapluies. Je me serrais contre Aliocha en pensant : ce n'est pas de l'amour, cette histoire, c'est n'importe quoi. L'amour, le voici, ici, c'est lui et moi.

Est-ce possible qu'Aliocha ait vraiment l'intention d'aller à la guerre ? Comment peut-il vouloir me laisser ?

20 octobre 1915. Mardi

Je reviens juste de chez Nina Nikolaïevna. Quelle femme extraordinaire ! Elle est vieille, mais elle est belle, gracieuse, intelligente ! Elle a connu des quantités de gens !

Le monde est mal fait, tout de même ! Dire que tout cela ne sert plus à rien ! Toute sa vie, son expérience, sa beauté, toutes ses paroles, ses connaissances, ses souvenirs, ses histoires, tout cela disparaîtra avec elle !

Voici ce qu'elle dit de Kadmina, la célèbre cantatrice dont elle était l'amie dans leur jeunesse : « L'idiote ! Elle s'est empoisonnée sur scène avec des allumettes à cause d'un amour malheureux ! »

Sur elle-même : elle quitte la scène parce qu'elle ne voulait pas finir dans des rôles de vieille comique.

Sur son partenaire : « Il ne doit pas avoir les mains moites. »

Sur son nom de scène : quand elle est devenue actrice, la famille de sa mère l'a obligée à changer de nom pour ne pas les déshonorer. « L'essentiel, c'est que les initiales soient les mêmes, à cause des marques sur le linge et du monogramme sur les cuillers. »

Elle m'a dit aussi : « Tu as du talent, ma petite ! Mais cela ne suffit pas. La persévérance non plus. Et l'amour du théâtre non plus. Tout cela ne suffit pas ! Il faut que le malheur frappe à ta porte, il faut tout éprouver et tout connaître, y compris ce qu'on n'a pas besoin de savoir. »

Pourquoi le malheur ? Je n'en veux pas !

Elle a un grand pot sur le rebord de la fenêtre, qui ne contient que de la terre. Je lui ai demandé ce que c'était. Elle m'a répondu : « J'ai planté un pépin de citron comme présage : s'il pousse un arbuste, c'est que je vivrai longtemps. C'est une lubie de vieille femme. »

Sur la commode, il y a une photo de son deuxième mari, l'acteur Sélianski, un très bel homme. Quand elle a vu que je la regardais, elle a ri et s'est mise à raconter que c'était un ivrogne invétéré. À la suite de je ne sais quelle bêtise, il est passé en jugement. Avant l'audience, son avocat lui a dit : « Surtout, ne dites rien qui vienne de vous ! Voici le texte que j'ai écrit, apprenez-le et jouez-le ! » Il a été acquitté. « Cela a été son meilleur rôle ! »

Elle m'a tout expliqué au sujet de Khlestakov. C'est très simple ! Ce n'est pas de lui que je tombe amoureuse, mais de Pétersbourg, de cette vraie vie lointaine ! Et même pas de Pétersbourg, mais tout simplement de mon amour. Je tombe amoureuse de l'amour ! C'est devenu parfaitement clair !

Elle m'a raconté la visite de Sarah Bernhardt à Odessa. On lui avait fait de l'obstruction à cause de ses origines juives et en pleine rue Déribass, quelqu'un avait jeté une pierre sur sa voiture. L'actrice française était alors maigre et rousse. Tout le monde parlait de ses excentricités, on disait qu'elle dormait dans un cercueil, que chez elle, elle était habillée en Pierrot. « En fait, c'était une cabotine. Quant à sa fameuse voix, elle était loin de valoir celle d'Ermolova ! »

Je l'écoutais en me demandant si tout cela était dicté par l'envie, par la rancœur d'une vieille actrice sans renom. L'une avait tout eu, la gloire, le succès mondial, et l'autre végétait sur ses vieux jours dans l'obscure ville de Rostov. Comment expliquer cela ? Pourquoi le destin comble-t-il les uns et condamne-t-il les autres ?

Mon destin ! Sois clément avec moi ! S'il te plaît ! Qu'est-ce que cela te coûte ? Donne-moi tout !

24 octobre 1915. Samedi

Ce matin, quand je me suis réveillée, la première chose que j'ai vue était des grains de poussière qui dansaient dans une montagne de lumière ! Cela faisait comme une montagne en travers de ma chambre, une montagne de soleil et de poussière, solide, élastique, qui donnait envie de glisser sur sa pente !

C'est formidable de se réveiller comme cela, de revenir à l'intérieur de soi – en place, mes mains, en place, mes pieds ! – et de savoir que ton amour t'attend !

Aliochenka ! Ma lumière ! Comme je t'aime ! Comment ai-je pu vivre sans toi ? Sans tes yeux bleus ! Et comme ils changent de couleur ! J'aime les voir tantôt rayonner d'un bleu azur, tantôt virer au gris, tantôt devenir tout noirs quand leur pupille se dilate.

Avec Génia tout était compliqué – se serrer contre lui, l'embrasser – tandis qu'avec Aliocha, c'est si bon et si facile ! Mais ce qui est terrible, c'est que je ne sais pas lui montrer toute ma tendresse, mon amour, mon attachement.

Comme c'est bon de me réveiller en sachant que je le verrai aujourd'hui !

4 novembre 1915. Mercredi

Je fais les exercices que m'a conseillés Nina Nikolaïevna : je suis restée seule à la maison faire un peu de ménage et je m'imagine que je suis employée chez une patronne grincheuse qui me suit partout en ronchonnant que je fais tout de travers. Nettoie ceci, essuie cela ! Je me parle à moi-même.

Ensuite je me suis remise à penser à lui. Et je me suis assise juste pour écrire que je l'aime.

5 novembre 1915. Jeudi

Il vaut mieux en rire ! Dans la pièce je dois « tomber raide », alors je répète le soir dans ma chambre, je m'entraîne à tomber et maman accourt en demandant ce qui se passe.

7 novembre 1915. Samedi

La mère d'Aliocha est épileptique. J'étais avec lui dans sa chambre quand son frère l'a appelé. Nous sommes accourus et l'avons trouvée par terre en pleine crise, le corps tendu comme la corde d'un arc. Elle bavait, je lui essayais la bouche avec un mouchoir pendant qu'Aliocha lui tenait la tête. Ses yeux étaient révulsés, elle a uriné sous elle et ensuite, quand la crise a été finie, elle est restée inerte comme un cadavre.

Pauvre Aliocha ! Il a tant souffert !

14 novembre 1915. Samedi

Aujourd'hui il s'est passé quelque chose de terrible. Je crois même que je n'en ai pas encore mesuré toute l'horreur. Mais j'ai l'impression d'en être déjà toute imprégnée.

Comme d'habitude la répétition a commencé par un exercice : il fallait jouer un personnage qui venait de tuer sa maîtresse. Il l'avait tuée dans la pièce voisine et maintenant il revenait vers nous. Nous nous tordions de rire, surtout quand Viktor a montré comment il l'avait dépecée et mangée. Ensuite Kostrov m'a demandé de jouer la même chose : je viens de tuer mon amant dans la pièce d'à côté. Je suis sortie dans le couloir et tout d'un coup, je me suis sentie comme paralysée. Moi, j'ai tué ? Mon amant ? Quel amant ? Comment cela, tué ? Comment cela, mon amant ? C'est Alexeï, mon amant ? Ils m'appelaient et moi, je restais plantée là. Et je comprenais que je n'arriverais jamais à jouer cela. Je ne pouvais pas et surtout, je ne voulais pas. Kostrov m'a appelée d'un ton agacé : « Mais enfin, où es-tu ? » Je m'en suis tirée par une plaisanterie, en leur criant : « Je l'ai empoisonné et j'ai pris aussi du poison, alors je suis morte à côté de lui. »

Tout le monde a ri, mais soudain, j'ai eu peur.

Mon Dieu, je ne suis peut-être pas faite pour être actrice ?

17 novembre 1915. Mardi

Je viens de relire ce que j'ai écrit et j'ai été horrifiée : quelles futilités ! Aujourd'hui Aliocha m'a annoncé qu'il partait pour le front. C'est décidé. Il ne me l'a pas dit plus tôt pour ne pas m'attrister.

Je suis allée chez Nina Nikolaïevna, mais je n'arrivais pas à me concentrer. Elle a tout de suite remarqué que quelque chose n'allait pas et était très mécontente.

« Chaque actrice veut jouer une vraie femme, amoureuse et malheureuse. » Je ne comprends pas. Ce n'est pas vrai. Il n'y a pas de raison. Pourquoi une vraie femme devrait-elle être amoureuse et malheureuse et non amoureuse et heureuse ?

Elle était en train de me montrer quelque chose dans le miroir. Il y a dans son salon une énorme glace à trois faces dans laquelle on se voit en pied sous tous les angles. Je la regardais en me disant qu'elle était vraiment vieille et inutile. Que Dieu m'épargne d'en arriver là ! Soudain, elle m'a dit, comme si elle avait lu dans mes pensées : « Tu sais, j'ai été jeune et jolie comme toi, j'avais peur de la vieillesse et Dieu m'a punie. » Et elle a ajouté : « Il vaut mieux être vieille que morte. Mais tu ne peux pas encore comprendre cela. »

Tout à coup, en plein monologue, j'ai éclaté en sanglots à cause d'Aliocha. Nina Nikolaïevna m'a disputée en tapant de la main sur la table : « Il ne faut pas pleurer pour de vrai ! Le public doit croire que tu pleures, mais tu ne dois pas pleurer ! » Je n'ai pas pu continuer, je me suis excusée sans rien lui expliquer, lui disant simplement que je ne me sentais pas bien et je suis partie.

18 novembre 1915. Mercredi

Dans une semaine il ne sera plus avec moi.

Aliocha est mon fiancé. Je suis sa fiancée. Aujourd'hui nous l'avons annoncé à ses parents. Sa maman a pleuré, elle est épouvantée qu'il parte pour le front et son père m'a embrassée et m'a dit des paroles affectueuses et graves. Il m'a appelée sa fille. Il nous a bénis avec une icône qu'il tenait la tête en bas, Timochka était le seul à s'en apercevoir, il s'est mis à rire et nous en avons fait autant. C'était si simple, si chaleureux !

Nous nous marierons quand j'aurai fini ce maudit lycée.

Je ne veux rien dire à papa et maman. Plus tard, pas maintenant. Je sais que cela se terminera encore par une scène et de la valériane. Je ne veux pas.

Aliocha m'a raccompagnée à la maison et nous sommes entrés à la cathédrale Saint-Alexandre-Nevski. Il y avait beaucoup de gens venus d'autres régions. La ville est pleine de réfugiés. Ils affluent à Rostov de tous les côtés – du sud arrivent des Arméniens qui fuient les Turcs, du sud-ouest des Galiciens, de l'ouest des Polonais, des Ukrainiens et des juifs (ils sont maintenant autorisés à s'installer en dehors de leur zone de résidence), du nord-ouest des Baltes.

Nous étions debout côte à côte, des cierges à la main, et j'imaginais notre mariage. Je regardais tout autour de moi et concluais un pacte avec les cierges, les fresques de Vasnetsov, la mosaïque sur le sol, les iconostases et les autels de marbre, les érables canadiens que l'on apercevait par les fenêtres, la résonance de la voûte, les odeurs d'encens et de cire fondue : ils devaient nous attendre et nous viendrions sans faute.

Aliocha s'est penché à mon oreille pour me faire remarquer que le prêtre cognait les lèvres des vieilles qui

Mon portable a sonné au beau milieu d'une phrase.
– *Baumann, Direktion für Soziales und Sicherheit.*
Je vois. Ils cherchent des interprètes.
– *Grüzi, Herr Baumaun ! Kann ich Ihnen helfen ?*
– *Wir haben einen Dringlichkeitsfall, hätten Sic jetzt Zeit zu kommen ?*
– *Nein, Herr Baumann, es tut mir leid, aber ich kann nicht.*
– *Schade. Es ist eben sehr dringend. Und ich kann niemand finden. Vielleicht könnten Sie sehr kurst bei uns vorbeikommen ? Ich habe da einen jungen Mann bei mir, ich muss ihm etwas mitteilen. Aber er versteht nichts, weder Deutsch noch Englisch.*
– *Es geht wirklich nicht, Herr Baumann, Ich bin jetzt in Rom.*
– *In Rom ? Schön ! Wissen Sie was, vielleicht könnten Sie ihm etwas per Telefon ausrichten ? Nur ein paar Worte. Der junge Mann steht hier neben mir, ich gebe ihm den Hörer, und Sie sprechen kurz mit ihm.*
– *Gut. Was soll ich ihm sagen ?*
– *Also, er heisst Andrej. Es geht um zwei Brüder, Asylsuchende aus*

Weissrussland, aus Minsk. Sagen Sie ihm, dass sein Bruder Viktor gestern um 18 Uhr vor dem Durchgangszentrum in Glatt bewusstlos aufgefunden wurde. Er lebte noch, aber starb unterwegs ins Spital. Es ist nicht klar, was passiert ist. Entweder hat ihn jemand aus dem Fenster gestossen oder es war em Selbstmord oder ein Unfall, die Ermittlungen laufen noch. Alles zeugt davon, dass er betrunken war. Er ist vom dritten Stock mit dem Hinterkopf auf den Asphalt gefallen. Wir haben versucht Andrej das zu erklären, aber er hat nichts verstanden. Das ist alles.

– Gut, Herr Baumann, geben Sie ihm den Hörer.

Une voix apeurée de gamin a dit dans l'appareil :

– Allô ?

– Andreï, voilà se qui se passe. Ton frère Viktor…

– Il lui est arrivé quelque chose ? a demandé la voix dans un souffle. J'ai dit tout ce qu'il fallait.

L'appareil est resté un moment silencieux. Puis j'ai entendu un bruit bizarre qui ressemblait à un hoquet.

– Allô, Andreï, tu m'entends ?

Il y a eu un « oui » étranglé entre deux hoquets.

– Repasse le téléphone à M. Baumann.

La voix alerte du policier a repris :

– *Baumann.*

– *Ich habe es ihm gesagt, Herr Baumann.*

– *Merci vielmal ! Und schönen Tag noch !*

– *Ihnen auch !*

Aliocha s'est penché à mon oreille pour me faire remarquer que le prêtre cognait les lèvres des vieilles qui venaient embrasser la croix, alors qu'il la tendait doucement aux jeunes filles.

J'ai d'abord été contrariée, puis j'ai eu honte de lui en avoir voulu à cause d'une telle vétille ! Mon Dieu, et s'il était tué ! Comment pourrais-je vivre après cela ? J'ai eu à nouveau tellement peur que j'ai senti mes jambes se dérober sous moi et j'ai dû m'accrocher à Aliocha pour ne pas tomber.

20 novembre 1915. Vendredi

Je suis allée à la fête d'Ania Trofimova. Tout le monde dansait, riait. Je suis allée m'enfermer dans les toilettes pour pleurer. Comment peut-on s'amuser alors qu'il part dans trois jours, peut-être pour toujours !

22 novembre 1915. Dimanche

Demain Aliocha part pour le front.

Nous nous sommes promenés dans les rues et sommes entrés au cinématographe pour nous réchauffer. Je ne voyais rien qu'un rayon de lumière aveugle qui bougeait dans le noir. Cela paraissait bizarre et impensable de rester assis là à regarder ces inepties alors qu'il part demain pour le front.

Je ne sais pas si je dois écrire la suite ou non.

Si, je vais l'écrire.

Nous sommes revenus à la maison. Nous sommes montés dans ma chambre. J'ai fermé la porte à clé de l'intérieur. Éteint la lumière. Je l'ai enlacé et lui ai dit : «Prends-moi!» Nous étions debout, serrés l'un contre l'autre, au milieu de la chambre. Il a dit que ce ne n'était pas possible comme cela, mais j'ai insisté : «J'en ai tellement envie!» Nous étions tous les deux pris de peur et de gêne. Non, je n'écrirai rien.

Je ne comprends rien à ce qui s'est passé. J'ai eu mal et honte. Cela n'a rien donné. Il est parti sans rien m'expliquer. Qu'est-ce que cela veut dire? Qu'est ce que je n'ai pas fait comme il fallait?

Aliocha, comme je t'aime et comme je me sens mal et angoissée!

23 novembre 1915. Lundi

Aujourd'hui nous avons fait nos adieux à Aliocha. Nous sommes tous allés à la gare, il y avait beaucoup de gens de connaissance. Le train était sur une voie au-delà du quai, nous avons dû marcher longtemps le long des traverses. J'attendais qu'Aliocha s'approche de moi, mais il était tantôt entouré d'amis, tantôt avec ses parents. Après ce qui s'est passé hier, je me sentais si mal à l'aise que je n'osais pas aller vers lui. Ensuite, il est venu et m'a serrée dans ses bras. Je ne pouvais pas le regarder dans les yeux. Toutes les femmes qui accompagnaient leur fils, leur frère, leur fiancé pleuraient, mais moi, j'étais comme pétrifiée. J'étais là, la joue contre sa capote, et regardais dans une sorte d'hébétude les soldats entrer dans le wagon en marchant sur des planches qui ployaient sur leur passage.

Quand nous nous sommes dispersés, j'ai entendu quelqu'un chuchoter en parlant de moi : «Il ne reviendra peut-être pas, mais elle ne verse pas une larme.»

En arrivant à la maison, j'ai éclaté en sanglots.

Aliochenka, comment vais-je vivre sans toi?

Il m'a offert en souvenir une montre avec une mèche de ses cheveux dans le couvercle.

24 novembre 1915. Mardi

Premier jour sans Aliocha.

C'est la Sainte-Catherine. Au lycée il y a eu une matinée littéraire et musicale pour les petites classes et le soir, un concert et un bal pour les grandes. Je n'y suis pas allée.

Je reviens de chez Nina Nikolaïevna. Je devais dire le monologue «Je suis seule…», mais je n'y arrivais pas, j'ai dû recommencer plusieurs fois : «Je suis seule…» Je me disais : quelle ânerie, je ne suis pas seule du tout et pas du tout là où le veut mon rôle, mais dans ce salon qui sent le corps de cette vieille femme. J'ai devant moi sur la table une carafe d'eau dans laquelle trempe une cuillère en argent soi-disant pour la purifier, sinon cette vieille qui m'appelle «ma petite» refuse de la boire. Et soudain tous ces mots que je devais prononcer sur scène n'ont plus été pour moi que mensonges et balivernes. J'ai essayé à nouveau : «Je suis seule…»

Et j'ai compris que je n'apprenais pas un art, mais à mentir. Tout m'a paru déplaisant et ennuyeux. J'ai expédié tant bien que mal mon monologue et suis partie le plus vite possible.

Je voulais écrire une lettre à Aliocha, mais je ne sais pas quoi lui dire. Je voulais lui écrire que je l'aime, mais je n'y arrive pas. Je me torture en me demandant ce que j'ai bien pu faire de travers. C'est moi qui ai tout gâché l'autre soir ! Que pense-t-il de moi maintenant ?

Je voulais l'embrasser, je voulais le caresser, je voulais le rendre heureux ! Pourquoi est-ce que cela s'est si mal passé ? ! Pourquoi une telle honte ? Une telle honte, une telle douleur, un tel désastre !

Pas de nouvelles d'Aliocha.

27 novembre 1915. Vendredi

Rien d'Aliocha.

Quand je repense à ce soir-là, je suis prise d'une honte insupportable ! Je me revois déboutonnant mon corsage et prenant sa main pour la poser sur moi. Et lui, si gêné, si malheureux de n'arriver à rien ! Et nous, ensuite, nous rhabillant sans oser nous regarder dans les yeux !

Pardonne-moi, Aliocha, tout cela est de ma faute !

1ᵉʳ décembre 1915. Mardi

Aujourd'hui Nina Nikolaïevna m'a raconté que pendant la tournée du célèbre théâtre Meining à Moscou, une odeur de pin s'est répandue dans la salle quand l'action se passait en forêt.

J'ai décidé que je n'irais plus chez elle.

Toujours rien d'Aliocha. Après ce qui s'est passé, il ne m'écrira sans doute plus.

4 décembre 1915. Vendredi

Enfin j'ai reçu une lettre d'Aliocha !

Je l'avais tant attendue, mais quand elle est arrivée, je ne pouvais pas me décider à la décacheter. J'ai relu plusieurs fois l'adresse – c'était bien sa main, son écriture.

« Ma chérie, mon aimée qui est si loin ! »

J'ai parcouru les lignes à la hâte, survolant les trois pages à la recherche de l'essentiel et je l'ai trouvé à la fin : « C'est seulement maintenant que nous sommes séparés que je comprends à quel point je t'aime et combien cet amour rend insignifiantes la peur de la mort et toute cette guerre ! »

En recopiant ces lignes de sa lettre, je sens Aliocha se rapprocher de moi, je le sens à mes côtés, derrière mon épaule. Comme si nous étions réunis par ces mots, par ces lettres !

« Je t'ai écrit quand nous étions encore en route, mais je ne sais pas si tu as reçu cette lettre. Ici, tout va bien. » Non, je n'ai rien reçu, Aliocha ! Rien !

« Je t'écris dans un abri aménagé dans la cave d'une maison détruite. Sur la table, il y a une bouteille, hélas, de lait, du pain et une bougie. Nous n'avons tiré que ce matin. Maintenant je suis seul à notre batterie. Les officiers sont tous allés au village.

« Désormais, je suis occupé toute la journée : en soi, la fonction d'aide de camp n'est pas si accaparante, mais il faut toujours rester à côté du téléphone. Quand tu dors et que ça sonne dans ton oreille, il faut se réveiller aussitôt, écouter le message et courir le transmettre au commandant.

« Hier soir à dix heures on nous a avertis qu'un dirigeable était dans les parages. J'ai aussitôt fait éteindre toutes les lumières et peu après, une terrible canonnade a éclaté. Dans le ciel étoilé, on voyait clignoter une petite lumière rouge et les obus exploser tout autour. Bientôt le dirigeable est arrivé au-dessus de nous. Cela crépitait de tous les côtés, le sifflement des obus était assourdissant. Les éclats et les balles retombaient en faisant le même bruit que quand on trait une vache, mais en plus prolongé. Des obus éclataient sans cesse tout près de nous, éclairant le corps du dirigeable qui ressemblait à un grand cigare noir. »

Et encore trois pages. Je les ai relues cent fois. Mon Dieu, protège-le et garde-le en vie !

C'est seulement maintenant, depuis qu'il est parti là-bas où la mort le menace chaque jour, à chaque instant, que je comprends ce que c'est que l'amour et à quel point je n'ai pas su l'aimer et lui montrer ma tendresse, je n'ai pas su lui montrer tout ce que j'éprouve pour lui ni même lui exprimer mon amour ! Et je me suis rendu compte que je ne lui arrivais pas à la cheville, que j'étais indigne de lui et coupable de lui avoir témoigné si peu d'amour !

Aujourd'hui en rentrant de l'hôpital à la nuit tombée, dans le froid, après avoir vu mourir un blessé, je m'imaginais avec horreur qu'Aliocha aussi, que Dieu nous en préserve, était blessé et mourait quelque part dans un hôpital militaire ou même au fond d'une tranchée dans le noir ou dans la neige et qu'il m'appelait et tout à coup mon cœur s'est serré : il ne reviendra pas ! Il ne reviendra pas ! Et ce sera de ma faute, car c'est mon amour qui devait le maintenir en vie, mais je lui en ai donné si peu que cela ne suffira pas à le protéger...

Je suis coupable de n'avoir pas su l'aimer comme il le mérite.

8 décembre 1915. Mardi

« C'est le soir. Je suis dans notre abri à côté du téléphone, dont je ne dois pas m'éloigner, telle est ma fonction d'aide de camp de la division. Il sonne à tout bout de champ.

« La guerre n'est pas du tout ce qu'on s'imagine. C'est vrai que les obus volent tout autour, mais il n'y en a pas tant que cela et il n'y a pas énormément de morts. La guerre n'est plus du tout si horrible, d'ailleurs existe-t-il en ce monde de vraies horreurs ? En fin de compte, on peut trouver horribles les choses les plus insignifiantes. Quand on voit un obus voler, si on pense qu'il va vous tuer, qu'on va gémir, ramper, alors on a vraiment peur. Mais si on prend les choses calmement, en se disant : c'est vrai, il peut te tuer, mais toi, qu'est-ce que tu peux y faire ? Cuire à petit feu dans ta peur ? Te torturer avant même de souffrir ? Non, tant que tu es vivant, respire.

« Je ne veux pas me vanter, mais je n'ai plus aussi peur qu'avant – en fait, je n'ai presque plus peur. Si j'étais dans l'infanterie, je crois que je me serais aussi habitué aux peurs des fantassins, qui sont pires. La seule concession que j'ai faite à la peur de ma mère, c'est que je suis allé dans l'artillerie, et non dans l'infanterie. Un officier de notre batterie a fait remarquer qu'un artilleur ne prête pas attention aux obus, mais a peur des balles, alors que dans l'infanterie, c'est l'inverse. Tu vois, comme les peurs sont bizarres ici.

«Je pense sans cesse à toi, ma chérie, et je sens que mon amour pour toi est chaque jour plus fort. Comment vas-tu là-bas?»

11 décembre 1915. Vendredi

Aujourd'hui, nous avons fait le procès littéraire de Roudine[1]. Michka l'a si violemment pris à partie, en l'accusant de ne pas savoir et de ne pas vouloir aimer, d'avoir peur de vivre pleinement un grand amour, elle est entrée dans une telle fureur qu'elle a déclaré tout à trac qu'il méritait d'être fusillé. C'est ce qu'elle nous a sorti : il faut le fusiller! Tout le monde s'est mis à rire.

Je me suis réveillée en pleine nuit et n'ai pas pu me rendormir. Je pensais à Aliocha.

12 décembre 1915. Samedi

«Hier, j'ai été pour la première fois vraiment en danger. Un obus a éclaté à deux pas de moi. Dieu m'a sauvé. C'était un camouflet, c'est-à-dire un obus qui tombe presque à la verticale et qui entre profondément dans la terre, si bien que l'explosion n'a pas la force de la soulever et cela ne fait qu'une petite fumée. Les camouflets sont rares : j'ai une de la chance.

«Tu m'écris que tu es allée prier pour moi dans cette église où nous étions ensemble : tu vois, c'est cela qui m'a sauvé.

«Et tu sais ce qui est le plus amusant? C'est ce à quoi je pensais au dernier moment, quand l'obus tombait sur moi. Tu crois sans doute que ton héros regardait le ciel en se prenant pour André Bolkonski sur le champ de bataille d'Austerlitz ou quelque chose de ce genre? Eh bien, pas du tout. Mes pensées tournaient autour des petites chaufferettes pour les mains qu'on a inventées ici : ce sont des récipients métalliques qu'on porte dans les poches de sa capote, avec des braises à l'intérieur et du velours cousu tout autour. Tu vois comme c'est bien que je ne sois pas mort. Cela aurait été vexant de mourir avec de telles bêtises en tête.

«Toute la journée il y a eu des "saucisses" à l'horizon, elles sont là pour corriger le tir. Je les ai regardées depuis notre poste d'observation, nous avons une excellente longue-vue Zeiss.

«Le plus dur est l'oisiveté forcée. C'est si important d'avoir la tête occupée! Dans la journée, j'ai eu envie de lire et de me remettre

---

1. Héros du roman éponyme de Tourguéniev.

aux mathématiques et j'ai regretté de ne pas avoir pris avec moi les *Éléments de calcul différentiel et intégral* de Grainville. J'ai déjà demandé à maman de me l'envoyer. Pour l'instant, j'en suis réduit à lire par à-coups ce qui me tombe sous la main. Parfois la chance me sourit. C'est le cas en ce moment : j'ai emprunté à un officier de la deuxième batterie un ouvrage de vulgarisation sur la télégraphie sans fil et suis resté plongé dedans jusqu'au soir. Mais ce matin, cela a été le contraire, comme si j'avais dû payer pour le plaisir de la veille : je voulais allumer une cigarette et l'allumette « de sûreté » m'a envoyé en plein dans l'œil une étincelle qui m'a brûlé la cornée. Cela a fait une cloque blanche et mon œil a du mal à se fermer. Le médecin des chemins de fer qui est ici m'a examiné et a déclaré que j'avais eu de la chance, car, d'après lui, dans ces cas-là, la brûlure est beaucoup plus grave. Le plus curieux, c'est que le même jour, la malchance a frappé mon ami Kovaliov, avec qui j'ai beaucoup sympathisé ces derniers temps : au début je le trouvais plutôt borné et prétentieux, mais finalement c'est une âme simple et généreuse. Donc, ils étaient en train de diluer de l'alcool et Kovaliov, pour tester la concentration, a essayé d'allumer la solution avec une allumette, mais l'alcool s'est enflammé et lui a brûlé les mains, le cou et les lèvres, si bien qu'il est maintenant couvert de cloques. Tu vois comme les hommes s'estropient sans avoir besoin de guerre. »

13 décembre 1915. Dimanche
J'ai presque complètement cessé de tenir mon journal parce que je passe tout mon temps libre à écrire à Aliocha.

En revanche je joins ses lettres à ce cahier et cela fait comme notre journal commun. Mon Dieu, quand je pense qu'il y a un an, je mettais des fleurs séchées entre les pages et maintenant ce sont les lettres d'Aliocha.

Il a neigé toute la nuit, la ville est belle, toute fraîche, avec un air de fête. Mais je pense aussitôt : et lui, comment est-il, là-bas, sur le front ? Il doit être transi. Après cela, le spectacle de la neige ne me réjouit plus du tout.

C'est la même chose au lycée. J'étais en train de penser à Aliocha et brusquement, j'ai l'impression de me réveiller dans une autre époque, peuplée d'anciens Grecs. Que vient faire ici leur Hellade ? Pourquoi Homère a-t-il écrit tant de pages sur cette Troie ? Tout cela ne vaut pas une ligne d'Aliocha ! Quel supplice d'aller au lycée et de rester là, à écouter des cours absurdes, qui n'ont aucun sens !

Qu'ai-je besoin de cela, alors que je voudrais être dans ses bras et que c'est impossible ?

J'ai écrit une lettre qui n'était pas comme les autres. Je lui parlais de ce que je n'ai encore confié à personne. Mais j'ai décidé de ne pas l'envoyer. J'ai imaginé comment Aliocha reviendrait et nous la lirions ensemble, allongés sur son lit, épaule contre épaule, tempe contre tempe.

14 décembre 1915. Lundi

« J'ai eu la permission d'aller en ville. Nous avons traversé plusieurs bourgades. Partout c'est la même désolation. On voit dans les rues et dans les cours des meubles de valeur abandonnés, des machines à coudre, des gramophones cassés.

« En sortant de l'état-major sur la grande place, j'ai entendu de la musique. C'étaient des funérailles. On portait le corps d'un général sur un affût de canon. Je me suis demandé comment on fixe le cercueil dessus. Car comme je suis dans l'artillerie, c'est comme cela qu'on m'enterrera. Je me suis approché pour regarder. Tu vois, ma chérie lointaine, à quelles bêtises je m'intéresse. Ensuite je suis entré dans l'église. Le diacre s'adressait à Dieu pour Lui demander d'accorder "la victoire à notre armée chrétienne". Parce que de l'autre côté, ils ne sont pas chrétiens ? J'ai tout à coup pensé à mon grand-père allemand. Il m'avait appris à dire *Vater Unser*.

« En ce moment, à cet instant même, de l'autre côté du petit bois, quelqu'un dit une prière dans les tranchées allemandes pour demander à Dieu d'accorder la victoire à leur armée chrétienne. Cela veut-il dire que le plus chrétien est celui qui battra l'autre ?

« C'est avec toi que je parle de tout cela, mais ici, dans les tranchées, on n'aborde jamais tout haut les questions les plus graves. Les hommes boivent, mangent, parlent de choses sans importance, de bottes, par exemple. Tu ne peux pas t'imaginer comme des gens instruits sont capables d'en parler pendant des heures ! La mort est peut-être déjà en train d'écouter leur conversation, mais eux continuent à raconter qu'avant la guerre, il y avait des bottes qu'on ne pouvait pas ôter sans l'aide d'une ordonnance, des bottes si étroites qu'on ne pouvait pas passer le doigt entre le cuir et le mollet. À discuter pour savoir s'il vaut mieux utiliser du talc ou de la colophane. À évoquer chacun le tire-bottes qu'il avait pour le cas où il n'y aurait personne pour l'aider à se déchausser. Et à éclater tous ensemble d'un grand rire heureux en entendant l'un d'eux raconter que pour les parades, les bottes étaient cousues à même la jambe et fendues ensuite pour les retirer. Tu sais quelle est la dernière mode ? Le fin du fin, ce sont les bottines avec des guêtres comme en portent les officiers d'aviation et des unités blindées. Mais tout cela n'est que rêves, en réalité nous portons des bottes de feutre et des *bourki* – ce sont des bottes caucasiennes chaudes, en feutre aussi, mais noires.

«La nuit, avant de m'endormir, j'ai repensé au lieutenant de Riazan qui, chez Gogol, n'arrivait pas à trouver le sommeil parce qu'il n'arrêtait pas d'admirer ses nouvelles bottes. Je me suis dit que nous tous, qui avons passé la soirée à parler de bottes, nous disparaîtrons, mais que ce lieutenant restera. Chaque nuit, il continuera à s'extasier sur la forme admirable de ses talons.

«Je me suis couché, j'ai fait ma prière du soir, mais le sommeil ne venait pas, alors j'ai rallumé la lumière et me suis mis à t'écrire. J'ai tellement envie de te parler. Et en même temps, je ne sais pas très bien ce que je pourrais encore t'écrire, ma chérie.

«Un soldat m'a appris une prière qu'il prononce neuf fois par jour, persuadé qu'ainsi, il ne lui arrivera rien. La voici : "Dieu le Père devant, la Mère de Dieu au milieu et moi derrière. Ce qui arrive aux dieux m'arrive à moi aussi."

«Maintenant, je la répète neuf fois tous les matins. J'ai décidé que si toi et moi nous nous revoyons, ce sera grâce à la prière du soldat!»

16 décembre 1915. Mercredi
Au lycée, Zabougski m'a encore odieusement dévisagée pendant son cours, tout en tripotant son grain de beauté. J'ai eu soudain une impression si pénible que je ne veux même pas en parler à Aliocha.

J'étais assise dans la classe et cela a été comme un choc. Je me suis demandé : mais qu'est-ce que je fais là ? À quoi bon ? J'ai demandé à sortir. Le bâtiment était calme, il y avait partout des cours. J'ai descendu l'escalier et en bas, j'ai entendu le portier parler au téléphone. Je ne voulais pas écouter sa conversation, mais il ne me voyait pas et, se croyant seul, téléphonait à une dulcinée ancillaire à laquelle il fixait un rendez-vous en plaisantant grassement.

Comme tout est affreusement vulgaire, bas et répugnant.

Liochenka, mon chéri, où es-tu ? Quand nous reverrons-nous ?

Après les cours, je suis allée à l'église de la Naissance de la Vierge rue de la Vieille-Poste. Je vais prier chaque jour pour Aliocha dans une église différente. Elles sont pleines de mères, d'épouses, de sœurs, de fiancées. Nous sommes toutes là à demander la même chose : sauve-le et protège-le!

18 décembre 1915. Vendredi

« Avant-hier une bombe est tombée sur le dépôt d'obus de la troisième batterie, mais au lieu de détoner comme ils étaient censés le faire, ils ont juste roulé de tous côtés comme des quilles. Tout le monde parle d'espionnage à l'arrière. Mais paradoxalement, cet espionnage a sauvé la vie de beaucoup d'entre nous. Comme Dieu a tout emmêlé en ce monde !

« Le lieutenant Kovaliov (je crois que je t'ai déjà parlé de lui) m'a apporté des bottes du Caucase. Elles ne coûtent que 12 roubles, mais elles sont hautes, très confortables et légères comme une plume.

« Bientôt je t'enverrai ma photographie à cheval.

« Je relis sans cesse tes lettres. J'embrasse les mots sur le papier froissé. Je les embrasse et j'attends. Car nous nous reverrons, dis ? C'est impossible que nous ne nous revoyions plus, n'est-ce pas ? »

20 décembre 1915. Dimanche

Je suis passée voir les parents d'Aliocha. Je voulais rester un peu dans sa chambre, mais c'est maintenant Timochka qui y est installé. Il m'a montré un truc : si on frotte de la cire avec un chiffon, elle attire des petits morceaux de papier qui viennent s'y coller. Timochka découpe des bonshommes en papier, des petits soldats. Il n'y arrive pas encore très bien, le contour est irrégulier et il leur coupe tantôt une jambe, tantôt la casquette et une oreille. Je m'y suis mise aussi pour l'aider.

Ensuite, en rentrant à la maison, je me suis dit en voyant les infirmes qui emplissent les rues depuis le début de la guerre que c'était comme si quelqu'un les découpait grossièrement aux ciseaux, en leur tranchant tantôt un bras, tantôt une jambe jusqu'au genou.

Mon Dieu, fais qu'Aliocha me revienne sain et sauf !

21 décembre 1915. Lundi

« Cela fait déjà un bout de temps que je suis en première ligne, mais ce n'est qu'hier que j'ai participé pour la première fois à un vrai combat. Tout ce que j'ai vu et vécu jusqu'à présent et dont je t'ai parlé comme de choses importantes n'est en réalité que des broutilles.

« Nous avions rejoint les positions du régiment voisin où nous étions envoyés en renfort, nous attendions l'attaque et soudain, nous nous sommes retrouvés nez à nez avec les Allemands. Pour la première fois, j'ai tiré au fusil sur un homme. Par inexpérience, j'ai eu du premier coup la pommette meurtrie. Nous avons occupé les tranchées et j'ai vu un blessé qu'on transportait en sens inverse : c'était Vassilenko, le soldat qui m'avait appris la prière, tu te souviens, je t'en avais parlé ? J'ai dû me plaquer contre la paroi pour les laisser passer. Bien que je sois au front depuis plus d'un mois, c'était la première fois que je voyais un corps d'homme déchiqueté. J'ai eu la nausée et envie de rentrer à la maison – pour la première fois, je me suis dit que je pouvais mourir comme cela, après de longues et d'absurdes souffrances.

« Les Allemands sont montés à l'attaque et cela a fini par un corps à corps. Je n'ai tué personne. Ou peut-être que si, je n'en sais rien. Tout ce que je sais, c'est que j'ai failli être tué, mais j'ai été sauvé par Kovaliov. Un Allemand s'est jeté sur moi et allait me transpercer de sa baïonnette, mais Kovaliov a eu le temps de tirer sur lui au revolver. L'autre est tombé. La balle s'est logée dans sa bouche. Il a mis ses mains sur sa joue fracassée et le sang a jailli entre ses lèvres. Il était couché par terre et nous regardait. Kovaliov s'est approché et lui a tiré dans l'œil. L'Allemand est resté en vie encore quelques instants, il nous regardait de son œil gauche et sa paupière frémissait. Je vois encore les débris ensanglantés de ses dents.

« Ma chérie, mon aimée, qu'est-ce que je fais, pourquoi est-ce que je t'écris tout cela ? Pardonne-moi ! »

25 décembre 1915

Ce Noël a été affreux. Abominable. C'est absolument impossible de rester à la maison. Tout le monde s'est disputé et brouillé avec tout le monde. Et je ne peux pas raconter cela à Aliocha.

Papa s'est disputé avec maman et est parti là-bas, dans son autre famille.

Nous sommes restés à table sans lui et tout le monde se taisait. Rien ne passait, ni la bouillie d'orge sans lait ni beurre, ni la compote de fruits secs. Nous attendions l'étoile, mais c'est la neige qui est tombée à gros flocons.

Pour dire quelque chose, Sacha a déclaré que l'étoile de Bethléem, c'était Vénus, alors, sans rime ni raison, nous nous sommes tous mis à crier et à nous disputer. J'ai fondu en larmes et me suis réfugiée dans ma chambre.

Noël, c'est la fête des gens qui s'aiment, de la famille, mais nous n'avons plus aucune famille depuis longtemps.

En ce moment, papa doit être là-bas, avec son autre enfant. Ils doivent être en train d'ouvrir les cadeaux.

Liocha, tu me manques tellement ! Je n'arrive pas à vivre sans toi !

29 décembre 1915. Mardi

« Hourra ! Aujourd'hui j'ai reçu un colis de la maison et re-hourra ! j'en ai sorti l'écharpe que tu as tricotée, je l'ai dépliée et j'ai senti tout à coup ton parfum resté dans les pores de la laine, ton parfum ! Le parfum de mon aimée dans une écharpe qui a pris vie ! Comme j'ai envie de te serrer dans mes bras, de me blottir contre tes cheveux, de les humer, de les embrasser, de les respirer !

« Nous devrons passer Noël en première ligne. Je regrette beaucoup que nous ne puissions pas aller à la messe de minuit.

« J'ai pris l'Évangile que maman m'a donné et je l'ai feuilleté au hasard. En lisant les visions de Jean, je me suis dit soudain que l'Apocalypse était née de la peur de la mort individuelle. Il y a dans la mort universelle une justice réconfortante. On a peur de mourir parce qu'on regrette de rester en arrière alors que les autres vont continuer à avancer et verront ce qui pour toi restera à jamais caché par le prochain tournant. C'est pourquoi le plus difficile à admettre dans l'Apocalypse est qu'elle n'aura pas lieu.

« J'ai essayé de m'endormir, mais à nouveau, je n'ai pas pu fermer l'œil. Alors je me suis relevé pour griffonner les pensées qui ne me laissent pas dormir en paix. L'Apocalypse, en fait, nous la vivons ici, au quotidien, dans le gel et le blizzard, seulement elle est étalée dans le temps. Tout le monde meurt, mais pas au même moment. Mais finalement, cela revient au même, puisque de toute façon, ce sont des mondes entiers, des générations, des empires qui s'en vont ainsi. Où est Byzance ? Où sont les Romains ? Où sont les Hellènes ? Pff, plus rien. Il ne reste rien ni personne, ni vainqueurs, ni vaincus. Tout a sombré, pas de façon théâtrale, comme si le ciel se retirait comme un livre qu'on roule, mais jour après jour. L'homme prend tout au tragique et qui plus est, il lui faut des foules compactes, des scènes de masse avec des effets spectaculaires. Tu lis Jean, et c'est du pur Khanjonkov[1] ! Mais trêve d'élucubrations. Dors bien, ma chérie ! Dors ! Bonne nuit ! Je t'embrasse en ce moment, à travers toutes ces verstes plongées dans la nuit et donc, je suis avec toi ! »

---

1. Producteur qui joua un rôle de premier plan dans le cinéma russe d'avant la révolution.

10 janvier 1916. Dimanche

Cela fait presque deux semaines qu'il n'y a plus eu de lettre d'Aliocha, j'en perds la raison et cette nuit j'ai fait un rêve horrible. Je me suis réveillée trempée de larmes. Nous étions en troïka par une nuit de gel. Il était là, tout proche, je sentais son souffle, ses lèvres et j'étais prise d'une telle envie de vivre pleinement, de tout mon être, d'entendre sans fin le tintement des grelots et le crissement agréable des patins. Mais tout cela disparaissait brusquement et je me retrouvais seule. On m'emmenait quelque part, les joues et toute la figure enduites de graisse d'oie pour me protéger du froid comme quand j'étais petite. C'était gluant, dégoûtant. La graisse se réchauffait et se mettait à couler. J'avais sous les yeux les croupes des chevaux et leurs queues couvertes de givre. Je les voyais distinctement et sentais l'odeur des peaux d'ours sur lesquelles j'étais assise, la sueur des animaux et les gaz qu'ils laissaient sans cesse échapper. Soudain je me suis réveillée et j'ai senti qu'il était mort...

Mon cœur a failli se rompre.

11 janvier 1916. Lundi

Enfin une lettre de lui ! Il est vivant ! Vivant ! Vivant !

« Nous avons dû passer Noël en première ligne, mais les Allemands nous ont laissés tranquilles le soir du réveillon et le jour de Noël. Pour la veillée, la batterie avait son sapin allumé devant les abris. La soirée était calme, la flamme des bougies n'était pas éteinte par le vent. Mes pensées revenaient toujours à vous à Rostov. Je me représentais très bien la soirée là-bas : d'abord l'agitation dans les rues, puis le calme qui revient et les cloches des églises qui se mettent enfin à sonner, joyeuses et solennelles, l'office qui commence par la vigie de Noël, puis la messe. À la fin, les gens sortent des églises et se dispersent dans une atmosphère de fête. Ici, tout était parfaitement calme, aussi bien chez les Allemands que chez nous. La nuit était étoilée et ce silence avait quelque chose de particulièrement triste, car il nous faisait sentir à quel point nous étions loin de vous. Je pensais à la maison, me souvenais de mon enfance, du foin qu'on étalait sous la nappe en souvenir de la naissance du Christ et de son odeur qui se mêlait délicieusement à celle du sapin. Noël était chez nous un jour de jeûne et depuis le matin, personne ne mangeait jusqu'à l'apparition de la première étoile. Nous jeûnions jusqu'au soir, regardions l'étoile et ensuite, nous mettions à table. Nous mangions des tourtes qu'on faisait spécialement pour Noël : le roi blanc était au riz, le roi jaune aux haricots et le roi noir aux prunes. Écrire cela me donne tellement envie de goûter à nouveau de ces plats! Je serais capable de m'en gaver jusqu'à n'en plus pouvoir!

«Je t'embrasse! Bonne nuit! Je terminerai demain.

«Je termine cette lettre commencée avant-hier et me dépêche de la confier à quelqu'un qui part.

«Non, je n'ai pas le temps de continuer, je l'envoie telle quelle. Dehors, il y a du soleil, il gèle, la neige étincelle et les moineaux se précipitent sur le crottin de cheval frais en poussant des pépiements aigus. Pour eux, c'est le bonheur!»

Question : Décrivez votre itinéraire.
Réponse : Je sortis de chez moi, j'allai droit devant moi et je marchai quarante jours durant
Question : Quels pays avez-vous traversés?
Réponse : Je parvins dans une contrée peuplée d'hommes à tête de chien. Ils me regardèrent sans me faire aucun mal. Ces créatures – les têtes-de-chien – vivent un peu partout avec leurs enfants, dans des nids qu'ils construisent entre les rochers. Je traversai leur terre et au bout de cent jours, arrivai à celle des Pygmées. Ils étaient une grande multitude d'hommes, de femmes et d'enfants. Ce que voyant, j'eus grand peur qu'ils ne me mangeassent. Je décidai d'ébouriffer mes cheveux sur ma tête et de les regarder fixement. Car si j'avais fui, ils m'auraient dévoré. Et ainsi fis, tant et si bien qu'ils prirent la fuite, emportant leurs enfants et grinçant des dents. Je gravis une haute montagne, où ni soleil ne brille, ni arbre ne pousse, ni herbe ne croît, seuls reptiles et serpents sifflent et grincent des dents. Vipères, aspics, cérastes et basilics grinçaient des dents, et d'autres serpents encore dont j'ignore le nom. Je cheminai quatre jours durant au milieu de ce grand sifflement. Je me bouchai mes oreilles avec de la cire, ne pouvant supporter de les entendre[1].
Question : Vous dites la vérité?
Réponse : Vous voyez bien que j'ai encore de la cire dans les oreilles. Ensuite je marchai encore cinquante jours droit devant moi, je trouvai un bloc de glace d'une aune de haut et le croquai jusqu'à ce que je parvienne au bout de cette contrée.
Question : Où, quand et comment avez-vous franchi la frontière?
Réponse : J'arrivai devant un grand fleuve et je bus de son eau et mes lèvres se collèrent tant elle était sucrée, surpassant en dou-

---

1. Extrait de la *Légende de saint Macaire le Romain*.

ceur le miel et ses rayons. Quand vint la neuvième heure, il se fit sur le fleuve une lumière sept fois plus vive que celle du jour. Et il y avait dans cette contrée différents vents : le vent d'ouest de couleur verte, le vent roux venant du levant, celui du nord couleur de sang frais et le vent du sud blanc comme neige.

Question : Vous dites vraiment la vérité ?

Réponse : Ce fleuve est large comme le ciel qui se reflète dans l'eau et profond comme l'instant qui passe, car il n'a pas de fond. Et quand je voulus le traverser, il se mit à parler et me dit : «Tu ne peux pas me traverser, car il n'est pas donné à l'homme de franchir mon cours. Regarde ce qui est sur mes eaux.» Je regardai et vis un mur de nuages qui s'élevait depuis l'eau jusqu'aux cieux. Et un nuage me dit : «Nul ne peut me traverser, ni oiseau de ce monde, ni souffle du vent, ni quiconque.»

Question : Alors, comment avez-vous fait pour traverser la frontière ?

Réponse : Je priai notre Seigneur et vis sortir de terre deux arbres magnifiques, superbement ornés et couverts de fruits au délicieux arôme. Celui qui poussait sur ma rive s'inclina, il me prit sur son faîte, m'éleva dans les airs et me transporta jusqu'au milieu du fleuve. L'autre vint à sa rencontre, il me prit sur son faîte, s'inclina et me déposa sur le sol.

Question : Bon, admettons. Mais quel âge avez-vous ? Vous avez écrit ici que vous aviez dix-huit ans, mais quel est votre âge véritable ?

Réponse : J'avais 165 ans quand naquit mon fils Mathusalem, après quoi je vécus encore 200 ans, ce qui fait en tout 365 ans.

Question : Que s'est-il passé ensuite ?

Réponse : La première nuit du mois de Nissan, j'étais endormi quand dans mon sommeil, mon cœur s'emplit d'une immense détresse. Et je dis en pleurant, car dans mon rêve, je ne comprenais pas la cause de mon affliction : qu'adviendra-t-il de moi ? Je m'éveillai et restai longtemps sans retrouver le sommeil. J'étais tout trempé de sueur. Je n'arrivais pas à comprendre où je m'étais réveillé. Et puis cela m'est revenu. J'ai eu envie de fuir, comme si je m'étais réveillé dans la peau d'un autre. Tout autour, ce n'était que ronflements et respirations sifflantes. De l'eau gouttait quelque part. Une voiture est passée au loin. Puis j'ai entendu une horloge. Tout vivait à l'intérieur. Ensuite, j'ai mis ma toque de fourrure, jeté ma veste sur mes épaules et suis sorti. J'ai écrasé la glace à la surface d'une flaque, elle s'est fendue en éventail.

Question : C'est là que tout a commencé, lors de cette nuit d'avril qui avait encore des relents de mars ?

Réponse : Je ne sais pas. J'ai ôté ma toque et la sueur a vite séché. Près de la guérite, quelqu'un a remué dans l'obscurité. Il m'a appelé ! : « Enoch, c'est toi ? » J'ai répondu : « Oui, c'est moi. – Viens ici ! a-t-il dit. J'ai du lait concentré ! » Je me suis approché, sans arriver à voir qui c'était. Il a ouvert la boîte avec sa baïonnette. Nous avons mangé avec les doigts : chacun trempait son doigt et le léchait.

Question : Mais pourquoi Enoch ?

Réponse : C'est comme cela qu'on m'a toujours appelé, au jardin d'enfants, à l'école et à l'armée. Parce que mon nom de famille est Énokhine. Alors tout le monde m'appelait Enoch.

Question : Ils vous appelaient ainsi, mais n'avaient aucune idée des demeures des nuages et de la rosée, sans parler de ce qui est entre corruption et incorruption[1].

Réponse : De quoi parlez-vous ? Je ne comprends pas ?

Question : Bon. Seulement nous avons peu de temps : sur tous les navires, ceux qui ont coulé et ceux qui naviguent, on pique déjà la cloche. Alors passons tout de suite à l'élastique qui claquait sur le ventre nu, sinon, nous n'y arriverons jamais.

Réponse : Les premiers jours après notre arrivée dans l'unité, on nous frappait.

Question : C'était probablement l'usage ?

Réponse : D'ailleurs nous ne cherchions pas à éviter les coups. Nous savions déjà qu'une fois que nous aurions prêté serment, ils nous frapperaient encore plus fort et sur le visage, tandis que pour l'instant, ils l'évitaient.

Question : Expliquez-moi quelle unité c'était et où elle se trouvait.

Réponse : C'était une unité comme une autre, sans rien de particulier. À l'entrée, il y avait deux pins qui ressemblaient à des sentinelles, alors qu'avant, ils étaient tout un bataillon. En fait, cela n'a pas beaucoup d'importance. L'important, c'est qu'un dimanche, j'étais en train de regarder la télévision dans la salle de conférences quand arrive Le Gris : « Debout ! C'est le bordel dans la chambrée ! Allez, au trot ! » J'y vais en courant et je vois les soldats allongés sur leur lit et le mien complètement défait. Je

---

1. Passage emprunté au livre apocryphe d'Enoch.

le refais, mais Le Gris le défait à nouveau. Et comme ça pendant une heure. Tout le monde se marre. En plus, ceux qui sont allongés me balancent des coups de pieds. Et pendant ce temps-là, Le Gris n'arrête pas de faire claquer l'élastique de son caleçon sur son ventre. Nous étions plusieurs nouveaux qui débarquaient de la préparation militaire et bien entendu, la première nuit, ça a été notre fête : on nous a forcés à « chasser l'hiver » de la chambrée avec des serviettes. Et quand l'un de nous a refusé, il a reçu un tabouret sur le crâne. Et puis il y a eu un autre cas...

Question : Mais je les connais par cœur, tous vos cas ! Je parie que vous alliez me raconter comment on vous faisait nettoyer la « piste de décollage » avec une brosse à dents[1].

Réponse : Comment, vous aussi ?

Question : Parce que vous vous imaginez que vous êtes le seul ? Vous croyez que les autres ne faisaient pas les lits des anciens, ne leur recousaient pas leurs cols ? Vous vous souvenez de la buanderie ? Les bleus, la boule à zéro, lavent et repassent les uniformes pour les anciens. Le Gris a une vareuse ajustée au maximum, c'était la mode chez eux. Et tu te vois soudain dans la glace fêlée et couverte de buée, avec de la peur plein les yeux – surtout, ne pas l'abîmer, ne pas la brûler.

Réponse : Vous aussi, vous aviez votre Gris ? Et il aimait aussi se faire claquer l'élastique de son caleçon bleu sur le ventre ?

Question : Un jour, en recousant le col de sa vareuse, je me suis piqué le doigt. Pas de chance, cela a fait une goutte de sang qui a taché le tissu. Le Gris était fou furieux !

Réponse : Mais c'est à moi que c'est arrivé ! Il m'a d'abord envoyé un coup de poing dans le ventre et m'a regardé me tordre de douleur, suffoquant, tout couvert de morve, puis il m'a enfoncé un coude dans le dos pour me faire tomber par terre. Ensuite, il m'a donné des coups de botte, mais pas n'importe comment, en faisant attention à ne rien me casser. Ce qu'il aimait aussi, c'était me tordre les bras dans le dos, me plaquer la main sur le nez et la bouche pour m'empêcher de respirer et attendre. Dès que je commençais à perdre connaissance, il soulevait sa main, juste le temps de me laisser reprendre une gorgée d'air, et me coupait à nouveau la respiration. Ensuite, il me lâchait et s'essuyait la main sur mes cheveux qui repoussaient en brosse.

Question : Et vous vous souvenez de la fois où ils ont vu votre qué-

---

1. Couloir central de la chambrée.

quette au sauna – petite, blanche, sans aucune trace de végétation – et où ils ont tellement hurlé de rire qu'ils ne pouvaient plus s'arrêter ? Mais vous ne leur en avez pas voulu, n'est-ce pas ? Jugez-en vous-même : deux ans en caserne et il n'y a que le jour du sauna, quand on vous conduit en ville, que vous pouvez regarder des civils, et encore, la plupart des hommes sont des officiers habillés en pékin et les femmes, des épouses d'officiers, d'ailleurs, le sauna n'est qu'à un pâté de maison de la caserne. Même les bottes font des mamours avec les feuilles sur la place d'armes. Et comme les gars sont vivants, c'est-à-dire pas encore morts, de quoi pourraient-ils parler sinon de femmes ? Donc, pendant toute la séance d'instruction politique, il n'est question que de gonzesses et du trou par lequel chacun voudrait s'en taper une. Pendant ce temps, dans le coin rouge, l'instructeur, revêtu de sa soutane, leur ressort toujours la même histoire du vieux Spartiate impotent qui se met dans les rangs pour aller à la guerre et quand on lui demande « Où veux-tu aller comme ça ? » il répond en tordant ses lèvres dans un sourire que s'il n'est plus bon à rien d'autre, l'ennemi émoussera au moins son arme en la lui plantant dans le corps. Comment peut-on laisser tant d'hommes seuls, sans femmes ? Et pour si longtemps ! C'est abject ! Tu es couché la nuit, la tête enfouie sous la couverture et tu as tellement envie d'embrasser, de te serrer, de pénétrer ! Alors tu t'imagines on ne sait quoi et les gouttes de vie drues et brûlantes vont mourir dans le drap. Et ensuite tu t'endors dans un lit froid et mouillé.

Réponse : Oui, tout le monde ne pense qu'à ça. Et aussi à boire. Quand j'ai eu ma première permission, Le Gris m'a dit : tu me rapportes une bouteille, sinon je fais lever la compagnie en pleine nuit et je te tringle devant tout le monde, tu peux préparer ton trou de balle.

Question : Vous lui avez apporté ?

Réponse : Je n'avais pas le choix.

Question : Mais on était fouillé au poste de contrôle ?

Réponse : Le Gris est venu lui-même à l'entrée. Ce n'était quand même pas une bête. Il cherchait surtout à vous impressionner. D'ailleurs on peut vivre partout. Mais c'était vraiment très dur. Tu t'es à peine endormi que le Gris se ramène ivre et il faut te lever pour lui ôter ses bottes. Il rote et tu sens qu'il a mangé des cornichons et de la choucroute. Il crie : « On salue ! » et t'oblige à t'incliner devant lui. Tu t'inclines et il recommence : « Plus bas, pédé de merde, plus bas!» Tu fermes les yeux, tu t'exécutes et voilà Le Gris qui t'attrape par le cou et qui te colle la figure contre son derrière en caleçon bleu. Il attend un peu, se concentre et lâche un pet. «Alors, demande-t-il, ça sent bon?» Puis, il te libère en disant: «Allez, va roupiller!» Tu remontes dans ton châlit et avant de te rendormir, tu penses à quelque chose d'agréable. À maman, par exemple. Tu imagines que tu te réveilles à la maison, qu'elle a préparé des petites crêpes moelleuses, tout est déjà sur la table. Et sur ces entrefaites, le jour se lève et on te réveille en te fourrant un balai-brosse sous le nez.

Question: Mais vous pouviez vous faire porter pâle?

Réponse: Il y en a un, chez nous, qui a essayé: il s'est pendu à sa ceinture, mais en s'arrangeant pour ne pas être étranglé – il avait terriblement envie de bénéficier de l'article 7b. Mais il en a été pour ses frais. Le Gris l'a obligé à se creuser un trou derrière la caserne et tout le monde lui a chié dessus.

Question: Vous aussi?

Réponse: Oui.

Question: Pourquoi?

Réponse: Comme si vous ne compreniez pas.

Question: Je comprends.

Réponse: Alors, à quoi bon demander?

Question: Et ensuite, que s'est-il passé?

Réponse: On m'a remis un pistolet-mitrailleur au magasin d'armes, j'ai signé le registre et je me suis senti tout guilleret. C'était quand même une sorte de liberté, de pouvoir vider mon chargeur sur tous ces gens autour de moi. Surtout sur Le Gris. Et personne ni rien ne pourrait m'en empêcher. J'ai pris ma kalach et je suis allé me promener le long des barbelés. J'avance, je scrute l'obscurité. Il avait déjà neigé, tout luisait faiblement. Il faisait froid. La neige crissait sous mes pas. J'avais terriblement envie d'une pomme verte que je ferais crisser comme ça sous mes dents. Tout en marchant, je regardais les étoiles et essayais d'identifier les constellations, mais en réalité, je n'en connais aucune, à part les Ourses. J'ai trouvé deux étoiles qui ressemblaient au signe deux-points et je me suis dit que ce serait ma constellation, la constellation des deux-points. Je me suis aussi rappelé la façon dont Le Gris expliquait comment était fait le monde: toutes les planètes sont les atomes d'un autre monde supérieur. Et dans un autre encore, nos atomes sont aussi des planètes. «Tiens, je vais cracher, disait Le Gris et dans ces mondes, des milliers de galaxies comme notre Voie lactée vont se couvrir d'une bassine de cuivre ! » Peut-être que Le Gris a raison, peut-être que c'est vraiment comme ça. Donc, je marche en pensant à Dieu sait quoi et à tout moment je peux tomber sur un officier de garde ou sur un planton. Alors, vous le savez bien, le règlement prévoit qu'il faut crier : « Halte ! Qui va là ? » S'il ne répond pas, il faut tirer en l'air. C'est le premier tir. S'il ne s'arrête pas à la première sommation, il faut tirer la balle suivante sur lui.

Question : Et alors ? Où est le problème ?

Réponse : Eh bien, imaginez qu'on tire d'abord sur l'homme qui s'approche et ensuite en l'air. Est-ce qu'on peut ensuite déterminer laquelle des deux balles était la première et laquelle la seconde ?

Question : Tout cela, c'est de la théorie. Racontez comment vous vous êtes accroupi, le canon de votre pistolet-mitrailleur pressé contre vous, culasse armée et cran de sécurité effacé.

Réponse : À cet instant, j'avais l'impression d'être assis au-dessus de la lunette. Cette vie était comme une lunette pleine de merde, d'où montait de l'air froid. J'allais m'enfoncer dans la fosse. Et ils trouveraient le moyen de rire de moi, même après cela. Car ils rient de tout.

Question : Et c'est à ce moment-là que le tonnerre a retenti ?

Réponse : Oui, il y a eu au loin des roulements de tonnerre sourds et prolongés, comme si quelqu'un courait sur les toits des garages. Devant chez nous, là où nous habitions, il y avait à droite le portail d'une fabrique et à gauche des garages. Mes copains et moi nous nous amusions à courir dessus. Les toits ployaient, le fer rouillé s'effritait. J'aimais bien entendre le grondement de nos pas. Cela faisait comme des roulements de tonnerre au loin. Mais les propriétaires des garages nous disputaient et nous chassaient. Un jour, ils ont organisé une battue. Nous sautions d'un garage à l'autre, mais à un moment, j'ai mal calculé mon élan et je suis tombé du toit. Ils ont été me chercher et se sont mis à me battre. Ma mère a vu cela par la fenêtre et est accourue. Sans cela, ils m'auraient rossé à mort.

Question : Donc, il y a eu dans le ciel des coups de tonnerre comme si on courait sur les toits des garages et ensuite ?

Réponse : Et j'ai demandé : « Mon Dieu, comment as-tu pu fabriquer tout cela ? »

Question : C'est à ce moment-là qu'on vous a appelé auprès du Gris, qui était assis dans un fauteuil gynécologique ?

Réponse : Oui, nous étions chargés de vider le bric-à-brac entassé au sous-sol d'un ancien hôpital. Dans la cour, il y avait un bizarre fauteuil tout rouillé. Celui-là même. Le Gris y était installé, écartant ses jambes chaussées de bottes et il faisait claquer l'élastique de son caleçon. À part son caleçon bleu, il ne portait rien d'autre.

Question : Cela ne vous a pas frappé de le voir en caleçon alors que la neige crissait sous vos pieds et que vous respiriez l'air glacé de la nuit?

Réponse : Sur le moment, je n'y ai pas prêté attention. On m'appelait auprès du Gris, j'y allais, il n'y avait pas à se poser de questions. Ils étaient justement en train de tabasser un Gagaouze, un petit crevard qui venait de Moldavie, je ne sais même pas comment il avait atterri chez nous. Le Gris disait que les Gagaouzes n'étaient pas un peuple, mais les descendants de soldats turcs restés chez nous et que le mot « gagaouze » voulait dire « traître » en turc. Chacun devait s'approcher de lui à tour de rôle et lui faire quelque chose. Je lui ai balancé un coup de botte dans le tibia qui l'a fait bondir de douleur et saisir sa jambe à deux mains. Un traître est un traître, il n'y a pas à le prendre en pitié. Il n'y a même pas à se demander s'il est Gagaouze ou pas.

Question : Et lui, qu'a-t-il fait?

Réponse : Rien, il est allé pleurnicher dans un coin et il est revenu sortir avec nous les lits d'hôpital dans la cour.

Question : Et alors?

Réponse : Et alors j'ai demandé : « Dis-moi, Le Gris, comment as-tu fabriqué le monde? »

Question : Et lui, qu'a-t-il dit?

Réponse : Il a répondu en faisant claquer l'élastique de son caleçon sur son ventre : « Dans chaque crachat, il y a un univers qui vole. Quand on voit la sentinelle immobile et le soleil en train de se coucher, ce n'est qu'une illusion, car tout le monde sait depuis Copernic que le soleil est immobile et que le monde vole au diable. D'abord il y a eu l'homme, puis son crachat. Pour faire voler l'univers, j'ai dû créer l'homme. J'ai fait sa chair avec cette terre jonchée de mégots, son sang avec l'eau du robinet couleur de rouille, ses yeux avec du verre de bouteille, ses jambes avec les pieds des châlits, son esprit avec les nuages, ses veines et ses cheveux avec de l'herbe flétrie, son pouls avec un courant d'air, son souffle avec du vent, ses pellicules avec la neige sèche du blizzard. Et je lui ai ordonné de parcourir le monde à la recherche de

Dieu, de viande et de femelles. Et que sur sa route disparaissent toujours ses traces pour ne laisser que son pied. Et qu'on dise d'un chien « il est mort » et d'un homme « il a crevé ».

Question : Mais au moins, vous avez compris comme c'est difficile d'être le maître d'un univers ! Les ongles veulent vivre et ce n'est pas de leur faute si vous les rongez. La tortue veut savoir ce qu'il y aura à la fin, et l'enfant la fracasse contre l'asphalte pour savoir ce qu'il y avait au début. Le laboureur réclame de la pluie, le général, la guerre et le soldat rêve de rentrer chez lui et de jeter ses épaulettes par le vasistas.

Réponse : De quoi parlez-vous ?

Question : Je veux dire que si nous ne sommes réellement qu'un atome dans un crachat du Gris qui vole au diable, il y a de toute façon dans l'univers de ce crachat un chat perché sur un vasistas qui essaie d'attraper des flocons de neige avec sa patte. Et il y a aussi un Talmud où l'on raconte qu'un sage a vu accourir vers lui un veau en grande peine parce qu'on voulait l'égorger et le sage lui a dit : « Va où l'on te conduit, car c'est pour cela que tu es fait. »

Réponse : Quel chat ? Et qu'est-ce que tout cela veut dire ?

Question : Cela veut dire que c'est d'abord moi l'ancien et vous le bleu et ensuite, c'est l'inverse, vous êtes l'ancien et moi le bleu. Il faut tout de même bien que quelqu'un nous enseigne la vie, à nous les bleus ! Il faut tout simplement comprendre la langue du destin, le murmure des étoiles. Car nous sommes des aveugles de naissance, qui ne voyons rien et sommes incapables de saisir le lien entre les événements, la cohérence des choses, comme la taupe qui, en creusant sa galerie, tombe sur de grosses racines et les considère comme des obstacles insurmontables, sans pouvoir s'imaginer la frondaison qui s'en nourrit. Et le peloton qui avance en formation de marche sur une route forestière au milieu d'un hiver sans neige, à l'heure où les branches nues émergent du brouillard matinal, ne peut pas non plus s'imaginer cette frondaison, sa couleur en automne, le vent, le murmure de ses feuilles et sa forme qui ressemble à des poumons. Les vertébrés et les invertébrés réagissent différemment à leur environnement : les premiers ont la température qui s'élève quand celle de leur milieu baisse, ce qui ne les empêche pas de grelotter, les seconds vivent toujours en harmonie avec leur milieu et quand vient l'hiver, ils se transforment en glace, puis le moment venu, dégèlent. Il faut attendre son heure, tenir bon et alors, nous deviendrons des durs et n'aurons plus à subir de coups, puis des anciens, et c'est à nous qu'on lavera les uniformes, qu'on coudra les cols, qu'on cirera les bottes, qu'on grattera les pieds, et à la cantine, nous remplirons nos assiettes à les faire déborder et ce que nous n'aurons pas pu manger, nous cracherons dessus pour que les petits jeunes affamés ne puissent pas les finir, eux qui connaissent si peu l'amour et si bien la haine. Si un bleu s'assied en notre présence sur l'unique tabouret de la buanderie, nous lui dirons en faisant claquer l'élastique sur notre ventre qu'il y a outrage à ancien et que chacun doit passer devant l'abruti et lui cracher à la gueule. Personne n'osera vous contredire. Tout le monde viendra lui cracher à la figure. C'est là-dessus que repose l'univers contenu dans le crachat volant, sinon le monde se disloquera, se désagrégera, s'éparpillera comme les feuilles d'un manuscrit tombées sur le parquet.

Réponse : C'est indispensable ?

Question : C'est cela, l'initiation. Le miracle de la transformation d'une chenille boutonneuse en un papillon nacré ! L'apprentissage du monde mystérieux et étonnant des adultes ! Le rituel viril après quoi vous transmettrez ce mystère dans toute votre patrie, dans tous les garages et dans tous les lits. On vous a craché dessus, chié dessus, pété dessus ? La belle affaire ! Toutes les cultures ont inventé quelque chose qui permet de devenir un homme. Vous n'êtes ni les premiers, ni les derniers. Tacite nous apprend que chez les Hattis, les bleus ne se rasaient pas la barbe ni la moustache tant qu'ils n'avaient pas occis leur premier ennemi. Chez les Taifales et les Hérules, il n'était pas question de toucher à une femme avant d'avoir tué un sanglier à main nues ! Estimez-vous heureux qu'on ne vous coupe rien entre les jambes comme on le fait à certains. À Sumatra, on ne se contente pas de circoncire les garçons ou de leur faire des incisions, on leur entaille la partie inférieure de l'urètre, après quoi ils ne peuvent plus uriner qu'accroupis, comme les femmes. C'est bien simple : les novices, les jeunes guerriers doivent perdre leur essence humaine et en acquérir une supérieure, devenir des loups ou des ours ou des chiens sauvages. Tout cela n'a rien de si terrible. On souffre le temps qu'il faut et on n'en parle plus. Ce n'est pas cela qui compte.

Réponse : Qu'est-ce qui compte alors ?

Question : La beauté.

Réponse : Qu'est-ce qu'il peut y avoir de beau dans le bruit d'un élastique de caleçon qui claque sur un ventre ?

Question : Souvenez-vous des soldats qui jouaient au football dans la cour de cet hôpital avec un ballon en caoutchouc troué : chaque coup laissait un creux qui se comblait peu à peu, comme si le ballon reprenait son souffle en inspirant de l'air par le trou. Ensuite, Le Gris a bondi de son fauteuil et a tapé si fort dans le ballon que celui-ci s'est mis à ressembler à un bonnet en caoutchouc. Vous ne sentez pas la beauté de tout cela ? Pas celle qui s'étale sur papier glacé derrière la vitre des kiosques à journaux, mais la vraie beauté vivante. Sans parler du vœu de sacrifice qu'ont fait ces hommes en caleçon bleu et en bottes qui trottent après un ballon-bonnet dans une cour d'hôpital jonchée de verre brisé, ces hommes prêts à sacrifier leur personne, leur cerveau-nuage, leurs pouls-courant d'air, leur souffle-vent pour leur patrie – est-ce que ce n'est pas beau, ça ? Est-ce qu'ils n'étaient pas beaux, ces deux qui gravissaient la colline, portant un fagot de bois pour le sacrifice, un vieillard et un garçon qui demandait : « Père, où est l'agneau ? » Et le vieillard répondait : « Attends et tu verras ! » Ici, c'est la même chose – ils courent en bande compacte, suants et bronzés, frappant le sol de leurs lourdes bottes, glissant sur les tessons de verre qui jonchent l'asphalte, ils croient courir après le ballon pour lui donner dans le ventre un coup bien vachard, mais ce n'est qu'une illusion. Leur course derrière le ballon expirant les mène de la cour de l'hôpital à un chemin de terre défoncé, puis à travers un champ de blé ou un bois de bouleaux. Ils s'arrêtent de temps en temps pour reprendre leur souffle, quand le ballon a atterri sur le toit des garages et pendant que l'un d'eux fait tonner ses bottes sur la tôle, ils demandent, comme s'ils reprenaient leurs esprits : « Dis, Le Gris, où est la victime ? Où est l'agneau ? – Attendez un peu, vous le saurez ! » répond-il et sur ces entrefaites, on lance le ballon du haut du toit et la joyeuse bande reprend sa course. Leurs bottes frappent le sol du champ de blé, des bois de bouleaux. Et le lendemain, ce sera toujours la guerre.

Réponse : Comme le jour a décliné vite.

Question : Cela ne fait rien, nous passerons le crépuscule ici.

Réponse : C'est calme chez vous. On entend des clarines. Les vaches broutent dans le brouillard.

Question : Oui, c'est calme ici.

Réponse : Dites-moi, pourquoi notez-vous ce que je raconte, si de toute façon, cela ne sert à rien ? Puisqu'on va me dire : tu as écouté les clarines et maintenant, fiche le camp ! Je sais bien que c'est ce qu'on dit à tout le monde.

Question : Pour qu'il reste au moins quelque chose de vous.

Réponse : Donc, ce que vous écrivez sur moi restera quand je ne serai plus ici ?

Question : Oui.

Réponse : Et ce que vous n'écrirez pas disparaîtra avec moi ? Et il n'en restera rien ?

Question : Non. Rien.

Réponse : Et je peux parler de tous sans exception ?

Question : Oui, mais nous avons très peu de temps, alors parlez-moi de ceux que vous aimez.

Réponse : Je peux parler de maman ?

Question : Oui.

Réponse : Laissez-moi me concentrer. Il faut que je me souvienne de quelque chose d'important. Oui, un jour quand j'étais petit, je me suis endormi et dans mon sommeil, je l'ai entendue rentrer ; elle devait être en manteau d'hiver parce que cela a fait de l'air froid dans la pièce.

Question. Oui. C'est tout ?

Réponse : Attendez, ne me bousculez pas. J'ai assez de mal comme ça à m'y retrouver.

Question : Peut-être vouliez-vous parler des boîtes de chocolats et des glaces ?

Réponse : Oui, bien sûr. Maman travaillait dans un magasin et rapportait à la maison des boîtes de chocolats périmés, ou plutôt elle rapportait les bons et vendait les vieux. Elle n'était pas bonne à grand-chose, la pauvre. Après, on l'a envoyée vendre des glaces dans la rue, mais dès le premier soir, elle s'est enivrée, a tout distribué gratuitement et s'est endormie à côté de son éventaire. Mais tout cela est absolument insignifiant ! Vous m'embrouillez les idées.

Question : Quoi d'autre ?

Réponse : Je me souviens aussi que j'étais à l'hôpital et mes parents n'avaient pas le droit de me rendre visite parce que j'étais en quarantaine. Maman est venue, elle était en bas et me criait quelque chose par la fenêtre, mais je n'entendais rien parce que même le vasistas était calfeutré. Nous écrivions en grosses lettres sur une feuille de papier ce que nous voulions qu'on nous apporte et plaquions la feuille contre la vitre, mais ce jour-là, la vitre était couverte de givre.

Question : Vous savez pourquoi elle vous a donné le prénom de votre père ?

Réponse : Non.

Question : Elle s'imaginait que quand vous seriez plus grand, vous joueriez dehors avec une bande de gamins et elle serait toute heureuse de vous appeler par son nom, juste pour que vous vous retourniez. Vous savez quelque chose sur votre père ?

Réponse : Non. Et je n'ai jamais rien voulu savoir. C'est un salaud. Il nous a laissés tomber avant ma naissance. Il est mort, maintenant. Je me souviens que c'est arrivé en hiver dans une autre ville où il habitait et au printemps suivant, maman et moi sommes allés là-bas. Dans notre compartiment, il y avait un drôle de vieux tout couvert de tatouages. Il regardait les rails par la vitre et tout d'un coup il a dit que sous chaque traverse, il y avait un mort. Nous sommes arrivés au cimetière, la neige avait fondu, la terre avait dégelé et sur la tombe, au lieu d'un monticule, il y avait un creux. Maman m'a dit en me serrant contre elle devant cette argile qui s'était tassée sur mon père : « Et voilà, maintenant, nous n'avons plus de papa. » Comme si nous en avions un avant. C'est bizarre, on ne se souvient plus de rien quand il le faut. J'avais tant de choses à dire et je ne sais plus quoi raconter d'important.

Question : Racontez autre chose. Vous aimiez lire des livres ?

Réponse : Oui. Il y en avait un avec des images qui montraient de quoi l'homme est fait : cinq petits clous signifiaient la quantité de fer que contient notre organisme, une petite tasse de sel montrait combien nous avons de sel en nous et ainsi de suite : tout était indiqué par des petites louches, des petits verres gradués, des petits sachets. J'aimais aussi toutes les aventures en mer : cela me plaisait beaucoup qu'on pique la cloche sur les navires. Et mon livre préféré était un livre d'histoire qui parlait du prince Vassilko. Ils étaient deux frères et l'un avait crevé les yeux de l'autre avec un couteau. Je lisais cela en me disant que c'était vraiment une époque terrible, où les hommes étaient féroces et grossiers.

Question : Et que s'est-il passé à la datcha avec la balle de ping-pong ?

Réponse : Rien de spécial. J'avais volé une loupe à une vieille voisine et m'amusais à mettre le feu à des fourmis. Je me souviens même que je me disais : voici une fourmi qui avance sans se douter de rien, mais moi je sais qu'il ne lui reste presque plus rien à vivre et crac ! je dirige sur elle le foyer lumineux. Ou sur une autre, et j'épargne celle-ci. Je condamne à mort et je gracie. Je condamne les unes et je gracie les autres. Et rien ne dépend d'elles. Elles n'y sont pour rien. Je suis tout simplement le maître du sort des fourmis ! Sur ces entrefaites, j'ai entendu quelqu'un siffler. Je me suis retourné. Elle était debout devant la clôture. Lenka, la fille des voisins. Elle tenait dans une main une raquette de badminton et dans l'autre une balle de ping-pong. Elle m'appelait pour jouer. C'est tout. Mais comme le badminton ne donnait rien, nous sommes allés à la rivière cracher dans l'eau du haut du pont. Que voulez-vous que je vous raconte encore ? C'était l'été, nous étions en vacances à Bykovo et jouions à la guerre avec les enfants du centre climatique, nous nous bombardions par-dessus la clôture avec des pommes de pin. Les raquettes de badminton étaient très efficaces. Les pommes de pin volaient comme des obus. Lenka et moi nous cachions dans les buissons, ramassions des pommes de pin dans un tee-shirt, c'étaient nos munitions, avec lesquelles nous bombardions les malades – c'était un centre pour tuberculeux – et eux ripostaient. Ensuite Lenka a lancé du gravier et ils se sont mis à nous en envoyer aussi, il y en avait des tas entiers, parce qu'on était en train d'asphalter les allées. C'était une guerre comme une autre. J'en ai même blessé un à la tête.

Question : Vous savez que vous avez un fils ?

Réponse : Oui. Mais je ne sais rien de lui. Je ne l'ai même jamais vu.

Question : Que pouvez-vous dire de la mère de cet enfant ?

Réponse : Là-bas, j'ai rêvé de Lika. Imaginez-vous cela : j'étais en faction et soudain, je la vois s'avancer vers moi. Je lui dis bien haut : « Halte, ou je tire ! » Et j'ajoute tout bas : « Qu'est-ce que tu fais là ? » Elle s'approche de moi, m'embrasse sur les lèvres, me pose les mains sur les épaules et ses doigts font comme des galons sur mes épaulettes. Tout cela n'a ni queue ni tête. Je grimpais avec une corde par la fenêtre de son foyer. Lika disait en riant que c'était sa natte. Elle était infirmière et continuait ses études par correspondance. Parfois, la nuit, je n'arrivais pas à m'endormir : j'avais tellement envie de la toucher, de humer ses cheveux. Je revoyais comme si elle était là ses genoux roses à travers son collant noir et ses hanches fortes qui tiraient sur sa jupe courte. Une fois j'avais un ongle cassé, elle avait peur pour son collant et m'avait dit : « Attends ! » Elle avait pris ses petits ciseaux au bout recourbé et m'avait coupé l'ongle.

Question : Que vous disait-elle ? Quelque chose d'important ?

Réponse : Un jour, j'avais la tête posée sur son ventre et elle m'a dit soudain : «Dans une vie antérieure, j'ai été ta maman.»

Question : Et les pièces en chocolat?

Réponse : Oui, quand elle était petite, on lui avait offert un joli petit sac en velours avec une chaîne dorée, plein de pièces en chocolat enveloppées dans du papier doré et argenté. Ils allaient quelque part en train, elle voulait prendre le petit sac avec elle pour dormir, mais on lui avait dit que le chocolat allait fondre et que les pièces seraient toutes écrasées. Et pendant la nuit, des voleurs leur ont pris toutes leurs affaires et le petit sac aussi.

Question : Quoi encore?

Réponse : Je me rappelle aussi comment elle essuyait ses bottes avec un chiffon en disant que c'était impossible de vivre dans une ville où on avait du sel qui se déposait tous les jours sur les bottes.

Question : Mais comment vous a-t-elle expliqué que vous n'étiez pas le seul?

Réponse : Elle m'a dit que l'amour était si grand qu'il ne pouvait se suffire à lui-même, que c'était comme une orange qui forme un tout, mais est faite de tranches séparées. Il fallait aimer celui-ci et celui-là et encore ce troisième, pour qu'au total cela donne un grand amour, parce que les personnes qu'on aimait étaient bien plus petites que cet amour, qui ne tenait en aucune d'elles. Lika avait un cahier où tous les jours elle notait des pensées. Pas les siennes, bien sûr. Elle avait lu quelque part et recopié qu'un arbre donnait beaucoup plus de graines que la terre ne pouvait en faire germer, que les torrents de montagne avaient un lit trop grand en prévision des hautes eaux de printemps et que l'âme avait plus de plis qu'il n'en fallait pour la vie de tous les jours. Mais vient un temps où l'âme commence à écarter ses plis. Je sais que ce n'était pas de l'amour. Ou si c'en était, il n'était pas très aimant.

Question : Vous n'en savez rien.

Réponse : Parlons d'autre chose.

Question : Comme vous voudrez. Mais vous comprenez maintenant, pourquoi elle a donné votre nom à son fils?

Réponse : Vous me faites sans cesse perdre le fil. De quoi parlions-nous? Je vous ai raconté notre préparation militaire? Oui? Ensuite on nous a envoyés à Mozdok. Là où la poussière nous surplombait comme une caverne.

Question : Comment cela?

Réponse : Il y avait tellement de poussière que quand nous roulions en BTR, elle montait jusqu'au ciel et tourbillonnait au-dessus de nous. Comme si nous étions dans une grotte. Ensuite, tout cela redescendait du ciel sur la terre. Sur les cheveux, les vêtements, la nourriture. Et nous nous retrouvions tous pareils. Les premiers jours, j'avais la peau tellement irritée par la poussière et le soleil que quand je me lavais, je ne pouvais pas me passer la main sur le visage, le moindre effleurement me causait une douleur aiguë. Nos figures étaient comme des masques sombres avec juste le blanc des yeux qui brillait. Nous restions des semaines sans nous laver et quand la citerne arrivait, nous nous déshabillions complètement et nous précipitions sous le jet. Nous lavions nos vêtements et les remettions mouillés. Je ne vais pas trop vite ?

Question : Non.

Réponse : Quand il pleuvait, la poussière se transformait aussitôt en une boue compacte. Tout disparaissait dans cette pâte qui effaçait la moindre trace. Ça n'était partout que bouillasse et gadoue. L'argile grasse pétrie par les tanks s'agglutinait sur les bottes qui pesaient une tonne. On les grattait avec une pelle de sapeur avant d'entrer dans la tente, mais il y avait toujours de l'argile qui venait se coller sur les châlits, sur les couvertures, entrait dans les vareuses, bouchait les canons des pistolets-mitrailleurs. Et impossible de s'en débarrasser : on avait beau se laver les mains, dès qu'on touchait à quelque chose, elles étaient à nouveau sales et gluantes. Hébétés, couverts d'une croûte d'argile, recroquevillés dans nos vareuses, nous essayions de conserver un peu de chaleur, les mains couvertes de cette boue indélébile qui nous faisait comme des gants. Dans la tente, nous aspergions avec du gazole le bois humide du brasero – on le versait dessus avec une boîte de conserve – et une fumée âcre à l'odeur de goudron se répandait dans l'air glacé.

Question : Quels souvenirs avez-vous gardés de vos premiers jours là-bas ?

Réponse : Je me souviens des enfants qu'on a rencontrés. Une bande de gamins et de gamines a déboulé sur la route, nous leur avons souri, avons essayé de les faire rire en leur faisant des grimaces, mais aucun d'eux ne s'est déridé. Il y avait aussi les chiens affamés qui hurlaient, attachés devant leur maison brûlée et abandonnée. À Grozny, c'était le contraire : les chiens étaient gras, ils étaient gavés de cadavres.

Question : J'ai noté, continuez.

Réponse : Un jour, nous avons dressé notre tente à l'intérieur d'une maison démolie qui n'avait plus de toit et dont les fenêtres étaient obstruées par des briques. Il y avait là un seau d'enfant plein d'eau gelée et quand je l'ai retourné, cela a fait un pâté de glace.

Question : Ensuite ?

Réponse : Nous avions tellement soif que personne n'utilisait les tablettes désinfectantes qu'on nous mettait dans nos rations, parce qu'il fallait les laisser agir quatre heures. De quoi crever de soif avant. Alors on buvait directement l'eau de la rivière, une eau trouble qui avait la couleur du ciment.

Question : Quel goût avait-elle ?

Réponse : Pourquoi avez-vous besoin de savoir tout cela ? Elle sentait les œufs pourris. Quelqu'un avait dit que l'hydrogène sulfuré était bon pour les reins. Alors nous répétions à chaque fois que c'était bon pour les reins. Mais pourquoi faut-il conserver l'odeur de cette eau ?

Question : Continuez.

Réponse : Je me souviens aussi des femmes en savates éculées et en vêtements à fleurs. En Tchétchénie, les réfugiées s'habillent de couleurs vives. Elles enroulent autour de leur tête de jolis fichus bariolés. Quand on est en deuil, normalement, on porte du noir, tandis qu'elles mettent ce qu'elles ont de plus coloré. L'une d'elles, je m'en souviens, s'est approchée de l'endroit où était sa maison, elle est restée longtemps à fixer les décombres en silence. Puis elle m'a regardé et est partie sans rien dire.

Question : Quoi d'autre encore ?

Réponse : Je me souviens aussi comment Le Gris a été tué.

Question : Où était-ce ?

Réponse : Près de Bamout. Nous venions d'allumer une cigarette en cachant le mégot dans notre manche et brusquement, il m'a lancé : « Énokh, ne bouge pas ! » Il est parti en courant tout en enroulant la courroie de sa kalachnikov autour de son poignet et il a disparu derrière le coin d'une grange. On a entendu des coups de feu et il est revenu aussitôt : il se traînait, le ventre ouvert, les boyaux à l'air, couverts de paille et de merde. Il est mort sur place. J'étais assis à côté de lui et je voyais son sang se mélanger sous lui avec l'eau d'une flaque. Et je me souviens aussi du ciel avec des traînées de nuages au couchant, qui faisaient comme des stries.

Question : Qu'avez-vous éprouvé après tout ce qu'il vous avait fait ?

Réponse : Le Gris est quelqu'un de bien. Sans lui, cela aurait été vraiment moche. On devenait tous comme des bêtes, là-bas, mais lui se tenait. Un jour, après un engagement, nous sommes tombés sur un blessé. Juste avant, nous avions pu admirer comment ils traitaient nos blessés à nous, c'était la première fois que je voyais ça : deux de nos gars, les yeux crevés, les oreilles coupées et toutes les articulations retournées à l'envers. Fous de colère, nous l'avons attaché à notre BTR et traîné tout notre saoul sur l'argile sèche. Ensuite, nous l'avons balancé sur un terrain vague, nous voulions le laisser crever en plein soleil, mais Le Gris s'est approché de lui et l'a achevé d'une balle de pistolet. Il a eu pitié de lui. Nous n'étions pas contents, mais personne ne pouvait rien dire contre Le Gris. Et voilà, il est mort bêtement. De toute façon, il n'y a pas de mort intelligente. Un jour, après avoir tiré au lance-roquettes, je m'étais retourné par inadvertance en lui envoyant les gaz en plein dans l'oreille. Il avait roulé en bas du talus en se pinçant le nez et en avalant pour se déboucher les oreilles. Je pensais qu'il allait me tuer, mais non, il s'était contenté de pousser des jurons. Là-bas, à la guerre, il était devenu comme un frère pour moi. Nous partagions la bouffe et la nuit, en hiver, nous nous enroulions dans le même tapis. On dormait tantôt dehors, tantôt dans un lit somptueux, tout habillés, dans nos vareuses maculées de boue. Cela me fait de la peine qu'il ne soit plus là. Quand nous buvions, il vidait son verre cul sec en fermant les yeux et il disait : « Ouf! Je sens Dieu qui dévale dans mes veines... » Tout cela est bien loin et pourtant, l'autre nuit, je me suis réveillé en sursaut parce que je croyais entendre l'élastique de son caleçon claquer contre son ventre. Je me suis dressé et j'ai demandé dans le noir : « Le Gris, c'est toi ? »

Question : C'est tout ? Ou vous avez quelque chose à ajouter ?

Réponse : Partout il y avait des graffitis sur les murs des maisons détruites : cochons de Russes.

Question : Vous avez tué des civils pacifiques ?

Réponse : C'est le jour qu'ils sont pacifiques, au marché, mais la nuit, ils balancent des grenades sur les voitures qui transportent les blessés. Nous en avons attrapé un qui tirait sur les gars de notre compagnie. Nous l'avons attaché à son lance-grenades avec du fil de fer, l'avons arrosé d'essence et y avons mis le feu. Nos copains avaient grillé dans leur véhicule, maintenant c'était son tour. Au début, il se taisait. Il nous méprisait, voyez-vous. Mais quand les flammes sont montées, il s'est mis à hurler.

Question : Vous avez tiré sur des enfants ?

Réponse : Pourquoi avez-vous besoin de savoir cela ?

Question : Pour pardonner. Il y a bien quelqu'un qui doit savoir et pardonner.

Réponse : Mais qui êtes-vous, ici, pour pouvoir pardonner ?

Question : Je ne fais que noter. Question-réponse. Pour qu'il reste quelque chose de vous. Il ne restera de vous que ce que j'aurai noté.

Réponse : C'est impossible à pardonner. Il était debout devant nous, à essuyer son nez morveux – les manches de son manteau brillaient de morve jusqu'au coude. Il était encore tout gamin, mais il savait que c'était nous, les Russes, qui avions tué son père. Quand il serait grand, il se vengerait. Il ne nous pardonnerait pas. Il n'avait pas d'autre solution. Nous l'avons attrapé et avons trouvé dans ses poches une dizaine de cartouches dont les balles avaient la tête sciée – quand ce genre de balle pénètre dans le corps, elle a le même effet qu'une balle à fragmentation. Eh bien, ce gamin aux manches brillantes de morve ne grandira pas et ne tirera pas sur mon fils.

Question : Et puis ?

Réponse : Personne ne peut me pardonner parce que personne n'osera m'accuser de quoi que ce soit. Compris ?

Question : Que s'est-il passé ensuite ?

Réponse : Ne me bousculez pas.

Question : Nous n'avons presque plus de temps. Essayez de vous souvenir encore de quelque chose d'important.

Réponse : De quoi voulez-vous que je me souvienne ?

Question : De cet enfant qui jouait dans la rue et dont la tête a tout à coup volé en éclats – un sniper russe lui avait tiré dessus. Ou du bombardement à Chali, là où une petite fille de trois ans jouait sur la route devant sa maison. Un avion est passé et elle s'est volatilisée, volatilisée au sens propre, on a enterré son manteau d'hiver à sa place. En tchétchène, « enfant » se dit *malik dou*, ce qui signifie mot à mot « un ange est ».

Réponse : De quoi parlez-vous ? Vous confondez. Ce n'était pas moi qui étais là.

Question : Cela ne change rien. Racontez comment votre mère est allée vous chercher en Tchétchénie.

Réponse : Je n'en sais rien.

Question : On est venu du bureau de recrutement faire une perquisition chez elle et lui remettre un papier comme quoi elle devait « faire revenir son fils de son propre chef ». C'est comme cela qu'elle a appris qu'il était E.F. En fuite. En marchant dans votre rue Gastello[1], elle se disait : « Mon Dieu, fais qu'il soit en vie et en bonne santé et si tu ne peux pas, s'il est mort, fais qu'il ait été tué sur le coup et qu'on ne l'ait pas torturé. » À son travail, elle a demandé un congé et de l'argent pour aller chercher son fils, et on lui a répondu : il faut d'abord que vous vous procuriez dans son unité une attestation comme quoi il a disparu. Elle a fait ses bagages, a traversé tout le pays jusqu'à Vladikavkaz, et de là, elle s'est rendue à l'état-major de votre unité. Ils lui ont dit : vous n'avez qu'à le trouver et nous l'amener. Alors elle a essayé de l'identifier en parcourant d'immenses chambres froides pleines de cadavres calcinés, tous identiques. Le major qui l'accompagnait lui a dit : « La mère, tu ferais mieux d'en reconnaître un au hasard. » Elle n'a pas compris et comment lui expliquer ? Il y avait là-bas plusieurs autres femmes dans le même cas, elles habitaient ensemble et cherchaient leurs fils. Elles s'étaient dit qu'elles ne quitteraient pas la Tchétchénie avant d'avoir retrouvé leurs enfants vivants ou morts. Le soir, elles interrogeaient le sort : elles s'arrachaient un cheveu et le passaient dans leur alliance, qu'elles tenaient suspendue au-dessus de la photo de leur fils. Si l'alliance restait immobile, cela voulait dire qu'il était mort. Si elle oscillait, il était vivant. Dans la journée, elles parcouraient les villages. Une Russe abordait une Tchétchène assise à côté d'une auge devant sa maison en morceaux et lui montrait une photo : « La mère, tu n'as pas vu mon enfant ? » Sur les photos, ils étaient tous pareils. « Oui, je le reconnais, faisait la Tchétchène, c'est lui qui a tué mon fils. »

Réponse : Attendez...

Question : Vous avez fui sans vous acquitter de votre mission ?

Réponse : Attendez ! Je voulais seulement m'endormir et me réveiller dans la peau d'un autre. Cesser d'être moi. Revenir dans ma peau ailleurs et à un autre moment. Donc j'ai rêvé que j'étais en faction et soudain, elle s'est avancée vers moi. Je lui ai dit bien haut : « Halte, ou je tire ! » Et j'ai ajouté tout bas : « Qu'est-ce que tu fais là ? » Elle s'est approchée de moi, m'a embrassé sur les lèvres, m'a posé les mains sur les épaules et ses doigts faisaient comme des galons sur mes épaulettes. Je me suis réveillé et je n'arrivais pas à comprendre où je me trouvais. J'étais à bord d'un navire qui avait une drôle d'allure, comme ceux qu'on voit dans les musées. Autour de moi, il y avait des gens bizarres qui

---

1. Aviateur, héros de la Seconde Guerre mondiale.

devaient être des marins. Quelqu'un me secouait, j'ai compris ensuite que c'était le capitaine du navire, il avait un œil gris et l'autre marron, c'était un ivrogne et un assassin et il criait : « Hé ! quoi ! tu dors alors que Dieu a lancé sur la mer un vent violent, que la mer est déchaînée et que le navire est prêt à se briser ! »
Question : Quel navire ? Qui étaient ces marins ? Où alliez-vous ?
Réponse : C'était un navire qui allait de Joppé à Tarsis. Il a sombré depuis longtemps et ses marins sont morts depuis longtemps, à supposer qu'ils aient vécu. À bord, on piquait la cloche et le capitaine me criait que les matelots avaient pris peur, avaient imploré chacun son dieu et s'étaient mis à jeter tout le chargement à la mer. « Et toi, pendant ce temps, tu roupilles dans la cale ! criait-t-il. Lève-toi et invoque ton Dieu ! Peut-être qu'il songera à nous et que nous ne périrons pas ! » Et les marins se dirent entre eux : « Venez, nous allons interroger le sort pour savoir lequel de nous est responsable du malheur qui nous frappe. » Ils tirèrent au sort et le sort me désigna. Alors ils me dirent : « Dis-nous à cause de qui ce malheur nous frappe. Quelle est ton occupation et d'où viens-tu ? De quel pays es-tu et quel est ton peuple ? » Je leur répondis : « Je suis un E. F. Mon peuple est en caleçon bleu et en bottes de simili-cuir, il joue au football avec un ballon dégonflé. Je suis sorti en pleine nuit dans la cour. Près de la guérite, quelqu'un a remué dans l'obscurité. Il m'a appelé ! "Enoch, c'est toi ?" J'ai répondu : "Oui, c'est moi. – Viens ici ! a-t-il dit. J'ai du lait concentré !" Je me suis approché, sans arriver à voir qui c'était. Il a ouvert la boîte avec sa baïonnette. Nous avons mangé avec les doigts : chacun trempait son doigt et le léchait. Alors il m'a dit que le lendemain, je devais aller en opération de nettoyage dans un patelin appelé Ninive, près de Katyr-Iourt. J'ai eu peur, parce que j'ai compris que je m'étais réveillé dans la peau d'un autre. » Les hommes furent saisis d'une grande crainte, car ils comprirent qui je fuyais. « Va, crièrent-ils, va vite à Ninive ! Car c'est la présence du Seigneur que tu fuis ! – Qui est-ce ? » demandé-je. Leur surprise redoubla : « Dieu, c'est ce sans quoi la vie est impossible – Attendez un peu ! répondis-je. On nous a expliqué qu'au début, il y avait un concentré de quelque chose qui a explosé et depuis, cela s'étend de plus en plus, l'univers est en expansion. C'est bien cela, les marins ? » Ils ont dit : « Plus ou moins. Au début, il y avait l'amour. Un concentré d'amour. Ou plutôt, ce n'était pas encore de l'amour, mais un besoin d'amour, parce qu'il n'y avait encore personne à aimer. Dieu était seul et

il avait froid. Et tout cet amour cherchait un exutoire, un objet, donnait envie de chaleur, de se blottir contre un être cher, de respirer la douce odeur d'une nuque d'enfant, d'une créature à soi, la chair de sa chair. Alors Dieu se créa un enfant pour l'aimer et ce fut Ninive. Il prit un soldat tué près de Bamout. Tu le connais, c'est Le Gris. Avec son corps, il fit la terre. Avec le sang qui avait coulé de ses blessures, il fit les rivières et la mer. Avec ses os, les montagnes. Avec ses incisives et ses molaires, les rochers et les collines. Avec son crâne, la voûte céleste. Avec son cerveau, les nuages, avec son pouls, les courants d'air, avec son souffle, le vent, avec ses pellicules, la neige. Mais il t'a déjà raconté tout cela. Ses cheveux devinrent l'herbe flétrie. C'est ainsi que commença Ninive. Pour nous, c'est difficile à concevoir, mais pour Lui, ce n'est peut-être pas plus compliqué que de cracher par terre. Et nous ne sommes peut-être que Son crachat. Alors, quelle importance, que tu te sois réveillé à bord de ce navire dans ta peau ou dans celle d'un autre ? » Je pris peur : « Mais que va-t-il m'arriver maintenant ? – Nous allons te jeter par-dessus bord et Dieu ordonnera à une grande baleine de t'avaler, en fait, c'est une erreur de traduction, car tu n'es pas du plancton, mais cela n'a pas d'importance. L'important, c'est que ce poisson géant aura un gosier strié. – Et ensuite ? Comment parviendrai-je à Ninive ? – Cela, nous l'ignorons. Nous sommes des matelots, notre affaire est de piquer la cloche. Donc tu atteindras Ninive et tu feras tout ce qu'il faut. Et il arrivera quelque chose à un arbre, mais nous ne savons plus très bien quoi. Ou bien il se desséchera subitement, ou bien il fleurira alors qu'il était tout sec. Bref, le Seigneur, affligé, dira : "Comment n'aurais-je pas pitié de Ninive la grande ville où il y a plus de cent vingt mille êtres humains qui ne savent pas distinguer leur droite de leur gauche, et une quantité de bétail." Il aura pitié et il détruira Ninive, pour ne pas laisser souffrir les hommes et les animaux. »

Question : Il est déjà tard. Regardez, il fait nuit noire.

Réponse : Je leur dis : « Prenez-moi et jetez-moi à la mer pour qu'elle cesse de vous être hostile. » Mais eux piquèrent à nouveau la cloche et répondirent : « Tu n'as donc toujours pas compris que nous sommes déjà dans le ventre de la baleine, puisqu'elle a le gosier strié comme le ciel au-dessus de Bamout. Nous avons été avalés par le ciel. Nous sommes tous dans le ventre du poisson. Nous y sommes installés et y vivons tant bien que mal. Tous les jours, nous voyons la voûte striée de son palais, mais ce n'est rien, nous y sommes habitués. Parce qu'à l'intérieur du poisson, tout est stable et harmonieux : il y a exactement autant de décès que de naissances, exactement autant de naissances que de décès, pas une de plus ni de moins, les comptes sont équilibrés et le seront toujours.» Je demandai : «Mais où dois-je aller, alors?» Ils répondirent : «Peu importe. Toutes les routes te mèneront à Ninive. Va où tu veux.» Je m'en allai donc. Je tournai le coin et me retrouvai au crépuscule. J'aperçus dans la pénombre une cigogne sur un toit; comme on ne voyait pas ses pattes, elle avait l'air suspendue en l'air. Les boules-de-neige finissaient de fleurir, les chèvrefeuilles s'épanouissaient à l'approche de la nuit. Une cloche tinta dans le lointain, comme si on raclait avec une louche un énorme chaudron dans la cuisine de la cantine. Un train passa, de loin on aurait dit une règle d'écolier. Je marchai longtemps sur la route en me protégeant les yeux avec la main pour ne pas être aveuglé par les phares. Ensuite j'attendis au passage à niveau en regardant défiler sur des wagons plateformes des camions dans des postures inconvenantes, grimpés les uns sur les autres. Le couchant rougeoyait encore faiblement et les nuages qui se reflétaient dans l'eau immobile de l'étang ne glissaient pas à la surface, mais luisaient tout au fond. En les regardant de plus près, je vis que c'étaient des nuages striés comme le gosier du ciel. Une coccinelle attardée se posa sur ma main et chemina vers mon coude en escaladant les poils, ou plutôt en étant soulevée par eux comme par des vagues. Je me dis que ce devait déjà être Ninive, où la chaleur du jour commence avec l'oraisage du matin, où quand vient l'hiver, tout est à nouveau écrit noir sur blanc, où à part le sens commun, il y a aussi le sens singulier, qui est plus fort, où même la neige est amour et où l'homme est là où est son corps.

Question : Je suis fatigué.
Réponse : Attendez, je n'en ai plus pour longtemps. J'entrai dans Ninive et fus surpris de voir que tout y était absolument comme chez nous. Un chat essayait d'attraper les flocons de neige avec sa patte, on piquait la cloche sur les navires, le prince Vassilko avait eu les yeux crevés par son frère, maman avait distribué gratuitement toutes ses glaces et dormait en chien de fusil à côté de son éventaire. Je m'appelais comme mon père et mon fils comme moi. On entendait de sourds roulements de tonnerre, c'était un orage qui approchait ou quelqu'un qui courait sur les toits des garages. Un ongle cassé accrochait une jupe et un collant. Dans

la buanderie les bleus recousaient les cols des anciens. Les chiens éructaient, gavés de cadavres. Une horloge de guingois se reflétait à l'envers dans un miroir. On lançait des grenades dans les caves. Au marché, des mères montraient à tout le monde des photos enveloppées dans du plastique. Un sniper faisait voler une tête en poussière rouge. Les anciens crachaient sur ce qu'ils laissaient dans leur assiette. On enterrait des vêtements d'enfant à la place du corps. Des pommes de pin et du gravier volaient par-dessus la palissade. On achevait un blessé par compassion. On jouait au football en caleçon et en bottes avec un ballon dégonflé qui sifflait et peinait à reprendre son souffle quand il recevait un coup au plexus solaire. Et personne ne voulait avoir pitié et mettre un terme aux souffrances. Par compassion. Car Dieu avait promis d'épargner Ninive, mais tout restait comme avant, rien ne changeait. Soudain je vis Le Gris assis dans son fauteuil gynécologique rouillé. Il me fit signe d'approcher. J'allai vers lui, marchant sur des tessons de verre qui glissaient sous mes bottes. « Le Gris, c'est toi ? Tu n'as donc pas été tué près de Bamout ? » Il cracha entre ses dents sur l'asphalte, passa la main derrière sa nuque et ricana : « Comment pourrais-je avoir été tué si tu parles avec moi ? » Alors, je lui demandai : « Le Gris, mais donc, Dieu, c'est toi ? » Il cracha à nouveau, se gratta l'aisselle et dit : « Il faut croire ou savoir. »

Question : Mais la foi et la connaissance, c'est la même chose.
Réponse : C'est ce que je lui ai répondu. J'ai aussi demandé : « Mon Dieu, pourquoi n'épargnerais-Tu pas Ninive ?
Question : Et qu'a-t-il répondu ?
Réponse : Il a ricané : « Tu n'as donc toujours pas compris, idiot, que Dieu n'existe pas ? » Et il a fait claquer l'élastique de son caleçon sur son ventre. Alors quelqu'un a sifflé. Je me suis retourné. Elle était debout derrière la palissade, sous l'acacia, tenant dans une main une raquette de badminton et dans l'autre une balle de ping-pong. Elle avançait la lèvre inférieure pour souffler sur sa frange qui lui tombait sur les yeux. Elle m'a tendu la balle et m'a dit en souriant : « Viens ! »

Jour de la Sainte Rencontre
Je n'ai plus touché à mon journal depuis tout ce temps-là. Cela fait déjà un mois qu'Aliocha a été tué. Je suis allée brûler un cierge pour lui à l'église Saint-Alexandre-Nevski. Je me suis placée au même endroit que l'autre fois, quand nous étions venus ensemble. Je

revoyais tout ce que j'avais regardé alors : les fresques de Vasnetsov, la mosaïque, les iconostases. Tout était comme avant, jusqu'au prêtre qui était le même. Mais on ne voyait plus les peupliers à travers les vitres enneigées et Aliocha n'était plus là.

Ensuite, je suis allée chez lui. Sergueï Pétrovitch n'était pas à la maison. Tatiana Karlovna était allongée dans sa chambre. Je suis restée un peu auprès d'elle, puis je suis allée voir Timocha dans sa chambre. Il aime bien le drôle de gros bonhomme en pneus, en casque et en lunettes d'automobiliste, que l'on voit sur la réclame des pneumatiques Michelin. Quand il en trouve une dans le journal, il la colorie avec ses crayons de couleurs. Je me suis assise à côté de lui et nous avons colorié ensemble. Tima a retrouvé son rire heureux et insouciant. Pour lui, son frère n'existe déjà plus.

Il ressemble tellement à Aliocha !

Cette nuit-là, j'avais senti qu'il n'était plus là et cela m'avait réveillée. Mais le lendemain était arrivée sa lettre et je l'avais lue, toute heureuse de le savoir vivant, alors qu'il était déjà mort.

En revenant à la maison, j'ai rencontré Nina Nikolaïevna rue Nikitinskaïa. Nous ne nous étions plus revues depuis et elle n'était pas au courant. Elle m'a dit : « Comment peut-on avoir l'air aussi abattu ? Vous ne devez pas montrer aux gens votre envers et tous vos états d'âme, mais votre endroit ! Tout le monde doit croire que vous ne pouvez pas avoir d'ennuis et que vous avez l'habitude de tout dominer – les hommes et les circonstances ! » J'ai fondu en larmes et je lui ai dit qu'Aliocha avait été tué. Elle s'est écriée : « Ma petite fille ! » et m'a étreinte en pleurant avec moi. Nous nous sommes assises sur un banc et m'a raconté comment elle avait perdu l'homme qu'elle aimait. Il était avec le général Skobélev en Bulgarie pendant la guerre contre la turquie. Cela m'a touchée de voir cette femme pleine d'expérience et de sagesse, qui comprenait ce que c'était que de perdre un proche ! Comme elle sait bien ce qu'il faut dire en pareilles circonstances, comme elle sait trouver les mots justes, graves et authentiques ! Mais soudain elle a ajouté qu'on voyait que j'avais mis ma toque sans consulter mon miroir et elle m'a dit en guise d'adieux : « Si tu veux devenir une grande actrice, il faut savoir tout sur l'amour et être capable de t'en passer. » Mon Dieu, en réalité, elle ne me consolait pas, mais jouait le rôle de l'ange consolateur !

Je ne veux pas devenir une grande actrice. Je veux qu'on me rende mon Aliocha !

Au moment de mettre la date, je me suis embrouillée. Tout ce que je sais, c'est que nous sommes samedi.

Jusqu'à présent, j'ai des moments d'absence, comme si je tombais dans un trou. Aujourd'hui j'errais dans l'appartement, regardant par la fenêtre les dahlias qu'on n'a pas coupés en automne. Ils sont restés enfouis sous la neige jusqu'au dégel et forment maintenant des petits tas bruns et visqueux. Maman est rentrée et, sans rien dire, elle m'a pris le faitout des mains. Sans m'en rendre compte, je le tenais pendant tout ce temps-là. Quand je me couche, je n'arrive plus à me lever. À quoi bon se lever, aller quelque part, manger, parler ? Mes yeux se mettent à compter et recompter machinalement les rayures de la descente de lit. Une, deux, trois, quatre, cinq. Trente-sept, trente-huit. Une, deux, trois, quatre, cinq. J'ai la gorge sèche comme si j'avais avalé un verre de sable au lieu d'eau. Je reste couchée, répétant dans ma tête les monologues que je travaillais avec Nina Nikolaïevna. « Je suis seule… » Je ne pouvais pas comprendre alors ce que cela signifiait. « Je suis seule. »

8 février 1916. Lundi
Aujourd'hui, pendant la récréation, je suis restée dans la classe vide. Les fenêtres étaient ouvertes pour aérer. Tout m'a paru soudain si lointain, si étranger. Qu'est-ce qu'il y avait autour de moi ? Où étais-je ? Pourquoi faire ? À ce moment-là Moussia a passé la tête par la porte, ma Moussia, à qui j'ai encore oublié d'acheter un bonbon. Elle est accourue vers moi, m'a embrassée, câlinée. Je l'ai serrée de toutes mes forces contre moi.

La neige s'est mise à tomber à gros flocons.

9 février 1916. Mardi
Aujourd'hui, il est arrivé quelque chose d'affreux. Kostrov est venu me trouver. Quand je l'ai vu, j'ai tout de suite deviné, j'ai senti de quoi il allait être question et je savais depuis le début que j'allais refuser. Il a dit qu'Ogloblina était malade, que la première était dans trois jours, qu'il avait invité L. en personne, qui était en ce moment en tournée à Rostov. Il m'a suppliée de la remplacer, de venir à son secours, de le sauver, lui et tous les autres. J'ai répondu : « Non ! » Il était tellement déçu que j'ai eu soudain terriblement pitié de lui et j'ai dit : « Bon ! » Il est parti tout content et je ne sais plus où me mettre. Qu'ai-je fait ? Pourquoi ai-je accepté ?

C'est une trahison.

Aliocha, mon bien-aimé, j'irai demain lui dire que je ne veux pas.

13 février 1916
La première a eu lieu aujourd'hui.

Comme tout cela est étrange ! Comme tout est embrouillé ! Avant le début du spectacle, pendant que le maquilleur du théâtre Asmolov me coiffait, j'ai failli me lever et prendre la fuite, mais il m'a fait rasseoir de force. Les autres couraient en tous sens comme des fous en marmonnant leurs rôles. Kostrov distribuait des poignées de main à la ronde en souhaitant à tout le monde bonne chance et on lui répondait m... Je me suis soudain demandé ce que je faisais là, parmi tous ces détraqués aux favoris et aux moustaches postiches, vêtus de costumes de carnaval. Qu'est-ce que je faisais là ? Kostrov s'est approché de moi : «Alors, ma petite Bella ? Tout va bien ?» J'ai fait un effort et répondu oui de la tête. Les yeux fermés, je me répétais : il faut me concentrer, de la concentration. À présent, seul compte le texte, le rôle. Tout le reste, j'y penserai demain. Je ne suis plus que son, parole et geste. Il faut tout faire comme me l'a appris Nina Nikolaïevna. J'entendais sa voix dans ma tête : si tu ne domines pas ton corps, c'est lui qui te dominera.

Ensuite, tout s'est passé comme dans le brouillard. J'ai cessé d'être moi-même pour devenir une femme complètement différente. Je m'observais sans cesse comme à distance. Ma voix avait changé. Je suis entrée en scène et j'ai joué mon rôle. Était-ce encore bien moi ?

Quand nous sommes allés saluer, j'ai pensé en un éclair : et si Aliocha n'était pas mort, s'il était rentré sans prévenir personne et si, apprenant que j'étais ici, il était venu et se trouvait en ce moment assis au dernier rang en train de me regarder, de se réjouir pour moi et de m'applaudir ? J'ai éclaté en sanglots et tout le monde a cru que c'étaient des larmes de bonheur. Ce qui était vrai aussi, d'ailleurs, mais je ne peux pas l'expliquer.

Après le spectacle, L. est venu dans les coulisses et Kostrov nous a présentés. Zoïa Soubbotina a voulu faire une révérence et s'est assise sur le clavier du piano ! Nous avons tous failli mourir de rire ! L. m'a serré la main et m'a dit quelque chose à l'oreille. J'étais encore maquillée, tout assourdie, je ne comprenais rien. Je n'ai pas entendu ce qu'il disait et n'ai pas osé lui faire répéter.

L. est resté dîner avec nous. Tout le monde était sous le charme. Il nous a fait rire en nous racontant ses débuts : quand il était élève dans une école de danse classique, il a joué les pattes de derrière du lion dans le ballet *la Fille du pharaon*. Il aime être le centre de l'attention et sait ménager ses effets. Il a fait venir Pétia, le neveu de Kostrov, et lui a séance tenante extrait d'une oreille une pièce de dix kopecks et de l'autre, un bonbon. Il sait très bien faire sourire son entourage et le mettre de bonne humeur. Kostrov a levé son verre à la santé de L. et lui à la nôtre. Il nous a dit : «Vous êtes le théâtre russe de demain!» Il m'a regardée pendant toute la soirée! Mais non, ce n'est sans doute qu'une impression. Il ne ressemble pas du tout à ses photos. Il est beaucoup plus vieux. Mais dans la vie, il est encore plus beau. Il est grand, imposant. Il a une canne en jonc espagnol dont le pommeau est taillé dans un tibia humain. Il a dit en plaisantant que c'était une relique du fameux Iorick.

Je n'arrive pas à trouver le sommeil : qu'a-t-il bien pu me murmurer à l'oreille ? Et s'il m'avait dit que mon jeu était magnifique et que j'avais du talent ?

Aliochenka! C'est pour toi que j'ai joué aujourd'hui!

16 février 1916. Mardi

Aujourd'hui Léonide Mikhaïlovitch est venu réciter des morceaux choisis devant les blessés de notre hôpital. Il m'a vue et au moment de partir, il m'a abordée tout naturellement, comme si nous étions de vieilles connaissances. Il m'a dit qu'il lui restait encore deux heures avant son spectacle et qu'il aimerait se promener et prendre l'air. Il m'a demandé si j'acceptais de lui tenir compagnie. Si j'acceptais ? Mon Dieu ! Comment pourrais-je refuser ? À lui ? Nous sommes allés au jardin du Commerce, qui est encore sous la neige, mais il y a des chemins déblayés et d'autres damés par les promeneurs.

Il m'a raconté comment il avait imaginé les ailes de Stanislavksi pour le *Hannele* de Hauptmann, dans le célèbre épisode où l'ange de la mort apparaît et déploie ses ailes qui emplissent toute la scène.

Il m'a aussi dit qu'il avait été voir Tchekhov malade, et que celui-ci avait auprès de son lit une réserve de cornets en papier dans lesquels il crachait et qu'il jetait dans une corbeille.

Je marchais à côté de lui, je l'écoutais et une voix intérieure me disait : tout cela n'est peut-être qu'un rêve ? Mon Dieu, qui est en train de se promener avec moi dans notre jardin du Commerce ! Il est à la fois tellement simple et comme irréel.

Ensuite il m'a confié qu'il était très entouré, mais qu'il n'arrivait pas à trouver de compagne fidèle. Il a dit : «Les hommes mariés ont une vie de chien et meurent comme des princes, tandis que les célibataires vivent comme des princes et meurent comme des chiens. »

Pour me dire au revoir, il m'a baisé la main. Quand il a ôté ses gants, il s'en est dégagé un parfum délicieux. Heureusement que je portais moi-même des gants, sinon il aurait vu le bout de mes doigts tout mordillé. À chaque fois, je me promets de ne pas me ronger les envies, mais c'est plus fort que moi, je finis toujours par me ronger les doigts jusqu'au sang !

Il m'a invitée à tous ses spectacles. Il part dans une semaine pour Moscou.

Il est très gentil, bon et généreux. Et tellement malheureux. Très seul. Je l'ai senti.

17 février 1916. Mercredi

Quand il est entré en scène, je ne l'ai pas reconnu ! Il était métamorphosé ! Ce n'était plus lui, mais Brand en personne ! Comme il rend bien la profondeur des sentiments d'un homme prêt à sacrifier son bonheur personnel, son fils unique, son épouse ardemment aimée ! Et non pas pour sa patrie, sur un champ de bataille, mais au nom de quelque chose d'infiniment plus important ! Et comme il joue magistralement la fin, quand il se retrouve seul, abandonné de tous, bafoué, mais pas vaincu ! Existe-t-il vraiment quelque chose au nom de quoi on puisse tout sacrifier, même l'amour ?

Après le spectacle, je l'ai attendu à la sortie. Il y avait un monde ! Il m'a vue, m'a fait signe de la main, je me suis frayé un passage vers lui et il m'a invitée à dîner avec les acteurs. Nous sommes allés au Belvoir, avenue Sadovaïa, où était réservé un grand cabinet particulier. Comme c'était gai et sympathique ! Gogolev et Varinskaïa faisaient les pitres et ne laissaient personne placer un mot. Léonide Mikhaïlovitch avait l'air très fatigué, il est resté presque tout le temps silencieux. Gogolev a raconté comment on ranimait les cadavres ! Je ne sais pas si c'est vrai ou s'il a inventé tout cela pour nous amuser. D'après lui, on essayait autrefois de les ranimer grâce au galvanisme. Pendant la révolution française, il y avait un savant, un certain Bichat, qui faisait des expériences avec des cadavres de guillotinés et qui a écrit tout un traité scientifique expliquant comment il avait réussi à provoquer un mouvement des muscles chez des corps décapités. Quant à Galvani, l'inventeur du galvanisme, il réalisait des expériences dans les amphithéâtres d'anatomie de Londres et d'Oxford en électrisant un cadavre, dont la tête ouvrait les yeux et remuait la langue ! Voilà de quoi ils parlent avant d'aller dormir! Quelqu'un a affirmé que tout cela n'était encore que des balbutiements et que la médecine moderne faisait de tels progrès que bientôt on pourrait prolonger la vie humaine presque indéfiniment. Varinskaïa était horrifiée : «Je ne veux pas rester vieille toute une éternité!» Tout le monde a éclaté de rire! Léonide Mikhaïlovitch restait silencieux sur sa banquette. Je me suis assise à côté de lui et lui ai demandé : «Qu'en pensez-vous? – Je pense que Scriabine est mort d'un furoncle, qu'il a attrapé une septicémie chez le coiffeur et qu'il n'a eu le temps de mener à bien aucun de ses projets. – Cela veut dire qu'il ne faut plus aller chez le coiffeur? – Non, il faut se dépêcher de réaliser ce qu'on a entrepris.»

Quels sont mes projets? Je veux me produire sur scène et aimer.

Maman est contrariée de me voir rentrer si tard tous les soirs. Elle ronchonne que le matin elle n'arrive pas à me réveiller. Mais cela n'a rien à voir le lycée. Cela lui déplaît tout simplement que je fréquente des acteurs!

18 février 1916. Jeudi

Aujourd'hui je me suis à nouveau promenée avec Léonide Mikhaïlovitch. C'est si intéressant de parler avec lui. Il est si intelligent et si cultivé! Il sait tant de choses!

C'est passionnant de parler avec lui de sa conception du temps et de l'art. Le temps est une sorte de machine à détruire. «Une guillotine de table, si vous voulez. Quelque chose comme une machine à couper le pain. Chaque seconde a la tête tranchée. Dès qu'elle apparaît – clac! L'artiste a pour mission d'arrêter la main de celui qui actionne la machine. De poser sa main sur la sienne.»

Il a longuement parlé de la mort et de l'immortalité. Il a dit qu'il lisait beaucoup d'auteurs anciens, de Grecs. En ce moment, il lit Xénophon. J'ai dit que j'avais essayé de le lire, mais que c'était mortellement ennuyeux, toutes ces étapes, ces parasanges, ces gens qui s'entretuaient. Je lui ai demandé ce qu'il trouvait d'intéressant là-dedans. «Vous avez raison. Ces gens ne sont pas intéressants. Des mercenaires sont venus dans un pays étranger pour tuer et pour remplacer un tyran par un autre et ensuite, pendant tout le livre, ils marchent vers la mer pour rentrer chez eux. Tout cela n'a rien de beau ni de noble. Mais ce ne sont pas eux qui sont en cause. Ils ne sont ni meilleurs, ni pires que nos soldats d'aujourd'hui, qui en ce moment même tirent sur leurs semblables. – Alors, qui est-ce? – C'est l'auteur, Xénophon. Imaginez-vous combien d'hommes sont passés à toute allure (c'est l'expression qu'il a employée – elle n'a rien de réjouissant!), mais ces Grecs sont restés parce qu'il a écrit sur eux. Et cela fait déjà plus de deux millénaires qu'à chaque fois qu'ils voient cette mer vers laquelle il les conduisait, ils se jettent dans les bras les uns des autres en criant : Thalassa! Thalassa! Parce qu'il les a conduits vers une mer tout à fait spéciale. Thalassa, c'est la mer de l'éternité. »

Grecs sur la grève, mercenaires sur la mer...

Seigneur, mais à quoi bon toute une mer d'éternité?

Nous sommes passés à l'Égypte ancienne. Il a expliqué pourquoi le bousier était considéré chez eux comme une créature sacrée. Les Égyptiens pétrissaient la pâte avec les pieds et l'argile avec les mains, et ils décollaient aussi les bouses à la main, parce que la vache était un animal sacré et que le fumier était donc sacré lui aussi. Chez eux, tout ce qui venait de la vie était sacré, l'être le plus grandiose comme le plus insignifiant. Et que pouvait-il y avoir de plus insignifiant qu'un scarabée bousier? C'est pour cela qu'il était le plus sacré.

Comment sait-il tout cela? Peut-être qu'il l'invente? Ou peut-être qu'en fait, tout est beaucoup plus simple : sous notre climat, la bouse reste longtemps molle et nauséabonde, alors que chez eux, en quelques minutes, tout est sec? Mon Dieu, comme ma philosophie bousière est ennuyeuse et dans quel monde étonnant il vit!

19 février 1916. Vendredi

Hier je l'ai vu dans *la Pensée* d'Andreïev. Son jeu est prodigieux et sans égal!

Aujourd'hui nous nous sommes à nouveau promenés ensemble pendant une heure entière. Nous avons parlé de choses très sérieuses. Je n'ai pas tout compris.

Tous nos malheurs russes sont dus au mépris de la chair. Tout a été mis sens dessus dessous : ce qu'il y a de plus sacré est devenu le plus impie. « Seront sauvés ceux qui n'auront pas eu de commerce avec les femmes, car ils resteront purs. » Chez les anciens Babyloniens, chaque fois qu'un homme s'était uni à une femme, il faisait brûler de l'encens et dans une autre partie de la maison, la femme en faisait autant.

À Babylone, l'usage voulait que chaque femme ait une fois dans sa vie commerce avec un étranger dans le temple de Militta. Toutes étaient concernées, riches et pauvres, femmes de qualité et simples paysannes. La femme s'asseyait dans le temple, une couronne de corde autour de la tête et restait là jusqu'à ce qu'un étranger ou un vagabond ou un infirme lui jette une pièce sur les genoux en disant : « Je t'appelle au nom de la déesse Militta. » Peu importait la valeur de la pièce, la femme n'avait pas le droit de la refuser et devait suivre cet homme, quel qu'il fût. Voilà le véritable amour du prochain. Les femmes honnêtes prenaient ainsi en pitié ceux qui étaient privés d'amour, de caresses, de chaleur, de tout ce dont chacun a besoin, ce sans quoi on ne peut pas vivre. C'était le comble de la chasteté, de la pureté, de la sainteté, de l'amour. Que tu sois un infirme, un paria, un pauvre étranger sans foyer, tu n'en es pas moins un homme, digne d'amour. C'était cela, la vraie miséricorde, et non les kopecks que nous donnons en aumône.

Je ne peux pas être d'accord avec lui, mais je sens qu'il y a une part de vérité dans ce qu'il dit.

Le printemps est dans l'air. Tout fond. L'eau goutte la nuit.

20 février 1916. Samedi

Hier, c'était son dernier spectacle. Léonide Mikhaïlovitch part demain. Nous nous sommes donné rendez-vous pour nous dire au revoir et avons voulu nous promener une dernière fois dans notre jardin municipal. C'est le dégel, tout est détrempé, les allées sont impraticables. Nous avons fait des allers-retours sur le trottoir le long de la grille. À plusieurs reprises, nous nous sommes fait nos adieux et nous sommes remis à marcher. Léonide Mikhaïlovitch m'a invitée à dîner dans un restaurant de la Grande-Rue de Moscou. J'ai ouvert la bouche pour refuser, mais à ma grande surprise, j'ai accepté ! Ensuite, au moment d'entrer, je me suis sentie gênée. J'ai eu peur d'être vue par des connaissances. Et puis je n'étais pas vraiment habillée comme il fallait. Léonide Mikhaïlovitch a parlé avec un des serveurs et on nous a conduits dans un cabinet particulier sans passer par la grande salle. Il y avait des couverts d'argent, des verres de cristal, des serviettes amidonnées, un palmier près du miroir. Que c'était beau ! Et terrifiant ! Nous nous sommes assis sur un canapé de velours près de la cheminée. Il a pris ma main, a voulu l'embrasser, mais je l'ai vite retirée – j'avais honte de mes doigts mordillés ! Il m'a demandé : « Qu'allez-vous dire à la maison ? – Je dirai que j'étais chez une amie. » Je me conduisais comme si j'allais tous les jours au restaurant, mais intérieurement, j'étais toute tremblante ! Je ne savais même pas de qui j'avais le plus peur – de lui ou de moi-même ! L. a commandé toutes sortes de choses. On a apporté du champagne dans un seau plein de glace. Nous avons trinqué : « À votre avenir ! – À mon avenir ! » J'ai juste trempé mes lèvres et une vague merveilleuse a déferlé en moi ! Léonide Mikhaïlovitch me parlait de sa femme, de ses enfants, mais j'entendais une voix qui demandait : « Où suis-je ? Que m'arrive-t-il ? Est-ce que tout cela n'est pas un rêve ? »

C'est son deuxième mariage, lui aussi malheureux. Depuis longtemps sa femme et lui font semblant que leur foyer existe encore. Il a deux enfants de son premier mariage. L'aînée est elle aussi actrice et le cadet est aveugle de naissance. Quel cauchemar ! J'avais tellement envie de lui témoigner de la compassion ! Mais je n'ai rien trouvé de mieux que de demander : « Et il n'y a vraiment rien à faire ? » Il a eu un sourire amer et a répondu : « Excusez-moi ! À quoi bon parler de tout cela ? Parlons plutôt de vous ! »

Il m'a dit que j'avais une voix extraordinaire et un immense talent. Il m'a demandé de chanter. Une guitare est apparue. Il joue merveilleusement bien ! J'ai chanté quelques romances, mes préférées. Il m'a fait des tas de compliments, et ce n'était pas par politesse, il a vraiment apprécié, j'en suis certaine ! Il m'a dit aussi que mon amour, quand il viendrait, ne dépendrait que de moi. Il en est de l'amour comme de Shakespeare : des milliers d'acteurs jouent ses pièces et d'eux seuls dépend ce qu'elles vont donner, de même l'amour peut apporter beaucoup ou ne laisser que du dégoût, il faut avoir un vrai talent pour aimer, être doué pour l'amour. Comme c'est juste ! C'est ce que je sentais, mais je n'arrivais pas à l'exprimer.

J'étais sans doute un peu ivre. Je me sentais tellement bien, tellement à l'aise ! Il venait de la salle une musique si merveilleuse ! Soudain, j'ai complètement cessé d'avoir peur. Mon appréhension s'est envolée. J'ai juste senti des picotements quand, après les crevettes, nous nous sommes rincé les mains dans de l'eau citronnée, mais je n'avais plus honte de mes doigts mordillés ! D'ailleurs, je les sens encore ! Et j'aurais tellement voulu qu'il me prenne à nouveau les mains pour les embrasser ! Mais il n'osait plus, parce que je les lui avais si brutalement retirées. Ou peut-être était-ce à cause des crevettes ?

Léonide Mikhaïlovitch est sorti et j'ai eu tellement envie de boire encore un peu de champagne que j'ai voulu finir discrètement la bouteille au goulot, mais il ne restait plus rien qu'une odeur acide. Je n'avais même pas remarqué que nous avions vidé toute une bouteille ! Pourtant je n'avais bu qu'une coupe. Ou deux ? Il est revenu et a proposé de me ramener à la maison en voiture, mais j'ai refusé en disant que je voulais marcher. Il m'a accompagnée. Son train part demain matin de bonne heure. Nous nous sommes fait des adieux complètement stupides. Comme tous les mots sont bêtes ! Il m'a souhaité bonne chance. J'avais tellement envie de l'embrasser pour lui dire au revoir, mais je n'ai pas osé. Il a tourné les talons et s'est éloigné. La pluie s'est mise à tomber et il n'avait pas de parapluie.

Quand je suis arrivée à la maison, maman s'est tout de suite jetée sur moi, mais je me suis enfermée dans ma chambre et me voici en train d'écrire.

Mon Dieu, comme il est loyal, gentil, généreux ! Délicat, plein de tact ! Et comme il est malheureux !

21 février 1916

Je viens de recevoir un mot de L. Il m'écrit qu'il n'a pas pris son train – à cause de moi. Il demande à me voir. Je lui ai répondu par un mot : «Non.»

1er mars 1916

Cela fait déjà une semaine et je me sens toujours sale. Oui, je suis une créature sale et vile. Je me dégoûte moi-même. J'ai décidé de tout raconter, tout ce qui s'est passé, dans les moindres détails, même les plus abjects, les plus humiliants ! Tant mieux si je me sens encore plus humiliée, si j'ai encore plus honte ! Je l'ai bien mérité !

J'ai répondu «Non», mais je me suis précipitée là-bas. En toute hâte pour arriver avant mon mot. Il était dans sa chambre. Il se taisait, moi aussi. J'entendais seulement dans ma tête : «Qu'est-ce que je fais ? Mais qu'est-ce que je fais ?» Il ne m'a pas prise dans ses bras, il ne m'a pas embrassée, il ne m'a pas touchée. Il est allé à la fenêtre. «Je vais te dire des vers admirables. À genoux !» Mes tempes battaient : «Moi ? À genoux ?» Il m'a regardée comme si j'avais abdiqué toute volonté. «Oui. À genoux !» Mes jambes ont fléchi d'elles-mêmes. Il a déclamé comme un dieu. Je ne sais pas combien de temps cela a duré : deux minutes ? deux heures ? deux années ? Ensuite, il m'a relevée, m'a fait asseoir à la table. Je n'avais absolument pas remarqué que la table était mise. Je n'ai rien mangé. Lui non plus. Il m'a demandé si je ne me repentais pas d'être venue. «Non.» Alors il s'est levé et s'est mis à genoux devant moi. Non, je ne peux plus rien écrire.

Je suis une créature vile et dévergondée.

Ce soir-là, je suis rentrée à la maison très tard. Je suis allée tout doucement à la cuisine et me suis versé un petit verre de vodka.

C'était la première fois de ma vie que je buvais de la vodka. J'y ai ajouté deux cuillerées de sucre et j'ai vidé mon verre. Juste à ce moment-là maman est entrée. Elle s'est mise à crier et m'a traitée de tous les noms. Je me taisais. Elle a exigé que je lui dise la vérité, que je lui avoue où j'étais. J'ai d'abord voulu lui mentir en lui racontant que j'étais chez Tala, mais soudain j'ai eu une envie folle de lui faire mal! Je lui ai demandé : «Tu veux vraiment savoir la vérité? – Oui! – J'étais Grande-Rue de Moscou, chez Léonide Mikhaïlovitch.» Et sur ces mots, je suis partie dans ma chambre. J'ai entendu maman pleurer dans la cuisine, mais je ne suis pas retournée auprès d'elle.

Aliocha, je t'ai trahie.

Tu te souviens comme cela n'avait rien donné avec toi. Tu ne savais pas t'y prendre et moi non plus. Je t'ai trahie doublement, Aliochenka, parce que j'ai compris de quoi le corps était capable. L. a des mains extraordinaires. Et comme c'est extraordinaire et délicieux de se sentir femme entre ses mains!

Avec toi, Aliocha, j'avais mal, peur et honte. Mais avec lui, c'était tout différent. Et je lui en suis reconnaissante.

Et tu sais ce que j'ai fait de pire, Aliocha? Je lui ai parlé de toi. Il a dit : «Donc, ce n'était pas lui.» Tout d'abord, je n'ai rien compris : «Comment cela, pas lui? – Mais non, ce n'était pas lui.»

Aliocha, pardonne-moi, je suis indigne de toi.

C'est seulement maintenant que j'ai compris, Aliochenka, que tu m'aimerais toujours. Toujours! Et tu n'auras jamais personne d'autre que moi.

Je me méprise et me déteste.

14 avril 1916. Jeudi

Je m'étais dit que je ne tiendrais plus de journal, mais en rangeant les tiroirs de mon bureau, j'ai retrouvé ce cahier vide que j'avais préparé pour cela.

Nounou est morte. Pendant la semaine sainte. Elle n'a pas tenu jusqu'à Pâques, elle qui rêvait de mourir à Pâques.

Durant les dernières semaines, elle a beaucoup souffert. Elle était terriblement maigre, décharnée, le visage et le cou couverts de rides flasques. On a allongé son corps sur une table, avec une lessiveuse pleine de glace dessous. Pendant la nuit elle s'est transformée, ses rides se sont effacées comme s'il n'y avait pas eu cette terrible maladie.

Pendant l'office des morts, j'ai soudain distingué des mots qui se sont éclairés d'un coup : dans un lieu de paix, un lieu d'abondance, un lieu de lumière. Mon Dieu, comme c'est doux, tendre et consolant : un lieu de paix, un lieu d'abondance, un lieu de lumière. Mais où est-ce ?

Nounou a été veuve de bonne heure et quand je lui ai demandé un jour pourquoi elle ne s'était pas remariée, elle m'a répondu : «Les défunts nous voient, ils se réjouissent et s'affligent pour nous et puis, quand nous nous rencontrerons, comment aurais-je fait avec deux maris?»

C'est maman qui a confectionné le gâteau de Pâques au fromage blanc, mais ce n'était pas vraiment cela. Quand Nounou avait fini de mélanger les ingrédients et les versait dans le moule, elle me tendait la cuiller en me disant : «Tiens, lèche!» et il n'y avait rien de meilleur! Cette fois-ci, maman m'a tendu la cuiller en me disant : «Tiens, lèche!», mais je suis partie sans rien dire. Maman et moi sommes devenues deux étrangères.

Tout a l'air comme d'habitude, les cloches ont sonné à toute volée, les lumières inondent les rues, mais le cœur n'y est pas. Il n'y a qu'à Nounou que j'aurais envie de demander pardon, mais ce n'est plus possible.

Durant le dernier mois, elle lisait sans cesse la Bible, surtout des prophéties : la fin du monde va venir, le frère combattra le frère, il y aura la famine et la peste. Viendra un temps où les hommes se cacheront dans des cavernes pour sauver leur vie. Peut-être que cela l'aidait à quitter ce monde ?

Pendant le repas funèbre, papa s'est mis à raconter comment les musulmans, au lieu d'enterrer leurs morts dans des cercueils, les enveloppent dans un suaire, les portent sur le lieu de l'inhumation dans une civière spéciale et ensevelissent le corps les pieds vers le bas et le visage tourné vers La Mecque. Si un musulman perd une épouse juive ou chrétienne dont on savait qu'elle était enceinte, on doit au contraire enterrer la défunte le dos tourné vers La Mecque, pour que l'enfant qu'elle avait dans son ventre regarde vers ce lieu saint. En l'écoutant, je me suis soudain rendu compte qu'il était vieux. Il s'est mis à soigner son apparence, à essayer de se rajeunir, il se teint les cheveux, s'est acheté un costume marengo coupé dans un tissu à la mode, à chevrons, et cela ne fait que le vieillir encore davantage. Il a un pansement à un doigt : il s'est coupé en participant à une opération délicate. Cela ne lui arrivait jamais auparavant. Voilà mon cher, mon adorable papa devenu un petit vieux... Cela m'a tellement bouleversée que je suis venue derrière lui, lui ai passé les bras autour du cou et me suis serrée contre lui, mais il a dit :

«Attends, Belka, ne m'interromps pas!» et il a continué à parler. J'ai eu tellement peur qu'il meure lui aussi!

Dans un lieu de paix, un lieu d'abondance, un lieu de lumière…

Quand la nièce de Nounou est venue de la campagne prendre ses affaires, elle a déclaré tout à coup que nous la roulions, que nous ne lui payions pas tout son salaire et qu'il manquait des broches et des boucles d'oreille. Maman l'a mise dehors.

Nous avons eu une lettre de Macha, qui décrit en détail son voyage de Petrograd à Abo pour rejoindre Boris. Elle dit que là-bas, on ne sent pas du tout la guerre, on peut manger très bien en cours de route dans n'importe quelle gare : au buffet, il suffit de mettre un mark dans une grande tasse et on peut se servir de tout ce qu'il y a sur la table – de viande, de poisson, de hors-d'œuvre, de différents vins, de dessert. À Helsingfors, Boris l'a emmenée dans un restaurant où ils ont commandé des pattes d'ours et de la langue de renne! Elle écrit aussi qu'elle est heureuse, mais qu'elle a terriblement peur pour Boris. Elle fait toujours le même rêve : son navire est en train de couler. «Je me réveille tout en sueur mais il est là, à côté de moi. S'il n'est pas là, s'il est en mer, je ne peux plus me rendormir.» Ils ont un petit appartement et elle décrit par le menu la disposition des pièces et des meubles et comment elle s'efforce de créer un cadre confortable pour Boris. Là-bas, la guerre est différente : ou bien les marins périssent avec leur navire, ou ils reviennent chez eux et retrouvent leur environnement habituel.

À Helsingfors il y a quelque chose d'impensable en Russie : dans les tramways, personne ne vous demande votre billet, chacun dépose lui-même ses pièces dans un récipient.

Katia s'apprête à épouser Viktor, ils vont déménager à Moscou.

Cela fait longtemps que nous sommes sans nouvelles de Sacha.

Nioussia est venue nous voir et est repartie. Nous sommes allées voir *la Veuve joyeuse* de Lehar jouée par la troupe de Krylov. Cela m'a beaucoup plu, mais Nioussia a fait la moue. Tout Rostov chantonne les airs du spectacle.

La maison est vide à présent – tout le monde s'est dispersé.

Finalement, j'ai écrit plusieurs pages.

Ayant passé le fleuve vers midi, les Hellènes se rangèrent, s'avancèrent par la plaine et franchirent les collines. Ils parcoururent au moins cinq parasanges. L'armée s'étirait, serpentant comme un immense mille-pattes. Il n'y avait pas de villages près du fleuve, à cause des guerres avec les Carduques. Les Hellènes bivouaquèrent, mais durant la nuit, il tomba une neige abondante. Elle tomba plusieurs heures durant, si dense et si épaisse qu'au matin, elle recouvrait les armes et les hommes qui étaient couchés, et engourdissait les bêtes de somme. On eut grand-peine à se lever parce que la neige tenait chaud à ceux qui étaient dessous. Mais quand Xénophon eut le courage de se lever presque nu et se mit à fendre du bois, un autre fit de même, lui prit la hache des mains et continua sa tâche. Puis les autres se levèrent, allumèrent du feu et s'enduisirent de graisse. Dans ce pays montagneux, on en trouve en quantité et l'on s'en sert en guise d'huile d'olive. Elle est faite de saindoux, de graines de sésame, d'amandes amères et de térébinthe.

Durant tout le jour suivant, ils avancèrent à travers une neige épaisse et beaucoup d'entre eux souffraient de la faim et du froid. L'étape fut très rude, car le vent du nord soufflait de face et glaçait les hommes. Alors l'un des prêtres proposa de faire un sacrifice au vent. Ce qui fut fait et tous eurent l'impression que la force du vent diminuait. La neige avait une brasse d'épaisseur, de sorte qu'il périt beaucoup de bêtes de somme, d'esclaves et une trentaine de soldats. Xénophon, qui était à l'arrière-garde, relevait les morts pour les enterrer avec les honneurs qui leur étaient dus, mais c'était impossible et l'on se contenta de les recouvrir de neige.

Les ennemis suivaient les Hellènes à la trace, s'emparant des bêtes épuisées et se battant entre eux pour leur partage. Ils achevaient cruellement les retardataires, leur coupant la main droite selon leur coutume. L'idée d'une pareille mort poussait les soldats en avant, mais leur épuisement était tel que certains commencèrent à rester à la traîne : les uns étaient aveuglés par la neige, les autres avaient les doigts de pieds gelés. Il fallait remuer sans cesse, ne pas rester un instant immobile, et se déchausser pour la nuit. À ceux qui s'endormaient chaussés, les courroies raidies entraient dans les pieds et le gel les collait à la chair, car les premières chaussures se trouvant usées, on en avait fabriqué d'autres avec du cuir de bœuf tout juste écorché.

À cause de toutes ces épreuves, quelques soldats étaient restés en arrière. Ils virent un endroit noir, sans neige, parce qu'elle avait fondu. Cela était dû à la vapeur d'une source qui coulait non loin de là au fond d'un ravin dans la forêt. Ils se dirigèrent donc de ce côté, s'assirent et refusèrent d'aller plus loin. Dès qu'il en fut informé, Xénophon essaya par tous les moyens de les dissuader de rester sur place, leur expliquant qu'ils étaient suivis par un gros détachement d'ennemis. Il finit par se fâcher. Mais les soldats demandèrent qu'on les achève, car ils n'avaient plus la force de continuer. On décida alors d'essayer de faire peur aux ennemis pour qu'ils n'attaquent pas ces malheureux. Il faisait déjà nuit noire et les ennemis approchaient, parlant à voix forte dans leur idiome barbare. Alors les soldats valides de l'arrière-garde se préparèrent et coururent sur eux tandis que les malades poussaient de grands cris et frappaient de toutes leurs forces leurs boucliers avec leurs piques. Effrayés, les Barbares, enfonçant dans la neige, se jetèrent au fond du ravin et on ne les entendit plus.

Xénophon et les siens, promettant aux malades de revenir les chercher le lendemain, reprirent leur marche. Ils n'avaient pas fait quatre stades qu'ils rencontrèrent sur la route d'autres soldats dormant dans la neige, recouverts de leurs manteaux. Aucune garde ne se trouvait là. On les réveilla et ils dirent que ceux qui étaient devant n'avançaient plus. Xénophon poursuivit son chemin, envoyant les peltastes les plus vigoureux pour connaître la cause de cet arrêt. Ceux-ci lui annoncèrent que toute l'armée avait fait halte pour prendre du repos. Le détachement de Xénophon resta donc bivouaquer sur place. Les Hellènes passèrent la nuit autour des feux de camp. Là où l'on allumait du feu, la neige fondait et il se formait de grands trous allant jusqu'au sol, ce qui permettait de mesurer la profondeur de la neige.

Pendant ce temps, au pays de Muntenia que traversaient les Hellènes, on fêtait le jour de l'Armée rouge. On rassembla tous les habitants de Grozny sur la Grand-place et on leur annonça qu'étant donné que la population de la république avait apporté son soutien aux Allemands, le parti et le gouvernement avaient décidé de déporter tous les Gagaouzes et les traîtres. On donna lecture du décret numéro tant qui disait : «Toute résistance est inutile, car vous êtes encerclés par l'armée et quiconque tentera de s'opposer ou de prendre la fuite sera fusillé sur le champ.»

La foule abasourdie et terrifiée, rapporte Xénophon, se rendit au marché en rangs par quatre, les fonctionnaires locaux en tête. Là, on les fit monter dans des camions et on les emmena sur la voie ferrée, pas dans la gare, mais dans une station de triage, où les attendaient des trains de wagons à bestiaux.

Dans les autres localités, on n'arrêta que les hommes et l'on ordonna aux femmes de préparer leurs bagages et de se tenir prêtes à quitter leur maison dès le lendemain avec leurs enfants. Des soldats russes allaient de maison en maison, aidaient les mères désemparées dans leurs préparatifs, leur disant de prendre des vêtements chauds et des vivres et non des phonographes et des tapis, et leur prêtaient main-forte pour installer leurs baluchons dans le camion.

L'après-midi du même jour tomba une neige abondante qui retarda l'acheminement de la population, surtout dans les régions de montagne. Les gens étaient transportés dans des camions Studebekker envoyés d'Amérique via l'Iran dans le cadre d'un programme de *land-lease*. Les véhicules étaient arrêtés, moteur et phares allumés, éclairant la neige qui tombait à gros flocons. De loin, on aurait dit une lueur d'incendie : c'étaient les phares puissants de dizaines de camions.

Les habitants de l'aoul de Khaïbakh refusèrent d'obéir à l'ordre de quitter leurs maisons. «Plutôt mourir tous ensemble!» criaient les vieilles, implorant Dieu de ne pas tolérer d'iniquité et de les rappeler à Lui au plus vite, pour qu'elles ne meurent pas en terre étrangère, mais reposent dans celle de leurs ancêtres. On rassembla à Khaïbakh tous les habitants des aouls voisins qui ne pouvaient pas ou ne voulaient pas partir – les malades, les vieillards, ceux qu'on ramassait sur la route, qui faisaient paître leur bétail ou qui se cachaient. On les fit tous entrer dans l'écurie du kolkhoze. Un vent glacé soufflait par les fentes et tous étaient transis jusqu'aux os. Les soldats reçurent l'ordre d'entourer le long bâtiment de foin pour que les gens qui étaient dedans n'aient pas froid – c'est ce qu'on disait à ceux qui grelottaient à l'intérieur. Puis le voïévode de Muntenia, qui avait pour nom Gvéchiani, ordonna de barricader les portes et de mettre le feu à l'écurie.

Il tombait une neige molle, les soldats couraient dans la boue, s'efforçant d'allumer la paille humide. Un chauffeur versa dessus de l'essence de son jerricane. La paille s'embrasa. Bientôt un immense brasier monta jusqu'au ciel.

À l'intérieur, ce fut la panique. Les portes cédèrent sous la poussée de la foule épouvantée. Les premiers à s'échapper tombaient, barrant le passage à ceux qui venaient derrière. Les soldats tirèrent sur les fugitifs au pistolet-mitrailleur. Pour en finir au plus vite, ils lancèrent des grenades sur ceux qui criaient par les fenêtres.

Le voïévode de Muntanie envoya à Moscou la liste des victimes de l'incendie. Voici leurs noms, mais on n'est pas obligé de les lire. Il suffit de tourner la page.

Gaïev Touta, 110 ans ;

Gaïeva Sariï, sa femme, 100 ans ;

Gaïev Khatou, son frère, 108 ans ;

Gaïéva Marem, sa femme, 90 ans ;
Gaïev Allaoudi, fils de Khatou, 45 ans ;
Gaïéva Khessa, femme d'Allaoudi, 30 ans ;
Gaïev Khassabek, son frère, 50 ans ;
Gaïev Khassan et Khusseïn, fils de Khessa, jumeaux nés la veille ;
Gazoïev Guézamakhma, 58 ans ;
sa femme Zano, 55 ans ;
leur fils Mokhdan, 17 ans ;
leur fils Berdan, 15 ans ;
leur fils Makhmad, 13 ans ;
leur fils Berdach, 12 ans ;
leur fille Jaradat, 14 ans ;
leur fille Taïkhan, 3 ans ;
Douli Guélagaïéva, 48 ans ;
son fils Sosmad, 19 ans ;
son autre fils Abéouzid, 15 ans ;
son troisième fils Guirmakh, 13 ans ;
son quatrième fils Movladi, 9 ans ;
sa fille Zaïnad, 14 ans ;
sa deuxième fille Sakhara, 10 ans ;
Pakant Ibraguimova, 50 ans ;
son fils Adnan, 20 ans ;
sa fille Pétimat, 20 ans ;
Minégaz Tchibirgova, 81 ans ;
sa belle-fille Zalimat, 35 ans ;
son fils Zalimat Abdoulmajed, 8 ans ;
sa fille Laïla, 7 ans ;
sa fille Marem, 5 ans ;
Kavalbek Gazalbékov, 14 ans ;
Zano Dagaïéva, 90 ans ;
Kérim Amagov, 70 ans ;
Moussa Amagov, 8 ans, de Tcharmakh ;
Data Bakiéva, 24 ans ;
Matsi Khabilaïéva, 80 ans ;
le docteur Guirikha Gaïrbékov, 50 ans ;
Pétimat Gaïrbékova, sa femme, 45 ans ;
Adnan Gaïrbékov, leur fils, 10 ans ;
Médina Gaïrbékova, leur fille, 5 ans ;
Zouripat Bersanoukaïéva, 55 ans ;
sa fille Khanpat Bersanoukaïéva, 19 ans ;

sa deuxième fille Bakouo, 17 ans ;
sa troisième fille Balouza, 14 ans ;
sa quatrième fille Baïssari, 9 ans ;
sa cinquième fille Bazouka, 7 ans ;
son fils Mokhmad Khanip, 11 ans ;
famille d'Aboukhaj Batoukaïev :
sa mère Khabi, 60 ans ;
sa femme Païlakh, 30 ans ;
son fils Abouézid, 12 ans ;
sa fille Asma, 7 ans ;
sa deuxième fille Gachta, 5 ans ;
sa troisième fille Satsita, 3 ans ;
sa fille nouveau-née Toïta ;
famille de Kossoum Altimirov :
sa fille Zalouba, 16 ans ;
son fils Akhmad, 14 ans ;
son deuxième fils Makhmad, 12 ans ;
famille de Kaïkhar Altimirov :
sa fille Tovsari, 16 ans ;
son fils Abdourakhman, 14 ans ;
son fils Moutsi, 12 ans ;
Khoj Akhmad Eltaïev, 15 ans ;
Saïdat Akhmad Eltaïev, 13 ans.

Parmi les victimes, continue Xénophon, il y avait aussi Alimodjaïéva Païlakha. Je ne sais pas quel était son âge. Elle aussi trouva la mort à Khaïbakh. Après le départ des soldats, les habitants qui avaient réussi à se cacher dans les montagnes identifièrent son cadavre grâce à sa natte qui n'avait pas brûlé. Sa sœur la conserva durant toutes ces années et cette natte est jusqu'à présent quelque part.

La neige rendait impraticables les routes de montagne, si bien que les soldats, pour atteindre le lointain aoul du district de Galantchojsk, qui était le dernier avant le col, durent emprunter un chemin enneigé, guidés par un membre de la cellule locale du parti. Ils se hâtaient, craignant de ne pas exécuter les ordres à temps. Ils emmenèrent les hommes, disant aux autres de se préparer à partir et qu'ils reviendraient les chercher dès que le temps le permettrait. Les hommes avançaient en file indienne sous escorte sur un sentier étroit qui longeait un précipice. Soudain un des Tchétchènes saisit le soldat russe qui marchait à côté de lui et se jeta avec lui dans le vide. Les autres prisonniers en firent autant. Les soldats ouvrirent le feu. Tous les hommes de l'aoul périrent.

Les gamins avaient vu ce qui s'était passé dans le ravin. De retour à la maison, ils racontèrent comment leurs pères avaient trouvé la mort. Les vieillards se réunirent pour décider de ce qu'il fallait faire. Alors le plus vieux d'entre eux se leva et se mit à tourner sur lui-même, dansant l'antique danse de la mort transmise par ses grands-pères et ses arrière-grands-pères. Tous les vieillards, les vieilles, les femmes et les enfants de l'aoul formèrent un cercle et se mirent à danser. Ils jurèrent tous de mourir plutôt que de se livrer aux Russes. Puis les anciens décidèrent qu'ils ne pouvaient combattre, car ils n'avaient ni armes ni forces suffisantes, mais qu'ils ne devaient pas attendre qu'on vienne les chercher pour les emmener loin de la terre de leurs ancêtres. Tous les survivants se rassemblèrent, n'emportant avec eux que le strict nécessaire, et s'en furent dans la montagne en direction du col.

Ils avançaient à grand-peine dans la neige profonde, chancelant sous les assauts du vent. Les femmes portaient leurs jeunes enfants et les serraient contre elles pour les protéger du froid. Tous ne parvinrent pas jusqu'au col : certains d'entre eux, épuisés, s'assirent dans la neige et moururent.

Ils cheminèrent ainsi longtemps, ayant perdu la notion du temps, exténués, grelottant dans la tempête. Soudain ceux qui marchaient en tête virent des lumières en bas, là où commençait la vallée. Des feux brûlaient sur la neige et des hommes dormaient à côté. C'étaient les Hellènes.

Les villageois leur demandèrent s'ils pouvaient venir se réchauffer auprès d'eux et avoir quelque chose à manger. Les Grecs partagèrent avec les Tchétchènes le peu qui leur restait. Xénophon expliqua tant bien que mal à ces gens transis, épuisés, affamés, qui ne comprenaient pas la langue grecque, qu'il conduisait ses compatriotes vers la mer «Thalassa ! disait-il aux anciens en leur montrant de la main la direction de la mer, Thalassa ! »

Et le lendemain ils se remirent en route ensemble.

26 juillet 1919. Vendredi

Comme c'est agréable d'entamer un nouveau cahier ! Et qui plus est avec de bonnes nouvelles ! Ce déluré de Trochine nous a trouvé un engagement : nous sommes chargés des intermèdes au cinématographe Soleil ! Nous jouerons six fois chaque dimanche – trois séances en matinée et trois en soirée. Notre sketch est affreusement bête, mais très drôle. Il s'appelle *le Don Juan affamé*. C'est une scène de déclaration d'amour. Un lycéen affamé vient à un rendez-vous et finit par se jeter à genoux en avouant qu'il a faim. Torchine faisait de telles grimaces que c'était impossible de garder son sérieux. Nous nous tenions les côtes sans pouvoir nous arrêter. Nous commençons à répéter, tout va bien, mais il suffit que nous nous regardions dans les yeux pour être à nouveau pris de fou rire. Pourvu que nous n'éclations pas de rire devant le public !

Six représentations en une journée ! Nous allons être riches !

Demain Pavel m'emmène enfin chez Nikitina ! Il y aura la crème de l'Osvag[1] de Rostov !

27 juillet 1919. Samedi

Je suis furieuse contre Pavel !

Il m'a enfin emmenée avec lui au samedi de Nikitina. Au salon de la princesse Evdoxia Fiodorovna ! Le grand monde ! Le premier bal de Natacha Rostov ! Un vrai cauchemar, oui !

Nikitina est une femme charmante, mais elle invite Dieu sait qui ! Une certaine Mirtova, une poétesse de Kiev, je crois, terriblement maniérée, parlait plus fort que tout le monde, riait aux éclats d'une voix de basse à tout propos, ne laissait personne placer un mot et voulait à tout prix réciter ses vers. Est-ce que pour plaire, pour être pendant toute la soirée le centre de l'attention masculine, il suffit vraiment de se conduire de façon vulgaire et provocante ?

On m'a demandé de chanter. Je me suis juste fait un peu prier, comme il se doit, et j'ai senti sur moi les regards condescendants de toutes ces célébrités de la capitale. J'en ai été mortifiée ! Ma timidité s'est envolée comme par enchantement et j'ai été prise au contraire d'une sorte de joyeuse rage, je me suis sentie piquée au vif. Attendez un peu ! J'ai pris la pose, une main sur le piano, un mouchoir dans l'autre. Et cela été un choc : Pavel m'avait dit de ne pas me faire de souci pour l'accompagnement, or qui se met au piano ? La fameuse Mirtova ! Elle jouait abominablement, sans m'écouter. Mais je n'avais pas le choix. J'ai chanté. Je bouillais de rage contre Pavel et contre cette Mirtova qui s'imaginait que c'était elle qui donnait un concert. Qui plus est, sa chaise grinçait sans arrêt sous elle ! J'avais envie de disparaître sous terre !

Mais cela a tout de même été un succès ! Tchirikov en personne s'est approché de moi et m'a baisé la main ! Il a murmuré d'une voix suave que j'avais de l'avenir et que je chanterais sur les scènes de la

---

1. Osvag : services de propagande des armées blanches de Dénikine.

capitale. C'est tout de même agréable à entendre ! Il m'a beaucoup complimentée sur ma voix.

Me voici aux anges parce qu'on m'a fait un compliment banal comme ces célébrités en ont toujours en réserve. Mais non, je sens que j'ai bien chanté !

Pavel s'est aussitôt lancé dans une grande conversation avec un professeur d'université dont j'ai oublié le nom. Il ne s'est même pas approché de moi après les applaudissements ! Heureusement, d'ailleurs, car il aurait reçu une gifle. Il n'y comprend vraiment rien.

Encore quelques mots sur ces célébrités. Ce n'est pas tous les jours qu'on a l'occasion de prendre le thé avec de grands hommes. Tchirikov a lu des extraits de son nouveau roman, mais j'étais tellement énervée que je n'arrivais pas à me concentrer et à écouter le texte. Mes jambes tremblaient, impossible de me calmer. De plus, il faisait chaud malgré les fenêtres ouvertes. Je transpirais, j'avais l'impression d'avoir les joues et le nez luisants et je ne pouvais pas sortir me repoudrer. Je n'ai entendu que la légende du prisonnier enfermé depuis longtemps seul dans la cellule d'un bastion : il devait y passer tout le reste de sa vie, mais un jour, il avait dessiné une barque sur le mur avec le manche de sa cuiller, y était monté et était parti au fil de l'eau. Quand on avait ouvert la porte pour lui apporter sa soupe, la cellule était vide. Une fois que les applaudissements se sont tus, Tchirikov a dit : « Ce roman est ma barque. Quand je l'aurai terminé, je monterai dedans et m'en irai. » Tout le monde est resté silencieux et cela a créé une sorte de malaise. Alors Nikitina a sauvé la situation en lançant une plaisanterie : « Et c'est un père de cinq enfants qui dit cela ! » Evdoxia Fiodorovna est une femme d'esprit, mais elle s'habille de façon affreusement démodée. Paul Poiret a appris à la femme à sentir et à aimer son corps, tandis qu'elle...

Ensuite, tout le monde a été invité à passer à la salle manger, où on nous a servi des friands et des biscuits faits par la maîtresse de maison. Nous avons pris le thé dans des tasses à l'intérieur doré qui donnait l'impression de boire du vin rouge. J'étais à côté de son mari. Voilà que j'avais pour voisin de table un ancien ministre ! Pavel était assis en face de moi, mais au lieu de lancer à sa fiancée des regards brûlants de jalousie, il s'empiffrait de friands tout en pérorant avec son voisin. Quant au mien, que racontait-il à sa dame ? Des histoires de coopératives ! Quel sujet passionnant ! J'ai remarqué que de toute la soirée, mon cavalier, qui n'arrêtait pas de me proposer des craquelins, n'a pas échangé un mot avec son épouse. J'ai bien l'impression qu'il y a quelque chose entre elle et ce professeur, qui s'appelle Ladyjenski, je crois. C'est amusant d'observer les gens. Elle l'a débarrassé de Pavel, l'a pris par le bras et est allée roucouler avec lui à l'écart.

Ensuite on s'est remis à écouter Tchirikov. Il a raconté ses prisons, du temps du tsar et sous les Rouges : quand il a été emprisonné pour son *Ode au tsar*, il pouvait écrire tranquillement, il avait la paix et tout ce qu'il lui fallait pour sa vie quotidienne et recevait même une indemnité journalière, tandis que l'an dernier, il a été arrêté à Kolomna et n'a échappé que par miracle au poteau d'exécution. Avant la révolution, sa pièce *les Juifs* n'avait jamais été jouée, seul Orlénev en disait des extraits lors de ses tournées à l'étranger. Mais on lui a dit que cette année Glagoline l'a montée avec la troupe de Sinelnikov à Kharkov occupée par les Rouges : au dernier acte, le Christ entre en scène sous l'aspect d'un sergent de ville, il se fait gifler et cracher à la figure et des actrices du studio Wolf courent toutes nues à travers la salle, s'assoient sur les genoux des spectateurs, etc. Il paraît que même Valerskaïa a joué entièrement nue.

On lui a demandé son avis sur Gorki. Il a déclaré sans ambages : « C'est le Smerdiakov de la révolution russe ![1] » C'est tout de même incroyable de dire une chose pareille et de qui ? De Gorki ! Peut-être que c'est tout simplement de l'envie, car pourquoi une telle haine ? À part cela, Tchirikov est un homme plein d'allant, spirituel et même très gentil. Avec lui, on se sent à l'aise et détendu. Il semble venu tout droit du passé, avec son nœud papillon et sa chemise d'une blancheur immaculée. Les hommes ont si vite perdu leur prestance ces derniers temps, ils se sont avachis, mais lui se maintient. Il est marié à l'actrice Iolchina. Il est ici sans sa femme, elle se trouve en Crimée avec leurs plus jeunes enfants, ils ont une maison là-bas, mais les aînés sont dispersés à travers tout le pays. L'être humain est bizarrement fait : voilà un homme qui ne sait pas ce qu'est devenu son fils, ni même s'il est encore en vie, et il est là, assis près du samovar, à engloutir des petits pâtés au foie et à raconter des anecdotes.

Je me demande bien qui veille à la blancheur de ses chemises en l'absence de sa femme ?

Ces fameux petits pâtés sont en fait abominables. La pâte mal

---

1. Smerdiakov est le quatrième des frères Karamazov, un fils naturel cynique et débauché.

cuite vous colle aux dents. On voit que la maîtresse du salon ne s'est mise que depuis peu à jouer démocratiquement les cuisinières. Mais bien entendu, tout le monde s'est extasié poliment.

Il y avait aussi un type à la tête de marchand vieux-croyant, qui faisait à tout bout de champ des plaisanteries pas drôles. Je n'ai appris qu'à la fin de la soirée que c'était Trofimov, le réalisateur de cinéma qui tourne en ce moment près de Rostov aux frais de l'Osvag le film *Pour une Russie unie*. J'ai demandé à voix basse à Pavel de me présenter, mais il m'a répondu : « Mais je ne le connais pas ! – Eh bien, invente quelque chose ! – D'accord, Bellotchka. » Et c'est tout. Il ne se passera rien. Je sais bien ce que veut dire ce « D'accord, Bellotchka » !

Au moment de nous séparer, Nikitina a offert à tout le monde son recueil de poèmes qui vient de paraître. Il s'appelle *Rosées de l'aube*. Elle a écrit sur mon exemplaire : « À la charmante Isabelle. »

La soirée s'est terminée sur une note très amusante. Alors qu'on discutait du programme de la séance suivante, Nikitine a dit qu'il aimerait lire ses mémoires, auxquelles il travaille en ce moment, sur la prise du palais d'Hiver et l'arrestation du Gouvernement provisoire. Mirtova l'a une fois de plus interrompu pour raconter que ce fameux soir du 25 octobre, elle se trouvait elle aussi à Petrograd et est allée voir *Don Carlos* à la Maison du Peuple avec son soupirant – c'était Chaliapine qui chantait. Au début, tout était comme d'habitude, le théâtre était bondé, et à chaque fois que Chaliapine entrait en scène, le public applaudissait à tout rompre, l'acclamait, les jeunes filles du poulailler poussaient des glapissements hystériques, quand tout à coup, à la fin du dernier entracte, alors que le rideau était sur le point de se lever, la lumière s'est éteinte dans la salle, qui s'est trouvée plongée dans l'obscurité. Tout le monde était assis en silence dans le noir. On commençait à avoir peur. Puis le bruit s'est répandu qu'il y avait un incendie quelque part. On a entendu des craquements, comme si on cassait les décors dans les coulisses. Personne ne disait rien, tout le monde restait assis à sa place. S'il y avait eu un vent de panique, les gens se seraient piétinés. Puis on a entendu dans le noir quelqu'un s'avancer sur scène ; il a annoncé qu'il n'y avait pas d'incendie et que l'électricité allait être rétablie. « Et c'est là, dans le noir, qu'il m'a demandée en mariage ! Ensuite la lumière s'est rallumée et le spectacle a repris. Je croyais qu'on cassait les décors mais en réalité, c'étaient des coups de feu, des rafales de mitraillettes ! Moi aussi, j'écrirai cela un jour et ce seront mes mémoires révolutionnaires ! »

Il y a des gens qui, à chaque enterrement, voudraient être le défunt!

28 juillet 1919. Dimanche

Je me suis réveillée avec la conviction que je devais m'expliquer avec Pavel. Aujourd'hui même, sans plus tarder. Il ne faut plus remettre cette conversation à plus tard.

Je suis allée dans son nouveau laboratoire où je n'avais encore jamais été, il est installé dans les locaux de l'ancien studio de photographie Meyerson, rue Sadovaïa, qui a été réquisitionné par l'Osvag.

Je suis entrée, mais je ne savais pas par quoi commencer. Pavel était en train de développer les photos de sa dernière mission. Elles sont terribles. Il n'arrêtait pas de me raconter ce qu'il avait vu là-bas. Il avait besoin d'en parler. Je n'arrivais pas à l'interrompre. Quelle horreur, ce qui se passe tout autour! Il ne reste plus rien d'humain! Il a photographié des exécutions. Les cosaques et les officiers posaient volontiers. On pendait les gens deux par deux, en passant la corde par-dessus la traverse pour qu'ils s'étranglent l'un l'autre. On allait fusiller un condamné le dos à une route et il leur a crié : «Bande de crétins, mettez-moi le dos à un mur, il y a des gens qui passent derrière moi sur la route!»

Nous étions debout dans la lumière rouge et c'était terrible de voir des visages d'enfants défigurés apparaître dans le bac. J'ai fermé les yeux, je ne pouvais plus rien voir et lui continuait à raconter ce qu'il avait vu chez les Kalmouks. Cela fait longtemps que les paysans des villages russes guignent leurs terres, c'est pourquoi ils ont soutenu les bolcheviks et exterminé les Kalmouks. Ils ont liquidé des villages entiers, qui s'appellent là-bas des khotons. Ils ont tué tous ceux qui n'ont pas eu le temps de fuir. Je crois que la région s'appelle l'Oulous de Grand-Derbeut, mais je n'en suis plus sûre. Pacha a photographié des temples bouddhistes – des khourouls – incendiés. Tout est souillé, barbouillé d'immondices. On voit des statues de Bouddha brisées. Des livres sacrés déchirés. En guise d'icônes, ils ont des panneaux de soie, qui ont été pillés, et tout cela venait du Tibet. Dans un des temples, ils ont déterré les restes d'un lama et ont jeté ses ossements sur la route. Mon Dieu, les hommes sont devenus des bêtes féroces!

Pacha a rassemblé des restes de statues bouddhistes aux bras et à la tête coupés, il a apporté tout cela à Rostov et veut organiser une exposition.

J'ai pris dans mes mains une petite statuette de Bouddha décapitée.

Pavel s'est mis à m'embrasser. Je ne pouvais pas. Je l'ai repoussé. Il m'a serrée dans ses bras et m'a dit : «Je comprends.» Mais j'avais envie de le griffer et de crier : «Non, tu ne comprends rien !»

Il m'a aussi raconté qu'un jour où ils roulaient dans la steppe, ils ont vu des cochons. Ils ont envoyé deux hommes pour s'emparer d'un porcelet. Mais des cavaliers sont arrivés, ils sont restés là un moment et sont repartis. «Pourquoi n'ont-ils pas pris de cochons ? — Ils mangeaient des cadavres humains.»

Partout étaient accrochées des photographies en train de sécher. Je ne pouvais pas regarder tout cela. Je me suis sentie mal. L'une d'elles a comme happé mon regard. On y voyait des pieds nus qui sortaient du sable. Tout blancs. Je ne pouvais pas en détacher les yeux. Je me suis souvenue de mon frère : quand nous étions enfants, nous l'enterrions dans le sable au bord de la rivière. Il n'avait plus que la tête, les mains et les pieds qui dépassaient. Il criait : «Déterrez-moi !» Et nous riions et lui chatouillions la plante des pieds. Soudain, j'ai eu l'impression que c'était lui, Sacha, qui était là dans le sable. Pavel me disait : «Ma petite Bella, calme-toi, pardonne-moi ! Je n'aurais pas dû te montrer cela. Mais à qui d'autre pourrais-je en parler ? Comprends-moi ! – Laisse-moi !» Je me suis précipitée dehors et j'ai claqué la porte. Je suis rentrée à la maison en courant, avec toujours ces pieds nus tout blancs devant les yeux.

29 juillet 1919. Lundi

Aujourd'hui Moussia est passée me voir en coup de vent. Cela faisait longtemps que je ne l'avais plus vue. C'est maintenant une grande et jolie jeune fille ! Elle s'est jetée à mon cou. Et la voilà qui fond en larmes ! Que se passe-t-il ? Elle me tend une lettre. «Chère Moussia, je t'aime très fort !» C'était une grande déclaration d'amour avec des fautes de grammaire et, à la fin, des menaces de suicide. «Tu l'aimes ? – Non. – Alors, ne te tracasse pas ! – Mais que faire ? Et s'il se tue pour de bon ? – Eh bien tant pis ! – Comment peux-tu dire cela ?» Elle est partie en courant, ulcérée. Je suis vite sortie sur le perron pour la rappeler, mais elle était déjà loin.

Je me suis souvenue de ce que disait Torchine : «C'est rare qu'on meure d'amour, mais on en naît souvent.»

Moussia est encore une vraie enfant.

Je m'exerce tous les jours, je travaille mon diaphragme. Je me mets en voix et j'imagine que Koretskaïa est derrière moi, je m'écoute avec ses oreilles et je me fais des remarques à sa place : «Libère ton gosier! Relève la lèvre supérieure! Ne laisse pas tomber ta poitrine!» J'ai l'impression de sentir sa main sur mon diaphragme. Cela m'aide beaucoup. Comme je lui suis reconnaissante!

Il faut que je m'explique avec Pavel. Cela me ronge.

30 juillet 1919. Mardi

Makhno était instituteur. La Russie est tout de même un pays bizarre : comment des instituteurs peuvent-ils diriger des bandes de brigands et organiser des pogromes?

Je voulais passer chez Pavel, mais je ne l'ai pas fait. Demain.

31 juillet 1919. Mercredi

Comme je me sens légère! Aujourd'hui j'ai éprouvé toute la journée une sorte de joie inexplicable.

Avant le déjeuner, nous avons répété au Soleil. La salle m'a paru tellement immense! Mais ma voix rendait très bien. Notre accompagnateur s'appelle Rogatchov. Il est de Moscou et a été pianiste-répétiteur dans la compagnie d'opéra de Mamontov. Au début, il me parlait sur un ton condescendant. Mais une fois qu'il m'a entendue chanter, sa suffisance a disparu comme par enchantement! Il ne s'est pas répandu en compliments, mais il m'a dit : «Très heureux. Je ne m'y attendais pas!», ce qui, de sa part, est déjà beaucoup!

On sent tout de suite qu'il a de l'expérience et du savoir-faire. Je suis très satisfaite. Nous avons choisi les romances que j'allais chanter dans les différents intermèdes. Il m'a dit que je devais refréner mon tempérament. «Il faut garder la tête froide.»

Après la répétition, je suis allée me promener en ville. Il y avait du soleil, une légère brise, que c'était agréable! Rue Sadovaïa, entre La Tasse de thé et la confiserie Filippov, il y avait du monde comme à une kermesse. J'ai l'impression, et je ne suis pas la seule, tout le monde ressent la même chose, que toutes ces horreurs touchent à leur fin et qu'on va enfin retrouver une vie normale.

Quelles vitrines il y a là-bas! Que de soieries, de chapeaux, de costumes, de parfums, de bijoux! Comme les gens sont bien habillés! Et tous ces officiers tirés à quatre épingles, en tuniques toutes neuves! Il y a sans cesse de nouveaux cafés et restaurants qui ouvrent! Et les affiches! De théâtres, de cabarets, de concerts! Mon Dieu, comme c'est bon que la vie reprenne comme avant! La guerre était une maladie, mais le monde entier est guéri et la Russie aussi est en convalescence.

Au coin de la rue Sadovaïa et de l'avenue de Taganrog, il y avait comme toujours une foule agglutinée devant l'immense vitrine où est exposée une grande carte. Les drapeaux tricolores montent chaque jour plus haut. Les gens viennent regarder la progression de la grosse cordelette jaune. Et chacun y va de son commentaire, chacun est un stratège ! Quand elle aura encore un peu remonté, la guerre sera finie ! Et je retrouverai Macha, Katia et Noussia !

Je suis entrée dans l'hôtel de l'Osvag, où un imposant général, ancien directeur d'un établissement d'enseignement d'élite, expliquait aux curieux le déroulement des opérations militaires. Il déplaçait des petits drapeaux, levait les bras, et l'on voyait briller les coudes élimés de sa vareuse grise. C'était tout à fait comme dans *les Trois Sœurs* : Moscou ! À Moscou ! À Moscou !

Je suis tombée nez à nez avec Joujou. Elle a trouvé du travail ici et corrige à domicile les épreuves des publications de l'Osvag. Elle est tout épanouie et porte en robe verte en crêpe Georgette. Elle n'a jamais eu de goût. D'ailleurs, pourquoi les blondes s'obstinent-elles à s'habiller en vert vif ? Cela ne lui va pas du tout. Elle est très contente d'elle et se vante de toucher du sucre, de la farine, du bois et même de l'alcool d'Abrau-Durso ! Nous n'avons pas pu parler longtemps – des soldats passaient sans arrêt en transportant de gros paquets de livres et de revues et Joujou était pressée. Elle m'a dit qu'elle travaillait dans le service du professeur Grimm et que si je voulais, elle lui glisserait un mot à mon sujet. Dans un cliquetis de talons, elle s'est élancée dans le grand escalier, vers une salle d'où parvenait un crépitement de machines à écrire.

Il ne manquait plus que cela ! J'ai bien besoin de la protection de Joujou !

Si je voulais...

Mais je ne veux pas !

Je sais ce que je veux. Et je l'obtiendrai !

J'ai vu sur une affiche qu'Émélianova et Monakhov vont venir en tournée ! Dès que je toucherai mon argent, je m'achèterai les billets les plus chers !

1er août 1919. Jeudi

Hier je me sentais si bien ! Mais aujourd'hui, j'ai l'impression d'être tombée dans un grand trou noir. Je suis passée devant l'affiche du Soleil où il y a mon nom, mais je n'ai ressenti que de l'appréhension.

C'est en public que je suis intrépide, mais toutes mes peurs et mes larmes vont dans les pages de ce cahier. J'ai peur d'échouer, de ne pas bien chanter, peur que la salle soit vide. Tout me fait peur et ce que je crains le plus, c'est que les gens me mentent ! Qu'ils me racontent des histoires par pitié ! Et si je n'avais en fait ni voix, ni talent ?

Cette nuit, j'ai fait encore le même cauchemar avec le moustique ! Toujours le même !

Je suis une incapable, une nullité ! Je me suis imaginé que j'étais une cantatrice et j'en ai pris pour mon grade ! Oui, et c'est bien fait pour moi !

Tout ce que je cherche à oublier me revient la nuit. Je ferme les yeux et me voici à nouveau sur la scène de l'ancien Club des commis. On m'annonce, je m'avance, je ne vois rien, j'entonne ma chanson favorite, tirée du répertoire de la Plévitskaïa : *Au-dessus des champs, des vastes champs* et une fois de plus, c'est l'horreur ! Ma voix s'étrangle ! J'ai avalé un moustique !

Pour un début, c'est réussi ! Si ma natte était plus longue, je me pendrais avec !

J'ai noté cela pour m'en libérer, pour l'oublier.

Tout le monde parle de l'arrivée de la troupe de Katchalov. Nous avons eu Vertinski et maintenant c'est le tour du MKhAT ! Je vais tous les voir, Katchalov, Guermanov, Knipper !

J'ai acheté un recueil de chansons de Vertinski. Mon Dieu, quel génie ! J'ai l'impression de voir devant moi la pauvre infirme en pleurs implorant le Seigneur de lui donner pour présent à l'arrivée du printemps une paire de jambes fines, ou le frac violet du nègre qui tend à la dame son vison ou encore cette femme éplorée baisant les lèvres bleues des junkers tués au combat.

Nous avons bien fait de ne pas lésiner l'autre fois chez Machonkov et de prendre un billet au troisième rang. Cela a coûté 85 roubles ! Et les places du premier rang en valaient 100 !

Ils auraient pu écrire mon nom en plus grosses lettres.

Que je suis vaniteuse ! Fi !

Demain, je dois voir Pavel. C'est notre dernier jour.

2 août 1919. Vendredi

Mauvaises nouvelles. J'ai tout de suite senti qu'il était arrivé quelque chose à Pavel. Nous nous étions donné rendez-vous comme d'habitude sous l'auvent du théâtre Asmolov, puis nous sommes allés à l'Empire. Tout redevient comme avant. Les serveurs sont en frac, en chemise amidonnée, rasés de frais et sentent l'eau de Cologne. Les dames portent de jolies toilettes. La musique est agréable – mais les musiciens juifs se sont décoloré les cheveux en blond. En revanche, la chanteuse était abominable, une certaine Rose Noire, de passage à Rostov. Le nom est à lui seul tout un programme ! Et pourtant on lui lançait des fleurs ! Ils n'y comprennent rien ! Tout ce qu'il leur faut, c'est un jolis minois !

Pavel se taisait, puis il a dit : «Allons-nous-en d'ici ! Je ne peux pas souffrir tous ces gens ! » J'avais tellement envie de rester encore ! Moi qui ne lui ai toujours rien dit ! Je me suis levée docilement et l'ai suivi. Nous sommes passés rue Sadovaïa devant la carte. Je lui ai dit : «Avec l'aide de Dieu, tout va bientôt finir ! » Alors il a éclaté : « Rien ne va finir ! » Il s'est mis à dire pis que pendre de l'Osvag, affirmant qu'ils dissimulaient la vérité et qu'il suffisait que quelqu'un essaie de montrer les choses telles qu'elles étaient pour qu'on l'accuse aussitôt d'être un agent des Rouges. «Et pourtant le contre-espionnage est plein de pillards, de voleurs et de lâches ! Jamais un honnête homme n'ira là-bas ! Ils se battent pour les places et pour le pouvoir, partout règne l'escroquerie et la corruption, mais tout le monde se tait parce qu'ils tremblent pour leur peau ! »

J'ai compris qu'il s'était passé quelque chose. Je lui ai posé des questions. D'abord il ne voulait pas répondre, mais ensuite il m'a dit qu'il avait des ennuis à l'Osvag. Il s'agit d'un cas dont il voulait qu'on parle dans les journaux, mais on l'a convoqué et menacé pour qu'il se taise. Il a appris que dans les wagons venant de Novorossiïsk, on transportait à la place des munitions, vêtements et vivres pour le front, des marchandises appartenant à des spéculateurs. Et pendant ce temps, le front ne reçoit rien de l'arrière, que des images éditées par l'Osvag et représentant le Kremlin et des chevaliers du Moyen Âge. On manque de munitions, mais le commandant et ses adjoints transportaient des tissus, de la parfumerie, des bas de soie, des gants, en faisant accrocher au train un wagon de matériel militaire et en mettant dans tous les autres une caisse de shrapnels, grâce à quoi le train passait en priorité comme convoi militaire.

Nous avons marché longtemps. Pavel disait beaucoup de mal des alliés. En réalité, ils se moquent bien de nous, ils nous ont expédié des uniformes qui vont à des nains ou à des géants. Ils ont envoyé plusieurs wagons de chaussures toutes du pied gauche ! Ils nous ont livré des piques de bambou, des mitrailleuses sans cartouches ni bandes et qui ne fonctionnent pas avec nos cartouches, des canons du temps de la guerre des Boers. Cela m'a fait rire qu'ils aient envoyé des mules qui ne sont jamais arrivées parce qu'elles se sont transformées en cours de route en chachliks, mais Pavel s'est fâché contre moi.

La semaine prochaine, il part à nouveau en mission.

Quand nous sommes passés devant son laboratoire, il m'a dit que le vieux Meyerson continuait à venir. Son fils est parti chez les Rouges. Il vient, regarde sans rien dire son atelier et s'en va.

On dirait que Pavel se fait plus de souci pour un vieillard qui ne lui est rien que pour moi.

À nouveau, je n'ai pas eu le courage d'aborder le sujet grave qui nous concerne tous les deux. Mon cœur se serrait : comment pourrais-je lui dire tout cela maintenant ? Que deviendrait-il ? Comment irait-il au front en portant cela en lui ? Non, nous aurons une explication à son retour.

3 août 1919. Samedi

Quelle longue journée ! Mais prenons les choses dans l'ordre.

Il y avait à nouveau une soirée chez les Nikitine, mais nous aurions mieux fait de ne pas y aller !

Je me suis emportée contre Pavel dès le début. Il est passé me prendre alors que j'étais encore en train de m'habiller. Il m'a demandé de me dépêcher. Cela m'a rendue folle furieuse ! Il se moque pas mal de ma tenue ! Il est pressé d'aller décider du sort du monde ! Je lui ai dit que le sort du monde pouvait bien attendre. Ce n'est pas seulement sur scène qu'il faut réussir son entrée, donc nous aurions autant de retard qu'il le faudrait ! Il a fait la tête. Et nous sommes arrivés ainsi, fâchés l'un contre l'autre.

Mais c'était bien la peine ! Personne n'a eu l'idée de me demander d'interpréter quelque chose !

Tchirikov n'était pas là, Trofimov non plus. Par contre, il y avait Boris Lazarevski ! J'ai un de ses recueils de nouvelles. Je me souviens qu'elles m'avaient beaucoup plus, mais papa m'avait dit : « À quoi bon écrire comme Lazarevski, alors que Tchekhov écrivait déjà comme cela ? » Il y avait aussi Krivochéine, du comité de rédaction de *la Grande Russie*, qui a quitté Ékatérinodar pour s'installer ici. Mais je connais ce genre d'individu ! Chauve, gros, empestant la sueur à un kilomètre et tenant tout de suite des propos équivoques. Il y avait à nouveau ce professeur qui s'appelle Ladyjnikov. Et Mirtova qui a passé la soirée à faire son intéressante ! Pourquoi inviter des gens pareils ? Je ne comprends pas. Il y avait aussi des souris grises académiques dont je n'ai pas retenu les noms.

Nikitine n'a pas lu son texte, il s'est excusé en disant qu'il n'était pas encore prêt. J'ai regardé Evdoxia Fiodorovna. C'était le moment où jamais! Mais elle s'est tournée vers son professeur comme pour lui dire : « Et maintenant, racontez-nous quelque chose d'intéressant! » Et cela a commencé! Un véritable cirque!

Nikitine a eu une prise de bec avec Ladyjnikov. Il fallait voir cela! Ils étaient comme deux coqs qui se battent pour une pondeuse!

Ladyjnikov s'est mis à dire que l'Armée des Volontaires ne valait pas mieux que les Rouges. « Ce sont des gens de Téremnik et nous aussi, seulement on nous a lavés et brossés quand nous étions petits, on nous a appris à comprendre le français, mais à la première occasion, nous retomberons au même niveau qu'eux! D'ailleurs, c'est déjà fait! En Russie, on ne tient le pouvoir qu'entre ses mâchoires, dès que le tsar a desserré les dents, tout est parti à vau-l'eau! Et plus les dents sont fortes, plus le peuple russe est prêt à endurer : mangez-nous! Sinon c'est nous qui vous mangerons! Et à présent les chevaliers blancs du contre-espionnage combattent le mal et nous fusillons dans le même bois où ont été fusillés les nôtres! » Il a ajouté que de toute façon, nous perdrions cette guerre même si nous la gagnions, parce que nous sommes devenus pareils à ceux que nous combattons. Il a tapé du poing sur la table, manquant de fracasser un vase, et a rugi : « Le bien doit céder au mal, c'est ce qui fait sa force! »

Et tout à l'avenant. En fait, personne n'écoutait personne! Nikitine : « On nous fait crier hourrah! alors qu'il faudrait crier au secours! L'Osvag reçoit de tous les côtés des renseignements comme quoi la mobilisation est un échec, les paysans prennent les armes et s'en vont dans les bois, mais l'essentiel est qu'ils figurent dans les dossiers! » Il s'en est pris au commandement de l'Armée des Volontaires. « Le front est en haillons, nu-pieds et manque de tout, pendant qu'ici on arbore des tuniques à la dernière mode et on boit du champagne. Les uns crient que Moscou va bientôt tomber et se remplissent les poches et les autres n'ont rien d'autre que leur conscience et des poux et ils vont au-devant de la mort! Au nom de quoi? Au nom de la Russie? De quelle Russie? De celle-ci? Cela en vaut-il la peine? »

Et cela a continué à n'en plus finir : la patrie, le devoir, la mission sacrée, le sacrifice, le peuple! Mais quelqu'un a dit fort justement qu'on ne pouvait pas faire un jeu de patience dans une maison en flammes!

J'écoutais tout cela et j'avais envie de crier à mon tour : Mon Dieu, mais de quelle mission parlez-vous? De quel devoir? De quel peuple ? Tout ce que veulent les gens, c'est vivre, se réjouir et aimer !

Lazarevski a essayé de calmer le débat en parlant du calendrier, disant qu'il n'était pas du tout raisonnable d'abolir le calendrier grégorien introduit par les bolcheviks. C'est vrai, qu'est-ce que le calendrier vient faire là-dedans ? Et il a dit une phrase étonnante : « Ils voulaient découper treize jours dans le calendrier et ils ont fait un trou dans le temps ! » Comme c'est juste ! Nous sommes dans un trou du temps. Mais personne ne l'écoutait, tout le monde continuait à crier. Voyant que personne ne lui prêtait attention, Lazarevski s'est renfrogné, il est resté encore une demi-heure et il est parti.

Le pauvre Pavel essayait sans cesse d'intervenir pour parler de son idée russe ! Il n'a pas compris que l'enjeu de la discussion n'était pas l'idée, mais la maîtresse de maison ! Comment pourrait-il comprendre des choses aussi simples ! Il ne comprend que ce qui est compliqué.

La polémique a continué quand nous sommes passés à table. Il a été question de l'arbitraire et des atrocités, de l'esprit de l'Armée des Volontaires qui s'est depuis longtemps évaporé. Nikitine a dit de notre armée : « Elle s'est dressée avec la sainteté du martyre et a sombré dans le déshonneur, comme tout le reste en Russie ! » Et cela a recommencé : les slogans étaient mensongers, la confiance piétinée, l'exploit bafoué ! En les écoutant, j'avais l'impression qu'ils tournaient tous la poignée du même orgue de Barbarie ! Que tout cela était ennuyeux !

À la fin du dîner, quand tout le monde a été rassasié et en a eu assez de s'égosiller, la conversation a porté sur la chevalerie. Ladojnikov a dit que nous n'en avons jamais eu et que nos vertus nationales avaient toujours été l'humilité, la soumission, la fusion de l'individu dans la masse. « Un chevalier est toujours un individu à part, il est l'otage, non de la patrie ou du tsar, mais de l'honneur ! » Nikitine a objecté que c'était précisément en Russie qu'il y avait une véritable chevalerie, parce que celle-ci reposait sur la notion de devoir. « Eux ont la belle dame, nous, nous avons la Russie. Leurs chevaliers vouaient leur vie à une idiote mal lavée avec une ceinture de chasteté autour des reins, les nôtres, au peuple, à la patrie ! N'est-ce pas cela, le véritable esprit chevaleresque ? »

Profitant d'une pause pendant laquelle les antagonistes buvaient leur thé, Pavel a réussi à caser que dans l'histoire russe, il n'y avait eu que deux cas de chevalerie : l'ordre des opritchniki fondé par Ivan le Terrible et l'éphémère direction de l'ordre de Malte par Paul Ier.

Ladojnikov a répliqué d'un ton condescendant : «Je me permettrai de vous rappeler, jeune homme, que dans l'armée russe, les duels étaient autorisés depuis 1894, ce qui en dit long ! Mais il est vrai que vous n'étiez pas encore né, si je ne m'abuse.» J'ai donné un coup de pied à Pavel sous la table pour le faire taire, car je sentais qu'il risquait de s'emporter et de dire des sottises. Après cela, nous n'avons pas tardé à partir. Voilà une soirée ratée !

Pavel m'a raccompagnée jusque chez moi et l'Osvag en a pris pour son grade ! Ce n'étaient qu'«imbéciles imbus de leur personne» et «vanités prétentieuses»! Ce qu'il ne leur pardonnait pas, c'était surtout cela : «Ils touchent une quantité d'argent de l'Osvag et le dépensent à éditer leurs vers de mirliton ! La voilà, l'intelligentsia russe dans toute sa splendeur ! »

Nous passions devant le théâtre Machonkine. Il y avait partout des cafés, des restaurants, des cabarets, de la lumière, de la musique, les gens chantaient, riaient, dansaient ! Tout à coup, j'ai eu tellement envie de danser ! D'oublier toutes ces conversations ! Je l'ai tiré par la manche : «Allons-y, Pachenka, s'il te plaît !» Mais il a répondu : «Je suis justement en train de lire *l'Histoire des croisades*. La ressemblance est frappante ! C'est le même mélange d'idéalisme et d'égoïsme animal que chez nous. Sur le front, les idiots exaltés sacrifient leur vie pendant que les petits malins essaient de se défiler et de regagner l'arrière où c'est la bacchanale et le festin pendant la peste ! »

J'avais rongé mon frein pendant toute la soirée, mais là, j'ai éclaté ! Je l'ai saisi par les oreilles et lui ai crié en plein visage : «Pavel, reviens sur terre ! Nous ne sommes pas dans un livre ! Nous sommes ici et maintenant !» Il a répondu : «Lâche-moi, tu me fais mal ! Demain, je dois partir de bonne heure. Je suis très fatigué, je veux dormir.» J'ai tourné les talons et je suis partie. Cela ne peut plus durer ! Il a trottiné derrière moi comme un petit chien en laisse. Je lui ai dit : «Va-t'en ! Laisse-moi tranquille ! Je ne veux plus te voir !» Mais il a continué à me suivre. Nous avons marché comme cela jusqu'à la rue Nikitinskaïa. Soudain je me suis fait horreur. Comment pouvais-je le laisser partir demain dans cet état ? Et s'il lui arrivait quelque chose ? Je suis allée vers lui en courant et l'ai pris dans mes bras.

Au moment de nous quitter, il m'a tout à coup demandé : «Tu m'attendras ?» Pourquoi a-t-il dit cela ? Il a peur que je le quitte sans attendre son retour ?

Je l'attendrai. Et quand il reviendra, je lui dirai tout.

4 août 1919. Dimanche

Aujourd'hui, nous avons donné nos premières représentations au Soleil. Après le film, on remonte l'écran. Quand je suis entrée en scène, j'ai tout de suite compris que ma robe ne convenait pas. Il faut une couleur sombre, du noir ou du bordeaux. Un projecteur s'est braqué sur moi et j'ai été complètement aveuglée par la lumière, je n'y voyais plus rien, ce n'était pas comme cela à la répétition ! Désorientée, je ne savais plus comment me déplacer dans cette lumière et quoi faire de mes mains. J'ai senti que sous l'effet de l'émotion, je me couvrais de plaques rouges ! Encore heureux que je ne sois pas tombée de la scène ! Il fallait chanter pour un visage dans le public, mais j'étais devant un gouffre noir. Ma gorge s'est serrée, j'ai dû forcer mes cordes vocales. Heureusement que je n'avais que trois romances à chanter. Je n'aurais pas pu en chanter une quatrième. Pendant le numéro de balalaïka, j'ai respiré comme me l'a appris Koretskaïa pour me calmer les nerfs : trois inspirations courtes et rapides et une longue et profonde, en comptant tout le temps dans sa tête. Rogatchev, bonne âme, m'a remonté le moral en venant me dire à l'oreille que j'avais admirablement chanté ! Ensuite cela a été notre *Don Juan amoureux*. J'étais déjà plus calme. Torchine m'a dit : « Regarde-moi. Accroche ton regard au mien et tout ira bien ! » Et en effet. Le public était écroulé de rire. Torchine est un génie comique !

Ensuite on a redescendu l'écran et d'autres spectateurs sont arrivés. La salle est comble à chaque fois ! Nous attendions la séance suivante en regardant le film derrière l'écran, « à l'envers ». Nous nous sommes même habitués à lire les intertitres dans l'autre sens. J'enlevais à chaque fois mes souliers, ma seule paire de chaussures de concert à talons hauts, pour soulager mes pieds. Ensuite, tout s'est bien passé. Mais par manque d'habitude, j'étais horriblement fatiguée. Nous avons touché notre argent et voulions aller faire la fête, mais nous n'en avons pas eu la force.

Et maintenant, je suis tellement épuisée que je n'arrive pas à dormir. C'est de la fatigue nerveuse. Dès que je ferme les yeux, je me revois sur scène, au milieu des applaudissements. Et je salue dans mon oreiller !

5 août 1919. Lundi

Il faut que je note toute cette horreur.

Tala est revenue, elle s'est arrêtée chez nous. Elle fait peur à voir. Et en plus, elle était couverte de poux. Maman et moi l'avons emmenée dans la chambre vide de Katia, avons étalé des papiers par terre, apporté une bassine d'eau chaude, nous l'avons lavée et lui avons donné de quoi se changer. Nous avons enveloppé tous ses vêtements dans du papier et avons tout brûlé.

Leur hôpital de campagne a été pris par les hommes de Makhno, ou plus exactement c'est une bande qui est tombée sur eux en faisant retraite. Ils ont achevé les officiers blessés à la baïonnette. Avant d'être exécuté, le médecin leur a demandé de ne pas toucher à sa femme, qui était enceinte. Quelqu'un a répondu : «C'est ce que nous allons voir!» et il lui a ouvert le ventre d'un coup de baïonnette. Ensuite ils ont torturé le médecin. Tala avait du cyanure, on en avait distribué aux infirmières justement pour ce genre de cas. Elle le portait sur elle dans une petite ampoule accrochée à la chaîne de sa croix de baptême. Elle a voulu l'avaler, mais elle n'a pas pu. Elle a été violée. Ensuite leur commandant est arrivé et l'a prise avec lui. La nuit, il l'a aidée à se sauver.

Tala a raconté tout cela tranquillement, puis elle s'est tue, comme si elle s'enfonçait en elle-même. Nous nous sommes couchées sous la même couverture, je lui réchauffais ses pieds glacés. La nuit, elle a eu une crise de nerfs.

6 août 1919. Fête de la Transfiguration

Voici ce qu'a encore raconté Tala :

Sérioja Starovski a eu une mort horrible et absurde, dans un convoi sanitaire. Il avait passé la tête par la porte ouverte de son wagon. On faisait à ce moment-là des manœuvres dans la gare, son wagon a été violemment heurté, les portes coulissantes se sont refermées et il a eu le cou écrasé.

Tala a participé à des opérations chirurgicales : il y avait les «mâchoires» et les «tympans», ce qui veut dire qu'elle perçait les tympans avec du matériel stérile et tenait les mâchoires des malades sous anesthésie. Elle nous a raconté que c'était très pénible de tenir les mâchoires pendant une trépanation, surtout si la tête était tournée de côté : elle avait des crampes dans les doigts et comment maintenir la tête immobile quand le chirurgien commençait à percer ? Mais leur médecin lui criait dessus si la tête bougeait ou si l'infirmière se trompait d'instrument! Une fois, ils ont opéré plusieurs jours de suite sans interruption. Elle devait faire un rapport indiquant le nombre de malades qu'elle avait pansés, mais il y en avait tant que c'était impossible de s'en souvenir, alors Tala a pris deux bocaux, l'un rempli de pois et l'autre vide : à chaque pansement qu'elle faisait, elle prenait un pois dans le premier et le mettait dans le second et à la fin, elle comptait les pois.

C'étaient des volontaires qui fusillaient les prisonniers rouges. Quelqu'un criait : « Des volontaires pour une exécution ! » Au début, il n'y en avait pas beaucoup, mais ils sont devenus de plus en plus nombreux. Ceux qui restaient en vie étaient achevés à coups de crosse. Et on torturait les condamnés avant de les exécuter. Cela ne servait à rien d'essayer de s'interposer. Tala a essayé, mais un engagé volontaire qui n'était plus tout jeune lui a répondu : « C'est pour venger ma fille. »

Le typhus sévit partout. Il n'est pas encore arrivé jusqu'à Rostov, mais cela ne va pas tarder. Dans les trains sanitaires, il fallait enfermer les malades dans les wagons pour la nuit, sinon ils se sauvaient et erraient, inconscients, dans la gare, les uns habillés, les autres en linge de corps. Le seul remède efficace est la silovarzine, il suffit d'une injection pour enrayer la maladie, mais cela détruit l'immunité et on peut être à nouveau contaminé.

J'aurais des quantités de choses à noter tous les soirs, mais je n'en ai ni le courage, ni la force.

C'est la guerre, et je chante. Mais je ne peux pas panser les blessés comme Tala. Ou plutôt si, bien sûr, je peux, mais il y a des centaines de jeunes filles qui en sont capables. Elles sont sans doute plus courageuses et plus résolues que moi et pourtant, non, moi aussi, je suis courageuse et résolue. Mais je veux chanter. Ce n'est pas de ma faute, si ma jeunesse est tombée en pleine guerre ! C'est que je n'en aurai pas d'autre ! Et je suis persuadée que c'est aussi important de chanter quand règnent tout autour la haine et la mort. Peut-être même plus.

Selon moi, si quelque part sur cette terre on achève les blessés à coups de crosse, alors il faut absolument que dans un autre endroit, il y ait des gens qui chantent et qui se réjouissent ! Et plus la mort est présente autour de nous, plus il faut lui opposer la vie, l'amour, la beauté !

7 août 1919. Mercredi

Aujourd'hui nous avons tous failli sauter. Le vieux Girov a vu par-dessus la palissade les fils Pankov jouer avec de la poudre anglaise. Ce sont de longs câbles creux comme des macaroni, mais marron. Girov a dit que ces macaronis servent à remplir les obus et ont ceci de particulier qu'en atmosphère confinée, sous pression, la poudre s'enflamme et explose au moindre choc, mais si on y met simplement le feu, elle brûle jusqu'au bout sans exploser.

8 août 1919. Jeudi

Hier j'ai passé la soirée avec papa. Cela faisait un temps fou que nous n'avions plus parlé ensemble comme avant. Je l'ai interrogé sur Éléna Olégovna. Il m'a dit qu'il aimait cette femme depuis longtemps, mais que maman et lui avaient décidé de sauver les apparences pour nous, jusqu'à ce que nous soyons grands. Il est venu prendre le reste de ses papiers. Je l'ai aidé à les rassembler.

Il s'est plaint des conditions impossibles dans lesquelles il travaillait à l'hôpital militaire. Les blessés sont capricieux et se croient tout permis – ils apportent du vin dans les salles, traînent en ville jusqu'au milieu de la nuit en braillant des chansons et il n'y a pas moyen d'en venir à bout. Que peut faire l'infirmière de garde si elle en a elle-même une peur bleue ? Il n'y a pas de médicaments, les opérés restent des jours entiers sans qu'on leur change leurs pansements faute de matériel, les opérations sont repoussées de jour en jour. Il n'y a qu'une seringue pour tout le service ! Les toilettes sont immondes, il y a si peu de lits que les blessés sont couchés sur des planches ou à même le sol avec en guise de couvertures leurs vêtements en loques. Pauvre papa, il souffre tellement de ne rien pouvoir faire ! Encore heureux qu'il n'y ait pas d'épidémie de typhus en ville, mais il paraît que cela va venir. Tout est pillé, les femmes de salle elles-mêmes volent, raflent tout ce qui leur tombe sous la main et retournent dans leur village, il ne reste plus que les chefs de service. Papa a obtenu du gouverneur de la ville qu'il organise une collecte, et celui-ci a fait paraître dans les journaux un communiqué demandant à tous les habitants de donner du linge pour l'hôpital, mais les blanchisseuses l'ont pris pour elles et ont rendu de vieux chiffons à la place. On vole et on boit l'alcool médicinal, malgré le goût de phénol qu'on lui ajoute, précisément pour empêcher que les gens le boivent !

C'est dans le service des malades mentaux que la situation est la plus terrible. On les a complètement oubliés.

On promet des salaires qui n'arrivent pas, papa vit de sa pratique de spécialiste. Il dit en plaisantant amèrement : « Les gonocoques se moquent bien de la couleur du pouvoir en place. »

Tout le monde se conduit en bêtes fauves. Papa a cité un cas horrible. Il y avait dans le service de chirurgie une infirmière bolchevique blessée. La surveillante était Maria Mikhaïlovna Andreïéva, je me souviens très bien d'elle, elle venait en visite chez nous. Son fils, qui était élève au corps des cadets, a été torturé par des cosaques rouges. Les blessures de cette femme se sont infectées parce qu'on ne lui changeait jamais ses pansements : c'était Maria Mikhaïlovna qui s'y opposait, disant : « Une chienne mérite une mort de chienne. »

9 août 1919. Vendredi

Notre succès au Soleil porte ses fruits ! Aujourd'hui on m'a proposé de chanter à la Mosaïque.

Torchine a promis de me faire engager au Grotesque ! Il en a déjà parlé avec Alexeïev. Il y aura là-bas des acteurs du cabaret de Kiev Jimmy le borgne. Je me produirai sur la même scène que Vladislavski, Kourikhine, Khenkine, Boutchinskaïa !

Ainsi, j'ai déjà chanté au Divertissement et au Yacht. Je chante en ce moment au Soleil. Et bientôt, ce sera la Mosaïque ! Il y aussi les Bouffes, sur la place au Foin, qui ont enfin rouvert ! Après tous les meetings, le bâtiment était complètement dévasté, mais la dernière fois que je suis passée y jeter un coup d'œil, il était méconnaissable ! La salle est magnifiquement décorée, avec de jolis cabinets particuliers et des éclairages électriques ! Là aussi, je chanterai ! J'en suis sûre ! Et sur la scène du théâtre Asmolov ! Du théâtre Machonkine ! Et de celui de Nakhitchévan ! Toutes les scènes seront à moi ! Vous verrez !

Je viens de me relire et cela m'a fait rire. Un vrai Khlestakov.

Mais j'en ai tellement envie !

10 août 1919. Samedi

Maman et moi sommes allées à l'office en mémoire de Sacha. Cela fait un an qu'il n'est plus là.

Ces derniers temps, maman est complètement perdue. Elle me fait tellement pitié !

De retour à la maison, nous avons levé nos verres à notre Sachenka. Maman y a trempé ses lèvres et moi aussi.

Nous avons évoqué des souvenirs. On dirait que tout cela était dans une autre vie. Nous nous sommes rappelé le jour où Sacha a fait irruption dans la pièce en criant : « Comment, vous ne savez rien ? » Tout le monde a eu peur, maman a porté la main à sa poitrine. En fait, c'était la chienne des voisins qui avait mis bas pendant la nuit. Je revois la scène comme si j'y étais : maman va prendre dans le buffet son flacon de gouttes de laurier-cerise, Katia, Macha et moi rions aux éclats et courons voir les chiots. Mais ensuite, le même jour, nous avons appris que la guerre avait éclaté.

Maman a maintenant en permanence sur sa table de chevet la *Vie de l'archiprête Avvakoum*. Elle répète sans cesse : « Est venu le temps de souffrir. Souffrir nous devrons sans relâche. » Aujourd'hui elle m'a dit que quand elle avait lu ces mots autrefois, ils lui étaient restés en mémoire, mais qu'elle n'en avait pas compris le sens. « À présent tout est clair : le châtiment ne nous est pas envoyé pour nos péchés, mais pour notre bonheur. Tout a son prix : le bonheur a pour prix le chagrin, l'amour, l'enfantement et la naissance, la mort. »

Nous avons évoqué les horreurs de février dernier, tout ce que nous avons enduré quand Sacha est resté caché plusieurs jours au cimetière des Frères avec d'autres étudiants et lycées du régiment universitaire du général Borovski qui n'étaient pas partis avec Kornilov. Les pauvres garçons étaient réfugiés dans des caveaux. Et il gelait dur! Une nuit, l'un d'entre eux s'est risqué en ville et a réussi à faire prévenir ses parents, qui de proche en proche ont transmis les nouvelles aux autres, c'est comme cela que nous l'avons appris. J'allais lui porter des vêtements chauds et de la nourriture. Comme c'était dangereux de circuler avec des ballots, j'enroulais sur moi le plus de linge possible et tâchais de me faufiler par une brèche de la palissade pour ne pas me faire remarquer à l'entrée principale. Il y avait là-bas beaucoup d'officiers qui se cachaient dans les caveaux les plus éloignés. Sacha a raconté que l'un d'eux est devenu fou : il s'est mis à chanter et il a fallu l'étrangler pour qu'il ne trahisse pas les autres. Papa s'est procuré des papiers par l'intermédiaire du docteur Kopia, dont le mari était parti avec les Volontaires et une nuit, Sacha a réussi à fuir avec quelques camarades. Ensuite quelqu'un les a dénoncés, il y a eu une descente au cimetière et tous ceux qui étaient encore là et qui ont été découverts ont été fusillés.

Il y avait des perquisitions partout. Alors, craignant pour Sacha, nous avons brûlé beaucoup de papiers et mon journal est parti en fumée.

Maman a mis tous nos bijoux en or dans une boîte en fer-blanc et les a enterrés, mais ensuite, nous n'avons jamais pu les retrouver. Quelqu'un nous avait sans doute épiées et les a déterrés. Pour éviter que le vélo tout neuf de Sacha soit réquisitionné, papa, qui, à l'époque, habitait encore à la maison, l'a démonté et a caché les pièces un peu partout dans l'appartement. Je me souviens comme Sacha était fier de son Dux. Avant de l'acheter, il discutait interminablement avec papa pour savoir ce qui était le mieux : nos Dux ou les marques étrangères Triumph ou Gladiator.

Ensuite, maman et moi avons évoqué le jour où ont fait irruption chez nous des hommes ivres et agressifs : « Que savez-vous de votre fils ? » Ils ont commencé à perquisitionner. C'était un cauchemar : ils ont arraché les papiers peints, soulevé les lames de parquet. En plus, ils ont exigé du thé et il a fallu leur faire chauffer de l'eau. Avant cela, Tossa Gorodinskaïa m'avait parlé de la perquisition qu'ils avaient eue chez eux. Son frère était parti pour la Campagne des glaces et avait été tué près de Kouban. Quand Tossia m'avait raconté en grinçant des dents ce qu'ils leur avaient pris et comment cela s'était passé, j'avais été surprise qu'on puisse être à ce point attaché aux biens matériels. Son père est un riche financier. On peut tout de même vivre sans tapis d'Orient et sans argenterie ! Vous parlez d'un malheur, si des gens qui ont travaillé à la sueur de leur front et ne possèdent rien, s'emparent d'une terre ou d'une maison ou de meubles qu'ils ont mérités par toute une vie de privations et dont ils ont été spoliés, en fait ! Car ce n'est pas par son honnête labeur que le père de Tossia a gagné toute cette fortune ! Ils n'avaient qu'à partager eux-mêmes avec les autres ou faire quelque chose pour eux, c'est une honte d'être riche dans un pays misérable et qui plus est, de se vanter de sa richesse ! C'était bien fait pour eux, c'était un châtiment divin. D'ailleurs le génial Blok avait tout expliqué dans son grand poème ! Mais quand cela a été notre tour, j'ai compris qu'il ne s'agissait pas de biens et d'objets précieux. Quand ils ont fait main basse sur tout ce qui leur plaisait et que maman a commencé à les supplier et à pleurer, j'ai compris que c'était une question de dignité humaine. Mieux valait se taire ! Finalement, c'est papa qui a sauvé la situation. À la fin de la perquisition, ils se sont enfermés dans son cabinet et il les a tous examinés, si bien qu'en partant, ils lui ont dit : « Merci, docteur ! »

Les pièces de la bicyclette de Sacha sont encore disséminées dans toute la maison. Mais Sacha ne viendra jamais les rassembler.

11 août 1919. Dimanche

Au premier rang, j'ai aperçu Zabougski. Le vieux est détraqué et se laisse complètement aller. Il est sale, en habits fripés, mais il m'attendait à la sortie avec un bouquet de fleurs. Pauvre Evguéni Alexandrovitch ! Comment oublier le numéro qu'il m'a fait à l'époque ? Je séchais à son examen et comme il n'arrêtait pas de passer à côté de moi, pas moyen de copier ! Je faisais en douce des signes implorants à Lialia pour qu'elle m'envoie une antisèche, quand soudain Zabougski pose discrètement sur ma table une feuille soigneusement pliée. Je la déplie – c'était son écriture ! Il y avait toutes les solutions, toutes les réponses ! Après l'examen il m'a demandé de passer le voir dans son bureau et il m'a fait une déclaration et a demandé ma main ! Il y a de quoi rire et pleurer !

Qu'il est pitoyable ! Et moi qui étais aveugle et ne me rendais compte de rien ! Quand il arpentait la classe, qu'il s'arrêtait derrière mon pupitre et que je sentais son souffle sur ma nuque, je croyais qu'il se retenait pour ne pas tirer sur ma natte et l'arracher, alors qu'il avait sans doute envie de la toucher, de la caresser.

Il n'y a pas à dire, en matière de soupirants, je suis gâtée ! Je ne sais plus où me cacher !

À commencer par ce garçon anonyme, mon admirateur muet et rougissant ! Cela fait un mois qu'il me guette sans oser m'aborder. On a envie de l'attirer avec un bonbon et de lui donner une bonne taloche pour qu'il aille apprendre ses leçons au lieu de perdre son temps à des bêtises !

Et ce dentiste et son chef-d'œuvre : vous ouvrez la bouche et pas un seul plombage !

Et Goriaev ! Il me plaisait, celui-là, et pas qu'un peu ! Jusqu'au jour où nous nous sommes trouvés nez à nez dans la salle d'attente de papa. Il avait rendez-vous et attendait son tour ! Quand il m'a vue, il a blêmi. Qu'est-ce qu'il a ? La syphilis ? une gonorrhée ? En tout cas, plus question d'amour !

Je sais que je plais. Je sens toujours sur moi ces regards affamés et avides.

Mais est-ce de cela que j'ai besoin ?

La nuit, je pleure et suis sans forces, mais le matin, je me lève pleine d'entrain et d'énergie. La nuit suivante, la peur est de retour. Je ne peux pas rester seule. Je suis prise d'une telle angoisse, d'un tel besoin d'amour, de tendresse, d'attention, que, pour un peu, je serais capable de suivre le premier venu qui m'appellerait gentiment !

Parfois, très rarement, je rêve d'Aliochenka. Je redeviens une lycéenne qui n'a que cet amour dans son existence. Ce sont mes rêves les plus purs, les plus tristes et les plus lumineux. Ensuite je me sens comme une somnambule qui marche à côté de la vie. Tous les hommes me font horreur. Cela doit être une maladie. La maladie de l'amour brisé par la mort. Je serai sans doute toute ma vie malade d'Aliocha.

Et en plus, il y a ce Pavel !

Heureusement qu'Aliocha ne voit pas cela !

Et s'il le voyait ?

12 août 1919. Lundi

Pavel revient la semaine prochaine.

Quand je pense à lui, j'éprouve un bizarre sentiment de culpabilité, d'angoisse, de solitude et d'ennui que je n'arrive pas à m'expliquer !

Comment le guérir de cet amour inutile ? Mais non ! L'amour n'est jamais inutile. Que faire ? Je veux son bonheur, mais je le fais souffrir.

Pourquoi est-ce que je le fais souffrir ? Parce que moi-même je vais mal.

Parfois j'ai l'impression que Pavel est mon ami le plus intime. J'ai envie de me serrer contre lui, de me blottir contre sa poitrine. Mais à d'autres moments, je sens que ce n'est pas cela, qu'il m'est étranger, que je ne le comprends pas.

Maman me dit : « Pourquoi tortures-tu Pavel ? Épouse-le ! » Il a demandé ma main dans les règles, il est allé voir mon père, a parlé avec maman. Comme si c'étaient eux et pas moi, qui devaient décider de mon sort.

Marie-toi ! Il faut bien épouser quelqu'un. Mais pourquoi ? Est-ce vraiment indispensable ?

J'ai été subjuguée par l'ardeur de ses sentiments, étourdie par sa ferveur. L'amour est contagieux.

Je sais que je n'aimerai qu'un seul homme, mais ce ne sera pas lui !

Combien de temps pourrai-je encore le supporter ? Mais si nous nous séparons, que vais-je devenir ?

Quand je pense à tout cela, je me sens si désemparée, je ressens un tel vide à l'intérieur de moi.

Mais si je ne l'aime pas, pourquoi m'accrocher à lui ? D'ailleurs, c'est peu dire que je m'accroche – je me cramponne bec et ongles !

Je serai forte. Froide. Je lui dirai : Pavel, je t'aime beaucoup, mais l'amour ne suffit pas.

Non, cela ne va pas.

Il faut lui dire carrément : cela te déplaît que je veuille être en vedette, être au centre de l'attention, être admirée, recevoir des compliments, avoir des soupirants, mais c'est inévitable quand on se produit sur scène. Car à quoi sert la scène ? À donner de l'amour, non à une seule personne, mais à beaucoup à la fois et à être aimée du monde entier! Seulement cela te fait souffrir! Ou plutôt, cela flatte ton amour-propre, mais blesse encore plus ton instinct de propriété. Oui, cela me plaît qu'on me prodigue des attentions, qu'on m'aime, car c'est pour cela que la vie m'a été donnée, pour être aimée! Et inversement, quelle est la femme qui ne serait pas offusquée qu'on ne la remarque pas? C'est comme cela que je me suis fait aimer de toi! Tu comprends ce qui s'est passé? Je t'ai rendu amoureux de moi et maintenant je ne sais plus quoi faire de cet amour!

Non, ce n'est pas cela non plus. Voilà ce que vais lui dire : nous sommes très différents. Tu es quelqu'un de très bien, Pavel, tu es bon, tu es fort, tu es courageux. Mais tu es pesant. On dirait que tu ne sais pas du tout rire. Alors que moi je suis légère! J'aime rire et me réjouir de tout, de toutes les belles choses de la vie! Par exemple papa m'a offert une nouvelle chemise de soie avec de vraies dentelles de Bruxelles. C'est si agréable de la porter à même la peau! Mais toi, es-tu capable de te réjouir? Tu te souviens, Pacha, tu m'as dit une fois : comment peut-on chanter et s'amuser quand il y a tout autour tant de souffrances et de malheurs, tant de calamités! Mais moi, je pense que si la beauté et l'amour ne sont pas d'actualité, il faut être belle et aimer en dépit de l'actualité!

Il va me demander : « Qu'est-ce que tu veux dire? » Comme toujours, il ne va pas comprendre.

Tu ne vois que toi! Prenons l'exemple de la photographie. Quand on veut être en vue, se produire sur scène, c'est très important d'avoir de bonnes photos. J'attendais toujours que tu me photographies, que tu fasses un beau portrait de moi, c'est si important pour moi! Mais tu n'en as pas eu l'idée, il a fallu que ce soit moi qui te le demande. Tu t'es excusé, tu t'es traité de butor. Tu l'as fait, mais le portrait n'était pas réussi. Et tu n'as pas le temps d'en faire un autre. Plus jamais je ne te le demanderai. Tu as mieux à faire que de t'occuper de moi. Et moi, je me retrouve sans une seule bonne photographie.

Non, je ne parlerai pas de cela. Il faut lui dire tout simplement et sans rien expliquer – de toute façon il ne comprendrait pas : si je t'épouse, ce sera une erreur dont nous souffrirons tous les deux.

Serai-je capable de lui dire cela? Je ne sais pas.

J'ai beaucoup d'affection pour lui et ne voudrais pas lui faire de la peine. J'ai pitié de lui à cause de ses sentiments pour moi. Lui qui est fort et courageux devient en amour pitoyable et sans défense.

Et jaloux. Et susceptible. L'amour et la pitié sont à l'opposé l'un de l'autre. Donc je ne l'aime pas du tout.

Pourquoi est-ce que je n'arrive pas à m'expliquer avec lui ? Parce que je sais que je lui ferai très mal. Donner l'amour est facile, mais le retirer est difficile.

Pavel, tout le problème vient de ce que tu as besoin d'une femme qui t'apportera un foyer chaleureux et confortable. Pour moi aussi, c'est très important et moi aussi, je voudrais apporter cela à quelqu'un ! Mais à part cela, il y a aussi quelque chose dans ma vie sans quoi la maison, le confort et tout le reste n'ont plus aucun sens ! Je ne peux pas m'imaginer ma vie sans la scène. J'ai goûté à cette sensation extraordinaire qu'on ne peut pas exprimer avec des mots. J'ai essayé de t'expliquer ce que je ressentais, mais tu as appelé cela avec condescendance l'ivresse de la scène ! Tu ne peux tout simplement pas comprendre ces moments où on se sent la maîtresse de l'univers, où ce n'est plus moi qui chante, mais quelqu'un à travers moi ! J'ai besoin de connaître à nouveau cette sensation, de l'éprouver encore et encore. Sinon, je ne pourrai tout simplement pas vivre ! C'est pourquoi je dois être prête à sacrifier énormément de choses.

Tout cela ne tient pas debout. Jamais je ne pourrai rien lui dire de tout cela ! Je lui dirai tout simplement : Pavel, tu peux rendre une femme heureuse. Mais pas une femme comme moi.

13 août 1919. Mardi
Pacha, mon chéri, toi qui es si bon, pardonne-moi pour toutes ces bêtises, je t'aime très fort ! Surtout, reviens vite !

14 août 1919. Mercredi
J'ai revu Joujou. Elle file le parfait amour avec un Anglais de la mission. « Il est si extraordinaire ! » Elle a déjà oublié son Wolf. Lui aussi était « si extraordinaire ! ». C'est étonnant comme personne ne parle plus des Allemands ! Tout le monde les a oubliés, comme s'il ne s'était rien passé. La mémoire s'empresse d'effacer les souvenirs honteux. On les a combattus tant et plus, mais il a suffi que les casques allemands fassent leur apparition dans les rues de Rostov pour que ce ne soient plus des ennemis, mais quasiment des libérateurs ! Et tout le monde a changé comme par enchantement ! La veille encore, les gens s'habillaient le plus modestement possible, en essayant de ne pas se faire remarquer, de passer inaperçus et tout d'un coup, en un clin d'œil, ils ont ressorti ce qu'ils avaient de mieux : des soieries, des bijoux, les dames se sont remises à porter

des chapeaux ! Et les hommes, des cravates, des chemises amidonnées, des guêtres. Les vitrines des magasins ont à nouveau resplendi, elles se sont emplies de marchandises, de denrées de luxe, de tissus, de chaussures, de montres ! Et cela après toutes les réquisitions ! D'où tout cela sortait-il ? La veille encore, tout le monde était en quête de nourriture et tout d'un coup, c'était la nourriture qui se mettait en quête des porte-monnaie. Les Allemands ont interdit de vendre et de grignoter des graines de tournesol et elles ont aussitôt disparu, alors qu'avant, il n'y avait plus que cela ! C'était une honte de voir tout le monde se réjouir à ce point de l'arrivée des Allemands ! Le calme et l'ordre sont aussitôt revenus, les concierges sont reparus, ils se sont mis à balayer avec empressement les rues et les trottoirs qui n'avaient plus été nettoyés depuis une éternité. Les cambriolages, les meurtres, les perquisitions, les réquisitions, tout cela a immédiatement cessé. Quelle honte, quelle humiliation de constater que seuls les Allemands peuvent apporter aux Russes l'ordre et la liberté !

Je n'arrive toujours pas à comprendre cela, car finalement, nous avons combattu les Allemands pour assurer l'ordre et l'abondance dans notre pays et nous ne les avons obtenus qu'une fois qu'ils nous ont vaincus. Il n'y a qu'à voir ce qui s'est passé dans les chemins de fer ! En un clin d'œil, les wagons et les bâtiments des gares ont été divisés en classes, les trains sont à nouveau arrivés à l'heure, tout est redevenu comme avant la révolution ! Aux carrefours sont apparus des poteaux indicateurs signalant avec précision les directions et les distances exprimées en minutes, par exemple, pour aller à la poste, au centre ville, à la Kommandantur, « dix minutes à pied ». Le téléphone urbain s'est remis à fonctionner, l'électricité est revenue, nous n'avons plus été obligés de passer les soirées à la lueur de la bougie. C'est stupéfiant de voir avec quelle joie les gens ont accueilli le retour à l'ordre – à l'ordre allemand, avec le drapeau allemand flottant sur la ville – alors qu'ils avaient été incapables de faire quoi que ce soit par eux-mêmes ! Et comme tout le monde était content qu'il y ait à nouveau de la musique allemande au programme des concerts, du Wagner, qu'on n'avait plus entendu depuis longtemps ! Pour ce qui est de Wagner, encore, c'est facile à comprendre, mais comment expliquer tout le reste ?

Papa s'est mis à recevoir en consultation des officiers allemands. Je me souviens de son amertume quand il disait que la Russie n'était pas du tout un grand pays, mais simplement un pays très vaste et servile, fait pour être une colonie allemande et que, si les Allemands s'en allaient, nous nous entre-tuerions et nous égorgerions tous les uns les autres.

Et voilà, il n'y a plus d'Allemands.

15 août 1919. Jeudi de l'Ascension

Les hommes sont devenus de vraies bêtes féroces.

Aujourd'hui j'ai vu pendre un homme, un certain Afanassiev, à ce que disaient les gens, un agitateur rouge. Sur la place de la gare. J'étais allée acheter du pétrole et j'ai vu toute une foule rassemblée. Les gens étaient debout en silence, serrés les uns contre les autres. Les femmes reniflaient. On le faisait avancer à coups de crosse dans le dos. Il devait avoir dans les vingt-cinq ans. On l'a mené au pied d'un arbre. Ils n'ont même pas installé de gibet : pourquoi faire, du moment qu'il y a des arbres ? Un soldat lui a passé le nœud coulant autour du cou, et a lancé l'autre bout de la corde par-dessus une grosse branche. Il a mal visé et a dû s'y reprendre à plusieurs fois. Le condamné était là, immobile, les yeux grand ouverts, regardant droit devant lui. Au dernier moment, il a voulu crier quelque chose, mais il n'en a pas eu le temps.

Je suis arrivée à la maison plus morte que vive. J'ai ouvert le livre de Nikitina : « Les nuées voguent, les flots coulent, purs comme le cristal. C'est ainsi que goutte à goutte notre vie s'en va. » Dieu, quelle ânerie ! *Les rosées de l'aube.* « À la charmante Isabelle. » J'ai jeté le livre dans un coin.

Pourquoi Isabelle ? En quel honneur m'appelle-t-elle par mon prénom ? On dirait que tout le monde joue la comédie et cherche à se donner le beau rôle. C'est odieux. Mais j'en fais autant. Je n'irai plus là-bas.

Je pense sans cesse à Pavel. Que devient-il ? Où est-il ? J'ai tellement peur pour lui. Je n'en peux plus.

16 août 1919. Vendredi

J'ai eu la visite de Moussia. Elle était à nouveau en larmes. « Que se passe-t-il ? Il s'est suicidé ? – Non. – Alors pourquoi pleures-tu comme ça ? – Il ne m'aime plus. – Eh bien tant mieux ! – Mais maintenant je l'aime ! »

17 août 1919. Samedi

Pavel est revenu. Dieu merci, il est sain et sauf. Il est juste passé en coup de vent, en disant qu'aujourd'hui ou demain, les Volontaires de Brédov vont prendre Kiev. Puis il est vite parti à son laboratoire. Il était mal rasé, les traits tirés, la capote sale, avec des taches brunes de fumier.

Je reprends ce soir. Je suis allée le voir. Il m'a fait très mauvaise impression. Il a vu à nouveau toutes sortes d'horreurs. Il m'a raconté qu'il accompagnait des artilleurs qui traversaient un champ couvert de cadavres. C'était difficile de faire avancer les canons sans écraser de corps : les Rouges avaient reculé et s'étaient rendus, mais les cosaques avaient fait un carnage. Les conducteurs s'arrangeaient pour rouler sur les têtes, qui éclataient sous les roues comme des pastèques. Pavel s'est mis à les invectiver, mais ils ont ricané en jurant leurs grands dieux qu'ils ne le faisaient pas exprès. Il est descendu et s'est éloigné pour ne plus entendre le craquement des têtes et les rires. « Certains cadavres se contractaient quand on leur passait dessus. Peut-être qu'ils étaient encore vivants. Et tu sais ce que j'ai compris ? J'ai compris que je les haïssais tous ! »

Nous étions debout dans la pénombre rouge. Pendant qu'il diluait les solutions dans ses bacs, je lui caressais le dos et la tête. Il m'a semblé qu'il avait de la fièvre et j'ai eu peur : et si c'était le typhus ? Il m'a assuré que ce n'était qu'un rhume, mais je ne suis pas tranquille.

Une fois de plus, je ne lui ai rien dit.

18 août 1919. Dimanche

Aujourd'hui j'ai passé toute la journée au Soleil. Je suis rentrée à la maison à bout de forces, je ne sens plus mes jambes. Je vais juste écrire quelques mots.

Torchine et moi venions de jouer notre quatrième intermède et étions sortis prendre l'air dans la cour et qui vois-je arriver – qui ? Ma Nina Nikolaïevna ! Elle était hors d'elle, une vraie furie. Je ne l'avais pas remarquée dans la salle. Elle me demande sur un ton courroucé : « Que venez-vous de jouer ? – Mais le *Don Juan affamé*. Un lycéen déclare sa flamme à sa bien-aimée tout en rêvant de nourriture ! – Non, ce n'est pas cela que vous avez joué ! Tout ce que j'ai vu, c'est que vous aviez trop chaud et que vous cherchiez à expédier votre rôle au plus vite pour vous en aller ! » J'ai essayé de me justifier : « Nina Nikolaïevna, mais c'est notre quatrième séance de la journée ! » Elle s'est jetée sur moi : « Le spectateur n'en a rien à faire ! Quand vous allez chez le coiffeur, vous ne lui demandez pas combien de clients il a déjà coiffés et s'il n'est pas fatigué ! » Elle nous a fait retravailler toute la scène avant de nous lâcher pour notre cinquième séance.

Voilà encore une carte postale non expédiée.

On y voit des barques de pêcheurs surgir à travers la pluie, comme si elles voulaient entrer par la fenêtre.

La maison donnait directement sur le petit port de Massa Lubrense. Par temps clair, on distinguait nettement Capri à gauche et à droite, le Vésuve.

Ce jour-là, depuis le matin, il n'y avait ni Capri ni Vésuve. On ne pouvait que se promener sous un parapluie ou lire. Iseult était sortie avec leur fils et le drogman était allé chercher dans le coffre de la voiture deux sacs en papier de chez Migros pleins de livres qu'il avait empruntés avant de partir à la bibliothèque du séminaire slave.

On distinguait par la fenêtre de la cuisine les petites silhouettes de la femme et de l'enfant sur le quai et les énormes pattes de la marée montante.

Le drogman avait essuyé les gouttes d'eau sur la couverture du livre du dessus. C'était un recueil de vies de saints russes, qu'il se mit à feuilleter. Il tomba sur la vie d'Antonius le Romain et se plongea dans l'histoire de cet Italien qui était devenu un saint thaumaturge de Novgorod.

« Saint Antonius naquit à Rome en 1067 de parents riches et fut élevé dans la piété. Il perdit de bonne heure son père et sa mère et, ayant distribué tout son héritage aux pauvres, il se mit à errer en quête d'une vie juste, mais il ne voyait partout que mensonge, luxure et iniquité. Il cherchait l'amour sans le trouver nulle part. »

La femme et l'enfant sont maintenant tout petits, comme les gouttes sur la vitre.

« Un jour, il était allongé sur la terre parmi les fleurs et regardait une croix blanche sur des pétunias rouges qui appelait une colonne de fourmis au siège de leur Jérusalem miniature. On entendit un carillon. Antonius tressaillit : la moitié de sa vie était passée. C'est ainsi que Dieu peut se concentrer en un objet, une créature, ou dans le son d'une cloche, comme le lait se coagule en fromage blanc.

« Le cœur navré et plein d'affliction, continuait l'hagiographe, Antonius sortit de la ville. Il marcha jour et nuit sans se retourner et arriva au bord de l'océan. Comme il ne pouvait aller plus loin, il grimpa sur un rocher qui surplombait l'eau. Il y resta toute une journée, le dos tourné au monde et regardant la mer. Puis la nuit tomba, mais il resta sur son rocher sans se retourner. Il resta ainsi encore un jour et une nuit. Puis une semaine. Puis deux. Puis un mois. Alors le rocher se détacha du rivage et s'en alla sur l'eau. »

Ensuite la légende poussait Antonius à travers le monde au gré des courants et le déposait sur la rive du Volkhov, après quoi ce n'était plus qu'une banale histoire de guérisons miraculeuses et de reliques inaltérables qui avaient disparu avec leur châsse d'argent en 1933. Il n'était resté que la branche de laîche qu'Antonius tenait dans sa main quand il était arrivé de Rome.

Puis Iseult était revenue et avait déclaré qu'elle partirait le lendemain avec son fils, car ce n'était plus possible de vivre ainsi.

Iseult et le drogman avaient décidé de venir en vacances précisément à cet endroit pour essayer de sauver leur famille.

En réalité, leur famille n'existait plus. Simplement ils habitaient, pleins de rancœur, le même appartement. Chaque nuit, Iseult couchait l'enfant entre eux deux. C'est ce que faisait aussi la mère du drogman, autrefois, sur leur divan, dans le sous-sol de la rue des Vieilles-Écuries, pour que l'enfant qui devait unir serve de barrière, de mur, de frontière.

Ils avaient décidé de venir ici, à Massa Lubrense, parce qu'ils y avaient passé des vacances quelques années avant cette pluie.

Mais alors, tout était différent. Tous les jours, on voyait Capri à gauche et le Vésuve à droite. Les barques des pêcheurs faisaient mine d'entrer par la fenêtre de leur chambre. Toutes les nuits, les pêcheurs partaient en mer et le matin, ils rapportaient du poisson frais et des « fruits de mer », *frutti di mare*, qui faisaient peur à leur fils parce qu'ils étaient vivants et qu'ils bougeaient.

La mer se balançait tout doucement, accrochée à l'horizon comme à une corde à linge.

Parfois il pleuvait, mais c'était une pluie tiède et brève, et ensuite tout brillait et fumait. Un jour, après une averse, leur fils, occupé à fouiller dans la terre détrempée d'une plate-bande, avait dit que les vers étaient les boyaux de la terre.

Ils se baignaient tous les jours. Parfois, l'eau était trouble et sale, des algues et des écorces de pastèque flottaient à la surface, mais il suffisait de nager vers le large pour que tout devienne différent : la transparence régnait dans l'eau et dans le ciel et l'on voyait le vent ébouriffer les vignes et le gland doré de l'église étinceler au soleil.

Le drogman et Iseult dînaient au bord de l'eau dans un restaurant où, tous les soirs, l'enfant aspirait de longs spaghettis. Il était si fatigué à la fin de la journée qu'il s'endormait dans le petit fauteuil fixé à leur table, tandis qu'ils restaient à boire du Lacrima Christi venu des pentes du Vésuve, écoutant le souffle de l'enfant et le clapotis de la mer.

Ils avaient leur arbre favori, un platane dont ils caressaient la peau lisse avant d'aller se coucher : l'air fraîchissait dans le noir, mais elle restait tiède.

La nuit, on voyait des lumières du côté de Naples, comme si au-delà de l'eau noire, il y avait eu un immense nid de vers luisants qui palpitaient.

Les étoiles étaient énormes, anguleuses, irrégulières, de grosse mouture.

Le drogman et Iseult n'auraient sans doute pas dû revenir à Massa Lubrense.

Ils avaient décidé de donner, selon l'expression d'Iseult, une dernière chance à leur famille. Mais il était très vite apparu que c'était peine perdue : ils s'étaient disputés dans un bouchon avant même d'arriver au Saint-Gothard et n'avaient plus desserré les dents de tout le voyage.

Cette nuit-là, ils avaient parlé jusqu'à trois heures du matin. Pour dire toujours la même chose, prononcer des paroles inutiles et vaines, puis le drogman s'était efforcé de dormir sur le divan inconfortable de la salle à manger en tâchant de ne pas entendre les sanglots étouffés d'Iseult.

Le lendemain, ils n'avaient plus la force de parler de rien. L'enfant, sentant que son univers s'écroulait, dessinait, assis dans un coin, silencieux, essayant de se faire oublier. Il avait renversé l'eau de son bocal et étalait du doigt des marbrures troubles sur le papier qui gondolait.

Après le petit déjeuner, Iseult était allée se promener sur le quai avec lui, pendant que le drogman lisait des histoires de guérisons miraculeuses et de reliques inaltérables.

Ils étaient revenus. Leur fils avait allumé la télévision et s'était mis à regarder un dessin animé et Iseult avait dit qu'elle partirait le lendemain avec l'enfant, parce que ce n'était plus possible de vivre ainsi. Elle lui avait aussi demandé de s'en aller tout de suite quelque part, parce qu'elle ne pouvait plus supporter d'être dans la même maison que lui, de vivre sous le même toit.

Le drogman avait répondu que bon, en effet, cela ne pouvait plus durer, qu'ils partiraient tous dès le lendemain et que lui non plus ne pouvait plus rester avec elle sous le même toit. Alors leur fils, qui était pelotonné dans son fauteuil devant la télévision, s'était mis à gémir tout doucement. Le drogman voulait aussi dire à Iseult qu'ils s'étaient entendus pour ne pas parler de cela devant lui, mais il s'était tu, parce que cela n'aurait servi à rien. Et pour ne plus rien dire, il s'était dépêché de sortir en prenant bien soin de refermer lentement et sans bruit la porte derrière lui.

Il ne savait pas où aller, la pluie tombait par intermittence. Les gens le regardaient par les fenêtres des maisons et il avait envie d'être dans un endroit où il n'y aurait personne et où personne ne risquait de venir.

Le ressac courait sur la mer et le ciel bas semblait couvert de marbrures troubles, comme si quelqu'un étalait du doigt les nuages.

Le drogman alla jusqu'au parking, monta dans sa voiture et roula en direction de Sorrento. À mi-chemin, il avait repéré un endroit où les rochers s'avançaient loin dans la mer et où l'on pouvait se promener à pied. Par ce temps, il n'y aurait sûrement personne.

Il fallait traverser un village. Parfois les portes des maisons ouvraient directement sur la rue. Le drogman ralentissait et regardait vivre les Italiens : les maisons n'avaient pas d'entrée, la vie de famille commençait juste de l'autre côté de la porte. Une vieille vêtue de noir, les mains affreusement déformées par les gros travaux, était assise et regardait passer la voiture, tandis que derrière elle clignotait un écran de télévision. Des voix d'enfants s'échappaient des fenêtres. Un bonhomme noiraud et courtaud en tee-shirt blanc, pantalon de survêtement et savates traversait la rue, tenant une casserole d'où montait de la vapeur sous la pluie.

Dans chaque maison il y avait une famille, sinon plusieurs. Comment faisaient-ils pour vivre tous ensemble ?

Eh bien, ils n'y arrivaient pas ! Derrière chaque fenêtre, tôt ou tard, quelqu'un avait dit ou dirait un jour : cela ne peut plus durer, il faut nous séparer parce que je ne peux plus vivre dans la même maison que toi. Et l'autre avait répondu ou répondrait : bon, en effet, cela ne peut plus durer. Et à côté serait pelotonné leur enfant, qui aurait envie de redevenir tout petit, d'être aveugle et sourd pour ne rien voir, ne rien entendre, comme un oreiller.

Alors qu'il descendait vers la mer par le sentier mouillé et glissant qui par endroits était taillé dans le rocher, le drogman vit soudain qu'il y avait quelqu'un là-bas, debout tout au bord. Une femme corpulente aux jambes courtes, en imperméable de plastique rose à capuchon. Elle se retourna, l'air contrarié : elle voulait sans doute être seule et il la dérangeait.

Son visage lui disait quelque chose.

– *Buona sera!* dit-il.

Elle se détourna sans répondre.

Le drogman se promena aux alentours sur les rochers, mais la femme était toujours là et sa silhouette faisait sur la mer une tache rose incongrue qui attirait fâcheusement le regard.

Elle aurait pu au moins répondre d'un signe de tête à son salut.

Lui qui était venu pour être tranquille se retrouvait une fois de plus en train d'empoisonner la vie de quelqu'un d'autre!

Alors il décida que ce n'était pas lui qui la dérangeait mais l'inverse et se dit qu'il resterait par principe jusqu'à ce que cette femme en imperméable rose s'en aille.

Il était là, debout, s'abritant du vent derrière un rocher et se demandant qui cette femme pouvait bien lui rappeler. Cela lui était déjà arrivé de rencontrer dans différentes villes des doubles de ses connaissances moscovites. C'étaient des sosies qui vivaient dans des mondes parallèles. Et le drogman lui-même était en train d'errer dans les rues de diverses villes.

Il avait les oreilles bouchées par le vent et le fracas des vagues. La nuit commençait à tomber.

Soudain il comprit qui lui rappelait cette femme en imperméable rose. Bien des années avaient passé depuis, c'est pourquoi il ne l'avait pas reconnue tout de suite.

Elle ressemblait à la jeune fille qui, en dormant, avait toujours l'air de nager le crawl. Elle avait honte de sa poitrine parce qu'à un endroit, celle-ci semblait rapiécée avec de la peau de grenouille. Comme si on avait manqué de peau humaine et qu'on lui avait collé ce qu'on avait sous la main. La Princesse-grenouille.

Quand ils avaient eu tous les deux dix-neuf ans, cette jeune fille s'était ouvert les veines, enfermée dans la salle de bains, après avoir avalé des comprimés. Quand il avait téléphoné aux urgences, on lui avait demandé : «C'est encore une belle au bois dormant?» Il n'avait pas compris, parce qu'il ne savait pas que c'était ainsi qu'ils appelaient les jeunes filles qui avalaient un tube de somnifères. Tout en lui bandant les poignets, le médecin avait dit en ricanant : «À l'avenir, si vous voulez vous suicider pour de bon, il ne faut pas couper en travers, mais en longueur.» Il avait dû laver par terre dans la salle de bains et dans le couloir, car il y avait des taches de sang partout et de plus, comme on était en plein dégel, les ambulanciers avaient ramené à l'intérieur une quantité de boue. Ensuite, des années plus tard, la Princesse-grenouille s'était ouvert les veines dans les règles, dans le sens de la longueur.

Le vent soufflait de plus en plus fort. La pluie se remit à tomber. Le drogman était complètement trempé et transi. La nuit tombait incroyablement vite, comme cela ne se produit que dans le midi. L'inepte imperméable rose brillait devant la mer, toujours sur le même rocher qui luttait contre la marée.

Le drogman eut tout à coup envie de revenir bien vite à la maison pour raconter tout cela. Pour parler de la Princesse-grenouille, de cet endroit où il était, regardant venir la tempête. Et aussi pour jouer avec son fils. C'est vrai qu'ils avaient emporté tout un tas de jeux de société. Il avait terriblement envie de retrouver la chaleur et le confort du foyer.

Il avait envie de rentrer, de l'étreindre, d'oublier toutes les mauvaises paroles. D'être au lit la nuit, serrés très fort l'un contre l'autre et d'écouter le bruit de la tempête.

Et le lendemain matin, le soleil brillerait à nouveau comme l'autre fois et la mer se balancerait tout doucement sur l'horizon bien tendu.

Le drogman se mit à gravir l'escalier mouillé et glissant taillé à même le roc. Quand il arriva en haut, il faisait complètement nuit et l'imperméable brillant attendait toujours quelque chose.

Avant un tournant du chemin, le drogman se retourna une dernière fois pour regarder la mer. Le rocher avec la tache rose s'était détaché et s'en allait sur l'eau.

17 septembre 1924
Cela fait une éternité que je n'ai plus tenu de journal, mais aujourd'hui, j'ai vu ce bloc-notes, qui n'est pas joli, mais peu importe. J'ai tellement envie de tout te raconter ! Tu as peur de mes lettres, Sérioja. Ou plutôt, tu dis que tu as peur qu'elles disparaissent. Tant pis. Tu recevras ce bloc-notes en guise de lettres quand nous nous reverrons.

Voici ce qui m'est arrivé. Après le concert, j'ai bu un verre d'eau glacée. Je savais que je ne devais pas, mais je l'avais déjà fait cent fois et il ne s'était rien passé ! Toute la nuit, j'ai eu de la fièvre. Le lendemain matin, la gorge a commencé à me picoter. C'est horrible de me sentir tomber malade. J'étais enrhumée. Je me suis emmitouflée dans mon châle, j'ai pris de l'aspirine, bu du tilleul avec du citron. Cela allait un peu mieux. Je me suis frotté la poitrine avec de la graisse et de la vodka et suis restée couchée jusqu'à la fin de l'après-midi. Vania Delasari est arrivé pour m'emmener au Yar. Il faisait beau, il voulait aller au pied jusqu'à la Septième ligne. Par l'avenue Moyenne, c'est à deux pas. Mais je tenais à peine sur mes jambes. C'est seulement alors qu'il a remarqué que je n'allais pas bien. Il a eu peur : « Peut-être que tu ferais mieux de ne pas chanter aujourd'hui ? Je trouverai quelqu'un pour te remplacer. » Cela m'a mise hors de moi. Ils sont déjà prêts à me remplacer ! Avec eux, c'est vite fait ! Me remplacer ? Moi ? Et par qui, je vous demande un peu ? Je me suis dit que je chanterais quoi qu'il arrive, même avec une angine, des abcès dans la gorge, une forte fièvre ! On peut toujours déplacer les accents sans que le public s'en aperçoive ; compenser une voix déficiente par la gestuelle, par le tempérament ! Jouer à défaut de chanter. Nous avons pris un fiacre. Dans le vestiaire, je me suis comme toujours versé dans chaque œil une goutte d'atropine. Cela fait des yeux immenses ! Pendant la deuxième romance, j'ai senti monter la fièvre, j'avais la tête qui bourdonnait, les tempes douloureuses, la gorge qui ne répondait plus. J'ai fini de chanter en aveugle, sans rien voir ni rien entendre. Des larmes coulaient sur mes joues. Cela a produit un effet extraordinaire sur le public. C'étaient de vraies larmes, mais ils y voyaient du grand art. Cela faisait longtemps que je n'avais pas été autant applaudie.

Une fois rentrée à la maison, j'ai fait venir le médecin. Il m'a longuement examiné la gorge, les oreilles, le nez, m'a fait un prélèvement. Je ne pouvais plus que murmurer d'une voix rauque : « Alors ? » Il m'a répondu : « Vous voulez que vous dise franchement ? » J'ai eu comme un voile devant les yeux. « À mon avis, ce n'est pas bénin, c'est une inflammation des cordes vocales. » Je lui ai chuchoté : « Mais comment vais-je faire ? je dois chanter, j'ai des concerts ! – Il ne faut pas chanter, mais vous soigner. Vous ne devez même pas parler, si vous ne voulez pas perdre complètement la voix »

C'était hier. Quelle journée affreuse ! Et la nuit, donc ! Je l'ai passée assise à pleurer. À la fin, je n'avais plus de larmes. Je me suis couchée et suis restée inerte dans mon lit. Accablée, hagarde, anéantie. Mon Dieu, pourquoi m'as-Tu punie ? Qu'ai-je fait ? Pourquoi ? Quelle est ma faute ?

Aujourd'hui, ils sont tous venus me voir, Epstein et Vania, puis Klava et aussi Maïa. C'est elle qui va me remplacer. Elle s'est montrée encore plus désolée que les autres et m'a témoigné beaucoup de compassion, mais cela ne sonnait pas très juste. C'était une compassion joyeuse, qui cachait bien mal sa jubilation. Iossif m'a dit que Poliakov allait sûrement me tirer d'affaire. C'est le meilleur laryngologue de Saint-Pétersbourg. Il a sauvé Sobinov. C'est lui qui soigne tous les plus grands. Epstein est un amour ! Il m'a déjà obtenu un rendez-vous. Normalement, il y a plusieurs mois d'attente – pour les chanteurs professionnels, soigner sa gorge passe avant tout le reste ! Mais Iossif s'est arrangé pour qu'il me prenne vendredi ! C'est déjà après-demain.

À présent ils sont tous partis et me voilà seule. Non, je suis avec toi. Sérioja ! Comme tes paroles, comme ta voix me manquent ! Comme j'ai envie que tu me dises à l'oreille que tout va s'arranger. Car tout va s'arranger ? Je pourrai à nouveau chanter ? N'est-ce pas ?

Oui. Il le faut.

***

Il fait nuit. Je me sens de plus en plus mal. J'ai mal en avalant, chaque gorgée d'air m'écorche les parois de la gorge à en pleurer.

Je commence à tousser.

Sérioja, je me sens si mal et tu es si loin ! Je voudrais tellement te serrer dans mes bras, mais je n'ai que mes genoux à étreindre. Rien ne m'est impossible, je suis forte, mais il me manque l'essentiel, Sérioja, je ne peux pas m'étreindre moi-même, je ne peux pas me caresser moi-même. J'ai tellement envie que tu sois à mes côtés, de me serrer contre toi, de me cacher ta tête sous ton bras ! Ton odeur me manque, ta peau, tes cheveux !

Mais il n'y a que ces moustiques horripilants qui s'intéressent à moi.

Je suis si heureuse de t'avoir et si malheureuse d'être en réalité privée de toi !

***

L'année 24, comme l'affirment les occultistes, est l'année de Vénus et je sens bien que c'est vrai. C'est notre année à tous les deux. Tout ira bien pour nous ! Tout doit forcément bien aller !

***

Non, il n'y aura rien de bien !

Je me suis levée ce matin furieuse contre moi-même à cause de mes jérémiades d'hier. Quelle geignarde ! J'ai mal à la gorge, et alors, la belle affaire ! Cela arrive à tout le monde ! Assez perdu de temps ! Je me suis mise au piano. Au travail ! J'ai commencé à déchiffrer les partitions que m'a envoyées Fomine. Boria est un génie ! Ce serait terrible qu'il se laisse complètement embobiner par sa Tsigane ! J'ai travaillé «à sec», silencieusement. Je ne peux ni ouvrir ni fermer la bouche. Et je ne décolère pas contre ma gorge : non, cela ne peut pas m'arriver à moi! Pas à moi!

Puis la peur est revenue : et si je ne pouvais plus jamais remonter sur scène? J'ai repensé à la malheureuse Nina Litovtséva. Elle aussi avait pris froid, son rhume s'est transformé en infection de l'oreille moyenne et quand on lui a crevé l'abcès, il s'est déclaré une septicémie. C'est Paul qui me l'a raconté et il connaît bien Katchalov.

C'est vite arrivé! Il suffit d'un rhume et voilà toute une vie gâchée!

J'ai à nouveau passé la moitié de la journée à pleurer. Je me faisais tellement pitié que mes larmes coulaient toutes seules.

Et toujours cette même question : Mon Dieu, pourquoi moi? Si c'est un châtiment, qu'ai-je fait pour le mériter? Est-ce possible que ce soit à cause de toi, Sérioja, à cause de notre amour?

***

Il reste encore toute une éternité jusqu'à vendredi!

***

Klava est passée, elle s'est plainte d'Ivanovski, avec qui elle a fait un bout d'essai à Sevzapkino. D'après le scénario, elle devait se mettre à pleurer. Elle s'est efforcée de penser à quelque chose de triste, ses larmes ont coulé, mais Ivanovski lui a hurlé dessus : «Mais non! Ce n'est pas ça du tout!» Il l'a traitée de tous les noms, disant qu'elle n'y entendait rien, qu'elle n'était pas une artiste, mais une incapable! Elle était tellement mortifiée qu'elle a éclaté en sanglots et aussitôt ils se sont mis à la filmer. Il l'avait fait exprès! Il l'a rudoyée délibérément pour la faire pleurer pour de bon. Je lui ai dit pour la consoler : «Ma petite Klava, mon trésor, tu sais pourtant bien que tous les réalisateurs sont des gredins et des goujats!» Alors elle s'est vexée pour lui : «Tu n'y comprends rien! C'est un génie!» Soit. Son rôle consiste à verser des torrents de larmes, à la fin elle se noie et on la porte nue dans une natte.

Elle a aussi raconté une chose bizarre : il paraît que les serpents sentent le sexe de leur partenaire de scène, c'est pourquoi dans les numéros de variétés, les pythons mâles sont «appariés» avec des artistes femmes et les femelles avec des hommes. Et effet, à l'Ermitage, la femme était avec un python mâle.

Le temps se gâte. Klava dit qu'il va y avoir une inondation.

***

Je me suis allongée après le déjeuner car je n'avais pas dormi de la nuit. Je me suis assoupie et me suis réveillée en nage. J'ai rêvé que j'entrais en scène et que j'avais la gorge toute gonflée, un vrai goitre. J'ouvrais la bouche pour chanter, mais il n'en sortait qu'un sifflement rauque. J'ai décidé que si je ne peux plus chanter, je mettrai fin à mes jours. Cette résolution m'a apaisée. Je me suis mise à réfléchir à la façon dont je m'y prendrais. J'ai vu une fois un noyé. Pas question ! Je ne veux pas mourir dans cet état. Me pendre ? Quelqu'un m'a dit un jour et c'est resté gravé dans ma mémoire : si tu veux te pendre, va d'abord aux toilettes ! Les pendus ont la vessie et l'intestin qui se vident. Depuis, pour moi, c'est exclu. Reste à avaler des médicaments. À mourir comme les grisettes : en prenant du véronal.

***

Seigneur, quelles bêtises j'ai écrites !

Je vais faire ma toilette. Me maquiller, me coiffer. Revêtir ma plus belle tenue. Pour personne, pour moi-même ! Je vais me mettre au piano et jouer !

***

J'ai l'impression de devenir folle.

J'ai déchiré mes partitions et ai jeté les morceaux à travers la chambre. Fini, le chant ! Finie la musique ! Fini, tout cela !

J'ai lavé la vaisselle. À présent, je regarde mes mains rougies en écoutant le bruit de la chasse d'eau. Dans cet appartement les toilettes fonctionnent sans interruption.

***

Je me suis un peu calmée. J'ai recollé mes partitions.

***

J'ai été frappée par ce que Klava m'a dit il y a quelque temps : que j'étais devenue dure. Je lui ai demandé : «Avec qui ?» Elle m'a répondu : «Avec toi-même.»

***

Dans un roman français, un docteur prescrit à une patiente d'avaler des morceaux de glace pour soigner son angine. Mais je n'arrive pas à me rappeler lequel.

J'irais bien faire un tour dehors, mais il fait nuit, cela me fait peur. Les journaux ne parlent que de vols et de meurtres.

***

Je me suis tout à coup demandé ce que je faisais en réalité sur scène. J'aime tous ceux qui sont là et j'essaie de me faire aimer d'eux. J'ai une relation d'amour avec toute la salle, avec ces centaines d'hommes et de femmes. Je sais les rendre heureux pour un soir. Et ensuite je rentre seule chez moi et me couche dans ce lit glacé.

J'ai horreur de cette solitude nocturne, pleine d'angoisse et de frayeur.

J'ai pris du pontapon. Pourtant, je sais que cela me fera mal à la tête !

***

Phonasthénie !

Enfin, j'ai vu Poliakov. Ce qu'il m'a dit n'a rien de rassurant.

Affection fonctionnelle de la voix. Due à un dérangement du système nerveux. Dans les cas graves, cela peut aller jusqu'à l'aphonie. Ce qui veut dire que je pourrais rester muette.

Le vieux m'a d'abord fait peur, puis il m'a badigeonné la gorge au calomel et a cherché à me rassurer en disant que tout allait s'arranger. « Je vais vous faire une gorge de rossignol ! » Je suis sûre qu'il dit cela à tout le monde. Mais on a tellement envie d'y croire !

Il m'a prescrit un repos complet, un silence absolu pendant plusieurs jours, des préparations de bromure et des vitamines.

Mais peut-être qu'en réalité, cet astre de la science n'y connaît rien ? Peut-être qu'il fait partie de ces médecins qui vous assurent qu'avec un médicament, cela passera en une semaine et sans médicament, en sept jours ?

En tout cas, il m'est formellement interdit de parler. Je vais être obligée de m'exprimer à l'aide de petits papiers.

Me voilà muette.

***

Poliakov a dit aussi que le verre d'eau froide n'y était pour rien. Tout vient de la tension nerveuse. Tu vois, Sérioja, tout cela, c'est parce que tu es loin.

Il fait un temps épouvantable. Le vent souffle et il pleut.

J'ai à nouveau versé une portion de larmes. Heureusement que tu ne me vois pas.

***

Quel jour sommes-nous ? J'ai complètement perdu la notion du temps.

Angoisse, froid, c'est idiot de noter cela. Il y a aussi ce bas que j'ai déchiré en m'accrochant quelque part.

Je suis dans un état de tension extraordinaire. Tout en moi est crispé. Il suffirait d'un rien, de la moindre frayeur, pour que je perde complètement l'esprit. Je suis incapable de faire quoi que ce soit. Pour me calmer, je prends du bromure et de la codéine.

***

Il est tard. Vania vient de partir. Pour la première fois, nous nous sommes disputés. Cela ne s'était pas produit auparavant. Il est venu me voir pour me remonter le moral et a sorti une bouteille. Je n'avais pas compris tout de suite qu'il était déjà ivre. Mon accompagnateur s'est mis à me dire des choses très désagréables, mais peut-être a-t-il raison. Il m'a déclaré tout à trac que quand je chantais sur scène, j'étais une déesse, mais quand je parlais à table, je n'étais qu'une femme ordinaire qui disait n'importe quoi. J'ai fini par le mettre dehors. Il a le vin mauvais. Mais il y a sans doute une part de vérité dans ce qu'il dit. Tout est insupportable et moi aussi.

Qui a dit que les artistes et le public ne devaient pas se rencontrer en dehors du théâtre ? C'est la voix de la sagesse ! Une fois le rideau baissé, il faut disparaître, se volatiliser comme par un coup de baguette magique.

***

C'est tout de même étrange, j'ai du succès, des fleurs, des admirateurs, etc., mais j'ai toujours l'impression que c'est une erreur, comme si on me prenait pour quelqu'un d'autre.

***

C'est vrai que je suis une femme ordinaire, qui a besoin de tout ce qui est nécessaire à une simple mortelle. Il me faut : des bottines, un manteau, deux robes d'hiver, un chapeau, du parfum, un appartement à moi. Mais tout cela est sans importance. Parmi les choses terrestres, c'est de toi que j'ai besoin ! Tout de suite, immédiatement et tous les jours ! Tu es mon salut. Je ne peux pas vivre sans toi. Je vais mourir ici. Pourquoi n'es-tu pas avec moi, mais avec elle ? Pourtant elle te tue à petit feu. Tu avais promis de la quitter pour moi ! Tu disais que pour toi, notre amour était ce qu'il y avait de plus important au monde ! Pourquoi me tortures-tu ? Où es-tu ?

J'égrène sans cesse les perles de mon collier d'agate en pierre de juin porte-bonheur. Ce qu'elle m'a apporté, c'est toi. Mais es-tu bien à moi ?

***

On entend des cris dans le couloir. Les voisins se sont fait voler tout leur linge dans le grenier.

***

Cela fait une semaine que je n'ai plus eu de lettre de toi. Je voudrais en recevoir tous les jours, car je vis de lettre en lettre. Écris-moi – j'aime tant dormir avec une lettre de toi !

Tu ne m'as pas non plus écrit si tu avais vu le *Hamlet* de Mikhaïl Tchekhov. Ici, tout le monde ne parle que de cette mise en scène.

Écris-moi un petit mot ! Je n'ai pas besoin de rapports détaillés, mais juste de quelques lignes. De ton écriture, de ta main.

***

Je regarde la pluie tomber par la fenêtre et repense à ces jours d'avril où nous errions dans Moscou sans savoir où aller. Nous avions envie de rester tous les deux, rien que tous les deux, mais n'avions aucun endroit à nous. C'était merveilleux de se réfugier dans les musées. Tu te souviens de la galerie Morozov ? Des impressionnistes ? Du *Printemps* de Degas ? À la galerie Chtchoukine, j'avais été impressionnée par la Vénus cubiste de Picasso. Monstrueuse, lourde, anguleuse. Tu m'avais expliqué quelque chose sur le cubisme. Mais ensuite, j'ai compris qu'il ne s'agissait pas de cela. C'était tout simplement une femme que l'amour avait quittée. J'ai tellement peur de devenir comme elle !

***

Dehors, il y a du brouillard. Le brouillard d'automne de Saint-Pétersbourg, avec cette sensation particulière d'humidité dans l'air qu'on n'éprouve qu'ici. Mais je préfère encore cela à la poussière de l'été. Pendant tout l'été il a fait une chaleur étouffante, avec des nuages de poussière, on réparait partout la chaussée, on passait les murs au lait de chaux, les rues étaient barrées, il y avait partout des tranchées, des outils, des seaux, des pelles, cela empestait la peinture et la sueur des chevaux.

C'est quand même bien que toutes ces années terribles soient désormais derrière nous. Heureusement que ces horreurs et ces privations ne sont plus qu'un souvenir, qu'on nettoie la ville, que pour la première fois depuis la guerre on repeint les maisons, on répare les trottoirs, on rétablit partout le chauffage central, que les gens sont à nouveau bien habillés, qu'on peut tout acheter avec de l'argent, que l'été, les gens recommencent à aller à la campagne

Les gens se trompent encore dans les prix. Quand je me suis acheté des chaussures aux Galeries marchandes, la caissière m'a demandé combien je voulais payer – la vendeuse avait ajouté sur le ticket un mot illisible qui commençait par un M. Millions ? Milliers ?

Tout change si vite ! Ce sont les plaisanteries qui disparaissent en premier. Tu te souviens de la blague idiote sur le plombier qui répare les tuyauteries ? « Je suis arrivé chez vous sans un kopeck et j'en ressors milliardaire. » Personne ne comprend plus ce qu'il y avait de drôle là-dedans.

Tout s'oublie vite. Tu sais quel cadeau j'ai reçu de ma sœur Katia pour ma fête en 21 ? Une tenture pour me faire un manteau ! J'étais folle de joie !

Maintenant, je gagne de l'argent. Parfois même beaucoup. Mais que veut dire avoir de l'argent dans un pays misérable ? Tout est mélangé, la richesse et la famine. Chez Élisseïev, sur la perspective Nevski, on trouve du gibier, des poissons vivants, des fruits tropicaux et des vendeurs affables, mais il y a des mendiants à l'entrée. Cela a toujours été comme cela et ce le sera toujours. Il faut apprendre à vivre sans y prêter attention. Oui, mais c'est impossible.

On voit en ville des mendiants qui dorment à même le trottoir, seuls ou par familles entières, déguenillés, couverts de poux, avec devant eux un bonnet ou une casquette déchirée pour qu'on leur jette une pièce. Si on leur donne, des enfants des rues vont leur voler ou ils le boiront. Ils sont tous nu-pieds et leurs pieds sont terribles à voir. Après cela, on a le moral à zéro pendant une semaine et plus aucune envie d'aller au restaurant. On passe devant eux et on se sent impuissant. Mais je ferais peut-être mieux de me réjouir de ne pas être parmi eux. C'est vrai que j'ai envie d'être demain, non pas avec eux à la rue, mais dans un endroit chaud, propre, gai et joliment décoré. Je n'arrive pas à comprendre comment avant, on pouvait aspirer à mener une vie plus simple, à se mêler au peuple, à partir sur les routes. Il faut croire que personne ne voyait ces pieds-là.

Et tous ces enfants abandonnés partout ! On voudrait avoir pitié d'eux, mais comment les plaindre s'ils se rassemblent en bandes et attaquent les passants ? Nioussia m'a raconté qu'on voulait lui arracher son sac à main dans lequel elle avait tout son salaire du mois. Elle ne voulait pas le lâcher. Alors le gamin lui a crié : «Je vais te mordre, et j'ai la syphilis!» Elle a desserré les doigts et est revenue à la maison tout en larmes.

Faut-il avoir honte de bien vivre quand on voit à côté de soi la misère et le dénuement ? Peut-être que je dois au contraire me réjouir de ne pas être sur le trottoir en guenilles, d'avoir un joli chapeau, des chaussures élégantes, les joues roses, la jeunesse, la santé et l'amour ?

Seigneur, qu'est-ce que j'écris là !

Je suis allée me regarder à nouveau dans la glace, j'ai ouvert la bouche en essayant de distinguer quelque chose. Quel spectacle horrible !

***

Il pleut à verse. Un véritable déluge.

La chaussée est couverte d'une écume jaunâtre qui fait des bulles. C'est la résine qui sort des pavés en bois. Je ne sais pas pourquoi les habitants de Saint-Pétersbourg en sont si fiers. La belle affaire, qu'on n'en trouve nulle part ailleurs ! Dès qu'il se met à pleuvoir, ils deviennent glissants comme si on marchait sur du savon. On risque à chaque instant de se casser une jambe.

***

On a tiré un coup de canon. Mais cela ne veut pas forcément dire qu'il est midi. Un jour, je voulais régler ma montre en entendant le canon, mais Epstein m'a dit qu'il ne fallait plus s'y fier, parce que l'observatoire de Poulkovo n'envoie plus de signal à la forteresse à midi. Il n'y a plus que la poste centrale qui le reçoit.

***

Je pense sans cesse à toi, à ton séjour ici. Quelles journées merveilleuses nous avons passées ensemble ! Ici tout me rappelle ta présence. Même le pain ! Klava vient de passer. Elle m'a apporté de la brioche aux raisins secs de chez Filippov, la même que celle qui t'avait tellement plu. Tu te souviens, je t'avais emmené dans cette boulangerie au coin de l'ancienne perspective Nevski et de la rue de Poltava.

Comme je rêvais que tu viennes ici! Je nous imaginais nous retrouvant au square Mikhaïlovski, déjeunant sur le toit du restaurant Europe. Et tout à coup, tu arrives sans crier gare! Sans lettre, sans télégramme! C'était la surprise la plus extraordinaire qu'on pouvait me faire : j'arrive chez moi et tu es là à m'attendre! Un vrai miracle!

Je chantais alors au Théâtre d'été, il pleuvait, mais on jouait tous les jours à guichets fermés. Je t'ai dit que les gens venaient pour Lédia, qui lisait du Zochtchenko; mais tu m'assurais que c'était pour moi! C'était si merveilleux de chanter pour toi! D'entrer à chaque fois en scène en sachant que j'allais te voir dans la salle.

Cette fois-là, nous n'avons pas réussi à aller à l'Ermitage! Tous les chemins menaient à ce lit si absurde et si vide sans toi!

Tu te souviens de ton mouchoir? Je l'ai noué pour en faire un petit bonhomme de chiffon qui habite sous mon oreiller. Je ne peux plus m'endormir que s'il me tient par le doigt.

***

Tu te souviens de notre excursion à Strelna? Des pierres qu'on a lancées sur nous quand nous nous promenions dans le parc? Il faut installer de grands panneaux à une lieue à la ronde pour prévenir les amoureux qu'il y a maintenant un orphelinat dans le grand palais de Pierre!

Et quand nous sommes montés tout en haut de la coupole de Saint-Isaac et que j'avais le vertige?

Et le soir où je n'avais pas envie de sortir du lit, mais il fallait préparer quelque chose pour le dîner? Tu as dit : «Ne bouge pas!», tu es vite descendu à la coopérative et tu as rapporté du chocolat, du fromage suisse, du raisin et une bouteille de vin! Comme c'était merveilleux!

Je te mettais un grain de raisin dans la bouche et tu le tenais entre tes dents. Tu as des dents divines!

***

Epstein est venu me voir et a insisté pour m'emmener faire un tour. Il a dit que si je ne mettais pas le nez dehors, je me transformerais en momie. Nous avons marché jusqu'au Picadilly. Nous nous sommes assis et nous sommes plongés dans la contemplation d'un film allemand complètement idiot – nous étions arrivés au milieu du troisième acte mais, n'y tenant plus, nous avons quitté la salle et sommes allés tenter notre chance au Colisée. Avant le début de la séance, des joueurs de balalaïka jouaient des fox-trots. Nous avons vu *le Procureur*, un film assez médiocre, mais qui m'a beaucoup émue et surtout changé les idées. Un procureur est chargé de l'accusation de la femme qu'il aime, elle ne se justifie pas pour ne pas le compromettre et elle est guillotinée.

Nous sommes restés toute la soirée silencieux. Moi par obligation et lui sans doute parce qu'il n'avait rien à dire. Ou plutôt, il a commencé par parler sans arrêt, puis il a dit soudain : « Cela fait une drôle d'impression de causer tout le temps à une femme qui se tait », et il n'a plus rien dit.

Ensuite, nous sommes allés à notre Yar. Je n'aurais pas dû ! Nous sommes entrés alors que Maïa était en train de chanter. Je me suis sentie mal, vraiment mal.

J'étais assise dans la salle et le public l'applaudissait.

Alors, je n'existe plus ?

J'ai dit que j'avais de la fièvre. Iossif m'a mise dans un fiacre.

D'ailleurs c'est vrai que j'ai de la fièvre.

***

Sérioja, mon chéri, tu te souviens du jour où je suis arrivée en larmes parce qu'en sortant du tramway bondé, je me suis aperçue que du lait s'était renversé sur moi et avait coulé sur mes chaussures. Tu m'as prise dans tes bras et m'as consolée comme si j'étais ta petite fille. Où es-tu, Sérioja, viens, serre-moi contre toi, console-moi, berce-moi ! J'ai tellement envie de me réfugier dans tes bras ! De tout oublier, même la scène ! J'en ai tellement assez d'épancher mon cœur sur scène et de le cacher soigneusement une fois revenue dans les coulisses, parce que ce n'est pas du cœur qu'il faut avoir là-bas, mais des griffes et des dents ! Et surtout avoir le cuir épais comme un rhinocéros ! Je n'ai pas la peau assez épaisse ! Cela me fait mal !

***

Aujourd'hui Epstein est arrivé avec un bouquet de roses et m'a à nouveau demandé de l'épouser. Et tu sais, Sérioja, ce que mon administrateur de la Septième ligne a trouvé pour me séduire. Tu ne devineras jamais ! Il met à mes pieds la France entière ! On l'envoie là-bas comme représentant des studios Mejrabpom-Rouss !

Il est vraiment naïf, ce pauvre Iossif !

Il s'imagine que je vais me jeter à son cou parce qu'il me propose

Paris ! Je n'ai que faire de Paris, Sérioja, c'est de ton amour que j'ai besoin !

Je n'avais encore jamais refusé de demande en mariage par écrit. J'ai arraché une feuille de ce bloc-notes et j'ai écrit en gros : «JAMAIS !»

Au fait, encore un épisode amusant : figure-toi que la semaine dernière, Iossif m'a présentée à sa maman ! Je m'attendais à trouver une matrone plantureuse, une sorte de Rebecca biblique, mais pas du tout, c'est une petite femme vive et sèche, avec une voix rauque de grande fumeuse. Elle n'arrêtait pas de me demander si je n'avais pas de juifs dans ma famille ! Nous nous sommes déplu tout de suite. Un coup de foudre à l'envers. En revanche, quel délicieux *gefilte Fisch* ! Un vrai régal !

Iossif m'a apporté une boîte de cacao Van Houten que je bois pour dorloter ma pauvre gorge. Tu te souviens de notre discussion pour savoir lequel était le meilleur : le Van Houten ou le George Borman ?

Vania Delasari est venu me voir. Il était tout triste : il a tout perdu au casino du Splendid Palace. Il m'a emprunté de l'argent.

***

J'ai perdu la notion du temps : je dors le jour et ne ferme pas l'œil de la nuit. Je ne sais pas quel jour on est.

Comme cette chambre m'est odieuse sans toi ! J'ai le dos brisé par ma couchette-hamac. J'étouffe dans cette atmosphère confinée et suis obligée d'ouvrir la fenêtre. Je dors en chaussettes, les pieds contre le mur, j'ai peur que les cafards courent sur moi pendant la nuit. Sérioja, sauve-moi ! Viens frapper à cette porte !

***

Je n'arrive pas à dormir. Je pensais à toi dans mon lit. Je t'égrène comme un chapelet, tes paroles, tes gestes. Je te revois m'aidant à retirer mon manteau lourd et humide, à ôter mes caoutchoucs ! Tu te souviens du jour où nous nous sommes trouvés sous une terrible averse de neige fondue ? Et je reçois encore et encore pour mon anniversaire tes fleurs et le flacon de Jicky de Gerlain. À chaque fois que j'humecte mon doigt pour le passer derrière mes oreilles, je suis submergée par une telle vague de tendresse pour toi !

***

Tu te souviens de notre première fois ? Tu es un affreux faux jeton ! Tu m'avais invitée à l'anniversaire d'un ami, mais il n'y avait ni ami, ni anniversaire ! Quelle merveilleuse supercherie c'était ! Je suis arrivée du froid. Je savais ce qui allait se passer et j'étais comme dans le brouillard, dans un état second. Je marchais lentement dans la pièce en enlevant ma toque, mes gants, que je jetais par terre sans regarder. Tu t'es approché de moi, tu m'as pris les mains, tu as murmuré : « Mais elles sont glacées ! » et tu les as réchauffées avec tes lèvres.

***

Que signifient les droits légitimes ? Je ne reconnais que les droits véritables, ceux de l'amour, selon lesquels tu es à moi. Mon Dieu, que les droits conjugaux sont pitoyables ! Que valent-ils au regard de celui que j'ai de m'endormir et de me réveiller chaque soir et chaque matin à tes côtés ? Ce droit m'appartient à moi, pas à elle !
J'ai droit à toi, mais tu n'es pas là.

***

J'ai relu ce délire de collégienne et je me suis rendu tout à coup qu'il n'y avait rien à espérer, que jamais tu ne la quitterais pour moi ! Je me suis sentie l'âme si vide ! Je n'avais plus envie de vivre !
Ce n'est qu'avec toi que j'ai compris ce que signifiait étouffer de fureur. Je t'imaginais avec elle. Embrassant ses cheveux, ses lèvres, caressant sa peau ici et là. Je t'imaginais lui murmurant – quoi ? La même chose qu'à moi ? J'étais folle de jalousie.

***

Non, ce n'est pas vrai. Je sais bien qu'il n'y a plus rien entre vous depuis longtemps. Ce qui me fait vraiment mal, c'est de penser, non pas à ce que tu fais avec elle au lit, mais que tu l'aimes encore. J'ai toujours peur que tu l'aimes toujours.

***

Cette soirée horrible à Moscou où je suis venue pour la première fois chez vous me poursuit comme un cauchemar. Je voudrais l'oublier, mais je n'y arrive pas. Quand je suis entrée, j'ai senti tout de suite, j'ai senti physiquement la présence d'une autre femme. Elle était partout, dans chaque détail. Tout était d'une propreté impeccable, pas comme chez moi. Et il y avait l'odeur. Son odeur. Celle de ses vêtements, de son parfum, de son corps. C'était insupportable. Douloureux. Je me suis forcée à dire : « C'est accueillant chez vous ». Tu as répondu : « Je n'y suis pour rien. »

Je me suis couchée dans votre lit, ton lit et le sien. Dans son lit. Dans sa chambre. Et je me suis sentie comme paralysée. Je n'avais plus aucun désir. J'avais peur de te blesser. Je ne t'ai rien dit, mais tu as senti tout cela.

Comme c'est humiliant! Nous sommes comme des voleurs. Serions-nous vraiment des voleurs, Sérioja? Non, ce n'est pas vrai, cela ne peut pas être vrai. Car c'est moi que tu aimes, et pas elle! Tu es mon vrai mari, pas le sien! Nous ne pouvons pas voler ce qui ne nous appartient qu'à nous les deux!

Mais je m'égare à nouveau. Il ne s'agit pas de vol. Tu sais de quoi il s'agit? De ses pantoufles. Quand nous étions là-bas, je regardais sans arrêt ses pantoufles à côté de la porte.

***

Klava est mon amie la plus proche. Tu sais ce qu'elle me dit à ton sujet? Non, bien sûr, tu ne le sais pas. Elle me dit que je dois renoncer à toi, qu'on ne peut pas briser la vie d'autrui. Et surtout elle me dit que si tu m'aimais vraiment, tu serais depuis longtemps avec moi. Si tu voulais vraiment la quitter pour moi, tu l'aurais fait depuis longtemps. Elle a raison.

Je suis sûre que tu ne te souviens pas de ce jour-là. J'ai remarqué que nous nous souvenons de choses différentes. Ce jour-là, j'avais décidé de te quitter. De tout arrêter. J'ai pris ma décision, je me suis assise dans un coin et j'ai pleuré longtemps, sans bouger, sans cligner des paupières, en regardant fixement une fleur du papier peint. C'est chez Marie Bashkirtseff que j'ai appris à pleurer comme cela quand j'étais enfant. Puis je suis allée chez toi, persuadée que j'allais te dire « Non ! » une fois pour toutes. Mais quand je t'ai vu, j'ai compris tout à coup à quel point je t'aimais, comme jamais je n'avais aimé personne, et que c'était pour toi que cette vie m'avait été donnée. Je t'ai vu et tout a recommencé. Que c'était bon de nous aimer! Je ne pouvais plus penser à rien d'autre qu'au bonheur d'être à toi!

Tu sais, cela ne m'était encore jamais arrivé. Je retombe sans cesse amoureuse de toi. Quand cela m'arrive, je suis comme aveugle, les lèvres sèches, les yeux pleins de fièvre.

***

Jalouse, moi ? Pas du tout. Comment peut-on être jalouse de ce qui n'existe plus, de ce qui n'est plus que cendres ?

Tu te souviens comment chez Chmakov, cette insupportable Rouna-Pchessetskaïa t'a interrogé sur ta femme. « Pourquoi n'est-elle pas là ? Elle est très jolie ? À quoi ressemble-t-elle ? Elle est brune ou blonde ? » J'ai cru que j'allais lui arracher la langue ! Mais je n'étais pas jalouse de ton Olia, j'étais furieuse que ce ne soit pas moi ta femme. Ou plutôt que personne ne sache que c'était moi. Pourquoi faut-il le cacher ?

***

Dis-moi une seule chose : tu l'aimes encore ?
Si c'est non, pourquoi ne sommes-nous pas ensemble ?

***

Je sais, Sérioja, que tout va s'arranger. Dans un mois, je retournerai à Moscou. J'aurai une chambre à moi. Tu la quitteras pour t'installer avec moi. Et nous serons heureux.

***

Tu dis que tout tient à ton fils, que c'est à cause de lui que vous restez ensemble. Je sais les difficultés que tu as avec lui, il est à l'âge le plus difficile.

Tu étais tellement désemparé, tellement accablé quand tu m'as raconté qu'il t'avait volé de l'argent et qu'il l'avait perdu au totalisateur avec des vauriens.

Je te comprends quand tu dis que cela t'est difficile de la quitter à cause de Sioma. Mais il restera toujours ton fils. Et nous aurons un autre enfant. Tu veux que nous ayons une fille ?

Je ne te l'avais encore jamais dit. Eh bien, sache-le : je voudrais tellement un enfant de toi !

Seulement de toi.

***

Je me demande toujours pourquoi tu es encore avec elle ? Je sais que la réponse n'est pas dans ces explications sur ton fils et sur ton devoir. Et je ne peux pas te demander franchement ce que t'apporte cette femme que moi, je ne peux pas te donner. Je ne peux pas ? Moi ?

Peut-être est-ce tout simplement parce que je suis forte et que je ne te fais pas pitié ? Il y a des femmes qui, toute leur vie, jouent les petites filles et vous obligent à vous occuper d'elles. Elle est comme cela ? Et tu as pitié d'elle ?

***

J'examine un à un mes souvenirs comme des graines précieuses. Chacune d'elles germe en moi : je me rappelle comment nous faisions les fous en nous poussant l'un l'autre dans la neige, comment j'ai lancé ton bonnet dans une congère. Puis nous sommes descendus sous le pont, avons marché sur la glace jusqu'au milieu de la rivière et tracé avec nos pieds notre mot à nous dans la neige. Je revois le givre qui te faisait des moustaches blanches. Et comment nous avons dormi avec, par-dessus la couverture, ta pelisse qui glissait tout le temps par terre.

Le lendemain matin en me regardant dans la glace, j'ai vu une femme étrangère, inconnue, ravissante. Était-ce bien moi ? Comme tu sais me rendre belle par ton amour !

***

La nuit dans mon sommeil j'embrassais ta joue rasée de près, je caressais tes cheveux.

Un jour, tu examinais mes affaires sur la table de chevet et tu t'es soudain exclamé : « Ce parfum a ton odeur ! »

Je me souviens de toi par cœur. Je passe les ongles sur ton dos. Je sens sous mes mains tes omoplates velues. Je te dis : « Sérioja, tu as des ailes qui poussent ! Et celle de droite est plus grande que celle de gauche. » Tu réponds de dessous l'oreiller que c'est parce que tu agites plus fort la droite. Pourquoi dors-tu toujours avec l'oreiller sur l'oreille ?

Cela ne peut plus durer ! Je n'en peux plus ! Il faut que nous soyons ensemble, que nous vivions ensemble, que nous dormions ensemble, que nous mangions ensemble ! Quand tu es tombé malade l'autre fois, mon premier mouvement a été de me précipiter chez toi pour te soigner, pour te sauver. Mais c'était impossible ! Il y a des limites à ne pas dépasser. Tout n'est que mensonge autour de nous ! Comme c'est indigne de toi et de moi et d'elle.

***

Je suis toute barbouillée de larmes et tu n'aimes pas me voir pleurer. Heureusement que tu ne vois pas mon affreux visage tout gonflé. Je vais m'arranger et faire en sorte que tu aies plaisir à me voir.

***

J'ai demandé à te voir en rêve. Mon Dieu, que ce rêve était merveilleux ! Tu m'embrassais partout, tu comprends, partout ! Tu me rendais folle. Je me suis réveillée toute trempée à l'extérieur et à l'intérieur ! Et heureuse ! J'étais avec toi cette nuit !

Je sens encore tes mains sur ma peau. Si un homme a de belles mains, des mains vraiment belles comme les tiennes, il ne peut pas avoir l'âme vile. Les mains ne mentent pas.

Comme j'aime ton corps, tes mains, tes pieds, des doigts de pieds ! Comme j'aime embrasser et caresser tous tes grains de beauté, les marques sur ta peau et la grande cicatrice que tu as sur le ventre ! Misère, le chirurgien qui t'a opéré t'a éventré comme un poisson ! J'adore caresser et embrasser ton genou, là où il y a une cicatrice noire. Quelle idée d'avoir enduit cette blessure de suie !

Tu aimes tant que je te passe le bout des ongles sur la peau. Tu es tellement assoiffé d'amour et tu sais si divinement aimer ! La nuit, je sens toujours tes baisers, quand tu m'embrassais en bas, lèvres contre lèvres et qu'après, tes lèvres sentaient mon odeur.

***

Tu parles sans cesse de ta famille. Mais cela fait longtemps que cette famille n'existe plus. Comment peut-on vivre ensemble sans partager ce qu'il y a de plus important, de plus sacré, sans quoi la vie est impossible ?

Je n'ai rencontré Olia qu'une seule fois, mais j'ai l'impression qu'elle a tout de suite compris, qu'elle a tout deviné. Si tu avais vu comme elle a plissé méchamment les yeux. Ta femme a des petites dents obliques de carnassier. Elle a une coiffure trop apprêtée, sans un cheveu qui dépasse. Elle a des doigts puissants de musicienne aux longues phalanges, des doigts tenaces.

***

Iossif est drôle. Il est persuadé que les femmes aiment qu'on leur dise qu'elles ont un visage de madone et des yeux de pécheresse. Klava m'a assuré qu'il le lui avait dit aussi.

Et tous ces trucs de lovelace vieillissant : « Attention, vous avez une chenille sur vous ! » J'ai poussé un cri, mais j'ai compris aussitôt qu'il n'y avait pas la moindre chenille. « Ne bougez pas, je vais la retirer ! » Il a essayé de m'embrasser. Comme tout cela est ennuyeux !

Aujourd'hui, Iossif s'en est pris au roman de Zamiatine *Nous autres*. Tu sais ce qu'il a découvert ? Tu te souviens que les héros ont en guise de nom une lettre de l'alphabet latin plus un nombre. Mais dans l'alphabet latin il n'y a que 24 lettres. Et il n'y a que 10 000 personnes par lettre. Donc, cela fait en tout 24 000 personnes. C'est la population de notre île Vassilevski. Pas plus.

***

Heureusement que j'ai Klava ! Aujourd'hui, tout est retombé sur elle ! Elle m'a réprimandée parce que je parlais au lieu de ménager ma voix, mais j'étais en train de faire une véritable crise de nerfs ! Je ne pouvais tout de même pas faire une crise de nerfs sur un bout de papier ! Klava s'est mise à me consoler, mais elle a été gagnée par ma fureur et est sortie de ses gonds à son tour. Nous nous sommes mises à crier l'une sur l'autre, elle à pleine voix, moi à voix basse et finalement nous avons fondu en larmes et sommes tombées dans les bras l'une de l'autre.

Elle part demain pour Moscou. Comme elle a du mal avec son Igor !

***

Oui, je veux la même chose que tout le monde ! Je veux être célèbre, riche, superbe ! Bien sûr, que je veux aller à Paris ! J'en meurs d'envie ! Mais je n'ai besoin de tout cela que jusqu'au jour de folie, non, jusqu'au jour merveilleux, le seul qui vaille le peine, où je brûlerai toute cette richesse et cette splendeur au nom de sentiments tout simples. De la tendresse. De ton amour. Sinon, à quoi bon tout cela ?

Et aussi au nom de notre enfant. Car, c'est sûr, nous en aurons un. Toi et moi dans un seul corps.

***

Tu sais ce que m'a dit un jour Nioussia ? Elle a tenu des propos terribles. Elle m'a dit que l'instinct maternel n'était qu'un instinct, qui ne méritait pas notre vénération superstitieuse. Ce sont ses propres termes. Qu'il était du même ordre que la faim ou le besoin de sommeil. Une simple fonction de l'organisme. Et que l'on pouvait observer cette manifestation supérieure de l'instinct maternel chez la poule qui couvait précautionneusement des œufs en porcelaine.

Je lui ai demandé : « Mais alors, l'amour n'est qu'un instinct ? Un œuf en porcelaine ? » Elle m'a répondu : « L'amour n'est pas du tout lié à la prolongation de l'espèce. L'amour vit sa vie, même non partagé ou sans descendance, et l'on peut avoir une descendance sans amour. »

Nioussia a beaucoup changé depuis son divorce. Elle en veut au monde entier. Et on ne peut plus rien en tirer. Je n'ai plus envie de la voir. Je ne peux pas. C'est pénible.

Ce qui est terrible aussi, c'est qu'elle ne veut pas comprendre qu'elle ne pourra plus jamais donner de concerts. Parfois, sans y penser, elle fait comme avant des mouvements pour assouplir ses doigts : elle passe le pouce entre les autres doigts, d'abord lentement, puis de plus en plus vite selon différentes combinaisons. Puis tout à coup elle s'en rend compte et cache ses mains.

***

C'est l'inondation ! Nous sommes aujourd'hui le 22. Ou le 23 ?

J'étais assise à la fenêtre et voyais les gamins courir, le bas du pantalon retroussé, dans une grande flaque qui était apparue sur notre avenue Moyenne.

Soudain l'eau a monté très vite. Je regardais sans cesse l'horloge : à six heures, notre trottoir était encore sec et peu après sept heures, les étages inférieurs étaient déjà inondés.

Les robinets ne marchent plus. L'électricité s'est éteinte. Toute l'île Vassilievski est plongée dans le noir. Cela fait une drôle de Venise. Des barques circulent dans les rues. C'est effrayant.

Tout d'un coup, je me suis dit : c'est le déluge ! Oui, c'est la fin du monde. Le châtiment de Dieu. Et tu sais à cause de quoi ? De ce que nous ne sommes pas ensemble.

***

La nuit a été horrible.

On a entendu des explosions. Il y a quelque part un grand incendie. La moitié du ciel est embrasée.

***

J'ai compris une chose sur l'amour : il ne faut pas rester séparés si longtemps !

Plus jamais je n'accepterai de si longs contrats ! Je dois toujours être auprès de toi. Je veux manger dans ton assiette, boire dans ton verre, t'embrasser partout, sentir ton odeur à côté de moi ! Comme mon amour est grossier et simple, Sériojenka! Mais je n'en ai absolument pas honte!

***

J'étais si bien quand tu étais ici avec moi! On entendait à côté le tic-tac de l'horloge. Tu devais aller prendre ton train. J'avais envie d'enlever le verre du cadran et de retenir l'aiguille avec mon doigt! J'avais tout, mais quand elle arriverait là, tout allait disparaître. C'est ce qui s'est passé. J'ai fondu en larmes et tu n'arrivais pas à comprendre ce que j'avais, puisque nous étions ensemble, nous étions bien. J'ai couru dans la salle de bains passer sous l'eau ma figure gonflée de larmes. Je te suppliais te rester, je te reprochais de ne pas la quitter pour moi, je disais tout cela dans le lavabo et l'eau du robinet emportait mes paroles.

***

Ce matin, le soleil est revenu. Tout est sous l'eau.

Un stock de bois a été entraîné par le courant et les bûches flottent dans notre avenue comme de gros poissons morts. Les gens les attrapent depuis les balcons en faisant descendre un panier au bout d'une corde.

J'ai appris que cette nuit, il y a eu une explosion dans les entrepôts de l'usine chimique sur l'île Vatny et tout a brûlé.

***

Toute la journée, j'arpente la chambre en parlant toute seule comme une vieille qui a perdu la tête.

Je veux juste te dire que je t'aime, mais voilà que c'est impossible!

Nous devons être ensemble, ne serait-ce que pour ne pas avoir besoin de mots.

***

Je vais me déshabiller et me mettre au lit. Et je vais mordre mon oreiller pour ne pas sangloter trop fort. Cela me fait du bien que ton mouchoir-bonhomme me prenne à nouveau par le doigt.

***

L'eau redescend. Les bûches repartent en sens inverse. La fin du monde est ajournée! C'est ce que tout le monde souhaite!

Je suis allée me promener en ville avec Iossif. Je viens de rentrer.

Tout le monde est descendu dans la rue ! Il y a du bois amoncelé tout le long du quai. On voit partout des traces de l'inondation, de la boue. Les tramways ne circulent pas, les pavés de bois sont arrachés d'un bout à l'autre de la perspective Nevski, l'eau les a poussés dans les vitrines des restaurants et des magasins. Toutes les vitres des étages inférieurs sont brisées. Il y a encore de l'eau dans le jardin Alexandre. Nous ne sommes pas allés jusqu'au jardin d'Été, mais il paraît qu'il y a des arbres arrachés et beaucoup de statues cassées. Nous avons vu une péniche sur le quai.

***

J'ai l'impression que ma voix revient.

À huit heures moins le quart, le drogman sonnait à la porte de la prison. C'était une convocation de routine : il fallait traduire l'entretien d'un avocat avec un détenu. Il était tôt, il faisait froid, le drogman avait sommeil. On lui dit par l'interphone d'attendre l'avocat et qu'on les ferait entrer ensemble.

Frigorifié, le drogman maudissait le retardataire. Pour tuer le temps, il marchait sur les flaques gelées. La glace ployait sous ses pas en geignant.

Dans ce genre de cas, les avocats sont commis d'office et ne font pas de zèle : ils se contentent généralement de conseiller à leur client de reconnaître tous ses péchés et de demander l'indulgence du jury. Simple formalité. Mais le drogman était rémunéré pour cela.

L'avocat arriva enfin – c'était une jeune personne aux joues rosies par le froid. *Frau* P. s'excusa de son retard et donna au drogman une poignée de main énergique. Elle s'efforçait d'adopter une allure sèche et professionnelle, mais tandis qu'ils attendaient à la porte de la prison, elle lui confia tout de suite qu'elle venait de terminer ses études et qu'elle allait le jour même au mariage de son frère. Quand elle apprit que le drogman venait de Russie, elle s'exclama joyeusement :

– *Und meine Bruder heiratet eine Slowakin !*

Elle voulait lui dire quelque chose d'agréable et pour elle, la Slovaquie et la Russie se ressemblaient et avaient des affinités. On cherche toujours des points communs avec un nouvel interlocuteur. Le drogman prit un air ravi.

On les fit entrer. Ils montrèrent leurs papiers, déposèrent leurs sacs et leurs téléphones portables, passèrent sous un portique comme dans les aéroports et se retrouvèrent à l'intérieur de la prison.

On les conduisit par un couloir tortueux dans une pièce minuscule où tenaient tout juste une petite table et trois chaises. On les y enferma.

En attendant le détenu, *Frau* P. mit le drogman au courant. Un certain Sergueï Ivanov, originaire de Biélorussie, avait depuis longtemps reçu un *Negativ*, mais se trouvait toujours sur le territoire suisse, où il avait été arrêté à plusieurs reprises pour vol et bagarre en état d'ivresse. Une fois, il s'était battu avec un contrôleur dans un train.

– *Ja, ja, immer die gleichen Geschichten*, avait acquiescé le drogman, pour soutenir la conversation. *Und immer heissen sie Sergej Ivanov.*

Frau P. avait incliné la tête et ses cheveux s'étaient retrouvés sous le nez du drogman. Elle les rejetait sans cesse derrière son oreille. Elle n'avait même pas les oreilles percées et n'était pas maquillée. Cela faisait des années que le drogman habitait en Suisse, mais il n'arrivait toujours pas à comprendre pourquoi les Suissesses avaient peur d'être des femmes. Mais ici, dans la cellule, son parfum léger, à peine perceptible dehors, frappait puissamment les narines.

– *Ich habe bereits mit Albanern, Afrikanern und Kurden gearbeitet, doch noch nie mit einem Russen.*

– *Und ich habe es nur mit denen zu tun*, plaisanta le drogman.

– *Abez Weissrussland, das ist doch nicht Russland?* demanda *Frau* P.

– *Wie soll ich sagen*, commença le drogman et il allait s'étendre sur la complexité des relations ethniques dans son pays, mais *Frau* P. était déjà en train de lui raconter qu'elle n'était encore jamais allée en Russie et rêvait de prendre le Transsibérien.

– *Dass muss sicher sehr interessant sein?*

– *Sicher*, acquiesça le drogman.

Bizarrement, tous les Suisses veulent traverser la Sibérie en train. Quand le drogman vivait en Russie, il n'en avait aucune envie. Même maintenant, il préférerait l'avion.

– *Dieser Herre Ivanov ist ja immer wieder gewalttätig*, ajouta-t-elle en examinant les papiers qu'elle avait sortis de son porte-documents et étalés sur la table. *Schauen Sie, er ist in betrunkenem Zustand in eine Coop-Filial gegangen, hat sich da allerlei Lebesmittel genommen, und ohne zu zahlen noch im Laden zu essen und trinken angefangen, vor allen Leuten. Dann belästigte er ein paar Frauen. Und schliesslich widersetzte er sich auch noch den Beamten.*

Elle regarda le drogman d'un air surpris, comme si elle s'attendait à ce qu'il lui explique ce comportement si étrange de son concitoyen.

– *Verstehen Sie,* essaya-t-il de se justifier, *die Russen sind im Allgemeinen gutmütig, ruhig, nur eben wenn sie sich betrinken.*

Elle se mit à rire, croyant qu'il plaisantait.

– *Das heisst, Sie feiern heute ein Fest,* dit le drogman pour changer de sujet. *Ich gratuliere. Am Vormittag das Gefängnis und am Nachmittag eine Hochzeit.*

– *Sehen Sie, so ist das.* Elle sourit et ajouta avec un gros soupir : *In diesem Leben ist alles beisammen. Der eine sitzt im Gefängnis, der andere tanzt auf einer Hochzeit. Die Welt ist nicht gerecht.*

– *Ja,* acquiesça le drogman, ne sachant que répondre.

Quand *Frau* P. souriait, elle découvrait ses dents juvéniles et régulières. Le drogman regardait sans cesse ses lèvres. Elle était assise tout près de lui, si bien qu'il avait l'impression de la dévisager. On ne regarde de si près que des personnes avec qui on est très intime. En contemplant cette jeune femme, le drogman se sentit soudain vieux.

Il y eut un cliquetis de serrure et l'on fit entrer un gars en survêtement. Un costaud aux cheveux ras. Un visage ordinaire – ce genre d'individu pouvait aussi bien tenir un éventaire sur un marché de la banlieue de Moscou que venir en voyage d'affaires à Zurich pour prendre part à des négociations. Il dégageait une odeur forte et fétide de corps pas lavé depuis longtemps.

Frau P. lui tendit résolument la main. Il la serra en ricanant.

Le drogman s'abstint d'expliquer à l'avocate que dans son pays, on ne donnait pas de poignées de main aux femmes.

Le gardien referma la porte à clé après leur avoir montré le bouton d'appel. À tout hasard.

– *Herr Ivanov,* commença *Frau* P. quand ils en eurent fini avec les formalités. *Eich rate Ihnen, sich in allem schuldig zu bekennen. Sie werden ohnehin aus der Schweiz ausgewiesen werden. Es ist in Ihrem Interesse, mit den Behörden zu kooperieren. Dann müssen sie weniger lang im Gefängnis sitzen und können schneller nach Hause.*

Le drogman traduisit.

Le gars ricana à nouveau.

– Et qui vous a dit que je voulais rentrer chez moi ?

Le drogman traduisit.

– *Aber in diesem Fall erwartet Sie eine Zwangsdeportation.*
Le drogman traduisit.
Le gars se gratta l'entrejambe.
– Vous croyez me faire peur !
Frau P. examinait son client avec intérêt. Soudain il éclata :
– Vous me prenez pour un puceau, ou quoi ? Quand on me fera monter dans l'avion, je crierai et je me débattrai tellement que personne ne voudra de moi. Si le commandant de bord refuse de m'embarquer, personne ne pourra l'y obliger ! Quant à la prison, vous n'avez pas le droit de me garder plus de six mois. Vrai ou faux ? Vous voyez bien ! Ce n'est pas vous qui me tenez par les couilles, c'est moi qui vous tiens ! Compris ? Et je tordrai les couilles à votre Suisse tant que je voudrai !
Tous deux, le gars et l'avocate, regardaient l'interprète, dans l'expectative. Il traduisit.
Frau P. se troubla.
– *Verstehen Sie, Herr Ivanov, ich möchte Ihnen helfen.*
Le drogman traduisit.
– Elle cherche à m'aider ! Tout le monde cherche à se débarrasser de moi, et pas à m'aider ! Vous vous passez tous très bien de moi, ici. Toi, drogman de mes deux, tu as fait ton trou ici, mais peut-être que moi aussi, j'ai envie de vivre normalement ! Qu'est-ce que vous avez de mieux que moi, tous autant que vous êtes ? Si ça se trouve, vous êtes encore pires. Seulement vous avez des vêtements propres, vous sentez le parfum, tandis que moi, je n'ai même pas de quoi me changer.
– *Was sagt er ?* demanda *Frau P.*
– *Das gehört nicht zur Sache*, répondit le drogman.
– *Ich möchte, dass Sie alles übersetzen*, dit-elle.
– *Gut.* Le drogman lui traduisit tout.
Le gars était déchaîné, on voyait que cela faisait longtemps qu'il n'avait pas eu l'occasion de vider son sac.
– Peut-être que moi aussi, hurla-t-il, je voulais vivre et travailler honnêtement, mais tout ce que ça m'a valu, c'est de me retrouver la gueule dans la merde ! Peut-être que moi aussi, je voulais un appartement, une famille et tout à l'avenant, mais où prendre l'argent ? Pour avoir de l'argent, il faut faire du business. Et voilà où ça m'a mené ! Je me suis retrouvé couvert de dettes. Si je retourne là-bas, on va m'arracher la tête. C'est ça, le business. Et tout ça pourquoi ? Parce que les Suisses valent mieux que les Russes ? Vous croyez que vos ancêtres valaient mieux que les miens ? C'est le contraire, oui :

quand vous aviez Auschwitz sous vos fenêtres, ça ne vous empêchait pas de prendre du bon temps et de faire des enfants. Pendant ce temps-là, mon grand-père combattait les fascistes, il a perdu un bras à la guerre. Et ma mère était prof, figurez-vous, elle a enseigné toute sa vie la géographie aux enfants et pour gagner quoi ? Vous savez ce qu'elle touche comme retraite ? Des clous, oui ! Avec cette retraite, elle vend en douce de la vodka la nuit devant la gare. Qu'est-ce qu'elle a fait pour mériter ça ? Et vous, pendant ce temps-là, vous pétez dans la soie ! Toi qui es russe, dis-moi si c'est pas la vérité ! Traduis-lui, traduis-lui tout !

Le drogman traduisit.

Frau P. rougit et dit que c'était sans rapport avec le dossier.

– *Verstehen Sie, Herr Ivanov, ich will Ihnen helfen. Aber Sie wollen mir nicht zuhören. Nun, es tut mir leid, aber in diesem Fall kann ich nichts für Sie tun. Möchten Sie noch etwas zur Sache hinzufügen?*

Le drogman traduisit.

Le gars eut un ricanement mauvais et cracha par terre. Il se gratta à nouveau l'entrejambe.

– Sur le fond ? Parlons-en, du fond. Ce que je veux, ma poulette, c'est te baiser ! Je suis sûr que l'un et l'autre, vous êtes toutes les nuits avec quelqu'un, tandis que moi, j'en suis réduit à me branler. Moi aussi, je suis un être humain ! Vous comprenez ça ? Seulement qui voudrait de moi ? Quand on n'a pas d'argent, on n'a personne pour vous aimer. Toi aussi, le drogman, si tu étais à ma place, tu n'aurais personne.

– *Was? Was hat er gesagt?* demanda impatiemment *Frau* P. *Übersetzen Sie genau, war es gesagt hat!*

Le drogman traduisit en essayant d'édulcorer les termes. Malgré tous ses efforts, *Frau* P. s'empourpra, son visage se couvrit de taches écarlates et elle appuya sans rien dire sur le bouton d'appel des gardiens.

– *Hören wie auf. Das hat keinen Sinn.*

Le drogman haussa les épaules. De toute façon, on lui paierait ses deux heures.

Frau P. lança sèchement à son client :

– *Auf Wiedersehen! Alles Gute!*

Ils restèrent un instant dans un silence tendu. L'air de la pièce minuscule était irrespirable. Le gars dévisageait insolemment la jeune femme en se grattant l'entrejambe. Il fit un clin d'œil au drogman, l'air de dire : vas-y, ne laisse pas passer l'occasion !

Enfin la porte s'ouvrit. Le drogman sortit dans le couloir à la suite de *Frau* P.

Soudain le gars lui lança :

– Dis-lui qu'elle ressemble à ma petite sœur !

Ils sortirent sur la Helvetiaplatz, inspirant l'air frais et glacé. Le visage de *Frau* P. était encore couvert de taches rouges. Elle sourit au drogman d'un air gêné.

Il lui rendit son sourire :

– *Auch das kann vorkommen. Achten Sie nicht darauf. Gehen Sie auf die Hochzeit ihres Bruders und geniessen Sie es!*

Frau P. soupira.

– *Nach so was ist es schwer, etwas zu geniessen. Zuerst muss man wieder ein bisschen die innere Ruhe finden.*

– *Sicher*, dit le drogman. *Man muss abschalten lernen. Gut wäre jetzt ein kleiner Spaziergang, den Kopf auszulüften, dann geht es vorbei.*

Ils étaient toujours devant le bâtiment de la prison. Le drogman la regardait rejeter nerveusement ses cheveux derrière son oreille. Un tramway passa dans un bruit de ferraille.

– *Meine Mutter war auch Lehrerin und ist jetzt pensioniert*, dit *Frau* P. *Trotz allem ist die Welt ungerecht.*

Le drogman avait envie de la rassurer, de lui dire quelque chose d'agréable, mais il ne savait pas quoi.

Elle lui tendit la main et serra énergiquement la sienne.

– *Auf Wiedersehen! Und einen schönen Tag!*

Le drogman retint sa main.

– *Wissen Sie was, nehmen Sie das Ganze auf die leichte Schulter. Das gibt es gar nicht, dass es allen Lehrerinnen gut ginge. Man kann sich auch nicht Sorgen machen wegen allen Lehrerinnen, denen die Pension nicht zum Leben reicht.*

Soudain le drogman prit le mors aux dents, comme s'il avait lui aussi longtemps rongé son frein avant de trouver quelqu'un à qui vider son sac :

– *Wenn es Ihnen und Ihrer Mutter gut geht, dann freuen Sie sich doch! Wenn es irgendwo ein Krieg ist, dann sollte man um so mehr leben und sich freuen, dass man selbst nicht dort ist. Und wenn jemand geliebt wird, dann wird es auch immer einen anderen geben, den niemand liebt. Und wenn die Welt ungerecht ist, so soll man trotzdem leben und sich freuen, dass man nicht in einer stinkigen Zelle sitzt, sondern auf eine Hochzeit geht. Sich freuen! Geniessen!*

Elle lui lança un regard étrange. Elle ne le croyait sans doute pas.

D'ailleurs le drogman lui-même ne croyait pas vraiment à ce qu'il disait.

Question : Qui est là ?
Réponse : Il y a une histoire qui dit : un voyageur va cheminant, c'est un réceptacle pour l'amour, une thermos pour le sang, un piéton pour les problèmes d'arithmétique, le destin pour la fourmi, une ombre pour la route. Il voit une cabane. Quelque chose comme la maison de Nif-Nif. Des roseaux, des branches de noisetier, des souches noueuses qui font penser aux lignes de la main : ruisseau, tu auras trois enfants et ta vie durera longtemps et toi, ravin, tu auras deux épouses avec chacune un grain de beauté sur l'épaule droite. Le soleil couchant saupoudre le toit de paille de brique pilée. Les fenêtres sont faites d'une matière translucide, mais membraneuse, comme des ailes de libellule collées ensemble d'un coup de langue, on a beau écarquiller les yeux, pas moyen de voir à travers. Le perron n'a pas été repeint depuis longtemps, les marches ont la respiration sifflante : on pose le pied – inspiration, on le lève – expiration. Le voyageur frappe tout doucement, personne ne répond. Aux branches des pommiers sont accrochés des filets pleins de pierres pour les faire pousser en largeur. Après la pluie, les grappes de lilas blanc sont couvertes de rouille. Sous le lavabo de fer-blanc installé près d'un bouleau, l'herbe est toute barbouillée de dentifrice. Il y a une vieille brique au pied des phlox. Il s'est dit : la clé est peut-être dessous. Il l'a retournée, mais n'a trouvé qu'un mille-pattes. Il a frappé à nouveau, plus fort. Derrière la porte, on a entendu des pas traînants, une toux étouffée, le grincement du parquet. Une voix étrange a demandé : « Qui es-tu ? – C'est moi », a fait l'autre. « Il n'y a pas de place pour deux ici », lui a-t-on répondu. Debout devant la porte, le voyageur regardait un papillon trébucher sur l'air, se poser sur l'appui de fenêtre tout hérissé de croûtes de peinture écaillée et le dévisager de son œil de paon, puis lui faire un clin d'œil. L'homme frappe à nouveau, demandant à entrer, la voix repose la même question. Et tout recommence, jusqu'à ce que l'œil de paon s'envole et qu'à la question « Qui es-tu ? », le voyageur réponde : « Toi. » Alors la porte s'ouvre. Mais tu savais tout cela sans que j'aie besoin de te le dire.
Question : Je m'imagine même très bien cette voix étrange. Je l'entends tous les jours. C'est mon voisin qui marmonne sans arrêt quelque chose. Autrefois, il y a bien longtemps, avant de

devenir un petit garçon, c'était sans doute une joyeuse poupée de bois prénommée Pinocchio. Puis une méchante fée en a fait un homme en lui laissant sa voix de poupée. La vie de Pinocchio est passée, il est vieux à présent, sa mémoire flanche : toutes les heures, faisant peur aux passants, il va, en caleçon d'une propreté douteuse, voir les boîtes aux lettres dans la cour et la nuit, il balaie notre allée où tombent des aiguilles et des pommes de pin. Nous habitons une maison solide comme celle de Naf-Naf, mais qui contient beaucoup de petits studios où aucun loup ne peut entrer. Les vieux et les vieilles qui y vivent se transforment tout doucement en chrysalides. Ensuite, la nuit, elles percent leur cocon et s'envolent, accompagnées par le frottement du balai et le marmonnement du vieux Pinocchio en caleçon. Et les aiguilles de pin continuent à tomber. Quant au voyageur, n'importe qui peut lui inventer une histoire, mais ce ne sont que des balivernes.

Réponse : Pourquoi ?

Question : Parce qu'il y a la paille et le foin, le tic et le tac, la peinture et la toile, la semelle et la route, le miroir et la chambre, le mètre et la seconde, le rocher et le nuage, le veston déformé et la jupe qui sent le tabac, la corde qui vibre et l'air d'où naît le son.

Réponse : Bon, d'accord, tu es un mortier à écrire et moi un pilon parlant. Allons-y.

Question : Comment ça va ?

Réponse : Tout va bien.

Question : Ça n'est pas possible.

Réponse : Alors quoi ?

Question : Quoi de neuf ?

Réponse : Mais tu regardes bien le journal télévisé !

Question : Tu parles d'un journal ! Tu appelles ça des nouvelles ! Tu ne peux même pas imaginer ce qu'on nous sert en guise d'informations ! Tu allumes une chaîne : Lysiclès, un marchand de bestiaux, un homme insignifiant et de basse origine, est devenu le premier des Athéniens parce que depuis la mort de Périclès, il vit avec Aspasie. Tu passes à une autre : Denis marche à travers Montmartre, tenant à bout de bras sa tête dégoulinante. Sur la troisième, les Romains assiègent Jérusalem depuis six mois. Sur la quatrième, un bonhomme déclare qu'il est le nouveau médecin du jardin d'enfants, venu vérifier si les enfants de l'immeuble n'avaient pas de boutons sur le derrière, et qu'il faut aller tout de suite avec lui à la polyclinique.

Réponse : Tu parles d'une nouvelle, si cela fait cent sept ans que j'ai raconté l'histoire de ce bonhomme venu dans notre cour.

Question : Tu sais bien que les nouvelles, c'est ce qui reste pour la vie et qui grandit, comme un nom gravé sur l'écorce croît en même temps que l'arbre.

Réponse : Mais en réalité, tout cela est si insignifiant.

Question : Comment cela, insignifiant, si c'est à l'intérieur de toi et que c'est de cela que tu es faite. Un jour, tu as trouvé sous l'oreiller de ta mère un préservatif bourré de chiffons entortillés. Elle était dans la cuisine en train de préparer le déjeuner. Tu voulais lui demander ce que c'était, mais ensuite tu as eu peur et tu n'as pas osé.

Réponse : Je m'en souviens, mais c'est vraiment sans importance.

Question : Mais qu'est-ce qui est important ? La façon dont tu jouais aux trois sœurs – l'une qui avait un œil, l'autre deux et la troisième trois – en te dessinant un troisième œil sur le front ?

Réponse : Oui.

Question : Quoi d'autre encore ?

Réponse : Le médecin m'avait prescrit des frictions quotidiennes à l'eau salée. Évidemment, je n'aimais pas ça, mais tous les matins, maman faisait dissoudre du sel marin dans de l'eau et me frottait avec une éponge. Un jour à l'école, je m'étais disputée avec mes camarades à la récréation, je ne sais plus à quel propos, et je me sentais affreusement malheureuse, seule et inutile. Alors j'ai léché ma main et j'ai senti le goût du sel sur ma peau. J'ai été envahie par une étrange sensation. Il y avait donc sur terre quelqu'un qui avait besoin qu'on me fasse ces frictions à l'eau salée ? Besoin, non pas de ces frictions, en fait, mais de moi ? C'est maintenant que je formule les choses comme cela, mais à l'époque, j'avais tout simplement léché ma peau et senti le goût du sel et de l'amour.

Question : Raconte comment ta mère recevait ses amants. Tu devais alors faire tes devoirs dans la cuisine et ta mère sortait en robe de chambre sans rien dessous et se précipitait dans la salle de bains.

Réponse : Il y en avait un, oncle Slava, qui était drôle et que maman aimait beaucoup. D'ailleurs elle les aimait tous. Elle ne voulait pas aller en vacances dans le midi : elle disait qu'elle ne pouvait pas avoir d'amours de plage sans lendemain, car elle s'attachait trop. Oncle Slava disait toujours de drôles de choses. Par exemple, nous étions à table et je refusais de manger. Maman me disait :

« Qu'est-ce que c'est que ces simagrées ? Mange ! » Mais je ne voulais pas. Alors oncle Slava prenait ma défense : « Mais laisse-la donc tranquille, l'être humain n'est pas un tube digestif ! » Ou bien, toujours à table, il commençait à faire l'éducation de maman : « Nous, les hommes, disait-il, nous sommes les esclaves des hormones qui nous passent dans le sang et nous montent au cerveau – rien à faire, elles nous utilisent ! Dieu nous fait tirer les marrons du feu. Et pourquoi est-ce que, d'instinct, la femme s'occupe de l'homme comme d'un enfant ? Parce que pendant des centaines de milliers d'années, c'est-à-dire toujours, les humains ont vécu en état de mariage collectif et les amants d'une femme, ce sont ses enfants qui ont grandi. L'amant d'une femme est toujours en même temps son enfant ! Et il ajoutait en me faisant un clin d'œil : « Tiens-le-toi pour dit ! » Maman l'aimait beaucoup. Il était marié et venait une fois par semaine, le vendredi. Maman l'attendait, préparait quelque chose de bon, se maquillait. Parfois elle me permettait de lui mettre du vernis à ongles rouge vif. Elle disait que les doigts devaient être comme des cierges, pâles et fins, et les ongles comme des flammes. J'aimais venir dans son lit, me pelotonner, me serrer contre elle et bavarder avant de m'endormir. Ou bien elle me lisait quelque chose. Même plus tard, quand j'étais déjà grande. Au lieu de mes livres d'enfants, c'était alors quelque chose à elle, qu'elle prenait sur sa table de chevet, des romans ou des horoscopes. Je me souviens qu'elle avait lu dans un horoscope qu'oncle Slava et elle n'étaient pas du tout faits pour s'entendre et cela l'avait désolée. Pour la consoler, je lui avais dit : « Mais regarde, Mamounette, tu peux très bien t'entendre avec le Taureau et le Capricorne ! » Elle m'avait répondu : « Je ne veux personne d'autre que le Lion, je veux lui peigner la crinière et lui flatter les oreilles. » En face de son lit, il y avait une reproduction de Gauguin. Elle la regardait souvent et l'appelait « ma petite fenêtre ». Je revois très bien ces palmiers et ces jeunes filles à demi nues à la peau cuivrée. Maman disait en riant : « Je vais m'enrouler une liane autour de la taille et m'en aller là-bas, loin de votre hiver, dans le paradis tahitien. Seulement les lianes sont introuvables ici, il n'y a que des tas de neige ! »

Question : Tu te souviens de ton père ?
Réponse : Non. Mais maman m'en a beaucoup parlé. Quand je devais venir au monde, d'abord, il ne voulait pas de moi. Avant cela, maman avait déjà avorté plusieurs fois. Cette fois-là aussi,

quand il avait appris qu'elle était enceinte, papa avait dit qu'ils ne pouvaient pas se permettre d'avoir un enfant pour le moment. Ils avaient mis de l'argent de côté pour l'avortement – à l'époque, cela coûtait cher et ils avaient très peu de ressources. Mais il faut croire que j'avais très envie de vivre, car papa a tout à coup été prendre cet argent, a déchiré les billets et a dit : « Fini, il n'y a plus de quoi avorter, on fait naître ce bébé ! » Maman l'aimait beaucoup. Elle voulait que l'enfant porte son nom et était très contente qu'il s'appelle Alexandre, comme cela le bébé s'appellerait de toute façon Sacha, que ce soit un garçon ou une fille[1]. Nous n'avions pas de secrets l'une pour l'autre. Avant de dormir, je me serrais contre elle dans le lit et nous parlions. Je lui racontais absolument tout, les bonnes choses comme les mauvaises, et elle aussi. Elle ne pouvait pas se pardonner d'avoir causé autrefois la mort de sa petite sœur. Cela s'était passé en été, à la datcha, quand maman avait huit ans. Ses parents étaient partis et l'avaient laissée garder sa sœur d'un an et demi, qui s'appelait Sacha, comme moi. La petite s'était réveillée et s'était mise à crier. Maman avait essayé de la calmer, mais pas moyen. Sur ces entrefaites, il s'était mis à pleuvoir et maman avait imaginé que si elle emmenait Sacha dehors, la pluie l'apaiserait. Elle s'était enroulée avec elle dans le vieil imperméable de leur père, avait descendu le perron et s'était assise avec elle sur une marche, sous les lilas. Les branches ployaient, les arbres frémissaient, l'eau glougloutait dans les flaques et le bruit de la pluie avait tout de suite calmé Sacha. Il pleuvait fort et de biais, maman avait oublié de fermer les fenêtres et la terrasse était tout inondée. Elle s'était levée pour remettre au lit sa petite sœur endormie et fermer les fenêtres sur la terrasse, mais en montant les marches du perron, elle s'était pris les pieds dans l'imperméable, avait trébuché, était tombée et la tête de Sacha avait heurté violemment le sol. Complètement affolée et ne sachant que faire, maman avait couru chez les voisins, qui avaient emmené la petite à l'hôpital pendant qu'elle restait à attendre ses parents. Quand ils étaient arrivés, ils s'étaient rendus eux aussi à l'hôpital. La petite n'était plus jamais revenue à la maison. Sacha était morte quelques jours plus tard. Maman était tellement désespérée qu'elle pleurait sans arrêt toutes les nuits. Elle avait décidé de ne plus vivre, de se tuer, elle se disait : comment puis-je vivre, si Sacha est morte par ma

---

1. Sacha est le diminutif d'Alexandre ou d'Alexandra.

faute ? Au retour de l'enterrement, alors que tout le monde était à table pour le repas funèbre, elle était allée dans le jardin et avait voulu se noyer dans les cabinets, mais elle y avait vu des vers et cela lui avait fait peur. Je caressais le bras de maman, ne sachant trop quoi dire, en répétant : «Ne pleure pas, ma petite maman, maintenant, je suis là à la place de cette petite fille ! Et peut-être que je suis elle ! Car moi aussi, je m'appelle Sacha !» Nous nous serrions l'une contre l'autre et nous endormions ainsi – c'était si merveilleux de nous endormir à deux.

Question : Tu me rappelles quelqu'un. Une jeune fille que j'ai connue il y a bien des années. Mais c'est sans importance, elle n'est plus là. Un jour, nous nous étions disputés, je ne sais même plus pourquoi, nous nous étions dit une quantité de paroles blessantes et elle était partie en me jetant un livre à la tête. Au bout d'une demi-heure, elle est revenue et a dit tout doucement : «Mets ton pull à l'envers !» Je n'y comprenais rien, mais je voyais que le sien était à l'envers. «Pourquoi ?» ai-je demandé. «Quand j'étais petite, ma grand-mère me disait que si on se perdait dans la forêt, il fallait ôter sa robe et la remettre à l'envers pour retrouver son chemin.» J'ai mis mon pull à l'envers et en effet, toute la colère et la méchanceté qui s'étaient accumulées entre nous ont aussitôt disparu et j'ai eu envie de l'étreindre, de la serrer contre moi et de ne jamais plus la lâcher.

Réponse : Qu'est-elle devenue ?

Question : Cela n'a pas d'importance.

Réponse : Je continue à raconter ?

Question : Comme tu veux. Pourquoi souris-tu ?

Réponse : Il m'est revenu un souvenir. J'étais persuadée que toutes mes amies étaient jolies, mais que moi, j'étais un monstre. J'avais horriblement honte de mon corps : quand j'étais petite, j'avais reçu de l'eau bouillante sur la poitrine et sur le cou. Je m'emmitouflais pour que personne ne le voie. Quand j'allais à la piscine ou à la plage, je mettais toujours un maillot montant. J'aurais tellement voulu être comme les autres. Un jour, j'ai décidé de me mettre à fumer, toutes mes copines fumaient et pas moi. Mon amie me le proposait toujours, mais je ne voulais pas. Donc un jour, au square, j'ai pris la cigarette qu'elle me tendait, j'ai voulu tirer une bouffée et je me suis étranglée. Une vieille qui passait nous a regardées en hochant la tête. Et tout d'un coup, elle a crié à tue-tête : «Dans l'autre monde, vous sucerez le zizi du diable !»

Question : Où as-tu été ébouillantée ? À quel endroit ?

Réponse : Je ne te montrerai pas.

Question : Au-dessus de la tête du divan, il y avait une étagère. Elle avait pris un album et s'était mise à le feuilleter. Soudain elle a dit : « Pourquoi a-t-elle un nombril ? » Je n'ai pas compris : « Quel nombril ? De qui parles-tu ? » Elle m'a montré une reproduction de Cranach, c'étaient Adam et Ève et en effet, Ève avait un nombril. Je l'ai noté. J'avais un gros calepin, où je croyais utile de tout noter. J'ai noté aussi la façon dont elle avait posé l'album sur ses cuisses, on aurait dit une minijupe.

Réponse : Je vivais sans y penser. C'est cela, l'enfance. Puis tu te rends soudain compte que tu n'existes pas seulement pour toi-même, mais que tu dois plaire. Ou plutôt, ce n'est pas que tu le dois, mais tu en as très envie. Envie de plaire à tout le monde : aux hommes, aux femmes, au miroir, au chat, aux passagers de l'autobus, aux nuages, à l'eau du robinet. Comme si on te mettait sur le dos un sac qui pèse une tonne en te disant : « Allez, avance ! », alors que c'est impossible de faire deux pas avec un tel fardeau. Je ne m'aimais pas. Je n'aimais pas mon corps. Je ne le supportais pas. Cela me dégoûtait d'exister corporellement. Cela m'était désagréable d'avoir une poitrine. C'était un vrai tourment d'être vue chaque jour ! Et pas moyen d'y échapper ! J'avais lu dans un livre que l'héroïne se coupait les cils aux ciseaux et qu'ils repoussaient si dru qu'on pouvait y poser plusieurs allumettes. J'en avais fait autant, mais ceux qui avaient repoussé étaient encore pires que les précédents.

Question : Je me souviens aussi qu'au cours d'une discussion, je lui ai dit que l'existence de Dieu était impossible à prouver. Elle a répliqué que non, au contraire, c'était même très facile. Je lui ai dit : « Alors, prouve-la ! » Elle s'est tue un instant, puis elle a répondu qu'il suffisait pour cela d'une seule ligne. Et elle m'a lu un vers d'une poésie qui disait que l'oiseau était une croix sur le corps de Dieu. « Faut-il encore d'autres preuves ? » a-t-elle demandé en riant. Je la revois encore à cet instant : elle s'est arrêtée – nous marchions tard le soir le long d'un quai –, s'est assise sur le parapet de granit et a reculé en faisant des petits pas avec ses fesses et en se balançant.

Réponse : J'avais l'impression qu'il poussait sur moi, sur la surface de mon corps, quelque chose d'incongru qui n'était pas à moi. J'avais mon existence à moi et cette femme qui me recouvrait avait la sienne. Je rougissais à tout propos et ne savais plus où me mettre. Il suffisait qu'on m'adresse la parole pour que je me sente paralysée, effarouchée, que j'aie l'impression lancinante que quelque chose n'allait pas dans ma tenue. Tout d'un coup, j'étais prise de sueurs froides : est-ce que mon collant n'était pas descendu ? Je me sentais toute nue, je ne savais pas quoi dire, j'avais les mains moites. Avant de dormir, je pleurais dans l'oreiller de maman, qui me disait pour me consoler : «Ne sois pas une idiote morose. Sois gaie!»

Question : Comme nous n'avions pas où aller, nous marchions pendant des heures dans les rues. Je me souviens qu'à côté du métro, une mémé vendait des cerises dans un bocal embué. Nous les avons achetées et voulions nous asseoir quelque part, mais tous les bancs étaient mouillés après la pluie. Finalement nous sommes arrivés sur une aire de jeux aux balançoires cassées. J'ai posé mon sac de classe sur le rebord du bac à sable, me suis assis dessus et elle sur mes genoux. Nous nous sommes mis à manger les cerises, elles étaient mûres et juteuses. Au début, nous crachions les noyaux dans le sable criblé de gouttes qui lui donnaient la chair de poule et jonché de mégots, d'éclats de verre et de capsules de canettes de bière, en visant un pâté de sable abandonné qui s'effritait sous la pluie. En face de nous, il y avait un monument aux morts, la statue d'un soldat à la main cassée, qui avait dû tenir une mitraillette, car l'armature dépassait encore du moignon. Le soldat tombé au front avait les orbites blanches et vides tournées vers le haut, vers les frondaisons mouillées des arbres qui recommençaient à goutter à chaque coup de vent. De sa main intacte, il appelait quelqu'un derrière lui, probablement nous, parce qu'il n'y avait personne d'autre dans le square. Il avait l'air de dire : «Allez, les gars, grimpons dans ces arbres, et de là, il n'y a plus qu'un pas jusqu'au ciel!» Alors, au lieu de cracher simplement les noyaux, nous nous sommes mis à les lancer sur le soldat en les pressant bien fort entre deux doigts – ils étaient glissants et faisaient d'excellents projectiles, qui volaient droit sur lui, laissant sur le plâtre, ou sur ce dont il était fait, des éraflures rouge cerise. Nous étions nous-mêmes tout barbouillés de jus et avions les mains écarlates. Elle visait juste, mieux que moi, et a fini par lui envoyer un noyau dans l'œil. Sur le blanc aveugle est apparue soudain une pupille rouge qui donnait l'impression que le soldat louchait d'un œil sur nous, l'air de dire : «Comment, je suis mort pour vous et vous me bombardez de noyaux!» Nous avons éclaté de rire et sommes repartis errer dans les rues. Mais maintenant, après toutes ces années, je sais que le soldat manchot en plâtre ne pensait pas du tout cela en nous regardant. Il se disait : « Je suis mort pour quelque chose d'important et aussi pour moi, et si vous m'avez bombardé de noyaux dans ce square imprégné de pluie et de votre amour, tant mieux, car c'est peut-être justement une partie de cette chose si importante. »

Réponse : Je me déshabillais en me regardant dans la glace. Un corps nu, étranger, se tenait devant moi au milieu de la chambre sur le parquet froid. Chétif, affreux, avec une pièce en peau de grenouille. La Princesse-grenouille. Avec une étoile luisant sur le front. Pas une étoile, mais toute une constellation. Le front couvert de boutons et un sur le point d'éclore au bout du nez. Les joues pâles, mais prêtes à virer traîtreusement au rouge betterave au moment le plus inadéquat. Un bouton de fièvre sur la lèvre. Il y avait un courant d'air dans la chambre, mais même sans cela, j'avais le corps couvert de marbrures bleues et de chair de poule. Quand je me passais la main sur la peau, elle était rêche sous les doigts. Mes seins n'étaient pas plus gros que des pelotes à épingles. Les mamelons minuscules ressemblaient à de petits boutons. Sur le ventre, on voyait la trace rouge de l'élastique de ma culotte. Mon vilain nombril saillait comme un grain de raisin vert. Plus bas, il y avait des poils frisés. On aurait pu me traîner par ces touffes. Pourquoi des poils à cet endroit ? Plus loin, des orifices invisibles, impossibles à examiner sans miroir. Comment faisaient les gens quand les miroirs n'existaient pas ? Ils passaient toute leur vie sans se voir une seule fois ? « Est-ce bien moi, me disais-je, ce corps bleuâtre couvert de chair de poule, avec ces fentes et ces cavités, ce corps dont personne n'a que faire, à commencer par moi ? Et tout de même, pourquoi ces poils entre les jambes ? »

Question : Nous étions en visite chez un jeune couple de musiciens qui venaient d'avoir un enfant, un petit garçon. Il y avait dans la chambre un piano à queue qu'ils avaient hérité d'un grand-père compositeur. Le père, étudiant au conservatoire et qui avait mon âge, posait son fils dessus entre deux oreillers et jouait. Ensuite il le changeait lui-même, sur place, en étalant un morceau de toile cirée sur le couvercle du piano. Nous le regardions faire de ses longs doigts adroits. Et chatouiller avec ses joues mal rasées les pieds de son fils.

Réponse : Je n'avais besoin de rien d'autre que d'aimer. Comme si j'étais une coupe qu'il fallait remplir jusqu'aux bords. Ou un bas qui attend une jambe pour prendre forme. Car un bas n'a de sens que sur une jambe. C'est pour cela qu'il a été créé : à l'image et à la ressemblance. Tout en moi était prêt, mais je sentais un vide à l'intérieur de moi. Et voilà que l'été suivant, maman et moi sommes allées en vacances sur une plage de la Baltique près de Riga. Nous avions décidé de nous faire passer pour des sœurs. Maman ne faisait pas son âge et nous étions vraiment comme deux sœurs. Il y avait là-bas un Letton, un gars tout jeune, qui me plaisait beaucoup. À maman aussi. Et soudain, pour la première fois, cela a jeté un froid entre nous. Elle était la Princesse-cygne et moi la grenouille. Elle a commencé à flirter avec ce Letton et je les gênais. Jusqu'à cet été-là, maman était tout pour moi et je voulais être comme elle. Mais je l'ai vue tout à coup avec d'autres yeux. Un jour, maman jouait au volley-ball sur la plage et j'étais assise dans le sable au bord de l'eau, désespérée de n'avoir rien ni personne. J'essuyais les embruns sur mon visage et sentais que la peau de ma main était salée comme autrefois, quand j'étais petite. Et je me suis dit que si la quatrième vague venait me lécher mes doigts de pieds, je connaîtrais un amour immense, un amour vrai, qui durerait toute ma vie. Mais les vagues – la deuxième, la troisième – étaient faibles, poussives et venaient mourir de plus en plus loin de mon pied. Puis la quatrième s'est enflée, recourbée et est arrivée jusqu'à moi. Elle a pris tous mes orteils dans sa bouche et m'a chatouillé le talon avec du sable ! Quelle allégresse ! Assise sur la plage, j'entendais, je voyais, je humais tout autour de moi, la mer, le ciel, le vent, les mouettes, les gens, mais je ne les percevais plus par la vue, l'ouïe, le toucher, l'odorat – ils m'étaient donnés par l'amour, je n'avais plus rien à moi – ni yeux, ni mains, ni pieds –, tout venait de lui. Je me suis levée d'un bond et j'ai volé sur l'eau dans la mer, volé au sens propre, comme un oiseau, effleurant juste l'eau du bout des pieds : tout cet amour était pour moi ? Qu'allais-je en faire ?

Question : Un jour, nous sommes allés nous promener en bateau-bus. Comme la pluie menaçait, elle avait pris à la maison un parapluie énorme, antédiluvien, tout décoloré, qui ne se pliait pas et pouvait servir de canne. Nous étions assis sur le pont et il soufflait un vent terrible. Elle a ôté ses sandales et fourré ses pieds dans le parapluie pour les mettre à l'abri. Elle l'a tiré vers elle, disparaissant à moitié au milieu des baleines et des membranes, et m'a crié : «Regarde ! Je n'ai plus de jambes, j'ai un parapluie à la place ! » Elle s'est mise à le lever et à l'abaisser en frappant le pont comme si c'était une queue roulée. Puis elle a dit : «Écoute, une créature mi-fille, mi-poisson, c'est une sirène. Mais si elle est mi-fille, mi-parapluie, elle s'appelle comment? J'ai répondu : «Une paraplène. – Paraplène toi-même! a-t-elle répondu en riant. Je suis une pépiène!»

Réponse : Dis-moi tout de même ce qu'elle est devenue.

Question : Elle avait lu quelque part que les humains étaient une branche sur laquelle nous éclosions comme les feuilles sortant d'un bourgeon. Les feuilles tombent, mais la branche pousse. Alors elle avait décidé qu'en elle avait migré l'âme d'une enfant morte à la suite de je ne sais plus quel drame familial. Elle me disait que seul le karma pouvait expliquer pourquoi des enfants meurent, pourquoi on les tue. Un vrai délire de jeune fille. En fait cela peut arriver à tout moment – on porte l'enfant, on trébuche, on tombe, voilà tout. C'est tellement simple.

Réponse : Il y a une chose que tu ne comprends pas! J'ai vu présenter à la télévision des expériences faites sur des mourants. Quand quelqu'un mourait, on le déposait sur une balance ultrasensible. C'était tout un programme de recherches. Et il s'est avéré qu'après l'agonie et la mort, la masse du corps diminue en moyenne de cinq grammes. Ou de dix, je ne me souviens plus exactement. Cela dépend des gens. C'est le poids de la personne à l'état pur, sans le corps. On peut appeler cela comme on voudra – l'âme, la quintessence, du pollen. Or ces quelques grammes n'ont pas disparu, ils sont bien quelque part. Si on les multiplie par des milliards, par la quantité d'hommes qui durant des dizaines et des centaines de milliers d'années, ont contemplé le soleil couchant, cela doit faire des quadrillions, non? Ce sont des montagnes qui pèsent sur nos épaules. On nous dit que c'est la pression atmosphérique, mais, en réalité, c'est tout ce qui est arrivé à ceux qui ont vécu avant nous, voilà pourquoi cela pèse si lourd. Il existe chez les marins une croyance selon laquelle les âmes des défunts passent dans des mouettes, mais ce n'est pas cela. Nous sommes cette fameuse branche, mais l'année suivante. Et l'âme de ton père sous-marinier n'est pas du tout dans une mouette. Elle est en toi. Tu as peur de l'eau et n'importe qui va te dire que c'est parce que tu t'es noyé dans une vie antérieure. Mais ce sont des balivernes, il n'y a pas de vie antérieure, il n'en existe qu'une et dans cette vie unique, ton père, quand il avait dix-neuf ans, est resté bloqué au fond de la Baltique dans son sous-marin qui cherchait à torpiller un navire allemand transportant des troupes de Riga en Allemagne, ou plutôt des réfugiés. Tu sais bien, il te l'a raconté ! Tout autour éclataient des grenades sous-marines et à la suite d'une explosion, l'éclairage de secours s'est éteint. Dans le noir complet, on pouvait croire que c'était la fin, que le compartiment voisin était éventré, car on entendait frapper contre la cloison, alors qu'ils avaient l'ordre de ne pas faire de bruit, quoi qu'il arrive. Ton père a eu tellement peur que cette peur vit encore en toi. Tout est lié, comme dans un arbre, le visible et l'invisible, le rugueux et le doux, les racines et la cime. Les racines sont une bouche. Les feuilles sont des petits poissons. Le pollen est l'amour. On a l'impression que tout cela existe séparément, que le disque qu'écoutait ton père sur son tourne-disques rafistolé au chatterton dans votre sous-sol est une chose, que Dracula qui voulait faire le bonheur des gens mais ne savait pas comment s'y prendre en est une autre et que l'intarissable Pinocchio en caleçon dont on entend à nouveau le balai en est une troisième, mais c'est une erreur. Bien entendu, à part ces quelques grammes – qu'on les appelle pollen ou Dieu ne change rien à l'affaire –, l'homme n'est pas seulement un animal, mais aussi un végétal et un minéral. Ses cheveux, ses ongles, son intestin vivent selon la loi du monde végétal. Quant au minéral, cela va de soi. Les boyaux aveugles que rien ne peut arrêter et les cheveux têtus qui ne veulent rien savoir sont différents chez chacun de nous. Mais ces quelques grammes volatiles, c'est tout autre chose.

Question : Comment quelque chose qui n'existe pas peut-il être tout autre ?

Réponse : Ton regard attiré par le reflet de la lampe sur la vitre noire, ta voix qui se cache de toi sous le lit et se sauve par le vasistas, les mots que tu écris, sans parler de tes dents de lait que ta mère gardait dans un pot à vaseline – tout cela n'est plus toi, mais cela ne signifie pas pour autant que tu n'existes pas. Et cette nuit aussi, ce morceau de buisson dehors, tout blanc parce que la lumière de la lampe tombe sur lui, ce bourdonnement d'avion et les brefs sifflements que le voisin échange avec sa clé comme s'ils se souhaitaient bonne nuit, tout cela aura disparu demain matin, mais cela ne veut rien dire.

Question : Alors si je n'ai jamais entendu parler de la tribu Arunta, où l'on croit que le rocher Eratipu est le refuge des âmes des enfants, qui guettent les femmes qui passent en regardant par un trou et que c'est ainsi, et pas autrement, qu'un enfant se retrouve dans leur pli chaud et humide, cela ne veut pas dire pour autant que cette tribu n'existe pas. Si à Colmar, qui n'est connue en Russie que comme la ville natale de l'assassin de Pouchkine, une savonnette s'est transformée en méduse dans le porte-savon et que je n'en sais rien, est-ce que mon ignorance prouve que cette transformation est impossible ? Et si depuis une semaine, la vieille du septième étage ne jette plus rien par la fenêtre, cela ne veut pas dire qu'elle n'existe plus.

Réponse : C'est toujours pareil avec toi. On ne peut parler sérieusement de rien. Et si quelqu'un a dit que quand je dormais, j'avais l'air de nager le crawl et qu'une fois, j'ai senti à travers mon sommeil ses lèvres se poser sur la paume de ma main tout doucement, pour ne pas me réveiller, est-ce que cela peut ne pas avoir été, puisque cela a eu lieu ?

Question : Je crois que je commence à comprendre de quoi tu parles. Aujourd'hui, en rentrant chez moi, j'ai vu un chat écrasé sur la route. Les roues de la voiture l'avaient aplati comme une feuille de papier. Mais c'est dans notre monde qu'il est plat comme une ombre sur l'asphalte. En réalité, il est en relief, à trois dimensions comme nous, et dans une page, il est sur le balcon et cherche à attraper les flocons de neige avec sa patte.

Réponse : Bien sûr ! Le point voit la ligne, pour lui, c'est une droite, et il se représente mentalement une surface. Quelqu'un lit en ce moment cette ligne et voit une page, une surface, mais ce n'est qu'un reflet, la projection d'un corps en relief, de ce vieux dossier, par exemple, avec un rond laissé par une tasse ou de ce papillon de nuit qui brûle d'amour pour la lampe, ou de ce coussin au rembourrage trop dur, de moi, de toi. À quoi penses-tu ?

Question : À ce que tu n'es plus nulle part, seulement dans ces pages.

Réponse : Tu ne m'écoutes pas du tout !

Question : Excuse-moi !

Réponse : Donc, l'ombre pensante comprend qu'elle n'est que le reflet de ce voyageur qu'elle ne peut ni voir, ni entendre, ni concevoir. Elle est faite de route, d'herbe, de marches d'escalier, de lattes de parquet, de pans de murs, de tout ce sur quoi elle tombe. Elle peut être en même temps un animal, une plante et un minéral. Mais l'essentiel, dans cette ombre, c'est tout de même le voyageur. Nous aussi, nous ne sommes que l'ombre de quelqu'un que nous ne pouvons ni voir, ni entendre, ni concevoir. Notre corps n'est que l'ombre de notre autre vraie existence, tiens, touche mon genou!

Question : Il est rugueux.

Réponse : C'est tout, enlève ta main!

Question : Mais qui est ce voyageur?

Réponse : Qu'est-ce que cela peut te faire? Le voyageur, la neige, le pollen, ce ne sont que des mots. L'important, c'est que là où sont le voyageur, la neige et le pollen, nous formons un tout. Comment t'expliquer pour que tu comprennes? Tiens, tu sens cette odeur, c'est le papillon qui s'est brûlé les ailes en heurtant l'ampoule allumée, et pendant ce temps, la pluie s'est remise à tomber dans la nuit, mais ce ne sont pas des gouttes qui tombent du ciel, ce sont les lettres – g, o, u, t, t, e, s – tu les entends tambouriner sur le rebord de la fenêtre, c'est comme l'odeur du papillon brûlé, tout cela, ce sont des lettres. Et nous faisons partie de ce tout.

Question : Ce papillon sent affreusement mauvais, il faut ouvrir la fenêtre pour aérer.

Réponse : Vas-y, je t'attends.

Question : La pluie est silencieuse, invisible. Quand les gouttes entrent dans le rond de lumière près de la fenêtre, elles deviennent brillantes. Elles sont grosses, longues, espacées. On dirait que la vieille du septième me jette du haut de son balcon des crayons blancs, dont personne au monde n'a besoin, en les prenant un à un par le bout pour les lancer.

Réponse : Viens vite! J'ai froid.

Question : Attends, mais nous parlions de tout autre chose. De quoi?

Réponse : C'est de l'amour qu'il s'agit depuis le début. Nous n'en parlions jamais avant. Comme si nous évitions ce mot. Cela nous semblait sans doute disproportionné : est-ce qu'on peut comprimer tout ce qu'on éprouve dans un seul mot étriqué, comme si on faisait tout passer dans un entonnoir?

Question : Mais que faire? Inventer un autre mot? De nouvelles lettres?

Réponse : Tu te moques encore de moi! Ce n'est pas le mot qui compte. Tu peux appeler cela comme tu voudras – voyageur ou pollen ou Dieu, ou, tiens, mille-pattes, par exemple. Dans une dimension, il est caché sous une brique entre les phlox détrempés et alourdis par la pluie, mais dans l'autre, il est partout. L'amour, c'est un mille-pattes spécial, grand comme Dieu, las comme un voyageur en quête d'un refuge et omniprésent comme le pollen. Il enfile chacun de nous comme un bas. Nous sommes taillés à sa pointure et prenons sa forme. C'est nous qui le faisons avancer. Et dans ce mille-pattes, nous sommes tous unis. Il n'a pas mille pattes, mais autant qu'en a l'humanité. Il est fait de nous comme de cellules, dont chacune est distincte mais ne peut vivre qu'animée par le souffle commun. Seulement nous n'avons pas conscience de vivre dans une quatrième dimension invisible et impalpable, celle du mille-pattes-amour, car nous ne pouvons nous voir que dans la troisième, comme ce chat aplati sur la route, qui en réalité est vivant et essaie d'attraper les flocons avec sa patte.

Question : Tu as les pieds glacés.

Réponse : Une fois de plus, tu ne m'as pas écoutée. Tu te souviens de la fois où je t'ai dit que depuis mon enfance, je me demandais à quoi servaient ces poils en bas ? Tu as répondu très simplement : « À être embrassés. »

Question : Je m'en souviens. Il faisait très chaud et nous étions tout nus dans l'appartement. Nous étions allés nous baigner et j'avais attrapé un coup de soleil. Tu as dit qu'il fallait l'enduire de crème. Nous n'en avions pas, mais nous avions du kéfir. Tu as déclaré que cela ne convenait pas, mais j'ai répondu que ce n'était pas grave, l'essentiel était d'y appliquer quelque chose de froid. Je me suis étendu sur le ventre et tu m'as enduit le dos de kéfir glacé qui sortait du frigidaire. Nous venions d'avoir des travaux dans l'appartement, des journaux étaient étalés sur le plancher repeint. Nous marchions pieds nus et le papier collait à nos plantes de pieds moites, tellement il faisait chaud, même le soir. Nous sommes allés dans la salle de bains. Tu étais nue, mais j'avais très envie d'enlever ton soutien-gorge et ton slip de peau blanche, presque bleue à côté du hâle. Nous avons rempli la baignoire, tu es entrée dedans et dans l'eau verdâtre, tes jambes sont devenues courtes et torses comme des pattes de grenouille. Je les caressais sous l'eau, longues et fines sous mes doigts mouillés, et je me disais que c'était normal, puisque tu étais ma grenouille-princesse. Ensuite, quand les gouttes sorties de moi sont tombées dans le bain, tu t'es penchée pour les regarder et tu as dit : « Regarde, elles se condensent en petits nuages. »

Réponse : Toutes mes amies avaient déjà tout fait, mais, moi, je n'avais rien eu avant toi. Maman m'avait depuis longtemps donné des petites boules qu'il fallait introduire à l'avance dans le vagin, mais je n'avais pas la moindre occasion de m'en servir ! Elles étaient là, dans le frigidaire. Quand j'ouvrais la porte pour prendre du lait, je les voyais et cela me donnait envie de pleurer. J'avais tellement envie d'aimer pour de vrai, de me serrer contre un corps, de me presser contre lui, d'y coller chaque cellule de ma peau, de me retourner sur l'envers, de l'envelopper comme une taie d'oreiller. Quand tu as appris que j'étais encore une grenouille intacte, tu t'es immobilisé et tu as voulu dire quelque chose, mais je t'ai mis la main sur la bouche en disant : «Non, tais-toi ! J'en ai tellement envie !» Mais pendant longtemps, nous n'arrivions à rien – tout s'échappait de toi tout de suite. Je me l'étalais sur le ventre, sur la poitrine, sur les marbrures de mon cou, le reniflais, le goûtais, mais je n'étais toujours pas une femme. J'avais échoué au concours d'entrée à la faculté de psychologie et travaillais au vivarium de l'université. Auparavant, je m'imaginais que la première fois avec un homme, tout devait se passer dans un cadre de rêve : dans une jolie chambre, aux chandelles, au son d'une belle musique. La vie devait être belle. Ensuite, j'ai compris que la beauté, c'était tout autre chose. J'aimais bien circuler entre les bocaux à grenouilles, le long des étagères où étaient posées les caissettes grouillantes de souris. J'aimais cette odeur particulière, une odeur de terre, chaude, viscérale. Il y avait là trois singes terrorisés et hargneux. On les utilisait pour des expériences : on les serrait dans des étaux spéciaux pour les empêcher de bouger et on leur enfonçait des électrodes dans la tête. Le reste du temps, ils étaient assis dans leur cage, les yeux tristes. Il y avait là des sacs de noix. Tu te souviens, tu en as tendu une à travers les barreaux, un des singes l'a saisie et t'a frappé la main de toutes ses forces en te regardant avec des yeux qui n'exprimaient plus la tristesse, mais la haine. Dans la cour étaient alignées des niches avec des chiens. Quand l'un d'eux se mettait à aboyer, les autres l'imitaient et cela faisait un vacarme qui montait jusqu'au ciel. Un jour, il fallait que je noie des chiots et tu m'avais aidée : nous avons versé de l'eau dans un seau, y avons jeté les chiots et avons vite recouvert le tout d'un autre seau d'eau en l'enfonçant dans le premier, si bien que l'eau qui débordait avait arrosé nos chaussures. J'avais beau serrer les dents, les larmes coulaient sur mes joues. Pour me consoler, tu m'as dit : «Ne pleure pas ! Tout cela servira un jour, on pourra le mettre dans une nouvelle.» C'était tellement absurde que j'ai été envahie d'une immense tendresse, d'un tel amour pour toi que j'avais envie de serrer ta tête sur ma poitrine, de te presser contre moi comme un enfant. Je devais apporter du foin et le stocker dans la cage du bout, qui était vide. Nous sommes allés là-bas et cela a été plus fort que moi, je t'ai enlacé, serré très fort, couvert de baisers, fait tomber. Et c'était cela, la vraie beauté : l'odeur du foin qui piquait, les aboiements jusqu'au ciel, toi pour la première fois en moi et la douleur, le sang et la joie.

Question : Et tu te souviens de la fois où l'album avait couvert tes cuisses comme une jupe ? Après cela, tu étais allée dans la salle de bains, je pensais que tu voulais prendre une douche, mais il n'y avait pas de bruit d'eau, je t'entendais seulement fouiller dans l'armoire de toilette qui contenait des shampooings, des ciseaux à ongles et divers flacons. J'étais allongé, tendant l'oreille et me demandant ce que tu pouvais bien fabriquer, je regardais ta sandale tapie sur le fauteuil – tu avais secoué le pied pour t'en débarrasser plus vite quand nous nous étions déshabillés et elle s'était envolée. Je pensais qu'une fois de plus, je n'avais pas fait mon travail pour la fac – j'étais étudiant en langues et devais préparer des exercices avant chaque cours, comme à l'école. J'étais allongé sur mon vieux divan défoncé qui grinçait à chaque mouvement ou plutôt même qui hurlait, comme pour nous dire : «Hé, vous, là-bas, arrêtez immédiatement ! Vous êtes là à faire des galipettes et moi, je vais m'écrouler, j'ai tous les pieds qui flageolent». Je t'attendais en me disant : «Au diable les verbes irréguliers !» C'est alors que tu es sortie de la salle de bains et t'es arrêtée sur le seuil de la chambre. Tu m'as dit en souriant : «Tu ne remarques rien ?» Je te regardais : tu étais debout, appuyée au chambranle, les coudes levés au-dessus de la tête et tu balançais légèrement le genou, les orteils d'un pied posés sur ceux de l'autre. Je regardais la pièce rose et membraneuse sous ta clavicule, les grains de tes mamelons, la touffe sombre au bas de ton ventre, qui donnait l'impression que tu tenais quelque chose entre tes jambes serrées, une moufle ou une chaussette de laine, et soudain, j'ai remarqué que tu n'avais pas de nombril. Je me suis levé et me suis approché pour regarder comment tu avais fait. Tu l'avais recouvert d'un pansement rose chair qui le rendait invisible de loin. Je t'ai soulevée dans mes bras et voulais te faire tournoyer, mais il n'y avait pas de place dans cette chambre minuscule. Nous avons perdu l'équilibre et sommes tombés sur le divan. Tu te souviens avec quel fracas il s'est effondré sous nous ? Tu étais morte de rire, je décollais le pansement de ton ventre et j'avais terriblement envie de dire à l'intérieur de toi, au petit grain de raisin qui dépassait de ton nombril, à quel point je t'aimais.

Réponse : Et cette fois-là, tu t'es écorché la lèvre à ma boucle d'oreille. Montre ! Non, on ne voit plus rien.

Question : J'aimais beaucoup venir te voir au chenil. Dans notre cage à nous.

Réponse : Au début, je les aimais tous, mais à la fin, je n'en pouvais plus. On ramassait les chiens dans toute la ville, ils arrivaient terrorisés, à moitié morts. On était censé nous donner de la nourriture pour eux, de la viande, mais tout était volé, si bien que les chiens mangeaient du chien : on en tuait un, on le coupait en morceaux et on les lançait aux autres. Je m'étais dit que le dernier jour où je travaillerais là-bas, j'ouvrirais les cages avant de partir, pour libérer tous ces malheureux. Un jour, j'étais restée tard, c'était à la fin de l'automne, la nuit tombait de bonne heure et il faisait froid comme en plein hiver. Il se trouvait que ce soir-là, toutes les cages étaient vides, sauf une. Le seul chien qui restait a commencé à aboyer à plusieurs reprises, mais personne ne lui répondait. Alors il s'est mis à hurler. Je suis partie bien vite pour ne plus l'entendre. Peut-être qu'il croyait être le dernier chien sur terre. Je suis arrivée à la maison, dans le studio que nous louions à Béliaévo, tu n'étais pas encore rentré. J'ai pris tes vêtements, j'ai reniflé tes manches, je me suis frotté le visage contre ton pull, j'ai enfilé ta chemise. Je marchais dans l'appartement et je t'aimais, j'étais incapable de faire autre chose. Tu n'étais pas là, mais cela n'avait aucune importance, je débordais tellement d'amour pour toi qu'il n'y avait plus de place en moi pour aucune autre pensée, même minuscule. Partout où se posait mon regard, je ne voyais que toi. C'était un paroxysme de bonheur. J'entendais l'eau gargouiller dans le radiateur : quel bruit sympathique ! De l'air froid tombait du vasistas : comme c'était bon ! Je mettais ton écharpe autour de mon cou : qu'elle était douce ! Je voyais par la fenêtre deux personnes qui discutaient debout sous le réverbère, en échangeant des volutes de vapeur : quelle langue extraordinaire elles avaient inventée ! Tout ce que je percevais me ravissait, simplement parce que je le sentais, le voyais, le touchais. C'était une telle sensation de plénitude que j'étais sur le point d'éclater en sanglots. Je suis allée à la cuisine préparer des pommes de terre sautées aux oignons – tu allais bientôt rentrer – et je sanglotais à cause des oignons, mais pour moi, à cet instant, cela revenait au même.

Question : Attends, j'ai un bras ankylosé. Pose ta tête sur ma poitrine.

Réponse : Je ne t'écrase pas ?

Question. Non. Continue à parler.

Réponse : Je pensais à toi et comprenais que cet amour était le premier et le dernier, il n'avait jamais existé avant et n'existerait plus jamais par la suite. Il n'y avait jamais eu avant nous et il n'y aurait plus jamais après, ni ces noyaux de cerise, ni le kéfir sur ta peau brûlée, ni le pansement collé sur mon ventre et qu'on n'arrivait pas à enlever. Ni cet après-midi au bord de la Kliazma, tu t'en souviens, nous regardions un cheval qui tendait les lèvres pour attraper une pomme et l'avons vu changer de robe quand un nuage est passé. Ni le soir où, avant de dormir, tu me lisais à haute voix des histoires sympathiques tirées de mythes anciens : tous les hommes étaient exterminés, sauf un garçon sauvé par une louve qui le nourrissait, puis devenait son épouse et lui donnait neuf fils. Tout en lisant, tu enroulais une mèche de mes cheveux autour de ton doigt. J'ai murmuré, à moitié endormie : « C'est pour que je ne me sauve pas pendant mon sommeil ? » Tu as acquiescé d'un signe de tête et m'as lu l'histoire d'une divinité née sous l'aisselle d'une autre. Mais cette divinité qui venait de naître, c'était moi ! Je me suis blottie en chien de fusil sous ton aisselle et serrée contre toi comme si je venais de naître là. Et tout en m'endormant, j'entendais l'histoire de quelqu'un qui enfantait après avoir été heurté en plein visage par une colombe.

Question : Dis-moi, où allais-tu dans ton sommeil, quand tu nageais, un bras devant toi sous l'oreiller et l'autre en arrière, la paume tournée vers le plafond ?

Réponse : Comment, où ? Mais vers toi ! Je craignais par-dessus tout que cela finisse. J'avais lu quelque part un article sur le jeu des disparitions et je me suis dit : c'est vrai, moins on s'attache, moins on souffre. C'était comme un remède contre la dépendance. Entraînement psychologique : se détendre, patienter, fermer les yeux. Imaginer quelque chose à côté de vous, un verre vide au bord de la table. Quand maman prenait ses médicaments, ses lèvres laissaient une trace au bord du verre. Mais voilà que le verre tombait par terre et se brisait. Cela porte bonheur ! Il y avait dans l'armoire un album avec des photos de moi enfant. On pouvait très bien les jeter. Ou même les brûler. Il suffisait de prendre une grande poêle à frire, de la poser sur la cuisinière et de les brûler une par une. Mes bagues et mes boucles d'oreilles étaient rangées devant le miroir, dans une jolie soucoupe qui avait appartenu à ma grand-mère. Venait un voleur et la soucoupe était vide. Tant pis. Au moins, tu ne t'écorcherais plus avec le fermoir de ma boucle d'oreille. Dans les toilettes étaient rangés mes skis – il n'y avait pas d'autre endroit où les mettre. Un été, en revenant de la datcha, je les retrouvais rongés par un spatulophage. Il n'y avait qu'à donner les bâtons aux enfants des voisins, ils s'en serviraient pour construire des wigwams avec des couvertures. Mon pied était contre le mur : mes orteils s'écartaient et se rapprochaient comme s'ils grattaient le dos du papier peint. J'étais renversée par un tramway, on me coupait la jambe, je clopinais avec des béquilles, si on me faisait une prothèse, en pantalon, cela ne se verrait pas, mais je pouvais aussi bien me passer de jambe. Et voici maman, ma maman chérie, si bonne et si bête. Elle n'avait pas eu la vie dont elle rêvait et considérait la sienne comme un brouillon que je devais corriger et recopier au propre : je me marierais, je mènerais une vie normale, je fonderais un foyer, j'aurais un enfant d'un homme aimant et que j'aimerais et tout cela serait pour de vrai. L'un de mes premiers souvenirs, c'est maman versant de l'eau chaude dans la baignoire, de l'eau absolument brûlante qu'elle avait fait bouillir dans des casseroles et dans la bouilloire. Elle y ajoutait de la farine de moutarde et entrait dans l'eau en poussant des petits cris et en grommelant. Elle en ressortait rouge comme une écrevisse. C'est comme cela qu'une fois, elle m'avait ébouillantée. Elle m'avait raconté que quand elle tombait enceinte et se faisait avorter, elle éprouvait un sentiment contradictoire : elle avait pitié de cet enfant qui ne naîtrait pas, mais en même temps, elle se sentait pleinement femme. Si elle n'avait jamais été enceinte, elle aurait eu l'impression que quelque chose n'allait pas, qu'elle avait une déficience, qu'elle ne pouvait pas avoir d'enfant. Pour elle, chaque grossesse était le signe que tout allait bien, qu'elle fonctionnait normalement. La fois suivante, elle pourrait accoucher pour de bon, elle pourrait mettre au monde un bébé. Et donc, je m'imaginais que maman mourait. De toute façon, cela devait arriver tôt ou tard. Mon cœur se serrait, j'avais la poitrine oppressée, mais je savais que cela aussi, je pourrais l'endurer. Je m'imaginais un enterrement au crépuscule, sous la neige. Quelqu'un disait : « Que la terre lui soit légère ! » Je jetais dans la fosse où l'on venait de la descendre une poignée de sable gelé qui tombait avec un choc sonore en rebondissant. Comme si j'avais lancé une pierre sur la morte. En remerciement de tout l'amour qu'elle m'avait donné. Les larmes me montaient aux yeux, mais il n'y avait rien à faire, c'était inévitable, il faudrait bien que je vive sans elle. C'est alors que j'essayais d'imaginer que je te perdais. Mais avant même que j'aie pu inventer ce qui s'était passé, quel malheur t'avait arraché à moi, j'avais un voile noir devant les yeux, tout se tordait à l'intérieur de moi, mes joues se contractaient, tellement j'étais submergée par la peur, par une soudaine sensation de vide, de solitude glaciale. Pendant un instant, je n'étais plus un être humain, mais un bas jeté à la décharge par une nuit d'hiver.

Question : Il fait chaud. Si on enlevait la couverture ? Voilà. Dis-moi, tu voulais ouvrir toutes les cages avant de quitter ce travail, alors, finalement, tu l'as fait ?

Réponse : Bien sûr que non. Dans ces cages, au moins, ils restaient vivants. Sinon ils auraient tous été liquidés. Il y a tant de choses que je voulais te raconter, mais maintenant que je suis serrée contre toi, j'ai tout oublié. Raconte-moi quelque chose dont tu te souviens, toi !

Question : Tu m'as dit un jour que tu avais longtemps cru que les enfants naissaient par le nombril parce que tu avais vu à la campagne une jument mettre bas.

Réponse : Je t'étouffais sans doute avec mon amour. Il était trop lourd pour toi. Cela arrive : l'un aime sans se douter de rien et l'autre suffoque. Quand tu me manquais trop, je te téléphonais, tu me répondais : «Je ne peux pas parler avec toi maintenant!» et tu raccrochais. Je rappelais. Tu raccrochais à nouveau et cela recommençait. Tu ne comprenais pas que j'avais juste besoin que tu me dises : «Je t'aime.» C'était tout, je ne t'aurais plus dérangé. Mais au lieu de cela, je nous poussais tous les deux à bout. Tu écrivais un interminable roman dont tu me lisais des passages, je n'y comprenais rien, mais cela me plaisait énormément. Si tu m'avais lu le mode d'emploi de la machine à laver, cela m'aurait semblé tout aussi merveilleux. Un jour, tu as noté comment je sortais une souris blanche de sa caissette en la tenant par la queue tandis que les autres s'accrochaient à elle en grappe, les yeux comme des airelles, et tu m'as dit : «Normalement, tu dois disparaître, mais si je te mets par écrit, tu resteras.»

Question : Tu as répondu en riant : «Où est-ce que je pourrais bien disparaître ? Non, c'est toi qui oublieras un jour ton carnet dans le métro et fini ! Tu ne comprends donc pas qu'un seul de mes cheveux resté le matin sur l'oreiller après mon départ est plus réel que tous tes mots ! »

Réponse : Je pensais sans cesse à notre avenir et j'avais peur, car on ne peut pas aimer pour la première fois et transporter cet amour à travers toute sa vie. Donc, cela finirait un jour. Et je recommençais à jouer aux disparitions. Mais ensuite j'ai compris que cela ne faisait qu'attirer les malheurs sur moi. Je les appelais en les imaginant et en les redoutant. Je me suis réellement cassé – pas une jambe, il est vrai, mais un bras. On m'a mis un plâtre, c'était très commode pour briser les noix. Par la suite, quand maman est morte, cela s'est aussi passé comme je l'avais imaginé : un cimetière sous la neige au crépuscule, quelqu'un a dit « Que la terre lui soit légère ! ». J'ai jeté dans la fosse où l'on venait de la descendre une poignée de sable gelé qui est tombé sur le couvercle du cercueil avec un choc sonore et a rebondi comme si j'avais lancé une noix. Et quand tu es parti, j'ai hurlé comme ce chien resté tout seul dans sa cage glacée. J'ai compris tout à coup ce qui poussait maman à chercher à chaque fois refuge dans l'amour : c'était cette sensation de froid glacial. Car il est impossible de rester face à cette solitude cosmique, en tête à tête avec soi-même. Elle avait besoin de mourir d'amour tous les jours pour ne pas crever de peur à l'idée de cette cage glacée. Je craignais terriblement de te perdre et pensais sans cesse aux autres femmes que tu aurais après moi. Qui étaient-elles ? Était-ce possible de t'aimer plus que je ne t'aimais ? J'étais rongée de jalousie et d'envie à l'idée qu'elles se serreraient contre toi à ma place, qu'elles t'embrasseraient comme moi, qu'elles te toucheraient partout comme moi. Ensuite, il m'est venu une idée toute simple : au fond, elles ne feraient que me répéter. Ton amour pour moi serait pour elles comme le patron d'un vêtement. À chaque fois, ce serait moi que tu aimerais. Une fois que j'ai compris cela, j'ai même cessé d'être jalouse, elles me sont devenues presque proches et quasiment d'autres moi-même, puisque le matin, comme moi, elles auraient sur elles ton odeur. En fait, ce ne serait pas tout à fait d'autres femmes, mais un peu moi. Comme si toi et moi ne nous étions pas séparés, mais nous rencontrions de nouveau à chaque fois.

Question : J'ai en effet perdu ce carnet quelque part. Sur le moment, j'avais l'impression que c'était la fin du monde, tant j'y avais noté de choses importantes. Mais en fin de compte, tout cela devait être insignifiant. Les mots qui étaient dedans ont disparu, mais tes cheveux sont sur mon oreiller – tu vois, je les enroule autour de mon doigt.

Réponse : Un jour, quand maman était déjà très malade, nous parlions toutes les deux de mon père et des autres. Elle m'a dit qu'on ne pouvait cesser d'aimer que si ce n'avait pas été un véritable amour et qu'on continuait à aimer son premier amour à travers beaucoup d'autres. Elle a dit – c'étaient ses propres termes : «J'aimerais bien les réunir tous ! Je les serrerais tous contre ma poitrine ! Je les ferais asseoir tous ensemble à une table et leur donnerais à manger quelque chose de bon, comme à des enfants !» Elle a dit aussi que seule la distance entre les points A et B pouvait être mesurée en kilomètres, mais que la vie se mesurait en personnes, qu'il fallait s'imprégner des êtres qu'on avait aimés et qu'ainsi, ils ne disparaissaient pas, mais vivaient en toi, tu étais faite d'eux. C'était cela, la continuation de la vie. Après cet été sur la Baltique, je ne voulais plus pour rien au monde me retrouver dans la peau de ma mère. Je ne voulais lui ressembler en rien. Mais parfois, je croyais remarquer avec horreur que je comprenais et ressentais tout ce qu'elle avait elle-même compris et ressenti. Toi et moi, nous nous aimions et je me disais que c'était peut-être ainsi que maman avait aimé mon père quand j'étais déjà à proximité de ce monde. Peut-être que je t'étreignais, que je passais mes doigts sur ta colonne vertébrale, que je te serrais entre mes jambes exactement comme elle l'avait fait avec mon père. Et que j'éprouvais exactement les mêmes sensations qu'elle. À ce moment-là, nous ne faisions plus qu'un. Et tu avais justement le même grain de beauté sous l'omoplate que mon père. Maman disait que toute sa vie elle avait cherché un seul homme, son premier amour. Peut-être que lui aussi avait un grain de beauté sous l'omoplate ?

Question : Peut-être que la moitié de l'humanité a un grain de beauté sous l'omoplate, mais personne n'a été vérifier.

Réponse : Dis-moi, tu n'as pas eu au moins une fois l'impression que tu étais ton père ?

Question : Jamais. Ou plutôt si, une fois. Peu après sa mort. J'étais dans un train, en hiver, il était déjà tard, il faisait nuit. Je n'arrivais pas à dormir dans l'atmosphère étouffante du wagon et je suis allé dans le tambour pour respirer un peu d'air frais. Je me suis frayé un chemin jusqu'au bout du wagon-couchettes sans compartiments, dans un magma de jambes, de bras, de ronflements, de gémissements poussés en dormant, d'air vicié, de puanteur. Le passage était étroit, le wagon cahotait, je m'accrochais aux barres froides qui me donnaient l'impression d'être moites. Je suis sorti dans le tambour, où tout était couvert de glace, la porte du wagon d'à côté ne fermait pas, le fracas était assourdissant, les tampons tressautaient, le fer grinçait. Et tout cela dans le noir, car pas une ampoule ne s'allumait. Je me suis senti tout à coup glacé et écrasé par une terrible angoisse et, l'espace d'un instant, ce wagon brinquebalant m'a semblé être un sous-marin et j'ai cru être mon père. Je n'ai plus fait qu'un avec lui. Le temps et tout le reste ont tout à coup été réduits à néant, en poussière. J'étais mon père. Le sous-marin était ballotté comme si des grenades éclataient tout autour. Je suis vite retourné dans le wagon étouffant et nauséabond. Et là, j'ai rencontré dans le passage étroit un contrôleur qui marchait droit sur moi, une hache à la main. J'étais désemparé, mais il allait dans les toilettes pour casser à la hache les excréments gelés.

Réponse : Tu sais qui habitait avant toi dans cet appartement ?

Question : Non. Un petit vieux, sans doute.

Réponse : C'est toi qui habitais avant toi dans ton appartement. Comme toi, il écoutait la nuit le frottement du balai et la voix de poupée de son voisin insomniaque. Pourquoi est-ce que tu ne parles pas avec lui ?

Question : J'ai déjà écrit sur lui.

Réponse : Il est seul.

Question : Cet immeuble est conçu comme cela. Il n'y a que des studios. Des cellules bien commodes pour s'enfermer tout doucement dans son cocon.

Réponse : Mais avec qui ce vieux va-t-il partager son inquiétude ou sa joie ? Et son souci du lendemain ? À qui dira-t-il que le temps est à l'orage ? Et que ce sera bientôt l'automne ?

Question : Que vient faire ici ce vieux ? Nous parlions de l'amour.

Réponse : C'est bien de cela qu'il s'agit. Tu as compris qui te lançait d'en haut des crayons blancs ?

Question : Quelle heure est-il ?

Réponse : C'est justement de cela qu'il s'agit ! Les minutes et les années sont des unités étrangères à la vie, elles désignent quelque chose qui n'existe pas. Le temps se mesure au changement de robe du cheval qui tend les lèvres vers une pomme. Le temps est comme une machine à coudre qui coud ensemble à points irréguliers la niche brûlante pleine de foin, le wagon de métro vide où se trouve le carnet oublié, le bruissement des crayons tombant par la fenêtre et ce drap entortillé comme une corde. Et aussi ce livre tombé par terre, que l'on peut ouvrir tout de suite à la dernière page pour lire la fin de l'histoire des voyageurs fatigués qui, après tant d'épreuves, de pertes et de gains, pleins de désespoir et de confiance, les pieds meurtris et l'âme égratignée, le corps endurci et le cœur mûr pour l'amour, arrivent au bout de leur long chemin, jusqu'à cette mer accrochée par les voiles lointaines comme par des pinces à linge à l'horizon tendu et qui, fondant en larmes, se jettent dans les bras les uns des autres en criant, fous de bonheur, des mots incompréhensibles.

Question : Mais s'il y a déjà un point à la fin de la dernière ligne du futur, on ne peut donc rien changer ? Mais si l'on veut corriger quelque chose dans sa vie ? Faire revenir quelqu'un ? Lui donner l'amour qui lui a manqué ?

Réponse : Au contraire, même le passé peut être modifié à chaque instant. Chaque personne vécue comme une étape change tout ce qui a précédé. Un point d'exclamation ou d'interrogation ont le pouvoir de faire basculer aussi bien une phrase qu'un destin. Le passé, c'est ce qui est déjà connu, mais peut changer si l'on vit jusqu'à la dernière page.

Question : Alors on peut feuilleter le livre en sens inverse ? Et la neige va tomber de bas en haut ? Akaki Akakiévitch[1] va découper chaque lettre du bout de sa plume et la renvoyer d'une secousse dans l'encrier ? Les générations vont sortir l'une après l'autre de leur cercueil et le Christ va tuer Lazare ? L'eau et la terre ferme, la lumière et les ténèbres vont revenir à l'état de Verbe ?

Réponse : Pourquoi ne prends-tu jamais mes paroles au sérieux ? Tu as très bien compris ce que je voulais dire : à une page donnée, il se passera toujours la même chose. Si, quand maman était encore vivante, je lui ai fait un jour beaucoup de peine et ensuite, je me suis approchée d'elle, l'ai étreinte, me suis serrée contre elle et nous sommes restées ainsi debout dans la cuisine, mon visage enfoui dans le triangle chaud et hâlé au-dessus de la bande blanche de sa poitrine. Si par un jour de février, toi et moi avons regardé tomber sur un cheval de bronze la neige dont les flocons volaient parfois bel et bien vers le haut, ce cheval a jusqu'à présent une couverture blanche sur le dos. Et si j'ai ressenti un jour un paroxysme de bonheur inexpliqué, sans raison, juste parce

---

1. Héros du *Manteau* de Gogol.

que, moi qui n'avais jamais aimé me coiffer, j'étais la tête en bas, brossant mes cheveux tout juste lavés qui pendaient devant moi, avec une brosse en bois dont les picots durs comme des allumettes passaient dedans en crépitant, en craquant, en sifflant, alors je suis toujours dans cette salle de bains, suffoquant de bonheur sans raison, parce que tu existes, parce que les allumettes de la brosse me grattent la peau de la nuque comme des petites griffes aiguës, parce que j'ai la tête en bas et que mes cheveux tout propres tombent en un rideau lourd et odorant et aussi parce qu'ils sont épais, humides et tenaces comme la vie.

Question : Mais comment ne comprends-tu pas que tout cela est impossible !

Réponse : Pourquoi ?

Question : Parce qu'on t'a appris à tailler dans le sens de la longueur, et non en travers.

Réponse : Il y avait dans la rue une vieille folle toute courbée qui disait d'une voix sifflante à tous les passants : «Tu vas bientôt mourir !» Je voulais me faufiler, me sauver, devenir invisible. Elle avait beau être vieille, elle ne savait pas que le monde est ainsi fait qu'il est impossible de disparaître : si tu as disparu ici, tu réapparaîtras ailleurs, dans un autre studio-cellule pour personne seule, dans le pli chaud et humide d'une autre femme ou dans ta propre vie bien des années auparavant. Si tu disparais de la surface, cela veut dire que tu as plongé en eau profonde et que tu ressortiras. De toute façon, l'homme est incapable d'avoir conscience qu'il n'est plus là. Aucun organe des sens n'est prévu pour cela. Maman n'a pas su, n'a pas compris qu'elle n'était plus là. Elle est morte dans son sommeil, elle s'est endormie pour ne plus se réveiller. Et elle dort jusqu'à présent. Moi non plus, je ne saurai pas, je ne comprendrai pas que je ne suis plus là. Nous ne sommes pas libres de disparaître à notre gré. Tu reviendras en moi. Je reviendrai en toi. En revanche nous sommes libres de revenir en n'importe quel point et à tout moment. Et la liberté la plus délicieuse, c'est celle de revenir là où tu as été heureux. De revenir au moment qui en vaut la peine. Je feuillette ma vie, cherchant les paroxysmes de bonheur. Et là où j'ai failli un jour étouffer de bonheur, je peux m'arrêter et fermer le livre.

Question : Tu me reviendras ?

Réponse : Non.

Question : Comment non, alors que tu es déjà revenue ? En ce moment je t'étreins, je respire l'odeur de ta tête. Je sens ton souffle, ta respiration devient plus forte et régulière tandis que tu t'endors sous mon aisselle. Je sens sous les coussinets de mes doigts les membranes lisses de ta peau de grenouille sur ta poitrine. Tu viens de te gratter le ventre à l'endroit où tu avais collé le pansement. J'enroule tes cheveux sur mon doigt pour que tu ne te sauves pas dans ton sommeil.

Réponse : Non.
Question : Mais pourquoi ?
Réponse : Parce qu'en ce moment, je suis dans un tout autre endroit. Sur une plage plate et à moitié vide au bord de la Baltique. Je suis assise sur le sable à la limite de la mer froide et engourdie où jouent tout juste quelques vaguelettes, quelques reflets au soleil. J'ai devant moi les cris des mouettes et derrière moi le bruit des coups sur le ballon de volley-ball. Quelqu'un passe en scrutant les tas de varech échoués sur la rive, il cherche de l'ambre. Les coquillages craquent sous ses sandales. Je sais qu'il va y avoir trois vagues poussives, et ensuite la mienne, la quatrième, tant désirée, elle va s'enfler, se recourber, atteindre mes pieds, prendre mes orteils dans sa bouche et chatouiller mon talon avec du sable.

25 juillet 1926

Aujourd'hui j'ai vu au Printemps ce cahier à la merveilleuse reliure estampée et je n'ai pas pu résister, je l'ai acheté. Je vais me remettre à tenir un journal, mais en évitant de m'extasier sur la Seine, Notre-Dame, les musées, la tour Eiffel et tout le reste. Après deux semaines à Paris, je n'en suis plus à pousser des oh! et des ah!.

J'ai besoin de ce cahier pour noter toutes les sensations que personne d'autre que moi n'a jamais éprouvées et n'éprouvera jamais ! Car ce qui m'arrive en ce moment n'appartient qu'à moi ! À moi seule. J'ai senti tout à coup que mon ancien moi était en train de disparaître, de devenir transparent et qu'une nouvelle vie se frayait un chemin à travers moi. À présent, mon corps appartient aussi à quelqu'un d'autre. Je ne suis plus seule avec moi-même.

J'ai parfois l'impression qu'une partie de ma vie s'est terminée dans un silence subit, sans applaudissements. Un rideau lourd et épais m'a séparée de tout mon passé et du présent, qui tout à coup s'avère bourré de tout un bric-à-brac inutile. Ce qu'il a de plus important, de plus précieux au monde est désormais à l'intérieur de moi. Mais personne ne le sait encore, à part Iossif et moi. Tout le monde court après des broutilles. Mais moi, j'ai mon petit pois à l'intérieur de moi. C'est Iossif qui a trouvé ce mot quand nous nous demandions qui était caché tout au fond de moi, un garçon ou une fille. « Un petit pois », a-t-il dit. Ce petit pois dispose déjà de moi, de mon corps. Tous mes désirs, mes caprices, mes lubies, mes bizarreries, tout cela n'est plus moi. Mon corps est la langue du petit pois.

Maman m'a raconté que quand elle était enceinte de moi, elle avait terriblement envie de hareng au raisin. À présent je marche dans Paris et respire comme une folle l'odeur des voitures. Avant, je ne pouvais pas la souffrir, mais maintenant, je m'arrête devant les pompes des garages pour humer à pleines narines la merveilleuse odeur d'essence.

On dit que les pères juifs sont les meilleurs du monde. Que mon Iossif est patient et courageux, comme il est attentionné!

Je suis si contente que l'affreuse période des nausées se soit terminée avant même notre départ pour Paris. J'avais atrocement mal au cœur à jeun, dès mon réveil. Ossia me faisait boire à la petite cuillère du thé froid fort et sucré. Curieusement, cela me faisait du bien. Mais après le petit déjeuner, rien n'y faisait plus. C'était abominablement humiliant de m'installer à heures fixes devant la cuvette que m'apportait Iossif! Même quand il semblait que je n'avais plus rien à rendre, mon estomac continuait à se révulser. Après cela, je me sentais tellement vide et épuisée que j'étais obligée de retourner me coucher.

Il m'a toujours accompagnée chez le médecin, notant les recommandations et exigeant que je les observe. C'est alors que je me suis mise à l'appeler Ptcholik au lieu d'Ossik, car les guêpes sont de mauvais insectes, tandis que lui s'affaire autour de moi comme une abeille[1].

***

Je voulais mettre la date, mais me suis aperçue qu'ici, j'avais complètement perdu la notion du temps. Ou, plus exactement, que je mesure le temps autrement. Je sais que j'en suis à la dix-huitième semaine et tout le reste n'a plus aucune importance à mes yeux.

J'ai acheté un mètre de couturière et tous les matins, je mesure mon tour de taille. Ce n'est pas encore très visible. Il n'y a que mes robes ajustées pour s'en apercevoir.

---

1. Ptcholik, diminutif formé sur *ptchéla* l'abeille, alors qu'Ossik est, comme Ossia, un diminutif du prénom Iossif (Joseph) et évoque la guêpe.

Ossia est au travail et je suis toute la journée livrée à moi-même. Je bois du thé, je fais le ménage et je vais me promener dans Paris.

Les premiers jours, je ne pouvais pas passer tranquillement devant les magasins. Déjà en cours de route, à Berlin je m'étais sentie une vraie souillon, avec des chaussures et une jupe horribles. Ici, ce ne sont pas seulement les musées qui sont des palais, mais aussi les magasins. Le premier jour, je suis entrée dans un de ces palais et j'ai senti que je me transformais en statue de sel : à l'extérieur, tout était en verre et nickel et, une fois franchie la porte à tambour, ce n'était aussi que verre, nickel et bois précieux. Et quelle profusion de jolies choses, de couleurs éclatantes ! Quel plaisir de parcourir les innombrables salles et de toucher, de caresser ce flot de soieries bruissantes, étincelantes, chatoyantes ! J'ai eu envie de m'acheter d'abord de la lingerie fine, élégante, avec des incrustations et des dentelles. Je l'ai mise tout de suite, dans le magasin, et ai jeté mes affreux bas, ma culotte rustique et mon jupon avec une grimace de dégoût que j'ai surprise dans le miroir et qui m'a fait rire. Je me sentais si bien tout à coup ! Comme c'est important de se sentir une femme bien habillée ! Et comme c'est agréable de rapporter à la maison des paquets et des cartons de toutes les couleurs !

Ossia m'a offert un guide de Paris que je prends toujours avec moi, mais j'aime bien aller droit devant moi, au hasard, regarder les vitrines et les gens. Aujourd'hui, je suis arrivée dans une rue qui porte un nom extraordinaire : *Cherche-Midi*. Comme c'est amusant : Cherche midi ! C'est notre Maria Iossifovna qui nous avait appris cette expression au lycée et voilà que c'est le nom d'une rue.

Comme j'aime Paris au soleil ! Ce n'est pas une ville, mais un joyeux marché, tout se vend dans la rue, les fruits, les légumes, les fleurs. Et partout leurs longues baguettes et leurs croissants légers et croustillants ! Je ne peux pas m'empêcher d'en acheter. J'ai tout le temps faim. Et il y a des crêperies à chaque pas, comme si c'était en permanence la semaine du carnaval ! Je suis entrée me reposer dans un café, j'ai ouvert mon guide et je me suis aperçue que c'était le célèbre Procope !

Un jour à Lafayette je me suis arrêtée devant une vitrine et j'ai eu l'impression que c'était un tableau. Cette ville est une vraie peinture impressionniste ! J'aime me promener dans les rues où les artistes ambulants présentent leurs travaux. Ce sont de véritables expositions en plein air. Les Américains raflent tout ce qu'ils voient. Ossia m'a expliqué que si on achetait maintenant quelque chose pour trois fois rien, dans vingt ou trente ans, cela vaudrait une fortune. Je voudrais bien lui demander d'acheter quelque chose. Pas pour attendre trente ans, bien sûr! À quoi bon une fortune dans trente ans? Peut-être qu'à ce moment-là, il n'y aura plus rien ni personne. Simplement, c'est si agréable à regarder! Mais je sais qu'en ce moment, il a des soucis d'argent et il ne voudrait pas me dire non. Cher Iossif!

Aujourd'hui, les peintres regardaient sans arrêt le ciel, se demandant s'il allait ou non pleuvoir. J'imagine comme c'est compliqué pour eux de courir s'abriter avec leurs tableaux. Mais moi, j'aime la pluie! Dans cette ville, elle est spéciale. Paris est très beau par temps de pluie, surtout comme en ce moment, le soir, quand les reflets des lampadaires électriques tombent sur la chaussée mouillée.

***

Journée grise et sombre. Il pleut à verse depuis le matin. Je ne suis pas sortie. J'ai chanté et lu toute la journée.

Je ne chante pas tant pour moi que pour le petit pois. Il paraît que chez les Tsiganes, on chante toujours devant le ventre des futures mères pour que les enfants aient l'oreille musicale. Petit pois! Tu dois avoir un tempérament très musical! Et quand tu seras un peu plus grand, nous chanterons ensemble ou bien je t'accompagnerai et tu chanteras!

Pour que tu sois entouré de tout ce qu'il y a de plus beau au monde et pas seulement de musique, je t'emmène sans cesse dans les musées. C'est vrai que tu as été aussi émerveillé que moi au Louvre, au musée Rodin, au musée de Cluny? Tu te souviens comme nous avons aimé la dame à la licorne? Nous sommes restés assis devant elle une heure entière! Et nous retournerons la voir, n'est-ce pas?

Mon Dieu, que cette journée est interminable! Vivement qu'Ossia revienne!

C'est vraiment un sentiment merveilleux d'attendre son mari. Il va rentrer fatigué, affamé. Mon mari! Comme cela sonne bien : mon mari. Comme je suis heureuse avec mon Iossif! Comme il s'occupe bien de moi, et aussi de notre petit pois! Comme il est aimant et attentionné! Tous les jours, avant d'aller au bureau, il se lève à l'avance pour éplucher et râper des carottes pour le petit pois et moi. Comme il est touchant!

***

J'ai fait une longue promenade, jusqu'au Trocadéro. Je suis fatiguée. Le tonnerre a grondé sans arrêt.

Je regardais les vitrines et les comparais avec celles de Berlin. Maintenant, tout ce qu'il y a là-bas me paraît sec, sans goût et sans talent. Tandis qu'ici ! Les vitrines de cravates sont de vrais jardins, des paysages, des chatoiements, des cascades, des flots de lumière. Les parfums sont comme le souffle de la mer et du printemps. Et tout repose sur des contrastes de tissus, de velours et de soieries.

Je m'efforce de me promener tous les jours par tous les temps, car le petit pois a besoin d'air frais. Et que de fêtes ! Il y a sans cesse des fêtes ici. Toutes les deux semaines, dans deux quartiers sur quarante, il y a des fêtes en plein air, des foires, des montagnes russes, des manèges, des stands de tir, des spectacles de rue, des magiciens, des jongleurs !

Comme elle était agréable, cette fête que les Parisiens avaient organisée en l'honneur de notre arrivée à la gare du Nord ! Toute la ville était descendue dans la rue ! Des foules marchaient en chantant *la Marseillaise*. Il faut toujours arriver à Paris le 14 juillet ! Malgré tout ce monde, on ne voyait ni agents de police, ni soldats, les couples avançaient enlacés et tout le monde se souriait.

Je vais habituellement au Luxembourg. Je crois que c'est le plus beau jardin du monde, surtout par temps ensoleillé. On s'y sent si à l'aise, si libre ! Les uns mangent des sandwiches, d'autres s'embrassent. On dirait que pour les Français, s'embrasser dans la rue est une nécessité aussi vitale que manger des sandwiches. Cela me donne envie d'être assise ici avec Iossif, de manger des sandwiches et de nous embrasser nous aussi. J'aime bien regarder les vieux jouer à leur jeu de pétanque. J'ai l'impression de déjà tous les connaître et ils me saluent aimablement.

Et combien de jeunes femmes avec des enfants ! À croire que toutes les femmes de Paris sont enceintes ou viennent d'accoucher, tant on voit de landaus ! Maintenant, quand j'en rencontre un en me promenant, j'ai envie de regarder à l'intérieur.

Hier, j'étais assise sur un banc et il y avait à côté de moi une mère avec son enfant. Elle lisait, l'enfant a laissé tomber sa tétine, il s'est mis à crier, elle l'a ramassée, l'a léchée et lui a remis dans la bouche. Mon petit pois, nous aussi, nous serons comme cela tous les deux ?

J'ai vu aussi un bambin un peu plus grand qui n'arrivait pas à descendre les petites marches au pied d'une fontaine. Finalement, il s'est retourné et les a descendues à reculons.

Ce n'est pas un jardin ordinaire, mais royal. Quand on se promène dans les allées, on rencontre sans cesse des reines : tantôt Anne de Bretagne, tantôt Marguerite de Provence. Ici, c'est Blanche de Castille, là-bas Anne d'Autriche. Hier, j'étais assise en face de Marguerite de Valois. Le soleil s'est montré un instant, des taches de lumière ont couru sur sa robe comme si elle avait voulu en arranger les longs plis. Je me suis dit que quand elles attendaient leurs petits pois, ces femmes ressentaient la même chose que moi en ce moment. Je me suis sentie tout à coup si proche d'elles, si solidaire ! Ces reines devaient aussi avoir l'impression que tous leurs royaumes n'étaient rien à côté de ce petit pois qu'elles sentaient croître en elles : en toi grandit un monde plus immense et plus important que tous les royaumes et toutes les républiques de la terre.

***

J'ai été réveillée à sept heures par un orage. Et pendant que j'écris, il y en a un autre qui arrive.

J'habite à Paris, au centre du monde, mais je n'ai que Lioubotchka avec qui parler ! Hier, nous nous sommes promenées ensemble pendant deux heures, après quoi j'ai eu mal à la tête jusqu'au soir. Lioubotchka ne parle pas, elle piaille, et cela sans interruption. Mais c'est tout de même une compagnie.

Elle m'a montré l'endroit où Pétlioura a été assassiné en mai dernier, à l'angle de la rue Racine et du boulevard Saint-Michel.

Elle m'a raconté comment elle a été hospitalisée au huitième mois après une forte hémorragie. Tout le monde pensait que l'enfant avait très peu de chances de survivre. On lui a fait tant de piqûres dans ses fesses maigres qu'elles étaient toutes noires de bleus et d'ecchymoses. La seule chose qui la soulageait était d'y appliquer des feuilles de chou.

La première fois, elle s'est mariée sur un coup de tête, «parce qu'elle était jeune et bête» et elle a divorcé quand elle s'est aperçue que son mari lui avait passé la gonorrhée. À l'époque, leur enfant avait quatre mois.

Elle a travaillé aux Éditions d'État avec une dame mûre qui tirait sans arrêt sur sa cigarette. C'était la «Belle Dame», Lioubov Andreïevna Blok, chantée par le poète. Elle m'a raconté cela pour m'amuser, mais cela m'a rendue toute triste et fait une impression pénible.

Elle est mariée au secrétaire de la mission commerciale. Je l'ai vu une fois. Il m'a paru sympathique, mais quand elle en parle, on a l'impression qu'elle ne l'aime pas du tout.

Lioubotchka jacasse sans arrêt. Au bout d'une demi-heure, je commence à avoir mal à la tête et suis incapable de lui répondre. Mais elle n'en a pas besoin. Aujourd'hui elle m'a raconté qu'elle était chez elle, ici, à Paris, en train de repasser, quand on a sonné à la porte. C'était un jeune homme, un Français, qui s'est présenté comme un poète qui vendait ses vers en faisant du porte à porte. Elle l'a pris en pitié et n'a pas voulu le chasser. Elle a marchandé et il lui a donné pour un franc un très court poème. Après son départ, elle l'a lu et a été saisie : c'étaient des vers remarquables ! Elle est aussitôt tombée amoureuse de lui. Elle a décidé que c'était lui son véritable amour, l'amour de sa vie, parce que les génies ne viennent pas vous voir par hasard. Elle l'a cherché partout, a essayé de se renseigner et voulait passer une annonce dans le journal, quand quelqu'un lui a dit que c'était un poème très connu d'Arthur Rimbaud.

***

Mon petit pois a bougé ! Exactement comme le médecin avait dit : à la dix-neuvième semaine.

Dans la journée, quand je reste seule, je fais le silence. Je ferme toutes les fenêtres. J'arrête les pendules. Je me couche. Et j'écoute ce qui se passe à l'intérieur de moi.

C'est ce que je viens de faire. Je me suis allongée, j'ai tendu l'oreille. Rien. Je me suis retournée sur le ventre. Je suis restée immobile, aux aguets. Et soudain – pop ! – c'était comme une bulle minuscule qui éclatait dans mon ventre. Et cela a recommencé plusieurs fois.

Hou ! hou ! Où es-tu, mon petit pois ?

Ossia veut une fille, moi je ne sais pas qui je veux. Une fille aussi, sans doute. J'ai très envie de lui tresser des rubans dans ses nattes et de lui mettre de jolies robes.

Je suis contente que tu sois là, petit pois, peu importe que tu sois un garçon ou une fille. Si c'est une fille, mon Dieu, qu'elle prenne les yeux et les mains de son papa, mais qu'elle ait mon nez. Surtout pas son nez à lui, s'il Te plaît !

Aujourd'hui je me suis aperçue que mon joli soutien-gorge neuf que j'ai acheté aux Galeries Lafayette est devenu trop petit. Ma poitrine a soudain poussé en une nuit et c'est drôle, une fois de plus, cela commence par le sein droit ! Il est le premier à grossir et quelques jours plus tard, le gauche le rattrape.

Depuis peu, je me plais bien. J'aime regarder mon corps, caresser ma peau. Jamais je n'ai eu une poitrine si magnifique.

Mais parfois, j'ai l'impression que mon corps n'est plus à moi : il devient lourd et comme étranger. Il me faut plusieurs jours pour m'habituer à mon nouvel état et dès que je suis habituée et que je cesse d'y faire attention, il se produit à nouveau quelque chose. Demain je m'achèterai un nouveau soutien-gorge spécial qui se défait par-devant.

***

Depuis ce matin, il y a un épais brouillard. Je suis allée me promener jusqu'au pont Alexandre III. On dirait que la tour Eiffel est encore à moitié inachevée. Je me suis dit que c'était sans doute ainsi que l'avait vue Marie Bashkirtseff. Car c'est sa ville, c'est ici qu'elle a vécu, qu'elle a chanté, qu'elle a écrit son journal, qu'elle a dessiné, qu'elle a marché dans les mêmes rues que moi. C'est ici qu'elle est morte. Mais je ne sais même pas dans quel cimetière elle est enterrée.

***

Aujourd'hui, j'étais invitée chez les Pétrov. Lioubotchka m'a introduite dans le cercle mondain des dames soviétiques. À Paris, j'ai perdu l'habitude de fréquenter des gens. J'étais d'abord contente de voir des têtes nouvelles, d'entendre parler russe, mais au bout d'une demi-heure, j'avais envie de fuir ! Mon Dieu, que n'ai-je pas entendu ! Elles ont commencé par se vanter à qui mieux mieux de leurs achats, puis elles se sont mises à énumérer tous les interdits et les prescriptions concernant les femmes enceintes. Chacune commençait par dire que ce n'était que des histoires de bonnes femmes, pour ensuite citer l'exemple d'une amie à qui c'était vraiment arrivé !

Il ne faut pas toucher du pied ni caresser un chat ou un chien, sinon il poussera à l'enfant une « toison ». Quelle ineptie ! Maintenant, quand je vois un chat, je m'approche exprès pour le caresser.

Il ne faut pas enjamber un limon, une corde et je ne sais plus quoi, sinon l'enfant naîtra bossu. De toute façon, je ne vois pas où on pourrait trouver un limon en plein Paris.

Si on coupe la route d'un défunt, l'enfant aura une tache de naissance, car à cet endroit, son sang se sera coagulé. Donc les grains de beauté viennent de la rencontre d'une femme enceinte avec la mort ?

Le soir, j'ai raconté cela à Ossia. Ce sont des superstitions paysannes ! Ossia m'a tout expliqué : par exemple, l'interdiction d'enjamber vient de ce qu'on ne portait rien sous sa jupe ! Dans leur ignorance, les femmes craignaient que des objets « voient » d'en bas leurs organes génitaux ! Et alors, la belle affaire ? Elles croyaient qu'il y avait dans chaque objet un esprit. Quel esprit pourrait-il bien y avoir dans un limon ?

J'ai acheté plusieurs livres sur la grossesse et la maternité. Comme tout y est clairement et simplement expliqué ! Il n'y a rien à craindre. Mais j'ai quand même peur, quand je pense qu'il peut arriver quelque chose à l'enfant pendant l'accouchement. Et j'ai peur aussi à l'idée que j'aurai mal.

Je suis peureuse et je crains beaucoup la douleur. C'est cela que j'appréhende, la douleur physique, qu'il faudra bien supporter. Ossia m'a dit que dans la nature, la douleur est nécessaire à l'instinct de conservation, qu'elle sert à prévenir la mort, à faire aimer la vie. Comme tout est bizarrement conçu ! On nous fait mal pour nous obliger à vivre. Nous sommes poussés dans la vie à la baguette. Si nous n'éprouvions pas de douleur, s'il n'y avait personne pour nous aiguillonner, qui aurait envie de vivre ?

Quant à Lioubotchka, elle a dit qu'on accouchait dans la douleur, qu'on souffrait pour pouvoir s'attacher à l'enfant en se souvenant à quel prix on l'a eu.

***

Ossia est un amour ! Je lui ai demandé de me procurer le journal de Marie Bashkirtseff. J'avais tellement envie de le relire ! C'est un débrouillard et un cœur d'or, il est allé spécialement dans une bibliothèque et il l'a trouvé ! Dans une très vieille édition, usée jusqu'à la corde. J'ai ouvert le livre au hasard et suis tout de suite tombée sur les lignes suivantes : « Quel plaisir de bien chanter ! On se sent toute-puissante, on se sent une reine ! On est heureuse grâce à son propre mérite. Ce n'est pas de la fierté comme peut en apporter l'or ou un titre. On devient plus qu'une femme, on se sent éternelle. On s'arrache de la terre pour s'envoler dans les cieux ! »

Plus je feuillette ce journal, plus je suis frappée par la maturité de cette enfant. « Rien ne disparaît dans ce monde... Quand on cesse d'aimer quelqu'un, l'attachement se reporte aussitôt sur quelqu'un d'autre, même inconsciemment, et quand on croit n'aimer personne, c'est une erreur. Même si on n'aime pas un être humain, on aime un chien ou un meuble avec la même intensité, mais sous une autre forme. Si j'aimais, je voudrais être aimée aussi fort que j'aime moi-même : je ne supporterais pas une seule parole portant sur autre chose. Mais on ne rencontre nulle part pareil amour. Et je n'aimerai jamais, parce que personne ne m'aimera comme je sais aimer. »

Quand a-t-elle eu le temps d'éprouver et de ressentir cela ? Est-ce qu'avant, les gens étaient vraiment bien plus mûrs et plus intelligents que nous, les adultes d'aujourd'hui ?

Ou bien : « Moi qui voulais vivre sept vies à la fois, je ne vis qu'un quart de vie. »

Ce n'est pas une gamine de quatorze ans qui a pu écrire cela !

Je suis allée voir à la date d'aujourd'hui de la dernière année de sa vie. Voici ce qu'elle écrit le 30 août : « Je finirai ainsi... Je serai en train de travailler à mon tableau... envers et contre tout et quel que soit le froid... Si cela ne m'arrive pas au travail, ce sera pendant une promenade : après tout, ceux qui ne peignent pas meurent aussi... »

Deux mois plus tard, elle n'était plus de ce monde.

***

Une lettre de Katia ! En lisant tout ce qu'elle racontait sur leur vie à Moscou, j'ai senti mon cœur se serrer, tellement tous les nôtres me manquent !

Mais je ne m'attendais pas à ce qu'elle devienne superstitieuse ! Elle m'écrit de ne pas me faire couper les cheveux : cela raccourcit la vie de l'enfant. Demain j'irai exprès chez le coiffeur me faire faire une coupe et une mise en plis. Voilà pour vous ! Je ne crois pas aux présages !

Quand je pense à mon premier séjour chez eux à Moscou, il me semble que c'était hier et pourtant, combien d'années ont passé depuis ? Est-ce possible ? Dix ans déjà ! Oui, c'était en janvier ou février 16. Je rêvais de trouver un engagement, mais à l'Ermitage – mon Ermitage ! – on n'a même pas voulu m'écouter ! Comme c'est drôle de se rappeler tout cela maintenant, quand ce qui me semblait alors un rêve inaccessible est devenu une étape dépassée. Mais sur le moment, mon Dieu, quelle tragédie !

J'errais pendant des heures, malheureuse, inutile, dans le centre de Moscou couvert de neige, parmi la foule élégante qui se préparait pour les fêtes. Quelqu'un m'avait raconté comment

Vertinski avait fait la connaissance de Véra Kholodnaïa : sur le pont des Maréchaux il avait voulu faire des avances à une jolie jeune fille, qui lui avait répondu : « Je suis mariée à l'enseigne de vaisseau Kholodny. » Il l'avait emmenée chez Khanjonkov et elle était devenue une reine de l'écran. Et moi, comme une idiote, je marchais en rêvant que quelqu'un m'aborde et me dise : « Vous ne voudriez pas jouer dans un film ou chanter ? »

Je regardais les jeunes filles, elles étaient toutes coiffées à la Véra Kholodnaïa et rêvaient toutes de devenir star de cinéma.

Et comme c'était exaspérant d'entendre une demoiselle tirée à quatre épingles lancer au commis en sortant d'un magasin : « Non, je n'en veux pas, cela ne me plaît pas. Je reviendrai plutôt avec mon fiancé. »

Je suis passée devant une vitrine de modiste et je n'ai pas pu y tenir, je suis entrée essayer des chapeaux. C'étaient des modèles de Paris qui me plaisaient tous terriblement, mais j'ai dit : « Non, je n'en veux pas, cela ne me plaît pas, je reviendrai plutôt avec mon fiancé. »

À présent, tous les chapeaux de Paris sont à moi. Mais c'est bien autre chose qui compte.

***

Je me demande de plus en plus souvent si je pourrais chanter ici. Je ne sais pas.

Mon merveilleux Ossia m'emmène dans les cafés-concerts et les music-halls. Nous avons vu toutes les idoles de Paris : Mistinguett, Chevalier et maintenant Joséphine Baker. Ils ne chantent pas mieux que nous, mais tout autrement, sur un ton libre et alerte. Tandis que chez nous, la moindre chansonnette est interprétée gravement, comme un air d'opéra.

Hier nous sommes allés voir Joséphine Baker au Casino de Paris. C'est une petite guenon, mais elle a un talent fou.

J'ai aussi beaucoup aimé le Moulin rouge. Où étais-je, quand Dieu a distribué ces jambes-là ?

Mais comment pourrais-je chanter ici ? Il y a de quoi se demander ce que c'est que « l'âme russe ». C'est quand on est incapable de gambader sur scène comme cette Joséphine !

Pour « l'âme russe », il y a ici des cabarets russes. Iossif et moi sommes allés dans l'un d'eux à Montmartre. Cela m'a laissé une impression horrible. Les Russes bradent leur patrimoine : très beau, pas cher ! C'est révoltant de voir la façon dont les Américains s'amusent : ils reprennent en chœur les couplets tsiganes, se dandinent en cadence et une fois ivres, essaient de danser accroupis. Après le chœur de louanges rituelles, tous sans exception cassent leur verre – ils croient sans doute que c'est cela, «l'âme russe». Tout cela a quelque chose d'humiliant.

Ensuite les lumières se sont éteintes, on a fait flamber du punch dans le noir et le personnel a défilé, accoutré d'invraisemblables uniformes à la russe, apportant en grande pompe des chachliks enfilés sur des rapières.

Rien que l'idée de chanter ici me fait horreur.

Mon Dieu, comme la scène me manque !

Quand tu seras né, petit pois, et que tu auras un peu grandi, nous retournerons chez nous et tu me laisseras chanter à nouveau.

Après avoir écrit ces lignes, j'ai tellement envie de retourner à Moscou !

Nous sommes revenus hier en taxi. Le chauffeur était russe, originaire de Toula. Il nous a dit qu'il y avait à Paris trois mille chauffeurs de taxis russes.

Ce que j'ai préféré, au Casino de Paris, c'est le jongleur qui tenait un plateau sur lequel étaient posés quarante verres et quarante petites cuillers, chacune à côté d'un verre. Et hop ! les quarante petites cuillers se sont retrouvées dans les quarante verres. C'est tout simple : et hop !

***

Je suis retournée au Louvre.

Il faut croire que je m'étais levée du pied gauche, ou que je n'étais pas d'humeur à m'extasier. En tout cas, cette fois-ci, j'ai trouvé cela ennuyeux.

En regardant Aphrodite, je me suis souvenue de mon effroi quand, encore au lycée, j'avais lu de quelle écume, en fait, elle était née. Quelle horreur : le fils a pris une faucille et coupé à son père l'organe en question !

J'ai erré dans les salles, soudain agacée de voir tant de tableaux sur le même sujet : l'Immaculée Conception. Pourquoi font-ils si grand cas de cette conception sans péché ? Et en quoi consiste, en fin de compte, ce péché ? Qu'y a-t-il de mal là-dedans ?

Naître d'une vierge et de l'Esprit saint n'est pas un plus grand miracle que d'une femme et d'un homme ordinaires. Petit pois, tu es un miracle.

***

J'ai enfin reçu une lettre de maman. C'est toujours la même chose. Elle se plaint de tout.

Nous nous sommes vues pour la dernière fois l'an passé, quand je suis venue chanter à Rostov. Ou plus exactement quand j'ai fui Moscou, où je ne pouvais absolument plus rester après tout ce qui s'était passé.

Comme maman et papa m'ont paru vieillis et provinciaux après Moscou et Piter! Rostov aussi, d'ailleurs. Ou bien est-ce moi qui ai perdu mes repères à force d'être ballottée de-ci de-là?

Maman se laisse aller. Elle teint toujours ses cheveux au henné, mais cette fois-là, comme elle ne l'avait plus fait depuis longtemps, ses racines étaient complètement blanches. Je ne l'avais jamais vue ainsi.

Papa était comme toujours plein d'entrain, mais maintenant, maman écrit qu'il est très malade. Pourtant il n'en soufflait mot dans sa dernière lettre. C'est tout à fait lui!

J'ai pensé à eux toute la journée. Quand j'étais petite, j'aimais tant jouer avec papa, quand il faisait semblant d'être une bête féroce qui voulait me dévorer et que sa barbe me chatouillait le cou et les joues.

Mon cher petit papa! Comme je t'aime! Je ne te dirai jamais que je t'ai vu l'autre fois, à l'église de Tous-les-Saints : toi qui toute ta vie t'étais moqué des popes et de l'église, tu priais en cachette, réfugié dans la pénombre du narthex. Tania, la fille d'Éléna Olégovna, ma demi-sœur, se mourait du typhus.

Moi aussi, je priais pour elle cette fois-là, ou plutôt pour toi. Mais Tanetchka est morte deux jours plus tard. Pauvre petit papa! Ici, je ne peux absolument rien pour toi. Seulement écrire une lettre et penser à toi, évoquer des souvenirs.

Ces souvenirs sont comme des îlots dans un océan de vacuité. Tous mes proches et tous ceux qui me sont chers y vivront toujours comme avant. Sur un de ces îlots, papa se signe à la dérobée dans la pénombre. Maman se teint les cheveux au henné. Ma Nina Nikolaïevna s'avance, coiffée de son chapeau démodé. Je voulais aller la voir cette fois-là à Rostov, mais elle n'était plus là. Et je n'ai pas eu le temps d'aller sur sa tombe.

Au tout début de la révolution, je l'ai rencontrée dans la rue. Je lui crie : «Nina Nikolaïevna, hourra!» Elle demande, étonnée : «Pourquoi? – Comment pourquoi? C'est la révolution! C'est le printemps!» Elle me répond : «Ma chère petite! La révolution n'a rien de réjouissant, quant au printemps, il n'arrive pas selon le calendrier, mais quand je range mon chapeau de feutre et sors mon chapeau de paille. »

Qu'elle repose en paix !

***

Aujourd'hui, en me promenant dans l'île de la Cité, j'ai découvert une plaque à la mémoire d'Abélard et Héloïse. Cela m'a fait penser à Zabougski. Mon Abélard de Rostov est mort du typhus en décembre 1919.

J'ai repensé à cette terrible époque, à la guerre, au typhus. Que de douleur il y avait, mais combien il restait aussi de chaleur et de lumière ! Je me suis souvenue de ce Noël de 1919. Tout le monde fuyait Rostov. Papa avait réussi à se procurer des billets de train pour maman et moi. Nous sommes restées cinq jours aux abords de la ville, les trains manœuvraient sans cesse et nous n'osions pas descendre pour aller à la gare chercher quelque chose à manger car nous avions peur que le train parte sans nous. Les passagers tantôt descendaient du wagon et couraient avec leurs bagages pour monter dans un autre train, tantôt revenaient en racontant qu'ils avaient vu des pendus devant la gare. On disait que c'étaient les machinistes qui sabotaient et en effet, il a suffi de faire une collecte et de leur donner l'argent pour que le train s'ébranle enfin. Dans le wagon l'air était irrespirable, un enfant avait la diarrhée. Quelqu'un disait pour nous réconforter qu'après les wagons à bestiaux, notre wagon de troisième classe avec des bancs était un vrai paradis. Une femme n'arrêtait pas de crier à son mari : « Sacha ! J'ai été piquée par un pou ! » Elle commençait à déboutonner ses vêtements, leur fils adolescent tenait une couverture devant elle pendant que le mari cherchait longuement la piqûre pour la passer à l'alcool. Perdant complètement la tête, une Française accompagnée de son mari, un officier russe blessé, avait frotté son bébé avec de la naphtaline pour le protéger des insectes. Le bébé criait et dans son désespoir, elle le secouait pour le faire taire, traitant de tous les noms la Russie et les Russes. C'était un cauchemar. Tout le monde était réduit à l'état de bêtes féroces, les gens se jetaient les uns sur les autres, prêts à se battre à coups de poings. C'était le soir du réveillon. Une femme a décidé de faire un sapin de Noël pour ses enfants dans le wagon, au milieu du vacarme, de la puanteur et des cris hystériques. Elle s'est procuré une branche – pas de sapin, il n'y en avait pas, mais une branche ordinaire – qu'elle a mise dans une bouteille vide. Quelqu'un a étendu dessous un foulard vert. Ils ont confectionné des décorations en papier et accroché des morceaux d'ouate à la branche. Comme il n'y avait pas de bougies de Noël, ils ont acheté à un aiguilleur une grosse bougie de lanterne. Ils ont aussi trouvé quelques pommes qu'ils ont découpées en tranches minces. Un sapin de Noël dans le train ! Les enfants se tenaient tout autour, les adultes se sont approchés. Je me suis mise à chanter avec les enfants. Tous les visages se sont transformés : ils étaient fatigués, hargneux, tendus et sont devenus joyeux et solennels ! Un petit garçon m'a embrassée et m'a offert son trésor, un bouton de vêtement.

Où est ce bouton à présent ? Où est cette femme extraordinaire ? Que sont devenus ces enfants ?

***

C'est parfois bien agréable de se tromper sur les gens. Notre propriétaire m'avait tout de suite fortement déplu. Quand, dès la première fois, elle avait dit que les canapés et les fauteuils étaient recouverts de *tissu Rodier*[1] très cher, j'avais eu tout de suite envie de verser du marc de café dessus et sur elle aussi. Elle habite juste en dessous de nous et nous invite parfois à prendre le café. Comment refuser ? Mais elle parle sans cesse de ces affreux Russes à qui son défunt mari avait prêté une quantité d'argent en achetant des emprunts tsaristes qu'à présent on ne voulait plus lui rembourser. C'est curieux, entre nous, nous pouvons dire autant de mal que cela nous chante de la Russie, mais ici, quand des étrangers commencent à critiquer mon pays, cela me donne tout de suite envie de prendre sa défense.

En fait, elle est très gentille. Elle lit tout le temps la Bible, fréquente un cercle biblique et me propose de m'y emmener. Ce qui est drôle, c'est que pour elle, tous les prophètes se sont exprimés uniquement en français.

***

Je suis entrée au cabinet des figures de cire et je m'en veux jusqu'à présent !

Je suis devenue tellement sensible aux odeurs ! L'air était confiné, on étouffait, mais au lieu de partir tout de suite, je n'ai pas voulu avoir payé tout cet argent pour rien !

---

1. En français dans le texte.

J'ai erré dans les salles, confondant les vivants avec les effigies de cire. À quoi bon tout cela ? On fait passer de la matière morte pour du vivant. Belle invention : une résurrection de cire ! Ils n'ont pas attendu la trompette de l'ange ! Tout ce qu'ils ont réussi à faire, c'est une morgue d'apparat !

Je suis partie sans achever la visite, qui m'a laissé une impression pénible. Pour la dissiper, je suis allée à Notre-Dame. J'aime bien rester assise dans la pénombre, regarder les immenses rosaces, la brume légère qui flotte sous les voûtes, j'imagine le mariage de la reine Margot avec son Henri : elle se tient devant l'autel et lui est dehors, prêt à franchir le portail.

Est-ce que j'aimerais me marier ici ? J'aimerais surtout y chanter. L'acoustique est remarquable.

Une fois sortie, je suis restée encore longtemps sur le quai de la Seine devant Notre-Dame. Quelle ombre immense elle projetait au coucher du soleil !

***

Aujourd'hui, je suis allée rue Daru. Nous avons fait les magasins avec Lioubotchka. Elle n'a acheté que des horreurs, mais je n'avais pas envie d'essayer de l'en dissuader.

Elle prétend que l'année prochaine, on pourra porter des jupes au-dessus du genou.

Liouba parle sans arrêt, je n'ai même pas besoin de hocher la tête et peux penser à autre chose, mais je n'y arrive pas. Aujourd'hui elle m'a parlé de ses amants comme si cela allait de soi ! C'est dégoûtant ! Elle passe ses hommes en revue comme des robes accrochées dans sa penderie.

Des gamins déposaient des clous sur les rails du tramway. Je n'arrivais pas à comprendre pourquoi et puis j'ai réalisé que c'était pour se faire des jouets : les clous deviennent plats comme des petits sabres. Pour jouer aux petits soldats ? Mais c'est très dangereux ! J'avais envie de les saisir par les oreilles pour les écarter des rails.

Petit pois, est-ce possible que tu sois un garçon et que tu inventes des jeux aussi bêtes et aussi dangereux ?

Je suis allée avec Ossia au cinéma. Nous avons vu *Pat et Patachon*.

***

J'ai vu aujourd'hui dans la rue une petite fille qui avait une grande tache rouge sur le cou et j'ai tout de suite repensé à ces conversations. Je me suis dit machinalement : sa maman a dû avoir peur et porter les mains à son ventre.

Je n'arrête pas de regarder les autres enfants en pensant : un jour, toi aussi, petit pois, tu joueras comme ceux que j'ai vus hier au parc, nous aussi, nous prendrons une longue corde et nous ferons des vagues.

Et si tu es une fille, tu joueras comme celles que je regarde depuis une demi-heure par la fenêtre : elles ont sorti dans la cour des petites casseroles et des tasses, font cuire de la soupe de mauvaises herbes et de brindilles, donnent de la bouillie à leurs enfants de chiffon, les changent, les bercent, leur donnent la fessée, les mettent au coin, les réprimandent.

J'ai demandé à Ossia comment il s'imagine notre enfant et ce qu'il fera avec lui. Il m'a répondu : « Je me vois lui apprenant à lire. Je lui montre comment on écrit les lettres. Il réussit bien PAPA et MAMAN, mais il écrit la lettre K à l'envers. » Petit pois, comme j'aime ton papa !

***

Journée affreuse. Il pleut à verse depuis le matin. Je suis sortie juste un peu et suis rentrée trempée. Et quelle saleté partout ! On a l'impression d'être dans la ville la plus sale du monde. Les rues et les trottoirs sont couverts de déchets, dont toute une armée d'éboueurs n'arrive pas à venir à bout. Et quelle puanteur ! Finalement, je me demande bien pourquoi tout le monde raffole de ce Paris. Ils ont inventé un Paris de rêve dont on a la nostalgie même à Paris.

Aujourd'hui j'ai senti plus que jamais à quel point je m'ennuyais et j'étais triste sans amis, sans personne de ma famille. Qu'est-ce que je fais là ? Pourquoi suis-je ici ?

Je suis comme dans une cage dorée ! En fait, elle n'est absolument pas dorée, mais tout à fait ordinaire – on ne peut pas acheter ceci, on ne peut pas se permettre cela ! Lioubotchka se commande des robes dans des boutiques à la mode, mais moi, je dois me contenter de prêt-à-porter et j'économise chaque franc.

Mais, bien sûr, là n'est pas la question ! Simplement Iossif part le matin au travail et je reste seule. Seule toute la journée avec mes pensées et avec Paris qui ne me réjouit plus ! J'ai besoin de voir du monde ! Et pas Lioubotchka, pas les Pétrov ! Ils sont absolument incapables de m'apporter la chaleur humaine dont j'ai besoin !

Lioubotchka m'a raconté aujourd'hui que des automobiles se rassemblent la nuit sur une pelouse du bois de Boulogne – rien que des modèles de luxe, pas question d'être admis dans ce cercle si on vient en Citroën dix chevaux ; à l'intérieur, il y a des messieurs en smoking et en cape et des femmes complètement nues sous leur manteau de fourrure. Ils sortent tous de leur auto et se livrent sur la pelouse à une partie de débauche collective. Les phares des voitures éclairent ce tableau, tandis qu'au volant sont assis les chauffeurs, immobiles comme des statues.

Et je suis là à écouter ces obscénités !

***

Je relis sans fin Marie Bashkirtseff : « Quand je pense que l'on ne vit qu'une fois et que chaque minute que nous vivons nous rapproche de la mort, cela me rend folle ! » Ce que je pense, moi, c'est qu'au moment où elle écrit ces lignes, elle est encore vivante et appréhende seulement la mort, mais quand je les lis, elle n'est plus là.

Et tu sais, petit pois, ce que je me suis dit aussi ? Je me suis dit que pour toi, tout ce qui nous entoure n'existe pas encore. Mais que quand tu seras grand et liras peut-être ces lignes, tout cela n'existera plus.

Je suis assise à la fenêtre et regarde les gamins jouer dans la cour. Ils se sont procuré des béquilles et s'amusent à courir à grandes enjambées comme sur des échasses. Où donc ont-ils été prendre ces béquilles ?

Peut-être que moi non plus, je ne serai plus là.

C'est étrange. Pour la personne qui lit ces lignes, je n'existe plus, tout comme je lis Marie Bashkirtseff qui ne fait encore que redouter la mort, tout en étant morte depuis longtemps. Donc, tout cela existe et en même temps n'existe plus, ou plutôt n'existe que parce que je le note par écrit. J'écris sur toi, petit pois. Et sur ces gamins dans la cour – à présent le plus âgé agite les béquilles sur les côtés comme des ailes et le voilà qui vole comme un avion. Tous les autres courent derrière lui, ils ont tous envie de voler.

Donc Marie Bashkirtseff n'est encore vivante que parce qu'elle a laissé ce journal et que je suis en train de le lire ?

Est-il possible qu'il ne reste de moi que ce journal ?

Non, que je suis bête ! C'est toi qui resteras après moi, petit pois !

***

Cela fait longtemps que je n'ai rien noté. Je ne fais pratiquement rien, je reste à la maison, les heures passent au ralenti, mais je n'ai le temps de rien faire.

Petit pois a déjà 25 semaines ! Tous les jours je m'efforce de faire de la gymnastique aérienne. Dans le livre pour les futures mamans, on dit que c'est bon pour l'organisme. Peut-être, mais seulement quand on est de bonne humeur. Je me déshabille complètement, je m'approche du miroir – nous avons dans l'entrée un grand miroir avec un joli cadre, où je me vois tout entière – et je m'examine longuement, comme s'il s'agissait d'une autre. Ces jours-là, je me trouve superbe, comme une matrone apaisée dans l'attente du mystère. C'est moi et ce n'est plus moi, c'est toi et moi, petit pois. Mais quand je suis triste et que je m'ennuie, je me trouve affreuse !

Ces derniers temps, je me fatigue vite. Après le déjeuner, j'ai envie de m'allonger une demi-heure, alors qu'avant, je ne dormais jamais dans la journée. Et le soir après neuf heures, il faut que j'aille au lit, comme une élève des petites classes. Il faut dormir ! Les enfants grandissent en dormant !

Dépêche-toi de grandir, petit pois, je suis déjà lasse de t'attendre !

Je te sens tout le temps toucher les parois à l'intérieur.

***

Hier je suis entrée dans un magasin de vêtements pour enfants. Tout est très joli, mais ils n'ont rien pour le premier âge. J'ai acheté de la laine jaune pour te tricoter une petite veste, un bonnet et des chaussons. Tu seras tout jaune comme un poussin, petit pois ! Les bébés nés en hiver ont besoin de vêtements chauds. Cela fait drôle de penser que pour le Nouvel An, nous serons trois.

Où êtes-vous, mes chers amis, Klava, Vania, Boria, Lédia, Olia ? Quand j'étais en Russie, je ne pouvais pas m'imaginer à quel point vous m'êtes chers ! Que la vie est triste ici, sans vous. Et personne à qui rendre visite ! Samedi dernier, je suis allée chez les Pétrov, j'ai enlevé mon manteau et j'allais l'accrocher à une patère fixée en hauteur, mais tout le monde a bondi en me criant de ne pas lever les bras, car le cordon pouvait s'enrouler autour de l'enfant et l'étouffer ! Et tout à l'avenant. Et ce sont ces gens-là qui nous invitent à fêter le Nouvel An avec eux !

Je n'irai pas, j'ai décidé que nous le fêterions tous les trois, avec Ossia et Petit pois.

Comme c'était gai l'année dernière ! Ossénine avait apporté un sapin tellement immense qu'il n'entrait dans aucune pièce ! Nous avons bien ri quand Dania et Mitia sont arrivés avec une baignoire de bébé pleine de neige d'où dépassaient des bouteilles de champagne et de vodka ! Et quand Dania nous a montré le clou du répertoire de son partenaire, qui consistait à jouer d'une main du violon en s'accompagnant de l'autre au piano ! Et quand Sorokine a fait le portrait de chacun de nous à la guitare ! Comme nous étions bien tous ensemble ! Mes chers amis, que devenez-vous ? Où allez-vous vous amuser et faire les fous pour le Nouvel An ? Sans moi !

Et quelle surprise vous m'avez organisée pour ma fête ! Toute la rue est venue voir cet orchestre de bassines et de casseroles, de verres suspendus par le pied à une ficelle, de peignes musicaux, de bouteilles remplies d'eau à différentes hauteurs ! C'était le meilleur concert de toute ma vie ! Mes amis lointains, comme je vous aime ! Ce n'est que maintenant que je l'ai compris.

***

Je suis allée au Printemps. J'étais fatiguée. Je suis rentrée en taxi.

Dans le magasin, je me suis vue par hasard dans la glace à côté d'autres femmes et je me suis trouvée d'une pâleur cadavérique.

Tout à l'heure, je me suis regardée à nouveau dans l'entrée. C'est fou ce que j'ai enlaidi ! J'ai les lèvres gonflées, le nez pointu, le visage bouffi. Des yeux de chouette. Iossif est arrivé derrière moi, m'a étreinte, nous a regardés dans le miroir et m'a dit :

– Comme tu as embelli !

***

Il y a des jours épouvantables où tout va de travers.

J'ai commencé la journée en cassant une tasse. Et je ne crois plus que cela porte bonheur.

J'ai acheté un *dépilatoire*[1] – cela m'irrite la peau, mais les poils sont toujours là.

Je suis restée assise longtemps sur le siège des cabinets et ma jambe s'est ankylosée.

Hier, nous sommes allés voir *Boris Godounov* chanté par des Français. C'est un mauvais spectacle de foire ! Le chanteur qui interprétait Boris imitait Chaliapine. Mais au moins, il chantait, tandis que les autres ! Et la mise en scène ! Et les décors ! C'est comme cela qu'ils s'imaginent la Russie ! Et qui plus est, le diacre se signait comme les catholiques !

Pour tout arranger, Lioubotchka est venue déverser sur moi une nouvelle histoire. Un vrai Décaméron parisien !

---

1. En français dans le texte.

Hier, elle a pris un taxi. Le chauffeur était russe. Et soudain elle a reconnu son grand amour, celui qui a été tué près de Kharkov. Le chauffeur aussi la regardait sans cesse d'un air étrange. Mais cela ne pouvait pas être lui parce qu'il était trop jeune. Plus exactement, il avait le même âge que l'autre à l'époque. Pendant tout le trajet, elle a prié le Ciel pour que cela dure le plus longtemps possible. Elle m'a raconté par le menu comment il lui a tendu la main, quel corps svelte et puissant il avait, comme ses mains étaient belles, posées sur le volant. « J'ai compris tout à coup que s'il me disait : "Viens avec moi !" je le suivrais et ferais tout ce qu'il voudrait ! »

Heureusement pour Lioubotchka, le chauffeur s'est contenté de prendre l'argent sans rien dire et a démarré.

Je lui ai dit que je voulais aller voir l'exposition de papillons dont j'ai vu l'affiche. Elle s'est écriée : « Tu es folle ! Surtout pas ! Ils sont morts ! »

***

Tala ! Ma chère et bonne Tala ! J'ai reçu une lettre de Tala ! Comment a-t-elle retrouvé ma trace ?

Elle aussi est mariée et elle a déjà deux enfants ! Son mari, un ancien officier, était ouvrier chez Renault, mais il est tombé malade, a perdu son travail et ils se retrouvent maintenant à Albeck, sur la côte. Pauvre Talotchka ! Elle travaille comme blanchisseuse et espère trouver une bonne place dans une maison pour personnes âgées. Que signifie cette « bonne place » ?

Comme j'ai envie de la revoir ! Je lui ai répondu aussitôt qu'elle vienne ici et que je lui enverrais de l'argent pour son billet. À moins que ce soit moi qui y aille ? Je ne sais pas ce que dira Ossia. Il a tellement peur pour moi.

***

J'ai pensé toute la journée à Tala. J'ai même rêvé d'elle !

Quand nous étions au lycée, pour savoir sur quelles questions nous allions tomber à l'examen d'histoire, Tala et moi avions écrit des numéros sur des petits papiers et chacune de nous en avait tiré un au hasard. Tala avait eu le 2. Elle avait voulu vérifier et avait à nouveau tiré le 2 ! Et le lendemain, elle a eu le numéro 22 ! Comment ne pas croire à ces présages !

Mon Dieu, comme tout cela est loin !

Je ne sais pas pourquoi je me suis souvenue du jour où nous

avons couru voir mettre à bas la statue de Catherine II. Nous aussi, nous avons saisi la corde, on a entendu un craquement, la statue a oscillé et est tombée de son piédestal en écrasant la grille qui l'entourait et tout a été noyé dans un immense «Hourra!». Comme nous étions enthousiastes! Ensuite, un attelage de gros chevaux a emporté la statue en état d'arrestation au commissariat n° 6, tandis que s'avançaient à sa rencontre des lycéens avec des brassards où on lisait le mot «milice». Nous aussi avions des rubans rouges et en accrochions sur les pelisses des passants, et Tala arborait un bonnet de police venant du pillage d'un commissariat et qu'elle avait pris à un de ces miliciens tout neufs!

Comme tout le monde jubilait alors, que les visages étaient radieux! C'était notre grande révolution! Sans effusion de sang! Nous nous réjouissions de son caractère pacifique et tout le monde disait qu'il ne devait y avoir qu'un seul châtiment exemplaire, comme pendant la Révolution française : il fallait exécuter le tsar, qui devait payer de son sang pour le sang du peuple, et on ne devait pas simplement le pendre, mais lui couper la tête ou l'empaler. Quand on y repense maintenant, on s'étonne que les gens aient pu parler de cela si tranquillement.

Mais à ce moment-là, juste après notre révolution de Rostov sans effusion de sang, nous avons reçu de Finlande une lettre de Macha. Boris avait été arrêté, des officiers étaient assassinés sur tous les navires, surtout sur le *Saint-André le Premier Appelé,* où il était affecté. Une bande d'hommes ivres avait fait irruption chez Macha, cherchant des armes. Le revolver de Boris était là. Elle avait juste eu le temps de le jeter dans la poubelle. Ils n'avaient rien trouvé, mais avaient cassé toute la vaisselle et emporté un porte-cigarettes et une montre en or qui étaient sur le bureau de Boris. Macha avait trouvé son mari à la morgue, défiguré, les dents cassées, parmi les corps d'autres officiers.

Pauvre Macha! Pauvre Tala! Pauvres lycéennes d'autrefois, qui sont toutes passées par tant d'épreuves!

Heureusement que toutes ces horreurs sont derrière nous. Et que toi, petit pois, tu ne connaîtras que des jours heureux et aucun malheur. Tous les malheurs ont déjà eu lieu.

***

Je voulais aller me promener, mais le temps est à nouveau épouvantable. Il tombe une vilaine pluie froide, avec de grandes rafales de vent.

J'ai mal dormi. J'ai tous les jours mal à la tête.

Et je m'en veux d'avoir crié hier sur Ossia. Sa sollicitude est pesante. Il avait juste dit : «Attention, il y a une marche!», mais tout d'un coup, j'ai éclaté. J'ai lancé : «Laisse-moi tranquille, pour l'amour du ciel!» et il a répondu : «Bellotchka, ma chérie, ne t'inquiète pas, je me tais! Je ne dirai plus rien, mais je t'en prie, ne gambade pas comme cela dans l'escalier!»

J'ai eu honte toute la journée.

Quel merveilleux papa nous avons, petit pois! Et comme je deviens insupportable, par moments!

Je suis installée au lit avec une tasse de thé et mon cahier. Je vais penser à quelque chose d'agréable. À Tala. Comme j'ai envie de la revoir! Voilà au moins une personne dont je me sens proche! Ce matin je lui ai écrit une longue lettre et à la fin, je l'ai questionnée sur son mari : tu l'aimes? Tu es heureuse?

Et maintenant je me demande ce que je répondrais si c'était elle qui me posait la question : je l'aime? Je suis heureuse?

Oui. Oui.

***

Nous avons entamé la trentième semaine. Je suis affreusement fatiguée.

Dans le métro, j'ai tout à coup regardé mes jambes : mon Dieu, mais à qui appartiennent-elles? Des jambes lourdes, laides, gonflées. Maintenant, j'ai compris ce que voulait dire Andersen avec sa Petite Sirène qui avait échangé sa queue de poisson contre des jambes de femme. Moi aussi, j'ai l'impression de marcher sur des couteaux et sur des aiguilles. J'ai de la peine à me déplacer.

Aujourd'hui, j'ai failli me trouver mal dans le métro. Le métro de Paris est un cauchemar. Partout des carreaux de faïence blanche comme dans une salle de bains et un air aussi lourd que dans un sauna. C'est irrespirable. Je suis vite sortie des couloirs surchauffés sur le boulevard. Il pleuvait, il y avait du vent. De quoi attraper du mal.

Je suis rentrée épuisée à la maison, me suis déshabillée et me suis mise au lit. Quand je me suis sentie mieux, je suis allée me regarder dans la glace.

Comme j'ai enlaidi! Moi qui étais si fière de ma peau blanche! Que lui arrive-t-il? Le médecin a dit que cela passerait, que toutes les femmes enceintes ont une pigmentation plus prononcée. Mais je n'ai rien à faire des autres! Et ce nombril qui gâte tout! Le voilà qui sort, maintenant ! On dirait que quelqu'un gonfle mon ventre comme un ballon par ce nombril saillant.

J'ai honte de tous ces changements. Auparavant, je sentais toujours en moi une sorte de grâce féline, mais maintenant, j'ai l'impression d'avoir toute ma vie marché comme un pingouin. Je me sens si fatiguée ! Je me fais parfois l'effet d'un monstre qui pèse une tonne ! Vivement que j'arrive au bout !

Iossif, mon bon, mon adorable Iossif ! Il m'a assise sur ses genoux, a serré ma tête contre son épaule et a parlé sans fin. De ma beauté intérieure, de la lumière qui émane de moi... Je n'en crois rien, mais cela m'a fait du bien.

Fuite en Égypte. Il se leva, prit avec lui l'Enfant et Sa Mère et s'en alla de nuit en l'Égypte. Plaine blanche, lune ronde, lueurs des vastes cieux, neige étincelante[1]. Feux verts des aiguillages. Les locomotives poussent des cris de mouettes. Les wagons de première sont bleus, ceux de seconde jaunes et ceux de troisième verts, mais en ce moment, ils sont couleur de lune, avec une crinière blanche. Le télégraphiste est seul. La croûte de neige craque comme une coquille. Un jour d'hiver, le télégraphiste a vu une famille de loups traverser la voie. L'ombre du père apparaît à minuit, longe le train spécial, tape sur les sabots avec son marteau, se penche comme pour vérifier si c'est bien écrit « Frein Westinghouse » ou autre chose, balance sa lanterne – tout va bien, on peut démarrer. Le silence avale le bruit des roues au loin. Brève éructation de la sirène qui remonte le long de la voie dans la tranchée entre les congères. Le souffle s'irise dans la pleine lune. Le crissement des bottes de feutre monte vers le ciel gelé. La lune prise dans un petit nuage regarde à travers la glace. Les étoiles ne se parlent pas. Tant de points et pas un seul trait. C'est étrange que les mêmes étoiles aient vu lancer Moïse sur les eaux du Nil dans sa corbeille de papyrus. Vie de Samuel Morse. Chapitre premier. Samuel Morse était peintre. La terre est une corbeille contenant l'humanité et lancée dans la Voie lactée. Revenant d'Europe sur le *Sully*, Morse scrutait l'avenir à la longue-vue avec un correctif pour le vent. Les vaguelettes dansaient dans son oculaire. Il écrivait à sa femme : « Dieu nous regarde du même œil que nous le regardons. Ma douce, il y a tant de mots pour désigner l'invisible ! Dieu. La mort. L'amour. Mais comment faire

---

1. Vers d'un célèbre poème d'Afanassi Fet.

pour nommer ce qui est tout près, quand il n'y a pas de mots pour cela ? Ou plutôt, quand ceux qui existent n'expliquent rien et sont de surcroît malsains, sales, répugnants. Nous disposons de si peu de mots pour les états de l'âme et surtout pour ceux du corps ! Comment décrire ce que nous avons vécu ? Le décrire de façon à rendre ne serait-ce qu'une parcelle de cette vraie splendeur, de cet émerveillement ? Inventer des mots nouveaux ? Mettre des points ou des traits ? Mon Dieu, mais dans ce cas, ce que nous avons embrassé ne serait constitué que de blancs ! J'ai lu quelque part que, comme le corps, l'âme sent sa propre odeur et aussi celle de sa nourriture. Comme c'est juste. L'odeur de l'âme. Oui, l'âme peut avoir une odeur sale. En revanche, il ne peut rien y avoir de sale en amour, car rien ne vient de nous, tout nous est inspiré par Dieu. C'est pourquoi ton odeur (celle de tout ce que je ne peux pas nommer par écrit) est divine. Et ton goût aussi. Et ils sont à chaque fois différents. Le corps, comme l'âme, sent sa propre odeur et celle de sa nourriture. Il faut inventer un nouvel alphabet pour nommer l'indicible, pour qu'on n'ait pas honte d'embrasser ce qui n'a pas encore de nom beau et pur. Le navire est vide, je suis seul à bord avec la voile, la prêtresse du vent. Le couchant est vermeil, échevelé. Je t'apporte des cadeaux, mon aimée, dont le plus merveilleux est un morceau d'ambre dans lequel est pris un perce-oreilles. On voit toutes ses petites pattes et les dentelures avec lesquelles il se grattait l'oreille Dieu sait quand. Je règle ma longue-vue et vois notre chat qui s'étire sur tes genoux en sortant ses griffes-apostrophes. La femme de Morse mourra jeune et le professeur d'arts graphiques cherchera longtemps une jeune fille sourde-muette. Ils se marieront, elle apprendra l'alphabet inventé par lui et ils communiqueront par points et par traits pendant toute une longue et heureuse vie. Le lendemain matin, la plaine est recopiée au propre d'une ample écriture neigeuse. L'ombre d'un nuage certifie la neige conforme comme un tampon. Les mots courent le long des fils gelés, mais on ne peut pas rendre les silences. Les enfants font un bonhomme de neige. Les poteaux boiteux s'en vont à la queue leu-leu au bout du monde chercher le bonheur ailleurs que là où ils l'ont perdu – c'est ainsi qu'on cherche sa montre, non pas là où elle est tombée, dans le fossé, mais là où l'on y voit le plus clair. Dès qu'on les regarde, les poteaux fugitifs s'immobilisent et prennent la forme d'un lambda. Ils n'iront pas loin. Là-bas, c'est le bout de l'univers. La lisière passe ici, vous voyez, c'est ici que s'arrêtent les mots. Le bord du monde a la neige bleue et les pommettes saillantes. Au-delà, il n'y a plus rien. On ne peut pas aller là-bas, de l'autre côté des mots. En atteignant cette frontière, le télégraphiste précédent se heurtait à chaque fois aux lettres, s'y cognait comme une mouche contre une vitre. De ce côté-ci des mots, le tilleul, son bas en tire-bouchon, se serre contre un poteau, mais de l'autre côté, tout est silence. Les congères ne gonflent pas leurs muscles au couchant. La fumée qui s'échappe de la cheminée n'a pas de torse. Ici, au contraire, tout est à prendre au pied de la lettre. Et le seul temps usité est l'hivernal prolongé. Dans l'outre-neige, il y a un monstre bouffi, cruel, énorme, dont les cent gueules aboient[1] tandis qu'ici tout le monde sera sauvé, nous sommes tous des perce-oreilles. Le temps est littéral, tiens, j'écris cette ligne et ma vie est prolongée de la longueur de ces lettres, alors que celle de mon lecteur a diminué d'autant. La lumière qui tombe sur la neige par la fenêtre est membraneuse. Histoire universelle de l'âne. Chapitre premier. Il est né et non baptisé, il est mort et non racheté, mais il a porté le Christ. Chez les Anciens, l'âne était le symbole de la paix et le cheval, le symbole de la guerre, c'est pourquoi le prophète devait entrer à Jérusalem sur un âne blanc. C'est sur un âne qu'Isis, l'épouse d'Osiris, fuit l'Égypte avec son fils Horus pour échapper au cruel Seth. D'après des sources persanes, quand l'âne originel à trois pattes pousse un cri, toutes les habitantes des eaux créées par Ahuramazda tombent enceintes. Le char des Asvini est tiré par un âne, grâce auquel ils gagnèrent la course organisée pour les noces de Soma et de Soûryâ. L'âne d'or. L'âne de Buridan. Les oreilles remuent l'âne. Les poils du sacrum de l'âne sont un remède contre la stérilité. C'est avec une mâchoire d'âne que Samson tua les malheureux Philistins. Un homme empoisonné par César Borgia échappa à la mort en se couchant dans les entrailles fumantes d'un âne mort coupé en deux. Si l'on en croit Pline, Poppée, la bien-aimée de Néron, aimait les bains de lait d'ânesse. Entendre dans son sommeil un âne braire au loin signifie que vous allez être riche grâce à la mort d'un proche. Qui donc a dit que le temps était un âne : si on le presse, il freine des quatre fers, mais si on veut le retenir, il part au galop sans te regarder? Si l'âne pouvait parler, il poserait la question suivante : puisque Dieu a dit à Moïse : «Tu ne peux pas voir Ma face, car l'homme ne saurait Me voir et vivre», les morts sont ceux qui ont vu cette face et donc, toutes les églises et les prières sont dédiées à elle, à la mort? La

---

1. Épigraphe du *Voyage de Saint-Pétersbourg à Moscou* de Radichtchev, emprunté à Trédiakovski.

neige s'est approchée de la fenêtre sur la pointe des pieds. C'est bon de sortir, de respirer et de regarder la fumée qui monte de la cheminée. Tout est calme, il n'y a pas de vent, bientôt le train de neuf heures va passer en nasillant sans s'arrêter. Il y a des trains qui passent à toute vitesse en se bouchant le nez et d'autres qui reniflent chaque poteau. La neige a suivi la route de Chablino, où on vend le lait au poids, en le détaillant à la hache, et où on dort dans de la toile à sac en guise de draps. L'institutrice a lavé ses draps et les a mis à sécher dehors et le lendemain, elle les a retrouvés tout couverts de boue lancée par-dessus la clôture, si bien qu'elle a dû les relaver. Le ciel est à nu, le cimetière est en deuil, le passant est un chien. Le décembriste Zavalichine avait déjà noté les coutumes locales : il voit une chienne couchée en train de se lécher une plaie sanglante – on venait de lui couper les parties honteuses, le sang coulait encore et Kachtanka[1] le léchait. Sa logeuse lui a expliqué que c'était une pratique des femmes du coin pour envoûter les hommes : elles faisaient cuire ces morceaux avec de la viande en prononçant des incantations et elles servaient le tout à l'homme dont elles voulaient se faire aimer. On voit à la télévision les parents des otages supplier de ne pas donner l'assaut. Mais il va bientôt commencer. Ceux qui vont mourir dans quelques instants sont encore vivants. Un tractoriste, ivre à l'occasion de la Journée du tankiste et de son propre anniversaire – il aimait dire en plaisantant qu'il était né tankiste –, s'est endormi avec une cigarette allumée et a péri dans l'incendie; lui qui avait toujours eu peur d'être carbonisé dans son tank a rêvé pendant sa mort qu'il brûlait dans son char de combat. À son repas funèbre, ses proches ont mangé les restes de l'anniversaire. À l'orée du village moutonne une mer de neige où l'on enfonce jusqu'aux genoux. Le vent a sculpté une congère en forme de cap. Derrière s'élèvent les fumées des isbas dont l'escadre de sous-marins des neiges s'avance de la rivière vers la forêt. Cela paraissait gênant que des choses aussi importantes, des dons aussi sublimes que le saint sacrement soient administrés sous une forme aussi grossière – de la nourriture qu'il fallait mâcher et avaler ou un bain dans lequel il fallait se plonger. Et quelle ineptie, cette histoire de vierge qui enfante sans que cela laisse la moindre trace, ni déchirure, ni suture, tout se serait refermé comme la mer Rouge après le passage d'Israël. On voit par la fenêtre une femme qui marche dans la rue, une autre Marie, en somme; elle s'arrête en

---

1. Nom de la chienne dans la nouvelle éponyme de Tchekhov.

plein milieu, écarte à peine sa jupe et, sans s'accroupir, debout, reste un instant immobile, puis reprend son chemin, laissant sur la neige un petit trou au pourtour jaune. Conscrits d'hiver, épaulettes de neige. Au début de la semaine du carnaval, les gars et les filles font de la luge sur des *gromaks* – ce sont des espèces de poêles à frire aux bords épais et courbes, d'un pied un pouce de diamètre au maximum, qu'on façonne avec du fumier, qu'on arrose d'eau et qu'on laisse prendre en glace. Gagné par la gaîté générale, je n'ai pas résisté à l'envie de faire plusieurs descentes. Ce serait bien de dévaler la pente en *gromak* et de glisser hors du temps, hors de portée de cet Hérode. Le gel tire des larmes des yeux, les nuages se chevauchent dans la nuit, le chemin serpente et étincelle. Derrière chaque fenêtre il y a un chacun et sa chacune. En fait, les hommes ne sont pas si nombreux sur terre, c'est le jour de la résurrection qu'elle se remplira vraiment. Cette chambre est restée dans mon souvenir avec l'hiver à une fenêtre et à l'autre, une branche de lilas en fleurs qui pousse un nuage. Il y a des bouteilles le long des voies, mais aucune ne contient de lettre. Au passage à niveau se tient un garde-barrière en houppelande, bottes de feutres avachies, bonnet de mouton, avec deux drapeaux roulés sous le bras, un vert et un rouge, et sa lanterne éteinte à la main. Le train accélère, un verre va rejoindre la bouteille. Par la porte entrouverte du compartiment, on voit passer, s'agrippant aux poignées, des femmes tenant des serviettes de toilette et des boîtes à savon, les cheveux nattés pour la nuit. On entend le bruit sourd d'un strapontin contre la paroi du wagon. Mais si Hérode a exterminé tous les enfants de moins de deux ans, alors Jésus n'avait personne avec qui jouer, il n'avait pas de camarades de son âge ! Mais, non, Hérode n'a pas fait massacrer les bébés ! Ils ont grandi et sont morts de leur belle mort. Derrière un champ tout blanc se dresse une cheminée d'usine suce-ciel. Les habitants du coin ne voulaient rien vendre aux réfugiés, quand il leur restait du lait, ils le versaient par terre exprès. L'isba en a jusque là, de la crue. Les animaux nous considèrent comme des fous qu'il vaut mieux éviter. Quand on est venu l'arrêter, on lui a permis de dire au revoir à son jeune fils. Elle est entrée dans la chambre d'enfant, il était assis dans son petit lit, elle lui a dit qu'elle partait en mission, tu restes avec Klava, sois bien sage ! Il a répondu : « Papa est déjà parti en mission, maintenant c'est toi, et si Klava part aussi, qui va rester avec moi ? » Les plats traditionnels du réveillon – la bouillie d'orge sans lait ni beurre et la compote de fruits secs – rappellent le souvenir de la fuite de la Sainte Famille en Égypte. Les gens compatissants les laissaient à la rigueur entrer dans leurs maisons, mais pas dans leurs cœurs. Elle a accroché une double cerise à son oreille, braqué son parapluie comme un fusil et crié : «Pas un pas ou je tire!» Pour sauver un noyé, il faut l'étourdir d'un coup de rame sur la tête. Dans la pièce, on jouait aux cartes; tous les joueurs se grattaient sous leurs vêtements et en extrayaient des insectes qu'ils écrasaient sur la marque, si bien qu'à la fin de la poule, les chiffres barbouillés de virgules sanglantes étaient illisibles. Le bateau est parti, doublant provisoirement l'hiver. Une rive défile vite et l'autre lentement. On lançait du chocolat aux mouettes. Pendant la guerre, les Allemands de Russie ont été déportés en péniche sur les bords de la Caspienne, il faisait chaud, il y avait la queue devant la citerne d'eau, les gens s'injuriaient et se battaient et une femme a dit : «Arrêtez, vous n'êtes pas des Russes, tout de même!» La mer a un nombril de lune. Après le déjeuner, on jouait au croquet, c'étaient des parties acharnées jusqu'à la tombée de la nuit, on n'arrivait même plus à distinguer les boules et par-dessus le marché, Rosa trichait, elle n'arrêtait pas de pousser sa boule avec le bas de sa jupe pour la faire rouler au bon endroit. Le peintre Fu Dao a disparu dans le brouillard qu'il avait représenté : il l'a peint et est parti dedans. Elle ramassait dans sa cellule des bouts d'allumettes calcinées et s'en servait pour griffonner sur la feuille de papier qu'on lui donnait pour les cabinets, ou bien elle sculptait de la mie de pain mâchée. Nous sommes allés à la forge voir le maréchal-ferrant ferrer les chevaux et préparer une colle brune et odorante en faisant chauffer des rognures de sabots. Je suis revenue couchée sur le dos dans un chariot de foin, c'était merveilleux, j'avais l'impression d'être balancée dans un berceau de foin accroché en plein ciel! Si on le fait, c'est bien, si on ne le fait pas, c'est encore mieux. Quand le shah de Perse Agha Mohammed prit Tiflis, ses soldats s'efforcèrent, non seulement de violer le plus de femmes possible, mais de marquer chacune d'elles en lui coupant le tendon du pied droit, c'est pourquoi on peut voir jusqu'à présent des vieilles qui boitent de la jambe droite. Quand on ouvre le vasistas, l'air vient donner du front contre le rideau. Dans le soleil, les machines à écrire lancent des éclaboussures de lumière. On peut se servir d'une allumette comme d'un crayon à sourcils, les femmes utilisaient en guise de crème leur propre urine, elles disaient qu'il n'y avait pas de meilleur traitement pour garder la peau douce et avant les interrogatoires, elles grattaient du doigt le plâtre du mur et se poudraient avec. Si ta mère a eu peu de lait, tu aimeras les grosses poitrines, mais si tu as été nourri au sein jusqu'à l'âge de deux ans, tu seras attiré par les femmes aux petits seins presque enfantins. Apparenté, mais pas par la semence. Coït de circonstances. On les connaît, ces dames de bonne famille qui se jettent dans les bras d'un lutteur de cirque. Si quelqu'un meurt dans son sommeil, cela veut dire qu'il y aura une noce. Nous n'irons plus au pré, les foins sont tout mouillés. Dans les fouilles de Pompéi, on a trouvé des hommes creux. Elle se regarde dans la glace – elle a enfilé un pyjama d'homme, dont la veste déboutonnée laisse voir ses seins écartés, flasques, vides. Somnolent, corpulent, cils blancs. On énumère à la radio les sept péchés capitaux : l'envie, l'avarice, la luxure, la gourmandise, l'orgueil, la paresse et la colère. Son fils est un incapable, il s'est entiché d'une cochonnerie, il fait fondre du cinabre et chauffe du mercure dans l'espoir de trouver l'élixir d'éternité et ne s'intéresse à rien d'autre. Le frêne largue ses samares. Les enfants, comme les rivières, aiment à sucer des cailloux. Au petit matin, les cueilleurs de champignons dorment dans le train de banlieue dont les vitres claquent quand il croise d'autres lombrics. Puisque le pays est condamné, il doit être débarrassé de toute lueur d'espoir. Rue de l'Asile, maison Polioubimov, en face du grand orme – elle était si émue que quand elle a voulu déplier le papier où était notée l'adresse, ce n'était plus qu'une boule humide dans le creux de sa main. Notre odeur, ce sont des parcelles de nous-mêmes que nous offrons, mêlant notre Moi au monde entier ; nous nous transformons en air, en espace, en tout, comme si nous nous reproduisions par division. La mort est l'instant le plus important de la vie, un instant unique, déterminant pour l'avenir, mais aussi pour le passé, c'est pourquoi il ne faut pas la laisser faire n'importe quoi, il faut s'y préparer, la construire. La pluie s'est mise à tomber, espacée, grise, silencieuse, brève, fugace, mais le soir, le temps s'est remis au beau, les nuages se sont dissipés et dans chaque flaque, il y avait une citation d'étoiles. Le médecin-hypnotiseur Dahl, connu de tout Moscou, a guéri Rakhmaninov de son ivrognerie en le persuadant que la vodka était du pétrole et pour le remercier, le compositeur lui a dédié son *Concerto n° 2*. Il a plu sur la lettre, l'encre est délavée, les lettres ont gonflé et commencent à germer. Avant de se jeter du balcon, elle a lancé ses pantoufles en bas et les a regardées tomber obliquement au milieu de la rue. À Strelna, on peut choisir son esturgeon dans un bassin, on vous l'attrape avec une épuisette, on lui découpe aux ciseaux un morceau de nageoire et quand on vous le sert à table, le morceau découpé doit correspondre à l'entaille. Aux premières gelées, elle a sorti et déplié sa pelisse, qui avait encore son odeur de Rome. Tout comme une pause entre deux sons fait partie de la musique, la pause qui suit la mort est habitée. Sa femme frappe le pied de la table où s'est cogné leur enfant : « Ne pleure pas, tu vois, nous aussi, nous allons lui faire mal. » Le nuage est trempé de lune. Leur fils est mort à l'hôpital ; après l'autopsie, ils sont venus à la morgue en apportant ses vêtements et quand ils lui ont soulevé la tête pour l'habiller, elle était légère comme une boîte d'allumettes – on lui avait ôté le cerveau. Le feu de camp donne des boutons rouges à la rivière. C'était si bon de rester allongé sur le drap entortillé après l'amour, de manger du raisin et de te regarder natter tes cheveux, de voir ton omoplate bouger sous ta peau et ta natte rejetée dans le dos venir frapper cette omoplate. Dans sa cuisine, une vieille toute desséchée comme une croûte de pain passe la main sur la toile cirée racornie, brûlée par endroits et complètement collée à la table, elle cherche sa loupe tout en expliquant à la cuisinière à gaz que ce n'est pas parce que les miroirs se fêlent qu'il arrive des malheurs, mais parce qu'il doit arriver des malheurs que les miroirs se fêlent. Dans la baraque en bois, il y avait une cellule d'hommes de l'autre côté de la cloison ; les détenus avaient percé un trou sous le châlit pour pouvoir passer la main et ils faisaient la queue devant. Dieu a saisi le monde dans les filets de ses pêcheurs. Coccinelle, demoiselle, bête à Bon Dieu, coccinelle, demoiselle, vole vers les cieux. L'oiseau Iwa naît toujours femelle et conçoit ses poussins du vent. La femme enceinte marchait bizarrement, d'un pas sautillant, puis elle a couru vers la palissade, a vomi et s'est essuyé les lèvres avec de la neige fondue. J'avais tout le temps envie de bananes pourries, quand je les choisissais sur l'éventaire, la vendeuse me disait : « Mais prenez-en donc de bonnes, au lieu de choisir les plus vilaines ! » Dans chaque hall d'immeuble il y a une échelle toute prête, mais pas de Jacob. Un homme marié téléphone à sa maîtresse à son travail, mais il compose machinalement le numéro du bureau de sa femme ; il demande Léna et l'amie de sa femme lui répond : « Un instant, Andreï, j'appelle Macha. » Le temps est tout simplement un organe du toucher. Il y a deux jours, à cette heure-ci, la lumière de la lune restait sur le petit tapis près de la porte, mais aujourd'hui, elle a grimpé dans le lit. Les pommes dorment dans l'herbe tête contre tête. L'atelier est au sous-sol et il y a toujours des gens qui urinent dans l'escalier, les femmes tout en bas devant la porte, les hommes sur les premières marches. Quand le bébé s'est endormi, elle lui a pincé le nez pour lui faire lâcher le sein. C'est ici que les Allemands ont liquidé un camp de Tsiganes. Ceux-ci les ont d'abord suppliés, implorés de leur laisser la vie sauve, ils ont proposé de payer une rançon, mais quand ils ont compris qu'il n'y avait rien à faire, ils se sont mis à danser et à chanter et sont morts ainsi, fusillés en pleine danse et en plein chant. J'ai tellement envie de te réveiller avec une fraise odorante et rugueuse. Je lisais Soloviov ; pour lui les hommes se répartissent en deux catégories : les lunatiques et les tournesols. J'ai beau tendre l'oreille, je n'arrive pas à comprendre d'où vient ce bruit bizarre, on dirait des noix qui frottent leurs coquilles les unes contre les autres. Il attendait l'autobus sous un réverbère, a ouvert son livre et de la neige est tombée sur la page. Tu te souviens de cette nuit sur le quai de la gare, il pleuvait, tes boucles s'échappaient de ton capuchon et frisaient encore plus, j'ai pris ton capuchon entre mes mains, je t'ai embrassée sur tes cils mouillés et depuis, des quadrillions d'années et des billions de verstes ont passé. Un placard vide dans une pièce vide amplifie les bruits. Au bureau de poste, la table était maculée de taches d'encre et les porte-plume étaient ébréchés, il a expédié sa lettre en recommandé, l'employée lui a remis un récépissé, mais la lettre lui a été retournée pour cause d'adresse inexacte. Quand mon fils est né, j'ai su quoi objecter à l'Ecclésiaste. Elle s'est ouvert les veines avec ses ciseaux à ongles à bout recourbé, elle a regardé le sang couler et a allumé une cigarette. À force d'avoir joué au ping-pong, je n'arrive plus à dormir : les yeux fermés, je vois la balle qui rebondit et les taches de soleil qui dansent sur la table. Non, Valentina Guéorguievna, le plus important dans l'Évangile, ce sont les trois jours où on l'a crucifié, enterré et où il n'a plus été là ; il n'a pas ressuscité, ces trois jours durent encore et tout doit encore se produire : la rencontre sur le rivage, et quelqu'un doit encore voir ce poisson grillé et ce rayon de miel. Les tiges ont percé l'asphalte comme des défenses. Il faut emmener ce vieux chien pour le faire endormir. Tout ce qui existe n'est pas créature, mais chair : Il a créé le monde avec lui-même, avec Sa chair, Il a bandé Ses muscles comme les acrobates qui font une pyramide, c'est ainsi qu'Il nous tient – nous, Sa chair – en contractant Ses muscles, car si rien n'a changé dans le monde, Dieu existe. Je me promène avec mes nuages, ils ne se répètent jamais, donc ils sont à moi. Le vase a de l'eau jusqu'à la cheville. Dans le conte, la petite fille fuit les forces du mal et perd tout pour sauver son petit frère, mais c'est justement en l'abandonnant qu'elle parviendra à se sauver, qu'elle sèmera ses poursuivants – mais alors, le conte n'a aucun sens et le contraire non plus, donc la fillette n'a rien à faire sur cette terre merveilleuse.

Je fumais une cigarette sur le balcon en la regardant épousseter le divan avec la main pour en faire tomber les miettes, saisir quelque chose entre deux doigts, puis arranger le drap aux plis crissants. Cela fait bizarre d'imaginer que j'hébergerai des myriapodes ou des bestioles sans pattes ou même sans cervelle. La nuit de Pâques baigne dans le brouillard, les passants rentrent de l'église, tenant devant eux leur cierge comme un pissenlit. Le piano à queue est enfin arrivé – tout le monde s'est précipité, mais maman n'a laissé personne jouer, disant qu'il devait se reposer du voyage. Les traces de pas sur la rivière ont fondu et regelé plusieurs fois et sont maintenant des pas de géants. Sa dernière lettre est arrivée en même temps que l'avis de décès – il s'excusait dans la lettre que le papier sente peut-être le poisson : chère maman, nous mangeons avec les mains et nous les lavons dans une autre caserne ; après cela, elle reniflait souvent l'intérieur de l'enveloppe et à chaque fois, il lui semblait l'espace d'un instant que l'odeur s'était effectivement conservée. Pendant que nous buvions le thé en mangeant un Napoléon, Timka s'est glissé sous la table et a noué ensemble les lacets des grandes personnes. À Novgorod arriva un devin disant qu'il savait d'avance tout ce qui allait se passer et qu'il allait traverser la rivière à pied sec devant tout le peuple. La ville était au bord de l'émeute, car beaucoup le crurent et voulaient mettre à mort les prêtres chrétiens, mais le prince Gleb, pour sauver la foi du Christ, prit une hache sous sa cape, s'approcha du devin et lui demanda : «Sais-tu ce qui va arriver demain et aujourd'hui avant que le soir tombe?» L'autre répondit que oui et ajouta : «Je vais faire de grands miracles.» Alors Gleb tira sa hache et tua le devin. Vous êtes veuve et je suis célibataire. Une femme a été frappée par la foudre parce que durant ses jours d'impureté, elle avait osé enjamber la tombe des saints de Novgorod Ioann et Longin. Il a peint deux aquarelles au bord de l'eau en trempant la feuille de papier directement dans la rivière. Des branches de sureau sont posées dans les coins pour éloigner les rats. Quel beau nom appétissant ont ces couleurs : aquarelle au miel – cela donne tout de suite envie de goûter à ces petits godets ! J'ai vu sur sa table un citron en tranches sur une soucoupe – il était à moitié pourri, mais quand j'ai voulu le jeter, il m'a dit : «Malheureuse ! Je vais le dessiner !» En cours de route, les cahots du train on fait sauter le verrou et la porte du wagon à bestiaux s'est ouverte : le soleil se couchait, la steppe était en fleurs. Tout le monde a retenu son souffle, oubliant la prison, il n'y avait plus que l'haleine de la steppe, le parfum de l'air, le soleil rougeoyant, mais quelqu'un a crié soudain qu'il fallait appeler les gardiens, sinon ils croiraient que c'est nous qui avons ouvert pour nous enfuir. Il y avait parmi les invités deux antiques petites vieilles dont on disait que c'étaient les petites-filles ou les arrière-petites-filles de Pouchkine et, bizarrement, de Walter Scott aussi ; toutes deux mangeaient avec zèle, voracement. Ce n'est pas la ville d'un tsar, mais d'un pêcheur juif. Dans le wagon arrière glacé, le contrôleur tire le cordon et actionne la sonnette, dans celui de devant, le contrôleur tire à son tour le cordon et actionne la sonnette, puis le conducteur appuie sur la pédale de sa sonnette et le tramway s'ébranle. C'est pendant les nuits blanches qu'il y a le plus grand nombre de suicides. Elle allait partir quand son bracelet lui a échappé des mains et a roulé sous le lit ; en se penchant pour le ramasser, elle a vu soudain des traces de talons aiguilles sur le parquet. Le meurtre a été découvert quand le figuier sous lequel était enterré le cadavre s'est mis à porter des fruits extraordinaires. En se promenant la nuit sous la neige, ils sont arrivés sur la place du palais d'Hiver, où des bulldozers poussaient la neige contre la colonne Alexandre. Je suis têtue comme une mule : quand on me parle avec ferveur et conviction de la résurrection, je suis persuadée qu'il n'y a rien après cette vie, mais si on essaie de me convaincre que tout se termine à la mort, je commence à croire que puisque je suis là, j'existerai toujours. La flaque laisse derrière elle une traînée humide et solitaire. L'immeuble a sauté à cause d'une fuite de gaz – c'est ce que tout le monde croyait à l'époque. Sur le balcon l'aurore striée lève les coudes, tenant entre ses lèvres l'aiguille de la forteresse Pierre-et-Paul. Il faut tout de même que tu comprennes, ma pauvre petite Tania, que le quatrième jour, le Christ ne s'est pas contenté de prolonger la vieillesse et les maux de Lazare – qui de toute façon a bien fini par mourir – non, l'essentiel, ce sont les paroles qui ont apporté à cet obscur habitant de Béthanie l'éternité littérale : «Viens dehors!» Mon petit bout maigrichon, ma petite pâlichonne, le docteur a dit que tu allais mieux, que tu devais rester encore un peu ici pour qu'on te soigne bien et qu'après, nous pourrions te ramener à la maison! Xénia est un prénom rare, mais il est devenu à la mode quand, par caprice, Alexandre III l'a donné à sa fille. Un pâté à la viande avec une croûte de bois. C'était alors Schroeder-Devrient qui chantait dans *le Mariage secret*, une cantatrice remarquable, idole du public et de la cour (la mémorialiste la confond avec S. F. Schoberlechner, la prima donna de l'opéra italien de Saint-Pétersbourg – *N. de la réd.*). Le bas se dit : qu'ai-je besoin d'une jambe, quand je suis à moi seul un si joli bas-relief! J'ai peur pour le souverain, l'impératrice vieillit, mais il lui faut une femme tous les jours. Quand le réfectoire du camp a brûlé, on a clôturé le terrain entre la citerne et la baraque, on y a mis des tables et des bancs et les détenus ont pris leurs repas en plein air ; une vieille en veste sale et bottes de feutres pourries a soupiré : on se croirait au café Florian sur la place Saint-Marc ! La ligne de chemin de fer appartenait à plusieurs compagnies privées, si bien qu'au cours du trajet plusieurs contrôleurs se succédaient pour poinçonner les billets, chacun avec le signe de sa compagnie : tantôt un rond, tantôt une étoile, tantôt un cylindre. Je lisais dans le train le *Voyage du Beagle* : l'hiver, quand ils souffrent de la famine, les habitants de la Terre de Feu tuent et mangent leurs vieilles avant leurs chiens ; quand M. Low a demandé pourquoi, un garçon lui a répondu que les chiens chassaient la loutre, ce que les vieilles ne faisaient pas. Ici, on fait regard de velours. Les oreillons ont commencé à Budapest et se sont arrêtés à Vienne. Il faut trouver soi-même la voie de l'incroyance, mais les Russes la reçoivent gratis, c'est pourquoi ils accordent de la valeur, non à l'incroyance, mais à la foi. Alcyone s'est transformée en oiseau parce qu'à force de n'être jamais embrassées, ses lèvres se sont couvertes de corne. Les lettres n'arrivent pas – ces chiens de *tedeschi* sont probablement en train de les lire –, je crains qu'ils ne prennent mes tableaux de toux pour des documents chiffrés. Le chevalier de bronze en armure qui habite sur le toit frappe toutes les heures sur son bouclier. Règle 17 : Haïssons le monde aveugle et toutes choses en lui, haïssons aussi le repos du corps, renonçons à la vie même pour pouvoir vivre en Dieu. Les baisers sont pleins de bactéries. La nuit au clair de lune, l'herbe est d'une blancheur d'albâtre. Elle se tenait rarement dans sa cellule, mais restait le plus souvent dehors, assise dans une fosse à fumier, et elle en portait toujours dans son giron. Ici les maisons sont distantes d'une corde à linge. Un fou a ramassé un bâton qu'il tient dans une main tandis que de l'autre, il passe une brindille dessus en chantonnant à mi-voix – on dirait Thomas de Celano célébrant la splendeur du monde de Dieu. En perdant leur voûte, les colonnes ont trouvé leur sens. Alors qu'ils se promenaient parmi les ruines, elle a arraché un rameau qui ressemblait à une fougère et a demandé : « Qu'est-ce que c'est ? » Écoute, on dit dans le guide qu'à Orvieto, il faut absolument aller à la cathédrale voir les fresques de Luca Signorelli, *la Résurrection de la chair*. Sur le pont les anges du Bernin voudraient s'envoler dans le ciel, mais ils ont des pierres aux pieds. Les ventilateurs bourdonnent dans les mains des Japonais, qui ont tous aussi des miroirs de poche où se reflète le premier homme se créant du bout du doigt un père à son image et à sa ressemblance, musclé et bondissant. Il y avait des courses de juifs sur le Corso. Cela vous apprendra, mécréants, à crucifier Notre Seigneur! Juif baptisé est comme loup apprivoisé. À peine le mari dans la cour, voici le juif qui accourt. L'homme est le Tombeau du Seigneur : il faut le libérer. Marie a indiqué elle-même où bâtir l'église : en plein mois d'août, il a neigé sur l'Esquilin. Après les gelées, les feuilles mortes sont engourdies. Triton se prend pour un ange, il souffle dans ses trompes d'Eustache : «Levez-vous! Levez-vous! Fini de vous prélasser!» Ils voulaient voir la ville éternelle, mais bernique! Le défunt est un coquin : le mardi il rend l'esprit, on lui prépare un cercueil, mais hop! il sort de son linceul et va sautant comme un chevreuil. Venant du palais Barberini, ils prirent une ruelle déserte, où Gogol entonna une chanson endiablée de Petite-Russie, puis il se mit à danser en faisant de tels moulinets avec son parapluie que le manche lui resta dans la main tandis que le reste partait dans les airs[1]. La nuit, le vent tiède et moite courbe le jet de la fontaine. Qu'est-ce que ce morceau d'air a touché en Afrique? Tu peux toujours siffler. Le moustique est misanthrope. Je l'attrape par la queue, je le montre à ces messieurs. Un roc lamina l'animal cornu. Dans le défilé, la route est jonchée de pommes imputrescibles. Qui vit à bride abattue finira sa vie bridé. Rire mou fait mourir. Aujourd'hui en chair, demain en bière. L'enfer déferlant. Des corps encordés. Etna : lave dévalante. La lune s'est levée et le lecteur attend une comparaison avec une rognure d'ongle, tiens, la voilà, attrape! Ève rêve. Un rêve de ver nu. Ni l'âcre si abrupt baiser câlin. Roma amor. Tant va la barque à l'eau qu'à la fin elle se casse. Qui a peur du loup ne va pas au bois. Il était une chèvre de fort tempérament qui revenait d'Espagne et parlait l'allemand. Chou, genou, hibou, pou. Moujik ivre défie son patron, moujik dessoûlé a peur d'un cochon. Les nuages flottent dans la barque pleine d'eau. Les vagues raclent les bords de la coque pourrie. Le loup est couché dans la laîche, le ventre gonflé, les paupières et la gueule couvertes de mouches, des vers sous la queue. La chèvre regarde de tous ses yeux sans cesser de mâcher. Charon détache du chou les feuilles craquantes d'un blanc de neige et les grignote de ses dents jaunes. Le ciel au couchant est teinté de liqueur de sorbier. Chut, on entend des pas! Un va-nu-corps descend en courant le sentier qui mène à

---

1. Extrait des souvenirs de Pavel Annenkov, *Gogol à Rome l'été 1841*.

la berge entre les framboisiers sauvages et les orties. Qui es-tu ? Je suis un petit marmot qui porte à Dieu son écot. Sem prie dès le matin, Cham va semer son grain, Japhet règne en souverain, la mort les tient tous dans sa main. Laisse tomber, gamin ! Tiens, croque-moi ça ! Il arrache une feuille et la lui tend. Drue, nervurée. Ça crisse, ça jute. Pendant ce temps descend vers l'aval, oscillant mollement au gré des vagues, la barque griffonnée sur le mur. Le fugitif est endormi dedans, ramassé en chien de fusil, serrant dans sa main le bout de cuiller de la prison. Il est fourbu. Alors qu'il passe sous un saule penché sur l'eau, une branche lui caresse l'épaule du bout des feuilles. L'homme sourit dans son sommeil.

***

J'ai à nouveau du temps pour faire le point. Ces derniers mois ont été tellement fatigants, avec tous ces concerts, ces tournées, ces déplacements, ces rencontres avec des gens utiles et inutiles ! Je me suis promis de passer les trois semaines qui restent avant Kiev à la datcha, sans aller nulle part, sans rien faire, allongée dans mon hamac à regarder le ciel.

Donc, me voici dans mon hamac à regarder le ciel, mais mes pensées restent sur terre.

Cette année, ma vie a complètement changé.

Après cinq ans de silence, d'éreintement par des imbéciles et des goujats qui ne comprennent rien à la musique, de vie absurde entre quatre murs, de tentatives pour mener une vie d'épouse et seulement d'épouse, après cinq ans d'oisiveté forcée, avec l'impression que ma vie était finie, que je n'avais plus qu'à devenir folle – soudain, tout est revenu ! En fait, je savais, je sentais confusément que tout allait s'arranger, qu'il fallait prendre son mal en patience, supporter en serrant les dents toutes ces humiliations et que j'en verrais le bout.

J'ai retrouvé la scène. Je sais que je ne suis plus la même. Ce n'est pas une question d'âge ni d'années perdues – mes meilleures années. Je suis devenue plus sage. On ne peut sans doute pas dire cela de soi-même, mais je sens que je chante le même répertoire autrement et en lui donnant un sens différent.

Mon disque va bientôt sortir. Enfin !

Je reçois à nouveau des lettres, des corbeilles de fleurs. Je suis à nouveau harcelée par les admirateurs et par tous les désagréments qu'apporte le succès.

Je comprends que je dois aussi ce succès à Iossif. C'est un grand administrateur. Il prend de plus en plus d'importance. Le voici directeur de la Salle des colonnes ! Mais pour lui, ce n'est qu'une étape. Et je sais que cet homme obtiendra dans la vie tout ce qu'il voudra. Pour ses cinquante ans, il s'est offert un cadeau royal : il a acheté aux Américains une Chrysler dorée. Il n'y en a que deux comme cela à Moscou. La nôtre et une qui appartient au NKVD. Maintenant, quand nous nous rencontrons dans la rue, nous nous saluons d'un coup de klaxon.

Ce jubilé a été pour moi une véritable épreuve. Par modestie, Iossif n'a pas voulu le fêter dans la Salle des colonnes, disant que c'était gênant que le directeur utilise un bien de l'État pour son usage personnel. Il s'est donc «contenté» de l'hôtel Métropole. Quel souci il s'est fait pour la liste des invités ! Il se relevait la nuit pour barrer certains noms et en ajouter de nouveaux, il avait toujours peur d'oublier quelqu'un d'important. Et bien entendu, il a invité ceux qui pendant cinq ans ont cessé de me remarquer, m'ont oubliée, ont fait comme si je n'existais plus, durant ces terribles années où les «romances à la tsigane» étaient en butte à des attaques systématiques, d'une brutalité inouïe, et où j'aurais tellement eu besoin d'appui et de réconfort. J'ai d'abord dit que je n'irais pas, mais il a réussi à me convaincre comme il sait si bien le faire. Je ne me voyais pas tendre la main à ces gens-là. Mais finalement, cela s'est fait tout seul. Ils avaient tous l'air sincèrement ravis que je sois revenue à la scène, que je donne des concerts, que je fasse des tournées, tout le monde me félicitait pour mon disque ! Alors que moi-même je n'étais pas encore sûre qu'il se ferait, ils étaient déjà en train de me féliciter !

J'en ai été la première surprise. Jamais je n'aurais pensé que cela me serait si facile de leur sourire, de leur parler, de rire avec eux. Et je leur ai pardonné. J'ai décidé cela tout d'un coup. Ce sont des malheureux. Ce serait un péché de ne pas leur pardonner.

Finalement, comme c'est pénible de remâcher de vieilles offenses et comme c'est simple et facile de pardonner !

Je les regardais s'amuser comme à distance, comme si c'était dans un film. Je les regardais s'empiffrer, siffler verre après verre, danser à perdre haleine. Comme si tout devait s'arrêter demain. Comme s'il fallait se dépêcher de profiter de tout aujourd'hui. Tous festoyaient et s'enivraient jusqu'à n'en plus pouvoir, jusqu'à perdre conscience, jusqu'à la nausée.

Iossif n'avait pas lésiné – *noblesse oblige*[1]. Il avait choisi le

---

1. En français dans le texte.

Métropole, car les autres restaurants n'étaient pas à la hauteur. Partout, il y avait des tapis, du cristal, le grand hall était illuminé, les portiers en uniformes galonnés. Les toilettes des dames n'étaient pas de la confection, mais venaient de chez Lamanova. C'était partout un brouhaha de conversations, des rires, des effluves de parfums de luxe. Le champagne coulait à flots. Et au milieu, il y avait la fameuse fontaine où étaient tombés tant de beaux messieurs et de belles dames. Et où il en tomberait encore beaucoup. Les musiciens de l'orchestre étaient en habit.

Ils m'ont tous demandé de chanter. Iossif s'est mis genoux. Dans ses yeux se lisait la peur que je refuse, la prière de ne pas lui gâcher sa fête avec tous ces gens utiles dont sa vie dépendait. Sa vie et donc la mienne. Je me suis avancée, dans ma longue robe du soir en velours écarlate que j'avais fait faire spécialement pour cette soirée, et j'ai chanté. J'ai chanté des romances de Prozorovski[1]. Tout le monde a compris, mais ils ont fait comme si de rien n'était. Prozoroski, qui est-ce ? Où est-t-il ? Il n'a peut-être jamais existé ! Mais la romance, la voici, elle est éternelle ! Quant à savoir qui est l'auteur et où il se trouve, quelle importance ?

Le son est excellent là-bas. Cela fait un immense espace de musique, sous la verrière tout là-haut dans le ciel.

Et sous ces voûtes – la vodka, la goinfrerie, les danses d'ivrognes.

J'ai tenu à grand-peine jusqu'à la fin de la soirée.

Mais au vestiaire, alors que j'étais déjà en manteau et que j'attendais Iossif devant la porte vitrée, je me suis aperçue que dehors, il neigeait à gros flocons ! Alors qu'en ville, tout avait déjà fondu ! Je suis restée là à regarder par la vitre et, n'y tenant plus, je suis sortie sous la neige. Les rues étaient toutes blanches ! C'était si bon de respirer cet air frais après l'atmosphère surchauffée du restaurant, avec ses relents de sueur et d'ivresse ! Dans un silence complet, les flocons énormes tombaient lentement, éclairés par la lumière des réverbères. La neige recouvrait l'asphalte, mais là où l'on posait le pied, elle fondait aussitôt. J'ai marché en escarpins sur le trottoir enneigé, laissant derrière moi une chaîne d'étroites traces noires. Si je me sauvais, il pourrait toujours me suivre à la trace ! Et je me suis sentie tout à coup si merveilleusement bien ! J'ai ramassé une poignée de neige sur le parapet et j'en ai fait une petite boule que je me suis passée sur les lèvres, sur le cou ! J'ai été brusquement

---

1. Boris Prozovovski, compositeur de romances arrêté en 1933 et mort au Goulag en 1934.

envahie par un bonheur inexpliqué ! Cela faisait longtemps que je ne m'étais pas sentie aussi bien. Et tout cela parce qu'il avait neigé.

***

Cela fait neuf ans aujourd'hui.

Je pensais qu'au bout de toutes ses années, mes larmes s'étaient taries. Mais non.

Je me rends compte qu'il me reste très peu de souvenirs. Pendant un an et de demi, j'ai été presque tout le temps avec lui, mais de toute sa vie, il ne me reste en mémoire que quelques images.

Volodetchka suce son talon.

Son sourire.

La pie-corbeau a fait cuire la bouillie, elle est allée chercher de l'eau, ici c'est de l'eau froide – je lui chatouille tout doucement le poignet. Ici c'est de l'eau tiède – je lui chatouille le coude. Et ici de l'eau chaude-chaude-chaude – je le chatouille sous le bras. Volodetchka rit aux éclats.

À la clinique, à Paris, on m'a posé le nouveau-né sur le ventre, on m'a tiré du colostrum, on lui a fait goûter et on l'a emporté. Et moi, j'avais faim – on m'a apporté du bouillon, mais j'avais terriblement envie de soupe aux choux.

Iossif voulait absolument me faire prendre une infusion de fenouil, pour la montée du lait. Il me suppliait de la boire.

Mon Dieu, que n'ai-je pas enduré alors ! Mastite. Abcès aux deux seins. Crevasses des mamelons. Je donnais le sein à mon fils en criant de douleur. Et cela toutes les trois heures. Dès que les mamelons commençaient à cicatriser, il rouvrait les crevasses.

Quand on a un enfant, c'est comme si on avait le cœur à l'extérieur du corps. Tu es ici, mais ton cœur bat à côté.

Sur le moment, j'avais l'impression de souffrir, mais plus tard, j'ai compris que j'aurais été prête à supporter n'importe quelle douleur pour que l'enfant vive, tandis que maintenant, je n'ai plus que ma mémoire et l'enveloppe que j'avais envoyée à maman à Rostov. J'avais posé sa main et son pied sur une feuille de papier et passé un crayon autour. Je l'avais mesuré avec un fil et j'avais glissé le fil dans l'enveloppe.

Maman m'a apporté cette enveloppe quand elle est venue. Je la garde précieusement. Aujourd'hui, je l'ai encore ouverte. Voici son petit pied, voici le fil. Mais mon enfant n'est plus là.

Bien des années ont passé, mais jusqu'à présent, quand je pense à lui, mon cœur n'est plus qu'une boule sanglante.

J'ai parfois l'impression d'avoir quatre-vingts ans.

Avant, je n'arrivais pas à comprendre comment dans la Bible les gens pouvaient atteindre cinq cents ou six cents ans. Maintenant, je comprends.

***

Je suis allée à Saint-Serge qui, allez savoir pourquoi, s'appelle maintenant Zagorsk. La laure est en très mauvais état, les églises sont fermées et se dégradent, il y a des gens installés dans les bâtiments monastiques, du linge qui sèche partout. Du linge affreux, indigent, misérable.

Les étangs de Béthanie, où les moines élevaient des poissons, sont envahis d'herbe et de roseaux.

Je me suis dit que si on a prié ici pendant des siècles, tout cela ne peut pas disparaître. Cela reste quelque part dans ces pierres, ces coupoles, ces roseaux, dans cette herbe tendre.

Les gens se signent en passant.

J'ai prié pour mon fils en me tournant vers les coupoles, les murs des monastères, les arbres centenaires et l'herbe drue.

***

Ce qui m'a fatiguée, ce sont surtout les déplacements, les trains, les wagons pleins de courants d'air et qui sentent le linge humide, les gares, les hôtels, les lits épouvantables, les nuits sans sommeil. La correspondance en pleine nuit à Koursk était un cauchemar – les gens dormaient pêle-mêle sur le sol, serrant contre eux leurs baluchons, les toilettes étaient nauséabondes, l'atmosphère sinistre. À Voronej, nous voulions nous promener en ville, mais quand nous avons vu la foule, nous y avons renoncé. Devant les innombrables débits de boisson étaient attroupés des hommes déguenillés et crasseux. On voyait plus d'ivrognes que de personnes sobres.

Mais au concert, tout le monde est bien habillé, beau, le visage rayonnant, les yeux pleins de vie. Les gens viennent comme à une fête.

Mon Dieu, moi, je suis pour eux une fête! C'est eux qui me l'offrent et non l'inverse! Quel bonheur, tout de même, d'être devant une salle d'où monte vers toi de la chaleur, de l'espoir, de la reconnaissance, de l'amour!

Mais dès qu'on se retrouve dans les coulisses, la fête est finie. On revient à la réalité. Tantôt le chauffeur est ivre, tantôt il y a encore eu une erreur dans les billets, tantôt une conduite d'eau s'est rompue à l'hôtel.

Dieu merci, je suis avec des gens remarquables ! Merci à Iossif ! Il sait y faire. Il a obtenu Trosman du Bolchoï et Khaskine, Lanzman et Gladkov de l'orchestre de jazz. Quels musiciens ! Et ils ont tous de l'humour. C'est qu'il en faut une bonne dose pour revenir vivant de tournées où l'on donne des concerts presque tous les jours et où l'on dort dans des hôtels sales qui grouillent de punaises !

À chaque fois que nous arrivions dans une nouvelle ville, j'étais anxieuse et j'avais le trac. Dans ces moments-là, on a envie de conquérir la ville, de subjuguer tous ses habitants, de se faire aimer de tous ! Après le concert, pendant le dîner, Gladkov disait à chaque fois : «Vous voyez, Bellotchka, vous qui vous faisiez du souci ! La ville est à nous !» Et une fois, Khaskine a dit : «Vous n'avez pas encore compris que c'est toujours la même ville, mais à des endroits différents !»

À Toula après le concert, Lanzman, déjà ivre, a déclamé au buffet de la gare :

> *Dieu me demandera : «Toi qui n'es toujours rien*
> *Pourquoi as-tu vécu, que signifie ton rire ?»*
> *«J'ai consolé les esclaves exténués», dirai-je.*
> *Et à ces mots Dieu pleurera.*

Tout le monde a éclaté de rire. Il a d'abord prétendu que c'était lui l'auteur, puis il a avoué que c'était Garkavi.

On a ri, répété les vers. Mais il y avait plutôt de quoi pleurer.

Dans le train, je regardais défiler par la fenêtre les forêts et les champs et ces vers me trottaient toujours dans la tête.

Quand j'étais petite, papa nous a emmenées plusieurs fois voir des fouilles dans la steppe et nous a montré des idoles de pierre. Ces figures féminines que l'on trouvait dans les tumulus avaient pour nous quelque chose d'énigmatique, de mystérieux, d'éternel. Mais maintenant, j'en ai vu tellement, de ces femmes de pierre. Dans toute la Russie, à chaque passage à niveau, elles regardent passer le train – des femmes ordinaires, en bottes de grosse toile, veste molletonnée et fichu gris, mais tout à fait semblables à ces figures de pierre.

Je reçois maintenant des lettres venant des villes où j'ai donné des concerts. Au début, je répondais à toutes, mais maintenant, je n'y arrive plus. On me demande d'envoyer des médicaments. On m'écrit de prison. Des admirateurs m'envoient leur photographie. On me raconte des histoires poignantes. Ou parfois horribles, comme celle de cette actrice du théâtre régional de Koursk, malade, avec trois enfants, dont une handicapée qui s'est renversé sur elle de l'huile bouillante et est devenue aveugle, et il n'y a personne pour leur venir en aide. Des pages arrachées à des cahiers d'écolier, des cartes postales. Des éloges enthousiastes, des déclarations d'amour, des appels à l'aide de malades qui demandent de leur trouver une place à l'hôpital. Cela fait rire Iossif : « C'est cela, la célébrité. C'est très bien. C'est ce que tu voulais ! »

Non, je ne voulais pas cela.

Que faire de toutes ces lettres ? Les jeter, les brûler ? Dieu ne me le pardonnerait pas, mais je ne peux rien pour eux.

Il n'y a qu'à Leningrad que nous avons été bien logés. Iossif m'avait réservé une chambre à l'Astoria. Je me souviens de l'époque où ce n'était plus qu'une cantine ouvrière. Maintenant c'est à nouveau un hôtel chic. J'avais une chambre magnifique donnant sur Saint-Isaac.

Le plus étonnant, c'est que le personnel n'a pas changé. Le maître d'hôtel est le baron Nikolaï Platonovitch Wrangel. Je crois bien que c'est le seul homme à savoir encore porter un frac hors de scène. J'ai été encore plus surprise de retrouver la même liftière Dina, avec sa frange qui en fait la copie conforme du portrait d'Akhmatova par Altman, elle a seulement vieilli et s'est épaissie.

Voilà ce que je voulais noter : c'est étonnant comme tout change, tandis que les gens restent les mêmes.

À l'Astoria, je me suis fait couler un bain dans la gigantesque baignoire. J'en voudrais une comme cela à la datcha, une baignoire où on entre de plain-pied, sans avoir de rebord à enjamber.

Quand j'étais enfant, je m'amusais à imaginer que j'étais grande, que j'avais une énorme maison avec une quantité de pièces et que je la meublais.

J'ai grandi et je suis en train de meubler ces pièces.

Tout ce dont on rêve finit par arriver. Mais à quoi bon ?

***

Aujourd'hui il a fait une chaleur torride. Chacun s'est réfugié où il a pu. Les stores de paille sont baissés. Dans le jardin, juste en face du balcon pousse un vieux cerisier dont on peut cueillir les fruits en se penchant par-dessus la balustrade. On voit par les fentes étroites des stores l'air chaud qui monte en ondulant. On entend de tous côtés des coups de marteau et de hache – notre lotissement de Valentinovka est en pleine expansion.

Il a fait chaud dès le matin : le thermomètre indiquait déjà vingt degrés à l'ombre et on aurait pu faire cuire des œufs au plat sur le rebord de la fenêtre.

Après le café du matin, je me suis installée dans le rocking-chair sur la terrasse et ai feuilleté des journaux de mode des pays baltes que j'ai pris chez ma couturière. Macha s'activait dans la cuisine, maman écoutait la radio. Iossif est à Moscou, il ne viendra que samedi.

Lougovskoï, mon chevalier servant local, est passé en side-car et nous sommes allés nous baigner. Le trajet était affreusement inconfortable, on est abominablement secoué, mais c'était gai et nous avons bien ri. Sur la Kliazma on était bien, tout était calme. Lougovskoï s'amusait comme un gamin, malgré tous ses losanges[1], il a attrapé des goujons dans son képi et l'a remis plein d'eau sur sa tête.

Au retour, nous sommes passés voir les ruines de l'ancien manoir de Zagoriansk. Le parc est grand et beau, mais les statues sont renversées et brisées. L'étang en fer à cheval qui entoure le jardin n'est plus depuis longtemps qu'un marais stagnant. Les arbres sont creux et ne tiennent plus que par l'écorce. Les passerelles sont effondrées. Les habitants des environs ont pillé et saccagé tout ce qu'ils ont pu. J'essayais d'imaginer à quoi cela ressemblait avant. Les gens s'étaient tout de même donné du mal pour que tout soit beau. Au milieu des carottes sauvages, Lougovskoï a trouvé la tombe des derniers propriétaires, morts avant la révolution. «Le serviteur et la servante de Dieu Bytchkov.» Heureusement que les Bytchkov ne voient pas tout cela.

Quand nous sommes revenus vers cinq heures, maman et Macha faisaient de la confiture sur un brasero dans le jardin. J'ai voulu goûter l'écume, j'ai soufflé longuement sur la cuillère, et voilà cet énergumène de Lougovskoï qui me pousse le coude, si bien que j'ai eu la bouche et les joues toutes barbouillées ! «Ah, c'est comme ça ! Eh bien, je vais tous vous embrasser !» Ils se sont sauvés. Je les ai poursuivis dans le jardin et autour du brasero en criant : «Où allez-vous ? Il n'y a pas de baiser plus doux !» Nous avons tellement ri que nous n'en pouvions plus.

---

1. Équivalent des galons sur les uniformes des militaires soviétiques jusqu'en 1943.

Pourquoi est-ce que j'écris tout cela ? Il ne s'est rien passé d'important ni de remarquable. Une journée ordinaire à la campagne au milieu d'une décennie d'un siècle indéterminé.

On diffuse à la radio des extraits du *Don Juan* de Mozart – en ce moment c'est justement l'air de don Juan sous le balcon d'Elvire.

***

Le temps a changé tout à coup. Il a plu toute la journée. Nous avons joué au loto. La journée n'en finissait plus. Les livres me tombaient des mains. Dès que la pluie a cessé, j'ai eu envie de faire un tour. Heureusement que j'ai réussi à convaincre Ossia de faire paver les allées de briques, cela permet de se promener après la pluie sans marcher dans les flaques et enfoncer dans la boue. Je suis sortie dans le jardin humide et froid. J'avais la chair de poule, comme si j'avais enfilé à même la peau une chemise de laine humide. On ne pouvait pas faire un pas dans la pénombre sans marcher sur un escargot. Cette année, c'est une véritable invasion. Je regardais les arbres, le ciel, les nuages rapides, les pommes, le rai de lumière sous le store de la fenêtre de maman. Des gouttes tombaient des branches. On entendait de tous côtés des bruissements humides. Les cimes des arbres frémissaient doucement. Les phlox dégageaient après la pluie un parfum lourd, sucré, entêtant.

Je suis remontée sur la terrasse vide et me suis assise dans le rocking-chair. Je n'ai pas allumé la lumière. J'avais tellement envie que quelqu'un de très proche soit assis à côté de moi. Je lui aurais dit à mi-voix : « Regarde, les pommes luisent dans le noir, comme si elles étaient éclairées de l'intérieur ! »

Je pensais à toutes sortes de choses. Je me suis souvenue du soir de Pâques où je suis allée avec Macha à Khamovniki. Comme il reste peu d'églises ouvertes, c'était la cohue à l'intérieur. On étouffait à cause des cierges et de toute cette foule. Nous étions debout, tellement serrées que je me suis sentie mal. J'ai été prise d'une sorte d'angoisse et me suis frayé à grand-peine un chemin jusqu'à la sortie.

En pleine nuit, les rues étaient pleines de monde : pendant la semaine sainte, les théâtres donnaient des représentations qui commençaient à dix heures du soir et les cinémas étaient ouverts toute la nuit.

Sur le chemin du retour, j'avais toujours dans les oreilles le merveilleux motif de Pâques : « Christ est ressuscité des morts, par sa mort il a vaincu la mort… » Macha m'a tout à coup demandé si je croyais à la résurrection des morts. Elle m'a dit : « Moi, je crois en

Dieu, mais pas en la résurrection. – Mais pourquoi, Macha ? – Je n'y crois pas, c'est tout. Si ma défunte grand-mère ressuscitait, de quoi aurait-elle l'air dans la vie éternelle ? d'une petite vieille toute vermoulue ? Alors, cela veut dire que tout le monde doit mourir jeune ? Non, tout ça, ce sont des histoires ! »

Macha, Macha, tant pis si ce sont des histoires.

Si Dieu a donné à chacun sa vie, Il donnera à chacun sa résurrection.

Si Dieu a accompli un miracle en me donnant cette vie brève et fugace, Il trouvera bien le moyen de m'en donner une autre qui restera. Elle contiendra aussi cette nuit de Pâques. Et cette soirée d'aujourd'hui après la pluie. Et Macha qui ne croit pas en sa résurrection et dort à présent dans sa chambre. Et Iossif qui est quelque part à Moscou, je ne sais pas avec qui. Et maman qui lit toujours dans sa chambre, la lumière est encore allumée. Et papa. Et mon petit garçon. Et tous, absolument tous.

***

Iossif est arrivé ce matin. Il a apporté toutes sortes de victuailles du magasin Élisseïev, nous avons pris le petit déjeuner sous les lilas sans nous presser. Nous avons fait goûter une huître à Macha, mais elle l'a recrachée. Cela m'a rappelé l'ananas d'Alexandrov. Ils en avaient offert un à leur femme de ménage pour qu'elle l'apporte à sa famille à la campagne, mais comme là-bas ils ne savaient pas comment le préparer, ils en ont fait une soupe.

Quand Macha est partie acheter des provisions à côté de la gare, maman a abordé la question des domestiques qui vous volent. Elle a dit qu'il ne fallait pas encourager cela, etc., mais Iossif s'est interposé, disant qu'il ne comptait jamais la monnaie et que si elle avait pris quelque chose, c'était poussée par le besoin et qu'il ne fallait pas en faire toute une histoire.

Est-ce qu'il ne coucherait pas avec elle ?

Il a dit qu'on étouffait à Moscou et que cela faisait longtemps qu'il n'y avait pas eu d'été aussi chaud : l'asphalte fond et les talons laissent des traces dedans. Il a critiqué l'hôtel Moskva qui vient d'ouvrir. On dit dans les journaux que c'est le meilleur du monde, mais en réalité, c'est toujours la même chose : un luxe tape-à-l'œil, du marbre, de la malachite, du jaspe, mais dans les chambres, les tiroirs des commodes se coincent, la porte de la salle de bains ne se ferme pas et la baignoire n'a pas de bouchon, il faut se débrouiller pour boucher le trou comme on peut.

Iossif a toujours des chambres réservées là-bas pour ses invités, mais je sais qu'il y emmène sa danseuse de music-hall. Je dois lui rendre justice : il ne ramène jamais personne à la maison dans notre lit. C'est déjà quelque chose. Mais que veut dire «notre» lit ? Il n'existe plus.

Iossif me trompe depuis longtemps. Il m'affirmait toujours qu'il n'avait personne, mais je l'ai tout de suite senti. Je ne savais pas s'il fallait le croire ou pas. J'essayais de me persuader que, bien sûr, il le fallait. Je devais absolument laisser toujours une chance à l'homme que j'aimais de dire la vérité. Mais il avait beau jurer ses grands dieux, en fait, je n'en croyais rien et faisais seulement semblant. Même quand il me disait la vérité, je ne le croyais pas, en revanche, quand il mentait en m'assurant qu'il n'aimait que moi, je le croyais.

Je suis allée exprès au music-hall voir les trente girls moscovites dirigées par cet impuissant de Kassian Goleïzovski. Elles sont toutes ravissantes, en maillot à paillettes dorées, chaussures fines à talons hauts, coiffées à la dernière mode. Je me suis demandé laquelle c'était. Et puis je me suis dit : quelle importance ! Elles sont toutes pareilles.

Nous sommes revenus aux temps bibliques où un homme avait autant de femmes qu'il pouvait en entretenir, comme aujourd'hui.

***

Je sais que c'est aussi de ma faute. Pendant ces années horribles où je n'avais plus envie d'aller nulle part ni de voir personne, toute ma rancœur, toute mon irritation sont retombées sur Ossia. Il servait de rempart entre eux et moi. Il me protégeait contre ce monde, me couvrait de son mieux, faisait tout pour atténuer les coups, pour que je souffre le moins possible. Mais j'étais hors de moi et toutes les scènes, toutes les crises de nerfs étaient pour lui, mon pauvre Ossia. Je haïssais ces gens, et c'était mon mari qui payait pour eux. Je ne pouvais plus dormir avec lui, c'était au-dessus de mes forces ! Et toutes les tentatives de conciliation, de rapprochement, de dialogue se terminaient par de nouvelles scènes. Je ne sais pas comment nous arrivions à vivre dans cette atmosphère d'esclandres perpétuels.

Il suffisait d'un rien pour les déclencher. Mon irritation s'accumulait pendant plusieurs jours, j'étais sous pression et je finissais par éclater. Un jour, je lui disais quelque chose et il n'écoutait pas, il était en train de s'habiller pour sortir. Il a regardé la pendule sur la commode et m'a lancé tout en se préparant : « Il te reste trois minutes. » J'ai pris la pendule et je l'ai jetée par terre.

Par la suite, nos disputes ont cessé d'être violentes et tumultueuses comme entre gens qui s'aiment, mais sont devenues froides et contenues.

Nous ne nous comprenions plus. C'était comme un téléphone défectueux. Nos paroles se perdaient dans les bruits parasites et les crépitements. Chacun de nous n'entendait plus que lui-même, que sa voix qui lui revenait.

Je me suis soudain rendu compte que j'avais aussi perdu le contact avec moi-même, avec mon corps. Cette fois-là, je n'ai remarqué qu'après coup les traces d'ongles à l'intérieur de mes mains. Pendant tout ce temps-là, j'avais serré les poings sans être consciente de la douleur.

Je me souviens de notre dernière scène à cause du vase. Quand était-ce? L'année dernière, au printemps. Cette fois, ce n'étaient plus des tasses ou des assiettes que j'ai fracassées par terre, mais un précieux vase chinois de je ne sais quel siècle qu'il avait acheté chez un antiquaire et dont il était très fier. Brusquement, j'ai eu la sensation terrible que ce n'était pas moi qui faisais cela, que j'étais déjà ailleurs, que c'était une autre femme qui vociférait et cassait sans raison de beaux objets coûteux, alors que je m'étais calmée depuis longtemps et que rien n'éveillait plus en moi ni peine, ni regret. Cet homme était désormais si loin de moi qu'il ne pouvait plus me causer de véritable souffrance.

Mais surtout, je me suis fait horreur. J'ai compris que, telle que j'étais là, je me détestais.

***

Ma première pensée avait été de les tuer tous les deux. Et de faire sauter la maison. Et de détruire le monde entier. Puis tout à coup mes larmes se sont taries, je n'ai plus eu la force de me tourmenter, je me suis calmée et j'ai fait semblant de ne rien voir et de ne rien trouver d'anormal à nos relations.

Comme je détestais sa voix quand il me disait au téléphone: «Bellotchka, mon trésor, je pars pour deux jours!» et qu'il commençait à me raconter des histoires à dormir debout au sujet de son travail. En réalité, il téléphonait de la chambre d'hôtel qu'il avait réservée pour passer la nuit avec sa maîtresse. Peut-être même qu'elle était assise à côté de lui et lui caressait le genou. Je lui répondais en m'efforçant d'empêcher ma voix de trembler: «Bien sûr, Ossik, ne t'inquiète pas! Reviens vite! Je t'aime très fort et je t'attends!»

Tout en parlant, je me regardais dans le miroir. J'ai des rides sur le cou et pas elle.

Mais ce genre de fille n'est pas dangereux. Ces poupées caracolantes ne sont pas à craindre. Celles qu'il faut craindre, ce sont les silencieuses, les tranquilles, avec des yeux d'enfant étonné. Comme Macha.

C'est vrai qu'elle est encore une enfant. Un jour, en arrivant à la maison, je l'ai vue sortir précipitamment de ma chambre. Je suis entrée et j'ai tout de suite compris qu'elle était en train de se prélasser sur mon lit.

Je me suis soudain imaginée à sa place. Moi aussi j'aurais sûrement profité de l'absence de ma patronne pour essayer ses robes, ses bas, ses chaussures, ses chapeaux.

Elle est travailleuse, propre, secrète. Une eau qui dort.

Elle a refusé de toucher son salaire, disant qu'elle allait tout dépenser, que si elle avait besoin d'argent pour des cierges, elle m'en demanderait, mais qu'il valait mieux que je le garde, sinon elle risquait de le perdre.

Il faut que j'aille lui acheter des chaussures, les siennes sont épouvantables.

***

J'en ai eu assez d'être recluse à la campagne et je suis allée à Moscou avec Iossif. C'est plein de poussière, on étouffe, mais au moins, il y a du monde.

Nous sommes allés dîner chez Dnéprov et Militch. Pendant la moitié de la soirée, la conversation a porté sur les récents transferts de sépulture à Moscou. Tout le monde a été frappé par le remarquable état de conservation du corps du compositeur Nikolaï Rubinstein. Il a aussi été question des tableaux de l'Ermitage. Dnéprov a entendu citer des propos de Grabar comme quoi quatre-vingts pour cent des toiles les plus précieuses avaient été vendues à l'étranger et que bientôt on les rachèterait en faisant un gros bénéfice.

Alexandrov en personne a daigné faire une apparition. On lui a demandé comment il avait réussi à enivrer un taureau pour le tournage des *Joyeux Garçons*. Il a expliqué que pour ces prises de vue faites à Gagry, ils ont attaché les pattes du taureau avec du fil de fer. Les dames se sont indignées : « Mais cela devait lui faire mal ! » Alexandrov a ri. Il a raconté que dans un spectacle de Meyerhold, des acteurs avaient dû se battre sur scène pour de bon et se casser le nez et que leur sang coulait vraiment. Il a déclaré que si l'on prenait l'art au sérieux, il fallait être prêt à sacrifier, non seulement un taureau, mais, comme Abraham, son propre fils.

En le regardant, je ne doutais pas un instant qu'il en serait parfaitement capable sans que sa main tremble. S'il le fallait, il sacrifierait son fils, sa femme et tous ceux qui étaient autour de cette table.

Il était là, se servant de champignons et de hareng pour accompagner sa vodka et rayonnait littéralement de satisfaction. Il a raconté sa rencontre avec Chaplin et comment toutes les célébrités d'Hollywood se battaient pour l'avoir à déjeuner. Qui sait, peut-être que c'est vrai.

On dit qu'il fait construire pour Orlova une datcha à Vnoukovo et que c'est lui-même qui l'a conçue – avec des fenêtres en forme de cœurs. C'est le comble du mauvais goût et de l'indigence.

***

Comme c'est agréable de retrouver Valentinovka après Moscou ! Ce séjour m'a laissé une drôle d'impression – les gens vivent mieux et cela se sent concrètement : il n'y a plus de tickets de rationnement, ni de ces magasins spéciaux humiliants où les clients apportaient leurs dents en or, on trouve des denrées à profusion et le choix est de plus en plus varié, les théâtres et les cinémas sont bondés. Mais tout le reste est comme avant – les gens sont toujours les mêmes ! Les Dnéprov sont très fiers de leur nouvelle salle à manger suédoise, de leur nouveau poste de radio. Leur maison respire l'opulence. Et tout pour la montre, pour jeter de la poudre aux yeux. Militch a fait exprès d'envoyer devant les invités sa cuisinière chez Élisseïev acheter du jambon pour son loulou. Mais en revenant de chez eux, je voyais par la vitre des femmes mal habillées marcher dans la rue, chargées comme des baudets de bidons de pétrole, de cabas, de sacs, de paniers. Elles hissent péniblement leurs baluchons dans les tramways. Et elles me regardent avec animosité et envie.

Pourquoi les gens sont-ils aussi méprisants, pourquoi s'évertuent-ils à faire étalage de leurs appartements, de leurs manteaux de fourrure, de leurs domestiques, de leurs maîtresses, de leurs voitures, de leur prospérité, de leur vie de repus ?

Et si le châtiment ne venait pas après la mort, mais avant ?

***

Le miroir du salon est indulgent, il me montre telle que je voudrais être, mais celui de la chambre est impitoyable, il ne me passe rien, ni mes rides, ni mon ventre relâché. Serait-ce le début de la vieillesse ? Elle ne se dissimule plus comme avant. On dirait que je ne lui fais plus peur. Elle ne se gêne plus. Elle entre en moi comme chez elle : je découvre des cheveux blancs après une nuit d'insomnie, des rides qui n'étaient pas là la veille. J'ai un pli au coin de la bouche tout à fait comme une petite vieille.

À présent, quand je me lave la tête, je fais comme maman, j'ajoute à l'eau un peu de bleu de lessive pour que mes cheveux blancs ne soient pas jaunâtres.

Mais c'est surtout quand je rencontre quelqu'un que je n'avais pas vu depuis longtemps que je sens comme le temps passe. La dernière fois que nous sommes allés au concert dans la grande salle du conservatoire, nous nous sommes trouvés nez à nez avec Taskine. Il a beaucoup vieilli, mais il porte beau, et bien entendu s'affiche avec une débutante pleine d'avenir, blonde, cela va de soi. Après la sortie du *Cirque*, Moscou s'est emplie de blondes platinées. Mais les racines brunes ont tôt fait de les trahir.

La dernière fois que je l'avais vu, c'était à Leningrad, il y a deux ans, quand les choses allaient au plus mal pour moi. À l'époque, il était distant et pressé, mais hier, il s'est précipité pour m'embrasser et m'a fait des tas de compliments qui revenaient à dire : « C'est moi qui vous ai découverte, ma chère, vous n'avez pas oublié ? »

Je ne risque pas de l'oublier ! Je revois comme si j'y étais cette maison, 7 rue Kabinetnaïa. Premier contact. Premier honoraire.

À peine sortie du lycée, j'étais arrivée à Pétrograd, pleine d'assurance et d'enthousiasme, pour entrer au conservatoire. Le conservatoire ou rien ! Je ne sais pas pourquoi je m'étais imaginé qu'on allait m'y accueillir à bras ouverts. Comme si on n'attendait que moi ! Noussia avait arrangé une audition avec un professeur de chant, il m'a écoutée et a dit d'un air embarrassé : « Vous avez plutôt... une voix de... mezzo-contralto. » Et il a rejeté ma candidature avec le sentiment d'accomplir son devoir envers l'art. J'ai fondu en larmes et il n'a rien trouvé de mieux pour me consoler que de me dire : « Votre voix est naturellement posée. En faisant des études ici, vous ne feriez que la gâter : on vous ferait chanter trop haut, sans pour autant faire de vous une chanteuse d'opéra, alors chantez donc pour votre plaisir, ma petite ! »

Voilà l'aboutissement de tous mes rêves ! Tous mes espoirs s'écroulaient. Chantez pour votre plaisir, ma petite !

Mais à présent, je me dis que je peux le remercier.

Je me souviens de ma première impression bizarre de Pétrograd

– ce qui m'avait frappée, ce n'était ni les palais, ni la Néva, mais les contrôleurs de tramway : à la différence de ceux de Moscou, qui tenaient dans leurs mains une planchette sur laquelle étaient fixées des liasses de tickets, ils avaient des sacoches avec des tickets en rouleaux. J'avais aussi remarqué que c'était presque toujours des femmes – sans doute parce que les hommes étaient au front. J'avais entendu derrière moi quelqu'un se plaindre qu'avant la guerre, le trajet coûtait trois kopecks, alors que maintenant, il en coûtait cinq. J'avais accompagné Nioussia à un concert d'étudiants, on l'avait applaudie, elle était venue saluer et mon cœur se serrait d'envie. Oui, d'envie. Une ratée enviait le succès de sa sœur. Le matin elle étudiait au conservatoire et le soir, elle se faisait de l'argent en jouant dans les cinémas. Nioussia connaissait des cantatrices, des impresarios et elle m'avait proposé de me faire rencontrer le célèbre Taskine, qui avait fait Valtséva. J'ai décidé que c'était ma dernière chance. S'il ne voulait pas de moi, j'irais me jeter du haut du nouveau pont du Palais qui venait d'être inauguré, comme cela, je l'étrennerais.

Je m'attendais à une apparition majestueuse, mais j'ai vu s'avancer un bonhomme qui m'arrivait à l'épaule. La serviette à la main, car il sortait de table et m'a même envoyé à la figure un relent de rôti. Il m'a tout de suite pris la main en susurrant : « C'est par les mains qu'une femme commence à plaire. » Lui-même avait des doigts comme des trognons de chou. Son crâne chauve brillait. Il m'a tapotée paternellement partout. Je me suis dégagée, me suis mise dans un coin pour le tenir à distance et ai chanté. Il a été enthousiasmé : « Mais vous êtes une chanteuse née ! Apprenez trois chansons, celles que vous voudrez, et en scène, avec l'aide de Dieu ! Évidemment, vous manquez d'expérience, mais vous avez tout ce qui ne s'apprend pas. »

Nous avons convenu que je reviendrais le voir plusieurs fois pour qu'il me donne des conseils sur le choix du répertoire et l'interprétation. Je suis sortie de chez lui avec des ailes. Effectivement, il m'a accordé sa protection. La fois suivante, il m'a fait travailler plusieurs romances. Sur le piano, il y avait des papiers et une enveloppe. C'était mon premier contrat et mon premier cachet ! En les serrant sur ma poitrine, j'ai couru rejoindre ma sœur et au coin de la rue, j'ai étreint un réverbère et l'ai embrassé en plein jour !

J'ai commencé à chanter au Colisée et voilà Taskine qui me téléphone : « Comment ça va, Bellotchka ? Tout marche bien ? Vous êtes contente ? À la bonne heure. Passez me voir ce soir, j'ai quelque chose de très important à vous dire. » Je suis passée et cette chose si importante était le prix à payer pour mon engagement. J'en ai encore la nausée quand je repense à ses trognons de chou et à son souffle dans mon oreille : «Vous n'êtes pas Bella, vous êtes un bel ange!» J'ai retiré ses mains. «Arrêtez, je vous en prie!» Il a voulu m'embrasser. Je lui ai donné des claques sur les joues et sur son crâne chauve et suis sortie en courant. Il a crié derrière moi : «Si vous changez d'avis, vous pouvez toujours revenir!» Mon engagement s'est arrêté là. Bien entendu, j'ai aussitôt perdu mon travail.

Cela fait déjà vingt ans! Et à présent, quand nous nous rencontrons, nous échangeons des compliments!

Seigneur, Tes œuvres sont admirables!

***

Cette nuit, j'ai rêvé de papa. Je me suis réveillée en larmes.

Nous nous promenions dans notre jardin, ici, à Valentinovka, et je lui montrais les groseilliers, les fraisiers, les jeunes pommiers. Je voulais lui montrer aussi nos cerisiers, qui viennent des propriétaires précédents et donnent tellement de cerises que de loin, les arbres paraissent rouges, mais voilà qu'il ne restait plus rien que des cerises toutes desséchées et mangées par les oiseaux. J'étais affreusement triste et il me consolait en me caressant la tête comme quand j'étais petite en me disant : «Mais pourquoi pleures-tu? Il ne faut pas! Tout va bien! Ton disque va bientôt sortir! Tout le pays va t'écouter! Tout le monde va t'aimer!» Mais je continuais à pleurer : «Je n'ai pas besoin de tout cela, papa! Mon petit papa chéri! Comme c'est bien que tu ne sois pas mort!» Et je me suis réveillée.

À la seule idée que je ne l'ai pas revu avant sa mort et que je n'étais pas à son enterrement, j'ai envie sangloter amèrement.

La dernière fois que nous nous sommes vus, il savait déjà ce qui l'attendait, mais je ne l'ai pas compris. Il m'a dit : «Pourquoi quittons-nous la vie au moment où nous avons l'impression de commencer tout juste à y comprendre quelque chose, à y voir clair?» Mais je n'ai pas voulu l'écouter et j'ai répondu : «Ne dis donc pas de bêtises! Tu vivras encore cent ans!»

Je n'ai que des photographies de ses obsèques. Il est dans son cercueil, sans lunettes, méconnaissable. On l'a posé sur la table où nous prenions toujours nos repas.

Il avait des objets anciens qui venaient des fouilles faites dans les tumulus de la steppe. De temps en temps, il me montrait ses trésors et disait à chaque fois : «Tu te rends compte, il s'est passé des milliers d'années depuis que les mains d'un artisan ont fabriqué cette boucle de ceinture!» Maintenant j'ai l'impression que depuis la dernière fois que papa m'a tendu cette boucle, il s'est passé encore plus de temps.

J'essaie toujours de me souvenir de quoi nous avons parlé lors de notre dernière rencontre, car c'étaient les dernières paroles qu'il m'a adressées. Mais je ne me souviens plus de rien. Je pensais à autre chose. Si j'avais su!

Ce qui me tourmente, c'est que nous n'avons jamais parlé ensemble de rien de vraiment fondamental. Quand nous étions tous les deux, nous parlions de choses sans importance. Il faut pourtant bien qu'entre un père et son enfant ait lieu au moins une fois une conversation grave sur quelque chose d'essentiel. Mais papa n'est plus là et cette conversation n'aura jamais lieu.

Maman, ma petite maman toute vieille! Comme je t'aime! Et comme je sais mal te montrer cet amour! Avec toi aussi, nous parlons toujours de choses sans importance.

Hier, elle s'est promenée tout l'après-midi dans la forêt en éventrant les fourmilières avec le bout de sa canne. Elle a les jambes malades et quelqu'un lui a dit qu'il fallait faire macérer des œufs de fourmis dans de l'alcool et se passer cette mixture sur les genoux.

La semaine dernière, elle s'est mis en tête de se faire une robe pour son enterrement et l'a essayée devant la glace.

Elle passe désormais le plus clair de son temps à lire, mais elle ne lit jamais rien de nouveau, elle relit seulement. Parfois, quand je suis derrière elle, je vois son dos qui commence à trembler. Elle se met soudain à sangloter en lisant un passage qui lui évoque des souvenirs et plus souvent encore quand elle écoute de la musique. Aujourd'hui elle a versé des larmes en entendant l'air des clochettes de *Lakmé*.

Notre SI-234 capte les radios étrangères. J'aime bien tourner le bouton et les écouter les unes après les autres. Le monde entier diffuse du jazz américain. Quand tout me tombe des mains, j'aime bien allumer la radio et en écouter, cela redonne du goût à la vie et on a envie de danser. Mais maman déteste cette musique. Chaque soir, il y a pour elle des opéras du genre : «Acte deux. La chambre de la comtesse.»

Maman, nous non plus, nous n'aurons jamais cette conversation grave et unique?

Mais peut-être que parler de choses sans importance, c'est justement cela qui est important?

***

Je suis allée me promener dans le lotissement après le déjeuner et un chien inconnu m'a suivie. Je l'ai ramené à la maison et lui ai donné à manger. Macha a fait la tête en me reprochant de ramener toutes sortes de bêtes répugnantes et a dit que de toute façon, on ne pouvait pas nourrir tous les chiens affamés.

Si on ne peut pas tous les nourrir, c'est précisément pour cela qu'il faut nourrir celui qu'on peut – celui-ci.

C'est comme pour le bonheur. Puisque c'est impossible que tout le monde soit heureux, celui qui le peut doit absolument l'être. Il faut être heureux aujourd'hui, en ce moment, quoi qu'il arrive. Quelqu'un a dit qu'il ne pouvait pas y avoir de paradis s'il y avait un enfer. Comme si c'était impossible de séjourner au paradis en sachant que d'autres souffrent quelque part. Ce sont des bêtises. On ne peut jouir véritablement de la vie que si on a connu la souffrance. Qu'est-ce que ce corniaud aurait à faire des restes de notre soupe s'il ne crevait pas de faim?

Il en a toujours été ainsi : on décapite quelqu'un sur la place et pendant ce temps-là dans la foule, devant l'échafaud, un couple commence à vivre son premier amour. Quelqu'un admire un coucher de soleil pittoresque et quelqu'un d'autre regarde ce soleil couchant à travers des barreaux. Et il en sera toujours ainsi! C'est dans l'ordre des choses! On aura beau couper la tête à des milliers et des millions de personnes, il y en aura toujours d'autres qui, pendant ce temps-là, vivront leur premier amour. Même cet adolescent. Je revois toujours son visage : nous revenions de Crimée par le train et nous nous sommes arrêtés à un embranchement. Juste en face de nous, il y avait un wagon Stolypine[1] avec une étroite fenêtre grillagée par laquelle on apercevait un visage presque enfantin. Et nous, nous avions sur notre table de la nourriture, des fleurs, des bouteilles.

Nous sommes restés arrêtés juste une minute. Tout le monde s'est tu dans le compartiment. Et quand le train est reparti, notre gaîté s'était envolée.

Ou bien cela doit-il être le contraire? Faut-il vivre encore plus gaiement après cela? Et apprécier encore davantage le goût de la nourriture? Admirer encore plus les teintes du couchant?

Le monde forme un tout, comme des vases communicants. Plus le malheur des uns est profond, plus intense et plus radieux doit être

---

1. Wagon pénitentiaire dont le nom remonte aux années 1905-1911, lorsque Stolypine fut ministre de l'Intérieur, puis premier ministre.

le bonheur des autres. Pour équilibrer ce monde, pour qu'il ne se retourne pas comme une barque.

***

Lougovskoï a envoyé comme il l'avait promis deux soldats pour scier du bois. Deux Vassili. L'un petit et costaud, l'autre grand et svelte. Ils travaillaient torse nu. J'étais allongée à côté dans mon hamac et, tout en me balançant mollement, je regardais leurs nuques d'adolescents aux cheveux ras, leurs dos bronzés, leurs muscles. À un moment, ils sont passés près de moi en transportant un billot et j'ai senti une odeur de sciure de bois et de sueur d'homme.

Personne n'avouera jamais pour rien au monde l'effet que cela peut lui faire, l'état d'excitation dans lequel peuvent le mettre des odeurs de bois et de sueur. J'étais tellement excitée que j'ai senti le bas de mon corps se convulser.

***

J'ai souffert d'être trompée par mon mari jusqu'à ce que ce que je le trompe à mon tour. Ou plutôt jusqu'à ce que je comprenne que ce n'était pas une trahison.

C'était l'été dernier en Crimée. Un amour de vacances.

Palmiers, maisons blanches, lointains bleutés, montagnes dénudées. Le Moine, le Chameau, le Chat de Siméiz qui descend vers la mer en faisant le gros dos.

Tous les matins de bonne heure, il marchait sur les mains au bord de la mer, faisait la roue, des saltos, des équilibres sur la tête. Il avait un corps d'athlète, puissant et vigoureux. J'ai d'abord eu envie de lui plaire par jeu. Nous sommes allés nous promener en montagne. Dans un sentier étroit, je lui ai pris le bras, moins par peur de tomber que pour le toucher. Nous avons badiné. «J'aimerais bien vous enlever et vous emmener loin d'ici pour toujours ! – Et moi j'abandonnerais tout pour partir avec vous ! »

Quand je me suis réveillée le lendemain matin, j'ai compris que j'étais amoureuse, mais je ne savais pas à quoi cela allait m'avancer. Je ressentais dans tout mon corps un léger picotement, comme quand on met sa langue sur les contacts d'une pile pour la tester.

Nous allions tous les jours nous baigner. Puis nous restions assis au bord de l'eau. Je balançais au bout de mon pied ma sandale de plage et me sentais jeune, forte et insouciante.

Il m'a rendu mon corps, grâce à son amour, je me suis

réconciliée avec mon corps. Et il m'a dit : « Pendant l'amour, il faut parler, mais toi, tu te tais. »

À chaque fois, je voulais le déshabiller moi-même. L'embrasser là où se concentrait son odeur. Aimer tout son corps sans craindre d'être mal comprise. Non pas aimer, mais devenir amour.

Quand je revenais à moi après notre frénésie, après l'extase, trempée de sueur, des cheveux collés aux lèvres, je me sentais pleine de vigueur et de tendresse pour lui qui était là, fourbu, épuisé. Il prenait ma main et la posait sur ses yeux. Je me blottissais contre son aisselle et sentais son cœur battre contre ma tempe. Ou je le regardais, accoudée sur l'oreiller. Et je me sentais si bien, si légère !

Le matin, il me réveillait en me mordillant le lobe de l'oreille, me murmurait des mots d'amour et cela m'était égal que ce soit la vérité ou un mensonge, car en amour, il ne peut pas y avoir de mensonge, il n'y a que les paroles qui mentent.

La nuit, nous nous promenions en barque sur la mer. Jamais encore je n'avais vu l'eau phosphorescente de la mer Noire la nuit. Les vagues soulevées par les rames se mettent à briller et quand l'eau retrouve son calme, elle redevient sombre. C'est un spectacle étonnant ! Non seulement notre barque laissait derrière elle un sillage de feu, mais le moindre petit poisson faisait luire l'eau en remuant. Nous sommes allés en pleine mer à deux kilomètres environ du rivage et avons vu un tableau extraordinaire : des dauphins pêchaient des poissons, laissant derrière eux des traînées lumineuses. Toute la mer était éclaboussée de taches de lumière.

***

Un jour, je suis revenue à la maison avec une seule boucle d'oreille et ne m'en suis aperçue qu'au moment de me déshabiller pour me mettre au lit. Mais Iossif n'a rien remarqué.

D'ailleurs il ne remarque rien.

Mais peut-être qu'il sait tout et qu'il se tait. Mon Iossif. Mon bon, mon sage Iossif.

J'ai simplement peur de ne pouvoir donner tout ce qu'il y a en moi. Le corps passe si vite.

J'ai eu envie d'un enfant de tous les hommes que j'ai aimés. Maintenant aussi. Je ne suis pas encore vieille, je pourrais encore en avoir un. Et je sais que le temps m'est compté.

Je craignais d'avoir une anomalie et suis allée voir une quantité de professeurs. Ils sont tous restés perplexes.

Dieu ne me donne pas d'enfant.

Pourquoi ne veux-Tu pas m'en donner ? Tu attends que je sois vraiment vieille ? Tu ne peux faire que des miracles ? Tu veux me mettre à l'épreuve ? Tu veux prouver quelque chose à quelqu'un ? Tu veux que je vive cent ans et seulement alors m'en donner un, comme Tu as fait pour Sarah ?

Je ne suis pas Sarah. Et je ne veux pas vivre cent ans. Je vis maintenant, ici.

***

À cause de l'orage, l'électricité est coupée dans tout le lotissement. Toutes les datchas sont plongées dans le noir. Je m'éclaire à la lampe à pétrole.

Aujourd'hui 28 juillet, il y a dans le journal le texte d'un décret interdisant tous les avortements. Et juste à côté, un article sur l'arrestation d'une certaine «Morozova Maria Égorovna, 35 ans, ouvrière de l'exploitation de tourbe de Nazia, qui durant ces trois dernières années a fait avorter dix-sept ouvrières de ladite exploitation dans des conditions anti-sanitaires, à l'aide d'injections de savon liquide».

Sonia, la cousine de Iossif, est infirmière à l'hôpital Otto. La dernière fois que nous nous sommes vues à Leningrad, elle a raconté toutes sortes d'horreurs dont elle est témoin à son travail. À quelles méthodes barbares les malheureuses ne recourent-elles pas pour avorter ! Les pauvres femmes se mutilent avec des aiguilles à tricoter, des crayons, des plumes d'oie, des baguettes de bouleau, toutes ont des complications, des infections, certaines meurent de septicémie. Elles font une demande d'avortement qui leur est refusée et quand l'assistante sociale vient les voir à domicile, on ne la laisse pas entrer. «Mais vous êtes enceinte !» dit la visiteuse. On lui répond : «La grossesse s'est interrompue», et ce sont les explications habituelles : la femme a soulevé quelque chose de lourd, elle a trébuché, elle a eu des douleurs dans le ventre, etc.

***

Je suis en tournée à Kiev.

Les améliorations sont sensibles avant même l'arrivée. Le voyage a été rapide, sans retard. On roule dans des wagons internationaux, très confortables et propres.

Nous sommes logés au Continental. Il est décoré comme avant la révolution, les meubles anciens sont superbes. Les clés ont une grosse poire en bois pour qu'on ne puisse pas les emporter. Le restaurant de l'hôtel sert des petits éclairs célèbres dans tout Kiev. On les prépare pour midi, c'est délicieux de les avaler en entier!

Je me suis éclipsée pour aller visiter la Laure.

Je suis arrivée au bord du Dniepr. Quelle splendeur! C'est donc ici, sur cette colline, que les habitants regardaient leurs idoles partir au fil de l'eau et qu'ils priaient fiévreusement Péroun, lui disant : « Dresse-toi hors de l'eau! »

Comme ils avaient envie que leur dieu montre toute sa puissance aux impies! Mais les idoles ne se sont pas dressées hors de l'eau, ne sont pas revenues sur la rive, n'ont châtié personne et ont continué à descendre comme des morceaux de bois au fil de l'eau et au gré des vagues.

J'ai parlé avec une femme qui m'a dit que je devais absolument aller prier à la cathédrale Sainte-Sophie l'icône miraculeuse de saint Nicolas le Mouillé. Elle m'a raconté que ce nom venait d'un miracle. Il y avait à Kiev un mari et sa femme qui avaient un fils unique encore bébé qui s'appelait Nicolas. Un jour qu'ils traversaient le Dniepr en barque, l'enfant glissa des mains de sa mère et se noya. Désespérés, les parents commencèrent par reprocher à saint Nicolas de ne pas les avoir aidés à veiller sur leur fils, puis, se reprenant, ils le prièrent de les pardonner et de les consoler dans leur malheur. Le lendemain matin avant l'office, quand le sacristain entra dans la cathédrale Sainte-Sophie, il entendit un enfant pleurer. Il monta avec le bedeau dans les tribunes et là, derrière une porte close qu'ils durent ouvrir, ils virent devant l'icône de saint Nicolas le bébé tout mouillé comme si on venait de le sortir de l'eau.

***

Je reviens de l'orphelinat municipal. J'ai parlé avec le directeur, le docteur Gorodetski. Je lui ai dit que je songeais à adopter un enfant et lui ai demandé de m'aider.

Nous avons parlé longuement, puis il m'a fait visiter toutes les salles et m'a tout montré. Il m'a raconté qu'en trente-trois, l'année de la famine, il y a eu beaucoup d'enfants abandonnés. La milice les ramassait par douzaines sur le Krechtchatik[1]. Des asiles ont été ouverts pour eux. Gorodetski a accueilli cinq cents enfants. Beaucoup sont morts peu après d'épuisement et de maladie. À présent, quand je regarde ceux qui sont ici, je vois des enfants tout potelés et tout propres, les petites filles en robes identiques, tous la

---

1. Avenue principale de Kiev.

tête rasée, si bien qu'on n' arrive pas à les distinguer. Nous sommes entrés dans une salle où les enfants avaient les yeux chassieux, couverts d'excroissances purulentes J'ai demandé ce qu'ils avaient. Il m'a répondu : «Le trachome.» Nous avons continué la visite. J'ai appris qu'on ne leur disait pas qu'ils étaient dans un asile pour enfants abandonnés, ils croient que c'est un sanatorium et que leur maman va venir les chercher et les ramener à la maison. Gorodetski m'a dit que beaucoup de gens venaient en adopter. Durant les six derniers mois, trente enfants ont trouvé une famille. Les enfants aussi choisissent leurs parents. Gorodetski a raconté en riant que quand ils voient quelqu'un qui n'a pas l'air riche, ils disent : «On n'en veut pas : il n'est pas en voiture.» Pendant que nous bavardions dans la cour, plusieurs enfants nous ont entourés. Ils restaient là à me regarder et on lisait la même question dans tous les yeux : qui est cette dame ? Et si c'était ma maman ?

– Galina Pétrovna !

Elle n'entend pas. La voix se perd dans le brouhaha de la place Mignanelli.

Le drogman s'approche tout près, mais elle ne le remarque pas. La tête renversée en arrière, elle est perdue dans la contemplation de la Vierge immaculée qui se dresse en haut d'une colonne antique sur laquelle il devait y avoir un empereur.

Galpétra est toujours la même : elle a son tailleur violet, son bonnet de mohair blanc, ses bottes d'hiver à la fermeture éclair à demi descendue. Et même les patins du musée. Elle n'a pas changé.

Le drogman l'appelle à nouveau :
– Galina Pétrovna !

Elle sursaute et se retourne.
– Dieu, comme tu m'as fait peur !

Elle rajuste son bonnet.
– J'étais là à me dire : ils ont trouvé le moyen d'élever un monument à la conception ! Ils ne pensent qu'à cela !

Elle sort de sa manche un mouchoir roulé en boule, se mouche et le remet dans sa manche.

Le temps de venir en métro de notre Vykhino, on en reçoit, des éternuements en pleine la figure !

Un bruit soudain envahit la rue, une vibration ailée. Quelqu'un a attrapé dans le ciel un bas d'oiseaux et l'enfile sur sa jambe.

Une vieille peinturlurée sort d'un Tabacchi, jette un regard vers le ciel et ouvre prudemment son parapluie. Les autres passants ont aussi ouvert les leurs pour se protéger des oiseaux.

– Eh bien, allons-y, dit Galpétra en rajustant à nouveau son bonnet de mohair.

– Où ?

– N'importe où. Nous n'allons pas rester au pied de cette colonne ! Mais regarde bien sur les côtés, ici, ils foncent tous comme des fous.

Galpétra laisse passer une volée de jeunes en rollers et traverse la rue sans se presser, en se dandinant, traînant ses patins sur le pavé romain. Les côtés de ses bottes à moitié ouvertes claquent l'un contre l'autre à chaque pas.

Le drogman la rattrape et ils marchent côte à côte. Galpétra s'arrête devant chaque devanture de souvenirs, de cartes postales, de tee-shirts avec des noms de stars. Elle se faufile pour regarder chaque éventaire. Elle examine les vitrines des kiosques où sont exposées des madones à l'allure de Barbies et des Barbies à l'allure de madones. Elle secoue la tête en voyant les prix.

Des groupes de touristes les dépassent. Des Japonais. Des Allemands. À nouveau des Japonais. Çà et là flottent au-dessus des têtes les parapluies et les bâtons des guides avec des foulards de toutes les couleurs attachés au bout, comme pour dire : « Ne vous perdez pas, suivez-moi, je vais vous montrer dans cette ville plongée dans une vaine agitation quelque chose d'authentique, d'important, d'éternel, qui est la raison de votre présence ici, car vous n'existiez pas, vous n'existerez plus, mais en ce moment, vous êtes ici ! »

Quelqu'un marche sur le patin de Galpétra. Elle bougonne :

– Il est aveugle, ou quoi ? Il n'a qu'à ouvrir les yeux !

Les passants se retournent sur elle, sur ses patins de musée, sur le morceau de papier-toilette accroché dans son dos, mais ici, on en a vu d'autres, les gens ont l'habitude.

– Qu'est-ce qu'il y a là-bas ? Allons-y ! Quand je pense que j'ai tout de même fini par me retrouver à Rome ! Qui l'eût cru ?

Nous prenons la via del Tritone. Un groupe d'écoliers arrive en sens inverse, tenant chacun un big-Mac. L'un d'eux jette l'emballage sur le trottoir. Juste devant Galpétra.

– Qu'est-ce que cela signifie ?

Elle le saisit par la peau du cou et l'oblige à ramasser le papier. Abasourdi, le gamin s'exécute et rattrape les autres en courant, l'emballage dans la main, en se retournant à plusieurs reprises. Il n'est pas habitué à ce qu'on le prenne par la peau du cou.

Galpétra comtemple son reflet dans les vitrines et n'arrête pas de rajuster son bonnet, de tirer sur sa jupe, d'essayer de regarder dans son dos.

Elle fait halte devant une vitrine de statuettes de plâtre et se frotte les tempes.

– Je voulais te dire quelque chose, mais cela m'est sorti de la tête ! Ces derniers temps, j'ai comme des trous de mémoire. On transporte avec soi durant toute sa vie des choses inutiles et ce dont on a besoin, impossible de s'en souvenir ! Regarde, c'est Laocoon ! Toute ma vie, j'ai rêvé de voir le vrai Laocoon ! Tu sais que quand on l'a trouvé, il lui manquait un bras. On lui en a refait un, mais quand Michel-Ange l'a vu, il a dit que la main ne devait pas tenir le serpent par au-dessus, mais par-derrière, par la tête ou bien l'inverse, pas par-derrière, mais par au-dessus, je ne sais plus. Et des siècles plus tard, on a retrouvé le bras d'origine et il était exactement comme Michel-Ange l'avait dit. Allons-y, assez bâillé aux corneilles !

Elle s'arrête à un carrefour.

– Regarde un peu ! Ici aussi, tout le monde passe au rouge !

Elle sort à nouveau son mouchoir de sa manche et essuie son nez congestionné. Elle a des petits boutons au-dessus de la lèvre supérieure – elle s'est sans doute épilé la moustache.

– Dis-moi, tu as vu le vrai Laocoon ? Au Vatican ?

– Oui.

– Et alors ?

– Rien de spécial.

– Comment peux-tu dire cela ? Ce n'est pas possible ! C'est tout de même Laocoon ! Le cheval de Troie ! La colère d'Athéna ! Les anciens Grecs ! Et comme le sculpteur de l'Antiquité a bien représenté les souffrances sur le visage de ce père qui voit périr ses deux fils sous ses yeux ! C'est l'idéal même de la beauté éternelle ! C'est le Beau fixé à jamais dans la pierre ! Et sa main, dis-moi, comment est tournée sa main, vers le haut ou par-derrière, tenant la tête du serpent ?

– Je ne me souviens plus.

– Comment cela ? Mais pourquoi es-tu venu à Rome, alors ?

Nous débouchons sur la piazza Colonna. L'odeur de cuir des sacs exposés sur le trottoir nous monte aussitôt aux narines. À peine Galpétra s'est-elle penchée pour en tâter un que le vendeur noir s'en va en courant, une douzaine de sacs passés à chaque bras. On l'a sans doute prévenu que la police était dans les parages. Les sacs pendent à ses bras levés comme des ailes déployées.

– Je suis fatiguée. Et j'ai mal aux pieds. Si on se reposait un peu ici ?

Ils s'assoient sur le rebord de la grille de fer qui entoure la colonne de Marc-Aurèle. Les touristes examinent les bas-reliefs avec des jumelles. On y voit les Romains vaincre les Sarmates et, tout en haut, Pierre brandissant un glaive. Galpétra se penche avec un petit grognement et dénoue les cordons de ses patins. Des pigeons circulent tout autour. Ils battent des ailes au-dessus de sa tête, soulevant un instant le papier scotché dans son dos. Galpétra les chasse de la main en disant : «Vraiment, ils ne se gênent pas!»

Elle ôte ses bottes couvertes de traînées de sel et se dégourdit les orteils.

– Comment se fait-il que tu sois ici à Rome et que tu n'ailles nulle part ?

– Mais si, je sors. Tiens, hier, je suis allé sur l'ancienne voie Appienne.

– Alors, comment est-ce ?

– C'est une route. Avec des pierres. Vieilles, usées. Il y a des traces de roues dessus. C'est le long de cette route qu'ont été crucifiés les compagnons de Spartacus. Tout en marchant, je repensais au film *Spartacus* que j'avais vu, enfant, à notre Maison de la Culture de la Presnia. Après, nous jouions aux gladiateurs avec des couvercles de seaux en guise de boucliers. À l'époque il y avait à chaque étage un seau à ordures. Nous volions les couvercles et la concierge nous traitait de tous les noms.

Une vieille arrive en clopinant, celle qui a l'air de sortir du métro Élektrozavodskaïa. *Prego! Mangiare!* Sa main tremble. Elle a les doigts tout noirs.

– Quand je pense que je n'ai rien à lui donner, soupire Galpétra en rapprochant ses bottes à tout hasard. Alors, c'est tout ? Il n'y avait rien d'autre sur cette vieille route, comment s'appelle-t-elle, déjà ? où étaient les compagnons de Spatacus ?

– Il y a aussi une église qui s'appelle Domine quo vadis. C'est le titre d'un roman de Sienkiewicz.

– Je sais. Et alors ?

– J'y suis entré. Il n'y avait personne à l'intérieur. Seulement le buste de Sienkiewicz. J'allais ressortir quand j'ai vu dans le passage une dalle blanche sous une grille. Je me suis approché. Il y avait dessus des empreintes de pieds nus. C'est à cet endroit que le Christ est apparu à Pierre et les traces de ses pas sont restées gravées dans la pierre. Je me suis penché pour les examiner de plus près. C'étaient des pieds énormes, plus grands que les miens. Et complètement plats. J'ai tout à coup eu envie de les toucher. J'étais déjà en train de tendre la main, mais je me suis senti mal à l'aise.

– Pourquoi donc ?

– Si c'était une supercherie et l'œuvre d'un obscur tailleur de pierres qui avait posé son pied, l'avait entouré d'une ligne et avait gravé les traces, à quoi bon les toucher ? Mais si ces pieds étaient vraiment les Siens ? S'ils appartenaient à Celui dont les derniers mots ont été : « Père, pourquoi m'as-tu abandonné ? » Alors j'ai entendu des pas – un prêtre en soutane noire est entré brusquement par une porte latérale en finissant de mâcher quelque chose. Il a vu ma main tendue. Gêné, je l'ai vite retirée, mais il m'a souri en hochant la tête et a dit : « Ce n'est rien, ce n'est rien, vous pouvez toucher ! » Et il a ajouté que de toute façon, c'était une copie.

– J'en étais sûre ! soupira Galpétra. Et où est passée la vraie pierre ?

– C'est ce que j'ai demandé. Il paraît qu'il y avait sans arrêt des vols dans l'église, alors ils ont transféré l'original dans une autre paroisse, à San-Sebastiano, un peu plus loin sur la voie Appienne. J'y suis allé. En fait, ce n'est pas une église, mais une énorme basilique. J'ai erré à l'intérieur, mais je n'arrivais pas à trouver la pierre. Un géant aux cheveux dorés était accroché au plafond. Il regardait par la fenêtre ce qui se passait dehors. Dehors, le ciel était pavé de nuages vieux et usés comme les dalles de la voie Appienne. J'ai demandé à un *padre* qui se trouvait là. Il m'a montré d'un geste de la tête une chapelle latérale à droite de l'entrée. Il y avait là une grille, une vitre. Il faisait sombre, pas moyen de distinguer quoi que ce soit. J'ai cherché où mettre une pièce – dans leurs églises, il faut payer pour que la lumière s'allume pendant une minute, mais je n'ai pas trouvé.

– C'est tout ?

– Oui.

– Alors tu n'as pas vu la pierre ?

– Non.

À côté du drogman s'assied sur la rampe un pépé portant un sac à dos, en short et tricot de corps, un panama sur la tête et des chaussures de montagne aux pieds. Lui aussi a une paire de jumelles autour du cou. Il a les jambes blanches et flasques, sans le moindre poil. Il sourit au drogman et lui tend ses jumelles pour qu'il puisse regarder de plus près. Le drogman les braque sur la colonne. Elles sont à fort agrandissement. Il bute tout de suite sur une tête coupée.

Cela doit être un Sarmate. Ensuite, il y a un cavalier à la barbe bouclée, peut-être l'empereur philosophe en personne, qui disait qu'il souhaitait par-dessus tout le retour des morts à la vie et non la condamnation à mort des vivants. Encore plus haut, c'est Paul avec son épée. Elle est longue. Cela doit être pratique pour trancher la tête des Sarmates. Le drogman tend les jumelles à Galpétra. Elle regarde très rapidement la colonne, puis se met à examiner la rue, les fenêtres des maisons, les passants, les pigeons.

– Regarde, ils sont tout à fait comme ceux de Moscou !

Les pigeons circulent entre leurs pieds.

– Galina Pétrovna ?
– Quoi ?
– Il y a une chose que je voulais vous dire depuis tout à l'heure.
– Et alors ?
– Bien sûr, c'est idiot, mais…
– Ne tourne pas autour du pot, parle !
– Vous savez, pendant toutes ces années…
– Tu veux parler du papier dans mon dos ?
– Oui. Ou plutôt, non, il s'agit de tout autre chose. Voilà ce que je voulais vous demander : pourquoi est-ce que nous vous haïssions alors que vous, vous nous aimiez ?

Le pépé en short s'apprête à partir, il se donne une claque sonore sur les genoux, faisant fuir les pigeons effrayés. Galpétra lui rend ses jumelles, dont la courroie s'accroche à un bouton de sa manche.

– Vous m'aimiez aussi, seulement vous ne le saviez pas. Je me demande si Korczak a été à Rome ?
– Je ne sais pas, dit le drogman en haussant les épaules.

Des manifestants se rassemblent sur la place, effarouchent les pigeons et les touristes. Ils déroulent des banderoles, sortent des pancartes. L'un d'eux, pour essayer son mégaphone, chante pour toute la piazza Colonna : *Amore, amore, amore!*

Galpétra remet ses bottes et renoue les lacets de ses patins de musée.

– Alors je vais continuer à me casser la tête en me demandant dans quel sens est tournée la main de Laocoon…
– Galina Pétrovna, ce n'est pas Laocoon.
– Comment, pas Laocoon ? Alors qui est-ce ?
– Korczak.
– Mais qu'est-ce que tu racontes ?
– C'est Janusz Korczak et les deux enfants qu'il a pris par la main quand ils sont partis pour la chambre à gaz. Ils sont en train

de mourir étouffés. Ce n'est pas beau du tout. Les effets de muscles n'ont rien à voir là-dedans. Et qu'est-ce qu'on a à faire, de la façon dont est tournée la main de Laocoon ?

– Tu mélanges tout ! Tu as tout embrouillé ! Tu es un embrouille-tout. L'embrouille-tout est au salon, il a mangé le melon. Laocoon est une chose et Korszak en est une autre. Un empereur ne peut pas être philosophe et un philosophe ne peut pas être empereur. Les officiers de Sébastopol n'ont rien à voir avec les anges du Bernin. Ni les anciens Grecs avec les Tchétchènes. Les patins de feutre du musée glacial d'Ostankino sont une chose et l'enfant qui était en moi en est une autre. Comprends bien que ce garçon de Biélorussie qui reniflait dans le combiné et ce bas en oiseaux qui, regarde, s'est transformé en nez, n'ont rien à voir. Le pied de Pierre et les photos de lépreux sont des choses différentes. Tu te souviens des gens qui, au Vatican, collectaient de l'argent pour les lépreux sur la place de la cathédrale, au pied de l'obélisque, devant des panneaux montrant des photographies d'enfants et d'adultes sans doigts et sans orteils ? Elle s'était même détournée pour ne pas les voir.

– Oui, nous faisions la queue pour entrer à la basilique Saint-Pierre. Des rafales de vent dispersaient de tous côtés la poussière d'eau de la fontaine. Tout le monde cherchait des yeux la fenêtre du pape – la voilà, la deuxième au dernier étage. Il y avait devant nous un groupe d'écoliers polonais en uniformes de boy-scouts, avec des foulards blancs et rouges qui ressemblaient à ceux de nos pionniers. Derrière, c'étaient des religieuses noires de je ne sais quel ordre en bleu et blanc. Je voulais voir les gardes suisses et leurs hallebardes, mais à la barrière, des vigiles en costume noir et lunettes noires contrôlaient tout le monde. Ils l'ont arrêtée et ne voulaient pas la laisser passer à cause de ses épaules nues et hâlées. Ils avaient à côté d'eux un énorme panier en plastique avec un tas de foulards sombres. Elle en a pris un et s'est enveloppée dedans. Elle a ri en imitant une vieille aux mains tremblantes. On nous a laissés entrer. Nous avons d'abord visité la basilique ensemble, puis elle a dit qu'elle voulait mettre un cierge et je l'ai laissée seule. J'ai rejoint la file des pèlerins qui attendaient pour toucher le pied de la statue de Pierre et faire un vœu. Les Noires en bleu et blanc étaient maintenant devant moi et les boy-scouts polonais un peu plus loin derrière. En attendant, j'ai lu dans mon guide qu'en réalité, ce n'était pas Pierre, mais une statue antique de Jupiter Tonnant à qui on avait mis une nouvelle tête et fourré une clé dans la main à la place du foudre. La file avançait lentement, il y avait derrière moi une femme vêtue de noir avec son fils d'une dizaine d'années qui était aveugle. Il plissait les paupières et son visage était sans cesse agité de tics. Enfin, mon tour est arrivé et je me suis aperçu que le fameux pied n'avait plus d'orteils, comme s'il était rongé par la lèpre. Je l'ai touché et j'ai senti le froid du bronze et la sueur gluante de centaines de visiteurs. J'ai retiré machinalement ma main. Je me suis rendu compte que je n'avais pas fait de vœu, mais la mère avait déjà posé la main de son fils aveugle sur le moignon lépreux sans doigts. Je suis allé me promener dans la basilique. Elle était toujours debout au même endroit, son cierge dans la main. Ils n'ont pas de vrais cierges, ici, mais de drôles de petites bougies dans des coupelles de verre rouge, comme celles qu'on voit sur les tables des restaurants. Avec ce petit verre rouge lumineux dans la main et ce châle sombre d'emprunt sur les épaules, elle avait tout à coup l'air vieille, courbée, échevelée. Je me suis approché d'elle pour la prendre dans mes bras, mais j'ai senti à nouveau sur mes doigts la sueur de tous ces inconnus et j'ai eu envie d'aller me laver la main quelque part.

– Eh bien, tu n'as rien compris du tout. Vous vous croyez tous malins, vous êtes persuadés d'avoir la science infuse, et vous compliquez tout ! Les gens inventent Rome et ensuite ils s'étonnent de ne pas la trouver et de ne voir sur le Forum que des os rongés par le temps et envahis par l'herbe drue. Ils inventent le Tibre, ils s'attendent à Dieu sait quoi, alors qu'en réalité, c'est un ruisseau trouble comme une filouterie. Mais il faut aimer ce monde filouté ! C'est tout simple. Il fallait que tu deviennes son Tristan. Il fallait que tu sois lui pour qu'elle retrouve cette journée à Izzalini. C'est toi qui es allongé sous un arbre, un livre à la main, sur un matelas pneumatique, et qui vois descendre des branches au bout de fils invisibles des chenilles noires, lestes, rapides. Elles se jettent sur tout ce qui respire : sur les feuilles, les ombres, les pierres. Ce ne sont pas des chenilles, mais une véritable horde de Tatars. En ce moment, ce n'est rien encore, mais au printemps dernier, ce buisson rose, là-bas, en était couvert et elles n'ont laissé que l'écorce. La vie est partout – tiens tu as posé un instant ton livre sur l'herbe pour ôter ton tee-shirt et quand tu l'as repris, des fourmis couraient déjà sur la page comme si les lettres se sauvaient. Au paradis, il faut être vigilant – il faut faire attention à ce qu'un scorpion ne se glisse pas dans ton sac ou dans ta chaussure. Pour se promener dans le terrain, il faut prendre un bâton et frapper le sol, car il y a des serpents. La maison est sur une colline, le village en bas, caché par les frondaisons des arbres, du balcon, on voit juste la tour du castello et le toit de l'église.

Du village monte le bruit d'une scie électrique et quand elle s'arrête, les oiseaux, les feuilles et le flic flac des pieds nus prennent la relève. Il y a vingt minutes, dans la douche, ses seins se sont durcis et contractés sous l'eau glacée. Mais à présent le soleil tape et tout essaie de se glisser dans l'ombre : l'allée envahie par l'herbe folle, le tuyau d'arrosage oublié par les Étrusques, ta sandale usée et imprégnée de ton odeur. En short et en soutien-gorge de maillot de bain, elle étend le linge sur la corde : côte à côte, tes caleçons et ses culottes, tes chaussettes et ses socquettes se frottent les uns contre les autres et se font des caresses. Elle pose son pied sur le bord du matelas pneumatique et te soulève en le balançant. Sa jambe est couverte de piqûres d'insectes. Elle te tend un tube pour que tu lui mettes de la crème. Il y a ici des bestioles minuscules et sournoises : on ne sent rien, on n'entend rien, mais déjà cela vous démange. Sa jambe élancée est hâlée et légère, elle n'est pas encore broyée par le métal et couverte de cicatrices. La peau est criblée de piqûres rouges qu'elle a irritées en les grattant, sur la cheville, sur le mollet et jusqu'au genou. Tu veux l'embrasser, tremper ta langue dans chaque piqûre, mais elle retire sa jambe en disant : «Tu es fou ! Elle est sale !» Tu l'attrapes par le talon, tu lui embrasses la cheville, Iseult saute sur un pied en riant aux éclats, elle te frappe sur les épaules et sur la tête avec le tube, perd l'équilibre, tombe, s'agrippe à ton cou, le matelas regimbe, se cabre et vous envoie tous les deux dans l'herbe. Pendant ce temps dans le ciel, caleçons et culottes, chaussettes et socquettes, une paire de chaque créature, se sèchent au soleil après le déluge et tant que la terre durera, semailles et moissons, froid et chaleur, été et hiver, jour et nuit jamais ne cesseront. Ensuite, vous allez voir les fresques de Luca Signorelli. La route ondule des hanches. Le Tibre est quelque part en contrebas. On l'aperçoit de temps en temps à travers les arbres et Iseult dit : «Regarde cette drôle de barque !» Mais tu regardes la route. Entre Todi et Orvieto, il y a des Noires assises tous les kilomètres sur le bas-côté. Elles guettent les voitures qui passent. On les amène le matin et on les remmène le soir. Elles se lèvent d'un bond si une voiture freine. Iseult est indignée qu'on oblige ces pauvres femmes à se vendre comme cela, en allant dans les buissons comme des chiens. Tu dis en plaisantant que ce sont des pécheresses. Elle répond : «Les pécheresses, cela n'existe pas.» Après le tournant, une autre Noire suit votre voiture des yeux. À Orvieto, tous les parkings sont bondés, mais vous avez de la chance : quelqu'un s'en va juste devant vous. Vous allez à la cathédrale, mais il y a une messe et une confirmation, ce qui fait que la chapelle où se trouvent les fresques est fermée. Il faut attendre que tout soit fini et de plus, c'est un jour de fête – vous êtes tombés sur la *Palombella*. On voit par-dessus les têtes deux religieuses diriger un chœur de petites filles au fond de la cathédrale, devant l'autel. Les enfants sont en robes blanches et roses. Elles chantent quelque chose de gai, comme si elles interprétaient une scène de music-hall américain, elles se balancent toutes en cadence, tapent dans leurs mains, lèvent les bras tantôt d'un côté, tantôt de l'autre en agitant les doigts. Bientôt la fête commence sur la place. Au-dessus de la foule sont accrochés des nuages en contreplaqué d'où doit sortir une colombe pour annoncer quelque chose d'important sans quoi la vie est impossible. On tire des salves dans un grand fracas. Roulements de tonnerre. Feu d'artifice autour de la Vierge Marie et de la crucifixion, qui disparaissent dans la fumée des fusées. De l'autre côté de la rue, une cage descend au bout d'un câble au milieu des pétarades et des détonations, laissant derrière elle une traîne de fumée bleue. Dans le cylindre transparent, le pauvre oiseau mort de peur palpite et se débat. Les Italiens applaudissent, poussent des cris d'enthousiasme. On peut attendre la fin de la fête dans un restaurant. Par les fenêtres ouvertes, on entend le fracas du tonnerre, véritable cette fois. La colombe libérée du cylindre est sans doute allée se plaindre aux autorités compétentes en réclamant un châtiment. Et voici l'orage et la grêle. Cela tambourine sur le toit de tôle. Assis à la fenêtre, vous regardez dans la rue les énormes grêlons se briser sur l'asphalte et rebondir plus haut que le rebord de la fenêtre. Des gens accourent se réfugier dans le restaurant en criant et en riant aux éclats. Tu dis que tu espères que cela ne va pas casser les vitres de la voiture, tandis qu'Iseult s'apitoie sur les femmes qui sont au bord de la route : les pauvres, elles ne doivent pas être à la fête, dans les buissons ! Des morceaux de glace entrent par la porte ouverte. Le serveur les repousse à l'extérieur avec un balai, en imitant avec force sourires et clins d'œil dans votre direction un joueur de hockey poussant le palet dans les buts. Puis la grêle s'arrête et vous ressortez dans la rue pleine de soleil et de vapeur. Les grêlons étaient gros comme des œufs, mais ils ont déjà fondu et ne sont plus que de la taille d'un petit pois. Tu plaisantes : « Regarde combien de feuilles ont été tuées ! » La fin de la vie est toute proche. Mais c'est toujours comme cela. Parce que tu étais son Tristan, mais tu ne l'as pas compris. Résurrection de la chair. De rien, du vide, d'un enduit blanc, d'un brouillard épais, d'un champ enneigé, d'une feuille de papier surgissent tout à coup des hommes, des corps vivants qui se dressent et vont rester pour toujours, car c'est absolument impossible de disparaître, de périr à nouveau, puisque la mort a déjà eu lieu. D'abord les contours, les pourtours, les bords. Point, point, virgule. La bouille de travers. Tracé point par point. L'homme s'étendra de cette fissure sur le mur à cette tache de soleil. Des ongles des orteils à ceux des mains. Bras, jambes, têtes, poitrines, ventres – tout cela a été trouvé dans la neige, dans le brouillard, dans la blancheur du papier et est à présent exposé pour être identifié. Les corps sont encore transparents comme l'ombre d'un verre vide sur un mur. La réalité est graduelle. La chair est progressive, l'un n'a pas encore de bras, l'autre de jambes, comme les statues des musées du Vatican, et l'entrejambe a été martelé. La surface plane se transforme en volume dans le dos, à l'endroit où saille la clavicule quand on retourne le bras. Effets de muscles pas encore recouverts d'épithélium. Ils rampent, inachevés, sans papiers, ils se dressent sur leurs genoux. Respiration sifflante, marmonnement confus. Ils reviennent dans leur peau. Regardent autour d'eux de leurs yeux encore aveugles. Reniflent. S'extirpent du néant. Et à la jointure des dimensions, le mur, la neige, le brouillard, le papier plongent dans le temps : celui-ci mangeait les grenades avec les alvéoles et les membranes amères, disant que c'était bon contre le tartre ; celle-là essayait d'ouvrir la porte qui résistait sous la poussée du vent ; ils buvaient dehors dans des gobelets en plastique si légers que, dès qu'ils étaient vides, il fallait les remplir à nouveau pour qu'ils ne s'envolent pas. Les fesses retrouvent leur toison. Le superstitieux enfile à nouveau sa sandale gauche avant la droite. Tous les matins, il absorbe avec une grimace le verre de lait d'ânesse que lui a prescrit le médecin perce-oreille contre sa maladie de la poitrine. Celui qui gonfle les narines en chantant rentre chez lui avec cent sicles d'argent pour sa femme, il fredonne, son cheval louche de son œil au blanc bleuté sur les vaches au pis barbouillé de fumier et l'autre, celui qui est au courant de l'incendie et qui a vu les poules et les cochons parcourir les décombres en poussant des cris de bébé quand ils marchent sur des braises, est encore à une demi-journée de route, il vient d'arriver de bon matin sur le rivage encore sauvage après la nuit, où l'on n'aperçoit qu'une pincée de gens au loin et où la pluie a laissé sur le sable une croûte dans laquelle le pied nu s'enfonce. Et voici celle qui aime un homme marié. La première fois qu'il a passé la nuit chez elle, elle a couvert l'icône d'un châle et ensuite, elle l'a retiré. En rangeant des vêtements, elle a enfoncé le doigt dans un trou de mite. Elle passait la serpillière, d'où il montait de la vapeur. Quand sa mère est partie, elle lui a juste recommandé de dégivrer le frigidaire, sans rien lui dire d'important sur l'amour. Ses cheveux sont devenus tout fins et commencent à tomber. L'homme marié l'étreint en lui disant qu'elle a, comme les chats, l'art de transformer n'importe quel point de l'espace en maison, de créer un foyer douillet, d'arrêter les courants d'air par son amour et il lui explique que c'est parce que la femme a l'âme pleine de courants d'air qu'elle n'a pas de maison intérieure, qu'elle est étrangère à elle-même et ne peut combler ce vide que grâce à la force de l'homme. Elle aimait humer sa barbe de lin. Elle avait lu quelque part qu'il ne fallait chercher à retenir personne le jour en profitant de ce qui s'était passé la nuit. Dans la salle d'attente de la polyclinique, elle regarde ses pieds en pensant : un triangle isocèle tronqué aux genoux. Que peut bien dire le médecin ? Il a dit que les maladies sont causées par les peines et les offenses et qu'elles se soignent par l'amour. Il a demandé : votre maman a tué des enfants en elle ? Oui. Vous voyez, elle a tué l'amour et maintenant, vous payez pour elle. Le vieux voisin avait bu son thé, il avait rentré sa barbe sous sa pelisse et s'apprêtait à partir, quand elle a remarqué qu'il avait empoché une de ses culottes. Sans rien dire, elle l'a discrètement remplacée pas une autre, pas encore lavée. Et voici le guerrier qui est revenu de la guerre vivant, mais avec la mâchoire fracassée, et à qui on a mis un tuyau d'argent dans la gorge. Quand il avait quatre ans, il a été rossé par des gamins dans la cour. Le futur guerrier est venu se plaindre à sa maman, qui faisait la lessive. Elle a posé son linge et lui a dit d'une voix compatissante : « Mon pauvre petit ! » Puis elle a tordu un caleçon de son père et en a fouetté de toutes ses forces le dos du garçon en lui disant : « Ne viens plus jamais te plaindre ! » À Poltava, il n'y avait pas de sapins, on a donc apporté un pin pour le Nouvel An. Un enfant est une boule de chaleur roulée à côté de vous et à qui il est si facile de faire du mal. Rien n'est provisoire – ce qu'on a écrit sur l'eau autrefois en récupérant avec une fourche un ballon tombé dans l'étang, reste tracé pour toujours. Le voisin aux yeux exorbités menace le gamin d'une raclée avec le tuyau de sa machine à laver, sa femme a un goitre qui sort comme une énorme poire par-dessus son col d'une largeur prodigieuse. Il a ouvert la grenouille au rasoir et a regardé se contracter son cœur minuscule. Il avait aussi inventé de faire des piqûres aux grenouilles : il prenait un stylo, leur perçait la peau avec un bruit sec et leur injectait de l'encre. Les petites filles jouent à la dînette dans les buissons d'arbres de mai à côté de la douche – avec des pissenlits, on peut préparer trois plats : des macaronis, de l'omelette et du hareng. Si on les lèche, les pétales de la petite fleur écarlate peuvent se coller sur les ongles et cela fait comme du vernis. Elles courent aux cabinets s'asseoir au-dessus du trou d'où souffle de l'air froid. En hiver, la datcha est sans cesse cambriolée. Il a fini par laisser un mot : « Camarades voleurs ! Vous avez pu constater qu'il n'y a ici ni objets précieux, ni boissons alcoolisées. S'il vous plaît, ne détruisez rien et ne cassez pas les vitres, nous ne sommes pas riches. » La fois suivante, il a franchi la barrière, traversé le jardin à la tombée de la nuit en suivant le sentier jonché d'étoiles et a trouvé la maison complètement saccagée et souillée, avec son mot par terre, maintenu par un tas d'excréments. Quand il a pris une pelle pour les enlever, le tas gelé a tinté contre le métal. L'homme est un caméléon : s'il vit avec des musulmans, il est musulman, s'il vit avec des loups, il est un loup. Les Russes ne mangent pas de pigeons parce que c'est sous cette forme qu'est apparu le Saint-Esprit. Une plainte est arrivée de Corinthe : ils ont pris à bord un passager qui s'est avéré être un prophète ; il a rendu la vie à des harengs qui ont filé sur le pont glissant et ont plongé par-dessus bord. Passe encore s'il ne s'était agi que d'un poisson, mais là, tout le tonneau y est passé et l'équipage est resté sans provisions. Mangez, ne restez pas le ventre creux, vivez, ne mourez pas. Les âmes, nous enseigne Héraclite, viennent de l'eau, mais ont tendance à se dessécher. On doit parfois dire oui à des gens méchants et étrangers et non à des proches que l'on aime. Comment peut-on avoir la moindre certitude si demain le Tonnant peut se lever du pied gauche et si l'on doit renoncer au toit paternel pour une trirème, ou si l'on est capturé par des pirates en allant à Syracuse manger des crêpes chez sa tante, ou bien égorgé dans son sommeil par un esclave fugitif ? Voyageur, où vas-tu ? Tu crois que tu vas à Sparte ? La neige s'est remise à tomber si épaisse que les tramways se sont arrêtés. La résurrection de la chair. Bachmatchkine[1] est l'âme, le manteau, le corps. Laissez-lui son manteau, et il ne poursuivra plus les passants. Laissez tout tomber et allez à Rome, on y est tout près du ciel ! Il souffrait d'insomnies. Souvent, la nuit, il venait dans ma chambre quand j'étais déjà couché, la chandelle éteinte, s'asseyait sur le petit divan de paille tressée et somnolait un long moment, la tête dans les mains. Au milieu de la

---

1. Nom du héros du *Manteau* de Gogol, Akaki Akakiévitch.

nuit, il revenait dans sa chambre sur la pointe des pieds, s'asseyait sur son divan et restait là à demi assoupi. Au lever du jour, il défaisait son lit pour que la bonne ne s'inquiète pas et croie qu'il avait dormi normalement[1]. Il avait peur de mourir dans son sommeil et s'efforçait de ne pas dormir la nuit. Quel air! Quand on inspire, on a l'impression qu'il entre au moins sept cents anges dans vos narines. Vous me croirez si vous voulez, mais j'ai parfois une envie folle de n'être plus qu'un nez, de ne plus rien avoir d'autre – ni yeux, ni bras, ni jambes, rien qu'un énorme nez avec des narines grandes comme des seaux, pour humer le plus possible de bonnes odeurs et de printemps[2]. Quand je me suis approché du corps de Gogol, j'ai eu l'impression qu'il n'était pas mort. Le sourire sur ses lèvres et son œil droit resté entrouvert me firent penser à un sommeil léthargique, si bien que je n'osais pas prendre le moulage de son masque[3]. Il avait peur de ne pas mourir. Il faut aussi ressusciter cette bouteille entourée de paille tressée : tout en jouant, ils buvaient du vin sec et Gogol vidait adroitement la couche d'huile d'olive qui servait de bouchon et empêchait le vin de se gâter[4]. Car les objets sont aussi de la chair. Comme cette brique moussue dans les phlox de la datcha, avec un mille-pattes dessous. Ou ce tourne-disques au bras bandé de chatterton bleu dans le sous-sol de la rue des Vieilles-Écuries. Et ce froid, il y a bien des années, quand le métro était couvert de croûtes de glace et que le concierge versait avec un seau un mélange de sable et de sel qui durcissait encore plus le verglas, c'est de la chair. Et il y a aussi les couleurs. Les feutres de couleur rangés dans un verre sur l'appui de fenêtre sont tous noirs à contre-jour. La cuvette des cabinets roussie par l'eau ferrugineuse ou par la rouille des tuyaux. Les gencives qui saignent et la brosse à dents auréolée de mousse rose. Et les godets d'aquarelle au miel. Et les sons. On entend à nouveau horloges et réveils, comme s'ils sortaient d'hibernation, comme s'ils se remettaient en marche après un long silence – d'abord l'horloge, d'un pas tranquille, puis le réveil, à cloche-pied. Les vieux disques craquent comme du bois dans le poêle. Une bouteille vide roule sur le sol dans une salle de cinéma. Il faut aussi ressusciter ce rire à l'usine de caoutchouc, quand il fallait arrêter la chaîne. Sans oublier le silence et le vide. Le vide des hommes

---

1. Extrait de *Gogol à Rome*, de Pavel Annenkov.
2. Extrait d'une lettre de Gogol à Maria Balabina (1838).
3. Souvenirs du sculpteur Ramazanov.
4. Extrait de *Gogol à Rome*.

creux trouvés à Pompéi. Le séjour dans le néant. Les pécheresses qui n'existent pas. Car l'absence aussi est charnelle. Le silence est une créature née de la parole, comme le vide enfermé dans une pièce ou comme, la nuit, sur le pavé mouillé, le reflet des réverbères qui se multiplie à la façon des végétaux, par marcotage. Ou comme ces empreintes digitales dans le ciel, mais non, c'est une volée d'oiseaux qui s'est scindée en plusieurs bandes. L'homme a été prénommé Frêne et la femme Aubépine. Adam possédait les parties est et nord du paradis et moi, je veillais sur l'ouest et le sud. Adam régnait sur les animaux mâles et moi, sur les animaux femelles. Au Jugement dernier, les pécheresses et les tractoristes seront voués au supplice. Et je vis un fleuve de feu et une grande multitude d'hommes et de femmes tels des grains de moutarde, debout dans les flammes, les uns jusqu'aux genoux, d'autres jusqu'à la taille, d'autres encore jusqu'à la bouche et les derniers jusqu'aux cheveux. Question : Qui sont ces gens dans le fleuve de feu ? Réponse : Ce sont ceux qui n'ont ni chaud ni froid. Bien qu'ils aient achevé leur vie terrestre, ils ne sont point au nombre des justes, car ils ont passé une partie de leurs jours dans le respect de la volonté de Dieu, mais le reste dans le péché et la luxure et ainsi toute leur vie durant. Question : Pourquoi es-tu nu ? Réponse : Tu ne sais donc pas que tu l'es aussi ? Car tu es vêtu de la peau de brebis terrestres, qui pourrira en même temps que ton corps. En regardant le ciel, j'ai vu mon visage et mes vêtements tels qu'ils sont, sous leur aspect véritable. Question : Combien de parties a l'âme ? Réponse : Trois – l'une faite de paroles, l'autre de fureur, la troisième de désirs. Question : Combien y a-t-il au juste de dieux ? Réponse : Sept cent soixante-dix-sept. Question : Et plus précisément ? Réponse : Cent cinquante. Question : Et en réalité ? Réponse : Un seul. Question : Dis la vérité ! Réponse : Moins d'un. Question : Faut-il dire à une mère que son fils s'est noyé en mer ou qu'il est parti au loin et n'est pas revenu ? Question : Dis-moi, Sidrak, combien de gouttes de pluie sont tombées sur terre depuis le commencement du monde et combien en tombera-t-il encore ? Question : Si on est entouré de congères, pourquoi la marque rouge d'un l'élastique de culotte ne serait-elle pas une liane ? Réponse : Il n'y aura pas de Jugement dernier. Il n'y a rien à craindre. Il ne se passera rien qui n'ait déjà eu lieu. On cherche à nous faire peur ! Mais que pourrait redouter une vieille devant son miroir aveugle ? Moi qui mourais de peur de devenir vieille et qui suis pour cela condamnée à vivre longtemps, quel autre châtiment pourrais-je encore subir ? Oui, c'est vrai, j'ai égaré ma loupe, je l'ai cherchée toute la journée alors que cette fripouille était sur la cuisinière et regardait, le verre écarquillé, la vieille bête que je suis. Elles sont loin, les neiges d'antan. Mes doigts sont tordus par l'arthrite. Ma peau pend comme un rideau froncé. Je suis toute petite, une poupée dans son cocon, une guenon crevée. Je me perds dans mon lit. Je fouille mon passé pendant mes nuits sans sommeil. J'exhume ma Troie, qui n'a peut-être jamais existé. Je déblaie le sable et les débris à la pelle. Soudain brille un morceau de porcelaine – là, il faut y aller tout doucement, au pinceau. Une fois l'objet exhumé, je l'examine sous tous les angles, je le regarde au jour, je le renifle, je le gratte de l'ongle. Mon premier amour était un chiot en porcelaine. Papa m'avait amenée devant le buffet et m'avait dit que ce n'était pas un chiot ordinaire, mais magique, qui m'aimait et me préparerait tous les jours un bonbon si j'étais sage. Il a pris le chiot, lui a ôté la tête et j'ai vu que le corps était creux et qu'il y avait un bonbon à l'intérieur. Je faisais tout mon possible pour être sage et chaque jour, je recevais de mon cher petit chien en porcelaine un bonbon magique, prodigieux, extraordinaire, incomparable, le meilleur du monde. Mais un jour, je suis entrée dans la pièce en coup de vent et j'ai vu mon père accroupi, un sac de bonbons dans la main et le chiot sans tête par terre à côté de lui. Il a eu l'air gêné en me voyant et m'a tendu le bonbon qu'il s'apprêtait à déposer à l'intérieur. Je l'ai mis dans ma bouche, mais je ne l'ai pas trouvé bon. J'étais allergique aux chats, cela a commencé quand j'avais six ans, personne n'y comprenait rien. Moi, je savais pourquoi, mais je ne le disais à personne. Quand j'étais toute petite, j'avais un chat qui est devenu vieux et est allé mourir dans les champs. Les chats se cachent pour mourir. Depuis, je suffoquais s'il y avait un chat dans la pièce. C'est pourquoi, la première fois que cela devait arriver avec l'homme que j'aimais et qui était marié, j'ai eu une crise. Nous étions venus chez lui. Sa femme et ses enfants étaient à la campagne. Il m'a embrassée et peu après, j'ai commencé à étouffer. Je lui ai demandé s'il n'y avait pas de chat dans la maison. Il m'a répondu que non. Mais je le sentais. En fait, ils en avaient un, qui était lui aussi à la campagne, mais qui avait laissé des poils partout. J'ai dit que je ne pouvais pas, que je me sentais mal, mais il croyait que je me faisais prier, que j'inventais des bêtises, que c'était un jeu. Il a commencé à me déshabiller, mais je ne pouvais plus respirer. Avant, je n'arrivais pas à comprendre comment tout cela pouvait se passer en même temps : je suis ici, ma loupe à la main, et aussi là-bas, en train de le serrer contre moi et de sentir que je perds connaissance, que je meurs, que j'étouffe. Mais maintenant je comprends que c'est tout simple. Tout se passe toujours en même temps. Tu es en train d'écrire cette ligne pendant que moi, je la lis. Tu vas mettre un point à la fin de cette phrase et j'y arrive juste au même instant. Rien à voir avec les aiguilles des horloges, que l'on peut avancer ou reculer. C'est une question de fuseaux horaires. Les pas du cadran. Tout se passe en même temps, mais les aiguilles des horloges s'égaient dans tous les sens. Un vrai cirque, tout cela parce que le soleil se lève à la fenêtre de la cuisine et se couche à celle de ma chambre, derrière le citronnier qui a poussé dans le pot où j'avais planté un pépin, et est devenu un bel arbuste. C'est comme la nuit du Nouvel An – à Londres on est encore en train de mettre le couvert et au Japon, tout le monde est déjà ivre. Moi, par exemple, j'attends ma retraite pour vendredi, mais les nuages de ce vendredi sont encore dans les canalisations. Le prisonnier est encore en train de griffonner une barque sur le mur de sa cellule, mais en même temps, il descend déjà le Tibre en direction d'Orvieto. Je vous disais, mes chers enfants, au cours d'éducation civique, qu'il n'y a que les vieilles qui croient en Dieu et en même temps, je murmure dans mon oreiller : Seigneur, qui es aux cieux et je me dis : comme c'est beau « aux cieux »... Je Le remercie pour chaque jour que j'ai vécu, pour l'amour qui m'a été donné. Et je Lui demande pardon de vous avoir affirmé qu'on ne pouvait pas prouver l'existence de Dieu. Cela ne tient pas debout ! Un miracle est une preuve. Or la mort est un miracle. Je mourrai. Quelles autres preuves faut-il encore ? C'est par habitude qu'on le représente barbu et vêtu d'une sorte de chlamyde. En réalité, ce n'est peut-être pas un vieillard terrible assis sur les nuages du vendredi venus des canalisations, mais un estivant qui erre sur une plage de la Baltique, une boîte d'allumettes à la main, scrutant les paquets d'algues rejetés sur le rivage à la recherche d'ambre et dont les sandales font craquer les coquillages sur ses pas. Ou bien c'est la vendeuse qui me disait : « Prenez donc de bonnes bananes, au lieu de choisir les pourries ! » Ou encore cet embrouille-tout qui s'est introduit au salon et a mangé le melon. Mais le plus probable est que ce n'est aucun des trois, mais quelque chose de très simple, une sorte d'herbe. L'herbe drue. Qui pousse tranquillement et prend racine dans chaque fissure. On savait autrefois que c'est un dieu de la famille des cryptogames, mais on l'a oublié. À présent, on visite les ruines des temples sans remarquer l'essentiel : les temples ne faisaient qu'indiquer l'emplacement des collines ou des bois sacrés, car les vieillards terribles, les estivants et les embrouille-tout vivaient non pas dans les sanctuaires, mais dans les cimes, dans le vent, dans l'herbe. Tout est dans l'herbe drue. Si on cesse de croire au dieu des origines, celui-ci ne disparaît pas pour autant, mais continue à vivre à l'écart, tout doucement, sans se faire remarquer. Tu te souviens de cette maison dédiée à tous les dieux ? Comme tout se produit simultanément, tu marches en ce moment avec elle, qui a ou non des cicatrices sur les jambes, peu importe, via Pastini, puis vous débouchez sur la piazza Rotonda et le voici, le temple des temples, perdu dans la cohue des maisons, bousculé de tous côtés par des bâtisses loqueteuses. Sous la colonnade, des Romains en armure de plastique importunent les touristes – ce sont les streltsy de la place Rouge qui ont changé de costume. Quand vous pénétrez à l'intérieur par l'étroite fente entre les battants massifs des portes de bronze verdies par le temps, un courant d'air passe sur votre peau nue et moite, comme si quelque chose détalait entre vos pieds, un chat invisible ou le dieu des chats. Vous passez de la canicule à la pénombre et à la fraîcheur. Tous les regards se lèvent vers l'oculus. Il est soutenu par un pilier oblique de lumière faite de poussière et de brume. Sous le plafond volent des insectes qui s'illuminent quand ils passent dans le rayon. Sur un stand, il y a une photo ancienne où l'on voit des barques, ou les dieux des barques, voguer dans le temple pendant une inondation. Tout en haut, sous la voûte quadrillée se dissimulent ceux que le naïf Théodose s'était mis en tête d'abolir par un édit, qu'il avait décidé d'évincer en installant ici Marie l'immaculée et les martyrs, en ramenant vingt-huit charrettes d'ossements des catacombes. Finie la belle vie ! Vous parlez d'un palais ! On turbine pendant qu'ils dînent. Pas de détours, chacun son tour. En se poussant bien, tout le monde tient. Bien mal acquis ne profite jamais ! À quoi bon se laver s'il n'y a personne à embrasser ? Qui aime bien pressure bien. Le mandat d'expulsion est là, mais comment expulser des occupants invisibles ? Peut-être qu'ils sont ici dans tous les coins, suspendus la tête en bas comme des chauves-souris. Enveloppés dans leurs ailes, recroquevillés, roulés en pelotes vivantes, ils attendent leur heure. Mais la divinité suprême, le Tout-Puissant, n'attend personne, car ce n'est pas pour rien qu'il est l'herbe drue. Seulement on ne le voit pas tout de suite. Il faut aller dehors. Allons-y, je vais te le montrer. Tu sors le premier et la femme qui a et en même temps n'a pas de cicatrices sur les jambes reste à l'intérieur, le temps de laisser passer un groupe de touristes. Pendant que tu l'attends, debout entre les colonnes – cela dure une minute ou toutes ces années – et que de son côté elle attend que tous les touristes soient sortis pour ne pas être bousculée dans le passage, je vais te montrer le plus important, ici, près des murs de brique du côté et du fond de l'édifice, on découvre un rocher de calcaire rose sur lequel sont posés des chapiteaux de colonnes et les fragments d'une frise représentant des dauphins, tout cela garni de mousse et recouvert de ce dieu, tu vois, léger et bouclé. Chez nous, c'est une plante d'intérieur, qui a besoin de la chaleur des hommes pour survivre, mais ici, elle pousse comme de la mauvaise herbe. Son nom, dans une langue morte qui désigne des choses vivantes, est *Adiantum capillus veneris*. L'herbe drue de la famille des adiantacées. Le cheveu de Vénus. Le dieu de la vie. Il frémit légèrement dans le vent, comme s'il hochait la tête pour dire : oui, oui, c'est bien cela, c'est mon temple, ma terre, mon vent, ma vie. L'herbe des herbes. Je poussais déjà ici avant votre Ville éternelle et j'y pousserai encore quand elle aura disparu. Quant à ces barbus en chlamyde qui ont inventé la conception par le péché, vous pouvez les dessiner et les sculpter tant que vous voudrez. Je percerai toutes vos toiles et passerai à travers tous vos marbres. Je suis sur chaque ruine du Forum et sous chaque brique dans les phlox. Là où l'on ne me voit pas, il y a mon pollen. Et là où je ne suis pas, j'ai été et je serai. Je suis là où vous êtes. Vous êtes sur la piazza Colonna – moi aussi. Les manifestants ont enfilé des blouses blanches et scandent dans le mégaphone : *Morire con dignità!* Ce sont des médecins d'une clinique oncologique qui menacent de faire grève si on n'augmente pas leur salaire. Ils abordent les passants pour leur faire signer une longue pétition, car vous aussi, tôt ou tard, vous devrez faire des examens d'oncologie ! Vous, monsieur, comment va votre prostate ? C'est à surveiller. Nous nous reverrons ! C'est ici, sur le Corso, où l'on se bouscule et où les cravates sont si bon marché qu'on s'en nourrirait, qu'ont lieu les courses de juifs. Ils doivent courir nus. Dans le plus simple appareil, comme le Christ quand ils l'ont crucifié. C'est un vrai carnaval. Carnavalissimo. Le peuple entier se divertit et exulte. Le dernier traîne-misère qui n'a rien à se mettre retourne son blouson, se barbouille la figure de charbon et se précipite là-bas, dans la foule bariolée. Cette gaîté est dans sa nature. Mangeons, buvons, gai, gai, tous à la noce ! Bien entendu, les juifs ont payé pour être exemptés, il ne reste qu'un Orotche. Un tailleur qui n'a ni habit ni oreiller, mais une femme, des enfants et tous les soucis qui vont avec. Les Toungouses conduisent l'Orotche sur le Corso, sa femme et ses enfants pleurent très fort en faisant leurs adieux au papa, car on ne finit jamais la course vivant. On distribue des verges au public. L'Orotche ôte son pantalon et toute la rue se tord de rire. Nu, couvrant sa honte de ses mains, il déclare : « On va bientôt me tuer, mais avant je voulais dire que je vous aime très fort, toi, Génetchka et toi, Aliocha et toi, Vitenka ! » C'est le départ, attention, marche ! Il court et on le frappe. Pitié, mes frères. Il court et on le frappe. Pitié, mes frères. C'est fini, il ne peut plus courir. Il est tombé. Maintenant il va falloir mourir. Soudain, il voit quelqu'un qui court derrière lui, tout nu, tout maigre. Qui est-ce ? L'homme n'a que la peau sur les os, sa sueur est mêlée de sang, sa barbiche tremblote. On voit que lui aussi sera bientôt kaput. Son nez n'est pas comme le mien, se dit l'Orotche, donc, ce n'est pas moi. Il faut dire que l'Orotche connaissait tous les juifs de Rome. C'est un étranger. D'où venez-vous ? demande l'Orotche. Votre tête me dit quelque chose, mais d'où est-ce que je vous connais ? Je n'ai jamais quitté Rome, je n'ai jamais mis le nez au-delà de l'orée de la ville. Tout ce que je connais, c'est le bouleau blanc devant ma croisée, saupoudré d'argent, de neige irisée. Et pourquoi courez-vous ? Car enfin, c'est ma course, c'est moi qui dois mourir ! Mais peut-être que je suis déjà mort ? Et l'autre répond : «Vous ne pouvez pas me connaître, parce que c'est moi qui suis mort depuis longtemps, alors que vous êtes encore vivant. Vous avez l'impression de me connaître parce que nous sommes tous à l'image et à la ressemblance : les mains, les pieds, le petit concombre et parce que l'âme, comme le corps, sent sa propre odeur et aussi celle de sa nourriture. Et surtout, il faudrait se rappeler dans quel sens était tournée ma main, vers le haut ou en arrière, tenant la tête. Seulement je ne pourrai sans doute jamais m'en souvenir. Mais pour vous, en ce moment, c'est sans importance. Vous devez vivre, vous, avec Génetchka, Aliocha et Vitenka. Je vais courir à votre place. L'Orotche s'étonne : mais vous n'êtes pas juif ! L'autre lui répond en souriant : vous ne savez donc pas que dans le royaume du roi Mateush, il n'y a plus ni juif ni Grec ? Alors, rentrez chez vous, dînez, allumez la télévision, jouez avec vos enfants, lisez avant de vous endormir l'histoire d'Urfin Jews et de ses soldats de bois, puis remontez votre réveil et dormez sur vos deux oreilles pendant que moi, je courrai à votre place. À la place des juifs et des Sarmates et des Orotches et des Toungouses et des empereurs et des philosophes. Allez, on vous attend à la maison ! Et regardez bien sur les côtés ! Ici, ils foncent tous comme des fous. Le voilà parti en petites foulées. Doublant les passants et les groupes de touristes. Sautant par-dessus les bouches d'égouts sous lesquelles se cachent le sénat et le peuple romains. Il court sur le Corso en direction de la piazza Venezia, où il est impossible de traverser la rue sans l'aide d'un guide intrépide qui se lance, brandissant sa canne de bambou comme une épée, en travers de la circulation. Si on se retourne en haut des marches, on ne voit que la queue de l'étalon de Victor-Emmanuel et en dessous, les boulets de canon chevalins dominant Rome. Au-dessus du Capitole, les oiseaux ont à nouveau pris la forme du nez de Gogol, avec des narines grandes comme des seaux où s'engouffrent sept cents anges. Les augures suivent son vol des yeux pour prédire les événements. Un chat borgne se hâte vers le Forum. Les dalles de la via Sacra sont usées, les unes sont convexes, les autres concaves, les triomphateurs devaient être drôlement secoués dans leurs chars. Le lac sacré, Lacus Curtius, est bien plus petit qu'une flaque printanière sur notre marché de Friazino. Sous l'arc de Septime Sévère, assis sur une souche de pierre, je boirai une petite bière. Ici, c'est la prison Mamertinum, *carcere Mamertino*. Mais dites-moi, où a été assassiné Jules César ? Attendez, pas si vite, nous n'y sommes pas encore, il n'est pas encore tué, il est toujours vivant. Donc, c'était la principale prison politique de l'empire. Elle nous paraît petite, il n'y a que deux salles, une en haut et une en bas. On ne pouvait accéder à celle du bas que par un trou communiquant avec celle du dessus. En haut, il y a un autel dédié à Pierre, qui selon la légende, a été emprisonné ici avant son exécution, mais ce n'est attesté par aucun document, alors que Tacite raconte dans ses *Annales* comment fut ici mis à mort Sejan, préfet du prétoire, qui avait essayé d'organiser un complot contre Tibère. Le corps de l'insurgé malhabile fut livré à la foule qui le mit en pièces, puis au bout de trois jours, on le jeta dans le Tibre. Mais cela ne suffisait pas. On amena ici ses enfants. La plus petite ne comprenait rien à ce qui se passait. Elle demandait sans cesse de quelle faute on voulait la punir, promettait de ne plus recommencer et suppliait qu'on lui infligeât le châtiment réservé aux enfants, c'est-à-dire deux coups de verge. Comme les juristes s'étaient aperçus que dans toute l'histoire de Rome, jamais on n'avait exécuté de petite fille qui n'était pas encore femme, les bourreaux la déshonorèrent avant de l'étrangler. Mais personne n'ira ériger un autel à cette enfant. Parce que Pierre n'a jamais été à Rome, alors qu'elle l'a été. Parce que s'il existe vraiment quelque chose d'authentique, on le cherche, non pas là où on l'a perdu, mais à Rome, où le temps se comporte bizarrement – il ne s'écoule pas, mais s'accumule, remplit la ville à ras bords, comme si on avait bouché la bonde avec le Colisée. Parce que si l'amour a existé, rien ne peut le faire disparaître. Et il est absolument impossible de mourir si l'on aime. Me voici couchée en pleine nuit sans trouver le sommeil et je repense à tous ceux que j'ai aimés. Aveugle, je les vois devant mes yeux. C'est si pénible de passer ses dernières années toute seule. J'avais tellement envie d'un enfant! Celui qui était en moi au musée d'Ostankino, au lieu de naître, est devenu un poisson et est parti à la nage. Alors j'ai prié : «Herbe drue, donne-moi à nouveau un bébé!» Elle m'a répondu : «Mais tu es vieille!» Moi : «Et alors?» Elle : «Mais rends-toi compte, cela fait longtemps que tu n'as plus ce qu'ont les femmes!» Moi : «Et alors? Qu'est-ce que cela peut faire? Sarah non plus n'avait plus rien depuis longtemps, et tu lui en as pourtant donné un! Fais un miracle, qu'est-ce que cela te coûte?» Alors l'herbe drue a dit : «Bon, puisque tu insistes, qu'il en soit selon ton désir.» Me voici partie à la boulangerie chercher du pain de Borodino, je clopine, toute courbée, en m'appuyant sur ma canne et je vois arriver en sens inverse une Tsigane qui a trois bras. Elle est toute trempée, comme si elle venait de traverser une rivière à la nage. D'une main, elle tient un petit enfant, lui aussi tout trempé, tout ruisselant, et de l'autre, une poire dans laquelle on a mordu. De la troisième, elle me caresse la tête en me disant : «Je viens d'échapper à des brigands, c'est pour cela que je suis toute mouillée. Ne t'inquiète pas : j'ai beau être une Tsigane, je ne suis pas n'importe qui, mais la très-pure, l'immaculée, il ne reste aucune trace, ni cicatrice ni suture, je suis intacte comme la mer Rouge qui s'est ouverte, puis refermée. Elle a craché sur la poire et me l'a tendue : tiens, mords dedans! J'ai mordu dedans et jamais de toute ma vie je n'avais rien goûté d'aussi délicieux. Je suis repartie vers la boulangerie et, chemin faisant, j'ai senti que j'étais enceinte. J'avais la nausée. Je me suis agrippée à une palissade, j'ai vomi et me suis essuyé la bouche avec de la neige fondue. Le lendemain matin, je me suis réveillée en pensant : tout cela était sûrement un rêve. Je me suis regardée dans le miroir et je n'en ai pas cru mes yeux – j'avais rajeuni! Mes seins avaient gonflé. Mon ventre avait déjà grossi. J'ai eu peur : qu'allaient dire les voisins! Ils vont penser que la vieille a perdu l'esprit! Je me suis cachée de tous, essayant de dissimuler mon ventre. Mais comment faire? Il grossissait à vue d'œil. Et c'était vivant à l'intérieur. Un ventre vivant. Mon petit pois était revenu! Je guettais ce qui se passait en moi et sentais l'enfant remuer. Mais je cachais ma grossesse à tout le monde, je me comprimais le ventre, seulement impossible de le dissimuler tant il était gros. Je me suis mise à éviter tout le monde, je ne suis plus sortie. Je restais au lit sans bouger. Mais il va bien falloir accoucher. Et cela a commencé en pleine nuit. Je ne pouvais plus rien y faire. J'avais des contractions. Et des douleurs horribles, insupportables. J'ai continué à souffrir sans oser appeler quelqu'un. Soudain, c'est sorti de moi comme un coup de canon. Un garçon ? Une fille ? Je n'y voyais rien, il fallait que j'allume la lumière. Dans le noir, j'ai cherché à tâtons sur la table de chevet, j'ai accroché le fil et voilà la lampe qui se fracasse par terre ! J'ai essayé de me lever, mais je n'en avais plus la force. J'ai glissé sur quelque chose et suis tombée en me cognant la tête. J'étais par terre, j'entendais tout, je voyais tout, mais bizarrement, comme derrière une vitre, comme si je n'étais pas couchée sur le plancher, mais debout sur le balcon, regardant dans la chambre et me voyant à côté du lit dans une sorte de mare, à côté de ma lampe brisée. Quelqu'un est accouru et a dit : « C'est fini, elle ne souffrira plus ! » Tout autour, il fait nuit noire. Tout le monde dort. Le vent dort lui aussi. Tous les souliers, les chaussures et les sandales dorment, las d'avoir marché tout le jour. Les poissons sont endormis dans le jardin. Les oiseaux sont endormis dans l'étang. Et Rome dort, la ville des morts où tout le monde est vivant. Elle s'est calmée et dort d'un sommeil de plomb. Il n'y a de lumière qu'à une fenêtre, là où un lieutenant de Riazan, grand amateur de bottes, essaie sa nouvelle paire et va une fois de plus vers son lit pour la retirer et se coucher, mais c'est plus fort que lui, il lève le pied et s'extasie sur la forme admirable du talon. L'estomac digère Berne. La baguette de pain brille de l'intérieur. Si on tire sur le bout du cheveu collé sur le savon, les continents vont partir à la dérive. Les boyaux de la terre sont endormis. Les crayons blancs aussi. Les jeunes filles dorment comme si elles nageaient, le bras droit devant elles sous l'oreiller et le gauche en arrière, la paume tournée vers le haut. La nuit, le bruit des fontaines est plus fort. Il n'y a personne à celle de Barcaccio. Ni à celle de Trevi. La fontaine des fontaines, le vaisseau-amiral conduit sa flottille jaillissante vers la mer de pierre endormie. Personne n'a la peau aspergée par la poussière d'eau. Personne ne boit la délicieuse *Acqua Virgo*, personne ne jette de pièce de monnaie par-dessus son épaule en disant : « Voici ton obole, passeur de chèvres, de loups et de choux, maintenant, c'est toi le débiteur ! » Par l'ouverture de la coupole du Panthéon qui a maintenant des étoiles plein les yeux, les chauves-souris s'envolent dans la nuit en zigzagant. Sous le pont menant au château Saint-Ange passe la barque griffonnée sur le mur, elle est vide. Le Forum est désert et silencieux, seuls les chats restent assis, les yeux rivés sur les mains coupées. Le jour va bientôt se lever. L'architecte du ciel prend ses ciseaux pour y découper tout ce qui est en trop : la colonnade de Saint-Pierre, le pont aux anges. Lui aussi est un embrouille-tout : au lieu des anges, il découpe des officiers de Sébastopol attachés, qui essaient de remonter à la surface tandis que des lambeaux de leurs chemises se soulèvent comme des ailes. C'est peut-être lui, le Bernin, qui a tout mélangé ! On lui avait demandé de sculpter dans le marbre une vieille femme qui n'a pas enfanté et voulait en empêcher les autres et qui, au moment de mourir, a marmonné : « Voici venue l'heure tant désirée, mon seigneur ! Voici venu le temps de nos retrouvailles, mon fiancé, ma mort ! » Mais à la place, l'embrouille-tout a sculpté une jeune fiancée. Qui a pour fiancé le cheveu de Vénus. Le jour se lève. Sur l'escalier d'Espagne sont entassés les détritus de la veille. Du côté de Monte Pincio quelqu'un crie : « *Éloï ! Éloï ! Lama sabachtani ?* » Un ange noir se tient immobile à l'angle de la piazza del Popolo, déployant ses ailes faites de sacs. Sur le Corso court, écartant les premiers passants du matin, Galpétra, celle du dessin, moustachue, nue, ses énormes seins ballottant sur les côtés, un petit pois dans le ventre. Elle se dépêche, elle veut rattraper l'homme qui trotte devant elle en petites foulées vers le royaume du roi Mateush, elle lui crie : « Attendez, prenez-moi avec vous pour courir à la place de tous les autres, nous irons ensemble ! » À l'extrémité de la rue, un guide solitaire lève bien haut un parapluie roulé avec un foulard couleur d'aurore accroché au bout, l'air de dire : « Ne vous perdez pas, suivez-moi, je vais vous montrer ce qu'il y a de plus important dans cette ville éphémère ! » C'est un obélisque égyptien avec un nuage rose accroché au sommet qui appelle : « Où êtes-vous ? Suivez-moi ! Je vais vous montrer l'herbe drue ! »

Zurich-Rome, 2002-2004

Traductions des passages en langues étrangères

Page 11 :

    Herr Fischer : «Monsieur Fischer», en allemand.

Page 31 :

    Sie sind ja Frau Eggli, oder? : «Vous êtes bien Mme Eggli?» (all.)
    Nein, das bin i nöd! : «Non, ce n'est pas moi!» (suisse allemand)

Page 153 :

    Lampendrote : «Pains-lampes.» (all.)
    Senatus Populus Que Romanus : «Le Sénat et le peuple romains», en latin.

Page 156 :

    Cento giorni come questo! : «Cent jours comme celui-ci!», en italien.

Page 161 :

    Benvenuto all'Italia! : «Bienvenue en Italie!» (it.)
    Gottverderdälli : juron suisse allemand.
    Ecco Roma! : c'est cela, Rome! (it.)

Page 166 :

    Sancta Sanctorum : «Le Saint des Saints.» (lat.)

Page 173 :

    Bitte, kein Deutsch! : «Pas d'allemand, s'il vous plaît.» (all.)
    Bitte, nehmen Sie Platz : «Asseyez-vous, je vous en prie.» (all.)

Pages 206-207 :

– Baumann, Direction des affaires sociales et de la sécurité. (all.)
(…)
-Bonjour, monsieur Baumann, que puis-je faire pour vous ?
– Nous avons une affaire urgente, vous ne pourriez pas venir tout de suite ?
– Non, monsieur Baumann, je regrette, mais je ne peux pas.
– Dommage. C'est vraiment urgent. Et je ne trouve personne. Peut-être pourriez-vous faire un saut ? J'ai ici un jeune homme à qui je dois annoncer quelque chose, mais il ne comprend rien ni en allemand, ni en anglais.
– C'est impossible, monsieur Baumann. Je suis à Rome.
– À Rome ? Formidable ! Mais au fond, peut-être que vous pourriez lui dire par téléphone. C'est l'affaire de quelques mots. Il est à côté de moi, je vais lui passer l'appareil et vous lui parlerez brièvement.
– Bon. Que dois-je lui dire ?
– Donc, il s'appelle Andreï. Il s'agit des deux frères qui sont venus de Minsk, en Biélorussie, pour demander l'asile. Dites-lui qu'hier à dix-huit heures son frère Viktor a été trouvé sans connaissance devant le centre d'hébergement des réfugiés de Glatte. Il était encore vivant, mais il est mort pendant son transfert à l'hôpital. On ne sait pas exactement ce qui s'est passé. Ou bien quelqu'un l'a jeté par la fenêtre, ou bien c'est un suicide ou un accident. L'enquête se poursuit. Tout laisse à penser qu'il était ivre. Il est tombé du deuxième étage la nuque sur l'asphalte. Nous avons essayé d'expliquer cela à Andreï, mais il n'a rien compris. C'est tout.
– Bien, monsieur Braumann, passez-lui l'appareil. (all. avec des éléments de suisse allemand.)

Page 207 :

– Je lui ai tout dit, monsieur Braumann.
– Merci beaucoup ! Et bonne journée !
– À vous aussi ! (all. avec des éléments de suisse allemand)

Page 214 :

Vater Unser : Notre Père. (all.)

Page 317 :

– Justement, mon frère épouse une Slovaque ! (all.)

Page 318 :

– Oui, oui, c'est toujours la même histoire. (…) Et ils s'appellent toujours Sergueï Ivanov. (all.)

Traduction du dialogue allant de Ich habe *(p. 318)* à Hause *(p. 319)* :

– J'ai déjà travaillé avec des Albanais, des Africains, des Kurdes, mais jamais encore avec des Russes.
– Moi, c'est le contraire, je n'ai affaire qu'à eux.
– Mais la Biélorussie, ce n'est pas la Russie ?
– Cela dépend.
(…)
– Cela doit être très intéressant ?
– Certainement.
(…)
– Ce monsieur Ivanov commet sans cesse des voies de fait. (…) Regardez, il est arrivé en état d'ivresse au magasin Coop, s'est servi de toutes sortes de denrées sans les payer et s'est mis à manger et à boire sur place, en plein magasin, devant tout le monde. Il a importuné des femmes et quand la police est venue, il a refusé d'obtempérer.
(…)
– Vous comprenez, les Russes sont des gens plutôt paisibles et débonnaires, sauf quand ils ont bu…
(…)
– Donc, vous avez une fête aujourd'hui. Félicitations ! Le matin en prison et l'après-midi à la noce ?
– Oui, vous voyez. Tout est mélangé dans cette vie. L'un est en prison pendant que l'autre est à la noce. Le monde n'est pas juste.
(…)
– Monsieur Ivanov, je vous conseille de reconnaître entièrement vos torts. De toute façon, vous serez expulsé de Suisse. Il est dans votre intérêt de coopérer avec les représentants du pouvoir. Vous resterez moins longtemps en prison et vous rentrerez plus vite chez vous. (all.)

Page 320 :

– Mais dans ce cas vous serez expulsé de force.
(…)
– Comprenez bien, monsieur Ivanov, que je cherche à vous aider.
(…)
– Que dit-il ?
– Cela ne concerne pas son dossier.
– Je veux que vous me traduisiez tout.
– Bien. (all.)

Page 321 :

– Comprenez bien, monsieur Ivanov, que je cherche à vous aider. Mais vous ne voulez pas m'écouter. Je regrette, mais dans ce cas, je ne peux rien faire pour vous. Voulez-vous ajouter quelque chose sur le fond ?
(…)

– Quoi ? Qu'a-t-il dit ? Traduisez-moi exactement tout ce qu'il a dit.
(…)
– Finissons-en. Tout cela n'a aucun sens.
(…)
– Au revoir ! Bonne chance ! (all.)

Page 322 :

– Ce sont des choses qui arrivent. Ne faites pas attention ! Allez au mariage de votre frère et réjouissez-vous !
(…)
– Après de telles rencontres, c'est difficile de se réjouir tout de suite de quoi que ce soit. Il faut d'abord reprendre ses esprits.
– C'est sûr. Mais il faut apprendre à décompresser. Ce qui fait du bien, c'est de marcher un peu, de s'aérer. Après cela, on n'y pense plus.
(…)
– Ma mère aussi est professeur en retraite. Le monde est tout de même mal fait.
(…)
– Au revoir ! Et bonne journée !
– Vous savez, ne faites pas attention à tout cela ! C'est impossible que tous les professeurs vivent bien. Il ne faut pas se désoler parce que certaines d'entre elles n'ont pas une retraite suffisante !
(…)
– Si tout va bien pour votre maman, réjouissez-vous. Et s'il y a une guerre quelque part, raison de plus pour vivre et pour se réjouir de n'être pas là-bas. Si quelqu'un est aimé, il y a forcément quelqu'un d'autre qui ne l'est pas. Même si le monde est injuste, il faut quand même vivre et se réjouir d'aller à un mariage, au lieu d'être enfermé dans une cellule nauséabonde. Se réjouir ! Profiter de la vie ! (all.)

Page 431 :

Éloï ! Éloï ! Lama sabachtani ? : « Mon Dieu, mon Dieu, pourquoi m'as-Tu abandonné ? »

*LA LITTÉRATURE ÉTRANGÈRE
CHEZ FAYARD*

Leopoldo Alas, dit Clarín : *La Régente* ; *Son fils unique*.
Piotr Alechkovski : *Le Putois*.
Isabel Allende : *La Maison aux esprits* ; *D'amour et d'ombre* ; *Eva Luna* ; *Les Contes d'Eva Luna* ; *Le Plan infini* ; *Paula*.
Anthologie de la prose albanaise, présentée par Alexandre Zotos.
Jakob Arjouni : *Magic Hoffmann* ; *Un ami*.
Alexandre Arkhanguelski : *Alexandre I*^{er}*, le feu follet*.
J.G. Ballard : *La Bonté des femmes* ; *Fièvre guerrière* ; *La Course au paradis* ; *La Face cachée du soleil* ; *Super-Cannes*.
Réza Barahéni : *Les Saisons en enfer du jeune Ayyâz* ; *Shéhérazade et son romancier (2*^{e} *éd.)* ; *Élias à New York)* ; *Lilith*.
Thomas Berger : *L'Invité* ; *Le Crime d'Orrie* ; *Rencontre avec le mal*.
Vitaliano Brancati : *Les Années perdues* ; *Le Vieux avec les bottes,* suivi d'un essai de Leonardo Sciascia ; *Don Juan en Sicile* ; *Rêve de valse,* suivi de *Les Aventures de Tobaïco* ; *La Gouvernante*, suivi de *Retour à la censure* ; *Journal romain* ; *Singulière Aventure de voyage* ; *Les Plaisirs*.
Joseph Brodsky : *Loin de Byzance*.
Anita Brookner : *Les Règles du consentement* ; *Loin de soi*.
Hermann Burger : *La Mère artificielle* ; *Blankenburg* ; *Brenner*.
Oddone Camerana : *Les Passe-Temps du Professeur* ; *La Nuit de l'Archiduc*.
Andrea Camilleri : *La Concession du téléphone* ; *La Saison de la chasse* ; *Un filet de fumée* ; *Le Roi Zosimo* ; *Le Cours des choses* ; *La Prise de Makalé* ; *Privé de titre*.
Rossana Campo : *L'Acteur américain* ; *À la folie*.
Rocco Carbone : *Le Siège*.
Russell Celyn Jones : *Une vie d'emprunt*.
Varlam Chalamov : *La Quatrième Vologda*.

La Chanson des Niebelungs, traduite, présentée et annotée par Jean Amsler.
Jerome Charyn : *Capitaine Kidd.*
Mikhaïl Chichkine : *La Prise d'Izmail* ; *La Suisse russe* ; *Le Cheveu de Vénus.*
Cyril Connolly : *Le Tombeau de Palinure* ; *Ce qu'il faut faire pour ne plus être écrivain* ; *100 Livres clés de la littérature moderne.*
Contes tchétchènes, traduits par Philippe Frison et Bernard Outtier, préfacés par Bernard Outtier.
Joseph Conrad, Ford Madox Ford : *L'Aventure.*
Julio Cortázar : *Les Gagnants.*
Osamu Dazai : *Mes dernières années.*
David Davidar : *La Maison aux mangues bleues.*
Francisco Delicado : *Portrait de la Gaillarde andalouse.*
Diego De Silva : *Ces enfants-là* ; *Je veux tout voir.*
Benjamin Disraeli : *Tancrède ou La Nouvelle Croisade.*
Andreï Dmitriev : *Le Fantôme du théâtre* ; *Le Livre fermé* ; *Au tournant du fleuve,* suivi de *Retour.*
Alfred Döblin : *Hamlet ou La longue nuit prend fin* ; *Wang-loun,* avec un essai de Günter Grass.
Milo Dor : *Mitteleuropa, Mythe ou réalité* ; *Vienne, chemises bleues* ; *Un monde à la dérive* ; *Morts en sursis* ; *La Ville blanche.*
Iouri Droujnikov : *Des anges sur la pointe d'une aiguille.*
Aris Fakinos : *La Citadelle de la mémoire* ; *La Vie volée* ; *Le Maître d'œuvre.*
J. G. Farrell : *Le Siège de Krishnapur* ; *Hôtel Majestic* ; *Une fille dans la tête* ; *L'Étreinte de Singapour.*
Lion Feuchtwanger : *Le Faux Néron* ; *La Guerre de Judée* ; *Les Fils* ; *La Sagesse du fou ou Mort et transfiguration de Jean-Jacques Rousseau* ; *Le jour viendra* ; *Simone.*
Francis Scott Fitzgerald : *Carnets.*
Marcello Fois : *Nulla.*
Esther Freud : *La Maison mer.*
Eleonore Frey : *État d'urgence.*
Mavis Gallant : *L'Été d'un célibataire* ; *Ciel vert, ciel d'eau* ; *Poisson d'avril.*
Jane Gardam : *Un amour d'enfant* ; *L'Homme Vert* ; *L'Été d'après les funérailles.*
Elizabeth Gaskell : *Nord et Sud.*
Jerzy Giedroyc, Witold Gombrowicz : *Correspondance, 1950-1969.*
Juan Goytisolo : *Paysages après la bataille* ; *Chroniques sarrasines* ; *Chasse gardée* ; *Les Royaumes déchirés* ; *Les Vertus de l'oiseau solitaire* ; *L'Arbre de la littérature* ; *À la recherche de Gaudí en Cappadoce* ; *La Longue Vie des Marx* ; *La Forêt de l'écriture* ; *État de siège* ; *Trois Semaines en ce jardin* ; *Cogitus interruptus* ; *Foutricomédie* ; *Et quand le rideau tombe.*

Grimmelshausen : *Les Aventures de Simplicissimus.*
Gunnar Gunnarsson : *Frères jurés.*
Erich Hackl : *Le Mobile d'Aurora.*
Zbigniew Herbert : *Monsieur Cogito et autres poèmes.*
Russell Hoban : *Elle s'appelait Lola.*
Alan Hollinghurst : *La Ligne de beauté.*
Shifra Horn : *Quatre mères ; Tamara marche sur les eaux ; Ode à la joie.*
Pico Iyer : *Abandon.*
Narendra Jadhav : *Intouchable.*
Henry James : *L'Américain* ; *Roderick Hudson.*
Ruchir Joshi : *Le Dernier Rire du moteur d'avion.*
Francesco Jovine : *Signora Ava* ; *La Maison des trois veuves.*
Roberto Juarroz : *Poésie verticale.*
Ismail Kadaré : *Les Tambours de la pluie* ; *Chronique de la ville de pierre* ; *Le Grand Hiver* ; *Le Crépuscule des dieux de la steppe* ; *Avril brisé* ; *Le Pont aux trois arches* ; *La Niche de la honte* ; *Invitation à un concert officiel et autres récits* ; *Qui a ramené Doruntine ?* ; *L'Année noire,* suivi de *Le cortège de la noce s'est figé dans la glace* ; *Eschyle ou l'éternel perdant* ; *Le Dossier H.* ; *Poèmes, 1958-1988* ; *Le Concert* ; *Le Palais des rêves* ; *Printemps albanais* ; *Le Monstre* ; *Invitation à l'atelier de l'écrivain,* suivi de *Le Poids de la croix* ; *La Pyramide* ; *La Grande Muraille,* suivi de *Le Firman aveugle* ; *Clair de lune* ; *L'Ombre* ; *L'Aigle* ; *Spiritus* ; *Mauvaise Saison sur l'Olympe* ; *Novembre d'une capitale* ; *Trois Chants funèbres pour le Kosovo* ; *Il a fallu ce deuil pour se retrouver* ; *L'Hiver de la grande solitude* ; *Froides Fleurs d'avril* ; *Vie, jeu et mort de Lul Mrazek* ; *La Fille d'Agamemnon* ; *Le Successeur* ; *Un climat de folie,* suivi de *Morgue* et *Jours de beuveries* ; *Hamlet, le prince impossible* ; *Œuvres complètes* (12 vol.).
Yoram Kaniuk : *Mes chers disparus* ; *Encore une histoire d'amour* ; *Il commanda l'« Exodus »* ; *Le Dernier Berlinois* ; *Ma vie en Amérique.*
Mark Kharitonov : *Prokhor Menchoutine* ; *Netchaïsk,* suivi de *Ahasvérus* ; *La Mallette de Milachévitch* ; *Les Deux Ivan* ; *Un mode d'existence* ; *Étude sur les masques* ; *Une journée en février* ; *Le Gardien* ; *Le Voyant* ; *Retour de nulle part* ; *Le Professeur de mensonge* ; *L'Esprit de Pouchkine* ; *L'Approche* ; *Amores novi.*
Danilo Kiš : *La Leçon d'anatomie* ; *Homo poeticus* ; *Le Résidu amer de l'expérience* ; *Le Luth et les Cicatrices* ; *Les Lions mécaniques et autres pièces.*
Jerzy Kosinski : *Le Jeu de la passion.*
Édouard Kouznetsov : *Roman russe.*
Hartmut Lange : *Le Récital,* suivi de *La Sonate Waldstein* ; *Une fatigue,* suivi de *La Promenade sur la grève* ; *Le Voyage à Trieste* suivi de *Le Marais de Riemeister* ; *L'Immolation* ; *Le Houx* ; *L'Ange exterminateur d'Arthur Schnitzler.*

D.H. Lawrence : *La Fille perdue.*
Halldor Laxness : *Gens indépendants.*
Le Tasse : *Rimes et Plaintes.*
Hugo Loetscher : *Si Dieu était suisse…* ; *La Tresseuse de couronnes* ; *Un automne dans la Grosse Orange* ; *Le Coq prêcheur* ; *La Mouche et la Soupe* ; *Saison.*
Russell Lucas : *Le Salon de massages et autres nouvelles.*
C. S. Mahrendorff : *Et ils troublèrent le sommeil du monde* ; *La Valse des anges déchus.*
Luigi Malerba : *La Planète bleue* ; *Clopes* ; *Le Feu grégeois* ; *Les Pierres volantes* ; *La Vie d'châtiau.*
Thomas Mann : *Les Buddenbrook* ; *La Montagne magique* ; *La Mort à Venise,* suivi de *Tristan.*
Gregorio Manzur : *Iguazú.*
Dacia Maraini : *Voix.*
Monika Maron : *La Transfuge* ; *Le Malentendu* ; *Rue du Silence, n° 6.*
Stelio Mattioni : *Les Métamorphoses d'Alma* ; *La Plus Belle du royaume.*
Predrag Matvejevitch : *Bréviaire méditerranéen* ; *Épistolaire de l'Autre Europe* ; *Le Monde «ex»* ; *L'Autre Venise* ; *La Méditerranée et l'Europe.*
Vladimir Maximov : *La Coupe de la fureur.*
Mary McCarthy : *Cannibales et Missionnaires* ; *L'Oasis et autres récits* ; *Le Roman et les Idées, et autres essais* ; *Comment j'ai grandi.*
Piero Meldini : *La Bienheureuse aux vertiges.*
Migjeni : *Chroniques d'une ville du Nord,* précédé de *L'Irruption de Migjeni dans la littérature albanaise,* par Ismail Kadaré.
Czeslaw Milosz : *Visions de la baie de San Francisco* ; *Milosz par Milosz,* entretiens de Czeslaw Milosz avec Ewa Czarnecka et Aleksander Fiut ; *Empereur de la terre* ; *L'Immoralité de l'art* ; *Terre inépuisable,* poèmes ; *Chroniques,* poèmes ; *De la Baltique au Pacifique* ; *Abécédaire.*
Karl Philipp Moritz : *Anton Reiser.*
Clare Morrall : *Couleurs.*
Erwin Mortier : *Marcel* ; *Ma deuxième peau* ; *Temps de pose* ; *Les Dix Doigts des jours.*
Vladimir Nabokov : *Ada ou l'Ardeur* ; *Regarde, regarde les arlequins!* ; *La Transparence des choses* ; *Machenka* ; *Littératures I* (Austen, Dickens, Flaubert, Stevenson, Proust, Kafka, Joyce) ; *Littératures II* (Gogol, Tourguéniev, Dostoïevski, Tolstoï, Tchekhov, Gorki) ; *Littératures III (Don Quichotte)* ; *L'Homme de l'URSS et autres pièces.*
Kenji Nakagami : *Mille Ans de plaisir* ; *La Mer aux arbres morts* ; *Sur les ailes du soleil* ; *Hymne* ; *Le Bout du monde, moment suprême.*
Nezâmi : *Les Sept Portraits.*

Ippolito Nievo : *Confessions d'un Italien.*

Edna O'Brien : *Un cœur fanatique* ; *Les Filles de la campagne* ; *Les Grands Chemins* ; *Qui étais-tu, Johnny ?* ; *Les Victimes de la paix* ; *Lanterne magique* ; *Vents et Marées* ; *Nuit* ; *La Maison du splendide isolement* ; *Les Païens d'Irlande* ; *Tu ne tueras point* ; *Le Joli Mois d'août* ; *Décembres fous* ; *Dans la forêt.*

Fernando del Paso : *Palinure de Mexico* ; *Des nouvelles de l'Empire* ; *Linda 67. Histoire d'un crime.*

T.R. Pearson : *L'Heure de l'Évangile.*

Leo Perutz : *Turlupin* ; *La Neige de saint Pierre* ; *La Troisième Balle* ; *La nuit, sous le pont de pierre* ; *Où roules-tu, petite pomme ?* ; *Le Maître du Jugement dernier* ; *Nuit de mai à Vienne.*

Alexeï Peskov : *Paul Ier, empereur de Russie ou Le 7 novembre.*

Romana Petri : *La Guerre d'Alcina.*

Marguerite Poland : *Cantique pour Grace.*

Valéri Popov : *Troisième Souffle.*

Prose russe contemporaine (La), nouvelles choisies par Éléna Choubina.

James Purdy : *Dans le creux de sa main* ; *La Tunique de Nessus* ; *L'Oiseau de paradis.*

Barbara Pym : *Crampton Hodnet* ; *Jane et Prudence* ; *Comme une gazelle apprivoisée.*

Rojas, Fernando de : *La Célestine.*

Peter Rosei : *Comédie*, suivi de *Homme & Femme S.a.r.l.* ; *Les Nuages*, suivi de *Quinze Mille Âmes* ; *L'Insurrection*, suivi de *Notre paysage : descriptif.*

Herbert Rosendorfer : *Stéphanie et la Vie antérieure* ; *Les Saints d'or ou Colomb découvre l'Europe* ; *Suite allemande* ; *Grand Solo pour Anton* ; *L'Architecte des ruines.*

Norman Rush : *Accouplements* ; *De simples mortels.*

Anatoli Rybakov : *Sable lourd.*

David Samoïlov : *Pour mémoire.*

Diego de San Pedro : *Prison d'amour.*

Francesca Sanvitale : *Le Fils de l'Empire.*

Alberto Savinio : *Souvenirs* ; *Hermaphrodito* ; *La Maison hantée* ; *La Boîte à musique.*

Serge Schmemann : *Échos d'une terre natale. Deux siècles d'un village russe.*

J. G. Schnabel : *L'Île de Felsenbourg.*

Ingo Schulze : *Histoires sans gravité* ; *33 moments de bonheur.*

Leonardo Sciascia : *Mots croisés* ; *Petites chroniques* ; *Œil de chèvre* ; *Monsieur le député*, suivi de *Les Mafieux* ; *La Sorcière et le Capitaine* ; *1912 + 1* ; *Portes ouvertes* ; *Le Chevalier et la Mort* ; *Faits divers d'his-*

toire littéraire et civile ; *Une histoire simple* ; *Heures d'Espagne* ; *En future mémoire* ; *Portraits d'écrivains* ; *Noir sur noir* ; *Œuvres complètes* (3 volumes).

Irwin Allan Sealey : *Le Trotter-Nama.*

Richard Sennett : *Les Grenouilles de Transylvanie* ; *Une soirée Brahms.*

Kamila Shamsie : *Kartographie.*

Jenefer Shute : *Folle de moi* ; *Point de rupture.*

Lorenzo Silva : *Au nom des nôtres.*

Francisco Sionil José : *Po-on* ; *À l'ombre du balete* ; *Mon frère, mon bourreau* ; *Les Prétendants* ; *José Samson.*

Alexandre Soljénitsyne : *Ego,* suivi de *Sur le fil* ; *Nos pluralistes* ; *Les tanks connaissent la vérité* ; *Les Invisibles* ; *Nos jeunes* ; *Comment réaménager notre Russie ? Réflexions dans la mesure de mes forces* ; *Le «Problème russe» à la fin du XXe siècle* ; *Le Grain tombé entre les meules* ; *La Russie sous l'avalanche* ; *Deux Récits de guerre* ; *Esquisses d'exil* ; *Le Premier Cercle* ; *Le Pavillon des cancéreux* ; *Une journée d'Ivan Denissovitch* ; *La Maison de Matriona,* suivi de *Incident à la gare de Kotchétovka* ; *Zacharie l'Escarcelle.*

La Roue rouge (version définitive) : *Premier nœud : Août 14* ; *Deuxième nœud : Novembre 16* ; *Troisième nœud : Mars 17.*

Œuvres complètes (version définitive) : tome 1. *Le Premier Cercle* ; tome 2. *Le Pavillon des cancéreux, Une journée d'Ivan Denissovitch et autres récits* ; tome 3. *Œuvres dramatiques* ; tome 4. *L'Archipel du goulag,* vol. 1.

Muriel Spark : *L'Image publique* ; *Ouvert au public.*

Domenico Starnone : *Via Gemito.*

Luan Starova : *Le Temps des chèvres* ; *Les Livres de mon père* ; *Le Musée de l'athéisme.*

Christina Stead : *L'Homme qui aimait les enfants.*

Patrick Süskind : *Le Parfum* ; *Le Pigeon* ; *La Contrebasse* ; *Un combat et autres récits* ; *Sur l'amour et la mort.*

Wisława Szymborska : *De la mort sans exagérer* ; *Je ne sais quelles gens.*

Korneï Tchoukovski : *Journal. Tome 1 : 1901-1929* ; tome 2 : 1930-1969.

Rudolf Těsnohlídek : *La Petite Renarde rusée.*

Anthony Trollope : *Les Tours de Barchester.*

Dubravka Ugresic : *Le Musée des redditions sans condition* ; *Ceci n'est pas un livre.*

Albert Vigoleis Thelen : *L'Île du second visage.*

Sebastiano Vassalli : *Le Cygne.*

Ivan Vazov : *Sous le joug.*

Luis Vélez de Guevara : *Le Diable boiteux.*

Maks Velo : *La Disparition des «Pachas rouges» d'Ismail Kadaré.*

Yvonne Vera : *Papillon brûle* ; *Les Vierges de pierre* ; *Une femme sans nom*, suivi de *Sous la langue*.
Gore Vidal : *En direct du Golgotha* ; *L'Histoire à l'écran*.
O.V. Vijayan : *Les Légendes de Khasak*.
Voyage de Turquie, traduit, présenté et annoté par Jacqueline Ferreras et Gilbert Zonana.
Ernst Weiss : *Georg Letham, médecin et meurtrier* ; *Le Séducteur* ; *L'Aristocrate*.
Urs Widmer : *Le Paradis de l'oubli* ; *Le Siphon bleu* ; *Les Hommes jaunes*.
Christa Wolf : *Adieu aux fantômes* ; *Médée* ; *Ici même, autre part*.
Adam Zagajewski : *Solidarité, solitude* ; *Coup de crayon* ; *Palissade. Marronniers. Liseron. Dieu* ; *La Trahison* ; *Mystique pour débutants* ; *Dans une autre beauté*.
Theodore Zeldin : *Le Bonheur* ; *De la conversation*.

Maquette et mise en page en Plantin,
par Dominique Guillaumin, Paris

Pour l'éditeur, le principe est d'utiliser des papiers composés de fibres naturelles, renouvelables, recyclables et fabriquées à partir de bois issus de forêts qui adoptent un système d'aménagement durable.

En outre, l'éditeur attend de ses fournisseurs de papier qu'ils s'inscrivent dans une démarche de certification environnementale reconnue.

Aubin Imprimeur
LIGUGÉ, POITIERS

Achevé d'imprimer en août 2007
N° d'édition 84634 / N° d'impression L 71229
Dépôt légal, août 2007
Imprimé en France

35-67-2943-5/01